LA PAIX DES DUPES

Né en 1956 à Édimbourg, Philip Kerr a fait ses études de droit à l'université de Birmingham. Il a travaillé dans la publicité et comme journaliste free lance avant de se lancer dans l'écriture de fictions. Auteur d'une quinzaine de romans traduits en vingt-cinq langues et de nombreux scénarios, il vit actuellement à Londres.

PHILIP KERR

La Paix des dupes

Un roman dans la Deuxième Guerre mondiale

TRADUIT DE L'ANGLAIS PAR JOHAN-FREDERIK HEL GUEDJ

ÉDITIONS DU MASQUE

Titre original :

HITLER'S PEACE
A NOVEL OF THE SECOND WORLD WAR
publié par G.P. Putnam's Sons

In memoriam
A.H.R. Brodie (1931-2004).

« Être empirique, c'est se laisser guider par l'expérience, et non par les sophistes, les charlatans, les prêtres et les démagogues. »

Willard MAYER, *De l'être empirique*.

1

L'Histoire m'entourait de toutes parts. Je la sentais présente partout, depuis la pendule Empire qui cliquetait sur l'élégant manteau de cheminée jusqu'au papier mural rouge vif d'où le Salon Rouge tirait son nom. Je l'avais sentie dès l'instant où j'étais entré dans la Maison-Blanche et où l'on m'avait introduit dans cette antichambre pour y attendre la secrétaire du Président. L'idée qu'Abraham Lincoln aurait pu se tenir là, sur ce même tapis de la Savonnerie où je me trouvais à présent, les yeux levés sur un énorme lustre, ou que Teddy Roosevelt aurait pu s'asseoir dans l'un de ces fauteuils capitonnés rouge et or, cette idée finit par m'envoûter, comme les yeux de la très belle femme dont le portrait était accroché au-dessus de la cheminée de marbre. Je me demandai pourquoi elle me rappelait ma Diana, et j'en arrivai à la conclusion que cela tenait au sourire de son visage d'une blancheur d'albâtre. Elle semblait me dire : « Tu aurais dû cirer tes chaussures, Willard. » Ou, mieux encore : « Tu aurais été bien inspiré de choisir une autre paire. Avec celles-ci, tu as l'air d'être venu ici à pied depuis Monticello. »

Osant à peine m'installer dans le sofa au décor très chargé, par crainte de m'asseoir sur le fantôme de

Dolley, l'épouse du Président James Madison, j'allai prendre place sur une chaise droite près de l'entrée. De me retrouver à la Maison-Blanche, voilà qui contrastait fort avec la manière dont j'avais envisagé cette soirée. Je m'étais organisé pour emmener Diana voir Gary Cooper et Ingrid Bergman dans *Pour qui sonne le glas* au cinéma Loew's, au croisement de la Troisième Rue et de F Street. Au milieu des boiseries richement sculptées et superbement polies de cet élégant mausolée rouge, la guerre, ou plutôt un film sur la guerre, n'aurait pu me paraître plus lointain.

Une autre minute s'écoula, et l'une des portes aux proportions si élégantes s'ouvrit sur une femme d'un certain âge, très soignée de sa personne, qui me lança un regard signifiant clairement qu'elle me soupçonnait d'avoir laissé une marque sur un fauteuil, puis, d'une voix blanche, m'invita à la suivre.

Vêtue d'une jupe droite au bruissement sibilant, comme pour prévenir qu'elle mordrait la main qui oserait s'approcher de sa fermeture Éclair, elle ressemblait davantage à une directrice de collège privé qu'à un modèle de féminité.

Après être sortis du Salon Rouge côté gauche, nous arpentâmes le tapis de la Galerie en Croix, avant de monter dans un ascenseur où un huissier noir ganté de blanc nous conduisit au deuxième étage. Après que nous eûmes quitté l'ascenseur, la femme à la jupe bruissante me fit traverser le Salon Ouest et la Galerie Centrale avant de s'arrêter devant la porte du bureau présidentiel. Là, elle frappa et entra sans attendre de réponse.

Par contraste avec l'univers élégant que je venais de quitter, le cabinet de travail du Président était un lieu très informel et, avec son fouillis de livres, ses piles de chemises jaunes nouées par des cordons et sa table encombrée, il m'évoquait la petite pièce miteuse que j'occupais jadis à Princeton.

« Monsieur le Président, voici le professeur Mayer », annonça-t-elle. Puis elle ressortit en refermant les deux battants de porte derrière elle.

Le Président était assis dans un fauteuil roulant, shaker à cocktail en main, face à une petite table sur laquelle étaient posées plusieurs bouteilles d'alcool. Il écoutait l'émission *Symphony Hour* sur WINX.

« J'étais en train de préparer une carafe de dry-martini, m'annonça-t-il. J'espère que vous allez vous joindre à moi. On m'a déjà expliqué que mes martinis étaient trop frais, mais c'est comme ça que je les aime. Je ne supporte pas l'alcool tiède. J'estime que cela gâche tout l'attrait de la boisson.

— Un martini me conviendrait tout à fait, monsieur le Président.

— Bien, bien. Venez vous asseoir. » D'un geste de la tête, Franklin D. Roosevelt me désigna le canapé en face du bureau. Il éteignit la radio et nous servit deux martinis. « Tenez ! » Il m'en tendit un et je fis le tour de la table pour venir le chercher. « Prenez donc aussi le pichet, pour le cas où nous aurions besoin d'une deuxième tournée.

— Bien, monsieur le Président. »

Je pris le pichet, et je retournai m'asseoir dans le canapé.

Roosevelt fit pivoter son fauteuil roulant pour s'écarter de la console aux liqueurs et se dirigea vers moi. Ce fauteuil était artisanal, pas du tout le genre que vous verriez dans un hôpital ou une maison de retraite, mais plutôt l'allure d'une chaise de cuisine en bois aux pieds coupés, comme si son concepteur avait eu l'intention d'en dissimuler l'utilité véritable à l'électorat américain, qui aurait pu regimber à l'idée de voter pour un infirme.

« Si ma remarque ne vous froisse pas, je dirai que vous me paraissez bien jeune pour un professeur.

— J'ai trente-cinq ans. Et puis, lorsque j'ai quitté Princeton, je n'étais que professeur associé. C'est un peu similaire à un poste de vice-président au sein d'une entreprise.

— Trente-cinq, j'admets que ce n'est pas si jeune. Plus de nos jours. Dans l'armée, ils vous considéreraient comme un vieux. Ce ne sont quasiment plus que des gamins. Parfois, cela me brise le cœur de songer à la jeunesse de ces soldats. »

Il leva son verre et but une gorgée. Son dry-martini contenait beaucoup trop de gin pour mon goût, mais il n'était pas trop froid – si vous aimiez l'hydrogène liquide. Enfin, ce n'était pas tous les jours que le Président des États-Unis vous préparait un cocktail et, par conséquent, je le goûtai avec un plaisir non dissimulé, comme il convenait.

Tandis que nous buvions, je relevai quelques petits détails dans l'apparence de Roosevelt què seul pareil moment de proximité aurait pu me révéler : le pince-nez que j'avais toujours pris pour des bésicles, les oreilles plutôt petites du personnage – à moins que ce ne soit sa tête qui soit trop grosse –, la dent manquante à la mâchoire inférieure, les attelles métalliques qui lui enserraient les jambes, peintes de couleur sombre pour se fondre avec le pantalon, les souliers noirs aux semelles qui paraissaient si peu usées que c'en était poignant, le nœud papillon et la veste d'intérieur râpée avec ses pièces en cuir aux coudes, et le masque à gaz qui pendait au flanc du fauteuil roulant. Je remarquai aussi un petit scotch-terrier allongé devant le feu, que je faillis prendre pour une carpette. Le Président me regarda lentement siroter mon hydrogène liquide, et je vis un léger sourire retrousser discrètement les commissures de ses lèvres.

« Donc, vous êtes philosophe, fit-il. Je ne peux prétendre m'y connaître énormément en matière de philosophie.

— Traditionnellement et pour l'essentiel, les controverses des philosophes sont aussi injustifiées que stériles. »

La formule était pompeuse, mais enfin, c'était le métier qui voulait ça.

« Les philosophes m'ont l'air de fort ressembler aux politiciens.

— À ceci près que les philosophes n'ont de compte à rendre à personne. Ce n'est que de la logique. Si les philosophes étaient obligés de faire appel à un électorat, nous serions tous au chômage, monsieur le Président. En fait, nous nous intéressons plus à nous-mêmes qu'aux autres.

— En l'occurrence, non, releva le Président. Sinon, vous ne seriez pas là.

— Sur mon propre compte, il n'y a pas grand-chose à dire.

— Mais vous êtes un philosophe américain célèbre, n'est-ce pas ?

— Être un philosophe américain, c'est un peu comme de se présenter comme joueur de base-ball au Canada.

— Et votre famille ? Votre mère n'est-elle pas une van Dorff de Cleveland ?

— En effet, monsieur le Président. Mon père, Hans Mayer, est un Juif allemand, élevé et éduqué aux États-Unis, et qui a intégré le corps diplomatique après l'université. Il a rencontré ma mère et l'a épousée en 1905. Un ou deux ans plus tard, elle a hérité de la fortune familiale, qui vient des pneus en caoutchouc, ce qui vous explique pourquoi j'ai toujours mené une existence sans heurts. J'ai fréquenté Groton. Ensuite

Harvard, où j'ai étudié la philosophie, ce qui fut une grande déception pour mon père, car il avait tendance à considérer que tous les philosophes étaient des syphilitiques allemands fous, convaincus que Dieu est mort. En fait, toute ma famille aurait plutôt tendance à considérer que j'ai gâché ma vie.

» Après l'université, je suis resté à Harvard. J'ai décroché un doctorat et j'ai remporté une bourse de voyage Sheldon. Je suis donc allé à Vienne, en passant par Cambridge, et j'ai publié un ouvrage très ennuyeux. Je suis resté dans la capitale autrichienne et, au bout d'un certain temps, j'ai accepté un poste à l'université de Berlin. Après Munich, je suis retourné à Harvard, et j'ai encore publié un autre livre très ennuyeux.

— J'ai lu votre ouvrage, professeur. L'un de vos ouvrages, en tout cas. *De l'être empirique*. Je ne prétends pas avoir tout compris, mais il me semble que vous placez une grande foi en la science.

— Je ne savais pas que j'avais appelé cela de la foi, mais je crois que si un philosophe veut apporter une contribution à l'expansion du savoir humain, il doit se montrer plus scientifique dans son approche de ce savoir. Mon livre défend l'idée que nous devrions moins nous reposer sur la conjecture et la supposition. »

Roosevelt se tourna vers son bureau et attrapa un volume posé à côté d'un transmetteur d'ordres de navire, en bronze. C'était l'un de mes livres.

« C'est quand vous recourez à ce mode de raisonnement consistant à suggérer que la moralité serait en quelque sorte une voie sans issue que cela commence à me poser un problème. »

Il ouvrit le volume, retrouva les phrases qu'il avait soulignées, et me les lut à haute voix :

« "L'esthétique et la moralité sont deux domaines connexes dans la mesure où l'on peut affirmer que ni l'une ni l'autre ne possède de validité objective et, de fait, soutenir que la vérité serait une chose bonne et vérifiable n'a désormais pas plus de sens que d'affirmer qu'une toile de Rembrandt serait une chose bonne et vérifiable. Aucune de ces deux affirmations ne revêt de signification factuelle." »

Roosevelt secoua la tête.

« Hormis les dangers inhérents à la défense d'une telle position à une époque où les nazis cherchent à tout prix à détruire toutes les notions de moralité universellement admises auparavant, il me semble que vous loupez le coche. Un jugement éthique se limite très souvent à la simple classification d'une action qui tend, de manière vérifiable, à susciter chez les individus un certain type de réaction. En d'autres termes, les réalités ordinairement exposées à la désapprobation morale sont des actions ou des catégories d'actions susceptibles d'être soumises à l'épreuve empirique des faits. »

Je répondis au Président par un sourire, j'appréciai qu'il se soit donné la peine de lire un peu mon livre et de me prendre à mon propre jeu. J'étais sur le point de lui répondre, quand il repoussa mon ouvrage.

« Mais je ne vous ai pas prié de venir ici pour avoir avec vous une discussion philosophique.

— Non, monsieur le Président.

— Dites-moi, comment vous êtes-vous retrouvé embringué dans l'équipe de Donovan ?

— Peu de temps après mon retour d'Europe, on m'a proposé un poste à Princeton, où je suis devenu professeur associé de philosophie. Après Pearl Harbor, j'ai déposé ma candidature pour prendre du service dans les unités de réserve de la Marine, mais avant même que ma candidature ne soit examinée, j'ai déjeuné avec un ami de mon père, un avocat du nom d'Allen Dulles. Il m'a convaincu d'intégrer l'Office central d'information. Quand notre section du COI est devenue l'OSS, je me suis installé à Washington. Et je suis désormais un analyste du renseignement spécialisé sur l'Allemagne. »

À l'instant où la pluie giflait la fenêtre, Roosevelt fit pivoter son fauteuil roulant. Ses larges épaules et son cou épais tirèrent sur le col de sa chemise. Par contraste, ses jambes étaient pour ainsi dire absentes, comme si le créateur de cet homme les avait rattachées à un autre corps, par erreur. La combinaison du fauteuil, du pince-nez et du fume-cigarette en ivoire long de quinze bons centimètres, qu'il tenait serré entre ses dents, donnait à Roosevelt l'allure d'un cinéaste hollywoodien.

« Je ne savais pas qu'il pleuvait autant », remarquat-il en retirant la cigarette de son embout pour en insérer une autre, qu'il avait sortie du paquet de Camel posé sur son bureau. Il m'en proposa une. Je la pris, et en même temps ma main se refermait sur mon briquet Dunhill en argent, dans la poche de mon gilet, et je les allumai toutes deux, la sienne et la mienne.

Le Président accepta le feu que je lui tendais, me remercia en allemand, puis continua la conversation dans cette langue, mentionnant le dernier chiffre des Américains morts sur le front – 115 000 –, et des combats assez acharnés qui avaient lieu en ce moment même à Salerne, dans le sud de l'Italie. Son allemand n'était pas si mauvais. Ensuite, il changea subitement de sujet, revenant à l'anglais.

« J'ai du travail pour vous, professeur Mayer. Un travail délicat, en l'occurrence. Trop délicat pour être confié au département d'État. Cela doit rester entre vous et moi, et seulement vous et moi. L'ennui, avec ces salopards du département d'État, c'est qu'ils sont incapables de boucler leur sale gueule. Pire que ça, le service entier est déchiré par les querelles intestines. Je pense que vous devez saisir à quoi je fais allusion. »

Il était à peu près de notoriété publique, à Washington, que Roosevelt n'avait jamais vraiment respecté son secrétaire d'État. Cordell Hull avait des affaires étrangères une compréhension considérée comme assez médiocre et, âgé de soixante-douze ans, il se fatiguait aisément. Longtemps, après Pearl Harbor, Franklin Delano Roosevelt s'était reposé sur son secrétaire d'État adjoint, Sumner Welles, pour se charger de l'essentiel de la politique étrangère de l'administration. Puis, pas plus tard que la semaine précédente, Sumner Welles avait subitement remis sa démission, et les commérages au sein des cercles les mieux informés du gouvernement et des services de renseignements laissaient entendre que Welles aurait été contraint de renoncer à son poste après s'être commis avec un porteur des chemins de fer noir, un acte d'une grave turpitude morale, à bord du train présidentiel en route pour la Virginie.

« Je n'ai aucun scrupule à vous confier que ces foutus snobinards du département d'État sont bons pour un remaniement du feu de Dieu. La moitié de ces types est probritannique, et l'autre moitié est antisémite. Hachez-moi tout ça menu et vous n'en tireriez pas assez de tripes pour fabriquer un Américain honnête. » Roosevelt but une gorgée de martini et lâcha un soupir. « Que savez-vous d'un endroit qui s'appelle la forêt de Katyn ?

— Voici quelques mois, la radio de Berlin a annoncé la découverte d'une fosse commune dans la forêt de Katyn, près de Smolensk. Les Allemands prétendent qu'elle contenait les restes d'à peu près cinq mille officiers polonais qui s'étaient rendus à l'armée Rouge en 1940, à la suite du pacte de non-agression conclu entre les Allemands et les Soviétiques, pour finalement être assassinés sur ordre de Staline. Goebbels y a puisé un joli capital politique. Depuis l'été, Katyn a servi de pare-feu à la machine de propagande allemande.

— Pour cette seule raison, dit Roosevelt, au début, j'ai eu plus ou moins tendance, je l'avoue, à prendre cette histoire pour de la pure propagande nazie. Mais il existe certaines stations de radio américano-polonaises, du côté de Detroit et de Buffalo, et elles insistent sur les atrocités qui seraient survenues là-bas. On avance même que notre administration aurait couvert les faits pour ne pas mettre en danger notre alliance avec les Russes. Depuis que cette histoire a éclaté, j'ai reçu un rapport de notre officier de liaison auprès de l'armée polonaise en exil, un autre de notre attaché naval à Istanbul, et un troisième du Premier ministre Churchill. En août, Churchill m'a écrit pour me demander mon avis, et j'ai transmis tous les dossiers au département d'État en les priant de les examiner. »

Roosevelt secoua la tête avec lassitude.

« Vous devinez ce qui en est sorti ! Rien, pas une miette ! Hull en rejette toute la faute sur Welles, évidemment, en prétendant que ce dernier a dû s'asseoir sur ces documents pendant des semaines.

» Il est vrai que j'ai confié ces dossiers à Welles et que je lui ai demandé de faire établir un rapport par quelqu'un au sein de la direction des affaires allemandes du département d'État. Ensuite, Welles a eu sa crise cardiaque, il a débarrassé son bureau et il m'a offert sa démission. Que j'ai refusée.

» Entre-temps, Cordell Hull demande à notre homme de la direction des affaires allemandes, Thornton Cole, de remettre les dossiers à Bill Bullitt, pour voir ce que notre ancien ambassadeur en Russie soviétique serait capable d'en tirer. Bullitt se figure qu'il est un expert de la Russie.

» En réalité, je ne sais pas si Bullitt a consulté ces dossiers. Cela fait un bout de temps qu'il lorgne le poste de Welles et je le soupçonne d'avoir été trop occupé à ses manœuvres d'approche pour leur prêter beaucoup d'attention. Quand j'ai questionné Hull au sujet de la forêt de Katyn, *Bullshit* Bullitt et lui ont compris qu'ils avaient merdé, et ils ont décidé de tranquillement replacer les documents dans le bureau de Welles, en lui reprochant son inaction. Naturellement, Hull a fait en sorte que Cole corrobore sa version. » Roosevelt haussa les épaules. « C'est l'hypothèse de Welles sur les développements de ce dossier. Et je crois être d'accord avec lui. »

C'est à peu près à cet instant que je me souvins d'avoir présenté Welles à Cole, au Metropolitan Club de Washington.

« Quand Hull a rapporté les fichiers et m'a expliqué que nous n'étions pas en position de formuler le moindre avis sur la forêt de Katyn, poursuivit le Président, je n'ai pas eu assez de tous les noms d'oiseaux de la création. L'aboutissement de tout ceci, c'est que rien n'a été fait. » Le Président me désigna quelques dossiers d'aspect poussiéreux empilés sur une étagère. « Cela vous ennuierait-il de me les descendre ? Ils sont là-haut. »

Je récupérai les documents, je les posai sur le canapé, à côté du Président, puis j'examinai mes mains. Au vu de l'épaisseur de poussière crasseuse que j'avais sur les doigts, ce travail ne présageait rien de bon.

« On le sait, ce n'est plus un grand secret. Un peu avant Noël, je vais tenir une conférence avec Churchill et Staline, sans avoir la moindre idée de l'endroit où elle se déroulera. Staline a exclu de se rendre à Londres, donc nous pourrions nous retrouver grosso modo n'importe où. Mais quel que soit l'endroit où nous finirons par nous réunir, je veux avoir les idées claires sur cette histoire de Katyn, car il semble certain que cela affectera l'avenir de la Pologne. Les Russes ont déjà rompu les relations diplomatiques avec le gouvernement polonais en exil à Londres. Les Britanniques, c'est évident, éprouvent une loyauté toute particulière envers les Polonais. Après tout, ils sont entrés en guerre pour la Pologne. Donc, comme vous le constatez, la situation est épineuse. »

Le Président alluma une autre cigarette, puis sa main vint se poser sur une liasse de dossiers.

« Ce qui m'amène à vous, professeur Mayer. Je souhaite que vous meniez votre propre enquête sur ces allégations autour de la forêt de Katyn. Commencez par procéder à une évaluation objective du contenu de ces dossiers, mais ne vous estimez pas limité à ces seuls documents. Parlez-en à tous ceux que vous jugerez utile. Faites-vous une religion, puis rédigez-moi un rapport confidentiel, destiné à mon seul usage. Pas trop long. Juste un résumé de vos découvertes, et quelques suggestions de lignes de conduite. J'ai réglé ça avec Donovan, donc ce dossier devient prioritaire par rapport à tout ce que vous auriez en cours par ailleurs. »

Il sortit son mouchoir, essuya la poussière sur sa main et ne toucha plus à ces documents.

« Combien de temps m'accordez-vous, monsieur le Président ?

— Deux ou trois semaines. Ce n'est pas beaucoup, je sais, pour une question d'une telle gravité, mais comme vous pouvez en juger, nous n'avons pas le choix. Plus maintenant.

— Quand vous me suggérez d'en "parler à tous ceux que vous jugerez utile", cela inclut-il des interlocuteurs à Londres ? Des membres du gouvernement polonais en exil ? Des responsables du Foreign Office britannique ? Et jusqu'où puis-je me montrer importun ?

— Adressez-vous à qui vous voudrez, dit-il avec fermeté. Si vous décidez de partir pour Londres, et si vous leur signalez que vous êtes mon envoyé personnel, cela peut aider. Cela vous ouvrira toutes les portes. Ma secrétaire, Grace Tully, établira pour vous les papiers nécessaires. Une seule remarque : tâchez de n'exprimer aucune opinion. Et évitez de dire quoi que ce soit qui puisse amener vos interlocuteurs à penser que vous vous exprimez en mon nom. Comme je vous l'ai indiqué, c'est une situation très délicate, mais, quoi qu'il arrive, j'aimerais beaucoup éviter que cette affaire ne vienne s'interposer entre Staline et moi. Me suis-je clairement fait comprendre ? »

Assez clairement. J'allais devoir me muer en corniaud sans couilles, juste affublé du collier de mon maître, histoire de faire comprendre aux gens que j'avais le droit de venir pisser sur leurs plates-bandes. Mais j'affichai un beau sourire et, en barbouillant ma réponse aux couleurs de la Bannière étoilée, je dis d'une voix flûtée :

« Oui, monsieur le Président, je vous comprends parfaitement. »

De retour chez moi, je trouvai Diana qui m'attendait, toute pleine de questions empressées.

« Alors ? me fit-elle. Que s'est-il passé ?

— Son dry-martini est une horreur. Voilà ce qui s'est passé.

— Tu as bu un verre avec lui ?

— Rien que nous deux. Comme s'il était Nick Charles et moi Nora Charles, tu vois ? Le couple vedette de Dashiell Hammett.

« — C'était comment ?

— Trop de gin. Et bien trop frappé. Imagine une réception dans la campagne anglaise.

— Je voulais dire : de quoi avez-vous parlé ?

— De philosophie, entre autres.

— De philosophie ? » Diana fit la moue, et elle s'assit. Elle avait déjà l'air moins empressé. « L'estomac tolère mieux la philo que les somnifères, je suppose. »

Diana Vandervelden était riche, tapageuse, chic et pince-sans-rire, avec des manières qui me rappellent toujours les grands premiers rôles féminins les plus coriaces de Hollywood, les Bette Davis ou les Katharine Hepburn, pour ne citer qu'elles. D'une intelligence redoutable, elle s'ennuyait facilement et avait renoncé à entrer au Bryn Mawr College pour jouer au golf, ratant de peu le titre amateur du championnat féminin américain en 1936. L'année suivante, elle abandonnait la compétition pour épouser un sénateur. « Quand j'ai rencontré mon mari, ce fut le coup de foudre, aimait-elle à dire. Mais c'est parce que j'étais trop miteuse pour me payer des lunettes. » Diana n'était elle-même pas très versée en politique, préférant les écrivains et les artistes aux sénateurs et, malgré ses nombreux hauts faits mondains – elle était excellente cuisinière et réputée pour ses dîners, qui comptaient parmi les meilleurs de Washington –, elle s'était vite fatiguée de son mariage avec son avocat d'époux. « Je cuisinais tout le temps pour ses amis républicains, se plaignit-elle plus tard devant moi. C'était comme de servir des perles à des cochons. Et le parc à huîtres entier n'y aurait pas suffi. » Après avoir quitté son mari, en 1940, Diana avait créé son propre studio de décoration, et c'est ainsi que nous nous étions rencontrés. Peu de temps après mon installation à Washington, un ami commun m'avait suggéré de l'engager pour arranger ma maison de Kalorama Heights. « Une maison de philosophe, hein ? Alors, voyons un peu. De quoi aurait-elle l'air ? Et pourquoi pas un tas de miroirs, tous à hauteur du nombril ? » Nos amis s'attendaient à notre union, mais Diana avait une piètre opinion du mariage. Et moi aussi.

Dès le début, ma relation avec elle s'était révélée extrêmement portée sur le sexe, ce qui nous convenait assez à tous les deux. Nous étions très épris, mais nous ne parlions pas beaucoup d'amour, ni l'un ni l'autre. « Nous nous aimons, lui avais-je déclaré à Noël dernier, comme s'aiment les gens quand ils s'aiment… un tout petit peu plus que ça. »

Et j'adorais que Diana déteste la philosophie. Une partenaire qui aurait voulu discuter de l'objet qui m'occupait, c'était bien la dernière chose que je recherchais. J'aimais bien les femmes. Surtout quand elles étaient aussi intelligentes et spirituelles que celle-là. Ce que je n'aimais pas, c'était qu'elles veuillent parler logique. La philosophie peut être une compagne stimulante au salon, mais dans la chambre c'est une redoutable raseuse.

« De quoi d'autre a parlé Roosevelt ?

— De l'avancement de la guerre. Il veut que je lui écrive un rapport sur un certain sujet.

— Comme c'est héroïque, ironisa-t-elle en allumant une cigarette. Et tu obtiendras quoi pour ça ? Une médaille montée sur un ruban de machine à écrire ? »

J'eus un grand sourire, car sa démonstration de dédain me divertissait. Les frères de Diana s'étaient tous deux enrôlés dans la Canadian Air Force dès 1939 et, comme elle ne manquait jamais de me le rappeler, ils avaient été tous les deux décorés.

« D'aucuns pourraient croire que tu n'accordes aucune importance au travail du renseignement, ma chérie. » Je m'approchai du chariot aux alcools et me versai un whisky. « Un verre ?

— Non, merci. Tu sais, je crois que j'ai compris pourquoi on appelle cela du renseignement. C'est parce que les individus renseignés dans ton genre réussissent toujours à se mettre à l'abri du danger.

— Il faut bien que quelqu'un ouvre l'œil sur ce que mijotent les Allemands. » J'avalai une gorgée de scotch, qui avait bon goût et qui me réchauffa agréablement les tripes, surtout après la potion d'embaumement de Roosevelt. « Mais si ça t'amuse de me faire passer pour un lâche, alors vas-y. Je saurai le supporter.

— C'est peut-être ce qui m'embête le plus.

— Cela ne m'embête pas que ça t'embête.

— Alors donc, c'est comme cela que ça marche. La philosophie. » Diana se pencha en avant dans son fauteuil et écrasa sa cigarette. « De quoi traite ce rapport, d'ailleurs ? Celui que le Président des États-Unis veut que tu rédiges ?

— Je ne suis pas en mesure de te le révéler.

— Je ne vois pas ce qui te rend si cachottier.

— Je ne suis pas cachottier. Je suis impénétrable. Il y a une grosse différence. Si j'étais cachottier, je t'inviterais à caresser mon pelage, à me cajoler les oreilles, à me taquiner pour me tirer les vers du nez. Impénétrable veut dire que je préférerais avaler ma gélule de poison avant de céder. »

L'espace d'un instant, je vis sa mine, les narines pincées.

« Ne remets jamais au lendemain ce que tu pourrais accomplir le jour même, fit-elle.

— Je te remercie, très chère. Mais je peux au moins te dire ceci : je vais devoir partir pour Londres, une ou deux semaines. »

Son visage se détendit un peu et un sourire vint jouer un petit duo silencieux sur ses lèvres.

« Londres ? Mais enfin, Willy chéri, tu n'as pas entendu les nouvelles ? Les Allemands bombardent. Pour toi, cela risque d'être dangereux. »

La voix était gentiment moqueuse.

« Oui, je crois que j'en ai entendu parler, avouai-je. Et c'est pourquoi je suis heureux d'y aller. Comme cela, je pourrai me regarder dans le miroir quand je me rase le matin. Au bout de quinze mois assis derrière un bureau de la Vingt-Troisième Rue, je finis par me dire que j'aurais dû m'enrôler dans la Marine, après tout.

— Seigneur, quel héroïsme ! Je crois que je vais l'accepter, ce verre. »

Je lui en servis un, comme elle l'aimait, sec, tout comme la posture très Bryn Mawr de Diana sur une chaise, les genoux chastement serrés l'un contre l'autre. Quand je le lui tendis, elle me le prit du bout des doigts, puis elle retint ma main, l'amena tout contre sa joue aussi froide que le marbre.

« Tu sais que je ne pense pas un traître mot de ce que je viens de dire, n'est-ce pas ?

— Évidemment. C'est l'une des raisons pour lesquelles je t'aime tant.

— Certaines personnes combattent des taureaux, galopent derrière des chiens, tirent des oiseaux. Moi, j'aime causer. C'est l'une des deux choses que je fais vraiment bien.

— Ma chérie, en matière de conversation, tu es la Grande Championne de ces dames. »

Elle avala son scotch et se mordilla l'ongle du pouce, comme pour me faire savoir que c'était juste un apéritif, et qu'il y avait des parties de ma personne qu'elle aimerait s'essayer à mordiller. Ensuite, elle se leva et m'embrassa, battant des cils, ne cessant d'entrouvrir et de refermer les yeux, pour voir si j'étais prêt à grimper à bord du vaisseau de plaisir qu'elle avait affrété rien que pour nous deux.

« Pourquoi ne pas monter au premier ? Et je te montrerai l'autre chose que je fais vraiment bien ! »

Je l'embrassai encore, j'y mis tout mon être, comme un cabot qui aurait tenu lieu de doublure à John Barrymore.

« Va devant, lui suggérai-je quand, au bout d'un petit moment, nous remontâmes à la surface pour reprendre une goulée d'air. Je te rejoins tout de suite. J'ai d'abord un peu de lecture. Quelques documents que le Président m'a confiés. »

Son corps se raidit dans mes bras, et je la crus sur le point de lâcher l'une de ses reparties cinglantes. Mais elle se ravisa.

« Ne te mets pas en tête d'invoquer ce prétexte plus d'une fois, me prévint-elle. Je suis aussi patriote que n'importe qui. Mais je suis une femme aussi. »

J'opinai et je l'embrassai de nouveau.

« C'est ce que j'apprécie le plus chez toi. »

Diana me repoussa doucement, avec un grand sourire.

« Parfait. Seulement, ne sois pas trop long. Et si je suis endormie, vois donc si tu ne peux pas te servir de ton immense cervelle pour trouver un moyen de me réveiller.

— Je vais tâcher de songer à quelque chose, Belle au bois dormant. »

Je la regardai monter au premier. Elle valait le coup d'œil. Ses jambes semblaient dessinées pour vendre des billets au musée d'Art moderne de Washington. Je les observai jusqu'à la limite des bas, avant de poursuivre bien au-delà. Pour des motifs purement philosophiques, naturellement. Tous les philosophes, a dit Nietzsche, ont des femmes une compréhension médiocre. Mais il est vrai qu'il n'avait jamais regardé pareille femme monter des marches d'escalier. Je ne connaissais pas de moyen de comprendre les réalités ultimes qui soit susceptible de rivaliser avec l'observation de ce phénomène de dentelle et de couture : les sous-vêtements de Diana.

Je m'efforçai de chasser cette connaissance particulière de mon esprit en me préparant une cafetière. Je trouvai un paquet de cigarettes neuf sur le bureau, dans ma pièce de travail, et je m'assis pour compulser les dossiers que m'avait remis Roosevelt.

Le rapport établi par le Bureau allemand des crimes de guerre contenait l'essentiel des détails. Mais c'était le rapport britannique rédigé par sir Owen O'Malley, ambassadeur auprès du gouvernement polonais en exil, et concocté avec l'aide de l'armée polonaise, sur lequel je m'attardai le plus longtemps. Le rapport exhaustif d'O'Malley était écrit dans un style direct et frappant, et il comportait des descriptions horribles de la manière dont des officiers et des hommes du NKVD soviétique avaient abattu ces quatre mille cinq cents hommes – d'une balle dans la nuque, certains ayant les mains liées, d'autres avec de la sciure dans la bouche pour les empêcher de crier – avant de les ensevelir dans un charnier.

Ayant achevé la lecture de ce rapport un peu après minuit, je ne voyais pas comment ne pas adopter la conclusion d'O'Malley selon laquelle les Soviétiques étaient coupables, sans l'ombre d'un doute. L'avertissement d'O'Malley à Winston Churchill, estimant que les meurtres de la forêt de Katyn auraient des « répercussions morales » durables, me paraissait relever de l'euphémisme. Mais, dans le droit fil de mon entretien avec le Président, j'en déduisis que toutes les conclusions auxquelles j'aboutirais à partir de mes propres investigations allaient devoir céder le pas à ce que j'avais compris du souhait du Président : parvenir à des relations plus cordiales entre Joseph Staline, ce meurtrier qui haïssait les Polonais, et lui-même.

Le rapport que j'allais pouvoir rédiger sur ce massacre ne serait peut-être guère plus qu'une formalité, un moyen pour Roosevelt de se couvrir. J'aurais même pu considérer cette mission présidentielle comme une sorte de corvée, si je n'étais parvenu à me convaincre de l'intérêt de ce voyage à Londres. Londres serait divertissant et, après des mois d'inaction dans l'un des quatre édifices de brique rouge que comprenait le « campus » – le sobriquet à usage local qui désignait l'OSS et son personnel, essentiellement d'origine universitaire –, je mourais d'envie de connaître un peu d'animation. Une semaine à Londres pourrait être tout à fait ce qu'il me faudrait, surtout maintenant que Diana s'était mise à me lancer des piques sur ma façon de me tenir à l'écart du front.

Je me levai et m'approchai de la fenêtre. En regardant dehors dans la rue, j'essayai de m'imaginer tous ces officiers polonais assassinés, gisant dans un charnier quelque part près de Smolensk. Je vidai mon reste de whisky. Au clair de lune, la pelouse devant ma maison avait la couleur du sang et le ciel argenté, agité, avait une allure spectrale, comme si la mort elle-même gardait son grand œil de baleine blanche braqué sur moi. Au fond, peu importait qui vous tuait. Les Allemands ou les Russes, les Britanniques ou les Américains, votre propre camp ou l'ennemi. Une fois que vous êtes mort, vous êtes mort, et rien, même pas une enquête présidentielle, n'y pourrait changer quoi que ce soit. Mais je faisais partie des chanceux et, au premier étage, l'acte qui affirmait la vie par excellence réclamait ma présence.

J'éteignis les lumières et j'allai retrouver Diana.

2

DIMANCHE 3 OCTOBRE 1943
BERLIN

Joachim von Ribbentrop, le ministre allemand des Affaires étrangères, se leva pour contourner son énorme bureau à plateau de marbre, et foula un épais tapis pour venir se présenter face aux deux hommes qui avaient pris place dans le petit salon, avec son ensemble de fauteuils et canapés Biedermeier tapissés de soie rayée vert et blanc. Une pile de photographies était posée sur la table devant eux, toutes au format d'un magazine, toutes des fac-similés d'un document subtilisé discrètement dans le coffre-fort de l'ambassadeur britannique à Ankara, sir Hughe Knatchbull-Hugessen. Von Ribbentrop s'assit à son tour et, tâchant d'oublier la stalactite d'eau de pluie qui dégoulinait du lustre en cristal Marie-Thérèse et s'accumulait bruyamment dans un seau en métal, il étudia chaque photo. Puis, non sans manifester une lassitude dédaigneuse, il scruta du regard la brute à la peau basanée qui les avait rapportées à Berlin.

« Tout cela me paraît trop beau pour être vrai, lâcha-t-il.

— C'est une possibilité, naturellement, Herr Reichsminister.

— Les gens ne se transforment pas subitement en espions sans de bonnes raisons, Herr Moyzisch, remarqua von Ribbentrop. Surtout les valets des gentlemen anglais.

— Bazna voulait de l'argent.

— Et il semblerait qu'il l'ait obtenu. Combien dites-vous que Schellenberg lui avait versé ?

— Vingt mille livres à ce jour. »

Von Ribbentrop jeta les photos sur la table et l'une d'elles glissa au sol. Rudolf Linkus, son plus proche collaborateur au ministère des Affaires étrangères, la ramassa.

« Et qui l'a formé au maniement d'un appareil photo, pour qu'il possède un tel savoir-faire, à ce qu'il semblerait ? Les Britanniques ? Ne vous est-il jamais venu à l'esprit que ce pouvait être de la désinformation ? »

Ludwig Moyzisch dut subir le regard glacial du Reichsminister, regrettant de ne pas être déjà de retour à Ankara, et se demandant pourquoi, de tous ceux qui avaient examiné ces documents fournis par son agent Bazna (sous le nom de code Cicéron), von Ribbentrop était le seul à douter de leur authenticité. Même Kaltenbrunner, le chef des Services de Sécurité du Reich, et le patron de Walter Schellenberg, était convaincu de la véracité de ces informations. Croyant plaider en faveur des pièces fournies par Cicéron, Moyzisch avança que Kaltenbrunner en personne se rangeait désormais à l'opinion que ces documents étaient probablement authentiques.

« Kaltenbrunner est malade, n'est-ce pas ? » Le mépris de Ribbentrop pour le chef du SD était un fait bien connu au sein du ministère des Affaires étrangères. « Phlébite, d'après ce que j'ai entendu dire. Sans aucun doute, son esprit, ou ce qui lui en tient lieu, a dû être fortement atteint par le mal. D'ailleurs, pour ce qui est de connaître les Britanniques, je ne crains personne, et surtout pas un crétin, un ivrogne et un sadique. Quand j'étais ambassadeur d'Allemagne auprès de la cour de Saint-James, j'ai eu l'occasion de fort bien connaître certains Anglais, et je puis vous certifier qu'il s'agit d'un tour de passe-passe échafaudé par les maîtres espions de Londres. De la désinformation, calculée pour détourner nos soi-disant services de renseignements de leurs tâches. »

L'un de ses deux yeux bleu pâle mi-clos, il se tourna face à son subordonné.

Ludwig Moyzisch opina, espérant se montrer d'une déférence appropriée. En sa qualité d'envoyé du SD à Ankara, il en référait au général Schellenberg. Mais sa position était compliquée par le fait que sa couverture d'attaché commercial allemand en Turquie lui imposait aussi de rendre des comptes à von Ribbentrop. Et c'est pourquoi il se retrouvait à devoir justifier le travail de Cicéron à la fois devant le SD et devant le ministre des Affaires étrangères du Reich. Cette situation aurait suffi à rendre n'importe quel individu nerveux, car von Ribbentrop n'était pas moins vindicatif qu'Ernst Kaltenbrunner. Von Ribbentrop pouvait avoir l'air pusillanime et affecté, mais Moyzisch savait que le sous-estimer serait une erreur. L'époque des triomphes diplomatiques du ministre était certes derrière lui, mais il demeurait un général des SS et un ami de Himmler.

« Certainement, fit Moyzisch. Je suis certain que vous avez raison de douter de ces documents, Herr Minister.

— Je pense que nous en avons terminé. »

Von Ribbentrop se leva brusquement.

Moyzisch fut très vite debout mais, dans son impatience de ne plus se trouver en présence du Reichsminister, il renversa son fauteuil.

« Je suis désolé, Herr Reichsminister, s'excusa-t-il en redressant le siège.

— Ne vous donnez pas cette peine. » D'un signe de la main, von Ribbentrop désigna le plafond dégoulinant. « Comme vous pouvez le voir, nous ne nous sommes pas encore remis de la dernière visite de la RAF. L'étage supérieur du ministère a disparu, ainsi que beaucoup de fenêtres de celui où nous nous trouvons. Il n'y a plus de chauffage, naturellement, mais nous préférons rester à Berlin plutôt que d'aller nous terrer à Rastenburg ou à Berchtesgaden.

Il raccompagna Linkus et Moyzisch à la porte de son bureau. À la grande surprise du second, le Reichsminister se montrait à présent fort courtois, presque comme s'il voulait obtenir quelque chose de lui. L'ébauche d'un sourire flottait même sur son visage.

« Puis-je vous demander ce que vous allez rapporter de cette réunion au général Schellenberg ? » Une main glissée dans la poche de son costume Savile Row, il fit tinter son trousseau de clefs d'un geste nerveux.

« Je vais lui rapporter ce que le Reichsminister en personne m'a déclaré, lui assura Moyzisch. Que c'est de la désinformation. Une ruse grossière du renseignement britannique.

— Exactement, acquiesça von Ribbentrop, comme s'il souscrivait à une opinion que Moyzisch aurait formulée le premier. Signalez donc à Schellenberg qu'il gaspille son argent. Agir sur la base de cette information serait pure folie. Vous n'êtes pas d'accord ?

— Sans aucun doute, Herr Reichsminister.

— Je vous souhaite un bon voyage de retour en Turquie, Herr Moyzisch. » Puis, se tournant vers Linkus, von Ribbentrop ajouta : « Raccompagnez Herr Moyzisch et priez ensuite Fritz d'approcher la voiture devant l'entrée principale. Nous partons pour la gare dans cinq minutes. »

Von Ribbentrop ferma la porte et retourna à la table Biedermeier, où il rassembla les photographies de Cicéron et les rangea avec soin dans sa serviette en cuir gras. Il avait la quasi-certitude que Moyzisch ne se trompait pas, que ces documents étaient parfaitement authentiques, mais il n'avait aucune envie de leur accorder le moindre crédit aux yeux de Schellenberg, et encore moins que le général du SD soit incité à tirer avantage de cette nouvelle information importante en se lançant derechef dans l'une de ses stupides acrobaties militaires à grand spectacle. S'il était une chose dont il n'avait aucune envie, ce serait de voir le SD organiser encore une de ses « missions spéciales » comme celle du mois précédent, quand Otto Skorzeny et une troupe de cent huit SS avaient sauté en parachute sur un sommet montagneux des Abruzzes pour tirer Mussolini des griffes de la faction du traître Badoglio, qui avait essayé de signer la reddition de l'Italie aux alliés. Le sauvetage de Mussolini était une chose, mais savoir quoi faire ensuite du Duce en était une autre. Il lui avait incombé de régler le problème. L'installation du Duce dans la ville-État de la République de Salo, sur le lac de Garde, avait été l'une des entreprises diplomatiques les plus vaines de sa carrière. Si quelqu'un avait pris la peine de lui poser la question, il aurait laissé Mussolini dans les Abruzzes affronter une cour martiale alliée.

Ces documents de Cicéron, c'était une tout autre chanson. Ils constituaient pour lui une véritable opportunité de relancer sa carrière, de prouver qu'il était bel et bien, comme Hitler l'avait appelé jadis – après la réussite de ses pourparlers autour du pacte de non-agression avec l'Union soviétique –, « un second Bismarck ». La guerre n'était guère favorable à la diplomatie, mais maintenant qu'il était clair que la guerre ne pourrait plus être gagnée, le temps de la diplomatie – la diplomatie de von Ribbentrop – était de retour, et il n'avait aucune intention de permettre aux gens du SD, avec leurs actes de bravoure ineptes, de ruiner les chances de l'Allemagne dans une paix négociée.

Il allait s'en entretenir avec Himmler. Seul Himmler possédait assez de clairvoyance et saurait faire preuve d'assez de prévoyance pour comprendre l'opportunité extraordinaire que leur fournissait Cicéron, avec cette information qui tombait à point nommé. Von Ribbentrop referma sa serviette et se dirigea vers la rue.

Près du haut réverbère qui flanquait l'entrée du bâtiment, il retrouva ses deux adjoints, qui devaient l'accompagner dans son trajet en train : Rudolf Linkus et Paul Schmidt. Linkus le soulagea de sa serviette et la plaça dans le coffre de l'énorme Mercedes noire qui attendait pour le conduire à la gare d'Anhalter. Humant l'air nocturne et humide, chargé de l'odeur de cordite des batteries antiaériennes de Pariser Platz et Leipziger Platz toutes proches, il grimpa à l'arrière.

Ils roulèrent en direction du sud, en empruntant la Wilhelmstrasse, dépassèrent le quartier général de la Gestapo, s'engagèrent dans la Königgratzerstrasse, et tournèrent à droite pour entrer dans la gare, remplie de retraités âgés, de femmes et d'enfants qui profitaient du décret du Gauleiter Goebbels les autorisant à échapper aux campagnes de bombardement alliées. La Mercedes s'arrêta devant un quai situé très à l'écart des voyageurs berlinois les moins distingués, le long d'un train caréné vert foncé, qui relâchait un panache de fumée. Debout sur le quai, par intervalles de cinq mètres, des hommes de la SS montaient la garde devant les douze voitures et les deux wagons de flak, armés d'affûts antiaériens quadruples de deux cents millimètres. C'était le train spécial *Heinrich*, utilisé par le Reichsführer-SS

Heinrich Himmler et, après le *Führerzug*, le convoi ferroviaire le plus important d'Allemagne.

Von Ribbentrop monta à bord de l'une des deux voitures réservées à l'usage du ministre des Affaires étrangères du Reich et de son cabinet. Déjà, le cliquetis des machines à écrire et le tintement de la vaisselle de porcelaine et des couverts en argent dressés par les serveurs de la voiture salle à manger, qui séparait la voiture personnelle de von Ribbentrop de celle du Reichsführer-SS, rendaient le train aussi bruyant que n'importe quel département ministériel. À exactement huit heures, le *Heinrich* fit route vers l'est, en direction de ce qui avait été naguère la Pologne.

À huit heures trente, von Ribbentrop entra dans son compartiment afin de se changer pour le dîner. Son uniforme de général SS était déjà disposé sur le lit, avec sa vareuse et sa casquette noires, ses baudriers croisés, sa culotte de cheval noire et ses bottes cavalières en cuir noir cirées. Von Ribbentrop, qui détenait le titre honoraire de SS-Gruppenführer depuis 1936, aimait porter l'uniforme, et son ami Himmler semblait apprécier qu'il le porte. En cette occasion particulière, toutefois, l'uniforme SS était obligatoire, et quand le ministre sortit de son compartiment, les autres membres de son cabinet présents à bord du train étaient également vêtus de leur uniforme d'un noir de charbon. Von Ribbentrop se surprit à sourire, car il aimait assez que son entourage ait belle allure et sache se montrer d'une efficacité que seule la proximité du Reichsführer-SS semblait à même de leur imposer et, d'instinct, il les salua. Ils lui rendirent son salut. Paul Schmidt, qui était colonel SS, présenta à son maître une feuille de papier à lettres à l'en-tête du ministère, sur laquelle était tapé le résumé des remarques que von Ribbentrop souhaitait soumettre à Himmler pendant leur réunion dînatoire.

Elles incluaient sa suggestion que tout équipage aérien allié capturé après un raid de bombardement aérien soit remis à la population locale et lynché. Et puis il y avait la question soulevée par les documents photographiques de Cicéron, l'agent du SD. Non sans irritation, le ministre nota que la question de la déportation des Juifs de Norvège, d'Italie et de Hongrie figurait aussi à l'ordre du jour. Von Ribbentrop relut encore une fois ce dernier point et jeta le résumé sur la table, le visage empourpré.

« Qui a tapé ceci ? s'écria-t-il.

— Fräulein Mundt, lui répondit Schmidt. Y a-t-il un problème, Herr Reichsminister ? »

Von Ribbentrop tourna les talons et passa dans la voiture suivante, où plusieurs dactylos, à la vue du ministre, cessèrent de taper et se levèrent respectueusement. Il s'approcha de Fräulein Mundt, inspecta sa corbeille de départ et retira silencieusement la copie-carbone du résumé de Schmidt, avant de regagner sa voiture personnelle. Là, il plaça la copie-carbone sur la table et, fourrant les deux mains dans les poches de sa vareuse SS, il fit face à Schmidt avec une expression de mécontentement menaçante.

« Parce que vous avez été trop paresseux pour agir comme je vous le demandais, vous avez risqué nos vies à tous, lui lança-t-il. En consignant les détails précis de cette affaire Moellhausen sur le papier… et sur un document officiel, devrais-je ajouter… vous reproduisez très exactement le même délit pour lequel le consul a essuyé une sévère réprimande. »

Eiten Moellhausen était le consul des Affaires étrangères à Rome et, la semaine précédente, il avait expédié un câble à Berlin alertant le ministère de l'intention du SD de déporter huit mille Juifs italiens vers le camp de concentration de Mauthausen, en Autriche, « pour

liquidation ». Ce câble avait provoqué la consterna-
tion, car von Ribbentrop avait strictement interdit que
des termes comme « liquidation » apparaissent dans
les documents émanant du ministère, pour le cas où ils
tomberaient entre les mains des alliés.

« Supposons que ce train soit capturé par des comman-
dos britanniques, hurla-t-il. Votre stupide résumé
nous condamnerait tout aussi sûrement que le câble
de Moellhausen. Je vous l'ai déjà dit, mais il semble
que je doive le redire. "Déménagement", "Réinstalla-
tion", "Déplacement". Tels sont les termes appropriés,
à employer dans tous les documents du ministère des
Affaires étrangères relatifs à la solution du problème
juif en Europe. Le prochain qui oublie ceci suivra le
même chemin que Martin Luther. » Von Ribbentrop
saisit le résumé incriminé et sa copie carbone et les
fourra entre les mains de Schmidt. « Détruisez-les.
Et demandez à Fräulein Mundt de retaper ce mémo.
Immédiatement.

— Tout de suite, Herr Reichsminister. »

Von Ribbentrop se versa un verre d'eau minérale, de
la Fachinger, et attendit, avec impatience, que Schmidt
revienne avec le document tapé. Pendant qu'il attendait, on frappa à l'autre porte de la voiture, et l'un
de ses adjoints l'ouvrit pour faire entrer un petit SS-
Standartenführer, d'allure ordinaire, un homme dont
l'apparence n'était pas dissemblable de celle de son
maître, car c'était le docteur Rudolf Brandt, le secrétaire personnel de Himmler et le plus assidu de tous
dans l'entourage du Reichsführer. Brandt claqua des
talons et s'inclina avec raideur devant von Ribbentrop,
qui lui sourit, l'air compassé.

« Avec les compliments du Reichsführer, Herr
General, s'écria Brandt. Il aimerait savoir si vous êtes
disposé à le rejoindre dans sa voiture. »

Schmidt rapporta le nouvel ordre du jour, que von Ribbentrop accueillit sans un mot, avant de suivre Brandt par le soufflet qui reliait les deux wagons.

La voiture de Himmler était lambrissée de bois vernis. Une lampe en laiton se dressait sur un petit bureau près de la fenêtre. Les fauteuils étaient tapissés de cuir vert, assortis à la couleur de l'épais velours de l'intérieur. Il y avait un gramophone et une radio, même si Himmler n'avait guère de temps à consacrer à de telles distractions. Quoi qu'il en soit, le Reichsführer était à l'opposé de l'image d'ascète monacal qu'il affectait en public. Pour von Ribbentrop, qui connaissait bien Himmler, sa réputation d'individu impitoyable paraissait peu méritée : il était capable de faire preuve d'une grande générosité envers ceux qui le servaient convenablement. En fait, Heinrich Himmler n'était pas dépourvu de charme, et sa conversation était vive, émaillée de traits d'humour, et plus souvent qu'on ne l'aurait cru. Il est vrai que, comme le Führer, il lui déplaisait que l'on fume la cigarette autour de lui, mais à l'occasion il ne refusait pas un bon cigare. Concernant l'alcool, il n'observait pas davantage une abstinence totale, et il buvait souvent un ou deux verres de vin rouge dans la soirée. Von Ribbentrop trouva Himmler à sa table, une bouteille de Herrenberg-Honigsächel déjà ouverte sur son bureau et un gros cigare cubain se consumant dans un cendrier en cristal juché sur un atlas Brockhaus, à côté d'un exemplaire relié en maroquin du Baghavad Gîta, livre dont Himmler se séparait rarement, voire jamais.

En voyant von Ribbentrop, il posa son fameux crayon vert et se leva d'un bond.

« Mon cher Ribbentrop », fit-il d'une voix tranquille, dont le léger nasillement bavarois rappelait parfois au ministre l'accent autrichien de Hitler. Certains prétendaient même que, chez Himmler, cet accent était consciemment calqué sur celui du chef de l'Allemagne, manière pour lui d'entrer encore un peu plus dans ses bonnes grâces. « Quel plaisir de vous voir. Je travaillais justement sur le discours de demain. »

C'était l'objet de leur périple en train vers la Pologne : le lendemain, à Posen, l'ancienne capitale de la Grande Pologne devenue le site d'une école du renseignement dirigée par le colonel Gehlen et destinée à former les forces militaires allemandes concentrées en Russie, Himmler allait s'adresser à tous les généraux, ou « chefs de troupe », de la SS. Quarante-huit heures plus tard, il prononcerait le même discours devant tous les Reichsleiters et tous les Gauleiters d'Europe.

« Et comment cela se présente-t-il ? »

Himmler montra au ministre le texte dactylographié sur lequel il avait travaillé tout l'après-midi, couvert de son écriture verte en pattes de mouche.

« Un peu long peut-être, admit-il. Trois heures et demie. »

Von Ribbentrop réprima un gémissement silencieux. Prononcé par n'importe qui d'autre, Goebbels, Göring ou même Hitler, ce discours aurait pu l'inciter à une petite sieste, mais Himmler était le genre d'homme à vous poser ensuite des questions sur la teneur de son intervention, et en particulier ce que l'on pensait de ses points forts.

« Évidemment, on n'y peut rien, ajouta Himmler avec désinvolture. Il y a beaucoup de sujets à aborder.

— J'imagine. Naturellement, j'attends cela avec impatience, depuis votre nouvelle prise de fonction. »

Cela faisait tout juste deux mois que Himmler avait succédé à Frank au poste de ministre de l'Intérieur, et le discours de Posen visait à démontrer que ce remaniement n'était pas de pure forme : si, précédemment,

le Führer avait compté sur le soutien du peuple allemand, Himmler entendait montrer qu'il misait désormais exclusivement sur la puissance de la SS.

« Merci, mon cher camarade. Un peu de vin ?

— Oui, merci. »

Tout en servant le vin, Himmler s'enquit de son
épouse.

« Comment va Annelies ? Et votre fils ?

— Bien, merci. Et Haschen ? »

Haschen était le nom que Himmler donnait à son
épouse illégitime, Hedwig. Le Reichsführer n'était pas
encore divorcé de sa femme, Marga. De douze années la
cadette de Himmler, âgé de quarante-trois ans, Haschen
était son ancienne secrétaire et l'heureuse maman de
son fils de deux ans, Helge – il avait beau essayer, von
Ribbentrop ne s'habituait pas à appeler les enfants par
ces nouveaux noms aryens.

« Elle va bien, elle aussi.

— Nous rejoindra-t-elle à Posen ? C'est votre anniversaire, cette semaine, n'est-ce pas ?

— Oui, en effet. Mais non, nous nous retrou-
verons à Hochwald. Le Führer nous a invités à la
Wolfschanze. »

La Wolfschanze, la Tanière du Loup, était le quartier
général de Hitler en Prusse orientale, et Hochwald, la
maison que Himmler avait fait construire, vingt-cinq
kilomètres à l'est de la résidence tentaculaire du Führer, au cœur de la forêt.

« Nous ne vous y voyons plus beaucoup, Ribbentrop.

— Il y a très peu de choses auxquelles un diplomate
puisse être utile dans un quartier général militaire,
Heinrich. Je préfère donc rester à Berlin, où je puis
mieux servir le Führer.

— Vous avez tout à fait raison d'éviter cet endroit, mon cher. C'est épouvantable. Étouffant l'été et glacial en hiver. Dieu merci, je n'ai pas à y demeurer moi-même. Ma propre maison se situe dans une partie de la campagne qui est bien plus saine. Parfois, je pense que la seule raison pour laquelle le Führer s'impose de subir les rigueurs de cet endroit, c'est que cela lui permet de se sentir à l'unisson avec les privations qu'endure le soldat allemand ordinaire.

— Il y a de cela. Et une autre raison, bien sûr. Tant qu'il reste là, il n'a pas à découvrir les dégâts infligés à Berlin par les bombardements.

— Peut-être. De toute manière, cette nuit, c'est le tour de Munich.

— Ah oui ?

— Quelque trois cents bombardiers de la RAF.

— Seigneur !

— Je redoute ce qui nous attend, Joachim. Cela ne m'ennuie pas de vous l'avouer. C'est pourquoi nous devons faire tout notre possible pour aboutir dans nos efforts diplomatiques. Il est impératif que nous parvenions à conclure une paix séparée avec les alliés avant qu'ils n'ouvrent un second front l'an prochain. » Himmler ralluma son cigare et tira dessus avec soin. « Espérons que les Américains puissent encore se laisser convaincre de renoncer à cette histoire démentielle de capitulation sans conditions.

— Je crois toujours que vous auriez dû autoriser le ministère des Affaires étrangères à converser avec cet homme, ce Hewitt. Après tout, j'ai vécu en Amérique.

— Allons, Joachim. C'était au Canada, si je ne me trompe ?

— Non. À New York aussi. Pendant un mois ou deux en tout cas. »

Himmler garda le silence un moment, étudiant l'extrémité de son cigare avec un intérêt des plus diplomatiques.

Von Ribbentrop lissa ses cheveux blonds grisonnants et tenta de maîtriser son tic nerveux à la joue gauche, une manifestation trop visible de son irritation envers le Reichsführer-SS. Que Himmler ait pu envoyer le docteur Felix Kersten à Stockholm pour mener des négociations secrètes avec l'émissaire spécial de Roosevelt au lieu de l'envoyer, lui, était pour le ministre un sujet d'exaspération, et non des moindres.

« Vous saisissez tout le ridicule de ma position, je n'en doute pas, insista-t-il. Que moi, un diplomate expérimenté, j'aie dû m'effacer, passer au second plan, derrière votre... votre chiropracteur.

— Pas seulement le mien. Il me semble me souvenir qu'il vous a également traité, Joachim. Et non sans succès, oserai-je ajouter. Mais j'avais deux motifs de demander à Felix de se rendre à Stockholm. Premièrement, il est lui-même scandinave, ce qui lui permettait d'évoluer là-bas au vu et au su de tous. Contrairement à vous. Et, enfin, vous avez été présenté à Felix et vous savez combien il est talentueux, et à quel point il peut être persuasif. En parlant de magnétisme, pour désigner l'effet qu'il peut exercer sur les individus, je ne crois pas exagérer. Il a même réussi à persuader cet Américain, Abram Hewitt, de le laisser traiter son mal de dos, ce qui leur a fourni une couverture très utile pour leurs entretiens. » Himmler secoua la tête. « J'ai cru possible, je l'avoue, au vu des circonstances, que Felix parvienne réellement à exercer une certaine influence sur Hewitt. Mais jusqu'à présent, il s'avère que cela n'a pas été le cas.

— Abram. Est-il juif ?

— Je n'en suis pas sûr. Mais oui, probablement. »
Himmler haussa les épaules. « Mais on ne peut se permettre de faire entrer cela en ligne de compte.

— Avez-vous parlé à Kersten ?

— Ce soir, au téléphone, avant de quitter Berlin.
Hewitt a signifié à Felix qu'il considérait que des négociations pourraient débuter après que nous aurions pris
une initiative pour nous défaire de Hitler. »

À cette évocation de l'indicible, les deux hommes
plongèrent dans le silence. Puis von Ribbentrop reprit
la parole :

« Dans leurs réflexions, les Russes sont loin d'être
aussi bornés. Comme vous le savez, j'ai rencontré
Mme de Kollontaï, leur ambassadrice en Suède, à
maintes occasions. Elle dit que le maréchal Staline a
été choqué que Roosevelt ait formulé cette exigence de
capitulation sans conditions sans même le consulter.
Tout ce qui importe réellement à l'Union soviétique,
c'est le rétablissement de ses frontières d'avant 1940
et des compensations financières d'un niveau convenable, pour la dédommager de ses pertes.

— L'argent, naturellement, grogna Himmler. Il
va sans dire que c'est la seule chose qui intéresse les
communistes. Tout ce que Staline désire, en réalité,
c'est que les usines de la Russie soient reconstruites
aux frais de l'Allemagne. Et que l'Europe de l'Est lui
soit remise sur un plateau, comme il se doit. Oui, par
Dieu, les alliés vont très bientôt s'apercevoir que nous
sommes le seul rempart qui se dresse entre eux et les
Popovs.

» Vous savez, j'ai effectué une étude très particulière à leur sujet, poursuivit-il, et, d'après mon esti-
mation la plus raisonnable de ce que la guerre a coûté
à l'armée Rouge, j'en arrive au bas mot à un chiffre de

plus de deux millions de morts, prisonniers et handicapés. C'est l'un des aspects que j'entends aborder à Posen. Je m'attends à ce qu'ils sacrifient encore deux millions d'hommes lors de leur offensive d'hiver. Déjà, la division SS *Das Reich* nous informe que, dans certains cas, les divisions qui nous affrontent comprennent des compagnies entières composées de garçons de quatorze ans. Retenez bien mes propos : d'ici le printemps prochain, pour nous combattre, ils enrôleront des jeunes filles de douze ans. Ce qu'il advient de la jeunesse russe est une question qui m'indiffère totalement, c'est bien évident, mais cela m'indique que la vie humaine ne représente absolument rien à leurs yeux. Et cela m'étonne toujours de constater que les Britanniques et les Américains puissent accepter en guise d'alliés des gens capables de sacrifier dix mille femmes et enfants rien que pour creuser un fossé antichar. Si c'est là-dessus que les Britanniques et les Américains entendent fonder la pérennité de leur existence, alors je ne vois pas ce qui les autorise à nous faire la leçon sur la manière la plus convenable de mener une guerre. »

Von Ribbentrop but une gorgée du vin de Himmler, alors qu'il préférait grandement le champagne qu'il avait dégusté dans sa propre voiture, et secoua la tête.

« Je ne crois pas que Roosevelt connaisse la nature de la bête à laquelle il s'est enchaîné, fit-il. Churchill est bien mieux informé sur les bolcheviks et, comme il l'a déclaré, pour vaincre l'Allemagne, il s'allierait avec le diable. Mais je ne crois vraiment pas que Roosevelt ait la moindre notion de la répugnante brutalité de son allié.

— Et pourtant, nous savons de source sûre qu'il était informé de l'identité des vrais auteurs du massacre de la forêt de Katyn, souligna Himmler.

— Oui, mais y a-t-il cru ?

— Comment pourrait-il ne pas y croire ? Les preuves étaient irréfutables. Le dossier qui a été constitué par le Bureau allemand des crimes de guerre aurait suffi à établir la culpabilité des Russes aux yeux mêmes de l'observateur le plus impartial.

— Mais c'est certainement la question, remarqua von Ribbentrop. Roosevelt n'est guère impartial. Avec les Russes qui continuent de nier leur culpabilité, Roosevelt peut toujours décider de ne pas en croire ses propres yeux. S'il y avait cru, nous en aurions su quelque chose. C'est la seule explication possible.

— Je crains que vous n'ayez raison. Ils préfèrent croire les Russes plutôt que nous. Et il y a peu de chances pour que l'on puisse leur démontrer le contraire. Pas maintenant que Smolensk est de nouveau sous contrôle russe. Donc nous devons trouver un autre moyen d'éclairer les Américains. » Himmler ramassa un épais dossier posé sur son bureau et le tendit à son interlocuteur qui, remarquant que le Reichsführer-SS portait non pas un, mais deux anneaux en or, se demanda un instant si c'étaient les alliances de ses deux unions. « Oui, je pense que je pourrais lui envoyer ceci », fit Himmler.

Von Ribbentrop chaussa ses lunettes de lecture et alla ouvrir le dossier.

« Qu'est-ce ? demanda-t-il, soupçonneux.

— J'ai baptisé cela Dossier Beketovka. Beketovka est un camp de travail soviétique proche de Stalingrad, régenté par le NKVD. Après la défaite de notre VIᵉ armée, en février, ce sont quelque deux cent cinquante mille soldats allemands qui ont été faits prisonniers par les Russes, et détenus dans des camps comme Beketovka, qui était le plus vaste.

— "Était" ?

— Le dossier a été élaboré par l'un des agents du colonel Gehlen au sein du NKVD, et il vient de parvenir entre mes mains. C'est un travail remarquable. Très minutieux. Gehlen recrute vraiment des gens très capables. Il y a des photographies, des statistiques, des comptes rendus de témoins oculaires. Selon le registre du camp, approximativement cinquante mille soldats allemands sont arrivés à Beketovka en février dernier. Aujourd'hui, moins de cinq mille de nos hommes sont encore en vie. »

Von Ribbentrop en eut le souffle coupé.

« Vous plaisantez.

— Sur un sujet pareil ? Je ne crois pas. Allez, Joachim. Ouvrez-le. Vous le trouverez tout à fait édifiant. »

En règle générale, le ministre s'efforçait d'éviter la lecture des rapports arrivant au Service Allemagne du ministère des Affaires étrangères. Ils étaient archivés par les SS et le SD, et exposaient en détail la mort d'innombrables Juifs dans les camps d'extermination de l'Est. Mais il ne pouvait guère rester indifférent au sort de soldats allemands, surtout quand son propre fils était soldat, lieutenant au sein de la Leibstandarte-SS et, Dieu merci, encore en vie. Et si c'était son fils que l'on avait fait prisonnier à Stalingrad ? Il ouvrit le dossier.

Von Ribbentrop se surprit à s'attarder sur une photographie de ce qui, au premier abord, ressemblait à une illustration de Gustave Doré qu'il avait vue jadis dans *Le Paradis perdu* de Milton. Il lui fallut une ou deux secondes pour comprendre qu'il s'agissait de corps nus non pas d'anges, ou même de démons, mais d'êtres humains, apparemment gelés et empilés sur six ou sept niveaux, les uns sur les autres, comme des carcasses de bœufs dans un congélateur de l'enfer.

« Mon Dieu, souffla-t-il, quand il se rendit compte que cet alignement de carcasses mesurait quatre-vingts ou quatre-vingt-dix mètres de longueur. Mon Dieu, ce sont des soldats allemands ? »

Himmler opina.

« Comment sont-ils morts ? Ont-ils été fusillés ?

— Quelques chanceux ont en effet été fusillés. La plupart sont morts de faim, de froid, de maladie, d'épuisement et de manque de soins. Vous devriez vraiment lire le compte rendu de l'un des prisonniers, un jeune lieutenant de la 66ᵉ division d'infanterie. Elle a été acheminée hors du camp clandestinement, dans le vain espoir que la Luftwaffe soit en mesure d'organiser un raid de bombardement et de mettre un terme à leur supplice. Cela donne une assez bonne idée de la vie à Beketovka. Oui, c'est un reportage tout à fait remarquable. »

Les yeux bleu délavé de von Ribbentrop passèrent rapidement sur la photographie suivante, un gros plan d'un monceau de corps gelés.

« Peut-être plus tard, fit-il en retirant ses lunettes.

— Non, Ribbentrop, maintenant, insista l'autre. Je vous en prie. L'homme qui a écrit ce rapport a, ou plutôt avait, tout juste vingt-deux ans, le même âge que votre fils. Lisez. Nous le devons à tous ceux qui ne reviendront jamais dans la mère patrie, afin de comprendre leur souffrance et leur sacrifice. La lecture de telles vérités, voilà ce qui nous endurcira suffisamment pour accomplir ce qui doit l'être. Il n'y a pas de place pour la faiblesse humaine. N'êtes-vous pas d'accord ? »

Von Ribbentrop rechaussa ses lunettes, et son visage se contracta. Il n'appréciait guère de se laisser acculer, mais ne voyait pas d'autre solution que celle de lire ce document, comme Himmler venait de l'en prier.

« Mieux encore, continua ce dernier, lisez-moi tout haut ce que le jeune Zahler a écrit.

— À voix haute ?

— À voix haute, oui. La vérité, c'est que je ne l'ai lu moi-même qu'une seule fois, car je ne pouvais supporter l'idée de le relire. Lisez-le-moi maintenant, Joachim, et ensuite nous aborderons ce que nous devons décider. »

Le ministre des Affaires étrangères s'éclaircit la gorge avec nervosité, se remémorant la dernière occasion qu'il avait eue de lire un document à voix haute. Il se souvenait précisément de la date : le 22 juin 1941 – le jour où il avait annoncé à la presse que l'Allemagne avait envahi l'Union soviétique. Et, alors qu'il entamait cette lecture-ci, l'ironie des circonstances ne lui échappa pas.

Quand il eut terminé, il retira ses lunettes, avala sa salive, mal à l'aise. Le récit de la vie et de la mort du jeune Zahler à Beketovka lui fit l'effet de s'être allié au roulis du train et à l'odeur du cigare de Himmler, au point qu'il eut la sensation de ne pas être dans son assiette. Il se leva, mal assuré sur ses jambes, et, s'excusant un instant, sortit dans le soufflet entre les deux voitures pour s'emplir les poumons d'une bouffée d'air frais.

Quand le ministre regagna la voiture privée du Reichsführer, celui-ci parut lire dans ses pensées.

« Vous songiez peut-être à votre fils. Un jeune homme très courageux. Combien de fois a-t-il été blessé ?

— Trois fois.

— Il vous fait grandement honneur, Joachim. Prions pour que votre Rudolf ne soit jamais capturé par les Russes. En particulier parce qu'il est un SS. Ailleurs, le dossier Beketovka évoque le traitement tout particulièrement meurtrier que les Russes ont infligé aux prisonniers de guerre SS. Ils sont conduits dans l'île de Wrangel. Dois-je vous montrer où elle se situe ? »

Himmler souleva son atlas Brockhaus et l'ouvrit à la page de la carte concernée.

« Regardez ici, fit-il en pointant de son ongle manucuré un point sur une tache bleu pâle. Dans la mer de Sibérie orientale. Là. Vous voyez ? Trois mille cinq cents kilomètres à l'est de Moscou. Il secoua la tête. C'est la dimension de la Russie qui est proprement confondante, n'est-ce pas ? » Il referma l'atlas d'un coup sec. « Non, nous ne reverrons plus jamais ces camarades, j'en ai bien peur.

— Le Führer a-t-il consulté ce dossier ? s'enquit von Ribbentrop.

— Seigneur Dieu, non ! se récria son interlocuteur. Et il ne le verra jamais. S'il connaissait l'existence de ce document et les conditions de détention des soldats allemands dans les camps de prisonniers de guerre russes, croyez-vous qu'il voudrait jamais envisager une paix avec les Soviétiques ? »

Le ministre secoua la tête à son tour.

« Non, admit-il. Je crois que non.

— Mais je pense que si les Américains le voyaient, reprit Himmler. Alors…

— Alors cela risquerait de contribuer à enfoncer un coin entre les Russes et eux.

— Précisément. Peut-être cela contribuerait-il aussi à authentifier les preuves que nous avons déjà fournies de la responsabilité des Russes dans le massacre de la forêt de Katyn.

— J'en déduis, fit le ministre, que Kaltenbrunner vous a déjà informé du joli coup d'espionnage qu'a réussi cet homme, Cicéron ?

— Au sujet des Trois Grands et de leur conférence prochaine à Téhéran ? Oui.

— Je réfléchis, Heinrich… Avant leur rencontre avec Staline, Churchill et Roosevelt se rendent au Caire, pour y retrouver Tchang Kaï-Chek. Le lieu serait bien choisi pour que ce dossier Beketovka tombe entre leurs mains.

— Oui, c'est possible.

— Cela leur procurerait matière à réflexion. Cela pourrait peut-être même affecter leurs relations ultérieures avec Staline. Franchement, cela m'étonnerait que quoi que ce soit dans le contenu de ces documents surprenne beaucoup Churchill. Il a toujours détesté les Soviétiques. Mais Roosevelt, c'est une tout autre paire de manches. S'il faut en croire les journaux américains, il paraît décidé à charmer Staline.

— Une telle entreprise est-elle possible ? s'amusa Himmler, avec un grand sourire. Vous avez rencontré l'homme. Peut-il jamais se laisser charmer ?

— Charmer ? Je doute sincèrement que Jésus-Christ lui-même eût pu le charmer. Cela ne veut pas dire pour autant que Roosevelt ne se croit pas capable de réussir là où le Christ aurait été susceptible d'échouer. Mais là encore, s'il savait à quelle sorte de monstre il a affaire, il risquerait d'en perdre sa volonté de charmer.

— Cela vaut la peine d'essayer.

— Mais si l'on veut que ce dossier parvienne entre leurs mains, il convient que ce soit à partir de la bonne source. Et je crains que ni les SS ni le ministère des Affaires étrangères du Reich ne puissent nous garantir l'impartialité indispensable dans une matière aussi sensible.

— Je crois que nous tenons l'homme qu'il nous faut, fit Himmler. Je songe à un certain major Max Reichleitner. De l'Abwehr. Il faisait partie du groupe de travail sur les crimes de guerre qui a enquêté sur les massacres de Katyn. Dernièrement, il s'est acquitté pour moi de certaines tâches très utiles en Turquie.

— En Turquie ? » Von Ribbentrop fut tenté de lui demander quel genre de travail le major Reichleitner effectuait pour Himmler et l'Abwehr en Turquie. Il n'avait pas oublié qu'Ankara était aussi le terrain où opérait l'agent du SD, Cicéron. Était-ce une simple coïncidence, ou devait-il considérer qu'on s'abstenait de tout lui communiquer ?

« Oui. En Turquie. »

Himmler ne s'étendit pas. Le major Reichleitner avait acheminé la correspondance diplomatique sur une autre initiative de paix confidentielle, conduite auprès des Américains par Franz von Papen, l'ancien chancelier allemand, au nom d'un groupe d'officiers supérieurs de la Wehrmacht. Von Papen était l'ambassadeur d'Allemagne en Turquie et, en cette qualité, le subordonné de von Ribbentrop. Himmler jugeait von Ribbentrop utile à plusieurs égards. Mais le Reichsminister était d'une susceptibilité aiguë quant à son statut, ce qui le rendait parfois un rien exaspérant. À la vérité, dans cette affaire, Himmler se faisait un plaisir de rappeler au ministre des Affaires étrangères combien il en savait peu et à quel point il dépendait à présent du Reichsführer, plus que de Hitler, s'il voulait demeurer proche de l'épicentre du pouvoir.

« Je crois qu'il y aurait autre chose à tenter pour tirer profit de cette conférence à venir, reprit le ministre. Je songeais que nous pourrions tenter d'obtenir quelques éclaircissements supplémentaires concernant ce que Roosevelt entendait quand il a évoqué, devant des journalistes à Casablanca, son exigence de capitulation allemande sans conditions. »

Pensif, Himmler hocha la tête en tirant plusieurs bouffées de son cigare. La remarque du Président avait provoqué autant de tumulte en Grande-Bretagne et en Russie qu'en Allemagne et, selon les rapports des services de renseignements de l'Abwehr, elle avait généré la crainte, chez certains généraux américains, qu'une menace de capitulation sans conditions ne pousse les Allemands à combattre d'autant plus durement, prolongeant ainsi la guerre.

« Nous pourrions utiliser Téhéran, continua von Ribbentrop, comme moyen de comprendre si la remarque de Roosevelt était une figure de style, un stratagème de négociateur, pour nous forcer à ouvrir des pourparlers, ou s'il comptait que nous prendrions ses propos à la lettre.

— Et comment obtenir de tels éclaircissements, au juste ?

— J'ai songé qu'il ne serait pas interdit de convaincre le Führer de rédiger trois lettres. Adressées à Roosevelt, Staline et Churchill. Staline est un grand admirateur du Führer. Une lettre de lui serait de nature à pousser Staline à interroger Roosevelt et Churchill sur leur refus de toute paix négociée. Est-il interdit d'imaginer qu'ils apprécieraient de voir l'armée Rouge annihilée en Europe, avant de s'engager dans une invasion l'an prochain ? Les Russes ne se sont jamais fiés aux Britanniques. Plus depuis la fuite de Rudolf Hess en Angleterre.

» Dans le même ordre d'idées, des lettres à Roosevelt et Churchill pourraient tirer parti de ce traitement brutal réservé par les Russes aux prisonniers de guerre allemands, sans parler des officiers polonais assassinés à Katyn. Le Führer pourrait aussi mentionner un certain nombre de considérations pragmatiques qui, dans l'esprit de Roosevelt et Churchill, seraient susceptibles de peser contre un débarquement en Europe.

— Ah oui ? Lesquelles ? » s'enquit Himmler.

Von Ribbentrop secoua la tête, peu désireux qu'il était de dévoiler ses meilleures cartes au Reichsführer, et se dit que son interlocuteur n'était pas le seul capable de pratiquer la rétention d'informations.

« Je ne souhaite pas entrer dans les détails pour l'instant », répondit-il avec componction, désormais tout à fait convaincu que la découverte par Cicéron de cette conférence des Trois Grands à Téhéran marquerait éventuellement le début d'une véritable initiative diplomatique, peut-être la plus importante depuis qu'il avait négocié le pacte de non-agression avec l'Union soviétique. Von Ribbentrop sourit à part lui, à l'idée de réussir un autre coup d'éclat diplomatique comme celui-là. Ces lettres du Führer aux Trois Grands seraient rédigées de sa main, naturellement. Il allait montrer à ces bâtards de Göring et Goebbels qu'il demeurait une force avec laquelle il fallait compter.

« Oui, acquiesça Himmler, je pourrais mentionner l'idée à Hitler, lorsque j'irai à la Wolfschanze mercredi. »

Le visage de von Ribbentrop se décomposa.

« J'avais pensé soumettre l'idée à Hitler moi-même, répliqua-t-il. Après tout, c'est une initiative diplomatique, davantage qu'une affaire pour le ministère de l'Intérieur. »

Le Reichsführer-SS réfléchit un moment, envisageant la possibilité que l'idée déplaise à Hitler. Il y avait de fortes chances pour que toute paix négociée impose à l'Allemagne de se choisir un nouveau chef, et si Himmler considérait que personne ne valait mieux que lui pour remplacer Hitler, il ne voulait pas non plus que ce dernier l'accuse de planifier un coup d'État.

« Oui, admit-il. Vous avez sans doute raison. Il convient que ce soit vous qui soumettiez cette idée au Führer, Joachim. Une initiative diplomatique comme celle-ci doit émaner du ministère des Affaires étrangères.

— Merci, Heinrich.

— Restez discret, cher camarade. Nous aurons votre travail diplomatique et mon dossier Beketovka. Dans tous les cas, nous ne devons pas échouer. À moins que nous ne puissions conclure une forme de paix, ou réussir à dissocier l'Union soviétique de ses alliés occidentaux, je crains que ce ne soit la fin de l'Allemagne. »

L'objet du discours qu'il devait prononcer le lendemain à Posen touchant au thème du défaitisme, von Ribbentrop s'exprima avec précaution.

« Vous faites preuve de franchise, observa-t-il, prudent. Alors permettez-moi d'être franc avec vous, Heinrich.

— Mais comment donc. »

Von Ribbentrop ne pouvait guère oublier qu'il s'adressait à l'homme le plus puissant d'Allemagne. Himmler pouvait aisément ordonner l'arrêt du train et que l'on fusille le ministre le long du talus de la voie ferrée. Une exécution sommaire. Le ministre des Affaires étrangères ne doutait pas que le Reichsführer parvienne ultérieurement à justifier un tel acte devant le Führer et, conscient du caractère confidentiel du sujet qu'il était sur le point d'aborder, il chercha non sans mal des termes suffisamment bien pesés pour l'exempter de toute complicité excessive dans la croisade de l'Allemagne contre les Juifs.

À la fin 1941, il avait eu connaissance des exécutions en masse des Juifs par les Einsatzgruppen – des groupes SS d'action spéciale intervenant en Europe orientale – et depuis lors il avait fait de son mieux pour éviter de lire tous les rapports des SS et du SD transmis, par mesure de routine, au département III de son ministère. Ces Groupes d'action spéciale n'abattaient

56

plus les Juifs par centaines, mais ils organisaient leur déportation vers des camps spéciaux en Pologne et en Ukraine. Von Ribbentrop connaissait la raison d'être de ces camps – il aurait eu du mal à l'ignorer, ayant visité Belzec en secret –, mais cela le contrariait fortement que les alliés puissent en être informés, eux aussi.

« Est-il possible, lui demanda-t-il, que les alliés aient connaissance de l'objectif poursuivi avec l'évacuation des Juifs vers l'Europe orientale ? Que ce soit la raison véritable qui les a conduits à ignorer les preuves des atrocités russes ?

— Nous nous sommes accordés pour nous exprimer tous deux avec franchise, Joachim, lui répondit Himmler, alors tenons-nous-en là. Vous faites allusion à l'élimination systématique des Juifs, n'est-ce pas ? »

Von Ribbentrop opina, mal à l'aise.

« Écoutez, continua Himmler. Nous avons le droit moral de nous protéger. Le devoir envers notre peuple de détruire tous les saboteurs, les agitateurs et les colporteurs de calomnies qui veulent nous détruire. Mais pour répondre précisément à votre question, je vous dirai ceci. Oui, je crois possible qu'ils soient au courant de notre grandiose solution au problème juif. Mais j'ai tendance à penser qu'à l'heure actuelle ils s'imaginent que les comptes rendus sur ce qui se passe en Europe orientale ont été extraordinairement exagérés.

» Si je m'autorisais à me congratuler moi-même, ce qui a pu être accompli est proprement incroyable. Vous n'en avez aucune idée. Néanmoins, aucun de nous n'oublie qu'il s'agit d'un chapitre de l'histoire allemande qui ne pourra jamais être écrit. Mais soyez-en assuré, Joachim, dès que la paix aura été négociée, les camps seront détruits et toutes les preuves de leur existence effacées. Les gens diront que des Juifs ont été assassinés. Des milliers de Juifs, des centaines de milliers... oui, ils diront cela aussi. Mais c'est la guerre. "La guerre totale", comme l'a baptisée Goebbels, et pour une fois je suis d'accord avec lui. En temps de guerre, des gens se font tuer. C'est une réalité malheureuse de l'existence. Qui sait combien d'Allemands la RAF va tuer cette nuit à Munich ? Combien de vieilles gens, de femmes et d'enfants ? » Himmler secoua la tête. « Eh bien, Joachim, je vous donne ma parole que les gens ne croiront pas qu'autant de Juifs aient pu mourir. Confrontés à la menace du bolchevisme européen, ils ne voudront tout simplement pas y croire. Non, ils n'y parviendraient pas. Personne ne pourrait. »

3

LUNDI 4 OCTOBRE 1943
POSEN, POLOGNE

Baptisée du nom de l'éminent poète romantique polonais, la place Adam Mickiewicz, à Posen, était l'un des sites les plus attrayants de la cité. Du côté est de la place se dressait un château édifié pour l'empereur Guillaume II en 1910, quand Posen faisait partie de l'empire prussien. En vérité, la construction n'évoquait guère un château, mais davantage un hôtel de ville ou un musée de la cité, avec une façade ceinte non pas d'une douve mais d'une grande grille en fer forgé protégeant une pelouse impeccablement taillée et une esplanade gravillonnée, qui ressemblait à un terrain de manœuvres. En ce jour particulier, on avait réservé cette esplanade à une dizaine de voitures au moins de l'état-major SS. Garés devant la grille, on comptait aussi plusieurs véhicules Hannomag de transport de troupes, contenant chacun quinze Waffen-SS-Panzergrenadiers, et il y en avait presque autant occupés à patrouiller autour du périmètre du château. Les passagers polonais d'un tramway qui longeait ce côté est de la place Adam Mickiewicz lancèrent un coup d'œil vers le château et frémirent, car c'était le quartier général des SS en Pologne et, sous leurs yeux, d'autres voitures de l'état-major SS franchirent le portail fortement gardé et déposèrent des officiers SS devant l'entrée jalonnée d'arbres.

Les habitants de Posen – connue naguère sous le nom de Poznan – avaient enduré la présence des SS dans leur ville depuis septembre 1939, mais à bord de ce tramway, personne ne se rappelait avoir jamais vu autant de SS au Königliches Residenzschloss. On eût dit qu'ils tenaient une sorte de rassemblement au château. Mais si les passagers du tram avaient osé observer la scène plus attentivement, ils auraient remarqué que tous les officiers SS arrivant à l'ancienne résidence royale ce matin-là étaient des généraux. Parmi lesquels se trouvait un bel homme d'allure fringante, de taille moyenne, le début de la trentaine.

À l'inverse de la plupart des autres officiers supérieurs, ses homologues, ce général SS s'arrêta un moment pour fumer une cigarette et étudier d'un œil critique l'extérieur de la bâtisse, avec son ignoble clocher digne d'une église de faubourg et son haut toit mansardé d'où pendait un alignement d'étendards à la croix gammée. Et puis, après un dernier regard à la place Adam Mickiewicz, il écrasa sa cigarette sous le talon de sa botte bien cirée et pénétra à l'intérieur.

Ce général s'appelait Walter Schellenberg, et Posen ne lui était pas étrangère. Sa deuxième épouse, Irene, était originaire de la cité, information qu'il avait apprise non de sa bouche, mais par l'intermédiaire de son ancien patron et chef du SD, Reinhard Heydrich. Six mois après avoir épousé Irene, en mai 1940, Schellenberg s'était vu remettre un dossier par Heydrich. Il lui révélait que la tante d'Irene était mariée à un Juif. L'intention de son chef était assez claire : désormais, Schellenberg appartenait à Heydrich, tout au moins aussi longtemps qu'il tiendrait à préserver ses relations avec sa femme. Mais deux ans plus tard, Heydrich était mort, assassiné par des partisans tchèques, et le département 6 (l'Amt VI) de la section du renseignement étranger du Bureau de la Sécurité du Reich, l'une des administrations clés anciennement placées sous le commandement de Heydrich, avait été confié à Schellenberg.

Dans la Salle Dorée du château, on ne comptait peut-être que deux absents de marque : le successeur de Heydrich à la tête du Bureau de la Sécurité du Reich (qui englobait le SD et la Gestapo), Ernst Kaltenbrunner, et l'ancien adjoint de Himmler, Karl Wolff, devenu depuis le représentant suprême de la SS en Italie. On avait fait circuler l'information selon laquelle les deux hommes étaient tous deux trop souffrants pour assister à la conférence du Reichsführer à Posen, Kaltenbrunner, atteint de phlébite, et Wolff, encore convalescent après l'ablation d'un calcul rénal. Mais Schellenberg, un homme aussi bien informé que plein de ressources, connaissait la vérité. Sur ordre de Himmler, Kaltenbrunner, un alcoolique, se désintoxiquait dans un sanatorium helvétique, tandis que Wolff et son ancien patron étaient en froid depuis que le Reichsführer-SS avait refusé à Wolff la permission de divorcer de sa femme, Frieda, et de convoler en justes noces avec une blonde appétissante dénommée Grafin – une permission qui lui fut finalement accordée par Hitler en personne, après que Wolff eut contourné Himmler (une manœuvre tout à fait impardonnable aux yeux de ce dernier).

Décidément, dans la SS, on n'avait jamais l'occasion de s'ennuyer, se dit Schellenberg en entrant dans la salle d'un pas nonchalant. Enfin, presque jamais. Un discours de Himmler, il ne pouvait que redouter pareil événement, car le Reichsführer avait une tendance à faire long et, vu le nombre de généraux SS qui étaient réunis dans la Salle Dorée de l'architecte Franz Schwechten, il s'attendait à un discours aussi interminable et barbant que le *Mahabharata*. Le *Mahabharata* était un livre que le jeune général s'était imposé de lire afin d'être en position de mieux comprendre Heinrich Himmler, qui était son plus ardent partisan. L'ayant lu, Schellenberg avait plus facilement compris où le Reichsführer était allé puiser certaines de ses idées les plus folles concernant le devoir, la discipline et – l'un de ses mots préférés – le sacrifice. Et il ne croyait pas excessif de considérer Himmler comme un être qui se tenait lui-même pour un avatar du dieu suprême, Vishnou – ou tout au moins pour son grand prêtre, descendu sur terre sous une forme humaine pour venir à la rescousse de la Loi, des Œuvres Pies, du Droit et de la Vertu. Schellenberg s'était aussi forgé l'impression que le Reichsführer-SS pensait aux Juifs dans les mêmes termes que le *Mahabharata* évoquait les cent Dhartarashtras – les grotesques incarnations humaines des démons qui étaient les ennemis perpétuels des dieux. À sa connaissance, Hitler partageait des opinions similaires mais, selon lui, le plus vraisemblable, c'était que le Führer haïssait tout simplement les Juifs, ce qui ne constituait pas précisément un penchant rare en Autriche et en Allemagne. Schellenberg n'avait rien contre les Juifs à titre personnel : son père avait été facteur de pianos à Sarrebruck, puis au Luxembourg, et nombre de ses meilleurs clients étaient d'ascendance hébraïque. C'était donc une heureuse coïncidence que le propre service de Schellenberg ne soit guère tenu de souscrire à tout le boniment aryen sur les sous-hommes et la vermine juive, au-delà d'un intérêt de pure forme. Les antisémites qui travaillaient au sein de l'AMT VI – et il y en avait un bon nombre – veillaient à ne pas donner libre cours à leur haine en sa présence. Le jeune chef du service de contre-espionnage s'intéressait uniquement à ce qu'un agent secret britannique, le capitaine Arthur Connolly, avait appelé un jour « le Grand Jeu » – le jeu en question étant l'espionnage, l'intrigue et l'aventure militaire clandestine.

Schellenberg s'était servi un café sur l'immense table de réfectoire et, s'attardant à peine sur le gigantesque portrait du Führer accroché sous l'une des massives fenêtres en arcade, il plaqua un sourire de façade sur son visage d'écolier intelligent et se dirigea en flânant vers deux officiers qu'il avait reconnus.

Arthur Nebe, chef de la police criminelle, était un homme très admiré de Schellenberg. Il espérait avoir l'occasion de l'avertir d'une rumeur persistante qui se chuchotait dans tout Berlin. En 1941, à en croire les ragots, Nebe, alors à la tête d'un Groupe d'action spéciale en Russie occupée, non seulement avait falsifié son rapport sur le massacre de milliers de Juifs, mais en avait laissé un grand nombre s'échapper.

De telles rumeurs n'entachaient pas les états de service du deuxième officier, Otto Ohlendorf, désormais chef du service de renseignements SD-Intérieur et responsable, entre autres, de l'élaboration des rapports concernant l'opinion publique allemande. L'Einsatzgruppe commandé par Ohlendorf en Crimée était considéré comme l'un des plus efficaces, massacrant plus de cent mille Juifs.

« Eh bien, le voici, fit Nebe, notre jeune frère. » Nebe répétait là une remarque de Himmler à propos de Schellenberg, son plus jeune général de la SS.

« Je m'attends à devenir plus vieux et plus sage ce matin, fit ce dernier.

— Je peux vous garantir que vous allez prendre un coup de vieux, confirma Ohlendorf. La dernière fois que je suis venu assister à l'une de ces réunions, c'était à Wewelsburg. Je pense que Himmler a dû puiser toute son inspiration dans un livret de Richard Wagner. "N'oubliez jamais que nous formons un ordre de chevalerie d'où l'on ne peut se retirer, et c'est par le sang que l'on est recruté en son sein." Enfin, des propos de cet acabit. » Ohlendorf secoua la tête avec lassitude. « En tout cas, tout cela fut très inspirant. Et long. Très, très long. Comme une représentation de *Parsifal* dirigée avec une extrême lenteur.

— Ce n'est pas le sang qui m'a fait intégrer cet ordre chevaleresque, rectifia Nebe. Mais le sang en constitue certainement le résultat final.

— Toute cette histoire de "chevalerie" m'écœure, se lamenta Ohlendorf. Des salades concoctées par ce cinglé de Hildebrandt. » D'un signe de tête, il désigna un autre SS-Gruppenführer qui était en grande conversation avec Oswald Pohl. Le département de Hildebrandt, le Bureau de la Race et de la Colonisation, était subordonné au Bureau de l'Administration des SS, dont Pohl était le chef. « Mon Dieu, ce salopard, je le déteste.

— Moi aussi, murmura Nebe.

— N'est-ce pas le cas de tout le monde ? » remarqua Schellenberg, qui avait une raison supplémentaire de haïr et de craindre Hildebrandt : l'une de ses principales fonctions consistait à enquêter sur la pureté raciale des familles des SS. Schellenberg vivait dans la crainte qu'une telle investigation puisse mettre à nu la présence d'autres Juifs dans sa lignée.

« Voici Müller, reprit Ohlendorf. Je ferais mieux d'aller le voir et de conclure la paix avec lui et la Gestapo. »

Là-dessus, il posa sa tasse de café et alla s'entretenir avec le minuscule chef de la Gestapo, laissant Nebe et Schellenberg à leur conversation.

Nebe était un homme de petite taille, l'air endurci, le cheveu gris, presque argenté, une mince fente en guise de bouche, et un nez inquisiteur de policier. Il s'exprimait avec un accent berlinois prononcé.

« Écoutez-moi attentivement, reprit Nebe. Ne posez pas de questions, écoutez, c'est tout. Je sais ce que je sais parce que j'ai longtemps été dans la Gestapo, quand Diels était encore à sa tête. Et je possède encore quelques amis là-bas qui me disent des choses. Par exemple, que la Gestapo vous a placé sous surveillance. Non, ne me demandez pas pourquoi, je n'en sais rien. Tenez… » Nebe sortit son étui à cigarettes en forme de cercueil et l'ouvrit pour révéler les petites cigarettes plates qu'il fumait. « Servez-vous.

— Et moi qui pensais que je risquerais d'avoir à vous avertir d'une certaine information.

— Comme quoi, par exemple ?

— Une rumeur circule dans tout le SD selon laquelle vous auriez falsifié les résultats de votre Einsatzgruppe en Biélorussie.

— Tout le monde en a fait autant, se défendit Nebe. Et après ?

— Mais vous les auriez falsifiés pour des raisons différentes. On dit qu'en réalité vous auriez mis un frein au massacre.

— Comment se protéger contre de telles calomnies ? Himmler en personne est venu en tournée d'inspection sur mon théâtre d'opérations à Minsk. Alors, comme vous pouvez le constater, m'accuser d'avoir pris les choses à la légère avec quelques Juifs russes reviendrait à prétendre que Himmler n'aurait pas été assez intelligent pour repérer ce qui clochait. Et il ne saurait en être question, n'est-ce pas ? » Nebe eut un sourire froid et alluma leurs deux cigarettes. « Non, sur ce plan, quelles que soient les rumeurs, je me sens tout à fait clair, mon vieux. Mais en tout cas, merci, j'apprécie. »

Il tira fort sur sa cigarette, avec un petit salut chaleureux à son interlocuteur.

L'esprit de Schellenberg filait déjà hors du château, et il regagnait sa ville natale de Sarrebruck. Peu avant de mourir, Heydrich lui avait remis le dossier concernant l'oncle juif de sa femme. Mais le chef défunt du SD en avait-il conservé une copie qui serait à présent en possession de la Gestapo ? Et serait-il possible que la Gestapo le soupçonne désormais d'être juif lui-même ? Berg était un nom allemand, mais on pouvait difficilement nier que plus d'un Juif avait employé ce nom comme un préfixe ou un suffixe, afin de germaniser un nom hébraïque. Se pouvait-il qu'ils se soient employés à le prouver ? Afin de l'anéantir en insinuant qu'il serait juif lui-même ? Après tout, la Gestapo avait tenté d'annihiler Heydrich en laissant entendre que le « Moïse blond » serait aussi un Juif. Or, dans le cas de Heydrich, cette supposition s'était partiellement vérifiée.

Après l'assassinat de Heydrich, Himmler avait montré à Schellenberg un dossier prouvant que le père de ce dernier, Bruno, un professeur de piano de Halle, était juif. (À Halle, son surnom était Isidor Suess.) Schellenberg avait trouvé étrange ce geste de Himmler, si peu de temps après la mort du chef de l'Office central de Sécurité du Reich, jusqu'à ce qu'il comprenne que c'était un moyen pour lui de persuader Schellenberg de tout oublier de son ancien patron, et qu'il lui devait sa loyauté, et à lui seul. Mais avec un père facteur de pianos, Schellenberg ne croyait pas exagéré d'en déduire que quelqu'un, au sein de la Gestapo, jaloux de son ascension précoce – à trente-trois ans, il était le cadet des généraux de la SS –, avait dû estimer que cela valait la peine de consacrer du temps à enquêter sur ses possibles origines juives.

Il était sur le point de poser une question à Nebe, mais le Berlinois secouait déjà la tête en regardant pardessus l'épaule de son interlocuteur. Se retournant, Schellenberg vit un homme fortement charpenté, au cou de taureau, au crâne rasé, qui le salua comme une vieille relation.

« Mon cher ami, dit-il, quel plaisir de vous voir. Je voulais vous demander si vous aviez des nouvelles de Kaltenbrunner.

— Il est souffrant, répondit Schellenberg.

— Oui, oui, mais de quoi souffre-t-il ? Quelle est cette maladie ?

— Les médecins parlent de phlébite.

— Phlébite ? Et comment appelle-t-on cela, quand on n'a pas de dictionnaire médical sous la main ?

— Une inflammation des veines », lui expliquat-il, impatient de s'éloigner de cet homme, détestant la familiarité avec laquelle Richard Gluecks lui avait adressé la parole. Il ne l'avait rencontré qu'une seule fois auparavant, mais c'était une journée qu'il ne risquait guère d'oublier.

Richard Gluecks était responsable de l'ensemble des camps de concentration. Peu de temps après sa nomination à la tête du SD, Kaltenbrunner avait insisté pour emmener Schellenberg visiter un camp spécial.

Celui-ci observa la face rubiconde de Gluecks, tandis que l'autre spéculait sur la nature du mal qui handicapait Kaltenbrunner, et il se remémora dans les détails cette journée effroyable à Mauthausen, cette vision saisissante : les chiens féroces, l'odeur des cadavres qui brûlaient, la cruauté délirante des officiers, l'absolue liberté de mutiler et de tuer dont jouissaient les gardes qui fanfaronnaient, les coups de feu au loin, et la puanteur des baraques de prisonniers. Le camp tout entier était un laboratoire démentiel de la méchanceté et de la violence. Mais l'aspect que Schellenberg se remémorait encore avec le plus de saisissement, c'était l'ivrognerie. Lors de cette tournée dans ce camp spécial, tout le monde était soûl, lui compris. Se soûler facilitait les choses, évidemment. Il devenait plus commode d'être indifférent. Plus commode de torturer ou de tuer. Plus commode de mener des expériences atroces sur les prisonniers. Plus commode de s'obliger à afficher un sourire pincé et de complimenter vos frères SS pour le travail accompli. Il n'était guère étonnant que Kaltenbrunner soit alcoolique. Schellenberg se dit que, s'il devait retourner encore visiter un de ces camps spéciaux, aujourd'hui, il se tuerait à force de boisson. Le seul sujet d'étonnement, c'était que tous les SS servant dans les camps spéciaux ne soient pas alcooliques comme l'était Kaltenbrunner.

« Je ne suis pas beaucoup à Berlin, fit Gluecks. Mon travail me retient à l'Est, naturellement. Donc si vous le voyez, je vous en prie, dites à Ernst que j'ai demandé de ses nouvelles.

— Oui, je n'y manquerai pas. »

Non sans soulagement, Schellenberg s'éloigna de Gluecks, pour se retrouver aussitôt face à un homme qu'il considérait avec non moins de répugnance : Joachim von Ribbentrop. Sachant que le ministre était tout à fait informé du rôle pivot qu'il avait joué dans la tentative de son ancien adjoint, Martin Luther, de le discréditer aux yeux du Reichsführer-SS, Schellenberg s'attendait à être battu froid. Au lieu de quoi, et à la grande surprise du jeune chef du renseignement, l'homme lui adressa la parole :

« Ah, oui, Schellenberg, vous voici. J'espérais avoir la chance de vous parler.

— Oui, Herr Reichsminister ?

— J'ai conversé avec l'un de vos congénères, Ludwig Moyzisch. Au sujet de l'agent Cicéron et du contenu supposé du coffre-fort de l'ambassadeur britannique à Ankara. Je suis surpris d'entendre que vous considérez les documents Cicéron comme authentiques. Voyez-vous, je connais très bien les Britanniques. Mieux que vous, je crois. J'ai même rencontré leur ambassadeur en Turquie, sir Hughe, et je sais de quel genre d'homme il s'agit. Ce n'est pas un complet imbécile, vous savez. Je veux dire qu'il lui suffisait de vérifier les origines de ce gaillard… Bazna, n'est-ce pas ? Le vrai nom de votre Cicéron ? Il lui suffisait donc de poser une ou deux questions pour découvrir que l'un des anciens employeurs de Bazna à Ankara était mon propre beau-frère, Alfred. Dois-je vous dire le fond de ma pensée, Schellenberg ?

— Je vous en prie, Herr Reichsminister. Je serais heureux d'entendre votre opinion.

— Je pense que sir Hughe a posé ces questions, et qu'ayant découvert que cet individu avait été l'employé d'Alfred, les Britanniques ont décidé de le mettre en présence de certaines informations. Des informations fausses. À notre intention. Croyez-moi sur parole. Nous parlons ici des Trois Grands. Vous ne tombez pas ainsi, comme par miracle, sur des informations confidentielles concernant le lieu et le jour de leur conférence au sommet. Si vous me posiez la question, je dirais que ce Cicéron est un complet charlatan. Mais consultez mon beau-frère vous-même, si vous le souhaitez. Il vous confirmera mes dires. »

Schellenberg opina.

« Je ne pense pas que cela soit nécessaire, répondit-il. Mais j'ai parlé, en effet, avec notre ancien ambassadeur en Perse. Longuement. Il m'a expliqué que sir Hughe avait été ambassadeur britannique là-bas de 1934 à 1936, et que sir Hughe n'avait jamais été particulièrement prudent en matière de sécurité. À l'époque, semble-t-il, il avait déjà l'habitude d'emporter des documents sensibles chez lui. Voyez-vous, l'Abwehr a essayé de lui en voler dès 1935. Et d'ailleurs, elle possède un dossier assez épais sur le compte de sir Hughe, relatif à sa présence à Téhéran. "Snatch", ainsi que l'appellent plus volontiers ceux qui étaient avec lui à Balliol, est considéré en privé comme un spécialiste des fuites, il fuirait plus encore qu'une passoire, et au moins autant que votre homologue en Angleterre, sir Anthony Eden. Et il n'est point trop intelligent non plus. Ce poste à Ankara était considéré comme un moyen de le mettre hors d'état de nuire. Enfin, c'était le cas avant que la guerre n'éclate, lorsque la menue question de la neutralité de la Turquie a été soulevée. En bref, tout ce que j'ai appris en évaluant les renseignements transmis par Cicéron m'a conduit à supposer que sir Hughe était trop paresseux et trop crédule pour entreprendre de minutieuses vérifications sur le compte de Bazna. En fait, il semble qu'il se soit beaucoup plus soucié d'engager un bon serviteur que de se prémunir contre un risque éventuel au plan de la sécurité. Et, avec tout le respect qui vous est dû, Herr Reichsminister, je pense que vous vous méprenez en le jugeant sur la base de nos propres critères de haute efficacité.

— Quelle imagination vous avez, Schellenberg. Mais enfin, je suppose que c'est votre métier. Allons, bonne chance à vous. Seulement, vous ne direz pas que je ne vous aurai pas prévenu. »

Sur quoi, von Ribbentrop tourna les talons et s'éloigna dans la direction opposée, pour finalement s'arrêter à la hauteur des généraux Frank, Lörner et Kammler.

Schellenberg alluma une cigarette et continua de le surveiller. Il était intéressant, songea-t-il, que le ministre des Affaires étrangères ait été disposé à surmonter la détestation dans laquelle il le tenait depuis si longtemps pour s'efforcer de discréditer Bazna et de suggérer que ses documents seraient dénués de valeur. Ce qui semblait indiquer que le ministre était en réalité d'un avis tout à fait contraire et qu'il voulait empêcher l'AMT VI d'agir sur la base des renseignements de l'espion turc. En l'espèce, Schellenberg n'avait formé aucun plan précis, mais au vu de l'intérêt dont il témoignait pour cette affaire, il finissait par se demander s'il ne devrait pas y réfléchir, ne serait-ce que pour irriter le pompeux ministre du Reich.

« Vous ne pourriez pas vous passer d'avoir une cigarette au bec, l'espace de cinq minutes ? »

C'était Himmler, pointant du doigt le magnifique plafond néo-roman de la Salle Dorée, où un léger voile de fumée s'amoncelait déjà au-dessus des têtes des chefs SS.

« Regardez-moi l'atmosphère, ici, fit-il avec irritation. Un cigare de temps à autre, le soir, je ne trouve rien à y redire, mais le matin dès la première heure ? »

Schellenberg fut soulagé de constater que la remarque anti-tabac de Himmler ne s'adressait pas qu'à lui, mais également à plusieurs autres officiers. Il parcourut la pièce d'un regard circulaire, en quête d'un cendrier.

« Cela ne m'ennuie pas que vous vous suicidiez à la nicotine, mais je suis hostile à ce que vous m'empoisonniez par la même occasion. Si ma gorge capitule dans les trois ou quatre prochaines heures, je vous en tiendrai pour responsables. »

Et il se dirigea au pas de charge vers l'estrade, ses bottes frappant lourdement le parquet ciré, laissant Schellenberg terminer sa cigarette en paix et songer à la perspective imminente de trois heures et demie de discours par le Reichsführer-SS. Trois heures et demie, soit deux cent dix minutes et, pour supporter cela, il lui faudrait un adjuvant bien plus fort qu'une tasse de café ou une cigarette.

Il déboutonna la poche-poitrine de sa vareuse, en sortit une boîte à pilules et y prit un cachet de benzédrine. Au début, cette benzédrine était destinée à son rhume des foins, mais l'effet du médicament sur le sommeil n'avait pas tardé à se manifester. Surtout, il aimait en prendre dans les situations touchant au plaisir plus qu'au travail. À Paris, il en avait consommé généreusement. Mais un discours de deux cent dix minutes prononcé par Himmler, c'était en quelque sorte une situation d'urgence et, avalant promptement son comprimé avec son fond de café, il alla prendre un siège.

À midi, une forte odeur monta par l'escalier des cuisines – situées dans les sous-sols du château – et vint flotter dans le Salon Doré pour torturer les narines et les estomacs des quatre-vingt-deux chefs SS, impatients que l'orateur en finisse. Schellenberg jeta un œil à sa montre. Le Reichsführer parlait depuis cent cinquante minutes, ce qui voulait dire qu'il restait encore une heure entière à subir. Il évoquait la bravoure, l'une des vertus de l'homme SS.

« La bravoure repose en partie sur la foi. Et, à cet égard, je pense que personne au monde ne saurait nous surpasser. C'est la foi qui remporte les batailles, la foi qui parachève la victoire. Nous ne voulons pas de pessimistes dans nos rangs, de gens qui ont perdu leur foi. Peu importe la mission qui incombe à un homme… un homme qui a perdu la volonté de croire ne partagera pas notre existence, ne trouvera pas de place dans nos rangs… »

Schellenberg lança un bref regard autour de lui en se demandant combien de ses collègues, ces chefs des SS, possédaient encore la foi qui permettait de remporter des victoires. Depuis Stalingrad, les motifs d'optimisme se faisaient rares. Avec le débarquement des alliés en Europe, attendu dans le courant de l'année prochaine, beaucoup de généraux présents dans ce Salon Doré se préoccupaient sans doute moins de victoire que d'éviter le châtiment des tribunaux militaires alliés, après la fin de la guerre. Et pourtant, il ne pouvait s'empêcher de penser qu'il subsistait tout de même un moyen de remporter cette victoire. Si l'Allemagne était capable de porter aux alliés un coup décisif avec le même effet de surprise et les mêmes conséquences que celui qu'avaient réussi les Japonais à Pearl Harbor, ils pouvaient encore renverser le cours de la guerre. Les informations de l'agent Cicéron ne lui avaient-elles pas fourni une telle opportunité ? Ne savait-il pas déjà que le dimanche 21 novembre, Roosevelt et Churchill seraient au Caire pendant presque une semaine ? Et ensuite à Téhéran avec Staline jusqu'au samedi 4 décembre ?

Il secoua la tête, déconcerté. Pourquoi diable avaient-ils choisi de tenir une conférence à Téhéran ? Il était vraisemblable que Staline avait insisté auprès des deux autres dirigeants pour qu'ils viennent à lui. Sans aucun doute il aura invoqué quelque prétexte, la nécessité pour lui de rester auprès de ses soldats sur le front. N'empêche, il se demandait si Churchill ou Roosevelt se rendait bien compte pourquoi Staline insistait pour que tous trois se réunissent dans la capitale de l'ancien empire perse. Selon ses sources au sein du NKVD, Staline avait une peur morbide de l'avion et n'aurait pu se résigner à un long vol vers Terre-Neuve (l'île qui avait la faveur de Churchill et Roosevelt pour cette conférence) ou même jusqu'au Caire, pas davantage qu'il n'aurait acheté une place pour suivre une séance à la Bourse de New York. Il y avait de fortes chances pour que Staline ait choisi Téhéran car cela lui permettrait d'effectuer une bonne partie du trajet à bord de son train blindé, en l'astreignant juste à une brève étape en avion, sur la dernière partie du trajet.

D'après lui, si l'Opération Franz avait été déclenchée, les Trois Grands n'auraient jamais choisi Téhéran. Une intervention conjointe de l'escadrille 200 de la Luftwaffe, une unité d'élite, et de la Section Friedenthal de l'AMT VI, qui prévoyait de faire décoller d'un aérodrome de Crimée un Junkers 290 chargé d'une centaine d'hommes, qui auraient sauté en parachute non loin d'un grand lac salé au sud-est de Téhéran. Avec l'aide des tribus locales, la Section F – dont beaucoup de membres parlaient le persan – aurait ensuite coupé les approvisionnements américains acheminés vers la Russie par la voie ferrée Iran-Irak. Ce plan avait été reporté à la suite des dommages subis par le Junkers et de l'arrestation de plusieurs des autochtones iraniens pro-allemands. Le temps que les protagonistes de l'opération soient de nouveaux prêts, les meilleurs hommes de la Section F, commandés par Otto Skorzeny, avaient reçu l'ordre d'arracher Mussolini à sa prison au sommet d'une montagne, et l'Opération Franz avait été annulée. Mais plus il réfléchissait à la situation présente, plus ce plan revêtait de valeur à ses yeux. À sa connaissance, la Section F, avec ses officiers parlant le persan et son équipement spécial, était encore intacte. Et il y avait les Trois Grands, qui se dirigeaient justement vers le pays où la Section F avait été entraînée à opérer. Et il n'y avait aucune raison pour qu'un tel plan se limite à une attaque menée par des forces terrestres. Il estimait que rien n'interdirait à un commando infiltré à Téhéran d'opérer en synchronie avec une attaque aérienne très ciblée. Et il prit la résolution de s'en entretenir avec un homme qui, il le savait, venait à Posen ce soir pour entendre le discours que le Reichsführer y prononcerait le lendemain : le général Erhard Milch, inspecteur général de l'armée de l'air.

Le discours de Himmler se terminait enfin, mais Schellenberg était trop surexcité pour déjeuner. Usant d'un bureau prêté dans le château, il téléphona à son adjoint à Berlin, Martin Sandberger.

« C'est moi… Schellenberg.

— Bonjour, patron. C'est comment, Posen ?

— Pour l'heure, peu importe, écoute-moi, c'est tout. Je veux que tu te rendes en voiture à Friedenthal et que tu voies en quel état se trouve la Section F. En particulier, s'ils sont partants pour relancer l'Opération Franz. Et, Martin, s'il est là, je veux que tu ramènes avec toi ton ami le baron à Berlin.

— Von Holten-Pflug ?

— C'est cela. Ensuite, je veux que tu organises une réunion du département à la première heure, mercredi matin. Reichert, Buchman, Janssen, Weisinger et celui qui dirige le Bureau turc et iranien.

— Il doit s'agir du major Schubach. Il dépend du colonel Tschiersky. Dois-je le convoquer, lui aussi ?

— Oui. »

Après cet appel, il se rendit dans sa chambre et essaya de trouver le sommeil, mais il avait encore l'esprit tout électrisé par les rouages d'un plan qu'il avait déjà baptisé Opération Triple Saut. Il ne voyait pas de raison manifeste qui empêcherait ce plan de fonctionner. L'opération était intrépide, audacieuse, certes, mais c'était ce qu'il fallait. Et s'il n'appréciait guère Skorzeny, cet homme avait au moins prouvé que l'on pouvait réussir ce qui était tenu pour impossible. En même temps, le « balafré », tel qu'on le surnommait, était bien la dernière personne qu'il voulait voir au commandement d'une telle opération – cela allait sans dire. L'individu était bien trop difficile à maîtriser. Et, en plus, la Luftwaffe n'accepterait jamais, surtout pas après les Abruzzes. Sur la dizaine de pilotes de planeurs qui avait atterri à proximité de la prison de fortune du Duce, au sommet du pic le plus élevé des Apennins, tous avaient été tués ou capturés – sans parler des cent huit parachutistes SS qui avaient accompagné Skorzeny. Seuls trois hommes s'étaient envolés de cette montagne : Mussolini, Skorzeny et le pilote de leur appareil léger. Les Abruzzes auraient pu mériter ce lourd sacrifice d'hommes et de matériels, si l'on avait réussi là une opération utile. Mais il considérait le Duce comme un homme fini, et ce sauvetage lui semblait dénué de sens. Même si le Führer avait été assez ravi pour décerner la Croix de Chevalier à Skorzeny, lui-même et beaucoup d'autres avaient considéré toute l'entreprise comme une sorte de désastre. Et il avait dit sa façon de penser à l'intéressé à bord du train pour Paris. Comme il fallait s'y attendre, le « balafré », un grand gaillard violent, avait réagi avec colère, et il aurait sans doute agressé et même peut-être essayé de tuer le jeune général, si ce dernier n'avait exhibé le pistolet Mauser à silencieux qu'il portait sous son manteau de cuir plié sur son bras. On ne critiquait pas un homme comme Skorzeny en face sans se ménager quelques arguments en réserve.

Il s'endormit enfin, pour être réveillé à huit heures par un SS-Oberscharführer qui lui annonça que le Feldmarschall Milch était arrivé et l'attendait au bar des officiers.

Comme tous ceux qui travaillaient pour Hermann Göring, Milch avait l'air riche. Trapu, plutôt petit, le cheveu noir, et le crâne dégarni par une calvitie naissante, il compensait cette allure quelconque par son bâton de maréchal en or, une version plus modeste que celle de son maître, et, quand il lui offrit une cigarette de son étui en or et une flûte de champagne de la bouteille de Taittinger posée sur la table, les yeux vifs du jeune général du SD remarquèrent aussitôt la montre en or Glashütte et la chevalière, en or elle aussi, au petit auriculaire boudiné de Milch.

Comme pour Heydrich, une rumeur insistante circulait sur les origines juives de Milch. Mais il savait, de source sûre, que la rumeur était vraie, tout comme il savait, grâce à Göring, que cela ne constituait pas un problème pour l'ancien directeur de la compagnie aérienne allemande, la Lufthansa. Göring avait tout arrangé pour son ancien adjoint au ministère de l'Air du Reich, en persuadant Milch de prier sa mère, une Gentille, de signer une déclaration sous serment attestant que son mari juif n'était pas le vrai père d'Erhard. C'était une pratique assez courante sous le Troisième Reich et, de la sorte, les autorités avaient été en mesure de certifier que Milch était un aryen à titre honorifique. À l'heure actuelle, cependant, Göring et Milch n'étaient plus si proches, ce dernier ayant critiqué la Luftwaffe pour sa médiocre prestation sur le front russe, une critique que le chef de l'armée de l'air n'était pas près d'oublier. En conséquence, on considérait que Milch avait reporté son allégeance sur Albert Speer, le ministre de l'Armement et de la Production de guerre

– une autre rumeur que leur arrivée ensemble à Posen n'avait fait qu'alimenter.

Autour d'un verre de champagne, Schellenberg parla donc à Milch des renseignements émanant de l'agent Cicéron, et il en vint vite au fait.

« Je songeais à faire renaître l'Opération Franz de ses cendres. Sauf qu'au lieu de couper les voies d'approvisionnement par la voie ferrée Iran-Irak le groupe F tenterait l'assassinat des Trois Grands. Nous coordonnerions leur attaque avec un bombardement aérien.

— Un bombardement aérien ? s'exclama Milch en riant. Même nos bombardiers à long rayon d'action seraient incapables d'atteindre l'Iran et d'en revenir. Et même si quelques bombardiers réussissaient, les chasseurs ennemis les abattraient avant qu'ils puissent occasionner le moindre dommage. Non, je crains fort qu'il ne faille revoir votre copie, Walter.

— Il existe un avion capable de s'acquitter de cette mission. Le Focke Wulf FW 200 Condor.

— Ce n'est pas un bombardier, c'est un appareil de reconnaissance.

— Un appareil de reconnaissance à longue distance. Je pensais à quatre de ces avions, chacun armé de bombes de deux cents kilogrammes. Mon équipe au sol saboterait les radars ennemis afin de leur donner une chance. Allons, Erhard, qu'en dites-vous ? »

Milch secoua la tête.

« Je ne sais pas.

— Ils n'auraient pas à s'envoler d'Allemagne, mais d'un territoire occupé par l'Allemagne. Vinnica. J'ai tout calculé. Depuis Vinnica, il reste huit cents kilomètres jusqu'à Téhéran. Les vols aller-retour rentrent pile dans le rayon d'action du FW 200 en configuration carburant standard.

— En réalité, juste au-delà. De quarante-quatre kilomètres exactement, rectifia Milch. Les chiffres rendus publics sur le rayon d'action de cet appareil ont été gonflés. À tort.

— Donc ils lâcheront du lest pour économiser un peu de carburant.

— Pourquoi pas l'un des pilotes, tant que vous y êtes ?

— Si nécessaire, oui. Ou l'un des pilotes pourrait occuper la place du navigateur.

— En fait, je pense qu'en embarquant une surcharge de carburant, il devrait être possible d'augmenter l'autonomie, admit Milch. Avec une cargaison de bombes légères, telles que vous les évoquiez, cela pourrait s'envisager. Possible.

— Erhard, si nous parvenions à tuer les Trois Grands, nous pourrions forcer les alliés à venir s'asseoir autour de la table de négociation. Pensez-y. Comme Pearl Harbor. Un coup décisif qui change complètement le cours de la guerre. N'est-ce pas ce que vous disiez ? Et vous aviez raison, naturellement. Si nous tuons les Trois Grands, il n'y aura pas de débarquement allié en Europe en 1944. Et qui sait, peut-être plus du tout. Jamais. C'est aussi simple que cela.

— Vous savez, pour l'heure, les relations entre Göring et moi ne sont pas au beau fixe, Walter.

— J'ai entendu quelques rumeurs en effet.

— Il ne sera pas si simple à convaincre.

— Que suggérez-vous ?

— Que nous devrions éventuellement le contourner. Je vais m'entretenir avec Schmidt, au Kurfürst. » Milch faisait allusion à la branche du renseignement de la Luftwaffe. Et au général Student, le chef des troupes parachutistes.

Schellenberg approuva de la tête : c'était Student qui avait aidé Skorzeny à planifier l'assaut aérien de l'hôtel Campo Imperatore, à Gran Sasso, dans les Apennins.

«Alors, buvons à notre plan», fit Milch, et il commanda une autre bouteille de champagne.

« Avec votre accord, Erhard, je propose de l'appeler l'Opération Triple Saut.

— Cela me plaît. Ce nom a une petite résonance athlétique qui me paraît tout à fait appropriée. Sauf qu'il va falloir carrément établir un record du monde, Walter. Comme si c'était ce gaillard noir des dernières Olympiades, à Berlin, qui fasse le grand saut.

— Jesse Owens.

— C'est lui. Merveilleux athlète. Quand pensiezvous mener cette opération qui vous tient tant à cœur ? »

Schellenberg déboutonna la poche de sa vareuse et en sortit son agenda de poche de la SS.

« C'est la meilleure partie de ce plan, fit-il avec un large sourire. La partie dont je ne vous ai pas encore parlé. Je veux que cela ait lieu dans huit semaines exactement. Le mardi 30 novembre. À exactement neuf heures du soir.

— Vous êtes très précis. Cela me plaît. Mais pourquoi ce jour-là en particulier ? Et cette heure ?

— Parce que, ce jour-là, je sais que non seulement Winston Churchill sera présent à Téhéran, mais il se trouve aussi, je le sais, qu'il tiendra sa soirée d'anniversaire à l'ambassade britannique.

— Était-ce aussi une information émanant de l'agent Cicéron ?

— Non. Voyez-vous, le site choisi pour cette conférence prouve que les Américains ont l'intention de se montrer accommodants avec les Russes, par tous les moyens possibles et imaginables. Sinon, pourquoi un

Président qui est aussi un infirme serait-il disposé à voler sur une telle distance ? Ensuite, cela mettra les Britanniques mal à l'aise. Étant le plus faible des Trois Grands, ils vont chercher les moyens de conserver la maîtrise de la situation. Quelle meilleure méthode pour y parvenir que d'organiser une soirée d'anniversaire ? Afin de rappeler à tout le monde que Churchill est le plus vieux des trois. Et le chef de guerre qui possède le plus d'ancienneté à ce poste. Donc, les Britanniques vont donner une soirée. Et tout le monde boira à la santé de Churchill et lui répétera quel grand chef de guerre il est, depuis le début. Et là-dessus, une bombe lâchée par un de nos appareils atteindra l'ambassade. Avec un peu d'espoir, pas seulement une. Et s'il reste encore des survivants après cela, mon unité de Waffen-SS les achèvera. »

Un serveur arriva avec la deuxième bouteille de champagne et, dès qu'elle fut ouverte, Milch remplit deux flûtes et leva la sienne.

« Joyeux anniversaire, monsieur Churchill. »

4

Mercredi 6 octobre 1943
Berlin

L'Amt VI (département 6) du SD avait ses bureaux dans la partie sud-ouest de la ville, un bâtiment curviligne et moderne de quatre étages. Construit en 1930, il était resté une institution juive pour personnes âgées, jusqu'en octobre 1941, quand tous les occupants avaient été transférés directement vers le ghetto de Lodz. Seul le mât du drapeau sur le toit et une ou deux voitures officielles garées devant la porte d'entrée indiquaient vaguement que le 22 Berkaerstrasse, entouré de jardins potagers et d'immeubles d'habitation, était le quartier général de la section du contre-espionnage de l'Office de la Sécurité du Reich.

Schellenberg appréciait plutôt de se tenir à distance de ses maîtres de la Wilhelmstrasse et d'Unter den Linden. La Berkaerstrasse, dans le quartier de Wilmersdorf, en lisière de la forêt de Grunewald, était à vingt bonnes minutes en voiture du bureau de Kaltenbrunner, et cela signifiait qu'en général on le laissait tranquille et libre d'agir comme bon lui semblait. Mais cet isolement n'était pas non plus sans présenter un singulier désavantage, dans la mesure où Schellenberg était obligé de vivre et de travailler au milieu d'un groupe d'hommes qu'il considérait, du moins en privé, comme de dangereux psychopathes, pour plusieurs d'entre eux, et il demeurait toujours prudent dans sa manière d'imposer les rigueurs de la discipline à ses officiers subalternes. En fait, vis-à-vis de ses collègues, il avait fini par adopter une position comparable au regard qu'un gardien, dans le vivarium du zoo de Berlin, porterait sur une fosse remplie d'alligators et de vipères. Des hommes qui avaient tué avec une telle alacrité, et de si nombreuses victimes, n'étaient pas à prendre à la légère.

Ainsi, Martin Sandberger, son adjoint, qui était récemment rentré à Berlin après avoir dirigé un bataillon d'action spéciale en Estonie où, selon la rumeur, son unité avait assassiné plus de soixante-cinq mille Juifs. Ou Karl Tschiersky, qui dirigeait le Groupe C de l'AMT VI, où l'on traitait de la Turquie, de l'Iran et de l'Afghanistan, et provisoirement affecté au sein du département de Schellenberg, après un parcours tout aussi meurtrier à Riga. Ou encore le capitaine Horst Janssen, qui avait dirigé un Sonderkommando à Kiev, procédant à l'exécution de trente-trois mille Juifs. En tant que tel, le département de Schellenberg, à l'instar de n'importe quel autre département du SD, était envahi de tueurs, et certains d'entre eux tueraient aussi volontiers un Allemand qu'ils avaient assassiné des Juifs. Albert Rapp, par exemple, un autre vétéran des groupes d'action spéciale, et prédécesseur de Tschiersky au bureau Turquie, avait été tué, renversé par un chauffard qui avait pris la fuite. Il était communément admis que le capitaine Reichert, un autre officier de l'AMT VI, était ce chauffard. Reichert avait découvert la liaison entre sa femme et feu Albert Rapp : le capitaine à la face poupine n'avait pas l'air d'un meurtrier, mais globalement, il en allait de même pour les autres.

Schellenberg, pour sa part, n'avait échappé à l'obligation de servir dans l'un des bataillons meurtriers de Himmler que grâce à sa nomination précoce à la tête du département du Contre-espionnage/Intérieur du SD en septembre 1939. Aurait-il pu assassiner autant d'innocents avec une telle allégresse ? C'était une question qu'il se posait rarement, pour la simple raison qu'il ne détenait pas de réponse. Il souscrivait à l'idée qu'un homme ne connaissait pas réellement le degré d'infamie dont il serait capable tant qu'il n'y était pas réellement contraint.

À l'inverse de la plupart de ses collègues, il avait rarement tiré avec un pistolet sous l'emprise de la colère, mais le souci de sa propre sécurité, au milieu de tant de meurtriers avérés, l'avait amené à porter un Mauser dans un baudrier, un C96 dans sa serviette, à placer un Schmeisser MP40 sous le siège du conducteur de sa voiture, deux autres MP40 dans son bureau face à face en acajou – un dans chaque tiroir. Toutefois, ses précautions ne s'arrêtaient pas là. Sous la pierre bleue de sa chevalière en or, il avait logé une capsule de cyanure, et les fenêtres de son bureau, situé au dernier étage, étaient gainées d'un filet électrique qui déclencherait une alarme en cas de tentative d'effraction.

Attendant à sa table de travail que ses subordonnés le rejoignent pour cette réunion, il se tourna vers une console à roulettes et appuya sur le bouton qui activait les micros secrets de la pièce. Ensuite, il actionna le voyant vert installé dans le couloir à côté de sa porte, signalant qu'il était permis d'entrer. Quand tout le monde fut installé et que le témoin lumineux fut passé au rouge, il définit les grandes lignes de l'Opération Triple Saut, puis invita ses interlocuteurs à émettre des commentaires.

Le colonel Martin Sandberger prit la parole le premier. Il s'exprimait comme un juriste – sur un ton mesuré et légèrement pédant –, ce qui n'était pas surprenant, vu sa formation de juge assesseur dans l'administration du Württemberg. Le nombre de juristes impliqués dans le génocide ne manquait jamais d'étonner Schellenberg. Qu'un homme puisse enseigner la philosophie du droit et exécuter des Juifs en Estonie la semaine suivante demeurait, avait-il tranché, le véritable indice du manque de profondeur de la civilisation humaine. D'ailleurs, Sandberger, âgé de trente-trois ans, avec sa large mâchoire, ses lèvres épaisses, son nez épaté, ses sourcils fournis, ressemblait plus à un nervi qu'à un juriste.

« Hier, commença ce dernier, et suivant les instructions reçues, je me suis rendu en voiture à la Section spéciale de Friedenthal, où j'ai rencontré le Sturmbannführer-SS von Holten-Pflug. »

Là, Sandberger adressa un signe de tête à un jeune Waffen-SS d'allure aristocratique qui était assis en face de lui.

Schellenberg considéra le major presque avec une sorte d'amusement – même sans connaître leur nom, il savait toujours repérer les aristocrates. C'était la coupe de leurs vêtements qui les trahissait. La plupart des officiers touchaient des uniformes confectionnés par la SS-Bekleidungswerke, une fabrique de vêtements sise dans un camp spécial, où l'on avait mis des tailleurs juifs au travail. Mais celui de Holten-Pflug paraissait coupé sur mesure, et il devinait qu'il sortait de chez Wilhelm Holters, sur la Tauentzienstrasse. Il était tout à fait impossible de se méprendre sur la qualité du vêtement. Schellenberg lui-même se fournissait chez eux, comme le Führer.

« Le Sturmbannführer von Holten-Pflug et moi, nous avons procédé à une revue de matériel, continua Sandberger, afin de jauger l'actuel état de préparation de l'unité en vue de l'Opération Triple Saut. Nous avons découvert que certaines armes et certaines munitions avaient été réquisitionnées par le Hauptsurmführer Skorzeny pour le sauvetage de Mussolini. Toutefois, mis à part cela, rien ou presque ne manque. Les uniformes SS d'hiver, les uniformes d'automne et de printemps à motifs camouflage, tous les équipements habituels. Et surtout, les approvisionnements spéciaux que nous avions réunis à titre de cadeaux pour les hommes des tribus locales Kashgai sont toujours là, eux aussi. Les fusils K98 à incrustations d'argent et les pistolets Walther plaqués or.

— Ce n'est pas d'approvisionnements que nous manquons, objecta von Holten-Pflug. Nous manquons d'hommes. Skorzeny nous a laissés fort démunis. Heureusement, ceux qui restent au sein de la section parlent le farsi. Je parle moi-même un peu le gilaki, qui est la langue des tribus persanes du nord. Naturellement, la plupart de leurs chefs maîtrisent un peu l'allemand.

Mais, étant donné que nous serons très vraisemblablement confrontés à des troupes russes, je souhaite émettre une recommandation : utilisons une équipe d'Ukrainiens, et basons l'opération à Vinnica.

— De combien d'hommes pensez-vous avoir besoin ? lui demanda Schellenberg.

— Environ quatre-vingts à cent Ukrainiens, et dix ou quinze officiers et sous-officiers allemands, commandés par moi.

— Et ensuite ? »

Von Holten-Pflug déplia une carte de l'Iran et l'étala sur la table devant lui.

« Je préconise de nous en tenir au plan initial de l'Opération Franz, en nous envolant de Vinnica. Six groupes de dix hommes portant des uniformes russes à parachuter dans l'intérieur du pays, près de la ville sainte de Qom, et quatre autres groupes près de Qazvin. Une fois là-bas, nous opérerons la jonction avec nos agents en Iran et nous nous dirigerons vers des maisons sûres, à Téhéran. Nous pourrons ensuite effectuer une reconnaissance des quartiers des ambassades et envoyer les coordonnées précises à Berlin, par radio, pour guider les attaques aériennes. Après le bombardement, les forces terrestres pénétreront sur les lieux et s'occuperont des éventuels survivants. Ensuite, nous prendrons la direction de la Turquie, à supposer que ce pays reste neutre. »

Schellenberg sourit. Von Holten-Pflug présentait toute l'opération comme si cela promettait d'être aussi simple qu'une promenade au Tiergarten.

« Dites-m'en plus sur ces Ukrainiens, lui demandat-il.

— Ce sont des volontaires de l'Opération Zeppelin, nos groupes de partisans recrutés sur les différents fronts de l'Est. Naturellement, j'aurai besoin de me rendre sur place, à Vinnica, pour mettre les choses en ordre. Il y a un officier de renseignement en poste localement que j'aimerais utiliser. Un dénommé Oster.

— Aucun rapport, j'espère », l'interrompit Schellenberg.

Von Holten-Pflug ajusta son monocle et considéra son interlocuteur, l'œil vide.

« Il y avait un Oster au sein de l'Abwehr, lui expliqua-t-il. Jusqu'à un mois ou deux. Un lieutenant-colonel. Il a été démis de ses fonctions et transféré dans la Wehrmacht, envoyé sur le front russe.

— Cet Oster est capitaine de la Waffen-SS.

— Je suis très heureux de l'entendre. »

Dans le doute, von Holten-Pflug eut un sourire mal assuré, et il était clair, aux yeux de Schellenberg, que le major n'avait aucune idée de la rivalité intense qui existait entre l'AMT VI du SD et l'Abwehr. En fait, il ne croyait pas le terme de « rivalité » assez fort pour décrire ses relations avec le renseignement militaire allemand et l'homme qui en était le chef, l'amiral Wilhelm Canaris. Car Schellenberg avait pour ambition majeure que l'AMT VI absorbe une Abwehr largement inefficace. Et pourtant, pour une raison qu'il était incapable de réellement comprendre, Himmler – et peut-être aussi Hitler – hésitait à lui confier ce qu'il convoitait. De son point de vue, la fusion des deux entités entraînerait d'évidentes économies. En l'état actuel des choses, les ressources finissaient par être dédoublées, ainsi parfois que les initiatives opérationnelles. Il comprenait très bien que Canaris veuille s'accrocher au pouvoir. Mais il était assez futile, de la part de l'amiral, de résister à un changement que tout le monde – même Himmler – jugeait inévitable. C'était juste une question de temps.

« Le capitaine Oster parle l'ukrainien et un peu le russe, reprit von Holten-Pflug. Il travaillait pour l'institut Wannsee. Et il semble savoir comment manier les Popovs.

— Dans cette affaire, j'estime que nous devons agir avec prudence, insista Schellenberg. Après l'épisode Vlassov, le Führer n'est pas très emballé par l'idée d'employer ce que l'on appelle des ressources militaires sous-humaines. »

Capturé par les Allemands au printemps 1942, Andreï Vlassov était un général soviétique que l'on avait « persuadé » de créer une armée de prisonniers de guerre russes pour combattre aux côtés de Hitler. Schellenberg avait travaillé dur pour obtenir l'indépendance du « Mouvement de libération russe » de Vlassov, mais Hitler, que l'idée même d'une armée slave combattant pour l'Allemagne rendait furieux, avait ordonné que Vlassov regagne un camp de prisonniers de guerre et interdit toute nouvelle mention de ce plan.

« Je n'ai pas renoncé à Vlassov et à son armée, continua Schellenberg, mais à Posen, Himmler a tout spécialement mentionné les mesures d'ostracisme dont il a été l'objet, et il serait peu avisé de ne pas avoir cette réalité à l'esprit. »

Les volontaires de l'Opération Zeppelin n'étaient pas très différents du Mouvement de libération russe de Vlassov. C'étaient des prisonniers russes qui combattaient pour l'armée allemande, à ceci près qu'ils étaient organisés en groupe de partisans, formant des unités de guérilla que l'on parachutait ensuite en pénétration dans le territoire soviétique.

« Je ne pense pas qu'une équipe de volontaires Zeppelin soit à même de recevoir l'approbation du Reichsführer davantage qu'une unité de l'armée de Vlassov. » Schellenberg se tourna vers le capitaine Janssen. « Non, nous ferions mieux de transformer cette opération en entreprise menée par la SS, de la base au sommet. Horst, vous étiez en Ukraine. Quel est le nom de la division Waffen-SS ukrainienne qui s'y bat ?

— La division Galicia. Le Quatorzième Grenadiers de la Waffen-SS.

— Qui est l'officier qui les commande ?

— Le général Walther Schimana. Je crois qu'à l'heure où nous parlons, l'enrôlement de cadres en Ukraine se poursuit.

— C'est ce que je pensais aussi. Parlez de cette affaire au général Schimana et voyez si nos volontaires Zeppelin ne pourraient pas opérer depuis la division Galicia. Tant que je peux désigner ces hommes comme appartenant à la Waffen-SS au lieu de bataillons ukrainiens, ou de Zeppelin, alors je pense pouvoir donner satisfaction à Himmler.

« Retournez à Friedenthal, ordonna-t-il à von Holten-Pflug, et embarquez tout : les hommes, les approvisionnements, l'argent, le tout… en Ukraine. Les autres officiers et vous-même pouvez vous installer dans la résidence de Himmler à Zhitomir. C'est une ancienne école d'officiers, à environ quatre-vingts kilomètres au nord de Wehrwolf, le quartier général de Hitler à Vinnica, donc vous y serez confortablement installé. Je vais régler cela auprès de Himmler en personne. Je doute qu'il en ait de nouveau besoin. Et soyez prudent. Dites à vos hommes d'éviter les villages russes, et de laisser les femmes tranquilles. La dernière fois que je me suis rendu là-bas, le pilote de Himmler s'est fait assassiner dans les circonstances les plus horribles par des partisans locaux, après avoir couru un jupon local. Si vos garçons veulent se détendre, suggérez-leur de jouer au tennis. Il y a un très bon court dans l'enceinte, si mon souvenir est bon. Dès que votre équipe sera opérationnelle, je veux que vous reveniez ici me livrer votre rapport. Vous voyagerez par l'avion courrier de la Wehrmacht pour Varsovie, et ensuite en train jusqu'à Berlin. Compris ? »

Schellenberg leva la réunion et quitta son bureau. Il avait garé sa voiture sur le Hohenzollerndamm au lieu de sa place habituelle devant la porte principale, estimant que ce trajet à pied pourrait lui fournir l'occasion de vérifier s'il était suivi. Il reconnut la plupart des véhicules stationnés devant les bureaux de l'Amt VI, mais plus loin, vers le début de la rue, à hauteur de la file de taxis, au coin de Teplizer Strasse, il vit une Opel Type 6 limousine, avec deux occupants. Elle était garée face au nord, dans la même direction que son Audi grise. S'il n'y avait eu cet avertissement d'Arthur Nebe, il n'y aurait prêté que peu ou pas d'attention. Dès qu'il fut monté dans sa voiture, il attrapa l'émetteur à ondes courtes et appela son bureau, demandant à sa secrétaire, Christiane, de vérifier la plaque d'immatriculation qu'il lut dans son rétroviseur. Là-dessus, il fit demi-tour et roula au sud, en direction de la forêt de Grunewald.

Il conduisait lentement, un œil dans son rétroviseur. Il vit l'Opel noire effectuer un demi-tour sur Hohenzollerndamm, puis le suivre en se réglant sur son allure tranquille. Au bout de quelques minutes, Christiane reprit le contact radio.

« J'ai obtenu le Kfz-Schein du véhicule, fit-elle. Elle est immatriculée au Département Quatre de l'Office central de Sécurité du Reich, sur Prinz Albrechtstrasse. »

C'était donc la Gestapo qui le suivait.

Il remercia Christiane et éteignit la radio. Il pouvait difficilement se permettre de les laisser le suivre là où il se rendait – Himmler n'aurait jamais approuvé ce qu'il avait arrangé. Mais aussi, il ne voulait pas non plus leur montrer avec trop d'évidence qu'il tentait de les semer. Tant que la Gestapo ignorait qu'on l'avait renseigné à leur sujet, il détenait un petit avantage.

Il s'arrêta à un bureau de tabac et s'acheta des cigarettes, ce qui lui fournit l'opportunité de se retourner sans donner l'impression d'avoir remarqué la filature. Ensuite, il roula au nord, jusqu'à ce qu'il débouche sur le Kurfürstendamm, et tourna vers l'est et le centre de Berlin.

Près de l'Église du Souvenir de l'empereur Guillaume, il tourna au sud sur Tauenzienstrasse et s'arrêta devant le grand magasin Ka-De-We sur Wittenberg Platz. Le plus grand magasin de Berlin était rempli de monde, et il fut relativement simple de fausser compagnie à la Gestapo. Entré par une porte, il en sortit par une autre, héla un taxi à la station de Kurfürstenstrasse. Le chauffeur le conduisit au nord, au bout de la Postdamer Strasse, en direction du Tiergarten, puis le déposa non loin de la Porte de Brandebourg. Schellenberg trouva le monument le plus fameux de Berlin un peu balafré par les bombardements. Au sommet, les quatre chevaux du quadrige tirant le char d'Eirêné avaient une allure plus apocalyptique que triomphale, ces temps-ci. Il traversa la rue, jeta un dernier coup d'œil par-dessus son épaule et pressa le pas en franchissant la porte de l'hôtel Adlon, le meilleur de Berlin. Avant la guerre, l'Adlon avait été surnommé la « petite Suisse » en raison de l'intense activité diplomatique dont il était le théâtre, et c'était probablement l'une des raisons pour lesquelles Hitler l'avait toujours évité. Plus important, toutefois, la SS évitait l'Adlon, elle aussi, lui préférant le Kaiserhof sur la Wilhelmstrasse, et c'était pour cela que Schellenberg organisait toujours ses entrevues avec Lina à l'Adlon.

Sa suite se trouvait au troisième étage de l'établissement, avec vue sur Unter den Linden. Avant que le Parti national-socialiste n'ordonne l'abattage des arbres pour faciliter les parades militaires, c'était sans doute la plus jolie vue de Berlin, à l'exception peut-être des fesses nues de Lina Heydrich.

Dès qu'il fut entré dans la chambre, il décrocha le téléphone et commanda du champagne et un déjeuner froid. Malgré la guerre, les cuisines de l'Adlon réussissaient à servir une nourriture aussi bonne que n'importe où ailleurs en Europe. Il éloigna le téléphone du lit et l'enfouit sous un monceau de coussins. Il savait que le Forschungsamt, le service de renseignements instauré par Göring et chargé de la surveillance des émetteurs et des écoutes téléphoniques, avait implanté des dispositifs d'écoute dans les appareils des quatre cents chambres de l'Adlon.

Il retira sa vareuse, s'installa dans un fauteuil avec l'*Illustrierte Beobachter* et lut un compte rendu très romancé de la vie sur le front russe, qui semblait suggérer non seulement que les soldats allemands repoussaient les masses ennemies, mais qu'au bout du compte l'héroïsme germanique l'emporterait.

On frappa à la porte. C'était un serveur avec un chariot. Il allait ouvrir le champagne, mais Schellenberg, moyennant un généreux pourboire, le pria de s'en aller. C'était l'une des bouteilles de Dom Pérignon 1937 qu'il avait rapportées de Paris – il en avait confié une caisse entière au sommelier de l'Adlon – et il n'avait nullement l'intention de laisser à un autre que lui-même le soin d'ouvrir ce qui était sans doute l'une des dernières bonnes bouteilles de champagne de tout Berlin.

Dix minutes plus tard, la porte s'ouvrit une deuxième fois et une grande femme aux yeux bleus, aux cheveux de blé, vêtue d'un tailleur en tweed marron admirablement coupé et d'un chemisier en flanelle à carreaux, entra dans la suite. Lina Heydrich l'embrassa, un peu tristement, car c'était toujours sa manière de l'embrasser quand elle le revoyait, avant de s'asseoir dans un fauteuil et d'allumer une cigarette. Il ouvrit le champagne d'une main experte et en remplit une coupe, qu'il lui apporta, en s'asseyant sur l'accoudoir de son fauteuil et lui caressant doucement les cheveux.

« Comment vas-tu ? lui demanda-t-il.

— Bien, merci. Et toi ? Comment était-ce, Paris ?

— Je t'ai rapporté un cadeau.

— Walter, fit-elle avec un sourire, qui n'était pas moins triste qu'auparavant. Tu n'aurais pas dû. »

Il lui tendit un paquet-cadeau et la regarda le déballer.

« Du parfum, dit-elle. Comme c'est perspicace de ta part d'avoir su que l'on en manque ici. »

Il sourit.

« Je suis un officier du renseignement.

— *Mais Oui*, de Bourjois. » Elle retira l'opercule et le cabochon en forme de coquille Saint-Jacques et s'en tamponna quelques touches sur les poignets. « C'est agréable. J'aime. » Son sourire se réchauffa un peu. « Tu sais très bien t'y prendre pour les cadeaux, n'est-ce pas, Walter ? Très attentionné. Reinhard n'a jamais été très inspiré pour les cadeaux. Pas même lors des anniversaires de naissance ou de mariage.

— C'était un homme occupé.

— Non, ce n'était pas cela. C'était un homme à femmes, voilà ce qu'il était, Walter. Lui et son épouvantable ami.

— Eichmann. »

Elle opina.

« Oh, j'ai entendu toutes ces histoires. Ce qu'ils fabriquaient dans les boîtes de nuit. Surtout celles de Paris.

— Paris a beaucoup changé maintenant, la rassura-t-il. Mais je ne peux pas dire avoir jamais rien entendu à ce sujet.

— Pour un chef du renseignement, tu es un très mauvais menteur. J'espère que tu mens mieux avec Hitler qu'avec moi. Tu as dû entendre l'histoire du peloton d'exécution du Moulin Rouge ? »

Tout le monde au sein du SD avait appris l'histoire de Heydrich et Eichmann alignant dix filles dénudées dans la fameuse boîte de nuit parisienne, avant de les prier de se courber en deux, pour qu'ils puissent faire sauter des bouchons de champagne sur leurs derrières nus. Il haussa les épaules.

« On a tendance à toujours exagérer ces histoires-là. Surtout après la mort du principal intéressé. »

Lina lui adressa l'un de ses regards obliques et pénétrants.

« Je me demande parfois ce que tu fricotes, quand tu vas à Paris.

— Rien de si vulgaire, je peux te l'assurer. »

Elle lui prit la main et l'embrassa affectueusement.

Lina von Osten avait trente et un ans. Quand elle avait épousé Heydrich en 1931, elle avait tout juste dix-neuf ans et était déjà une militante enthousiaste du Parti national-socialiste. La rumeur avait couru que c'était elle qui avait convaincu son nouveau mari de rejoindre les SS. Schellenberg lui-même le croyait volontiers, car Lina était une femme de caractère, en plus d'être jolie. Pas une grande beauté, mais bien faite et l'air sain, comme un de ces modèles de la féminité aryenne de la Ligue des femmes du Reich que l'on voyait s'exercer dans les films de propagande.

Elle retira sa veste de tailleur pour révéler un corsage à la manière paysanne qui lui sembla mettre encore plus en valeur le galbe de ses seins, puis elle détacha ses cheveux d'or pour les laisser retomber sur ses épaules. Elle se leva, commença de se dévêtir et ils entamèrent leur jeu habituel : chaque fois qu'il répondait sincèrement à l'une de ses questions concernant les activités de l'Amt VI, elle retirait un vêtement. Quand il lui eut tout raconté de l'agent Cicéron, des documents issus du coffre-fort de sir Hughe et de son plan visant à assassiner les Trois Grands à Téhéran, elle était nue et assise sur ses genoux.

« Qu'est-ce que Himmler dira de tout cela? lui demanda-t-elle.

— Je n'en sais rien. Je ne lui en ai pas encore parlé. J'en suis au stade de l'élaboration de ce plan.

— Cela pourrait nous sauver du désastre, Walter.

— C'est une possibilité.

— Une forte possibilité, dit-elle en l'embrassant, toute joyeuse. Comme tu es intelligent, Walter.

— Nous verrons.

— Non, vraiment. Peu importe, je crois, que tu réussisses à tuer Roosevelt. Après tout, cet homme est malade et le vice-président le remplacerait. Mais Churchill incarne l'effort de guerre britannique, et le supprimer porterait un vrai rude coup aux Anglais. Mais, enfin, les Anglais ne comptent guère, n'est-ce pas? Si peu, par rapport aux Américains et aux Russes. Non, ce sont les Russes qui seraient les plus affectés. Si Churchill incarne l'effort de guerre britannique, alors Staline personnifie tout le système soviétique. Les tuer tous les trois serait splendide. Cela plongerait les alliés dans un chaos total. Mais tuer Staline, rien que lui, ce serait déjà mettre fin à la guerre en Europe. Il y aurait une nouvelle révolution en Russie. Tu pourrais peut-être même placer ton général à sa tête.

— Vlassov?

— Oui, Vlassov. À mon avis, les Russes sont plus terrorisés par Staline qu'ils ne le sont par Hitler. C'est ce qui les pousse à combattre. C'est ce qui leur permet de tolérer des pertes aussi énormes et de continuer à se battre. Ils n'ont pas plus de chars et d'avions qu'ils peuvent en fabriquer, mais les hommes, en revanche, on dirait qu'ils en possèdent en quantité illimitée. C'est l'arithmétique russe. Ils s'imaginent pouvoir vaincre parce qu'au bout du compte, quand tous les Allemands seront morts, il restera encore beaucoup de Russes en vie. Mais si tu réussis à tuer Staline, tout change. Il a fait fusiller tous ceux qui seraient susceptibles de le remplacer, n'est-ce pas ? Qui reste-t-il ?

— Toi, fit-il avec un sourire. Je pense que tu ferais un joli dictateur. Surtout comme tu es maintenant. Magnifique. »

Mutine, Lina lui flanqua un coup de poing à l'épaule – cela faisait tout de même mal. Elle était plus forte qu'il n'aurait cru.

« Je suis sérieuse, Walter. Tu dois mener ce plan à son terme. Pour notre salut à tous. Sinon, ajouta-t-elle en secouant la tête, je ne sais pas ce qu'il adviendra de nous, vraiment je ne sais pas. J'ai vu Goebbels l'autre jour, et il m'a expliqué que si jamais les Russes pénétraient en Allemagne, nous serions confrontés à la bolchevisation du Reich, c'est tout.

— Il répète toujours cela. Cela fait partie de son travail de nous effrayer avec cette idée, si nous menions une vie de communistes.

— Cela montre juste que tu n'as pas écouté, Walter. Quand ils seront ici, ils ne vont pas se contenter de nous remettre des exemplaires de Marx et d'Engels. Nous sommes confrontés au danger de voir liquider toute notre intelligentsia, rien moins, et l'abaissement de notre peuple à un état d'esclavage bolcheviste-juif. Avec, en toile de fond, la terreur, les masses affamées et l'anarchie totale. »

Aux oreilles bien informées de Schellenberg, tout cela évoquait une brochure du ministère de la Propagande qui avait échoué dans sa boîte aux lettres la semaine précédente, mais il n'interrompit pas Lina.

« Que crois-tu qu'il soit arrivé à ces soldats allemands capturés à Stalingrad ? Ils sont dans des bataillons de travaux forcés, évidemment. Ils travaillent dans la toundra sibérienne. C'est le sort qui nous attend tous, Walter. Mes fils sont dans les Jeunesses hitlériennes. Que crois-tu qu'ils deviendront ? Ou, en l'occurrence, leurs deux sœurs, Silke et Marte ? » Lina ferma les yeux et blottit son visage contre la poitrine de Schellenberg. « J'ai si peur de ce qui risque d'arriver. »

Il la prit dans ses bras.

« J'ai réfléchi, je pensais parler à Himmler, ajouta-t-elle, apaisée. Lui demander la permission de sortir mes enfants des Jeunesses hitlériennes. J'ai déjà fait don d'un mari à l'Allemagne. Je ne voudrais pas perdre aussi un enfant.

— Voudrais-tu que je lui en parle, Lina ? »

Elle lui sourit.

« Tu es si bon avec moi, Walter. Mais non, je vais m'en charger moi-même. Himmler se sent toujours coupable quand il m'adresse la parole. Il est plus probable qu'il cède avec moi qu'avec toi. »

Elle l'embrassa, et cette fois elle s'abandonna. Et ils ne tardèrent pas à se retrouver au lit, chacun veillant d'abord à donner du plaisir à l'autre, avant de le partager.

En début d'après-midi, Schellenberg laissa Lina à l'Adlon et se rendit à pied au ministère de l'Air. Il était abrité dans un bâtiment d'aspect fonctionnel, un quadrilatère qui n'arborait pas de drapeaux, pour éviter qu'il ne soit la cible des bombardiers ennemis.

On conduisit Schellenberg dans une vaste salle de conférences au quatrième étage, où il fut vite rejoint par le général Schmid, le général Korten, le général Koller, le général Student, le général Galland et un lieutenant nommé Welter, qui prenait des notes. Ce fut le général Schmid, mieux connu dans la Luftwaffe sous le sobriquet de « Beppo », qui prit la parole le premier.

« Sur la base de ce que nous a dit Milch, nous avons étudié la faisabilité de l'emploi d'une escadrille de quatre Focke Wulf 200. Comme vous l'avez déjà calculé vous-même, c'est l'appareil le mieux adapté pour cette mission. Il a un plafond de presque six mille mètres et, en embarquant un supplément de carburant, une portée de quatre mille quatre cents kilomètres. Toutefois, pour faciliter la visée de la cible, nous recommanderions de ne pas emporter de chargement de bombes, mais plutôt deux missiles radiocommandés Henschel HS293. Le Henschel se comporte comme un petit avion, avec un moteur pour le propulser à sa vitesse maximale, après quoi un contrôleur radio, à bord du bombardier, le guide vers sa cible.

— Radiocommandé ? s'étonna Schellenberg, impressionné. Comment cela fonctionne-t-il ?

— Cette arme est confidentielle, aussi vous comprendrez que je ne vous en révèle pas trop. Mais le pilotage du missile est tout à fait simple. Toutefois, le bombardier doit le garder à vue, et les conditions météo, l'environnement, notamment les nuages, le brouillard ou la fumée, pourraient interférer avec le guidage. Les balles traçantes des armes antiaériennes légères pourraient aussi compliquer son repérage. » Schmid marqua une pause, le temps d'allumer une cigarette. « Bien entendu, tout ceci demeure quelque peu théorique. En réalité, tout dépend de l'aptitude de votre groupe au sol à mettre les radars ennemis hors d'état de nuire. S'ils réussissent à faire prendre l'air à leurs chasseurs et s'ils nous attendent sur le parcours, nos Condor seront un gibier facile. »

Schellenberg hocha la tête.

« Je ne pense pas nécessaire d'exagérer les risques inhérents à cette mission, messieurs, admit-il. À mon avis, dès que nous aurons détruit leurs radars, ils mettront des chasseurs en l'air de toute façon, ne serait-ce que par précaution. Il y a de fortes probabilités pour qu'aucun de nos équipages ne rentre en Allemagne entier. Mais je peux augmenter leurs chances.

— Avant que vous n'augmentiez leurs chances, l'interrompit le général Student, j'aimerais savoir ce qui est arrivé au commando des transmissions qui a été parachuté en Iran au mois de mars. Au premier stade de l'Opération Franz. »

Six hommes, tous des vétérans des escadrons de la mort ukrainiens de la Section F, avaient été accueillis au sol, en Iran, par Frank Mayr, un SS qui vivait avec les tribus Kashgai depuis 1940. L'un des six hommes était aussitôt mort de la typhoïde, mais les autres avaient réussi, tout au moins dans la mesure où ils avaient établi le contact radio avec le Havelinstitut – le central radio des SS à Wannsee.

« Quand l'Opération Franz a été déclassée en raison du sauvetage de Mussolini par Skorzeny, expliqua-t-il, ils ont rencontré un certain nombre de difficultés. Ils sont entrés dans Téhéran, où ils ont survécu presque cinq mois en s'installant auprès d'un groupe de producteurs de pistaches et de lutteurs iraniens, avant de se faire cueillir par les Américains. À l'heure actuelle, ils sont détenus dans un camp non loin de Sultanabad.

— Je vous ai interrogé à leur sujet, expliqua le général Student, uniquement parce que vous semblez très sûr d'éliminer les radars ennemis à Téhéran. Vos hommes s'en chargeront-ils eux-mêmes, ou aurez-vous d'autres lutteurs pour vous aider ? »

Schellenberg perçut les sourires sur le visage de quelques autres officiers et changea de position sur son siège, mal à l'aise.

« En Iran, les lutteurs sont considérés comme l'élite sociale, releva-t-il. Un peu comme les matadors en Espagne. Très bien préparés physiquement, ils sont fréquemment appelés à devenir policiers, gardes du corps, parfois même tueurs à gages.

— Ils s'apparentent aux SS », résuma Student.

Schellenberg se retourna vers le général Schmid et lui demanda si la Luftwaffe accepterait d'aller de l'avant dans ce plan visant à éliminer les Trois Grands, à supposer que Hitler en personne l'ait approuvé. Schmid balaya la table d'un lent regard circulaire et, ne constatant aucune opposition à l'Opération Triple Saut, opina lentement.

« Le Führer sait que la Luftwaffe fera ce qui est en son pouvoir pour gagner la guerre », répondit-il.

Après la réunion, Schellenberg reprit un taxi pour regagner Wittenberg Platz et retourna là où il avait laissé sa voiture, près du Ka-De-We. Avant la guerre, ce grand magasin servait quarante sortes de pains différentes et cent quatre-vingts variétés de fromages et de poissons mais, en cet automne 1943, le choix était devenu plus limité. Approchant de sa voiture, il lança un coup d'œil autour de lui, espérant que l'Opel ait disparu, mais elle était toujours là, ce qui confirmait la gravité du problème. La Gestapo n'allait pas se laisser décourager par le simple fait qu'il ait réussi à semer ses agents pendant quelques heures : ils cherchaient quelque chose, il ne savait pas quoi, mais cela ne suffirait pas à les en dissuader. Dès qu'il démarra, l'Opel vint se placer dans son sillage, et il décida de découvrir, avant la fin de l'après-midi, quel était l'objet exact de leur enquête – sa judéité supposée, sa liaison avec Lina Heydrich, ou quelque autre motif.

Il roulait vite, à présent, reprenant l'itinéraire qu'il avait emprunté à l'aller, jusqu'à ce qu'il atteigne la lisière de la forêt de Grünewald – le poumon vert de la capitale – où, sur une large route déserte, un pare-feu qui courait entre deux armées d'arbres alignées face à face, il se rangea. Laissant le moteur tourner et la portière côté conducteur ouverte, il attrapa son pistolet-mitrailleur Schmeisser MP40, le fourra sous sa vareuse et fonça dans les bois. Il courut à angle droit par rapport à la route sur presque trente mètres, avant de tourner et de continuer parallèlement à la chaussée sur encore une centaine de mètres, dans la direction d'où il venait d'arriver avec sa voiture. Revenant prudemment vers la lisière d'une rangée d'arbres, près du pare-feu, il vit qu'il se trouvait à guère plus de vingt mètres derrière l'Opel, qui s'était arrêtée à distance respectueuse – du moins aux yeux du chauffeur. Accroupi derrière un grand chêne d'Amérique, Schellenberg déplia la crosse rétractable du MP40 et arma la culasse, lentement et en silence, pour engager le magasin de trente-deux projectiles. Ils n'apprécieraient certainement pas de le perdre une deuxième fois en une journée. La portière côté conducteur de sa propre voiture était toujours grande ouverte. Au début, les deux agents de la Gestapo allaient penser qu'il s'était arrêté pour pisser, mais comme il ne revenait pas, la curiosité finirait sûrement par avoir le dessus. Ils allaient forcément descendre de voiture.

Dix minutes s'écoulèrent sans aucun signe de mouvement à l'intérieur de l'Opel. Et puis la portière du conducteur s'ouvrit et un homme vêtu d'un manteau en cuir noir et coiffé d'un chapeau vert foncé, à l'autrichienne, en descendit et sortit une paire de jumelles du coffre, ce qui, pour Schellenberg, fut le signal : il surgit de derrière les arbres et marcha d'un pas rapide en direction de l'Opel.

« Dites à votre ami de sortir de la voiture, les mains vides.

— Jürgen, fit l'homme aux jumelles. Viens ici, s'il te plaît. Il est ici et il a un pistolet-mitrailleur. Alors, fais attention, je t'en prie. »

Le deuxième gaillard de la Gestapo sortit lentement de la voiture, les mains en l'air. Plus grand que son collègue, avec un nez cassé et une oreille de boxeur, il portait un costume sombre rayé et de solides chaussures Birkenstock. Ils n'avaient ni l'un ni l'autre plus de la trentaine et tous deux affichaient les sourires cyniques de ces hommes habitués à être craints, persuadés que rien ne pourrait jamais leur arriver. D'un geste vif, avec son arme, Schellenberg désigna les arbres.

« Avancez », lâcha-t-il.

Les deux hommes franchirent la rangée d'arbres, et il les suivit, deux ou trois mètres derrière eux, jusqu'à ce qu'ils débouchent dans une petite clairière, à une quarantaine de mètres de la route, où il leur ordonna de s'arrêter.

« Vous commettez une grave erreur, argumenta le plus petit, qui tenait toujours ses jumelles. Nous sommes de la Gestapo.

— Je sais, fit Schellenberg. À genoux, messieurs. Les mains sur la tête, je vous prie. »

Quand ils se furent agenouillés, il leur demanda de jeter leurs pistolets aussi loin que possible, puis exigea qu'ils lui prouvent leur identité. À contrecœur, les deux hommes obéirent, lançant au loin leurs Mauser automatiques avant d'exhiber le petit disque en acier qui tenait lieu de carte à tous les membres de la Gestapo, et qu'ils étaient obligés de garder sur eux en permanence.

« Pourquoi me suiviez-vous ?

— Nous ne vous suivions pas, se défendit l'homme à l'oreille de boxeur, en tenant toujours le disque métallique dans sa paume, comme un mendiant qui vient de recevoir l'aumône. Il y a eu une erreur. Nous vous avons pris pour quelqu'un d'autre, c'est tout.

— Vous m'avez suivi toute la journée, insista Schellenberg. Ce matin, vous étiez devant mon bureau de la Berkaerstrasse, et cet après-midi vous m'attendiez devant le Ka-De-We. »

Aucun des deux hommes ne lui répondit.

« À quelle section de la Gestapo appartenez-vous ?

— La section A, répondit l'homme aux jumelles, qui était désormais couché par terre, devant lui.

— Allons, s'écria brusquement Schellenberg. Ne me faites pas perdre mon temps. Section A quoi ?

— Section A3. »

Il se rembrunit.

« Mais c'est la section qui traite les affaires de menées séditieuses contre le gouvernement. Pourquoi m'avez-vous suivi alors ?

— Comme je vous l'ai expliqué, il a dû y avoir une erreur. Nous avons filé le mauvais client, c'est tout. Ça arrive parfois.

— Ne bougez pas tant que je ne vous l'aurai pas demandé, répliqua-t-il. Donc, je ne suis pas celui que vous croyiez, hein ?

— Nous filions un suspect de sabotage.

— Il a un nom, ce saboteur ?

— Je ne suis pas autorisé à vous le révéler.

— Comment savez-vous si je ne suis pas de mèche avec ledit saboteur ? Si j'étais de mèche, je pourrais vous abattre. Et je vais peut-être vous abattre, d'ailleurs.

— Vous n'allez pas nous abattre.

— Ne soyez pas trop sûrs de vous. Je n'aime pas que les gens me suivent.

— Nous sommes en Allemagne. Nous sommes en guerre. Il y a tout le temps des gens qui se font suivre. C'est normal.

— Alors je vais peut-être vous abattre tous les deux, rien que pour vous empêcher de me filer le train.

— Je ne pense pas. Vous n'avez pas le style.

— Si je n'ai pas le style, pourquoi me suiviez-vous ?

— Nous ne vous suivions pas, nous suivions votre véhicule, se défendit le deuxième homme.

— Ma voiture ? s'étonna Schellenberg avec un sourire. Eh bien, vous devez donc sûrement savoir qui je suis. Vous avez largement eu le temps de vous procurer un Kfz-Schein de ma voiture. Ce document vous aura facilement renseigné sur qui je suis et ce que je suis. Finalement, dit-il en secouant la tête, je pense que je vais vous abattre, rien que pour vous punir d'être d'aussi mauvais menteurs.

— Vous n'allez pas nous abattre.

— Pourquoi pas ? Croyez-vous qu'il y aura quelqu'un pour regretter d'immondes salopards dans votre genre ?

— Nous sommes du même bord, voilà pourquoi, fit le gaillard aux jumelles.

— Mais vous ne m'avez toujours pas dit comment vous saviez ça. Je ne porte pas d'uniforme, et je pointe une arme sur vous. Je sais que vous appartenez à la Gestapo. Et la vérité toute simple, c'est que je suis un espion britannique.

— Non, pas du tout, vous êtes dans la même branche que nous.

— La ferme, Karl, s'écria l'homme à l'oreille de boxeur.

— Et de quelle branche s'agit-il ?

— Vous le savez.

— La ferme, Karl. Tu ne vois pas ce qu'il essaie de faire ?

— Je suis votre ennemi, Karl. Et je vais vous tuer.

— Vous ne pouvez pas.

— Si, je peux.

— Vous ne pouvez pas, car vous appartenez à l'Office de Sécurité du Reich, tout comme nous, voilà pourquoi. »

Schellenberg sourit.

« Nous y voilà. Ce n'était pas si compliqué. Dès lors que vous avez admis savoir qui j'étais, vous comprendrez donc pourquoi je tiens tant à découvrir ce qui vous poussait à me suivre, moi, un général du SD.

— Vous vous sentez coupable, c'est ça ? lança l'homme à l'oreille de boxeur.

— Je vais vous dire, Karl. Je vais compter jusqu'à trois, et si vous ne me révélez pas de quoi il retourne, je vous exécute. Tous les deux. Ici. Tout de suite. Un.

— Dis-lui, Jürgen.

— Il ne nous abattra pas, Karl.

— Deux.

— Ferme-la, Karl. Il ne fera rien. Il bluffe, c'est tout.

— Trois. »

Schellenberg pressa la détente : une langue de feu saisissante jaillit en staccato et fracassa le silence de la forêt. Le MP40 était considéré comme une arme efficace jusqu'à cent mètres de distance, mais à moins de dix mètres, il était absolument mortel, et il aurait pu difficilement manquer sa première cible – celui des deux qui avait l'air le plus coriace, l'homme à l'oreille de boxeur. Sous l'impact de chaque projectile 9 mm parabellum qui le frappa au visage et au torse, son corps fut agité de violentes secousses, et un bref cri de bête sauvage s'échappa de sa bouche ensanglantée. Puis il roula sur lui-même en se tordant sur le sol et, une seconde ou deux plus tard, il était immobile.

L'autre homme de la Gestapo, le dénommé Karl, se rendit compte qu'il était encore en vie, et se mit à se signer avec des gestes frénétiques en proférant un *Je vous salue, Marie*.

« Il vaudrait mieux me parler, Karl, lui conseilla Schellenberg en resserrant sa poigne sur la crosse en plastique du MP40. Ou voulez-vous que je compte encore jusqu'à trois ?

— C'étaient les ordres directs du chef.

— Müller ? »

Karl opina.

« Il essaie de découvrir jusqu'où sont allées ces négociations de paix de Himmler. Si cela concerne juste le docteur Kersten, ou si vous êtes impliqué, vous aussi.

— Je vois », fit Schellenberg.

Pour lui, la situation était désormais beaucoup plus claire. En août 1942, une réflexion s'était engagée autour de Himmler, avec son chiropracteur, le docteur Felix Kersten et lui-même, concernant la manière dont une paix avec les alliés pourrait être négociée. Les discussions avaient été suspendues, dans l'attente d'une tentative manquée d'éviction de von Ribbentrop – alors perçu comme un obstacle à une paix conclue sur le terrain de la diplomatie – de son poste de ministre des Affaires étrangères du Reich. Mais Schellenberg n'était absolument pas au courant de négociations de paix qui seraient en cours.

« Entendez-vous par là que des négociations de paix auraient lieu en ce moment même ?

« — Oui. Le docteur Kersten est à Stockholm, il s'entretient avec les Américains.

— Et il est sous surveillance lui aussi ?

— Probablement. Je l'ignore.

— Et Himmler ?

— Nous avons reçu ordre de vous suivre. Je crains de ne pas en savoir davantage.

— D'où Müller tient-il cette information ?

— Je l'ignore.

— Devinez un peu.

— D'accord. La rumeur qui fait du bruit du côté de Prinz Albrechtstrasse, c'est que quelqu'un, au sein du cabinet de Himmler au ministère de l'Intérieur, serait venu s'épancher chez nous. Mais je ne connais pas son nom. Vraiment, je ne le connais pas. »

Schellenberg hocha la tête.

« Je vous crois.

— Dieu merci. »

Son cerveau calculait à toute vitesse. On ouvrirait une enquête sur le meurtre de cet agent de la Gestapo, c'était une évidence. Müller serait trop heureux d'avoir une occasion de se mettre en travers de sa route et, à plus forte raison, de celle de Himmler. À moins que…

« Vous avez une radio dans votre voiture ?

— Oui.

— Vous avez signalé votre dernière position par radio ?

— Nous n'avons plus rien signalé depuis que nous nous sommes arrêtés devant le Ka-De-We. »

C'était donc réglé. Il était hors de cause. Mais seulement s'il était disposé à agir de façon décisive, tout de suite, et sans hésitation.

À l'instant où il aboutissait à cette conclusion aussi claire que logique, il pressa la détente. Et tandis qu'il mitraillait le second gestapiste de sang-froid,

Schellenberg recevait enfin, il le sentait, une forme de réponse à la question qui l'avait souvent hanté, à force de fréquenter les plus dangereux de ses collègues. Deux corps gisaient à présent, morts, au sol, en face de lui. Deux meurtres guère comparables aux soixante-cinq mille victimes de Sandberger ou aux trente-trois mille de Janssen, mais il aurait du mal à nier que le second meurtre lui avait paru plus facile que le premier.

Les mains tremblantes, il alluma une cigarette et la fuma avec avidité, en s'abandonnant à l'effet toxique, réconfortant, alcaloïde de la nicotine du tabac. S'étant quelque peu calmé les nerfs, il regagna sa voiture et avala une grande gorgée de schnaps au goulot de la petite flasque en argent qu'il conservait dans sa boîte à gants. Puis il reprit la direction de la Berkaerstrasse en roulant lentement.

5

JEUDI 7 OCTOBRE 1943
LONDRES

Mon voyage de New York à Londres aurait laissé Ulysse en quête de deux aspirines. Huit heures après avoir décollé de l'aéroport La Guardia, à 8 heures le mardi 5 au matin, je n'étais arrivé qu'à Botwood, à Terre-Neuve, où le *Coronado*, un hydravion de l'US Navy, avait fait escale pour se ravitailler en carburant. À cinq heures et demie, le quadrimoteur reprenait l'air et se dirigeait vers l'est, pour traverser l'Atlantique comme une oie surdimensionnée volant dans le mauvais sens pour sa migration hivernale.

Il y avait trois autres passagers à bord : un général britannique du nom de Turner, Joel Beinart, un colonel de l'USAAC originaire d'Albuquerque, et John Wooldridge, un capitaine de vaisseau du Delaware — trois messieurs peu loquaces qui ne desserraient pas les lèvres et dont le comportement semblait indiquer que les murs n'étaient pas les seuls à avoir des oreilles, mais que c'était aussi le cas d'un fuselage d'appareil transatlantique. D'ailleurs, il est vrai que je ne me sentais pas spécialement bavard non plus. J'ai consacré l'essentiel du vol à lire les dossiers sur Katyn que m'avait confiés le Président, ce qui suffisait à mettre un frein à toute conversation.

Le dossier de la Wehrmacht sur Katyn émanait, via Allen Dulles, du bureau de l'OSS à Berne. C'était le plus exhaustif et le plus détaillé de tous ces documents, mais je me demandais comment Dulles se l'était procuré. Dans ma tête, je me représentais un *Übermensch* blond aux yeux bleus de l'ambassade d'Allemagne à Berne se présentant un beau jour au bureau de l'OSS et leur remettant ce rapport, comme si la chose n'avait guère plus d'importance que les journaux suisses du jour. Ou alors Dulles avait rencontré son homologue de l'Abwehr devant un verre de vin chaud au bar de l'hôtel Schweizerhof. Si l'un de ces deux scénarios était exact, cela semblait supposer un certain degré de coopération entre Dulles et le renseignement allemand, ce que je trouvais intrigant.

Un nombre stupéfiant de photographies accompagnait les découvertes de ce soi-disant Comité international. Constitué par les Allemands, il réunissait le professeur de pathologie et d'anatomie de l'université de Zagreb, Ludevit Jurak, et plusieurs officiers alliés qui étaient en fait prisonniers de guerre des Allemands. À l'évidence, les nazis espéraient exploiter ce massacre pour enfoncer un coin entre l'Union soviétique et ses alliés occidentaux. Et, quoi qu'il arrive, il était impossible d'envisager les Britanniques et les Américains priant le peuple polonais de vivre en paix avec les Russes. Cette éventualité ne paraissait pas plus vraisemblable que celle de voir le grand rabbin de Pologne demander à Hitler et Himmler de venir boire le verre de vin de la Pessah en jouant quelques mains de whist.

À Katyn, les Russes s'étaient livrés à une tentative délibérée de liquider les dirigeants nationaux de l'indépendance polonaise. Et pour moi, il était clair que Staline avait souhaité, pas moins que Hitler, réduire la Pologne au rang d'État vassal de son empire. Autre aspect également important, toutefois : il avait aussi voulu se venger des Polonais pour la défaite qu'ils avaient infligée à l'armée Rouge et à son commandant – Staline en personne – lors de la bataille de Lvov, en juillet 1920.

J'avais été directement témoin de la haine des Russes envers les Polonais, et dans des circonstances que, même à présent, plus de cinq ans après, je jugeai encore troublantes. Non, « troublantes » ne rend pas vraiment compte de mes impressions, « potentiellement dangereuses » serait plus proche de la vérité. Retrouver un squelette dans mon placard à l'OSS, c'était malheureux, mais en exhumer deux, c'était une découverte des plus fâcheuses.

Le Coronado traversa une zone de turbulence, partit dans une embardée et Wooldridge pesta.

« Ne vous inquiétez pas, le rassura le colonel de l'USAAC. Essayez plutôt de vous représenter un trou d'air comme une poche qui rattrape l'appareil, au lieu de lui faire un croc-en-jambe.

— Quelqu'un aimerait-il boire quelque chose ? » s'enquit Turner, le général britannique. Il portait une culotte de cheval, de hautes bottes d'équitation à boucles et une épaisse tunique avec ceinturon qui donnait l'impression d'avoir été coupée avant 1900. Et une chenille laineuse fermement accrochée au-dessus de la lèvre supérieure, en matière de moustache, sous un nez en bec d'aigle. De ses belles mains manucurées, le général ouvrit un grand panier en osier bien garni et en sortit une gourde plate de bourbon sous douane. Une minute plus tard, nous sollicitions par nos libations la bienveillance des dieux du voyage aérien transatlantique.

« C'est votre première visite à Londres ? me demanda le général en me proposant un sandwich de la taille d'un soulier, extrait d'un conteneur en fer-blanc de la taille d'une boîte à chaussures.

— J'y suis allé avant la guerre. À l'époque, je pensais m'inscrire à Cambridge pour y décrocher un doctorat de philosophie.

— Et vous l'avez fait ? Vous vous êtes inscrit à Cambridge ?

— Non, à la place je suis allé à Vienne. »

Sous le coup de l'incrédulité, le général fronça le nez, un appendice au format Wellington.

« Vienne ? Bonté divine. Quelle mouche vous a piqué ? »

Je haussai les épaules.

« À l'époque, cela me semblait l'endroit idéal. Et j'y ai aussi de la famille », ajoutai-je aussitôt.

Après cela, le général me considéra un peu comme si j'étais un espion nazi. Ou pourquoi pas un parent du Führer. Hitler avait beau être le maître de l'Allemagne, le général n'avait apparemment pas oublié qu'il était né en Autriche, et qu'il avait passé l'essentiel de sa jeunesse à vagabonder dans Vienne. Si je lui avais appris que j'avais partagé une chambre à Wittenberg avec le docteur Faust, il ne m'aurait pas dévisagé avec davantage de suspicion. Entre nous, dès lors, ce fut le silence.

Arrivé à Vienne à tout juste vingt-trois ans, avec une bourse de voyage Sheldon complétée par une très généreuse pension servie par la tante extrêmement fortunée de ma mère, la baronne von Bingen, sans parler de la jouissance de son appartement très élégant dans la très sélect Prinz Eugen Strasse, je m'étais tout de suite impliqué dans le Cercle de Vienne – qui était alors l'épicentre intellectuel de la philosophie européenne de gauche, réputé pour son opposition à la tendance métaphysique et idéaliste de la philosophie allemande. Ce qui revient à dire que nous étions tous les apôtres autoproclamés d'Einstein et de sa théorie de la relativité.

Moritz Schlick, mon proche voisin à Vienne et chef de file du Cercle de Vienne, m'avait invité à me joindre au groupe. Le but du Cercle était de rendre la philosophie plus scientifique, et si j'avais eu du mal à trouver un véritable terrain d'entente avec eux – plusieurs membres du cercle étaient des théoriciens de la physique, et s'entretenir avec eux était à peu près aussi simple que de converser avec des êtres venus de Mars –, il m'apparut clairement que le simple fait de m'engager au plan philosophique et au sein du Cercle de Vienne constituait en soi un acte politique. Les nazis étaient résolus à persécuter tous ceux qui n'étaient pas d'accord avec eux, y compris les membres du Cercle de Vienne, plusieurs d'entre eux étant juifs. Et après l'élection d'Engelbert Dollfuss, chancelier pronazi, à la tête de l'Autriche, j'avais décidé d'adhérer au Parti communiste. Un parti auquel j'étais resté fidèle jusqu'à ce long été 1938, si chaud et, pour moi, si volage.

À l'époque, j'habitais à Berlin, j'y enseignais et j'avais une liaison avec une aristocrate polonaise, la princesse Elena Pontiatowska. C'était une amie intime de Christiane Lundgren, actrice des studios de l'UFA qui couchait pour sa part avec Josef Goebbels. Par l'intermédiaire de Christiane, j'avais fini par faire la connaissance de Goebbels, que j'ai eu l'occasion de fréquenter en diverses occasions mondaines. Du fait de mon adhésion au Parti communiste, dont ni Goebbels ni la princesse n'étaient informés (pas plus, en l'occurrence, que de mes origines à moitié juives), je n'avais pas tardé à être approché par le Commissariat du Peuple aux Affaires étrangères, le NKVD russe, qui m'avait demandé si j'accepterais d'espionner le ministre allemand.

L'idée d'espionner les nazis était extrêmement séduisante. Il était déjà clair que l'on s'approchait d'une nouvelle guerre européenne. Je m'étais dit que j'y endosserais ma part d'action antifasciste, tout comme d'autres avaient eu la leur durant la guerre d'Espagne. Et donc j'avais accepté de leur rendre compte de toutes mes conversations avec Goebbels. Mais après les accords de Munich, conclus en septembre 1938, je m'étais engagé plus activement. J'avais accepté une invitation à intégrer l'Abwehr, l'officine de renseignements de l'armée allemande, dans l'unique intention de pouvoir fournir encore davantage d'informations au NKVD.

Afin d'exagérer mon rang officieux au sein de l'Abwehr, le NKVD m'avait transmis certaines informations, que j'avais crues inoffensives sur le moment. Ultérieurement, j'ai découvert, à ma grande horreur, que le NKVD m'avait utilisé pour livrer aux nazis les noms de trois membres des services secrets polonais. Ces trois agents, dont une femme tout juste âgée de vingt-deux ans, furent ensuite arrêtés, torturés par la Gestapo, déférés devant un Tribunal du peuple allemand, et guillotinés dans la célèbre prison de Plötzensee en novembre 1938. Écœuré d'avoir été utilisé par les Russes pour leur permettre de se débarrasser d'individus auxquels ils ne vouaient pas moins de haine qu'aux Allemands, j'avais coupé tout contact avec le NKVD, démissionné de mon poste d'enseignant à l'université de Berlin, et j'étais rentré chez moi, à Harvard, la queue entre les jambes.

L'avion fit une autre embardée et parut ballotté comme un petit bateau dans le creux d'une vague invisible.

Je considérais désormais mon adhésion résiliée au Parti communiste allemand comme un péché de jeunesse. Je me dis que si jamais je retournais un jour à Berlin ou à Vienne, ce serait parce que la guerre aurait pris fin, auquel cas ce que l'OSS risquait de penser de mes allégeances politiques passées n'importerait plus guère.

Enfin, l'avion atterrit à Shannon, où nous fîmes escale pour ravitailler, nous dégourdir les jambes et prendre congé du capitaine de vaisseau, qui devait s'envoler vers le nord, à Larne, à bord d'un autre avion, pour y retrouver son nouveau bâtiment. Le reste d'entre nous reprit l'air vers l'est, vers Stranraer, d'où j'expédiai des télégrammes à quelques personnes que j'espérais voir avant d'attraper le train pour le sud, et Londres. J'en envoyai même un à Diana, à Washington, l'informant que j'étais arrivé en Grande-Bretagne sain et sauf. Et quarante-huit heures après avoir quitté New York, j'entrai au Claridge.

Quoique étayé de toutes parts au moyen de lourds madriers et bardé de sacs de sable, avec toutes les fenêtres des immeubles et des édifices bardées de croisillons de chatterton pour empêcher le verre brisé de voler en tous sens, le West End de Londres possédait encore l'allure que j'en conservais dans mon souvenir. Les dégâts des bombardements étaient limités à l'East End et aux docks. Les Américains en permission que je croisai appartenaient presque tous à l'Air Corps, des gamins pour la plupart, comme me l'avait dit Roosevelt. Certains d'entre eux n'avaient même pas l'air en âge de se faire servir de l'alcool, et à plus forte raison de se voir confier les commandes d'un B-24 en mission de bombardement au-dessus de Hambourg.

Même s'il était relativement tôt quand je me présentai à la réception de mon hôtel, je décidai de me mettre directement au lit et de boire un verre de scotch pour m'aider à sombrer. À peine commençai-je à dériver dans le sommeil que j'entendis retentir la sirène de raid aérien. J'enfilai ma robe de chambre et mes pantoufles et je descendis dans l'abri, pour constater que peu de clients de l'hôtel s'étaient donné cette peine. Étant remonté dans ma chambre dès la fin de l'alerte, je venais à nouveau de fermer l'œil quand une autre alarme se déclencha. Cette fois, trottant dans le couloir en direction de l'escalier de secours, je rencontrai un petit bonhomme d'allure porcine, en habit, le cheveu roux, les lunettes rondes, qui fumait un gros cigare. Il ressemblait à un chérubin épaissi par l'alcool et rongé par la désillusion, et il demeurait tout à fait imperturbable face au mugissement suraigu de la sirène – un chœur céleste de chats crevés.

Remarquant ma hâte, le personnage eut un gloussement.

« Vous devez être américain. Un mot, un petit conseil, mon vieux. Ne vous embêtez pas à descendre dans l'abri. Ce n'est qu'un léger raid aérien. Il y a de fortes chances pour que les pauvres bombes qu'ils vont nous balancer échouent quelque part vers l'est, le long de la Tamise, et bien loin du West End. Le mois dernier,

114

il n'y a eu que cinq personnes tuées par les bombes des Fritz dans toute la Grande-Bretagne. »

L'homme tira joyeusement sur son cigare en relâchant des volutes de fumée, manière de signaler que cinq morts étaient aussi insignifiants à ses yeux qu'une partie de billard.

« Merci, monsieur… ?

— Waugh. Evelyn Waugh. »

Suivant son conseil, j'allai me recoucher, engloutis un deuxième scotch et, sans d'autres perturbations qui parviennent à mes oreilles, je dormis finalement six heures.

À mon réveil, je constatai que l'on avait glissé sous ma porte une dizaine de réponses aux télégrammes que j'avais envoyés de Stanraer. Parmi tous les câbles de diplomates et d'officiers de renseignements, j'espérai voir les messages de deux vieux amis : lord Victor Rothschild et la romancière Rosamond Lehmann, avec qui j'entretenais un flirt depuis plus de dix ans. Afin d'ajouter un peu plus de lumière à ce que je savais déjà de Katyn, je m'apprêtais à affronter une kyrielle de réunions avec des Polonais en colère et des fonctionnaires britanniques guindés. Aussi comptais-je sur Ros et Victor pour m'aider à me divertir. Il y avait aussi un télégramme de Diana. Qui disait ceci : EST-IL POSSIBLE D'ÊTRE HEUREUSE QUE TU SOIS LÀ-BAS, SI JE NE SUIS PAS HEUREUSE QUE TU NE SOIS PAS ICI ? DISCUSSION. C'était probablement l'idée que se faisait Diana d'une question philosophique.

Après un bain tiède à l'anglaise, un maigre petit déjeuner à l'anglaise, et un examen attentif du *Times* de Londres, je quittai l'hôtel et me dirigeai vers Grosvenor Square. Je passai la matinée sur place, à rencontrer divers interlocuteurs du poste londonien de l'OSS. David Bruce, le chef de station, était un multimillionnaire âgé de quarante-quatre ans, qui avait le douteux mérite d'être marié à la fille d'Andrew Mellon, le magnat américain de l'acier, l'un des hommes les plus riches du monde. Plusieurs cadres administratifs subordonnés de Bruce n'étaient pas moins fortunés, de sang noble ou avantagés au plan intellectuel, notamment Russell D'Oench, héritier d'un armateur, et Norman Pearson, un éminent professeur d'anglais en poste à Yale. La station londonienne de l'OSS évoquait une annexe du Metropolitan Club de Washington.

Pearson, responsable des opérations du bureau de l'OSS à Londres visant à contrer le renseignement allemand, était un poète dont on publiait les œuvres. Après m'avoir remis un assortiment de cartes d'alimentation, il me proposa de m'escorter dans la communauté du renseignement de la capitale. Il était mon cadet d'un an, plutôt mince de nature, et encore amaigri par le régime alimentaire anglais, ou plutôt par le manque de nourriture disponible dans les magasins de Londres. Son costume, coupé en Amérique, était désormais trop grand de deux tailles.

Pearson était d'un commerce agréable et guère le genre de desperado auquel beaucoup de gens s'attendent dans les métiers du renseignement. Même après trois mois de formation aux techniques de sécurité et d'espionnage dans le centre d'entraînement de l'OSS à Catoctin Mountain, je connaissais peu de mes collègues – tous des avocats et des universitaires, issus comme moi de la crème des facs de l'Ivy League, sur la côte Est des États-Unis – qui éprouvaient jamais le besoin de se comporter comme s'ils appartenaient à une organisation militaire, ou même quasi militaire. Une plaisanterie qui courait dans tout Washington désignait l'intégration au sein de l'OSS comme « une mission Cellophane » : on voyait à travers, mais ça vous évitait la mobilisation. Bon nombre de ces agents pratiquaient l'insubordination par principe, et les ordres, ou ce qui en tenait lieu, étaient souvent mis aux voix. Et pourtant, en dépit de tout cela, l'OSS se maintenait et effectuait un travail utile. À cet égard, Pearson était plus consciencieux et plus soldat dans l'âme que beaucoup d'autres.

Il me conduisit au quartier général de l'Intelligence Service, également connu sous l'appellation de MI5, l'épicentre du contre-espionnage britannique. Ils étaient installés au 54, Broadway Buildings, un édifice miteux composé de bureaux de fortune remplis d'un personnel en tenue civile d'allure démodée.

Il me présenta à des officiers de la section qui avaient préparé l'essentiel des éléments du dossier Katyn utilisés par sir Owen O'Malley, l'ambassadeur de Grande-Bretagne auprès du gouvernement polonais en exil. Le major King, l'officier qui avait procédé à l'évaluation des rapports originaux, m'avertit que le peu de clarté que l'on avait réussi à apporter sur l'affaire Katyn était déjà sur le point d'être troublé.

« Les armées soviétiques placées sous les ordres du général Sokolowski et du général Jermienko ont repris Smolensk il y a tout juste deux semaines, le 25 septembre, m'annonça-t-il. Quelques jours plus tard, elles ont repris la région de la forêt de Katyn où se trouvent les charniers. Ainsi, les exhumations que les Allemands avaient annoncées pour l'automne sont devenues impossibles. Naturellement, il y a de fortes chances pour que les Russes déterrent les corps et produisent leur propre rapport en accusant les Jerrys. Mais ce n'est pas vraiment mon secteur. Il vaudrait mieux vous adresser aux gars de la Section Neuf. C'est Philby qui traite l'interprétation de tous les renseignements que nous obtenons côté russe.

— Kim Philby ? fis-je en souriant.

— Oui. Vous le connaissez ? »

Je hochai la tête.

« D'avant la guerre. Quand nous étions étudiants à Vienne. Où puis-je le trouver ?

— Au septième étage. »

Kim Philby évoquait plus un professeur d'école privée anglaise qu'un officier du SIS. Il portait une vieille veste en tweed avec pièces en cuir aux coudes, un pantalon en velours côtelé marron tenu par des bretelles rouges, une chemise en flanelle et une cravate en soie, tachée. Pas très grand, il paraissait mince et encore plus mal nourri que Pearson, et il sentait fort le tabac. Voilà presque dix ans que je ne l'avais plus revu, mais il n'avait pas beaucoup changé. Il conservait toujours cet air fuyant, sur ses gardes. En me découvrant, debout à côté de son bureau en désordre, il se leva, eut un sourire hésitant et lança un coup d'œil à Pearson.

« Mon Dieu, Willard Mayer. Mais qu'est-ce que vous fabriquez ici ?

— Salut, Kim. Je marche avec l'OSS.

— Vous ne m'aviez pas dit que vous connaissiez ce garçon, Norman.

— Nous venons de nous rencontrer, précisa Pearson.

— Je suis ici pour une semaine, lui expliquai-je. Ensuite, retour à Washington.

— Asseyez-vous. Faites comme chez vous. Catherine ! Pourriez-vous nous apporter du thé, je vous prie ? »

Sans se départir de son sourire hésitant, Philby m'étudia avec insistance.

« La dernière fois que je vous ai vu, lui rappelai-je, vous alliez vous marier. À l'hôtel de ville de Vienne.

— En février 1934. Mon Dieu, ce que le temps passe vite quand on s'amuse.

— Comment va Litzi ?

— Dieu seul le sait. Cela fait longtemps que je ne l'ai pas vue. Nous sommes séparés.

— Je suis navré.

— Ne le soyez pas. Nous ne nous sommes jamais vraiment entendus. Je n'arrive pas à saisir pourquoi je l'ai épousée. Elle était trop sauvage, trop radicale.

— Peut-être l'étions-nous tous.

— Peut-être. En tout cas, maintenant, j'ai Aileen. Deux enfants. Une fille et puis un garçon. Et encore un troisième qui est en route, pour mes péchés. Êtes-vous marié, Will ?

— Pas pour l'instant.

— Voilà un garçon raisonnable. Vous avez pas mal papillonné, et en général ça vous réussissait. Eh bien, qu'est-ce qui vous amène ici, dans le confort simple et familial de la Section Neuf ?

— J'ai entendu dire que vous étiez un expert de la Russie, Kim.

— Oh, je n'en dirais pas autant. » Philby alluma une cigarette et, une main calée sous son aisselle, il aspira avec énergie. Un billet de dix shillings dépassait du mouchoir d'une propreté hasardeuse qui ornait sa poche-poitrine. « Mais nous avons nos moments d'inspiration. »

Le thé arriva. Philby consulta sa montre de gousset, entreprit d'apparier les tasses et les soucoupes ébréchées, puis, soulevant le couvercle, jeta un coup d'œil à l'intérieur de la grande théière en métal émaillé brun, tel le Chapelier Toqué d'*Alice au pays des merveilles* à la recherche de son loir. *Scintillez, scintillez, petite pipistrelle*, me dis-je, *qui doucement venez nous frôler de votre aile.*

« J'enquête sur le massacre de la forêt de Katyn, lui révélai-je. Pour le Président Roosevelt. Et je me demandais si vous n'auriez pas une idée de ce qui risque de se produire, maintenant que les Russes sont de nouveau en possession de cette région. »

Philby haussa les épaules et servit le thé.

« Je m'attends à ce que le Soviet Suprême nomme une espèce de commission d'État extraordinaire pour enquêter sur les crimes commis par les envahisseurs fascistes allemands, ou ce genre d'absurdité. Pour prouver que tout cela n'était qu'un complot ignoble ourdi par les Jerrys pour perturber l'harmonieuse unité qui règne entre les alliés. » Il retira un brin de tabac de sa lèvre. « Ces propos n'étant autres que ceux tenus par notre propre secrétaire aux Affaires étrangères, M. Eden, devant la Chambre des Communes il y a quelque temps.

— Le dire est une chose. Le croire en est une autre.

— Eh bien, vous devez certainement en savoir davantage que moi à ce sujet, mon vieux. » Il remua son thé, l'air pensif, comme un homme qui mélange de la peinture. « Mais voyons un peu. Les Popovs vont nommer un groupe d'académiciens et d'auteurs au sein de cette commission extraordinaire. Un représentant de l'exécutif de la région de Smolensk. Un commissaire du peuple de ceci ou de cela. Un émissaire des sections russes de la Croix-Rouge et du Croissant-Rouge. Un responsable médical de l'armée Rouge, le cas échéant. Ce genre de machin. »

Je bus une gorgée de thé, que je trouvai trop fort pour mon palais. Quand ils récupéraient la théière, ils se servaient sans doute des feuilles infusées pour repeindre des palissades.

« Pensez-vous que les Soviets inviteront des membres indépendants à se joindre à cette commission, telle que vous la décrivez ?

— Vous mettez le doigt pile dessus, mon vieux Willard. Indépendante. Comment cette indépendance devrait-elle être garantie ? Les Allemands ont établi leur rapport. Roosevelt va avoir le sien. Et maintenant je m'attends à ce que les Russes veuillent le leur. J'en conclus que les gens vont devoir se décider sur qui croire. Si vous rapportez cela au contexte d'un conflit mondial, il est certain que ce genre de réflexe est inévitable. Mais quels que soient les tenants et les aboutissants dans cette affaire, les Russes sont encore nos alliés et nous allons devoir apprendre à travailler avec eux, si nous voulons gagner cette guerre. »

Il paraissait avoir terminé son analyse, et je me levai pour le remercier du temps qu'il venait de me consacrer.

« Toujours à la disposition de nos cousins américains. »

Pearson y ajouta ses propres remerciements et Philby me dit encore un mot.

« Norman est connu pour être le gaillard le moins farouche de Grosvenor Square. » Maintenant que j'avais annoncé mon départ, il s'égayait visiblement. « Nous faisons de notre mieux pour ne pas nous montrer trop secs ou trop intimidants envers vous, les Américains, mais nous ne pouvons pas savoir quel effet nous produisons. Si nous avons survécu jusqu'à présent sans avoir jamais été conquis, c'est parce que nous n'avons jamais rien laissé nous affecter. Ni les cartes de rationnement, ni les bombes allemandes, eh non, même pas le climat anglais… hein, Norman ? »

Laissant Pearson à Broadway Buildings, je rentrai à pied à travers le parc en réfléchissant à ces retrouvailles avec Kim Philby. J'avais fréquenté Harold « Kim » Philby pendant une brève période avant la guerre. À la fin 1933, à peine sorti de Cambridge, Philby était arrivé dans Vienne à moto. De quatre ans plus jeune que moi, fils d'un explorateur britannique célèbre, Philby s'était jeté à corps perdu dans son travail aux côtés de la résistance de gauche viennoise, sans guère se soucier de sa propre sécurité. Après le lynchage de huit dirigeants socialistes par la Heimwehr, la milice d'extrême droite autrichienne pronazie, nous avions contribué, lui et moi, à cacher les militants de gauche recherchés, jusqu'à ce qu'ils puissent être acheminés clandestinement hors du pays, vers la Tchécoslovaquie.

À l'époque où Philby et moi étions à Vienne, Otto Deutsch, un docteur en philosophie qui travaillait avec le sexologue Wilhelm Reich, sans mentionner le NKVD, avait effectué plusieurs tentatives pour nous recruter tous deux dans les services secrets russes. C'était une invitation à laquelle j'avais résisté, à l'époque. J'ignorais s'il en allait de même pour Philby, qui était rentré en Angleterre avec Litzi en mai 1934, afin qu'elle puisse échapper aux griffes de la Heimwehr, car elle avait été encore plus ouvertement militante que Kim. J'avais toujours supposé que, tout comme moi, Philby avait refusé de rejoindre le NKVD à Vienne. Mais de le revoir, travaillant pour le SIS au sein de la section russe du contre-espionnage et apparemment nerveux à l'idée de renouer nos relations, je me suis posé la question.

Naturellement, je ne pouvais rien évoquer de tout cela sans attirer l'attention sur mon propre passé. Cela étant, je ne croyais pas que cela importait tant. Si les Britanniques avaient percé les codes allemands, ainsi que le supposait l'OSS, et s'ils ne transmettaient pas d'informations importantes aux Russes par peur de s'entendre demander de partager tous les documents allemands décodés, alors, sans aucun doute, Philby considérerait comme de son devoir d'apporter un remède de son cru à un comportement aussi perfide à l'égard d'un allié. J'aurais même pu applaudir pareille soi-disant trahison. Je n'y aurais pas prêté la main moi-même, mais j'aurais presque pu approuver qu'un autre s'en charge à ma place.

De retour dans ma chambre d'hôtel, je pris quelques notes destinées à mon rapport sur Katyn, je m'offris encore un bain tiède, et j'enfilai un smoking. À six heures et demie, j'étais au bar du Ritz, et je commandai un deuxième martini alors que je terminais à peine le premier. Dire ce qu'il fallait, en dire beaucoup moins que les gens n'auraient voulu en savoir, en dire vraiment fort peu, et juste écouter – la journée avait été longue, et je mourais d'envie de me détendre. Rosamond était justement la femme de la situation.

Je ne l'avais plus revue depuis le début de la guerre, et je fus un peu surpris de découvrir que ses cheveux châtains et ondulés avaient viré au gris, avec des reflets bleutés. Et pourtant, elle n'avait rien perdu de son allure voluptueuse. Elle m'embrassa et me serra dans ses bras.

« Mon chéri, s'exclama-t-elle en roucoulant de sa voix feutrée, voilée. Comme c'est merveilleux de vous revoir.

— Vous êtes toujours aussi superbe.

— C'est très gentil à vous, Will, mais ce n'est pas vrai. » Et elle porta la main à ses cheveux, dans un geste un rien embarrassé.

J'imaginais qu'elle devait être au milieu de la quarantaine à présent, mais elle était plus belle que jamais. Elle me rappelait toujours Vivien Leigh, mais en plus féminine et en plus sensuelle. Moins impétueuse et bien plus réfléchie. Grande, la peau claire, un corps magnifique, qui aurait été à sa place dans la méridienne d'un studio d'artiste. Elle portait une longue jupe argentée et un chemisier en mousseline de soie mauve qui mettaient en valeur sa silhouette.

« Je vous ai apporté des bas, lui annonçai-je. Gold Stripe. Sauf que je crains fort de les avoir oubliés dans ma chambre du Claridge.

— Exprès, comme de juste. Pour être sûr que je vienne à votre hôtel avec vous. »

Ros avait l'habitude que les hommes se jettent à ses pieds, et elle s'y attendait presque comme le prix à payer pour une telle beauté, même si elle s'efforçait de minimiser cet atout. C'était là une tâche quasi impossible. La plupart du temps, où qu'elle aille, Ros se distinguait autant qu'une femme vêtue d'une robe de cocktail Balenciaga à un pique-nique dominical d'une école du Nebraska.

« Comme de juste », lui répliquai-je, tout sourires.

Ses doigts jouèrent avec le rang de perles qui soulignait son cou d'une blancheur lactée, tandis que je commandais une bouteille de champagne.

Je lui proposai une cigarette et elle la ficha dans un petit fume-cigarette noir.

« Vous vivez avec un poète désormais, n'est-ce pas ? » En me penchant pour lui allumer sa cigarette, je fus saisi par une bouffée de son parfum qui vint m'atteindre jusque dans la poche de mon pantalon, et au-delà.

« C'est exact, fit-elle en tirant sur sa cigarette. Il est parti rendre visite à sa femme et à ses enfants.

— Est-ce qu'il est bon ? Comme poète, je veux dire.

— Oh oui. Et extrêmement bel homme, en plus. Tout comme vous, mon chéri. Sauf que je n'ai aucune envie de parler de lui, car je suis fâchée.

— Pourquoi ?

— Parce qu'il est parti rendre visite à sa femme et à ses enfants au lieu de rester avec moi à Londres, évidemment.

124

— Évidemment. Mais qu'est-il arrivé à Wogan ? »

Wogan Philipps, deuxième baron Milford, était l'époux que Ros avait quitté pour rejoindre son poète.

« Il se remarie. À une camarade communiste. Tout au moins, dès que j'aurai demandé le divorce.

— J'ignorais que Wogan était communiste.

— Mon cher, il ne jure plus que par ça.

— Mais vous, vous n'êtes pas communiste, si je ne m'abuse ?

— Seigneur, non. Je ne le suis pas et je n'ai jamais été un animal politique. Une inclination à gauche, par romantisme, certes, mais jamais militante. Et j'attends des hommes qu'ils me choisissent, moi, pour cause éternelle, et non Hitler ou Staline. Tout comme je l'ai fait avec eux.

— Alors à vous, mon cœur, m'écriai-je. Ma voix vous est acquise, toujours. »

Après un dîner flirteur, nous tournâmes à l'angle de St James Place, où Victor Rothschild possédait un appartement au dernier étage. Un serviteur nous remit un message nous indiquant que Monsieur était allé boire un verre à une réception qui se tenait vers Chesterfield Gardens, et que nous devrions l'y rejoindre.

« Nous y allons ? demandai-je à Rosamond.

— Pourquoi pas ? C'est toujours mieux que de rentrer dans un appartement vide à Kensington. Cela fait tout bonnement des siècles que je ne suis plus sortie dans une soirée. »

Thomas Harris et son épouse, Hilda, étaient un couple fortuné dont le sens de l'hospitalité ne le cédait qu'à leur bon goût – ce qui allait de soi. Harris était marchand d'art, et plus d'un mur de sa demeure de Chesterfield Gardens s'ornait de peintures et de dessins d'artistes de la trempe du Greco et de Goya.

« Vous devez être l'Américain de Victor, me lança-t-il en m'accueillant chaleureusement. Et vous devez être lady Milford. J'ai lu tous vos romans. *Poussière* est l'un de mes livres préférés.

— Je viens de terminer *L'Invitation à la valse*, continua Hilda Harris. J'étais si emballée quand Tom m'a appris que vous viendriez peut-être. Venez, je vais vous présenter quelques invités. » Elle prit Rosamond par le coude. « Connaissez-vous Guy Burgess ?

— Oui. Il est ici ?

— Willard ! »

Un bel homme trapu aux cheveux noirs vint vers nous et me salua. Il se dégageait de lui un mélange de rabbin et de tycoon, de bolchevique et d'aristocrate. Victor Rothschild était un prophète qui déclamait dans une jungle de privilèges et de gens de haute condition. Nous partagions un amour du jazz et une vision assez rose de la science, ce qui était plus commode pour Victor, puisqu'il était lui-même un scientifique.

« Willard, quel plaisir de vous voir ici ! s'écria-t-il en me serrant la main avec frénésie. Dites-moi, vous n'avez pas apporté votre saxophone ? Will joue sacrément bien du sax, Tom.

— Je n'ai pas jugé approprié de m'en munir, avouai-je. Quand vous êtes l'envoyé spécial du Président, voyager accompagné de son saxophone serait un peu comme de se présenter à une audience avec le pape armé de sa queue de billard.

— Envoyé spécial du Président, hein ? Voilà qui est impressionnant.

— D'après moi, c'est moins impressionnant que ça n'en a l'air. Et vous, Victor, qu'est-ce que vous fricotez ?

— MI5. Je dirige une équipe anti-sabotage, je passe les cigares de sir Winston aux rayons X, ce genre de machin. Une activité technique. » Rothschild agita son petit doigt sous mon nez. « Présentez-le à quelqu'un, Tom. Je reviens dans dix minutes. »

Harris regarda Rothschild disparaître par la porte du salon.

« Il est bien trop modeste. D'après ce que j'ai entendu dire, il s'occupe de l'enlèvement et de la destruction des bombes. Il s'attaque aux derniers modèles de détonateurs des Allemands. Du travail dangereux. » Harris jeta un coup d'œil par-dessus mon épaule en faisant signe de la main à un grand gaillard à l'air mou, de la variété grande gigue efflanquée et affamée, qu'il vienne nous rejoindre. « Tony, voici Willard Mayer. Willard, je vous présente Anthony Blunt. »

L'homme qui s'était approché de nous possédait des mains qui auraient mieux convenu à une jeune fille délicate, et le genre de bouche précieuse et bien élevée que l'on aurait sevrée au citron jaune et vert. Il avait une curieuse façon de s'exprimer que je n'appréciai guère.

« Oh oui, fit Blunt. Kim m'a tout raconté sur vous. » Il prononça ce dernier mot avec une dose d'emphase assez indécente, comme s'il marquait une sorte de désapprobation affectée.

« Will ? »

Je me tournai et constatai que Kim Philby se tenait derrière moi.

« Voyez-vous ça. Je parlais justement de vous, Will.

— Je vous en prie. Je suis assuré tous risques.

— C'est un ami de Victor, précisa Harris à Philby en s'éloignant pour aller saluer un autre invité.

— Écoutez, continua Philby, mille mercis de ne pas m'avoir flanqué dans la panade, cet après-midi. De ne pas avoir mentionné plus précisément ce que nous fabriquions à Vienne.

— Je n'avais guère le choix. Au risque de me trahir, moi aussi. Qui plus est... » Je craquai une allumette contre l'ongle de mon pouce et m'allumai une cigarette. « ... Vienne, c'était il y a plus de dix ans. Les choses sont différentes aujourd'hui. La Russie est notre alliée, pour commencer.

— Exact, acquiesça-t-il. Même si par moments, on ne le dirait pas, vu la manière dont nous jouons notre partie dans ce conflit.

— Parlez pour vous. Je ne joue aucune partie, sauf de temps en temps dans la longueur et la largeur d'un court de tennis. En somme, je fais à peu près ce qu'on me dit.

— Ce que j'entendais par là, c'était que, parfois, quand on considère le nombre de victimes de l'armée Rouge, on en retire l'impression que l'Union soviétique serait le seul pays à combattre l'Allemagne. Sans l'existence d'un front à l'est, l'idée même que les Britanniques et les Américains soient capables de monter un débarquement en Europe paraîtrait grotesque.

— Je discutais avec un type à mon hôtel, il m'a raconté qu'il n'y avait eu que cinq personnes tuées en Grande-Bretagne pour tout le mois de septembre. Cela peut-il être réellement vrai? Ou voulait-il juste me convaincre que je pouvais laisser mon parapluie dans ma chambre?

— Oh oui, confirma Philby, c'est parfaitement vrai. Et pendant ce temps-là, les Russes meurent à un rythme avoisinant les soixante-dix mille par mois. J'ai vu des rapports du renseignement qui estiment le total des pertes russes à plus de deux millions. Donc, vous pouvez comprendre pourquoi ils sont si inquiets de nous voir négocier une paix séparée, qui les laisserait achever la lutte contre Hitler seuls. Voilà une crainte qui ne sera guère apaisée quand ils apprendront que votre

Président a commandé un examen minutieux de ces meurtres dans la forêt de Katyn.

— Je crois savoir que l'examen des affaires de meurtres relève encore d'une pratique assez courante, ironisai-je. C'est l'une des exigences qui nous aident à entretenir l'illusion que nous vivons dans un monde civilisé.

— Oh, c'est certain. Mais si Staline suspectait les alliés occidentaux de vouloir utiliser Katyn comme un prétexte pour repousser une invasion de l'Europe, tout au moins jusqu'à ce que la Wehrmacht et l'armée Rouge aient achevé de mutuellement s'anéantir, on pourrait difficilement l'en blâmer.

— Vous avez l'air d'en savoir beaucoup sur ce que suspecte Staline, Kim. »

Philby secoua la tête.

« Simples conjectures d'un homme du renseignement. Il ne s'agit d'ailleurs pas d'autre chose, dans toute cette vaste plaisanterie. Il est vrai qu'anticiper les actes des Russes n'est pas compliqué. À l'inverse de Churchill. Il n'y a pas moyen de déchiffrer ce qui se passe dans l'esprit retors de cet homme.

— D'après ce que j'ai cru comprendre, Churchill n'a pas prêté grande attention à Katyn. Il ne se comporte pas comme un homme qui se prépare à se servir de cette affaire comme d'un prétexte pour reporter l'ouverture d'un second front.

— Peut-être pas, admit Blunt. Mais il en est beaucoup d'autres qui ne s'en priveraient pas, vous savez ? La cohorte de ceux qui haïssent les Juifs et pensent que nous sommes en guerre contre le mauvais ennemi. » Il saisit un verre sur un plateau qui passait et il en avala le contenu d'un trait, un mouvement de balancier, une parabole de rapace. « Et Roosevelt ? Pensez-vous qu'il approuverait ? »

Blunt eut un sourire qui se voulait chaleureux, mais décidément sa bouche ne me plaisait pas. Ma mine renfrognée n'échappa pas à Philby.

« Tout va bien, Willard. Anthony est l'un des nôtres.

— Ce qui signifie ? » rétorquai-je en me cabrant. La suggestion qu'Anthony Blunt soit « l'un des nôtres » me paraissait presque aussi offensante que son corollaire, à savoir que je puisse être l'un des leurs.

« MI5. En réalité, Anthony pourrait fort bien être l'homme avec qui vous devriez parler de cette affaire polonaise. Les gouvernements alliés en exil, les pays neutres avec des missions diplomatiques à Londres, Anthony les tient tous à l'œil. N'est-ce pas, Tony ?

— Si vous le dites, Kim, répondit Blunt, toujours souriant.

— Enfin, ce n'est pas un grand secret, grommela Philby.

— Je peux vous dire ceci, reprit Blunt, les Polonais apprécieraient vivement de mettre la main sur un Russe qui est attaché à l'ambassade soviétique à Washington. Un garçon du nom de Vassili Zubiline. En 1940, il était major au Commissariat du Peuple aux Affaires intérieures et commandait l'un des bataillons d'exécution à Katyn. Il semblerait que les Russes l'aient envoyé à Washington en récompense du bon travail accompli. Et pour le sortir du secteur. Et parce qu'ils estiment peu probable qu'il fasse jamais défection. S'il s'y risquait, ils se contenteraient d'expliquer à votre gouvernement ce qu'il a fabriqué à Katyn. À la suite de quoi certains Polonais voudraient très probablement le voir inculper comme criminel de guerre. Quel que soit le sens que l'on accorde à ce terme.

» Mais alors, comment connaissez-vous Victor ? me demanda-t-il brusquement en changeant de sujet.

— Nous partageons une attitude similaire d'indifférence envers notre judaïté, lui répondis-je. Ou, dans mon cas, et pour être plus précis, ma demi-judaïté. Je suis allé à son mariage avec Barbara. Et vous ?

— Oh. Cambridge, me fit-il. Et Rosamond. Vous êtes arrivé ici en sa compagnie, n'est-ce pas ? Comment connaissez-vous Rosie ?

— Cessez donc de l'interroger, Anthony, intervint Philby.

— Cela ne me gêne aucunement », dis-je, mais sans répondre à la question de Blunt et, en entendant le rire caractéristique de Rosamond, je lançai un rapide coup d'œil autour de moi et la vis qui écoutait avec beaucoup d'amusement un personnage débraillé occupé à discourir d'une voix forte à propos d'un garçon qu'il tentait de séduire. Je commençais à suspecter que presque tous les invités à cette soirée avaient fréquenté Cambridge, et qu'ils étaient espions, communistes ou homosexuels – et, dans le cas d'Anthony Blunt, très probablement les trois.

Rothschild revint dans la pièce en brandissant un saxophone, dans un geste de triomphe.

« Victor, m'exclamai-je avec un rire. À mon avis, vous êtes très probablement le seul homme capable de dénicher un saxophone de secours à onze heures du soir. »

Je pris le sax des mains de mon vieil ami, qui s'assit au piano, alluma une cigarette, puis souleva le couvercle du clavier.

Nous jouâmes plus d'une demi-heure. Des deux, Rothschild était le meilleur musicien, mais à cette heure tardive les gens étaient trop ivres pour remarquer mes défauts techniques. Quand nous eûmes terminé, Philby m'attira à l'écart.

« Très bon, me complimenta-t-il. Vraiment très bon. C'était un sacré duo. »

Je haussai les épaules et bus une coupe de champagne, histoire de me désaltérer.

« Vous vous souvenez d'Otto Deutsch, n'est-ce pas ? me demanda-t-il.

— Otto ? Oui. Que lui est-il arrivé ? Il est venu à Londres, n'est-ce pas ? Après que l'Autriche est devenue fasciste.

— Il était à bord d'un navire, coulé en plein milieu de l'Atlantique par un sous-marin allemand. »

Philby marqua un temps de silence et alluma une cigarette.

« Pauvre Otto. Je l'ignorais.

— Il avait essayé de me recruter, vous savez. Pour le NKVD, à Vienne.

— Vraiment ?

— Très franchement, je n'en voyais pas l'intérêt. Si j'étais resté en Autriche, je pense que j'aurais pu travailler pour eux. Mais je devais protéger Litzi, et il fallait que je parte. Donc je suis revenu ici, j'ai décroché un poste au *Times*. Ensuite, j'ai revu Otto, en 1937, quand il était en partance pour la Russie. Quoi qu'il en soit, il a tenté de me recruter ici, à Londres, à peine croyable, non ? Dieu sait pourquoi. Je veux dire, un journaliste a tendance à transmettre à ses lecteurs toutes les informations qu'il pêche. J'étais communiste, bien sûr. Je le suis toujours, pour dire la vérité, et si cela se savait, je me ferais vider du service, si je n'y prêtais garde.

— Pourquoi me confiez-vous cela, Kim ?

— Parce que je crois pouvoir me fier à vous, mon vieux. Et à ce que vous disiez précédemment. Au sujet de cette idée que notre camp, dans cette guerre, négocie la paix avec les Jerrys. »

Je ne me rappelai pas avoir dit grand-chose à ce propos, mais je ne relevai pas.

« Je pense que si jamais je découvrais quoi que ce soit de cet ordre, alors au diable le secret. Je me rendrais tout droit à l'ambassade soviétique, je leur flanquerais une note dans leur boîte aux lettres, et flûte. Cher camarade Staline, les Britanniques et les Américains sont en train de vous brader, et jusqu'à la Volga. Avec mes sincères salutations distinguées, Kim Philby, MI5.

— Je ne pense pas que cela se produise.

— Non ? Jamais entendu parler d'un gaillard nommé George Earle ?

— Si. En fait, c'est l'une des raisons pour lesquelles je suis ici. Earle est le représentant spécial du Président dans les Balkans. Il a adressé, de sa propre initiative, un rapport à FDR au sujet du massacre de la forêt de Katyn. C'est un copain de Roosevelt. Riche. Très riche. Comme tous les copains de Roosevelt.

— Vous compris, lâcha Philby en gloussant.

— C'est à ma famille que vous faites allusion, Kim. Pas à moi.

— Seigneur, voilà que vous vous exprimez comme Victor maintenant, fit-il en riant. L'ascète épicurien. »

Philby attrapa une autre coupe de champagne. J'en pris une aussi, et cette fois je la bus à petites gorgées, avec lenteur. Je voulais me calmer et m'empêcher de lui flanquer mon poing à la figure. Je lui pardonnai, parce qu'il était soûl. Et parce que je voulais en entendre davantage au sujet de George Earle.

« Écoutez », continua-t-il avec l'air de celui qui ne sait pas sur quel pied danser, et ignore donc s'il va livrer un ragot ou un secret d'État. Il me paraissait fort possible qu'il ignore même la différence. « La famille Earle a gagné son argent dans le commerce du sucre. Earle a abandonné Harvard et, en 1916, il s'est enrôlé dans l'armée du général Pershing, qui voulait donner la chasse à Pancho Villa, au Mexique. Ensuite, il s'est enrôlé dans l'U.S. Navy, ce qui lui a valu la Navy Cross, et c'est ce qui lui a permis de devenir tellement pote avec Roosevelt. FDR est extrêmement fana de la marine. Exact ? »

J'opinai.

« Où voulez-vous en venir, Kim ? »

Il se tapota l'aile du nez.

« Vous allez voir. »

Il alluma une autre cigarette, puis il se la retira de la bouche avec impatience.

« Républicain depuis toujours, en 1932, Earle a néanmoins soutenu la candidature de Roosevelt à la présidence. Et, en récompense, FDR l'a nommé attaché naval à Ankara. Maintenant, la suite. C'est là qu'on en arrive au meilleur morceau. Formid – c'est le surnom de notre copain Earle – a une petite amie, une danseuse belge, prostituée à mi-temps, une nommée Hélène, qui travaille pour nous. Je vous raconte tout ceci pour que vous sachiez d'où proviennent certaines de nos informations.

» En mai cette année, Formid a rencontré l'ambassadeur d'Allemagne à Ankara. Comme vous ne l'ignorez pas, j'en suis convaincu, l'ambassadeur est aussi l'ancien chancelier allemand, Franz von Papen. Selon Hélène, Formid et von Papen ont mené des négociations de paix secrètes. Nous ne savons pas au juste si elles ont été engagées à l'initiative d'Earle ou de von Papen. Quoi qu'il en soit, Earle en a référé à FDR et von Papen à quelqu'un à Berlin... nous ne savons pas exactement qui. Apparemment, il n'a pas eu l'air de se passer grand-chose, pendant un temps. Ensuite, il y a juste quelques jours à peine, Earle a tenu une réunion avec un Américain, un certain Theodor Morde. Jamais entendu parler de lui ?

— Je n'ai jamais entendu parler de Theodor Morde, lui affirmai-je en toute sincérité.

— Morde est un gaillard qui travaillait pour le COI au Caire, avant que ça ne se transforme en votre boutique : l'OSS. Je pensais que vous auriez pu le connaître.

— Je n'ai jamais entendu parler de lui, répétai-je.

— Morde est un Américain qui voyage avec un passeport portugais. Bosse pour la nébuleuse du Reader's Digest. Le genre de type que votre boutique pourrait très facilement renier. Je suis sûr que vous pratiquez ce genre de sport. En tout cas, ce garçon, Morde, a rencontré von Papen voici tout juste deux jours. Nous n'avons aucune idée de ce qui s'est dit. Avec celui-là, Hélène ne baise pas, hélas. Mais d'autres sources sembleraient indiquer qu'après l'entretien Morde aurait remis à Earle des documents émanant de von Papen et destinés à Roosevelt. Et voilà tout ce que je sais, pour le moment. »

Tout au long du monologue de Philby, je sentis ma mâchoire se contracter. L'information de Blunt sur Vassili Zubiline était en soi assez surprenante, mais ceci était encore plus dérangeant, et l'insouciance apparente, si typiquement anglaise, avec laquelle Philby venait de lâcher cette bombe ne faisait qu'empirer les choses.

« Et vous êtes-vous rendu tout droit à l'ambassade soviétique pour fourrer une note dans leur boîte aux lettres, comme vous disiez ?

— Pas encore, m'avoua Philby. Mais je pourrais toujours.

— Qu'est-ce qui vous en a empêché ?

— Vous, à vrai dire.

— Moi ?

— En débarquant dans mon bureau de la sorte, sans crier gare, après toutes ces années. Non seulement cela, mais le fait que vous soyez encore un de ces émissaires spéciaux de Roosevelt, tout comme ce vieux Formid. Et je me suis dit : "Ne tente rien de trop précipité, Kim. Peut-être que ce vieux Willard pourra t'aider à donner un peu corps à cette histoire, si corps il y a." Faire mousser, comme nous disons, nous autres journalistes. »

Mon sentiment de prudence initial avait laissé place à la perplexité : j'étais intrigué. S'il avait raison, et si Roosevelt négociait réellement une paix séparée, alors quel était l'intérêt de la conférence des Trois Grands ?

« Oui, mais comment ?

— Ah ça, j'en sais rien. Gardez vos oreilles grandes ouvertes sur le campus et autour de la Maison-Blanche, ce genre de truc. En posture d'observation, c'est tout.

— Supposons en effet que j'entende parler de quelque chose. Et après ?

— Il y a un copain à moi à l'ambassade de Grande-Bretagne à Washington. Un peu un vieux de la vieille de la gauche, comme nous. Childs, de son nom. Stephen Childs. Un bon gars solide, mais qui serait lui aussi d'avis que l'on a un peu trop tendance à réserver aux Russes les premières loges du casse-pipe. Si vous entendiez quoi que ce soit de louche, vous pourriez lui rendre une visite. Boire un verre avec lui. Vous confier. Décider quoi faire à ce sujet, entre vous, et simplement agir suivant ce que vous dictent vos consciences à tous les deux. Quant à moi… » Il haussa les épaules. « Je vais devoir vérifier ce qui resterait encore à découvrir par l'intermédiaire de nos agents à Ankara. Mais, franchement, je ne suis pas optimiste, et il faudra voir où notre homme, ce Morde, pointera son nez la prochaine fois.

— Je ne vous promets rien, dis-je. Mais je vais voir ce que je peux faire. Avec Roosevelt. "Je vais observer ses manières. Je vais le sonder jusqu'à l'os. S'il bronche, je sais quel parti prendre." »

Philby eut l'air perplexe.

« *Hamlet*, lui précisai-je. Mais, au fond, qu'est-ce que vous lisiez quand vous étiez à Cambridge ? »

Philby se fendit d'un grand sourire.

« Mais… Marx et Engels. Allons ! »

6

VENDREDI 8 OCTOBRE 1943
BERLIN

« À vous entendre, j'ai l'impression que vous avez un peu trop lu *Der Pimpf* », lança Himmler à Schellenberg. *Der Pimpf* – Le Mioche – était le périodique mensuel réservé aux jeunes garçons des Hitlerjugend, qui publiait un mélange d'aventures et de propagande. « Assassiner les Trois Grands ? Êtes-vous fou ? Franchement, Schellenberg, je suis surpris qu'un homme d'une telle intelligence m'invente un plan aussi insensé. Qui diable vous a soufflé pareille idée ?

— Vous, Herr Reichsführer.

— Moi ?

— Votre discours de Posen. Il m'a fait forte impression. Vous disiez que c'est la foi qui remporte les batailles, et que vous ne vouliez pas de pessimistes dans nos rangs, ou de gens qui ont perdu leur foi dans la Patrie. Je me suis dit que si Skorzeny pouvait réussir une opération comme le sauvetage de Mussolini, alors, peut-être parviendrait-on à mener à bien une entreprise encore plus audacieuse.

— Le pessimisme est une chose, Schellenberg, mais l'optimisme irresponsable en est tout à fait une autre. Et le réalisme aussi. De la part d'un homme possédant vos capacités, j'attends du réalisme. Comme nous le savons tous deux, la mission de Skorzeny a été accomplie sur requête du Führer. C'était une idée absurde qui, dans la pratique, n'a débouché sur rien d'utile. M'avez-vous entendu mentionner le nom de Skorzeny, à Posen ? Non. Pas une seule fois. Normalement, si l'on m'en avait donné le temps, j'aurais pu tuer dans l'œuf cette idée de Hitler, le sauvetage de Mussolini, de la même manière que j'ai tué dans l'œuf une kyrielle d'autres plans tout aussi stupides. Mais le Führer a soutenu ce projet contre vents et marées, à tel point que je ne voyais aucun moyen de l'éviter. Et, mon Dieu, qui donc pouvait s'attendre à ce que cet imbécile réussisse ? »

Ils se trouvaient dans le nouveau bureau de Himmler, au ministère de l'Intérieur, sur l'avenue Unter den Linden, non loin de l'ancienne ambassade de Grèce. Depuis les très hautes fenêtres à double vantail du premier étage, récemment remplacées pour être à l'épreuve des bombes, Schellenberg pouvait apercevoir l'hôtel Adlon, et précisément la fenêtre de la chambre où il avait fait l'amour à Lina, le samedi précédent.

« Le réalisme exige que l'on recherche la paix avec les alliés, et non que l'on essaie d'assassiner leurs dirigeants. »

Schellenberg opina, non sans s'étonner en silence de nombreuses contradictions, si évidentes dans le caractère et la conduite de Himmler. L'homme qui parlait désormais de paix était celui-là même qui, le 25 août, le jour où il avait succédé à Wilhelm Frick au poste de ministre de l'Intérieur, avait condamné un conseiller du gouvernement à la guillotine pour « propos défaitistes ». L'exécution de ce conseiller était peut-être destinée à la galerie, songeait Schellenberg, manière d'encourager son monde. La remarque du Reichsführer semblait confirmer ce qu'il avait appris des deux hommes de la Gestapo qu'il avait été obligé de mettre à mort : Himmler menait bel et bien des négociations de paix susceptibles de le conduire à la tête d'un gouvernement de l'après-Hitler.

« Non, fit le Reichsführer, je ne crois pas qu'ils apprécieraient. Pas tant que nous tentons des pourparlers de paix. »

Nous y voilà, se dit Schellenberg, il vient de l'admettre. Naturellement, avec toute son arrogance, il ne serait sans doute jamais venu à l'esprit de Himmler que la Gestapo puisse considérer cela comme un acte de trahison pure et simple. En vérité, qu'elle ait l'audace de l'espionner, lui, le Reichsführer-SS, cela semblait tout à fait impensable.

« Vous n'avez pas l'air surpris, Schellenberg, observa Himmler.

— Que nous ouvrions des pourparlers de paix ? Si vous vous souvenez, Herr Reichsführer, c'était moi, en août, l'an dernier, qui avais suggéré la nécessité d'une stratégie alternative destinée à mettre fin à la guerre. À l'époque, je crois que vous m'aviez taxé de défaitisme. »

Schellenberg vit bien que Himmler n'aimait guère qu'on lui remémore cet épisode.

« Alors ceci, qu'est-ce que c'est ? » demanda le ministre de l'Intérieur en brandissant le dossier contenant les détails de l'Opération Triple Saut, l'air irrité. « Encore une autre option ?

— C'est exactement cela, Herr Reichsführer. Une autre option. Je regrette, mais je n'étais pas au courant de votre propre initiative de paix.

— Maintenant, vous l'êtes. D'ailleurs, c'est pour cela que je vous ai convoqué ici ce matin.

— Je vois. Et Felix Kersten est-il concerné ?

— Oui. Comment l'avez-vous su ?

— C'était une supposition.

— Eh bien, elle est excellente. »

Himmler paraissait de nouveau irrité.

Schellenberg eut un haussement d'épaules, comme pour s'excuser, mais tout au fond de lui il sentit ses entrailles se nouer. Il était tout à fait favorable à des pourparlers de paix avec les alliés, mais il n'avait guère envisagé que la Gestapo ait raison au sujet de Felix Kersten : à ses yeux, qu'un masseur finnois se soit vu confier la mission de négocier le destin de l'Allemagne, cela dépassait l'entendement. Au moins, à cet égard, n'était-il pas en désaccord avec « Gestapo » Müller.

« J'ignore ce que vous aviez prévu pour votre soirée, reprit Himmler, mais je crains que vous ne deviez annuler vos projets éventuels. Je vous envoie sur-le-champ à Stockholm. Mon avion personnel vous attend à Tempelhof. Vous serez en Suède pour le déjeuner. Une suite est réservée pour vous au Grand Hôtel, et c'est là que Felix vous accueillera. »

Himmler sortit de sa poche de pantalon une clef attachée à une chaînette et se leva de son fauteuil. Il déverrouilla un coffre-fort Stockinger encastré dans le mur, d'où il retira une mince serviette d'aspect officiel, une paire de menottes accrochée à la poignée.

« Vous jouirez d'un statut diplomatique plein et entier, aussi les Suédois ne devraient avoir aucune raison de vous demander d'ouvrir cette serviette. Mais je l'ouvre devant vous, ce qui vous permettra de mieux vous imprégner de la nécessité du secret absolu. Cinq personnes seulement sont informées de cette mission : le Führer, moi-même, Ribbentrop, Felix Kersten, et désormais vous. Vous devrez quitter votre uniforme, naturellement. Vous pourrez le faire en repassant chez vous pour prendre votre passeport et quelques vêtements en vue de votre séjour. L'Oberleutnant Wagner vous escortera au bureau des liquidités, où l'on vous remettra de l'argent suédois. »

Himmler referma une menotte autour du poignet de Schellenberg, lui remit la clef et déboucla le rabat de la serviette pour révéler trois enveloppes blanches, chacune protégée par plusieurs feuilles de Cellophane, et un briquet. Schellenberg devina que la Cellophane n'était pas destinée à préserver les enveloppes de la saleté, mais plutôt à favoriser leur combustion, afin qu'elles brûlent plus vite s'il devait les détruire.

« Chacune de ces lettres a été écrite par le Führer en personne, lui expliqua le Reichsführer. L'une est adressée au Président Roosevelt, la deuxième à Joseph Staline, et la troisième au Premier ministre Churchill. Vous confierez cette serviette au docteur Kersten, qui remettra chaque lettre entre les mains de la personne appropriée, à Stockholm, et vous veillerez, dans ce laps de temps, à lui apporter toute l'aide qu'il pourrait réclamer. Est-ce clair ? »

Schellenberg claqua des talons et inclina la tête dans un geste d'obéissance.

« Tout à fait clair, Herr Reichsführer. Serais-je autorisé à m'enquérir du contenu des lettres du Führer aux Trois Grands ?

— Je ne connais pas moi-même précisément ce qui a été écrit, fit Himmler. Mais je crois qu'il a demandé clarification des déclarations alliées concernant une capitulation sans conditions. Il souhaite savoir si les alliés ne veulent réellement pas d'une paix négociée et souligne qu'une telle exigence, si elle est avérée, serait sans précédent dans les annales de la guerre moderne.

— Donc, ironisa Schellenberg, rien de très important, alors. »

Himmler eut un sourire pincé.

« Je peine à saisir l'aspect divertissant de tout ceci, Schellenberg, vraiment. L'avenir de l'Allemagne et les vies de millions d'êtres pourraient aisément dépendre du contenu de cette serviette. N'êtes-vous pas d'accord ?

— Si, Herr Reichsführer. Je suis navré. »

L'Oberleutnant Wagner escorta Schellenberg au bureau des liquidités dans le sous-sol du ministère. Cela n'était d'ailleurs pas nécessaire. Il avait débuté sa carrière de SS au ministère de l'Intérieur et savait très bien où aller. Truquer ses notes de frais avait toujours constitué l'un de ses principaux points forts.

« Comment va le colonel Tschiersky, monsieur ? lui demanda Wagner. Il roule toujours dans ce Roadster BMW bleu, n'est-ce pas ? Pile la voiture que j'aimerais conduire, si je pouvais me l'offrir. »

Schellenberg, qui ne s'intéressait pas beaucoup aux voitures, grommela sans trop d'enthousiasme, tandis que le caissier comptait une somme assez confortable de couronnes suédoises sur le comptoir, devant lui. Wagner observa cet argent d'un œil cupide, pendant que Schellenberg fourrait les liasses dans la serviette toujours attachée à son poignet, avant de la refermer à clef. Ensemble, Wagner et lui gagnèrent la sortie du ministère.

« Tschiersky et vous faisiez partie d'un groupe d'action spéciale, si je ne me trompe, Wagner ?

— Oui, monsieur.

142

— Et avant cela?

— J'étais juriste, monsieur. Au sein de la Police criminelle à Munich. »

Encore un de ces fichus juristes. Schellenberg en fronça le nez de dégoût, tout en gagnant la sortie du ministère. Il avait d'ailleurs du mal à croire qu'il ait lui-même renoncé à des études de médecine, justement pour devenir juriste. Il détestait les juristes. C'était une erreur d'essayer de tuer tous les Juifs – quand il subsistait tant de juristes.

Il regagna son appartement en voiture et se changea. Ensuite, il fourra quelques affaires dans un sac de voyage, prit son passeport et sortit. Chez Loesser et Wolff, à l'angle de la Fasanenstrasse, il acheta vingt cigarettes Jasmatzis et quelques journaux, de quoi s'occuper pendant le vol. Ensuite, il roula vers Tempelhof, où l'attendait l'avion de Himmler. C'était un Focke Wulf FW 200 Condor, le même type d'appareil que Schellenberg avait espéré employer dans le cadre de son plan, ce projet de raid de bombardement au-dessus de Téhéran.

Une fois à bord, il tendit à l'équipage les ordres sous scellés et alla s'installer dans son siège en évitant le large fauteuil en cuir du Reichsführer, avec sa porte de secours personnelle – en cas d'urgence, l'occupant n'avait qu'à tirer sur un levier rouge et une trappe s'ouvrirait par commande hydraulique, sous le siège, lui permettant de coulisser au-dehors, toujours sanglé à son fauteuil, puis de se laisser tomber jusqu'au sol, ralenti dans sa descente par un parachute. Mais pour Schellenberg, l'idée même de s'asseoir dans ce siège susceptible de choir de l'appareil ne prédisposait pas à un voyage confortable. Par conséquent, il s'assit dans le siège plus petit, situé de l'autre côté, celui qu'occupait d'habitude la maîtresse de Himmler, son adjudant ou son secrétaire particulier. Il alluma une Jasmatzi et s'efforça d'éloigner le cours de ses pensées des dangers du vol qui l'attendait. Le Condor personnel du Reichsführer était probablement ce que l'Allemagne possédait de mieux en matière de forteresse volante, mais en cette fin 1943, on jugeait la RAF bien trop omniprésente dans les cieux allemands pour courir le risque de vols fréquents à son bord, et Himmler avait en général besoin de plusieurs cognacs pour se calmer les nerfs. Schellenberg l'imita.

Moins de dix minutes plus tard, les quatre moteurs BMW du Condor propulsaient l'appareil sur la piste et dans les airs, et Schellenberg observait fixement la ville au-dessous de lui à travers le hublot en verre, épais de cinquante millimètres, à l'épreuve des balles. D'en haut, il était plus facile de mesurer à quel point la RAF avait gagné en efficacité. Il n'y avait guère de quartier, dans tout Berlin, qui ne montre de dommages provoqués pas les bombes. Encore un an à ce régime, songea-t-il, et les Russes, en entrant dans Berlin, n'auraient plus grand-chose à se mettre sous la dent.

Ils volèrent plein sud en direction de la banlieue de Mariendorf avant de virer à l'ouest vers Zehlendorf et le Grunewald, puis au nord en survolant le stade olympique et la forteresse de Spandau, où certains des prisonniers d'État les plus importants du Reich étaient incarcérés. L'avion s'élevait avec régularité et, au bout de trente minutes, quand il atteignit son palier, juste au-dessus de cinq mille mètres, l'un des quatre hommes d'équipage vint dans la cabine des passagers apporter des couvertures à Schellenberg.

« Dites-moi, fit ce dernier, que pensez-vous de cet avion ? »

L'homme lui désigna le siège de Himmler.

« Je peux ?

— Je vous en prie.

— Le meilleur appareil à long rayon d'action d'Europe », expliqua l'homme, qui s'appelait Hoffmann. Il s'assit et se mit à l'aise. « Si ce n'est du monde entier. Je n'ai jamais compris pourquoi nous n'en avions pas fabriqué davantage. Cet avion vous conduit à New York sans escale, en tout juste vingt heures. Notez, il n'est pas particulièrement rapide. Même un Short Sutherland le rattraperait et l'abattrait. Et si un Mosquito devait nous repérer, Dieu nous garde. Mais au plan aérodynamique, en tout cas, le Condor est exceptionnel.

— Et en tant que bombardier à longue portée ? »

Hoffmann haussa les épaules, avec un dédain dubitatif.

« Au début, c'était un bombardier très efficace pour les missions au-dessus de l'Atlantique. J'ai moi-même coulé quelques navires, avant mon transfert au sein de l'escadrille gouvernementale. Mais comme je disais, même avec tout cet armement que nous embarquons, il offre une cible facile aux chasseurs. Si vous disposez de l'élément de surprise, alors ça passe, enfin, admettons. Certains modèles récents sont équipés d'un radar de recherche, ce qui vous donne une capacité de bombardement sans visibilité, très utile. Ou alors ils auront un dispositif de guidage radio, pour les missiles. Le rayon d'action, c'est l'atout. Je veux dire, pensez un peu, New York. Cet avion pourrait bombarder New York. On les surprendrait en pleine sieste, il y a des chances. Après tout, personne ne s'attendrait à ce qu'un bombardier arrive de si loin. Bien entendu, cela nous obligerait à nous mouiller un peu les pieds, mais j'estime que le jeu en vaudrait la chandelle, pas vous ? Je veux dire, songez un peu au nombre de victimes que l'on ferait, dans une ville qui compte autant d'habitants. Une fois que vous disposez de l'élément de surprise, vous avez accompli la moitié de la besogne, non ? »

L'homme plongea la main dans sa combinaison de vol et en sortit un Walther PPK augmenté d'un silencieux monté sur le canon, qu'il braqua sur Schellenberg. L'espace d'un instant, Schellenberg crut que Hoffmann allait se servir de cette arme pour se lancer dans une sorte de comparaison, au lieu de quoi le Walther demeura pointé sur sa poitrine.

« Malheureusement, monsieur, je vais devoir vous prier de me remettre cette serviette, fit-il.

— Oh, j'apprécie le "monsieur" », s'amusa Schellenberg. Il posa son verre de cognac et leva le porte-documents en l'air, si bien qu'il pendait par la menotte à son poignet. « Vous voulez parler de cette serviette ? La clef est au bout d'une chaîne, dans la poche de mon pantalon. Pour la récupérer, je vais devoir me lever. Si cela vous agrée. »

Hoffmann opina.

« Faites, mais surveillez vos mouvements. »

Schellenberg se leva lentement, montra à l'homme sa main vide, puis la glissa prudemment dans la poche de son pantalon, pour en ressortir une longue chaîne de clef en argent.

Hoffmann resserra nerveusement la main autour de la crosse du Walther, et il se passa la langue sur les lèvres.

« Maintenant, asseyez-vous et ouvrez-moi ce bracelet. »

Schellenberg vacilla et retomba à reculons dans son siège, car l'avion venait de faire une embardée sous l'effet d'un trou d'air. Il trouva enfin la clef, et déverrouilla la menotte de son poignet tendu.

« Maintenant, remettez-la-moi. »

Il observa patiemment l'homme, qui posa la serviette en équilibre sur ses genoux et tenta d'ouvrir la serrure du rabat.

« Elle est fermée, constata-t-il d'une voix posée. Il y a une autre clef. »

Hoffmann lui lança de nouveau la serviette.

« Ouvrez-la. »

Schellenberg déverrouilla la serrure et la tendit de nouveau à Hoffmann. Ce dernier la berça quelques instants sur ses genoux, comme s'il hésitait sur la suite des événements, puis il jeta un coup d'œil à l'intérieur et n'y découvrit que les feuilles de Cellophane, l'argent et le briquet.

« C'est tout ?

— Je n'en sais rien, fit Schellenberg. Je n'ai pas encore regardé ce qu'elle contenait. Mes ordres se limitaient à convoyer cette serviette jusqu'à Stockholm, pas d'en examiner le contenu.

— Cela ne peut se limiter à ça, insista l'aviateur. Vous êtes un général SS. Le chef du contre-espionnage. Vous ne vous imposeriez pas tout ce périple jusqu'à Stockholm à bord de l'avion privé de Himmler rien que pour aller remettre de l'argent suédois et un briquet. Vous êtes un traître. Vous projetez de livrer l'Allemagne aux alliés. Himmler en personne vous a confié cette serviette. Il y avait autre chose à l'intérieur, avant que cet argent n'y entre. Quelque chose en rapport avec ce qui se trame à Stockholm. Que vous avez dû en sortir sur le trajet de l'aéroport. Que vous avez dû ranger dans la poche de votre manteau ou dans votre sac. Je vais vous demander de m'indiquer où. Je vais compter jusqu'à trois. Si vous ne me répondez pas, je vous tire dessus. Je ne vais pas vous tuer. Juste vous blesser. Monsieur.

— Vous avez raison, c'est évident, dit Schellenberg. Je n'apprécie pas du tout cette pratique de menotter une serviette au poignet. C'était l'idée ridicule de Himmler. Cela revient à afficher que l'on transporte des objets de valeur. » Il désigna un loden gris suspendu à l'armoire, derrière lui. « Dans la poche de mon pardessus, il y a trois lettres écrites de la main du Führer, adressées à chacun des Trois Grands, déclarant la volonté de l'Allemagne de capituler.

— Vous êtes un menteur.

— Il existe un moyen simple de prouver mes dires, continua-t-il. Regardez juste dans mon manteau. Si je me trompe, alors allez-y, tuez-moi. Mais si j'ai raison, alors réfléchissez. C'est vous qui êtes le traître, pas moi. C'est vous qui allez à l'encontre d'un ordre direct du Führer. Rien que pour cela, je pourrais vous faire fusiller. »

Hoffmann eut un sourire cynique.

« Pour le moment, c'est vous qui avez les meilleures chances de vous faire abattre, pas moi.

— Exact. Eh bien, laissez-moi attraper mon manteau et vous serez fixé. »

Et il se leva.

« Restez où vous êtes. C'est moi qui vais le prendre.

— Dans la poche droite. Il y a une grande enveloppe en papier kraft.

— Je croyais vous avoir entendu parler de trois enveloppes.

— Elles y sont. À l'intérieur de l'enveloppe kraft. Écoutez, ce sont des lettres du Führer, pas des mots doux d'un soldat qui se languit d'amour. Si elles sont dans cette grande enveloppe, c'est pour qu'elles restent propres, naturellement. Roosevelt ne considérerait guère d'un œil favorable une enveloppe marquée d'une empreinte de pouce, n'est-ce pas ? »

Hoffmann fit passer le Walther de sa main droite à sa main gauche, et s'apprêta à fouiller la poche du manteau.

« Vous avez intérêt à ce qu'elle y soit, le prévint-il. Sinon, vous êtes mort.

— Et comment expliquerez-vous la chose au reste de l'équipage ? »

La question fit rire Hoffmann.

« Je n'aurai rien à leur expliquer. Dès que j'aurai votre enveloppe, je vais les abattre et les balancer dehors. »

Schellenberg eut du mal à avaler sa salive, il se sentait comme s'il venait de recevoir un coup de pied dans le ventre. Il prévoyait déjà le sort grotesque qui succéderait sûrement à sa mort malheureuse dans un crash aérien, quelque part au-dessus de la mer Baltique. Sans nul doute, il se verrait octroyer une place dans la crypte ridicule de Himmler, réservée aux généraux SS, au château de Wewelsburg près de Paderborn. Le Reichsführer prononcerait encore un de ses redoutables discours et Canaris verserait – peut-être – une larme de crocodile, au nom du bon vieux temps. Il comprit que s'il voulait s'éviter pareille comédie, il allait devoir régler son compte à Hoffmann, qui en était encore à glisser la main dans la poche du manteau.

Les vieux trucs étaient encore les meilleurs. Aux tout premiers temps de la guerre, il avait peuplé un bloc entier de prisonniers du camp de Sachsenhausen de Juifs issus de la pègre criminelle d'Allemagne, et les avait assignés à la production de fausses devises britanniques. (Les vingt mille livres utilisées pour payer Cicéron provenaient directement des presses de Sachsenhausen.) Parmi ces Juifs, il y avait quelques « *ganefs* » experts – des pickpockets juifs dont il s'était servi pour bon nombre d'opérations clandestines. L'un de ces *ganefs*, une madame Brahms, qui était considérée comme la reine de la pègre berlinoise, avait montré à Schellenberg un bon truc pour se protéger contre les pickpockets. En insérant plusieurs aiguilles dans la doublure de la poche, les pointes orientées vers le haut, il était possible de glisser la main dedans sans se blesser, mais presque impossible de l'en ressortir sans achopper sur ces piques. Mme Brahms appelait cela son « piège à rats », car le principe était le même que celui appliqué dans un certain piège destiné à ces rongeurs.

« Il n'y a rien dans cette poche », s'agaça Hoffmann et il voulut ressortir la main. Une dizaine d'aiguilles chirurgicales acérées lui percèrent la chair, et il hurla.

Schellenberg jaillit de son siège à la seconde, releva le manteau en loden, toujours agrippé à la main de Hoffmann par la poche truffée d'aiguilles, et le lui rabattit sur la tête, qu'il roua de violents coups de poing répétés en pleine figure. L'autre retomba en arrière dans le fauteuil du Reichsführer, écarta le manteau de son visage en le balayant d'un revers de main, pointa le Walther vers son adversaire et pressa la détente. Le coup partit, Schellenberg se jeta sur le plancher de l'appareil, et la balle fracassa un verre dans l'armoire aux alcools.

Tout en se débattant avec ce manteau et cette douleur dans sa main droite, Hoffmann parvint, non sans mal, à se retourner dans le fauteuil de Himmler, pour tirer de nouveau sur Schellenberg, plaqué au sol, juste à côté, et en partie protégé par le gigantesque accoudoir en cuir.

Il eut peu de temps pour réfléchir. Il tendit la main vers le levier rouge parallèle au siège et tira, à fond. Il y eut le claquement hydraulique du métal, comme si quelqu'un avait cogné le ventre du Condor avec une énorme clef à molette, puis une rafale d'air glacée, un cri, et le siège qui supportait le poids de Hoffmann disparut par un large orifice carré, dans le plancher de l'appareil. Sans la poigne avec laquelle il se retenait au levier rouge, Schellenberg aurait été aspiré hors de la carlingue, lui aussi. Il avait la moitié du corps qui pendait hors du fuselage, et il eut brièvement la vision d'un siège et d'un homme se séparant dans les airs, du parachute qui se déploie, et de Hoffmann tombant dans la mer Baltique.

Saisi par l'air glacial, l'autre main trop engourdie de froid pour trouver une prise sur le rebord de la trappe de secours restée béante, il appela à l'aide, d'une voix à peine audible, couverte par le flux d'air qui s'engouffrait et le rugissement des quatre moteurs BMW du Condor. Il se sentit riper hors de l'appareil, sa main toujours agrippée au levier rouge faiblissait et s'engourdissait de seconde en seconde. Sa dernière pensée fut pour le père de son épouse, Herr Grosse-Schönepauck, un dirigeant de compagnie d'assurances, qui allait devoir verser la police qu'il avait souscrite, et il aurait aimé voir l'expression du visage du vieil homme lorsqu'il signerait le chèque. L'instant d'après, il sentit quelqu'un l'empoigner par les aisselles et le hisser à bord, puis le rouler loin de la trappe béante.

Épuisé, il resta couché là presque une minute, avant de sentir que l'on étendait sur lui une couverture, et l'un des autres membres de l'équipage, un gaillard immense arborant un insigne de radio-mitrailleur de la Luftwaffe, l'aida à se rasseoir, puis lui tendit un verre de cognac.

« Là, dit-il, avalez ça. »

L'air sombre, l'homme regarda par la trappe ouverte.

« Et ensuite vous pourrez m'expliquer ce qui est arrivé à Hoffmann. »

Schellenberg avala le cognac d'une seule gorgée et, en s'adossant à la paroi du fuselage, jeta un coup d'œil à ses vêtements, trempés et couverts de graisse et d'huile. Il passa au lavabo pour se laver un peu et attrapa son sac, afin d'enfiler les vêtements qui dissimulaient les lettres du Führer. En même temps, il servit à l'homme, un sergent-chef de l'armée de l'air, un récit légèrement expurgé de ce qui s'était produit. Quand il eut achevé, le sergent prit la parole à son tour :

« Hoffmann a reçu un appel téléphonique à Tempelhof, environ trente minutes avant votre arrivée.

— A-t-il indiqué de qui venait cet appel ?

— Non, mais il avait l'air un peu étrange. Après ça, il n'a presque rien dit, ce qui était tout aussi étrange, car c'était toujours un type très bavard.

— Oui, j'ai remarqué. Vous le connaissiez depuis longtemps ?

— Non. Il avait rejoint l'escadrille gouvernementale depuis seulement deux mois, après avoir longtemps servi sur le front russe. Quelqu'un a dû le pistonner, on a imaginé. Enfin, on en était même assez sûrs. Son frère est dans la Gestapo. »

Schellenberg opina.

« Ça paraît logique. »

Il but un autre cognac et choisit un siège à l'arrière de l'avion, aussi éloigné que possible de la trappe toujours ouverte. Ensuite, en s'emmitouflant avec toutes les couvertures disponibles du bord, il ferma les yeux.

Schellenberg connaissait bien Stockholm et appréciait la ville. À la fin 1941, il avait passé beaucoup de temps en Suède, quand Himmler l'avait dépêché sur place pour encourager la propagation de l'idéologie raciale de Hitler.

Quoique neutre, la Suède était en fait encerclée de territoires tenus par les Allemands, et autorisait secrètement le transport de troupes germaniques sur les voies ferrées suédoises. Elle vendait aussi son minerai de fer à l'Allemagne, satisfaisant ainsi plus de quarante pour cent de ses besoins en ce domaine. Néanmoins, tout en présentant au Reich une façade agréable, la Suède demeurait fière de son indépendance – le Parti nazi n'y avait jamais obtenu de représentation parlementaire –, une indépendance qu'elle préservait jalousement. Par conséquent, à son arrivée à l'aéroport de Stockholm, et en dépit de son statut de diplomate, il fut obligé de répondre à toute une série de questions concernant son activité, avant d'être autorisé à entrer en territoire suédois.

Après avoir montré patte blanche au service de l'immigration, il fut accueilli par Ulrich von Geinanth, le premier secrétaire de la légation allemande et principal représentant du SD à Stockholm.

Était-ce le fruit de l'imagination suspicieuse de Schellenberg, ou le premier secrétaire était-il un rien désappointé de le voir arriver ?

« Bonne traversée ? s'enquit von Geinanth.

— C'est toujours bien quand on ne se fait pas abattre par la RAF.

— En effet. Comment ça va à Berlin ?

— Pas si mal. Pas de bombardiers cette semaine. Mais Munich, Kassel, Francfort ont connu des heures assez difficiles. Et la nuit dernière, c'était le tour de Stuttgart. »

Sans poser davantage de questions, von Geinanth conduisit Schellenberg dans le quartier du port de Stockholm, puis au Grand Hôtel, non loin de la vieille ville et du palais royal. Schellenberg n'aimait guère résider à l'ambassade et préférait ce Grand Hôtel où il pouvait profiter tranquillement de la cuisine, excellente, des vins de la cave et des putains locales. Après avoir rempli sa fiche à la réception, il laissa un message au concierge, à l'attention du docteur Kersten, puis monta dans sa chambre pour y attendre l'arrivée du chiropracteur.

Un peu plus tard, on frappa à la porte et, toujours soucieux de sa sécurité personnelle, Schellenberg alla ouvrir avec un Mauser chargé caché derrière le dos.

« Bienvenue en Suède, Herr General, s'écria l'homme à la porte.

— Herr Doktor. »

Schellenberg s'effaça et Felix Kersten pénétra dans la suite. Le docteur avait dans l'allure quelque chose de churchillien, songea-t-il : de taille moyenne, il accusait plus qu'un léger excédent de poids, avec un double menton et une panse imposante, ce qui lui avait valu son sobriquet, le « Bouddha magicien » de Himmler.

« Pourquoi ce pistolet ? s'étonna Kersten en fronçant le sourcil. Nous sommes en Suède, pas sur le front russe.

— Oh, vous savez, on n'est jamais trop prudent. »

Il enclencha le cran de sûreté automatique et rengaina l'arme dans son baudrier.

« Ouf, il fait chaud ici. Cela vous ennuierait, si j'ouvrais la fenêtre ? demanda Kersten.

— En fait, je ne préfère pas.

— Dans ce cas, avec votre permission, je vais tomber la veste. »

Il retira le veston de son costume trois pièces bleu nuit à rayures et le drapa au dos de la chaise de salon, révélant des bras et des épaules dignes d'un de ces lutteurs capables de briser l'échine d'un crocodile – le résultat de plus de vingt années de pratique comme chiropracteur et maître masseur. Jusqu'en 1940, quand l'Allemagne avait envahi les Pays-Bas, ses clients les plus importants avaient été les membres de la famille royale, mais depuis cette date son principal client (en l'occurrence, il n'avait guère eu le choix) était le Reichsführer-SS, qui considérait désormais ce Finnois râblé comme indispensable. Sur la recommandation de Himmler, Kersten avait traité un certain nombre de nazis éminents, notamment von Ribbentrop, Kaltenbrunner, le docteur Robert Ley et, en deux occasions, Schellenberg lui-même.

« Comment va votre dos, Walter ?

— Bien. C'est ma nuque qui est un peu raide. »

Il défaisait déjà son bouton de col de chemise. Kersten contourna le dossier de sa chaise.

« Attendez, laissez-moi regarder ça. »

Des doigts froids et écrasants – épais comme des saucisses de Francfort – prirent possession du maigre cou de Schellenberg et le massèrent avec un toucher d'expert.

« Il y a beaucoup de tension, dites-moi, dans ce cou-là.

— Pas seulement dans le cou, murmura-t-il.

— Voulez-vous juste relâcher la tête un moment ? »

Une de ces deux grandes mains lui saisit la mâchoire inférieure et l'autre le sommet du crâne, presque le geste d'un prêtre catholique accordant sa bénédiction. Kersten lui fit pivoter la tête vers la gauche, à deux reprises, à titre d'essai, tel un golfeur qui place la balle sur le tee avant un long drive ; ensuite, beaucoup plus vite et avec beaucoup plus de force, il exécuta une rotation si brutale que Schellenberg entendit et sentit claquer sa vertèbre, le craquement d'un bâton qui se rompt.

« Là, cela devrait vous soulager. »

Il fit rouler sa tête d'un côté, de l'autre, deux fois, juste pour s'assurer qu'elle était encore restée attachée à son cou.

« Dites-moi, demanda-t-il, Himmler vous laisse en faire autant avec lui ?

— Comment donc !

— Alors je me demande bien pourquoi vous ne lui brisez pas le cou. Moi, je serais incapable de m'en empêcher.

— Allons, pourquoi aurais-je envie d'un tel geste ?

— Je pourrais vous suggérer un million de raisons. Et vous aussi, Felix.

— Walter, il tente de conclure la paix avec les alliés. Assurément, en cela, au moins, il mérite notre soutien. Ce que je tente, en son nom, pourrait sauver des millions de vies.

— Possible. »

Schellenberg sortit un étui à cigarettes Schildkraut en cuir rouge, un cadeau de Lina, et offrit à Kersten une de ses Jasmatzis. Allumant la cigarette de son visiteur, il se retrouva assez près de lui pour avoir sous les yeux l'étrange anneau noir qui encerclait l'iris des yeux bleus du chiropracteur et leur prêtait un aspect étrange, hypnotique. De si près, il était assez facile d'ajouter foi à cette rumeur sur l'influence hypnotique qu'il exercerait auprès du Reichsführer.

« Puisque nous en sommes à parler de sauver des vies, Felix, pourrais-je vous suggérer de porter vous-même une arme ?

— Moi ? Porter un pistolet ? Pourquoi ?

— Vous avez des amis puissants. Je me compte parmi eux. Mais de ce fait, vous avez aussi de puissants ennemis. Heinrich Müller, de la Gestapo, par exemple.

— Oh, il ne trouvera rien sur mon compte.

— Non? Il y a des gens en Allemagne qui soutiendraient volontiers que rencontrer des membres des services de renseignements américains suffit, à première vue, à prouver que vous êtes un espion.

— Je n'ai rencontré personne au sein du renseignement américain. Le seul Américain que j'ai rencontré depuis que je suis à Stockholm, c'est l'émissaire spécial de Roosevelt, M. Hewitt. C'est un avocat de New York et un diplomate, pas un espion. »

Schellenberg sourit. Confronter les êtres à leur propre naïveté lui procurait toujours un frisson d'excitation.

« Abram Stevens Hewitt, répliqua-t-il. Petit-fils d'un ancien maire de New York et grand contributeur financier du parti démocrate américain. Un père banquier de Boston. Diplômé des universités de Harvard et Oxford. Impliqué en 1932 dans un scandale financier touchant la société d'allumettes suédoises Ivan Kreuger. Parle le suédois et l'allemand couramment. Membre des services stratégiques de l'OSS depuis 1942. L'OSS est une organisation d'espionnage et de contre-espionnage. Hewitt rend compte au chef de station en Suède, le docteur Bruce Hopper, lui-même ancien professeur d'administration gouvernementale à Harvard, et Wilko Tikander…

— Pas Wilko Tikander! s'exclama Kersten.

— … un avocat finno-américain de Chicago, chef des opérations de l'OSS, ici-même, à Stockholm. » Schellenberg s'interrompit, afin de laisser ses révélations produire leur plein effet. « Felix, ajouta-t-il, tout ce que je suis en train de vous dire, c'est qu'il vous faut être prudent. Même si la Gestapo ne peut pas vous discréditer… et il ne fait aucun doute que ce ne sera pas facile, tant que vous jouirez de la confiance de Himmler, ce qui est à l'évidence le cas puisque vous êtes ici, comme vous le dites, en son nom… même s'ils ne parviennent pas à vous discréditer à ses yeux, ils pourraient néanmoins décider… de vous écarter. Si vous voyez ce que j'entends par là.

— Vous voulez dire, me tuer ?

— Oui. Vous avez une épouse et trois fils. Vous leur devez d'être vigilant.

— Ils ne leur causeraient aucun mal, n'est-ce pas ?

— Non. Himmler ne le permettrait pas. Mais ici, loin d'Allemagne, il y a des limites à son pouvoir. Savez-vous vous servir d'un pistolet ?

— Oui. Durant la guerre, la dernière guerre, j'ai combattu les Russes dans un régiment finnois.

— Alors, prenez ceci. » Il lui tendit son Mauser. Il en avait un autre dans son sac. « Gardez-le dans la poche de votre veste, juste au cas où. Seulement, évitez de le porter sur vous devant Himmler. Il risquerait d'en conclure que vous l'avez pris en grippe.

— Merci, Walter. Est-il chargé ?

— Nous sommes en guerre, Felix. Il est sage de partir du principe que les armes sont chargées. »

Kersten tira une longue bouffée de sa cigarette, à moitié fumée, et l'écrasa. Il posa un regard mécontent sur le Mauser, dans sa grosse main, puis il secoua la tête.

« Je ne peux pas le soigner, vous savez.

— Qui ?

— Himmler. Il se croit malade. Mais il n'existe pas de traitement, car il n'y a pas de réelle maladie. Je ne peux que soulager les symptômes… les migraines, les spasmes gastriques. Il s'imagine parfois qu'il souffre d'un cancer. Il n'y a pas de cancer. Mais surtout, il est convaincu que ses symptômes sont la conséquence du surmenage, ou même d'une constitution médiocre. Ce n'est pas le cas. Cet homme ne souffre d'aucun mal physique.

— Continuez.

— Continuer me fait peur.

— Je ne suis pas votre ennemi, Felix. »

Kersten opina.

« Je sais, mais enfin.

— Voulez-vous dire qu'il est malade mentalement ?

— Non. Si, en un sens. Il est malade de culpabilité, Walter. Il est paralysé par l'horreur de ce qu'il a commis et de ce qu'il continue de commettre.

— Et c'est pour cette raison qu'il a engagé ces initiatives de paix ?

— En partie seulement.

— Par ambition personnelle, je suppose. Il veut prendre la succession.

— Non. Ce n'est pas cela. Il est en réalité bien plus loyal à Hitler que vous ne pourriez l'imaginer, Walter.

— Alors, quoi ?

— Quelque chose de terrible. Un secret que je ne puis révéler à personne. Un secret qu'il m'a confié. Je n'ai pas le droit de vous le répéter. »

Schellenberg leur servit un verre à tous deux et sourit.

« Me voilà franchement intrigué, maintenant. D'accord. Figurons-nous une minute que vous me le révéliez, mais à la seule condition que nous réfléchissions tous deux à une autre source, un autre personnage que vous, qui aurait pu me confier ce secret. Quelqu'un d'autre que Himmler lui-même. Alors, qui cela pourrait-il être ? »

Il tendit à Kersten un verre de brandy à l'abricot. L'autre réfléchit un instant.

« Morell. »

Schellenberg se creusa la cervelle pendant presque une minute, tâchant de comprendre avec quel Morell Kersten pourrait être en relation, puis il écarquilla les yeux de surprise.

« Pas Theodor Morell.

— Si.

— Mon Dieu. » Theodor Morell était le médecin personnel de Hitler. « Parfait, si jamais la Gestapo me torture, je répondrai que c'est Morell qui m'a transmis cette information.

— Il faut bien que je me confie à quelqu'un, j'imagine. » Kersten haussa les épaules et vida son brandy d'un trait. « Puis-je en avoir un autre ? »

Schellenberg attrapa la bouteille et remplit le verre du Finlandais.

« J'ai averti Himmler des conséquences pour le peuple allemand, si l'on n'agissait pas. C'est la raison véritable de ses ouvertures de paix en direction des Américains. Il est au courant depuis la fin de la dernière guerre.

— Hitler est malade ?

— Pire que malade.

— Mourant ?

— Pire que cela.

— Au nom du ciel, Felix, de quoi s'agit-il ?

— En décembre dernier, dans son château, près de la Wolfschanze, Himmler a sorti de son coffre-fort un dossier de trente pages et me l'a montré. C'était un document confidentiel concernant la santé de Hitler. Il m'a prié de le lire, en me plaçant du point de vue d'un médecin qui aurait le Führer pour patient. J'ai lu, et j'aurais préféré m'abstenir. Le docteur Morell avait noté chez son patient la perte de certains réflexes normaux, susceptible d'indiquer une dégénérescence des fibres nerveuses de la moelle épinière, et peut-être même des signes de paralysie progressive.

— Continuez.

— Selon l'avis de Morell, ce serait le tabès, également connu sous le nom d'ataxie locomotrice. »

Kersten alluma une cigarette et considéra le bout rougeoyant, le visage sombre. « Une infection syphilitique des nerfs, au stade tertiaire, ou tardif, si vous préférez.

— Nom de Dieu ! s'exclama-t-il. Prétendez-vous que le Führer serait atteint de syphilis ?

— Pas moi, pour l'amour du ciel. Pas moi. Morell. Et ce n'était qu'un soupçon. Pas un diagnostic complet. Pour cela, il faudrait des tests sanguins et un examen des parties intimes de Hitler.

— Mais si c'est vrai ?

— Si c'est vrai, dit Kersten en soupirant bruyamment, alors il est possible qu'au moins par périodes l'Allemagne soit dirigée par un individu souffrant de paranoïa aiguë.

— Par périodes.

— Hitler peut paraître rationnel, la plupart du temps, avec des crises de démence.

— Tout comme Nietzsche.

— Exactement.

— Sauf que Nietzsche vivait dans un asile.

— En réalité, non. Il a été interné dans un asile, avant d'être confié aux soins de sa famille et finalement de mourir entouré des siens.

— En divaguant.

— Oui. En divaguant.

— Cela m'évoque quelqu'un. »

Schellenberg prit son sac de voyage sur le lit et en vida le contenu sur la courtepointe.

« Alors, espérons que lorsqu'il a écrit ces lettres aux Trois Grands, il ait été dans une phase rationnelle.

— C'est donc pour cela que vous êtes ici.

— Oui. Himmler souhaite que vous remettiez ces missives aux représentants des trois gouvernements concernés. »

Kersten prit l'une des trois lettres et la tourna dans ses mains grassouillettes, comme s'il s'était agi de pièces écrites de la main de Goethe.

« Endosser une responsabilité aussi énorme, marmonna-t-il. Incroyable ! »

Schellenberg haussa les épaules et détourna le regard. Que l'on confie le destin de l'Allemagne à un masseur finnois de quarante-cinq ans ne lui semblait pas moins incroyable.

« Hewitt, je suppose, pour la lettre à Roosevelt », remarqua ce dernier.

Schellenberg opina vaguement. Se pouvait-il que l'un ou l'autre des Trois Grands traite pareille démarche avec un quelconque sérieux ?

« Mme de Kollontaï pour les Soviets, naturellement. »

Il appréciait Kersten et accordait le plus grand respect au thérapeute, et pourtant il ne pouvait s'empêcher de considérer ce style de diplomatie par la porte de service – ou plutôt, en l'occurrence, par la porte de l'asile – comme vouée à l'échec.

« Je ne suis pas certain du Britannique, murmura encore le chiropracteur. Je n'ai jamais été beaucoup en relation avec les Anglais. Henry Denham, peut-être. Lui, alors, c'est un espion. À mon avis. »

Tout cela mettait Schellenberg fort en colère contre Himmler. À quoi songeait-il, nom de nom ? En l'occurrence, était-il plus sain d'esprit que Hitler ?

« Je poserai la question à Hewitt quand je le verrai plus tard dans l'après-midi, continua l'autre. C'est un de mes patients, vous savez. Ses douleurs dorsales assurent une couverture très utile à nos rencontres. »

Comment ose-t-il ? songeait Schellenberg. Comment Himmler ose-t-il charger cet homme simple, aux facultés intellectuelles limitées, d'une mission pareille et ridiculiser son propre projet en le comparant à une histoire tout droit sortie de *Der Pimpf*?

Pour l'heure, Schellenberg ne voyait pas d'autre possibilité. Il allait devoir essayer à nouveau de convaincre Himmler de souscrire à son plan d'assassiner les Trois Grands. Et peut-être Nietzsche lui apporterait-il un coup de pouce. Il n'était pas philosophe, mais il conservait un souvenir assez précis de sa lecture de Nietzsche pour savoir que Himmler apprécierait ce style orné. Il y avait une phrase, dans l'ouvrage de Nietzsche traitant de la morale, qui lui paraissait tout à fait appropriée. Il y avançait que seuls quelques rares individus supérieurs – les êtres nobles, les *Übermenschen*, oui, Himmler aimait particulièrement ce terme – étaient capables de s'élever au-dessus de toutes les catégories morales pour atteindre une vie héroïque, qui seule possédait une véritable valeur humaine. Un raisonnement de cet ordre l'aiderait peut-être à convaincre Himmler d'adopter son plan. Et, après le Reichsführer, Hitler aussi. Pour ce dernier, ce serait simple. Himmler constituerait le client le plus coriace. Après lui, le Führer serait une partie de plaisir.

7

VENDREDI 15 OCTOBRE 1943
WASHINGTON, D.C.

Je retirai le dernier feuillet du chariot de la machine à écrire, je le séparai de sa copie carbone et l'ajoutai à la pile des pages déjà dactylographiées, puis je relus le rapport, du début à la fin. Satisfait de ce que j'avais écrit, j'agrafai les feuillets et je les glissai dans une enveloppe. Il était à peine plus de onze heures. Je me dis que si j'allais directement déposer ce rapport à la Maison-Blanche, dès la première heure le lendemain matin, le Président pourrait l'adjoindre à ses lectures du soir. Et, en passant dans le vestibule, je rangeai l'enveloppe contenant le document dans ma serviette.

Une minute ou deux plus tard, Diana entrait dans la maison en se servant de la clef que je lui avais donnée. Elle avait son propre domicile à Chevy Chase, dont je possédais une clef, et cette organisation nous donnait la sensation de mener l'existence d'un couple moderne, avec une vie sexuelle saine et un chien comme animal de compagnie. Simplement, je ne m'étais pas encore résolu à acheter le chien. En réalité, elle venait surtout chez moi parce que c'était un peu plus près du centre de Washington.

Elle secoua son parapluie et le planta dans le porte-parapluie du vestibule. Elle portait un tailleur bleu marine à boutons dorés et un chemisier blanc suffisamment échancré pour me remettre en tête l'un des motifs de mon attirance pour elle. J'étais assez grand et assez adulte pour comprendre le principe inhérent à cette fascination adolescente. Simplement, j'ignorais pourquoi j'éprouvais encore autant de mal à y résister. Ses cheveux blonds lui donnaient l'allure d'une déesse mineure, avec le chapeau à larges bords dont elle les coiffait, qu'elle aurait pu dérober à un prélat catholique, à supposer que, cette saison, les cardinaux de l'église romaine aient opté pour le chapeau rose à la place du rouge. J'avais pitié des spectateurs assis derrière elle, au cinéma. Enfin, si elle était vraiment allée au cinéma. Elle sentait la cigarette, le parfum et l'alcool, une combinaison que mon nez trouvait quasi irrésistible. Mais qui paraissait surprenante, chez une jeune femme qui était censée avoir passé sa soirée devant Don Ameche. À moins qu'elle n'ait réellement passé sa soirée avec Don Ameche. Ce qui expliquerait tout.

« Comment était le film ? » m'enquis-je.

Elle retira deux épingles de Grand Inquisiteur de son chapeau et posa le tout sur la table du vestibule.

« Tu aurais détesté.

— Je ne sais pas. J'aime assez Gene Tierney.

— Elle est drôlement bien.

— L'enfer, à côté, ce n'est rien.

— Je ne sais pas pourquoi, c'est ce que j'ai toujours pensé. »

Elle passa au salon et choisit une cigarette dans une boîte en argent.

« Ils le donnent où ? lui demandai-je. J'irai peut-être le voir.

— Je te l'ai dit. Tu aurais détesté.

— Et j'ai répondu que j'aimais assez Gene Tierney. Donc j'irai peut-être le voir. »

Elle alluma sa cigarette, l'air irrité, et se rendit à un fauteuil où j'avais jeté le *Washington Post* plus tôt dans la soirée.

« C'est indiqué quelque part là-dedans.

— En fait, je sais où ça se joue. Je voulais juste voir si toi, tu le savais.

— Où veux-tu en venir ?

— Juste que tu n'as ni l'allure ni le parfum d'une femme qui est allée au cinéma avec quelques amis.

— Très bien. Je ne suis pas allée au cinéma. Satisfait ? »

Je souris.

« Parfaitement. »

Je pris mon verre vide et l'emportai à la cuisine, où je le lavai, le séchai, puis je revins au salon, où je le rangeai. Je crois avoir réussi à siffler quelques mesures enjouées d'un air irlandais. Diana n'avait pas bronché. Elle était restée là, debout, bras croisés et, hormis la cigarette dans sa main manucurée, elle avait l'air d'une principale de collège attendant une explication. C'était cela qui m'impressionnait. La vitesse à laquelle elle retournait les situations, de sorte que c'était moi qui me retrouvais en faute.

Elle me lança encore un regard irrité.

« Tu ne vas pas me demander avec qui j'étais ?

— Non.

— Donc tu te moques de savoir avec qui j'étais.

— Peut-être que je n'ai tout bonnement pas envie de le savoir. »

Je n'avais aucune intention de lancer le sujet. Je n'étais pas moi-même un modèle de fidélité.

« Je suppose que c'est cela qui me dérange le plus. Que cela ne te dérange pas. »

Elle eut un sourire amer en secouant la tête, comme si je l'avais déçue.

« Je n'ai pas dit que cela ne me dérangeait pas. J'ai dit que je ne voulais pas le savoir. Écoute, c'est bon. Oublie cette allusion que j'ai faite. Allons au lit. »

Je lui pris la main. Mais elle me la retira.

« Si tu tenais à moi, tu te conduirais au moins en homme jaloux, même si tu ne l'étais pas. »

C'est là qu'est le véritable génie des femmes. La grande majorité d'entre elles pourrait servir d'illustration à Sun Tzu, pour montrer en quoi l'attaque demeure la meilleure forme de défense. Je l'avais prise en flagrant délit de mensonge et déjà elle réussissait à prétendre que c'était moi qui l'avais trahie.

« Mais je tiens à toi. Bien sûr que je tiens à toi. Seulement, nous n'allons pas jouer les couples shakespeariens. Je nous croyais au-dessus de ça. La jalousie, ce n'est que la douleur d'une fierté blessée.

166

— Tout se ramène toujours à toi, n'est-ce pas ? dit-elle en secouant la tête. Tu es un homme intelligent, Will, mais tu as tort. Ce n'est pas cela, la jalousie. Du tout. Ce n'est pas la douleur d'une fierté blessée. C'est la douleur de l'amour blessé. Il y a une grosse différence. Seulement, pour toi, je crois que la fierté et l'amour sont une seule et même chose. Parce que tu ne pourrais jamais aimer une femme plus que tu ne t'aimes toi-même. »

Elle se pencha en avant pour m'embrasser et, l'espace d'un instant, je crus que tout irait bien. Mais ensuite le baiser atterrit chastement sur ma joue, et c'était comme si elle me disait au revoir. L'instant d'après, elle était de nouveau dans le vestibule, elle reprenait son parapluie, ses épingles et son chapeau. Quand elle eut franchi la porte, en laissant la clef sur la table de l'entrée, je compris pour la première fois que je l'aimais.

8

LUNDI 18 OCTOBRE 1943
RASTENBURG, PRUSSE ORIENTALE

La route traversait une région de petits lacs et d'épaisses forêts. C'était ici, en 1915, que Hindenburg avait porté à l'armée russe un coup terrible, en tuant cinquante-six mille hommes et en capturant cent mille prisonniers lors d'une bataille hivernale dont l'armée du tsar ne devait jamais se remettre. Avant 1939, cette région avait été l'une des destinations favorites des amateurs de voile. En 1943, il n'y avait plus aucun signe d'activité sur ces lacs.

Walter Schellenberg se renfonça dans la banquette arrière de la Mercedes blindée décapotée qui filait à vive allure, et son regard glissa de la nuque de l'Oberleutnant Ulrich Wagner au dais d'arbres qui refermait son maillage dense au-dessus de sa tête. Même par une lumineuse après-midi d'octobre comme celle-ci, la forêt assombrissait la route, au point de la transformer en un décor digne des frères Grimm, et c'était ce qui protégeait la Wolfschanze, la rendant invisible du ciel. C'était la raison pour laquelle le Führer avait choisi d'implanter son quartier général – la Tanière du Loup – dans cet endroit perdu. Et pourtant, on avait beau toujours prétendre officiellement que la zone ne recelait rien de plus important qu'une usine chimique, il paraissait non seulement certain que les alliés connaissaient l'existence de la Tanière, mais aussi que leurs bombardiers possédaient un rayon d'action suffisant pour l'attaquer. Tout dernièrement, le 9 octobre, trois cent cinquante-deux bombardiers lourds de l'USAAC avaient frappé des cibles à tout juste cent cinquante kilomètres de distance, notamment les usines Arado d'Ankman, l'usine de construction de cellules d'avion Focke Wulf à Marienburg, et les chantiers navals des U-boote à Dantzig. Se pouvait-il réellement, se demanda Schellenberg, que les alliés, tout comme Himmler, soient incapables d'envisager de tuer Hitler ?

Le Reichsführer-SS, assis à côté de Schellenberg, retira ses lunettes et, en les essuyant avec un petit chiffon monogrammé, s'emplit les poumons de l'air vif de la forêt.

« Rien n'égale ce bon air de Prusse orientale », déclara-t-il.

Schellenberg eut un demi-sourire. Après un vol de trois heures depuis Berlin, au cours duquel un Mosquito de la RAF les avait frôlés et où ils avaient été secoués comme un volant de badminton par des turbulences au-dessus de Landsberg, ce n'était pas sans réserve qu'il goûtait cet air de Prusse orientale. Croyant pouvoir se dénouer l'estomac en avalant quelque chose – si peu de temps avant une rencontre avec le Führer, il n'osait pas toucher à la flasque de schnaps qu'il avait dans sa serviette –, il sortit un paquet de sandwiches au fromage de la poche de son manteau et en offrit un à Himmler, qui parut sur le point d'accepter, puis se ravisa. Il dut détourner la tête un moment, de crainte que le Reichsführer ne surprenne son sourire et ne comprenne que cette scène lui remémorait d'autres circonstances, quelques années auparavant, pendant l'invasion de la Pologne, quand Himmler et Wolff, après avoir savouré plusieurs de ces mêmes sandwiches, avaient découvert, mais trop tard, qu'ils étaient moisis. Sa carrière alors naissante au sein de la SS avait failli s'achever dès ce moment-là car, entre deux haut-le-cœur sur le bas-côté de la route, Himmler et son aide de camp avaient accusé le jeune officier de grade subalterne d'avoir tenté de les empoisonner.

Le Reichsführer plissa les paupières.

« Je ne saisis pas pourquoi vous mangez ces sandwiches maintenant, s'étonna-t-il. Nous aurons à déjeuner, à la Wolfschanze.

— Peut-être, mais en présence du Führer, je suis toujours trop tendu pour être capable d'ingurgiter quoi que ce soit.

— Je peux comprendre cela, concéda Himmler. Ce n'est pas rien, en effet, que d'être assis à côté de l'homme le plus remarquable du monde. Quand on écoute le Führer, on en oublie aisément un détail aussi trivial que la nourriture. »

Schellenberg aurait pu ajouter que c'étaient les manières de table révoltantes du Führer qui lui coupaient l'appétit, car à l'inverse de beaucoup de gens, qui portaient leur fourchette ou leur cuiller à la bouche, ce dernier maintenait le bras qui tenait son couvert posé sur la table, et abaissait la bouche vers son assiette. Il buvait même son thé dans une soucoupe, comme un chien.

« J'ai besoin de pisser, annonça Himmler. Arrêtez la voiture. »

La grosse Mercedes se rangea sur l'accotement et, derrière eux, la voiture d'escorte, avec à son bord le secrétaire personnel du ministre de l'Intérieur, le docteur Brandt, et son adjudant, von Dem Bach, vinrent se ranger à leur hauteur.

« Quelque chose ne va pas, Herr Reichsführer ? s'enquit Brandt auprès de son patron, qui s'enfonçait déjà entre les arbres d'un pas martial et s'affairait avec les boutons de sa culotte de cheval.

— Il ne se passe rien, lui lança-t-il. J'ai besoin de pisser, c'est tout. »

Schellenberg descendit de voiture, alluma une cigarette et en offrit une à l'adjoint de von Dem Bach.

« D'où êtes-vous originaire, Oberleutnant ? lui demanda-t-il en marchant à peu près dans la même direction que Himmler.

— De Bonn, monsieur.

— Oh ? J'ai fréquenté l'université à Bonn.

— Vraiment, monsieur ? Je l'ignorais », fit Wagner. L'adjoint de von Dem Bach tira une longue bouffée de sa cigarette. « Moi, c'était l'université Ludwig-Maximilian, à Munich.

— Et vous avez étudié le droit, je suppose.

— Oui, monsieur, comment le savez-vous ? »

Schellenberg sourit.

« Je suis logé à la même enseigne. Je voulais devenir juriste pour un de ces gros conglomérats de la Ruhr.

170

J'avoue que je m'imaginais assez en capitaine d'industrie. Au lieu de quoi, j'ai été recruté au sein du SD, par deux de mes professeurs. Le SD a constitué toute ma vie. J'en suis devenu membre avant même d'adhérer au Parti. »

Ils se rapprochaient de Himmler, qui semblait avoir du mal à défaire le dernier bouton de sa braguette. Schellenberg se retourna pour repartir vers la voiture, et Wagner lui emboîta le pas.

Le coup de feu, presque assourdissant dans ces sous-bois, faucha l'Oberleutnant Wagner comme si ses os s'étaient transformés en gelée. D'instinct, Schellenberg s'écarta d'un pas, puis d'un autre, tandis que Himmler avançait sur l'Oberleutnant. Fixant sa victime avec un regard scrutateur de médecin légiste, son visage au menton fuyant tremblait, à la fois d'horreur et d'excitation. Non sans dégoût, Schellenberg vit que le Walther PPK, dans la main du Reichsführer, était coulé dans de l'or massif et, quand ce dernier pointa son arme à bout de bras pour délivrer le coup de grâce, il vit le nom – Himmler – gravé sur la culasse.

« Je n'y ai pris aucun plaisir, confia-t-il. Mais il m'a trahi. Il vous a trahi, Walter. »

Brandt et von Dem Bach vinrent inspecter le corps de Wagner, presque avec détachement. Himmler allait rengainer son arme.

« Je n'y ai pris aucun plaisir, répéta-t-il. Mais il le fallait.

— Attendez, Herr Reichsführer ! » s'écria Schellenberg, car à l'évidence le ministre s'apprêtait à rengainer un pistolet qui était armé et prêt à faire feu. Il se saisit de la main tremblante et moite de Himmler et le lui arracha. « Il faut relâcher le chien… comme ceci, monsieur. » Et, en maintenant le chien avec le pouce, il pressa délicatement la détente, puis laissa le chien se rabattre sur le percuteur, avant d'actionner le cran de sûreté. « Pour rengainer votre arme en toute sécurité. Sinon, vous risqueriez de vous sectionner l'orteil, monsieur. J'ai déjà vu la chose arriver.

— Oui, oui, naturellement. Merci, Schellenberg. » Himmler déglutit, mal à l'aise. « Je n'avais encore jamais abattu personne.

— Non, Herr Reichsführer, acquiesça-t-il. Cela n'a rien d'agréable. »

Il jeta un bref regard sur Wagner, secoua la tête et alluma une autre cigarette, songeant qu'il y avait quantité d'autres manières, et bien pires, de se voir régler son compte si vous aviez eu la stupidité d'encourir la colère de Heinrich Himmler. Quand vous aviez vu des prisonniers de guerre russes soumis aux travaux forcés dans les carrières de Mauthausen, c'était là une certitude. Après la tentative d'attenter à la vie de Schellenberg à bord de l'appareil personnel de Himmler, une enquête discrète avait révélé qu'Ulrich Wagner était le seul à avoir pu téléphoner à Hoffmann à l'aéroport de Tempelhof, pour lui signaler que le contenu de sa serviette devait être en rapport avec les négociations de paix secrètes conduites par Felix Kersten. Dès que Wagner avait vu les devises suédoises au guichet du caissier du ministère de l'Intérieur, il avait compris quelle serait la destination de Schellenberg. En outre, avant d'intégrer le cabinet personnel de Himmler, Wagner avait œuvré au sein du Conseil de la police criminelle, à l'époque où le conseiller principal de la police était Heinrich Müller, aujourd'hui chef de la Gestapo. Il semblait qu'Ulrich Wagner ait été l'espion de Müller auprès du cabinet personnel de Himmler depuis des années. Sans que l'on puisse retenir aucune preuve réelle de l'implication directe de Müller. En outre, Himmler n'avait aucune envie de produire des accusations formelles contre le chef de la Gestapo. Ce serait courir le risque d'exposer tout l'historique des négociations de paix de Kersten, dont le Führer n'était peut-être pas encore informé.

« Qu'allons-nous faire du corps ? s'enquit Brandt.

— Laissez-le, ordonna Himmler. Laissez-le aux bêtes de la forêt. Nous verrons si la Gestapo de Müller est de taille à venir le dénicher ici.

— Si près de la Wolfschanze ? s'écria Schellenberg. C'est certainement le dernier endroit où ils songeraient à le rechercher.

— C'est tant mieux », ricana Himmler, et il les précéda vers sa voiture.

Ils redémarrèrent et atteignirent une barrière qui fermait la route. Elle était gardée par quatre SS. Les quatre hommes reconnurent le Reichsführer, mais procédèrent tout de même au contrôle de son identité, et réclamèrent leurs livrets de service de la SS et leurs lettres de visite au Führer. Leurs papiers furent de nouveau examinés à un deuxième poste de contrôle, et l'officier de garde à la guérite téléphona, puis signifia au ministre de l'Intérieur qu'il serait accueilli avec sa suite par l'aide du camp du Führer au Salon de Thé. D'un geste de la main, l'officier orienta les deux véhicules vers la Zone de sécurité 2 et, avec un sourire poli, formula son avertissement habituel avant d'achever par le salut hitlérien.

« Si votre voiture tombe en panne, klaxonnez et nous viendrons vous chercher. Surtout, restez près du véhicule et ne vous écartez jamais de la route. Toute cette zone est minée et des tireurs d'élite ont reçu l'ordre très strict d'abattre quiconque s'égare en dehors de la chaussée. »

Ils repartirent, roulèrent jusqu'à une clôture en fil de fer barbelé, et quelques bâtiments entrèrent dans leur champ de vision. De l'herbe poussait sur les toits plats de certains d'entre eux, d'autres étaient recouverts de filets de camouflage afin de les dissimuler aux appareils de reconnaissance aérienne. Ce n'est qu'après un troisième poste de contrôle que la voiture atteignit enfin le Secteur réservé 1, le périmètre le plus sécurisé des trois.

Quiconque découvrait ce secteur R1 pour la première fois aurait comparé le quartier général du Führer en Prusse orientale à une petite bourgade. Couvrant une superficie de deux cent cinquante hectares et constitué de huit cent soixante-dix bâtiments – pour la plupart des bunkers privés affectés aux divers chefs du Parti –, ce secteur R1 de la Wolfschanze comprenait une centrale électrique, une station d'alimentation d'eau et un système de recyclage de l'air. Le Q.G. du Führer était une redoute d'allure impressionnante, même si, au vu de sa sensibilité de sybarite, Schellenberg avait du mal à comprendre comment on aurait envie de passer plus d'une nuit dans un tel endroit, et encore moins comment Hitler avait pu y séjourner six cents nuits depuis juillet 1941.

Himmler et sa suite laissèrent leurs voitures stationnées en deçà du portail et achevèrent à pied vers le Salon de Thé, une sorte d'édifice à la Hansel et Gretel, en face des bunkers des généraux Keitel et Jodl, où l'état-major prenait ses repas, quand ses membres n'étaient pas obligés de dîner avec le Führer. À l'intérieur, le Salon de Thé était meublé de manière ordinaire, tapissé d'une terne moquette en bouclette, avec plusieurs fauteuils en cuir, et quelques tables. N'était la présence de plusieurs officiers attendant leur arrivée, l'endroit aurait pu passer pour une salle commune dans un séminaire catholique romain. Parmi les officiers du comité d'accueil, il y avait deux aides de camp rattachés personnellement à Hitler, le SS-Gruppenführer

Julius Schaub et le Gruppenführer Albert Bormann. Schaub, le chef des aides de camp, était un homme d'un naturel doux, aux manières d'ecclésiastique, qui portait des lunettes et réussissait à se donner un faux air de frère aîné de Himmler. Il avait été blessé aux deux pieds, lors de la Grande Guerre, et il se déplaçait dans le quartier général du Führer au moyen de béquilles. Albert Bormann était le frère cadet de Martin Bormann, le secrétaire personnel de Hitler et l'homme qui contrôlait tout ce qui se passait à la Wolfschanze. Il était aussi le rival le plus inexpiable de son aîné.

« Comment vont les choses à Berlin ? s'enquit Schaub.

— Nous avons eu un raid de bombardement la nuit dernière, lui répondit Schellenberg. Pas de quoi fouetter un chat. Huit Mosquitos, je crois. »

Schaub opina poliment.

« Nous avons tendance à ne pas mentionner ces bombardements au Führer. Cela ne fait que le déprimer. À moins bien sûr qu'il ne pose expressément la question. Ce dont il s'abstiendra.

— J'ai de meilleures nouvelles, intervint Himmler, qui avait retrouvé un peu de sa superbe après le meurtre de son subordonné. La nuit passée, nous avons abattu un Wellington au-dessus d'Aachen. Le cinq millième appareil du Bomber Command abattu depuis le début de la guerre. Remarquable, n'est-ce pas ? Cinq mille.

— Annoncez-le au Führer, je vous en prie.

— J'en ai l'intention.

— Oui. Cinq mille. Voilà qui va le dérider.

— Comment va-t-il ?

— Préoccupé au sujet de la situation en Crimée, répondit Schaub. Et autour de Kiev. Le général Manstein juge Kiev plus important. Mais le Führer penche pour la Crimée.

« — Pouvons-nous vous offrir un rafraîchissement, messieurs ? proposa Albert Bormann. Un apéritif, peut-être ?

— Non, je vous remercie, fit Himmler, répondant pour lui-même et à la place de Schellenberg, qui était sur le point de demander un café. Pour le moment, cela ira. »

Ils sortirent du Salon de Thé et s'enfoncèrent plus avant dans l'enceinte du quartier général du Führer, qui débordait d'activité. Beaucoup de travaux de constructions étaient encore en cours – destinés à renforcer les bunkers existants et à en construire de nouveaux. Des ouvriers polonais avançaient péniblement en poussant des brouettes chargées de ciment, d'autres portaient des planches à l'épaule. Schellenberg en déduisit que la sécurité était sapée par les efforts mêmes que l'on déployait pour l'accroître. N'importe lequel de ces manœuvres qui étaient au travail à l'intérieur du Secteur réservé 1 aurait pu introduire clandestinement une bombe dans la Tanière du Loup. Sans parler de l'état-major, qui ne vouait pas un grand amour à Hitler, en tout cas plus depuis Stalingrad. S'il était d'usage de laisser chapeaux, ceinturons et pistolets sur des casiers à l'extérieur du bunker du Führer, les serviettes étaient autorisées, et personne ne les fouillait jamais. La sienne contenait un second pistolet, avec les plans de l'Opération Triple Saut, et n'avait pas été examinée depuis son arrivée à Rastenburg. Elle aurait pu tout aussi aisément contenir une grenade à main ou une bombe.

Le bunker du Führer était situé à cent mètres au nord du Salon de Thé. Tandis qu'ils s'en approchaient, il continua de s'attarder sur le système de sécurité de la Tanière. Comment y aurait-on fomenté un assassinat ? Une bombe serait le meilleur moyen, cela ne soulevait aucun doute. Comme tous les autres bunkers de la Wolfschanze, celui du Führer était en élévation, au-dessus du niveau du sol, dépourvu de tunnels, de passages secrets. Pour compenser cette faiblesse, il était coiffé d'une chape de béton armé d'acier, d'une épaisseur d'au moins quatre ou cinq mètres. Et surtout, il était privé de fenêtres. Cela signifiait que l'onde de choc d'une bombe explosant entre ces murs n'aurait aucune autre direction de propagation possible que vers l'intérieur, créant ainsi un effet de souffle encore plus mortel que si le bâtiment avait été fait de bois.

Une chienne, un berger allemand, vint gambader jusqu'à Himmler, en agitant gaiement la queue, et le Reichsführer eut envie de s'arrêter pour saluer l'animal comme un vieil ami.

« C'est Blondi, fit-il en tapotant la tête de la chienne de Hitler, ce qui amena Schellenberg à chercher autour de lui s'il n'apercevait pas son maître.

— Nous cherchons un chevalier servant pour Blondi, lui expliqua Albert Bormann. Le Führer veut que Blondi ait des petits.

— Des petits, hein ? J'espère que je pourrai en avoir un. J'aimerais assez avoir un des chiots de Blondi, commenta le Reichsführer.

— Je crois pouvoir affirmer sans risque que personne ne dirait non », fit un petit homme trapu aux épaules arrondies et à la nuque de taureau, qui venait tout juste d'arriver. C'était Martin Bormann, ce qui signifiait que le Führer n'était plus très loin. Entendant le claquement de talons d'un soldat qui se mettait au garde-à-vous, Schellenberg regarda sur la gauche et vit Hitler venir vers eux, à travers les arbres. « Tout le monde aimerait avoir un chiot du chien le plus célèbre du monde. »

Aussitôt, Schellenberg se mit à son tour au garde-à-vous, en tendant le bras droit tandis que Hitler approchait à pas lents, le bras à moitié levé. Le Führer portait un pantalon noir, une simple vareuse d'uniforme grise à col ouvert qui révélait une chemise blanche et une cravate, et il était coiffé d'une casquette d'officier, à l'étoffe souple et plutôt informe, qu'il avait choisie en privilégiant le confort davantage que le style. Sur la poche-poitrine de sa tunique, côté gauche, il portait une Croix de Fer de première classe, qui lui avait été décernée pendant la Première Guerre mondiale, ainsi que le ruban noir, apanage des soldats blessés, et un insigne en or du Parti nazi.

« Himmler. Schellenberg… c'est bon de vous revoir, Walter, fit-il, avec son léger accent autrichien que ce dernier connaissait si bien pour l'avoir entendu à la radio.

— Et vous donc, mon Führer.

— Himmler me dit que vous auriez un plan qui nous vaudra de gagner la guerre.

— Si vous aviez l'occasion de lire mon mémorandum, peut-être tomberez-vous d'accord avec lui, mon Führer.

— Oh, je déteste les rapports écrits. Je ne les supporte pas. Si cela ne tenait qu'à ces officiers qui m'entourent, je ne cesserais pas d'en lire. Des papiers officiels par-ci, des papiers officiels par-là. Je vais vous dire, Schellenberg, je n'ai guère de temps à consacrer à des papiers. Mais qu'un homme me parle, et je vous dirai vite de quoi il retourne. Mes livres à moi, ce sont les hommes… hein, Himmler ?

— Vous savez lire en nous couramment, mon Führer.

— Donc, nous allons entrer ici et vous allez tout me raconter, et ensuite je vous dirai ce que j'en pense. »

Avec un geste en direction du bunker, Hitler mit dans sa bouche une autre de ses petites pastilles de menthe et, en marchant à la hauteur de Schellenberg, il se lança dans une causerie à bâtons rompus.

« Je marche beaucoup dans ces bois. C'est l'un des rares endroits où je puisse marcher librement. Dans ma jeunesse, je rêvais souvent de vastes espaces comme celui-ci, et je veux croire que la vie m'a permis de donner corps à ce rêve. J'aurais préféré marcher dans Berlin, naturellement. Autour du Reichstag. J'ai toujours aimé cet édifice. Les gens ont prétendu que j'étais responsable de son incendie, mais c'est ridicule. Personne, me connaissant, ne pourrait affirmer que j'aie trempé de près ou de loin dans cette histoire. Paul Wallot n'était pas un mauvais architecte du tout. Speer ne l'apprécie guère, mais ce n'est pas un motif pour le disqualifier. Quoi qu'il en soit, je marche ici, dans ces forêts du nord, comme ce personnage dans ce livre illisible de Nietzsche… *Zarathoustra*. Je marche parce que je me sens comme un prisonnier, dans ces abris, et mon esprit a besoin d'espace où évoluer en liberté. »

Tout en marchant à son côté et en écoutant le Führer parler, Schellenberg souriait et hochait la tête en silence, bien conscient que les menus propos qu'il pourrait tenir en réponse à Hitler risquaient surtout d'entamer ses chances de convaincre le Führer du bien-fondé de son Opération Triple Saut.

Ils pénétrèrent dans le bunker du Führer, et Schellenberg suivit Hitler, Bormann et Himmler sur la gauche, dans une vaste salle dominée par une grande table des cartes. Le Führer s'assit dans l'un des six fauteuils rembourrés, devant la cheminée vide et, d'un geste, invita Schellenberg à le rejoindre. Hitler n'aimant pas la chaleur, il sortait toujours bleu de froid d'une réunion ou d'un entretien en sa présence. En attendant que Himmler, Schaub et les deux Bormann prennent place, il observa le maître de l'Allemagne de plus près, tentant de déceler les signes du tabès ou de la syphilis tertiaire. Il est vrai que Hitler paraissait bien plus vieux qu'un homme de cinquante-quatre ans, très économe de ses gestes et des mouvements de ses mains. Le personnage dégageait pourtant une impression incontestable de force physique, et il ne trouvait pas qu'il soit au bord de l'effondrement. Certes, il subissait une tension écrasante, mais le visage pâle, les yeux globuleux et le regard absent du somnambule – ou d'un saint homme – qu'il avait observés lors de sa dernière visite à la Wolfschanze ne lui semblaient pas altérés. Il n'avait jamais été possible de poser le regard sur cette figure morbide, dostoïevskienne de quasi fou et de le percevoir comme un homme ordinaire, mais Schellenberg ne voyait aucune raison valable de croire Hitler au seuil de la démence totale.

Il fut interrompu dans le cours de ses pensées, car le Führer se tourna vers lui et le pria de commencer. Il décrivit le plan qu'il avait déjà fait accepter à Himmler comme un plan de repli, au cas où les négociations de paix, engagées par la remise des lettres du Führer aux Trois Grands, ne porteraient pas leurs fruits. À présent, les défauts éventuels de l'Opération Triple Saut avaient été gommés, et elle devenait éminemment réalisable. Même s'il se garda d'en informer son interlocuteur, von Holten-Pflug était rentré de Vinnica avec un rapport annonçant qu'un groupe d'une centaine d'Ukrainiens constituaient dès à présent, et avec l'accord du général Schimana, une unité intégrée à la division Galicia de la Waffen-SS. Tous ces hommes possédaient une expérience des opérations aéroportées et ils étaient doués d'une agressivité extrême, attisée par la perspective d'assassiner le maréchal Staline. Laisser Hitler dans le flou quant à leur origine ethnique véritable ne préoccupait guère Schellenberg. Il partait du principe que, si la mission échouait, les Russes préféreraient taire l'implication de leurs compatriotes. Et si elle réussissait, alors les origines de ces derniers ne compteraient plus guère. Donc il se borna à les présenter comme des volontaires de la division Galicia.

Adolf Hitler écouta, en n'interrompant son exposé qu'à de rares moments. Mais quand il mentionna le nom de Roosevelt, le Führer se pencha en avant et joignit les deux mains en un seul poing fermé, comme s'il étranglait la silhouette invisible du Président.

« Roosevelt n'est rien d'autre qu'un répugnant franc-maçon, souffla-t-il. Pour cette seule raison, toutes les églises d'Amérique devraient se soulever contre lui, car il est animé par des principes qui sont tout à fait en contradiction avec ceux de la religion à laquelle il prétend croire. En fait, le vacarme qu'il a provoqué lors de sa dernière conférence de presse… ce ton nasillard, quand il s'exprime… c'était typiquement hébraïque. L'avez-vous entendu se vanter d'avoir du noble sang juif dans les veines ? Du noble sang juif ! Ha ! Ce qui est certain, c'est qu'il se comporte comme un Juif chicanier et insignifiant. À mon avis, sa cervelle est aussi malade que son corps. »

Martin Bormann et Himmler rirent et opinèrent en signe d'assentiment et, se laissant entraîner par son sujet, il poursuivit :

« Roosevelt est la preuve vivante qu'il n'existe pas de race plus stupide au monde que les Américains. Et quant à son épouse, eh bien, il est tout à fait clair, à voir son allure négroïde, que cette femme est une métisse. S'il fallait un vivant avertissement contre la menace que les métis font peser sur la société civilisée, Eleanor Roosevelt en est l'exemple. »

Il se renfonça dans son fauteuil en s'enveloppant de ses bras comme d'un châle. Puis, d'un signe de tête, il invita Schellenberg à poursuivre. Mais une ou deux minutes plus tard, il formulait cette fois l'opinion très personnelle qu'il s'était faite de Churchill et de Staline.

« Staline est l'une des figures les plus extraordinaires de l'histoire mondiale. Tout à fait extraordinaire. L'avez-vous jamais entendu prononcer un discours ? Épouvantable, déclara-t-il en secouant la tête. Cet homme ne doit rien à la rhétorique, cela, au moins, c'est une certitude. Et si l'on doit en croire Ribbentrop, il n'a aucune élégance en société. Il est mi-homme mi-bête. Il n'a jamais été capable de quitter le Kremlin, mais il gouverne grâce à une bureaucratie qui lui obéit au doigt et à l'œil. Il ne se soucie guère de son peuple. Guère. En fait, je croirais volontiers qu'il hait le peuple russe autant que je le hais. Sans quoi, comment pourrait-il dilapider leurs vies à ce point sans compter ? Cela fait de Staline un homme qui mérite notre respect inconditionnel, en qualité de chef de guerre. » Il sourit. « En un sens, il faudrait presque regretter de le voir mort, car, je dois l'admettre, c'est un sacré gaillard. Schellenberg a amplement raison, toutefois. S'il finissait par lui arriver quoi que ce soit, l'Asie entière s'effondrerait. Elle se désintégrerait telle qu'elle est apparue.

» Churchill, maintenant... lui, c'est une tout autre histoire. Je n'ai encore jamais rencontré d'Anglais qui n'exprime sa désapprobation à son sujet. Le duc de Windsor, lord Halifax, sir Neville Henderson, même cet idiot avec son parapluie, Neville Chamberlain... tous, ils partageaient la même opinion, ils étaient tous d'avis que non seulement Churchill avait perdu la tête mais qu'il était aussi le dernier des butors, par-dessus le marché. Absolument amoral. C'est tout ce que l'on est en droit d'attendre d'un journaliste, ce me semble. Dire n'importe quoi, faire n'importe quoi pour se maintenir sur le ring, alors que le premier imbécile venu aurait bien vu… et peut encore voir… que l'Angleterre aurait dû signer la paix. Pas seulement pour sauver l'Angleterre, mais pour sauver l'Europe entière du bolchevisme. Quand Churchill s'est rendu à Moscou, cela lui a causé énormément de tort au sein de son parti. Les Tories étaient furibonds et, à son retour, ils l'ont traité comme un paria. Et qui peut leur en tenir rigueur ? À Téhéran, ce sera la même histoire. Serrer la main de Staline ? Ah, ils vont aimer, en Angleterre. Il aurait intérêt à enfiler des gants, voilà tout ce que je puis vous affirmer. »

À présent, Schellenberg mourait d'envie d'en griller une, et il était impatient de poursuivre l'exposé de son plan, mais Hitler n'en avait pas encore terminé avec Churchill.

« Quand je le regarde, je ne peux pas m'empêcher de m'accorder avec Goethe, et de considérer que fumer abêtit. Oh, pour un vieux bonhomme, cela convient très bien… qu'il fume ou non n'a vraiment aucune importance. Mais la nicotine est une drogue et, pour les individus comme nous, dont le cerveau est assailli de responsabilités, nuit et jour, cette manie répugnante est inexcusable. Qu'adviendrait-il de moi, de l'Allemagne, si je buvais et fumais moitié autant qu'une créature comme ce Churchill ?

— J'ose à peine y songer, mon Führer », renchérit Himmler.

Cela mit un terme à la tirade et Schellenberg fut enfin autorisé à poursuivre. Mais quand il eut atteint la partie qui concernait la tribu des Kashgai, originaire du nord de l'Iran, Hitler l'interrompit de nouveau, à ceci près que cette fois il riait.

« Pensez un peu, dans le monde musulman, je suis une figure religieuse. Saviez-vous que les Arabes ont inclus mon nom dans leurs prières ? Parmi ces Perses, je deviendrais sans doute un grand khan. J'aimerais me rendre sur place, quand le monde aura retrouvé la paix. Je commencerai par passer quelques semaines dans le palais d'un cheikh. Évidemment, ils devront éviter de me servir de la viande. Je ne consommerai même pas de leur mouton. En revanche, j'aurai recours à leur système du harem. Mais j'ai toujours apprécié l'islam. Je peux comprendre l'enthousiasme des gens pour le paradis de Mahomet, avec toutes ces vierges attendant les fidèles. Rien à voir avec ce ciel fadasse qu'invoquent les chrétiens. »

Subitement, il s'interrompit, et Schellenberg put enfin terminer sa présentation de l'Opération Triple Saut. De manière presque perverse, c'est ce moment-là que choisit Hitler pour garder le silence. Il plongea la main dans la poche-poitrine de sa vareuse, en sortit une paire de lorgnons à deux sous, monture en nickel, et parcourut rapidement les points principaux du mémorandum, en reniflant bruyamment et en suçant d'autres pastilles à la menthe dont il était si friand. Après quoi, retirant ses lunettes, il bâilla, sans prendre du tout la peine de se masquer la bouche ou de s'excuser.

« C'est un bon plan, Schellenberg. Audacieux, imaginatif. J'aime cela. Pour gagner une guerre, il faut des hommes qui soient à la fois audacieux et imaginatifs. » Il opina. « C'est vous qui êtes allé à Stockholm avec les lettres, n'est-ce pas ? Pour rencontrer ce compagnon de Himmler.

— Oui, mon Führer.

— Et pourtant, vous m'apportez ce plan. L'Opération Triple Saut. Pourquoi ?

— Il est toujours judicieux d'avoir un plan secondaire en place pour le cas où le premier échoue. C'est mon métier, monsieur. C'est l'essence même du renseignement. Se préparer à toutes les éventualités. Supposons que les Trois Grands n'acceptent pas vos offres de paix ? Supposons qu'ils ne répondent pas à vos lettres ? Mieux vaut que mes hommes soient sur le terrain, en Iran. »

Hitler hocha la tête.

« Je ne puis vous faire part de tout ce qui est en cours, Schellenberg. Pas même à vous. Mais je crois que vous pourriez avoir raison. À l'évidence, nous pourrions toujours nous contenter de ne rien faire et d'espérer que cette conférence tourne d'elle-même au désastre. Rien n'interdit de penser que cela se terminera ainsi, car il est extrêmement clair que tout l'élan initial de sympathie des Britanniques envers les Américains ne porte guère ses fruits. Je vous l'affirme, il existe un immense courant d'antipathie de la part des Britanniques à l'égard des Américains, et le seul homme parmi eux qui aime l'Amérique d'un amour inconditionnel est lui-même à moitié américain… c'est le caniche de Roosevelt, Winston Churchill. Cette conférence à Téhéran va se prolonger des jours et des jours. » Hitler eut un grand sourire. « C'est-à-dire, si vos hommes ne les tuent pas tous. » Et il rit en se frappant la cuisse droite du plat de la main. « Oui, cela va durer des jours et des jours. Comme la dernière, au Canada, entre Churchill et Roosevelt. Et maintenant que Staline est monté à bord, les choses vont traîner encore plus en longueur. Je veux dire, il n'est que trop facile d'imaginer à quel point ils doivent se sentir écrasés par l'énormité de leurs propres difficultés. Les pertes immenses de l'armée Rouge, la perspective d'une invasion de l'Europe, des millions de vie dans la balance. Croyez-moi, messieurs, il ne faudrait rien moins qu'un miracle pour atteler les Britanniques, les Américains, les Russes et les Chinois au joug commun d'une guerre victorieuse. L'Histoire nous enseigne que les coalitions sont rarement viables, car elles atteignent toujours un stade où telle ou telle nation rechigne à l'idée de consentir des sacrifices au bénéfice d'une autre.

» Les Américains forment un troupeau imprévisible et, franchement, ils n'ont pas assez de cran pour accepter le moindre sacrifice, ce qui explique évidemment leur manque d'empressement à s'engager dans ce conflit… comme dans le précédent, d'ailleurs. Une fois acculés, ils peuvent aussi bien flancher que tenir bon. Les Britanniques sont infiniment plus courageux, il n'y a pas de comparaison. Comment les Américains ont-ils le toupet de se répandre en calomnies sur les Britanniques après tout ce qu'ils ont enduré, cela dépasse presque l'entendement. Quant aux Russes, eh bien, leur capacité de résistance est tout à fait inimitable.

» Je ne serais pas surpris de voir cette conférence s'effondrer sous le poids de la discorde qui règne entre les alliés. Staline et Churchill se haïssent, cela au moins, c'est une certitude. Le plus intéressant sera de voir comment s'entendront Roosevelt et Staline. Ne serait-ce qu'à en juger par ses discours, je soupçonne Roosevelt de vouloir se conduire avec Staline comme une putain, en essayant de séduire ce vieux maquereau. Le maréchal, j'en suis convaincu, va se contenter de rester campé sur ses positions, histoire de voir jusqu'où ira Roosevelt pour le charmer. Entre-temps, sir Winston attendra sur la touche, furibard, comme une espèce de mari cocufié qui regarde son épouse stupide se donner en spectacle, sans être capable de rien dire par peur qu'elle ne le quitte. » Hitler se frappa de nouveau la cuisse. « Bon Dieu, ce que j'aimerais voir ça. »

Il plissa les paupières et lança un regard gourmé à son interlocuteur.

« Vous êtes aussi intelligent que Heydrich, décréta-t-il. Je ne sais pas si vous êtes aussi impitoyable, mais vous êtes certainement aussi intelligent. » Il gifla le mémorandum du dos de la main. « Et c'est un plan intelligent, voilà qui ne soulève pas le moindre doute. »

Brusquement, il se leva, invitant tous les autres à l'imiter.

« Je vous livrerai ma décision après le déjeuner. »

La réunion se transféra dans la salle à manger, où plusieurs membres de l'état-major se joignirent à eux. Tout au long du repas, ils eurent le privilège d'entendre d'autres monologues du dictateur. Il mangeait vite et avec peu de raffinement : un épi de maïs pour débuter, sur lequel il versait la valeur d'une tasse presque entière de beurre fondu ; pas de plat de résistance, et une assiette géante de crêpes chaudes au raisin et au sirop d'érable. Le seul spectacle du menu que se composait cet homme suffit à écœurer Schellenberg, et il dut se faire violence pour terminer l'escalope panée qu'il avait commandée.

Après le déjeuner, le Führer l'invita à marcher avec lui, et les deux hommes firent le tour du Secteur réservé 1. Il lui désigna la piscine, le cinéma, le salon de coiffure – il était très fier qu'on ait réussi à « attirer » Wollenhaupt, le coiffeur de l'hôtel Kaiserhof de Berlin, jusqu'à la Wolfschanze, pour qu'il se charge de couper les cheveux de l'état-major –, et ensuite ce furent les bunkers de Göring, Speer et Martin Bormann.

« Il y a même un cimetière, lui apprit-il. Exactement au sud de l'endroit où nous sommes, de l'autre côté de la route principale. Oui, nous disposons à peu près de tout le nécessaire. »

Schellenberg ne lui demanda pas qui était enterré dans ce cimetière. Même pour un chef du renseignement, il était préférable d'ignorer certaines réalités. Enfin, Hitler en vint au fait :

« J'admire votre plan. On le dirait tout droit sorti d'un livre de Karl May[1]. Avez-vous déjà lu des ouvrages de Karl May ?

— Pas depuis mon enfance.

— N'ayez jamais honte de cela, Schellenberg. Quand j'étais petit garçon, les livres de Karl May ont exercé sur moi une influence considérable. Maintenant, écoutez-moi : je souhaite que vous appliquiez ce plan, de la manière que vous suggérez. Oui, envoyez votre équipe en Perse, mais ne tentez rien sans autorisation de ma part ou de celle de Himmler. Est-ce clair ?

— Parfaitement, mon Führer.

— Bon. Ils ne doivent rien tenter, à moins que je ne donne mon feu vert. Entre-temps, je vais signifier à Himmler et Göring que l'Opération Triple Saut doit se voir accorder une priorité absolue. Est-ce bien compris ?

— Oui, monsieur. Merci, monsieur.

— Encore une remarque, Schellenberg. Faites attention à Himmler et à Kaltenbrunner. Un homme disposant de ressources telles que les vôtres n'a sans doute pas grand-chose à craindre de Kaltenbrunner. Mais Himmler… vous allez devoir le surveiller, c'est une certitude. Veillez à ce qu'il ne finisse par vous jalouser comme il jalousait Heydrich. Et souvenez-vous de ce qui lui est arrivé. C'est très fâcheux, vraiment, ce qui s'est passé là, mais inévitable, je suppose, si l'on tient compte des circonstances, de toutes les circonstances. Heydrich était trop ambitieux, et je crains qu'il n'ait payé le prix de cette ambition. »

---

1. Écrivain allemand le plus vendu au monde, auteur notamment de "westerns" mettant en scène l'Apache Winnetou.

Schellenberg écoutait en s'efforçant de masquer sa stupéfaction, car le Führer semblait laisser entendre que, loin d'avoir été l'œuvre des partisans tchèques, le meurtre de Heydrich aurait été manigancé d'une manière ou d'une autre par Himmler.

« Par conséquent, méfiez-vous de Himmler, oui. Mais soyez aussi prudent avec l'amiral Canaris. Ce n'est pas un vieil imbécile, comme la Gestapo aime à le faire croire. Tous autant que nous sommes, nous avons encore beaucoup à apprendre de ce vieux renard. Retenez bien mes propos. L'Abwehr détient encore la capacité de nous surprendre. »

9

MARDI 19 OCTOBRE 1943
ZOSSEN, ALLEMAGNE

L'amiral Canaris éprouvait une sensation de froid. Ce n'était pas seulement parce que, rentré de Madrid la veille, il jugeait le bunker à l'épreuve des gaz et peint en vert-de-gris de l'Abwehr, du Q.G. de campagne de l'armée situé à Zossen, une trentaine de kilomètres au sud de Berlin, humide et insuffisamment chauffé. Non, ce n'était pas cela du tout, car à l'inverse de beaucoup de hauts personnages de la hiérarchie nazie, il avait des mœurs plutôt spartiates et se souciait peu de son confort. Dans les locaux de l'Abwehr, un élégant immeuble de quatre étages, Tirpitz Ufer, non loin du Landwehr Kanal, à Berlin, il avait souvent dormi sur un lit de camp et se privait volontiers d'un repas, pourvu que ses deux teckels à poil dur, Seppel et Kasper, soient assurés d'avoir de la viande fraîche.

Non, le froid que ressentait Canaris avait davantage sa source dans les défaillances de sa propre organisation de renseignements et leur corollaire, la conscience d'avoir perdu l'oreille du Führer.

L'Abwehr était le plus ancien service secret d'Allemagne, et elle existait depuis l'époque de Frédéric le Grand. *Abwehr* se traduit par « défense », mais le mot avait fini par s'appliquer à tout le renseignement militaire au sens large du terme, et en particulier à ce que l'on appelait l'Ausland Abwehr, l'« AA », ou le service du contre-espionnage. Placée directement sous les ordres du Haut Commandement de l'armée allemande, l'AA avait su résister jusqu'à présent à son absorption par l'Office de la Sécurité du Reich de Kaltenbrunner, le RSHA, mais Canaris se demandait combien de temps encore il pourrait maintenir cette indépendance, au regard des récents revers.

Le premier était survenu en 1942. Une opération, sous le nom de code Pastorius, avait permis d'infiltrer huit espions de l'Ausland Abwehr aux États-Unis. Deux membres du groupe avaient trahi les autres pour le compte du FBI, et cette infiltration avait tourné au désastre. En août 1942, six hommes, des agents de premier ordre, avaient fini sur la chaise électrique, et non seulement Roosevelt avait confirmé leur sentence de mort, mais il avait même plaisanté à ce sujet, disait-on, en exprimant son regret que le District de Columbia n'exécute pas ses condamnés à la peine capitale par pendaison. Ce désastre avait été vite suivi d'un autre échec de l'Ausland Abwehr, qui avait été incapable de détecter la concentration des troupes de l'armée Rouge dans la région de Stalingrad, et une troisième déconfiture était survenue quand ses services avaient été pris au dépourvu par les débarquements des Anglo-Américains en Afrique du Nord, en novembre 1942. Dans l'intervalle, plusieurs entreprises complexes et coûteuses visant à fomenter des soulèvements antibritanniques en Inde, en Afrique du Sud et en Afghanistan, ainsi que des révoltes antisoviétiques dans le Caucase, avaient toutes avorté. La plus récente de ces catastrophes était survenue en avril 1943, quand deux officiers supérieurs de l'AA avaient été arrêtés par la Gestapo pour malversations, trafic de devises et tentatives de saper l'effort de guerre. Ce n'est que grâce à Himmler (et, selon une rumeur insistante, au Führer en personne) que l'amiral Canaris était parvenu à s'éviter de plus graves accusations et à reprendre le contrôle de son service, alors tout près d'être discrédité.

Discrédité, peut-être, mais l'AA n'était pas sans disposer d'un vaste réseau d'espions, nombre d'entre eux travaillant dans le cadre des missions diplomatiques du Reich à l'étranger ainsi qu'au ministère des Affaires étrangères de von Ribbentrop, sur la Wilhelmstrasse. Grâce à quoi Canaris savait tout de l'agent Cicéron et de la conférence imminente des Trois Grands à Téhéran, mais rien de l'Opération Triple Saut projetée par Schellenberg. Il connaissait aussi la teneur d'une conversation secrète qui avait eu lieu à la Wolfschanze plus d'une semaine auparavant, entre Hitler et Himmler. Et, ce matin, il avait convoqué au bunker, qu'il considérait désormais comme sa demeure, les seuls officiers de l'AA et de la Wehrmacht qu'il jugeait au-dessus de tout soupçon. Le sujet à l'ordre du jour : un assassinat.

Son bureau était meublé et décoré à peu près de la même manière que l'était le bureau de Tirpitz Ufer : une petite table de travail, une autre plus grande, quelques fauteuils, un placard à vêtements et un coffre-fort. Sur son bureau étaient posés une maquette du croiseur léger *Dresden*, à bord duquel il avait servi durant la Grande Guerre, et un trio en bronze des trois singes de la sagesse. Au mur étaient accrochés une peinture japonaise, un démon souriant, le portrait en pied du Führer par Conrad Hommel – Canaris, toujours sensible à la gent canine, trouvait que Hitler y ressemblait à un petit chien – et une photo du général Franco. Canaris avait bien conscience qu'il s'agissait là d'une curieuse juxtaposition de portraits : en dépit de l'adhésion de Franco au fascisme et de la dette de Madrid envers l'Allemagne, consécutive à la guerre d'Espagne, Hitler et lui se vouaient une intense détestation. De son côté, Canaris éprouvait les sentiments les plus chaleureux, et même de l'admiration, pour le peuple d'Espagne et son chef, car il avait passé beaucoup de temps dans ce pays, avant la guerre.

Tandis que les participants à cette réunion se rassemblaient, l'amiral se tenait debout, un de ses deux teckels dans les bras, et alluma aussitôt un gros cigare Gildemann. Le dernier à pénétrer dans le bunker, au toit très pentu en forme de « A » majuscule (ainsi dessiné afin que les bombes glissent dessus et rebondissent), fut « Benti » von Bentivegni, un officier aussi court de jambes que son diminutif. Bien que d'ascendance italienne, il portait monocle et avait le maintien raide, ce qui en faisait presque l'archétype du Prussien.

« Fermez la porte, Benti », fit Canaris, qui n'appréciait pas, chaque fois que quelqu'un entrait dans le bunker, le vent qui soufflait une brassée de feuilles sur le seuil de la porte d'acier. Les feuilles mortes jonchaient le tapis et elles étaient faciles à confondre avec des crottes de chien, si bien que l'amiral se demandait constamment si Seppel et Kasper ne s'étaient pas oubliés. « Et venez vous asseoir. »

Von Bentivegni obtempéra et commença par fixer une cigarette à l'embout de son fume-cigarette en ambre. Canaris appuya sur un bouton situé sous la table, pour appeler l'ordonnance. Peu après, la porte intérieure donnant sur l'un des tunnels de communication s'ouvrit et un caporal entra dans la salle, portant un plateau avec une cafetière et plusieurs tasses et soucoupes.

« Je n'arrive pas à y croire », s'écria le colonel Freytag von Loringhoven, ses narines délicates humant déjà cet arôme. Au mess de Zossen, la nourriture était médiocre, car elle se composait presque exclusivement de rations de campagne et d'ersatz de café. Pour la quasi-totalité des officiers réunis autour de la table, qui étaient plus habitués aux dîners à l'Adlon ou au Café Kranzler, c'était juste un motif de plus pour haïr Zossen et le quartier général de l'armée de terre, plus connu sous le nom de code Zeppelin. « Du café. Du vrai café.

— Je l'ai rapporté de Madrid, annonça Canaris. Avec quelques provisions de bouche que j'ai confiées à notre chef. Je l'ai prié de nous préparer un repas tout à fait spécial. »

Canaris aimait la bonne chère et se targuait d'être un peu cuisinier lui-même. Il y avait eu une époque, avant la guerre, où l'amiral avait même préparé à dîner pour Heydrich et son épouse, dans sa demeure de la Dolle-Strasse.

« Personne ne pourrait vous accuser, Herr Admiral, de ne pas veiller sur vos hommes, s'extasia le colonel Hansen en savourant le café.

— Ne le répétez à personne, suggéra Canaris. C'est véritablement confidentiel.

— Et comment était Madrid ? » s'enquit von Bentivegni. En qualité de chef de la Section III, il était tout particulièrement soucieux de l'infiltration de l'AA au sein des services de renseignements ibériques.

« Le gouvernement espagnol subit de fortes pressions de la part des Américains, qui veulent les convaincre de cesser d'exporter chez nous leur tungstène et d'expulser tous les agents allemands.

— Et que dit Franco à ce propos ?

— En réalité, je n'ai pas eu l'occasion de rencontrer le général, admit Canaris. Mais j'ai vu Vigon. » Le général Juan Vigon était le chef de l'état-major hispanique. « Et je me suis aussi entretenu avec le nouveau ministre des Affaires étrangères, le comte Jordana. J'ai été obligé de souligner les nombreuses occasions où l'Abwehr et la police espagnole ont agi de concert contre les alliés et les groupes de la résistance antifranquiste. »

Canaris continua de passer en revue les aspects diplomatiques de sa visite, soulignant même l'importance stratégique du tungstène comme matériau de base dans la fabrication des contacts par électrodes des bombes, jusqu'à ce que l'ordonnance ait fini de servir le café et quitte la pièce. Dès que la porte fut refermée, Canaris aborda le point principal de la réunion.

« Quand j'étais en Espagne, j'ai eu l'occasion de parler à Diego. Pour l'information de nos collègues de la Wehrmacht, Diego est le nom d'un homme d'affaires argentin prospère qui est aussi notre agent de tête en Amérique du Sud.

— Et aussi notre tombeur numéro un de ces dames, observa le colonel Hansen qui, en tant que chef de la Section I, était responsable des liaisons radio et par courrier avec tous les agents de l'Abwehr en poste à l'étranger. Je n'ai jamais croisé un garçon qui ait autant de succès auprès des femmes. »

Canaris qui, en cette période, portait fort peu d'intérêt au beau sexe, ne se formalisa pas de l'intervention de Hansen. À Zossen, où l'atmosphère était de plus en plus désespérée, il accueillait volontiers toutes les occasions de légèreté qui se présentaient.

« Diego ? s'écria von Loringhoven.

— Diego est un nom de code. Depuis l'expérience Pastorius, nous n'employons que des noms de codes. Aucun de nous n'a oublié les exécutions de six de nos meilleurs agents en juin. À l'Abwehr, nous tâchons désormais de ne pas mentionner de noms. Non, pas même celui de l'homme que nous projetons de tuer à Téhéran. À partir de maintenant, je ne l'évoquerai plus que sous son nom de code, Wotan. »

Canaris marqua un temps d'arrêt, pour rallumer son cigare, avant de continuer.

« Bien, donc, Diego était à Washington, voici à peine quelques jours, où il a rencontré Harvard. Harvard est le dernier espion de premier plan de l'Abwehr à Washington et un agent dont nous nous servons depuis 1940, à l'époque où il était encore un personnage fortuné, propriétaire d'une entreprise chimique de taille conséquente. Quand l'un de ses investissements donna de mauvais résultats, l'Abwehr fut en mesure de régler ses dettes, de refinancer son entreprise et d'acheter quantité de bons de la défense en son nom. Je vous explique tout cela pour que vous compreniez que sa loyauté va à l'Allemagne et à l'Abwehr, davantage qu'au national-socialisme.

» Au début de la guerre, nous avons encouragé Harvard à devenir membre de l'American Ordnance Association, un lobby pro-défense qui entretient des liens étroits avec le département de la Guerre. Du coup, il reçoit beaucoup de communiqués de presse de ce département et il est bien connu un peu partout dans Washington. Il compte beaucoup d'amis au Sénat et au sein du cabinet de Roosevelt. Depuis 1942, à toutes fins utiles, il est devenu propriétaire d'une maison à Acapulco, où il a fréquemment reçu des sénateurs qui ignoraient totalement que l'endroit était rempli de microphones. La principale utilité de Harvard, c'était de nous rapporter les rumeurs et les ragots du tout-Washington, mais à l'occasion il a aussi pu, sur une base informelle, recruter des sympathisants à notre cause.

» Parmi ceux-ci, il y a un homme sous le nom de code Brutus, qui accompagnera le Président Roosevelt lors de ses visites prochaines au Caire et à Téhéran, pour la conférence des Trois Grands. Je dois vous rappeler que tout ceci tombe à point nommé. Le destin nous livre une opportunité dont les préparatifs, sans cela, auraient pu réclamer des mois, peut-être des années. Songez-y, messieurs. Nous avons notre homme à l'intérieur de la salle de conférences, à l'ambassade de Russie à Téhéran, et qui porte une arme, en toute légitimité. À mon avis, la simplicité même d'un tel plan constitue notre meilleure garantie. Comme vous le savez tous, j'ai toujours été d'avis qu'un meurtrier solitaire représente la meilleure chance de réussite dans l'assassinat de n'importe quel chef d'État. Avec tout le dispositif de sécurité du NKVD que le camarade Beria va sans aucun doute déployer, il semble hautement improbable que Wotan soupçonne qu'un assassinat survienne de ce côté-là.

— Alors, Wotan doit être abattu d'une balle ? en conclut Hansen.

— Non, il va être empoisonné, fit Canaris. Avec de la strychnine. »

Von Loringhoven, un Balte qui avait grandi sous la Russie impériale et qui avait été formé dans l'armée lettonne avant d'être transféré dans la Wehrmacht, secoua la tête. Ayant récemment servi en qualité d'officier du renseignement auprès d'une unité de Cosaques pro-germaniques sur le front de l'Est, il était tout à fait habitué à voir des hommes dévorés de haine au point d'être prêts à trahir leur propre pays ou à tuer les leurs. Mais Brutus paraissait plus difficile à comprendre.

« Mais qu'a-t-il à y gagner ? demanda-t-il sans ménagement. Comment savons-nous s'il le fera ?

— C'est un patriote, lui répondit Canaris. Un Germano-Américain, né à Dantzig, qui aimerait voir la guerre s'achever promptement. Et avec les honneurs, pour ce qui concerne l'Allemagne. S'il ne parvient pas à supprimer Wotan par le poison, il l'abattra d'une balle.

— Et il est disposé à faire don de sa propre vie pour cela ? S'il est pris, les Russes le fusilleront. Ou pire.

— Je ne vois pas d'autre moyen de mener à bien cette entreprise, baron, objecta Canaris.

— Et moi non plus, souligna von Bentivegni.

— Le dire est une chose, remarqua von Loringhoven. Mais le faire, c'en est une autre.

— Les assassinats réussis ont presque toujours été le fait d'hommes agissant pour leur propre compte, qui étaient prêts au sacrifice de leur propre existence pour une cause en laquelle ils croyaient. Gavrilo Prinzip, quand il tua l'archiduc François-Ferdinand. John Wilkes Booth quand il tua Lincoln. Et le gaillard qui a assassiné le Président Mc Kinkey en 1901. » Canaris s'était livré à une étude détaillée des assassinats présidentiels. « Leon Czolgosz. Un homme doté de la volonté d'agir de façon décisive peut modifier le cours de l'Histoire. Cela, au moins, est bien certain.

— J'aurai ensuite une autre question, reprit von Loringhoven. Au nom de nous tous. Sommes-nous tous convaincus que l'honneur de l'Abwehr et la Wehrmacht trouve son compte dans ce meurtre ? J'aimerais le savoir, je vous prie. Pour moi, le poison n'est pas un geste d'homme honorable. Que retiendra l'Histoire des hommes qui ont comploté l'empoisonnement de Wotan ? Voilà ce que j'aimerais savoir.

— C'est une question honorable, acquiesça Canaris. Au risque de paraître emprunter mes propos au Führer, voici quel est mon avis. Il se pourrait que nous ne rencontrions jamais de meilleure occasion que celle-ci. De même, si nous réussissons, alors une telle opération ne pourrait que restaurer la réputation de l'Abwehr en Allemagne. Songez un peu à l'expression de tous ces visages, quand ils apprendront la nouvelle. Les gens qui nous ont considérés comme finis. Himmler et Müller. Ce salaud de Kaltenbrunner. Nous allons leur montrer de quoi l'Abwehr est capable. Et je ne parle pas du peuple allemand. Si cette conférence réussit, Staline, Churchill et Roosevelt seront parvenus à dépouiller ce pays de ses dernières parcelles d'honneur. »

Von Loringhoven ne paraissait toujours pas convaincu. Canaris poursuivit donc.

« Devons-nous nous remémorer pourquoi nous avons mis ce plan en œuvre ? En janvier, à Casablanca, le Président Roosevelt a prononcé un discours exigeant la capitulation sans conditions de l'Allemagne. Un discours dont nos sources à l'intérieur des services de renseignements britanniques nous assurent que même sir Stewart Menzies, mon homologue, l'a jugé calamiteux. Messieurs, de mémoire d'historien, il n'existe qu'un seul autre exemple de capitulation sans conditions : l'ultimatum que les Romains ont adressé aux Carthaginois dans la Troisième guerre punique. Les Carthaginois l'ont rejeté et les Romains ont considéré que cela justifiait leur décision de raser Carthage – ce qui était leur intention première. Avec cette exigence de capitulation sans conditions, Roosevelt nous a acculés. L'Histoire retiendra qu'il ne nous a pas laissé d'autre choix en cette affaire que d'agir comme nous agissons. L'Allemagne réclame ce geste de notre part. Et pour moi, cela suffit. Cela suffira toujours. Si Brutus réussit, alors les alliés vont négocier, sans l'ombre d'un doute.

— Très bien, fit von Loringhoven. Je suis convaincu. »

Tous les autres autour de la table opinèrent avec fermeté. Canaris but son café et se laissa aller contre le dossier de son fauteuil. En fixant du regard la cendre de son cigare, il ajouta une dernière réflexion.

« J'ai longuement, profondément réfléchi à un nom de code pour cette opération. Et vous ne serez pas surpris d'apprendre que j'ai choisi "Coup Décisif". Car je pense que vous vous accorderez tous avec moi pour considérer qu'avec l'assassinat de Wotan c'est bien de cela qu'il s'agit. Peut-être le coup le plus décisif jamais porté dans l'histoire de la guerre moderne. »

10

DIMANCHE 31 OCTOBRE – LUNDI 1er NOVEMBRE 1943
WASHINGTON, D.C.

Thornton Cole avait les homosexuels en horreur. Sans pour autant le clamer haut et fort. Simplement, il les avait en horreur, pour ce qu'il s'imaginait être des raisons morales, mais aussi pour des motifs de sécurité, dès lors que ces homosexuels travaillaient au service du gouvernement. Il les jugeait davantage exposés au chantage. Cole dirigeait le bureau allemand du département d'État, et il admirait en Sumner Welles un internationaliste clairvoyant, éminemment préférable à Cordell Hull, plus âgé et si peu imaginatif. Mais maintenant, après la démission du sous-secrétaire d'État et ces rumeurs autour de l'homosexualité de Welles, Cole s'était senti obligé de réviser la bonne opinion qu'il s'était forgée du personnage – d'autant plus qu'en se remémorant ses propres entrevues avec cet homme, il crut avoir pu faire l'objet de ses avances, en une occasion au moins.

Comme Welles, Thornton Cole était un « Grottie » – un diplômé de Groton. C'était un autre Grottie bien introduit, Willard Mayer, qui l'avait présenté à Welles et, après cela, sur l'instigation de ce dernier, les deux hommes s'étaient revus à deux reprises, au Metropolitan Club de Washington. Welles avait trop bu et, dans le courant de la soirée, il avait comparé le profil de Cole à celui du *David* de Michel-Ange en ajoutant : « Bien entendu, je ne puis affirmer que votre corps soutiendrait la comparaison, mais votre tête est certainement aussi belle que celle de David. » Sumner Welles était marié, avec des enfants, et Thornton Cole avait estimé que les propos du sous-secrétaire d'État relevaient de la pure maladresse et ne constituaient sûrement pas la preuve d'une attirance sexuelle. À présent, évidemment, cette remarque revêtait un tout autre aspect. Cette prise de conscience perturbait Thornton Cole au-delà du raisonnable et, considérant comme peu vraisemblable que Welles soit le seul homosexuel du département d'État, il avait noté les noms d'autres hommes qu'il suspectait d'être des tantes déguisées : Lawrence Duggins (l'ancien adjoint de Welles), Alger Hiss, qui était le second de Stanley Hornbech, le conseiller politique du département d'État en charge des affaires d'Extrême-

Orient, et David Melon, qui travaillait pour Cole au bureau allemand. Cole décida de les tenir à l'œil, tous autant qu'ils étaient. Il se concentra d'abord sur son propre adjoint, et quand il s'aperçut que Melon entretenait des relations amicales avec un dénommé Lovell White, une idée germa en lui et finit par s'emparer de son imagination : parvenir à démasquer tout un nid de pédales au sein du département d'État. Cole avait ajouté le nom de White à sa liste quand il avait compris que, de temps à autre, les deux hommes passaient la nuit dans l'élégante demeure de White à Georgetown. White, toujours habillé de tenues ostentatoires, et bel esprit du tout-Washington, était membre de l'American Ordnance Association, un groupe de pression pro-défense, entretenant des liens étroits avec le ministère de la Guerre. Sur un pied d'amitié avec plusieurs sénateurs et membres du Congrès, White invitait fréquemment le gratin de la société dans sa demeure d'Acapulco et semblait connaître tout le monde au sein du gouvernement. La question était de savoir combien parmi eux étaient aussi des homosexuels. Thornton Cole se donna pour mission de le découvrir.

En général, ce n'était que le week-end que Cole trouvait le temps de s'adonner à son hobby d'un genre particulier. Célibataire, mais entretenant une liaison avec la femme d'un autre, il avait l'habitude de rôder dans les embrasures de portes obscures et de surveiller une maison depuis une voiture en stationnement. Ce dimanche-là, par une chaude soirée comme il ne se rappelait pas en avoir jamais connu à l'occasion de Halloween, Cole suivit Lovell White jusqu'à l'hôtel Hamilton, qui donnait sur le parc Franklin, réputé pour être un lieu de rendez-vous des homosexuels.

Au bar de l'hôtel, Cole avait espionné Lovell White, en grande conversation avec un homme dont il se rappelait le visage, mais pas le nom, pour l'avoir aperçu à une ou deux reprises autour de Henry Stimson, le ministre de la Guerre. La perspective de découvrir un autre homosexuel en puissance au ministère de la Guerre s'annonçait mieux encore que prévu et en se demandant quoi faire ensuite – devait-il contacter Hoover au FBI? –, il alla faire un tour dans le parc, pour réfléchir posément à son initiative suivante.

Mais si la relation de Lovell White était illicite, elle ne l'était pas du fait de son homosexualité. Lovell White était bel et bien homosexuel, mais l'homme qui était avec lui n'était pas un inverti, mais Brutus. Agent d'expérience, White avait déjà remarqué qu'il était suivi et il avait chargé l'agent Diego, Anastasio Pereira de son nom véritable, l'homme lige de l'Abwehr en Amérique du Sud, de surveiller ses arrières. Pereira avait vu Thornton Cole suivre White depuis la résidence de l'espion à Georgetown et, comprenant que l'identité de Brutus risquait désormais d'être dévoilée, il avait filé Cole dans le parc Franklin et l'avait approché, en lui demandant du feu.

En dépit du temps qu'il consacrait à démasquer les homosexuels du gouvernement, un hobby dans le droit-fil des obsessions d'un J. Edgar Hoover à la tête du FBI, Cole n'avait aucune notion de la réputation du parc et ne s'alarma pas de se faire ainsi aborder par Pereira.

« C'est une belle soirée, remarqua le Sud-Américain en rattrapant Cole. Au moins, ce serait le cas si je ne croyais pas que ma femme était dans cet hôtel avec ce type.

— Je suis navré de l'apprendre.

— Pas aussi navré qu'eux quand je vais les surprendre. »

Cole eut un sourire pincé.

« Et qu'allez-vous faire ? »

— Les tuer tous les deux.

— Vous plaisantez ! »

Pereira haussa les épaules.

« Que feriez-vous ?

— Je n'en sais rien.

— Là d'où je viens, il n'y a pas d'autre issue. »

À ce stade, Pereira était convaincu de deux choses : Cole était seul et ce n'était ni un flic ni un agent du FBI. Tout chez Thornton Cole semblait taillé sur mesure, et ses longues mains fines n'étaient pas celles d'un policier – peut-être un musicien ou un universitaire. Qui que soit cet homme, ce n'était certainement pas un professionnel.

« Je suis originaire d'Argentine. » Dans l'obscurité, il sortit un couteau à cran d'arrêt du fond de la poche de son manteau et l'ouvrit d'un coup sec. « Et là-bas tu poignardes l'homme qui baise ta femme. »

Tout en proférant ces mots, Pereira plongea le couteau dans le corps de Cole, juste au-dessous du sternum. C'était le coup d'un expert, porté par un homme qui avait déjà tué de cette manière, et qui pénétra dans le cœur de Cole. Avant même d'avoir touché le sol, ce dernier était mort.

Pereira traîna le cadavre dans les fourrés, essuya son couteau sur la veste de sa victime, et empocha son portefeuille. Puis il leva en l'air la main qui venait de frapper pour inspecter sa manche et, décelant un peu de sang sur le poignet de sa chemise, il retira un instant sa veste et remonta sa manche. Après quoi, il renfila sa veste et regagna l'élégant bâtiment de style néo-Renaissance de l'hôtel Hamilton. À son entrée, il croisa Brutus qui en sortait. Les deux hommes s'ignorèrent. À la lumière de la réception, Pereira s'inspecta pour vérifier la présence éventuelle de taches de sang et, n'en trouvant aucune, il alla flâner vers le bar, où il savait que l'attendrait Lovell White.

Pereira, brun et bel homme, n'aurait pas pu moins ressembler au petit personnage à lunettes, gros, le crâne dégarni qui, voyant l'Argentin apparaître dans le bar de l'hôtel, héla un serveur et commanda deux dry-martinis. À l'expression de Pereira, l'homme avait compris qu'il risquait d'en avoir besoin.

« Alors ? s'enquit White, comme Pereira s'asseyait.

— Vous aviez raison. Vous étiez suivi.

— Est-ce qu'il m'a vu avec notre ami ?

— Oui, il vous a vus tous les deux. J'en suis certain.

— Merde. Ça ne nous arrange pas.

— Du calme. Tout est arrangé.

— Arrangé ? Que voulez-vous dire, arrangé ?

— L'homme qui vous suivait est mort. Voilà ce que je veux dire.

— Mort ? Où ça ? Seigneur. Qui était-ce ? »

Pereira attrapa le *Washington Post* sur la banquette où Lovell White était assis et parcourut la première page d'un œil froid.

« Tiens, on pense que le Duce serait de retour en Italie.

— Laissez tomber cela pour le moment, chuchota White. Que voulez-vous dire, mort ?

— Mort ? Non, non, il est en Italie. C'est écrit ici, mon ami. »

Lovell White grimaça et détourna le regard. Parfois, Pereira était juste un petit peu trop détendu pour son goût. Mais il savait qu'il ne servait à rien de bousculer l'Argentin. Il ne s'expliquerait que quand il y serait disposé. Le serveur revint avec les cocktails, et Pereira but le sien en deux longues gorgées.

« Il m'en faut un autre, avoua-t-il.

— Tenez, prenez le mien. Je n'en veux pas. Et vous paraissez en avoir besoin. »

Pereira hocha la tête.

« Je l'ai suivi en face, dans le parc, et je l'ai poignardé. Ne vous inquiétez pas. Il est bien bordé pour la nuit, dans des fourrés. Je ne crois pas que quiconque pourra le trouver avant demain matin.

— Bon, qui était-ce, à la fin ? »

Pereira posa le portefeuille de Thornton Cole sur la table.

« À vous de me le dire », fit-il.

White rafla le portefeuille et l'ouvrit, au creux de ses genoux. Il s'écoula une minute ou deux, le temps pour lui d'en examiner le contenu.

« Seigneur Dieu, je le connais, ce type, lâcha-t-il enfin.

— Connaissais, rectifia Pereira en entamant son deuxième martini.

— Il était du département d'État.

— Je ne pense pas que c'était un flic. » Pereira sortit un étui à cigarettes en or et alluma une Fleetwood. « Trop Ivy League pour être flic. »

White massa nerveusement son menton replet.

« Je me demande s'il n'était pas sur notre piste. S'il n'a pas parlé de moi à quelqu'un.

— Je ne crois pas. Il était seul.

— Comment pouvez-vous en être certain ?

— Pensez-vous que je serais assis ici, s'il travaillait pour le compte de quelqu'un d'autre ? s'agaça Pereira.

— Non, j'imagine que non. » White secoua la tête. « Je ne saisis pas. Pourquoi Thornton Cole m'aurait-il suivi ?

— Peut-être qu'il était dingue de vous.

— Très drôle.

— Je ne plaisante pas.

— La question, c'est de savoir ce que nous allons faire à ce sujet.

— Faire ? » Pereira arbora un grand sourire. « Je crois avoir fait tout ce qui pouvait l'être, pas vous ?

— Oh, non. Non, non, non. On n'assassine pas un fonctionnaire du département d'État américain en espérant que l'affaire connaisse le même traitement que n'importe quel meurtre commis dans la rue. Cela va déclencher une enquête de grande ampleur. Dans cette éventualité, la police métropolitaine risque de découvrir pourquoi Cole me filait. » Il hocha la tête, l'air pensif. « D'un autre côté, il y aurait éventuellement un moyen de clore cette enquête avant même qu'elle ne commence. De paralyser l'enquête d'entrée de jeu.

— Ce moyen existe ? »

White se leva.

« Finissez ce verre et montrez-moi où vous avez laissé le corps. Il faut rendre tout ça plus réel. Dresser le décor, si j'ose m'exprimer ainsi. »

Les deux hommes sortirent de l'hôtel.

« Alors, pourquoi les tantes viennent par ici, et pas ailleurs ?

— Il faut bien qu'elles aillent quelque part, fit White. Mais peut-être qu'elles viennent ici pour des raisons sentimentales. Frances Hodgson Burnett, l'auteur du *Petit Lord Fauntleroy*, habitait juste derrière cette place. Enfin, à vrai dire, je n'en sais rien. Qui sait comment ça naît, ces choses-là ? »

Pereira lui montra l'endroit où était caché le cadavre de Thornton Cole et, pendant un moment, White resta en arrêt, avec un regard proche de la fascination. Il n'avait encore jamais vu de mort et, dans l'obscurité, Cole n'avait pas l'air mort du tout.

« Allons, le pressa Pereira. Faites ce que vous avez à faire, bordel, et tirons-nous d'ici.

— Très bien. » Il empocha l'argent qui se trouvait dans le portefeuille de Cole, qu'il lança par terre, à côté du corps. Ensuite, il sortit de la poche de son gilet une boîte d'allumettes et un ticket des Bains Turcs Rigg's, à l'angle de la Quinzième Rue et de G Street, et les glissa dans l'une des poches de Cole. Les allumettes venaient d'un club privé de Glover Park et, comme le bain turc, l'endroit était bien connu de la police, comme un repaire de la communauté homosexuelle de Washington.

Il se pencha sur le mort, défit les boutons de la braguette de Cole.

« Qu'est-ce que vous fabriquez, bon sang ? siffla Pereira.

— Vous, ouvrez l'œil, c'est tout, et taisez-vous. » White dégagea le pénis de l'homme de son pantalon. « Je sais ce que je fais. Ça arrive tout le temps, ce genre de chose, croyez-moi. Et je vous ai déjà parlé de la réputation de ce parc. Quand j'en aurai terminé, voilà une enquête qu'ils préféreront maintenir dans le plus grand silence. »

À son tour, White déboutonna sa braguette. À son humble avis, à côté du meurtre de Thornton Cole, le scandale Sumner Welles passerait pour un aimable pique-nique de catéchisme.

Il se mit à se masturber.

L'OSS occupait un complexe de quatre bâtiments en brique ocre rouge au 2430 E Street, à l'angle de la Vingt-Troisième Rue et du quai « Foggy Bottom », celui des Affaires étrangères au bord de la rivière Potomac. Quand l'OSS s'était installé dans l'immeuble d'E Street, on y avait découvert une vingtaine de singes – des spécimens de recherches médicales – que l'Institut National de la Santé avait oubliés là, ce qui avait incité Radio Berlin à remarquer que l'équipe qui travaillait pour Franklin Delano Roosevelt comptait cinquante professeurs, vingt singes et une brochette de plumitifs juifs.

À l'époque, je ne pensais pas que les Allemands aient été si loin de la vérité. J'étais impressionné qu'ils en sachent autant sur l'OSS qu'ils en donnaient l'impression. Surtout cette histoire concernant les singes.

Un peu plus loin dans E Street, une brasserie relâchait dans l'atmosphère une odeur forte et âcre qui m'obligea à me remémorer tout ce que mon existence pouvait renfermer d'aigreur. Je faisais partie de ces plumitifs juifs de Roosevelt. Le seul ennui, c'était que je me sentais comme un de ces singes. Un singe privé d'arbre où se balancer, et sans banane.

J'avais essayé de téléphoner à Diana en plusieurs occasions, mais sa femme de chambre, Bessie, m'avait répondu qu'elle ne prenait aucun appel. Une fois, espérant l'attirer au bout du fil par la ruse, j'avais même feint d'être l'un de ses clients appelant sa décoratrice, mais Bessie n'avait eu aucun mal à reconnaître ma voix. Ses amis m'évitaient, eux aussi, comme si c'était moi qui lui avais causé du mal, et non l'inverse. Assez vite, je pris la mauvaise habitude de passer en voiture devant sa maison de Chevy Chase, à toute heure du jour et de la nuit, mais celle de Diana n'était jamais là. Ce qui aggravait encore les choses, c'était qu'elle ne m'avait toujours fourni aucune explication de son attitude à mon égard. L'injustice de ce qui s'était produit me semblait aussi difficile à supporter que le chagrin. Ma situation devenait peu à peu sans espoir. Mais je ne pouvais apparemment rien tenter d'autre pour le moment et, après tout, le monde était toujours en guerre. J'avais une mission à accomplir.

En fait, comme mission, ce n'était pas ça non plus. Quand Allen Dulles était parti pour la Suisse prendre la tête du bureau de l'OSS à Berne, j'aurais préféré l'accompagner. Si je n'avais eu un accès de fièvre, j'aurais pu. Au lieu de quoi, j'étais resté à Washington, perturbé par mes souvenirs de Diana, et irrité, usé d'avoir à subir l'autorité du numéro deux de Donovan, Otto Doering.

Maintenant que mon rapport sur le massacre de la forêt de Katyn avait été remis au Président, je m'étais de nouveau attelé à ma tâche initiale. Je consacrais une partie de mon temps à concevoir un plan visant à démasquer l'espion allemand qui avait rapporté l'existence de ces vingt singes. J'étais persuadé qu'il était basé à Washington, et j'avais disséminé un certain nombre de fausses informations auprès de plusieurs administrations localisées dans la capitale, avant de soigneusement relever lesquelles étaient relatées par Radio Berlin ou reprises dans le discours de tel ou tel dirigeant nazi. Jusqu'à présent, j'avais resserré le champ de ces recherches autour du département d'État.

Et je réservais une autre partie de mon temps à collationner des données personnelles sur les figures dirigeantes du Troisième Reich. Cela pouvait même aller assez loin dans leur vie privée, comme dans le cas de cette rumeur concernant le chef du SD, Walter Schellenberg, qui baisait la veuve de son ancien patron, Reinhard Heydrich ; ou cette autre, relative à Heinrich Himmler, obsédé de spiritualisme ; ou bien encore ce qui était réellement arrivé, après que Hitler eut été traité pour cécité hystérique, par un psychiatre, dans un hôpital militaire en 1918.

Mais l'essentiel de mon temps, je l'employais à la mise sur pied d'un mouvement de résistance allemand soutenu par les Américains. Malheureusement, il était apparu que plusieurs membres de ce front populaire étaient des communistes allemands, et cela les avait placés, ainsi que moi dans une certaine mesure, sous l'œil scrutateur du FBI. Aussi, quand deux jobards, vêtus de costumes lustrés bon marché et portant un .38 à canon court à l'endroit où leur cœur aurait dû se trouver, se sont présentés devant mon bureau ce lundi après-midi, j'ai craint le pire.

« Professeur Willard Mayer ?

— Écoutez, fis-je, si vous êtes venus me poser encore des questions au sujet de Karl Frank et du front populaire, je crains fort de ne pouvoir rien ajouter à ce que les Fédéraux savent déjà. »

L'un des deux types secoua la tête et sortit une espèce de carte d'identité qu'il brandit dans sa paluche tannée façon cuir et qui devait peser dans les cinq cents grammes. En me penchant en avant pour lorgner dessus, je fus cueilli par l'odeur rance de sa chemise élimée et par son haleine alcoolisée. Je m'aperçus qu'il était trop crasseux pour être du FBI. Trop crasseux et vraiment trop humain. Il avait un visage pétri d'incrédulité et un ventre comme un sac de frappe au gymnase Stillman. J'aurais pu le cogner toute la journée, et il aurait encore lâché des ronds de fumée de son cigare à deux sous, planté au coin de sa bouche.

« Nous ne sommes pas des Fédéraux, me répondit-il. Nous sommes de la police métropolitaine, commissariat du Premier District sur la Quatrième Rue. Je suis le lieutenant Flaherty et voici le sergent Crooks. Nous sommes ici pour vous interroger au sujet de Thornton Cole.

— Thornton Cole ? La dernière fois que je l'ai croisé, il travaillait pour le département d'État.

— La dernière fois ? fit Flaherty. Quand était-ce ?

— Il y a un mois. Peut-être davantage.

— Qu'est-ce qu'il fabriquait là-bas ? » voulut savoir Crooks. Le sergent était plus petit que son lieutenant, mais pas de beaucoup. Ses yeux verts étaient plus rapides, peut-être aussi plus sceptiques et, quand il les plissait, je sentais l'empreinte de poinçon de cordonnier qu'ils me laissaient sur le front.

« Il travaillait pour le bureau allemand. Il analysait les journaux, la propagande, le renseignement allemands… il analysait ce qui pouvait aider à comprendre ce que pensaient les Allemands. Au fond, le même travail que le mien ici.

— C'est comme ça que vous avez fini par si bien le connaître ?

— Je ne dirais pas du tout que nous nous connaissions bien. On ne s'envoie pas de carte de vœux à Noël, si c'est ce que vous voulez dire. Écoutez, lieutenant, de quoi s'agit-il ? »

Flaherty appuya fort sur son ventre, comme s'il avait un ulcère. Ce n'était pas suffisant pour se gagner ma sympathie.

« Avez-vous la moindre idée de ce que Cole fricote dans sa vie privée ?

— Ce qu'il "fricote" ? Non, je n'en ai aucune idée. Pour autant que je sache, il a un hamac installé au-dessus de son bureau et une vie privée surtout centrée autour d'une collection de timbres. Comme je viens de vous le dire, notre relation se limitait au travail. À

211

l'occasion, je lui faisais parvenir quelque chose et, à l'occasion, c'était lui. En général, ça m'arrive sous la forme d'une belle et grosse enveloppe en papier kraft avec les mots "Ultra Secret" imprimés dans le coin, histoire de rappeler qu'il ne faut pas l'oublier dans le bus. Voilà, ça s'arrête là, avec de temps en temps un bonjour au Metropolitan Club.

— Quel genre de "chose" vous faisiez-vous parvenir ? »

Je souris avec patience, mais je commençai à me sentir comme l'ulcère de Flaherty.

« Messieurs, je suis convaincu qu'en me dérouillant vous pourriez m'arracher la réponse en soixante secondes chrono ; mais vous devez savoir que son métier, comme le mien, est secret. Pour répondre à cette question, il me faut l'autorisation de mes supérieurs. À supposer que vous puissiez trouver l'un de mes supérieurs. Pour certains des garçons de haute lignée qui dirigent cette boutique, il est encore un peu tôt matin. J'aimerais pouvoir vous aider. Mais pour le moment vous me posez les mauvaises questions. Si je savais de quoi il retourne, alors je serais éventuellement en mesure de vous apporter des réponses sur lesquelles vous auriez de quoi user vos mines de crayons.

— Thornton Cole a été retrouvé mort, tôt ce matin, m'annonça le lieutenant Flaherty. Dans le parc Franklin. Il a été assassiné. Un coup de poignard en plein cœur. »

Drôle, ça : tandis que je me sentais purement et simplement poignardé en plein cœur, Thornton Cole, lui, l'était réellement. Pauvre diable. J'essayai de me convaincre que je l'enviais presque, mais cela n'a pas marché. Diana avait au moins raison là-dessus, en tout cas. Je m'aimais bel et bien – au moins assez pour ne pas avoir envie de mourir à cause d'elle.

« Franchement, la solution crève les yeux, reprit Crooks. Mais enfin, il faut bien respecter la procédure. Je veux dire, ce type a été détroussé, et…

— Nous sommes allés à son domicile, continua Flaherty, interrompant aussitôt Crooks. Sur la Dix-Septième Rue. Nous avons trouvé votre nom dans son carnet d'adresses.

— Oh, d'accord. » J'allumai une cigarette. « Donc, qu'avez-vous fait, vous l'avez ouvert au hasard ? Le carnet d'adresses. Mais qu'est-il donc advenu des lettres A à L ?

— Nous l'avons divisé en quatre parties, précisa Flaherty.

— Très bien. À mon avis, les gens du département d'État auraient certainement une idée plus précise de ce qu'il fricotait que moi.

— Le fait est que presque tous ses supérieurs sont à Moscou, expliqua Crooks. Avec Cordell Hull. Le secrétaire d'État assiste à une sorte de conférence là-bas, avec les Britanniques et les Chinois.

— Je doute assez que ce meurtre puisse être relié à ce sur quoi il travaillait. Je veux dire, son travail était secret, mais cela n'avait rien de dangereux. Je ne crois pas.

— C'est effectivement ce que nous pensions, confirma Crooks.

— Nous arrivons tout juste de H Street, me confia Flaherty. Quelqu'un, au Metropolitan Club, nous a expliqué que c'était vous qui aviez présenté Cole à Sumner Welles. Est-ce exact ?

— Il y a de cela un bon moment. Et je peine à saisir le rapport. »

Flaherty retira son chapeau et se massa le crâne.

« Cela n'a probablement aucun rapport. Nous tâchons simplement de nous figurer le tableau, la société dans laquelle évoluait feu M. Cole. Quelle espèce d'homme était-ce ? »

Je haussai les épaules.

« Intelligent. Bon germanophone. Bûcheur.

— Une idée de la raison pour laquelle il n'était pas marié ?

— Non. Mais je ne vois pas ce que cela pourrait vous révéler. Je ne suis pas marié, moi non plus, répliquai-je tout en songeant : Et il est peu probable que je le sois un jour.

— Aucune idée de ce qu'il pouvait faire dans le parc Franklin, autour de minuit ?

— Franchement, je ne vois pas. Il faisait chaud cette nuit. Et c'était Halloween. Cela pourrait avoir un rapport.

— Vous songez à un petit rituel farceur bien dans la tradition d'Halloween et qui aurait mal tourné ? » Crooks secoua la tête, puis il me sourit. « Vous parlez d'une farce, dites-moi. Un couteau en plein cœur.

— Je ne sais pas à quoi je songe, messieurs. Mais il y avait pas mal de joyeux drilles en circulation dans la ville la nuit dernière.

— Qu'entendez-vous par joyeux drilles ?

— Vous n'avez pas lu les journaux ? Quelqu'un a fracassé le nez de la statue de la Justice.

— Vous êtes sûr de vous ?

— Et je ne vois pas le rapport. Mais, enfin, je ne suis pas inspecteur de police. Pourtant, il me semble que si je l'étais, j'essaierais sans doute d'établir un lien entre certains événements qui sortent de l'ordinaire et, si j'ose m'exprimer ainsi, d'arracher ce qui sort de l'ordinaire à son isolement. N'est-ce pas l'essence du travail de l'enquêteur ? La recherche d'un sens, d'une signification, d'une vérité dissimulée ? Une vérité qui existe derrière la façade ? L'idée que quelque chose puisse être connu plutôt que rien ? »

Flaherty consulta Crooks du regard, sans trop comprendre.

« Je ne saisis pas du tout de quoi vous voulez parler, monsieur, admit-il.

— Pardonnez-moi, fis-je avec un geste las. C'est mon travail de penser pour ainsi dire contre-nature. De contester divers présupposés et croyances et de remettre en cause certaines suppositions et certaines perceptions. Vous croyez rechercher des réponses, mais la vérité, en réalité, c'est que vous recherchez la bonne question à poser. Comme je vous le disais tout à l'heure. »

Flaherty alluma une cigarette et il tressaillit, la fumée ayant envahi momentanément son œil.

« Est-ce qu'il avait des hobbies, à votre connaissance ? me demanda l'inspecteur.

— Des hobbies ? Je l'ignore. Non, attendez. Je crois me rappeler qu'il aimait beaucoup les œuvres de sir Arthur Conan Doyle. » Comme les deux flics me considéraient d'un œil vide, j'insistai. « Sherlock Holmes.

— Oh, d'accord, Sherlock Holmes. J'ai écouté ça, hier soir, avoua Flaherty. Sur WOL Radio. » Il me sourit. « Solutionner un meurtre, c'est facile quand vous êtes Sherlock Holmes. Mais quand vous êtes juste un flic de Washington, ce n'est pas facile.

— Oui, dis-je. Je peux le croire. »

Flaherty me tendit sa carte.

« Si vous pensez à quelque chose. »

Je hochai la tête en résistant à la tentation de lui dire que j'étais philosophe, et que je pensais tout le temps à des choses. J'aurais juste aimé pouvoir penser au moyen de convaincre Diana de me reprendre.

11

Quand j'arrivai à la Maison-Blanche, ce soir-là, on me conduisit de nouveau dans le Salon Rouge pour y patienter. Je commençai à me sentir tout à fait chez moi ici, même si le noir aurait un peu mieux convenu à mon humeur. Je m'efforçai de ne pas regarder le tableau, le portrait de la dame, au-dessus de la cheminée, celle qui me rappelait Diana.

Mme Tully avait toujours sa vivacité énergique de maîtresse femme et cela me surprit, vu l'heure relativement tardive. Même sur les épais tapis, les talons de ses chaussures claquaient en rafale, un vrai roulement de tambour. Légèrement parfumée d'eau de Cologne et vêtue d'une robe grise bien coupée, on eût dit qu'elle venait à peine d'entamer ses tâches du jour. Je résistai à la tentation de la taquiner encore. J'avais perdu beaucoup de mon espièglerie ces derniers temps.

Je trouvai Roosevelt tout à ses cocktails, occupé à soigneusement remuer le dry-martini avec une longue cuiller.

« J'attendais ceci avec impatience, professeur.

— Moi aussi, monsieur le Président.

— Je me suis rendu à l'aéroport aujourd'hui pour accueillir M. Hull à son retour de Moscou. C'est une politesse que je réserve d'ordinaire aux chefs d'État en visite officielle. Tout le monde se demande pourquoi j'ai eu ce geste. À vrai dire, je voulais qu'il se sente important, mais ensuite, j'ai fait en sorte que ce soit pile le contraire, et il l'a senti passer. »

Roosevelt me tendit un martini et, ayant calé le pichet entre ses cuisses, il roula jusqu'au sofa où je m'étais assis. Nous levâmes nos verres en silence. Je n'appréciai pas plus la manière dont le Président préparait le martini que la dernière fois, mais c'était fort en alcool et rien d'autre ne comptait vraiment.

Encouragé par le penchant à la confidence de Roosevelt, je me sentis assez intrépide pour formuler une observation.

« Vous parlez comme si vous aviez prévu de le révoquer, monsieur.

— Pas le révoquer. Juste le négliger. Le blesser un peu dans sa fierté. Ce genre de régime. J'imagine que vous avez entendu parler de ce sommet des Trois Grands, qui est imminent. Staline et Churchill amèneront avec eux leurs deux ministres des Affaires étrangères, c'est évident. Mais pas moi. J'emmène Harry Hopkins. M. Hull restera en retrait et balaiera devant sa porte. C'est du moins ce que je vais lui annoncer. Moscou était la grande chance de Hull, l'occasion pour lui de réussir un peu de vraie diplomatie, et il a tout foiré. Cette déclaration commune des quatre grandes puissances au sujet de la capitulation sans conditions et des procès intentés aux criminels de guerre ? De l'affichage pur, pour la galerie. Je n'ai pas envoyé Hull si loin pour débiter des évidences. Je voulais une rencontre avec Staline, à Bassorah. Vous savez où c'est ? »

J'avais dans l'idée que Bassorah devait se situer au Moyen-Orient plutôt que dans le Wyoming, mais où exactement au Moyen-Orient, j'étais incapable de le dire. La géographie des dunes de sable et des oueds n'avait jamais été mon point fort.

« C'est en Irak. Le bon côté de Bassorah, c'est que j'aurais pu m'y rendre par bateau. Une obligation constitutionnelle interdit au Président de s'éloigner de Washington plus de dix jours. Le boulot de Hull, c'était de tenter de faire comprendre la chose à l'Oncle Jo. Mais il a merdé. Welles aurait pu réussir. Lui, c'était un diplomate, un vrai. Mais Hull… » Roosevelt secoua la tête. « Il comprend le métier de l'abattage du bois dans le Tennessee et pas grand-chose d'autre. Né dans une cabane en rondins, vous savez. Rien de mal à cela, notez. En fait, j'avais espéré que son pedigree de paysan américain l'aiderait à trouver un terrain d'entente avec Staline, sauf que ça n'a pas marché. Staline est peut-être un paysan, mais c'est un paysan foutrement malin et, pour traiter avec lui, j'avais besoin de quelqu'un d'aussi malin. Donc, maintenant, pour les Trois Grands, il faut que je me rende ailleurs, et ça me fout assez en rogne, je vous prie de le croire. Maintenant, je vais devoir y aller par mer et, en plus, par air. »

Roosevelt avala une gorgée de son cocktail et se lécha les lèvres, l'air satisfait.

« Vous avez entendu parler de ce garçon, ce Thornton Cole, et de ce qui lui est arrivé, je suppose ? me demanda-t-il.

— Qu'il a été assassiné ? Oui, monsieur. »

Je me rembrunis, je ne voyais pas où il voulait en venir.

« Je vois que vous ne connaissez pas toute l'histoire.

— J'imagine que non.

— Une réaction de Florence, vous savez ce que c'est ?

— Non, monsieur.

— C'est un examen que pratiquent les gars de la médecine légale pour tester la présence de liquide séminal. Il semblerait que le pantalon de Thornton Cole était couvert de semence. »

Subitement, je compris à quoi les policiers de la Métropolitaine faisaient allusion, avec leurs questions sur le fait que j'avais présenté Sumner Welles à Cole au Metropolitan Club. Ils avaient dû me soupçonner d'être impliqué dans une espèce de réseau de chochottes à Washington. J'avais connu plusieurs homosexuels en mon temps, surtout à Berlin et à Vienne, et même un ou deux à New York. Je n'avais aucune raison de leur en vouloir, tant qu'ils n'essayaient pas de me vouloir. Ce qu'un homme fabriquait dans l'intimité de son petit cercle de l'enfer personnel ne me regardait pas. En même temps, j'avais du mal à croire à ce que je venais d'entendre. Je n'avais pas connu Thornton Cole si bien que cela, mais jamais je ne l'aurais cru homosexuel. Pas plus que moi.

« J'ai veillé à être le premier à tout annoncer à Hull, reprit Roosevelt avec jubilation. Dans la voiture, sur le trajet du retour, depuis l'aéroport. Vous auriez dû voir sa tête. C'était impayable, tout bonnement impayable. Voilà ce que je voulais dire quand je suggérais qu'il reste au bercail à balayer devant sa porte. »

Et le Président rit, d'un rire cruel. Le fils de pute. J'essayai de ne pas paraître choqué, mais n'en restai pas moins plutôt interloqué devant ce déploiement de la vindicte présidentielle. Roosevelt alluma une cigarette et aborda enfin la raison de ma venue.

« J'ai lu votre rapport, m'annonça-t-il. Je l'ai trouvé d'un pragmatisme vivifiant. Pour un philosophe, vous êtes un vrai tenant de la Realpolitik.

— N'est-ce pas justement le travail d'un fonctionnaire du renseignement? De séparer la politique de la réalité de toute politique fondée sur les principes de la justice et de la moralité? Et, philosophiquement parlant, monsieur le Président, je ne vois franchement aucun mal à cela.

— Vous arriverez certes à faire de moi un positiviste logique, professeur. » Le Président eut un grand sourire. « Mais seulement en privé. La Realpolitk, c'est comme l'homosexualité. Il vaut mieux la pratiquer à huis clos. » Il avala une gorgée de son cocktail. « Dites-moi, vous avez une bonne amie? »

Je m'efforçai de contenir mon irritation.

« Êtes-vous en train de me demander si je suis homosexuel, monsieur le Président? » J'avais prononcé ces mots sans desserrer les dents. « Car si c'est le cas, la réponse est non. Je ne le suis pas. Et, en l'occurrence, je n'ai pas de bonne amie. Mais j'en avais une, jusqu'à très récemment.

— Je me moque de ce qu'un homme fiche en privé. Mais quand cela devient public, c'est une autre affaire. Vous voyez comme le sexe peut devenir le plus pur exemple de Realpolitik qui soit? »

J'allumai une cigarette. J'avais nettement l'impression que le Président m'entraînait loin, très loin de la forêt de Katyn.

« Professeur Mayer? Je veux que vous veniez à la conférence des Trois Grands avec moi. Comme je vous l'ai expliqué, j'emmène Harry Hopkins à la place de Hull. Vous savez, j'imagine, que Harry vit ici, à la Maison-Blanche, depuis 1940. Il n'est pas un homme dans tout Washington en qui j'aie davantage confiance. Il est avec moi, bon an mal an, depuis 1932. Mais Harry a un problème. Il est souffrant. On lui a retiré la quasi-totalité de l'estomac, à cause d'un cancer, et cela lui rend malaisée toute absorption de protéines.

» Donc je veux que vous le doubliez et que vous soyez prêt à prendre le relais s'il tombait malade. Sauf que je n'ai pas envie qu'il le sache. Vous comprenez ? Ce sera notre vilain petit secret à tous les deux. Et comme les gens vont vouloir savoir pourquoi vous êtes du voyage, vous devrez leur répondre de se mêler de leurs affaires, nom d'un chien. Cela les rendra d'autant plus curieux, évidemment, aussi allons-nous devoir vous concocter une espèce de poste officiel. Du style officier en second, attaché au général Donovan, quelque chose dans ce goût-là. Mais qu'en dites-vous ? Vous venez ? »

Un départ pour un pays chaud, voilà qui me paraissait sympathique, surtout maintenant que je passais mes nuits seul. Et quitter Washington, partir loin d'ici, pourrait justement ramener Diana à la raison.

« Bien sûr, monsieur. Ce serait un honneur et un privilège. Quand partons-nous ?

— Vendredi. C'est un peu à la dernière minute, je sais. Vous allez être obligé de vous faire vacciner. Fièvre jaune, typhoïde, des machins dans ce goût-là. Et nous serons absents pendant un bon moment. Au moins un mois. Au Caire, nous récupérerons Donovan. Rencontre avec les Britanniques et les Chinois. Ensuite, nous irons ailleurs, pour la conférence avec Staline. Je ne peux pas encore vous révéler où. Sauf que ce ne sera pas Bassorah, et c'est fort dommage.

— J'apprécie volontiers un peu de mystère, dans mon existence.

— Si je vous avoue que j'espère n'avoir aucun besoin de vos conseils pendant que nous serons là-bas, je sais que vous n'y verrez aucune offense. Toutefois, il est un point sur lequel j'aimerais avoir votre avis, et tout de suite.

— Tout ce que vous voudrez, monsieur le Président. »

Roosevelt écrasa sa cigarette, vissa une autre Camel dans l'embout de son fume-cigarette, et l'alluma promptement, avant de tirer quelques documents calés sous son transmetteur d'ordres de navire en bronze, sur le bureau qui semblait en désordre.

« Votre patron a tendance à se passionner pour le renseignement sous toutes ses formes, souligna Roosevelt. Quels qu'en soient le caractère ou la provenance. Et sans du tout se soucier des apparences et des subtilités diplomatiques. Maintenant, comme vous le savez, je suis fermement d'avis que les Russes sont la clef de la défaite de l'Allemagne. Dès que nous sommes entrés dans cette guerre, j'ai décrété qu'il était hors de question d'espionner les Russes et, dans l'ensemble, nous nous y sommes tenus. Plus ou moins. Toutefois, en février dernier, la Division du renseignement militaire du ministère de la Défense, le G-2, a commencé d'examiner les câblogrammes diplomatiques des Soviets afin de prouver, ou de réfuter, une rumeur persistante que nous avions pu entendre circuler à maintes reprises, selon laquelle les Russes négociaient une paix séparée avec les nazis. »

Roosevelt remplit de nouveau nos verres. Au bout de deux, l'effet anesthésique du gin se faisait sentir et les martinis présidentiels n'étaient plus si mauvais.

« Dans une tentative d'étouffer cette rumeur, nous sommes parvenus à implanter notre propre source à l'ambassade soviétique. Et ce qui est devenu clair depuis lors, c'est que les Russes entretiennent un réseau d'espions qui travaillent ici même, à Washington. Par exemple, voici un certain nombre de notes que Donovan m'a envoyées, relayant quelques potins qui sont parvenus à nos oreilles.

» Cette première note de Donovan évoque une interception britannique touchant un agent du NKVD qui travaille ici, un dénommé "Nick", et un autre que l'on appelle "L'Aiguille". Apparemment, ils auraient tenu une réunion ici, à Washington, pas plus tard que la semaine dernière. » Roosevelt me tendit une autre note émanant de Donovan. « Celle-ci parle d'un certain "Söhnchen" qui aurait rencontré un Américain qu'ils appellent "Crésus". Et dans cette autre nous avons un dénommé "Fogel" qui remet certaines informations à "Bibi". »

Une bûche s'affaissa dans la cheminée. Cette fois, on eût dit qu'elle annonçait ma perte.

« Votre patron et le G-2 considèrent que cela confère un tout autre caractère à mon décret-loi initial concernant l'espionnage de la Russie, continua Roosevelt. Après tout, s'ils nous espionnent, et si nous ne tentions pas d'en savoir davantage, nous passerions pour des ballots… par exemple, à partir de ces câblogrammes entre Moscou et l'Amtorg, la mission commerciale soviétique à New York, qu'ils ont examinés. Sans avoir trop de chance, car les Soviets utilisent un système de chiffrage en deux parties que le G-2 a jugé impossible à percer. Enfin, jusqu'à ce jour. Voici une ou deux semaines, au Caire, Bill Donovan a mis la main sur des duplicatas au papier-carbone des Soviétiques. Et maintenant il veut mon autorisation pour aller de l'avant et décoder tout leur trafic radio que nous avons été récemment en mesure d'intercepter. Je vous livre le nom de code de ces interceptions de signaux : Bride.

— Et sur quoi souhaitez-vous entendre mon avis, au juste, monsieur ?

— Dois-je maintenir mon décret-loi originel, ou dois-je laisser la bride sur le cou au G-2 et à votre général Donovan ?

— Monsieur le Président, puis-je vous répondre franchement ? Et en toute confiance ?

— Bien entendu. »

Je choisis mes mots avec soin.

« Je me demande simplement si nous aurions cette conversation dans le cas où ces interceptions Bride concerneraient le trafic de signaux des Britanniques. Les Soviets sont aussi nos alliés, après tout. S'ils l'apprennent, ça risque de les rendre un peu fumasses.

— Attendez une minute. Êtes-vous en train de suggérer que les Britanniques nous espionnent, eux aussi ?

— Je ne sais pas si j'appellerais précisément cela espionner, monsieur. Mais ils agissent en effet avec l'intention d'en apprendre davantage que nous ne leur en disons.

— Moi, j'appelle cela espionner, répliqua Roosevelt, l'air sombre.

— Quel que soit le terme que vous emploierez, monsieur, ce sont des choses qui arrivent. Il en est de même avec les Russes. La réalité, je pense, c'est que les Soviets sont tout aussi nerveux à l'idée que nous puissions conclure une paix séparée avec les Allemands que nous le sommes à leur égard. Surtout à la suite du massacre de la forêt de Katyn.

— C'est un argument qui se vaut.

— Et, autre chose, repris-je, de plus en plus rasséréné. À l'heure même où nous nous parlons, il y a des Russes, ici, à Washington, et en toute légitimité, qui apprennent à se servir des équipements que nous leur expédions en prêt-bail. Il est difficile de dire ce qu'ils pourraient espionner que nous ne serions pas déjà disposés à leur révéler. »

224

Le Président garda le silence, et je compris que si des secrets subsistaient, il était peu vraisemblable qu'il me le confirme ou me l'infirme.

« En outre, le motif de votre rencontre avec Staline n'est-il pas de faire montre de votre bonne volonté mutuelle ?

— Bien sûr, c'est le but.

— Alors supposons qu'ils découvrent que nous les espionnons ? Que nous analysons leur trafic de signaux. Avant la conférence des Trois Grands. De quoi cela aurait-il l'air ?

— C'est ma principale préoccupation, naturellement. Cela gâcherait tout.

— Franchement, monsieur le Président, je ne parviens pas à comprendre pourquoi vous l'avez même envisagé. Mais il est un autre facteur dont vous n'avez peut-être pas conscience. Sauf que je n'aimerais guère que le général Donovan apprenne que je vous l'ai évoqué.

— Cette conversation n'a jamais eu lieu, m'assura Roosevelt.

— Les sources de renseignements les plus essentielles sont celles des transcriptions décryptées sous les noms de Magic et d'Ultra.

— Je ne pourrais apporter aucun commentaire à ce propos non plus, me répliqua-t-il.

— Ces sources sont contrôlées par le général Strong, en sa qualité de chef du renseignement militaire. Strong empêche Donovan et l'OSS d'accéder à Magic et à Ultra, et cela reste sur le cœur de Donovan. Pour se voir intégré dans le circuit, il a besoin de détenir un atout que Strong convoite. Une monnaie d'échange. Et il me semble que ces manuels de codes soviétiques seraient susceptibles de lui apporter la réponse à son problème. Une contrepartie.

» Ensuite, comme vous ne l'ignorez pas, monsieur le Président, Bill Donovan est un grand anglophile, mais il est aussi un grand russophobe et, sous l'influence des Britanniques, le général estime qu'empêcher la domination de la Russie en Europe importerait presque plus que la défaite de l'Allemagne. Il a écrit un article sur le sujet pour les chefs d'état-major des trois corps d'armée, lors de la conférence de Québec. J'ai moi-même le sentiment que l'adhésion du général à la nécessité d'entretenir des relations cordiales avec la Russie reste de pure forme. En réalité, je ne serais pas du tout surpris qu'il soit déjà en quête de plusieurs moyens de circonvenir votre interdiction concernant les opérations de renseignements contre l'Union soviétique.

— Tenez-vous cela de source sûre ?

— Disons simplement que je nourris quelques soupçons. Dans le cadre de l'accord de prêt-bail, nous construisons des raffineries de pétrole en Russie. J'ai la très nette impression que plusieurs de ces employés, y compris leur ingénieur en chef, travaillent aussi pour le compte de l'OSS.

— Je vois.

— Écoutez, monsieur le Président, je ne prétends pas que le général ne soit pas loyal. Et je ne prétends pas non plus une seconde que l'OSS soit une organisation renégate. Elle ne l'est pas. Mais tout le monde sait que Wild Bill a un peu tendance à faire… de l'excès de zèle. »

Roosevelt lâcha un rire laconique.

« Comme si je ne le savais pas. »

En des circonstances normales, j'en aurais déjà dit plus qu'assez, mais à la vérité j'avais été secoué par la vision de cette note du contre-espionnage que je tenais encore dans ma main, et surtout par deux des noms de codes qui y figuraient. D'ailleurs, ce terme,

« secoué », ne rendait pas compte de ce que je ressentais. Si je n'étais que « secoué », cela supposerait que les portières tenaient encore à cette guimbarde qu'était devenue mon existence, et pourtant je savais qu'elles venaient d'être arrachées par le fantôme de mon passé.

Crésus était le nom de code que le NKVD m'avait octroyé, à Berlin, à l'époque où je leur rapportais la teneur de mes conversations avec Goebbels. Cela pouvait relever de la simple coïncidence, à ceci près que cela semblait moins être le cas dès lors que mon pseudonyme se trouvait accolé à cet autre nom de code, Söhnchen. Un petit mot allemand affectueux, l'équivalent de « fiston » ou « petit gars ». Söhnchen, c'était le pseudo qu'Otto Deutsch, l'homme du NKVD à Vienne, avait attribué à Kim Philby durant l'hiver 1933-1934, quand lui et moi avions aidé les communistes autrichiens à combattre la Heimwehr. J'avais la sensation terrible que cette réunion mentionnée entre Crésus et Söhnchen, datée de la semaine commençant le 4 octobre 1943 – ce qui ne pouvait guère être une coïncidence non plus –, renvoyait à la conversation que j'avais eue moi-même avec Kim Philby dans la maison de Thomas Harris, à Londres.

Si j'avais eu un peu plus le temps d'y réfléchir, j'aurais bu le reste de martini à même le pichet et je me serais fourré la tête dans le feu. Au lieu de quoi, et je ne sais trop comment, je continuai de converser.

« Il se pourrait, m'entendis-je suggérer, que si le Président ordonnait au général de rendre ces manuels de codes aux Russes, lors même de la conférence des Trois Grands, alors ceux-ci risqueraient de recevoir ce geste comme un gage de bonne foi.

— Oui, il se pourrait, en effet », observa Roosevelt.

Je respirai à fond, pour tâcher d'apaiser cette sensation de frisson et de nausée qui me restait sur le cœur. Si le Président n'adhérait pas à mon idée, il y avait de fortes chances pour que les documents Bride soient décodés et finissent par révéler l'identité de Crésus. Aux yeux du FBI, peu importerait que je ne travaille plus pour le NKVD depuis longtemps. Ils ne prendraient pas plus en considération le fait que les missions d'espionnage dont je m'étais chargé pour le compte de Hoover aient visé les nazis. Le simple fait d'avoir espionné au bénéfice des Russes leur suffirait, surtout au regard de mon ancienne adhésion au Parti communiste. Suffisant pour les convaincre de me ligoter et de me balancer dans la rivière, histoire de vérifier si je flotterais.

J'avais très peu à perdre à enfoncer le clou. Je me servis un autre martini.

« Cela pourrait même fournir l'occasion de leur remettre aussi d'autres matériels, proposai-je, non sans habileté. Des appareils photo miniaturisés, des systèmes de fabrication de microcopies, même les renseignements allemands concernant les codes soviétiques, que nos troupes ont saisis en Italie. Pour les aider à se mettre au diapason.

— Oui. J'apprécie assez votre suggestion. Mais pas Ultra. Et pas Magic non plus, je pense. Si les Russes concluaient un nouveau pacte de non-agression avec les nazis, nous risquerions de le regretter, fit Roosevelt avec un gloussement. Mais, nom de Dieu, ce que j'aimerais voir la binette de Donovan quand il lira ce décret-loi. »

Je lâchai un soupir de soulagement et je vidai mon verre, ivre de mon menu triomphe.

« Donc, vous allez ordonner à Donovan de restituer ces manuels de codes aux Soviets ? »

Le Président eut un grand sourire et leva son verre vide en mon honneur.

« Cela lui fera les pieds, à ce fils de pute, rien que pour avoir essayé de contourner mes ordres. »

Un peu plus tard, je regagnai ma voiture. Me sentant à moitié soûl, je baissai les vitres et roulai lentement en direction de Kalorama Heights. Quand je me garai dans mon allée, je coupai le moteur et je restai assis là un moment, à regarder la maison sans rien voir. Dans ma tête, je me tenais debout derrière Franklin Roosevelt, et il serrait la main du maréchal Staline.

12

Jeudi 11 novembre 1943
Washington, D.C.

Dès mon arrivée sur le campus, ce jeudi matin, Doering me téléphona en me priant de venir le voir dans son bureau.

Otto Doering était tout ce que Bill Donovan n'était pas : patient, conservateur, sédentaire et studieux, le directeur adjoint de l'OSS ne ressemblait guère à un homme qui avait jadis travaillé comme dresseur de chevaux. Sur le campus, Doering n'était pas apprécié, mais je respectais son esprit juridique pénétrant et ses capacités d'organisateur. D'entrée de jeu, j'en avais retiré la forte impression que Doering avait dû être un excellent, un redoutable avocat. Ce qui revient à dire que je ne pouvais pas le blairer.

En retrouvant Doering, je fus surpris de découvrir le directeur adjoint en compagnie du général Strong, du G-2. Un autre officier de l'armée, que je ne reconnus pas, était présent lui aussi.

« Messieurs, voici le major Willard Mayer. Willard ? Je pense que vous connaissez déjà le général Strong. »

Je hochai la tête et serrai la main à un homme mince, au visage lisse – encore un juriste, professeur de droit à West Point. Surnommé le Roi George à cause de ses manières majestueuses, on croyait, non sans raison, que le général George Strong avait entamé sa carrière militaire en combattant les Indiens Utes.

« Et voici le colonel Carter Clarke, des Renseignements généraux de l'armée. »

Clarke était plus jeune, mais plus massif, avec des yeux bleus et un faciès chafouin de carlin. Les cheveux gris argenté qui lui poussaient sur le sommet du crâne paraissaient raides d'effroi, sans doute l'effet des idées brutales qui se dissimulaient sous cet occiput épais. Je ne doutai pas que si Strong l'avait prié de conduire une charge de cavalerie contre un village d'Indiens rebelles, il aurait tiré son sabre et accompli son devoir sans la moindre arrière-pensée.

Je continuai de saluer en opinant du chef, mais la sensation de soulagement que j'avais éprouvée en quittant la Maison-Blanche la veille au soir se transformait déjà en inquiétude : les Renseignements généraux de l'armée supervisaient les Services de renseignements section Signaux d'Arlington Hall, dans la périphérie nord de Washington. Je me demandai si la présence de ces deux militaires durs à cuire n'était pas liée à ma conversation avec le Président au sujet de Bride et des manuels de codes des Russes que détenait Donovan.

« Félicitations, s'écria le général, avec un sourire pincé. J'apprends que vous serez le chef de cabinet de Donovan lors de la conférence des Trois Grands.

— Merci, mon général, dis-je en m'asseyant.

— Oui, félicitations », fit Doering assez fraîchement.

Je devinai que ce dernier avait du mal à saisir ce qui me valait, à moi, l'ordre d'assister à cette conférence, mais il ne pouvait guère l'admettre devant le général Strong et le colonel Clarke. Malgré la présence des deux officiers de l'armée dans le bureau de Doering, le G-2 et l'OSS ne se vouaient pas un amour débordant.

« Quels sont précisément vos ordres, major ? s'enquit le général.

— Monsieur, je dois rejoindre l'USS *Iowa* à Point Look demain après-midi et attendre d'autres instructions du général Donovan au Caire.

— J'ai cru comprendre que le Président vous avait demandé, vous personnellement, fit Strong. Savez-vous pourquoi ?

— Je crains fort que vous n'ayez à poser la question au Président, général. Je fais ce que l'on me dit, c'est tout. »

Je vis Strong remuer dans son fauteuil, visiblement mal à l'aise, et échanger un rapide regard exaspéré avec Clarke. Strong aurait probablement aimé pouvoir me traiter comme un Indien Ute qui se serait égaré hors de sa réserve.

« Très bien, major, fit Clarke. Essayons voir par un autre versant. Seriez-vous en mesure de nous éclairer un minimum sur les raisons qui ont poussé le Président à nous ordonner de fournir une assistance technique au renseignement militaire soviétique ? Des jeux de microfilms portables, des renseignements saisis chez les Allemands, en Italie, relatifs aux codes secrets soviétiques, ce genre de gâteries. Avez-vous une idée de ce qui a pu lui mettre cette idée dans le crâne ?

— Je crois que le Président tient franchement à ce que la conférence des Trois Grands soit un succès, monsieur. Quand je l'ai vu, hier soir, en liaison avec un rapport qu'il m'avait demandé de lui établir concernant le massacre de la forêt de Katyn, il m'a signalé qu'il envisageait un certain nombre d'initiatives visant à gagner la confiance des Soviets. Bien qu'il n'ait rien mentionné de plus précis, j'imagine que cette assistance technique que vous évoquez s'inscrit dans le cadre de ces initiatives.

— Et quelle est votre opinion sur le bien-fondé de cette décision d'étendre ce genre d'aide aux Soviets ? me lança Strong.

— C'est le général qui me demande mon opinion personnelle ?

— C'est le général », me confirma-t-il, et il alluma une cigarette roulée à la main, confectionnée à partir d'un tabac assez barbare et plutôt âcre.

Il me semblait évident que le général était profondément indigné par l'idée que les États-Unis restituent les manuels de codes du renseignement soviétique saisis par Donovan, avant qu'il ait eu l'occasion de s'en servir pour décrypter les documents Bride. Il semblait non moins évident qu'il était dans mon intérêt de m'efforcer de donner un peu le change, afin de gagner sa confiance, juste au cas où Strong et Doering auraient déjà mijoté un stratagème de leur cru pour contourner les ordres présidentiels.

« Eh bien, pour être franc, monsieur, je nourris quelques doutes. Il me semble que la défaite des nazis va laisser un vide de pouvoir en Europe et, à moins que nous ne nous montrions d'une extrême prudence, ce vide risquerait fort d'être rempli par l'Union soviétique. Je pense que les familles de plus de quatre mille officiers polonais massacrés par le NKVD dans la forêt de Katyn pourraient légitimement soutenir que les Soviets ne valent pas beaucoup mieux que les nazis. Tout ce que nous fournirions aux Soviets maintenant, en matière de collecte de renseignements, risquerait d'être finalement utilisé contre nous. »

Je me contentai de régurgiter le papier de Donovan, destiné à cette conférence des chefs d'état-major, à Québec. Étant donné l'inimitié tenace qui persistait entre le général et le chef de l'OSS, il était hautement improbable que Strong ait lu la communication de Donovan. Le général opina, l'air songeur, et je poursuivis :

« Mon opinion, c'est que nous devrions maintenir le plus haut degré de vigilance possible sur les capacités et les intentions des Russes. Seulement, je ne vois pas comment ce serait possible, tant que le Président continue d'interdire toute opération de renseignements contre l'Union soviétique. Si la défaite des nazis reste le seul résultat auquel nous parvenons en Europe, je ne pense pas qu'il soit trop exagéré de dire que nous aurions perdu la guerre. »

Je haussai les épaules.

« Vous m'avez demandé mon opinion personnelle. Comme je vous l'ai dit, mes discussions avec le Président sont restées centrées sur un rapport que j'ai préparé concernant le massacre de la forêt de Katyn.

— Oui, c'est bien évident, acquiesça le général Strong. Une terrible affaire. Néanmoins, nous ne pouvons tout simplement pas ignorer les desiderata du Président, surtout pas concernant son initiative personnelle envers les Soviets au plan du renseignement. Et comme vous allez voir Donovan, et comme ce dernier va rencontrer le général Fitine du NKVD lors de la conférence des Trois Grands, il vaut sans doute mieux qu'il remette ces éléments d'assistance technique que le Président entend procurer aux Soviétiques entre les mains du général Fitine en personne. En d'autres termes, quand vous embarquerez à bord de l'*Iowa*, demain, major, nous voudrions vous confier

233

un colis que vous remettrez à Donovan quand vous le verrez au Caire.

— Très bien, monsieur.

— Naturellement, intervint Doering, sur un ton quelque peu paternel, vous devrez prendre un soin tout particulier de ce paquet. Après tout, nous n'avons aucune envie de voir cet équipement tomber entre de mauvaises mains.

— Cela va de soi, dis-je.

— C'est pourquoi nous sommes venus ici, m'expliqua Strong. Pour que vous vous imprégniez bien, en cette affaire, de la nécessité de respecter les procédures de sécurité les plus strictes.

— Je ne pense pas que vous puissiez trouver de véhicule plus sûr que le plus gros navire de guerre jamais construit. »

Doering se leva et sortit de derrière son bureau une mallette en cuir grainé bleu marine, qu'il plaça à côté de mon siège. J'y jetai un œil, et j'avisai les initiales WJD, sous la poignée. C'était le bagage de Donovan.

« Vous devrez remettre ceci au général Donovan, m'annonça Doering. Tout ce dont il a besoin pour les Russes est dedans.

— Est-elle verrouillée ? demandai-je.

— Oui. J'en possède une clef, et le général Donovan a l'autre.

— Alors j'imagine que c'est tout. Si cela ne vous ennuie pas, mon général, je vais prendre le reste de ma journée. J'ai moi aussi une valise à boucler. »

Je pris le bagage et je quittai le bureau de Doering en me félicitant au moins de n'avoir pas à croiser le visage froid et dépourvu d'humour du directeur adjoint pendant cinq à six semaines.

Au rez-de-chaussée, je mis de l'ordre dans mon bureau, et distribuai quelques au revoir, avant de me diriger vers la sortie du campus. Je plaçai la mallette dans le coffre de ma voiture, m'installai au volant et réfléchis à ma prochaine initiative. Je n'avais pas adhéré une seconde au descriptif que m'avait fait Strong du contenu de ce bagage. À en juger par son poids, il ne devait pas juste contenir quelques bobines de microfilm, des appareils photo miniatures et un système de fabrication de microcopies. Et pourquoi ne m'avaient-ils pas confié de clef ? La seule réponse possible, c'était qu'il y avait autre chose dans ce porte-documents, dont ils souhaitaient que je ne sache rien, ni moi ni, par contiguïté, le Président. À moins, évidemment, que je ne sois déjà suspecté et que toute cette histoire de porte-documents ne constitue un piège.

Je décidai qu'il était impératif de voir ce qu'il contenait avant de le remettre à Donovan, au Caire. Il ne me restait plus qu'une chose à faire.

Je démarrai et je roulai vers la Dix-Huitième Rue, à proximité des demeures de millionnaire de Massachusetts Avenue. Je me garai devant la quincaillerie Candey's, un curieux petit endroit, au-dessous d'une échoppe de tailleur sur mesure, et au milieu d'une rangée de petites maisons.

J'ouvris mon coffre et j'examinai les serrures de l'objet, attentivement. La qualité du bagage et la griffe du maroquinier, « LV », désignaient Louis Vuitton, une pièce probablement achetée à Paris ou à Londres. Tout en préparant mon numéro, je sortis la mallette du coffre et j'entrai dans la boutique.

J'aurais reconnu Candey's les yeux bandés, rien qu'à l'odeur. La colle de pâte, les graines pour les oiseaux, les rouleaux de grillage, les bocaux Mason remplis de peinture, les essences minérales et l'alcool conditionné en bidons de deux cents litres faisaient de Candey's un endroit unique, comme un salon de beauté qui n'aurait

235

vendu qu'une seule marque de parfum. C'était aussi le lieu où presque tout le monde, au sein du gouvernement, venait faire aiguiser ses outils et dupliquer ses clefs.

Je posai la mallette de Donovan sur le long comptoir en bois, en face du vendeur aux cheveux blancs qui donnait l'impression d'être là depuis l'ouverture du magasin, en 1891.

« Recherchiez-vous un article en particulier ? me demanda-t-il, deux haubans de salive entre la lèvre inférieure et la lèvre supérieure, comme de la colle de tapissier.

— Je rentre à peine de Londres, lui expliquai-je. C'est là que j'ai acheté cette mallette. Je m'apprêtais à quitter la capitale quand nous avons été bombardés et j'ai réussi, je ne sais trop comment, à égarer mes clefs. C'est une valise relativement coûteuse et cela ne me réjouirait guère de devoir la forcer. Pourriez-vous me l'ouvrir ? Je veux dire, sans casser les serrures ? »

Le vendeur me toisa du regard. Il dut en conclure que je ne ressemblais pas trop à un voleur, dans mon costume de flanelle grise, et il cria vers le fond de la boutique :

« Bill ? Nous avons ici un monsieur qui a besoin que tu lui ouvres une valise. »

Un autre vendeur arriva du bout du comptoir. Celui-ci portait le nœud papillon, un tablier, des manchettes pour protéger ses manches de chemise et suffisamment de brillantine dans les cheveux pour graisser tous les sécateurs suspendus au mur derrière lui. Il me laissa répéter mon explication, puis il m'observa avec lenteur et incrédulité. Dehors, un tramway passa devant l'étroite devanture dans un fracas, provoquant une brève éclipse dans le magasin. Quand la lumière du jour fut de retour, je vis qu'il inspectait les serrures.

« Joli bagage. Je vois pourquoi vous ne souhaitez pas que l'on force ces serrures. »

Il hocha la tête et se mit en devoir d'essayer plusieurs types de clefs.

Un quart d'heure plus tard, je quittai Candey's avec un nouveau jeu de clefs pour la serviette de Donovan. Et je roulai plein nord, direction Kalorama Heights.

À peine franchie la porte, je soulevai la mallette pour la poser sur la table de la salle à manger et, au moyen de mes nouvelles clefs, j'en ouvris le couvercle. L'intérieur, tapissé de soie bleu moiré, contenait plusieurs bobines de film, du matériel photographique et un gros paquet enveloppé de papier kraft. J'allai chercher une loupe dans mon cabinet de travail et j'examinai le colis de près, pour vérifier si rien, dans la manière dont avait été plié ce papier d'emballage, ne risquait de signaler à Donovan qu'il avait été ouvert. Après m'être pleinement convaincu qu'il ne comportait rien de tel, je décollai délicatement le papier adhésif et je déballai le paquet.

Il y avait là dix dossiers, émanant tous des Services de renseignements section Signaux d'Arlington Hall, et contenant des télégrammes soviétiques datés, chiffrés, adressés à l'Amtorg – l'office commercial soviétique – et à plusieurs diplomates de l'ambassade soviétique. Tous ces fichiers étaient étiquetés BRIDE : ULTRASECRET. Une lettre du colonel Cooke expliquait en détail ce que j'avais déjà deviné.

DE : LT COLONEL EARLE F. COOKE
SECTION B' / CRYPTANALYTIQUE
U.S. ARMY – SERVICES RENSEIGNEMENTS SIGNAUX (SIS)
CENTRE D'ARLINGTON HALL
4000 LEE BOULEVARD
ARLINGTON, VIRGINIE

11 novembre 1943
Concerne : Bride

Cher Général Donovan,

J'ai appris par l'intermédiaire du général Strong et du colonel Clarke, du G-2, que nous disposions d'une courte fenêtre d'opportunité pour utiliser le code à usage unique que vous avez en votre possession, avant que vous ne soyez obligé de vous conformer au souhait du Président de voir ce même masque jetable restitué au général Fitine, du NKVD. Afin de pouvoir profiter pleinement de cette fenêtre, je joins à la présente des exemplaires de tous les câbles interceptés, pour que vous les prêtiez au général Stawell, du SOE britannique, au Caire, ainsi que le masque jetable, avec une note destinée aux membres de son équipe qui sont capables de déchiffrer les interceptions Bride.

Comme vous le savez, le lieutenant Hallock a récemment démontré que les Soviétiques font un usage intensif des pages de clefs dupliquées réunies dans des carnets de code à usage unique, et que même une simple duplication d'un chiffre à masque unique pourrait rendre le trafic de signaux soviétiques vulnérable au décryptage.

Jusqu'à présent, nous avions considéré le chiffre utilisé par l'Amtorg comme des plus complexes, d'un niveau de secret supérieur à tout ce que nous pouvions connaître. Et nous avons bon espoir que, même dans le délai limité qui nous est imparti, les cryptanalystes britanniques pourraient accomplir quelques progrès sur le BRIDE. Il convient de les informer des éléments suivants : 1) il semble qu'il existe plusieurs variantes du masque jetable soviétique; et 2) que les Soviétiques pourraient recourir à une procédure d'encodage en deux étapes, en cryptant un message à partir d'un carnet de code distinct, avant de le crypter une deuxième fois au moyen du masque.

Il se peut que le décryptage du BRIDE, et du trafic de signaux soviétiques en général, devienne un projet à long terme. À tout le moins, si l'on veut parvenir un jour à comprendre et à utiliser convenablement le BRIDE, une diffusion plus large de ce matériau serait opportune. Mais sachez que tout décryptage fournira aussi des pistes au FBI, au fur et à mesure que les identités correspondant aux noms de codes figurant dans le trafic BRIDE deviendront plus évidentes. J'ai été informé par le FBI, ici, à Washington, qu'ils exploitent déjà une information récente selon laquelle l'agent connu sous le nom de Söhnchen aurait une femme prénommée Lizzie.

Meilleures salutations,
Earle F. Cooke,
Lt Colonel Commandant de la Section B

Je respirai profondément et je relus la lettre, un peu stupéfait d'apprendre que le G-2, le SIS et l'OSS s'apprêtaient tous à désobéir à l'esprit, si ce n'est peut-être à la lettre, d'un ordre présidentiel concernant l'espionnage des Russes. Je me demandai comment Roosevelt aurait réagi s'il avait eu connaissance de la lettre de Cooke, et j'en arrivai à la conclusion que le Président était sans doute au courant. J'avais d'ores et déjà l'impression que dire une chose et en faire une autre était assez caractéristique de Franklin Delano Roosevelt. Il avait même pu autoriser cette initiative précise du renseignement contre l'Union soviétique.

Cela m'effrayait. Sur le territoire américain, des espions de tout poil encouraient de gros risques.

Je relus la missive une troisième fois. Ils étaient déjà parvenus à déterminer que Söhnchen avait une femme prénommée Lizzie. Mme Philby ne s'appelait pas Lizzie, mais Litzi et, comme Philby n'était pas américain, les efforts du FBI ne le mèneraient probablement pas très loin. C'était une bonne chose. Et le colonel Cooke avait écrit qu'il demeurait prudent sur les chances de réussir un décryptage du Bride. C'était une bonne chose, là aussi. Mais cette lettre ne m'en inquiétait pas moins.

J'emballai soigneusement le colis et réfléchis aux choix qui s'offraient à moi. Perdre ce bagage était exclu. En outre, cela ne ferait qu'attirer l'attention sur moi. Pire encore, s'ils nourrissaient déjà des soupçons à mon égard, égarer ce bagage ne ferait que les leur confirmer.

Je rangeai le paquet dans la mallette en cuir que je refermai à clef, avant de la déposer à côté de la porte d'entrée. Ensuite, je montai au premier pour préparer ma valise, en me disant qu'au Caire je risquais facilement d'être volé. Faute de quoi, je pourrais miser, le cas échéant, sur la paperasserie et la bureaucratie britanniques pour ralentir un brin les opérations, ou même pour les faire échouer tout à fait. Miser là-dessus, c'était un peu maigre. Mais pour le moment, c'était mon seul espoir. Enfin, je devais admettre que, quelque part au fond de moi, je m'en moquais.

Plus tard ce soir-là, je bus trop, je fis monter aux avant-postes cette part de moi-même qui se moquait bien de tout cela, et j'étudiai la situation de plus près. Sous les lumières crues de mon salon, j'étais loin de me sentir si blasé. C'est ainsi que l'envie me vint, avant de franchir à nouveau l'Atlantique, d'écrire une lettre à Diana, juste au cas où un sous-marin allemand déciderait de me rapprocher du Seigneur.

En guise de lettre d'amour, ce n'était pas du Cyrano de Bergerac, mais pour quelqu'un d'aussi peu rompu à ce genre d'exercice d'écriture que moi, ce n'était pas si mal. La dernière fois que j'avais trempé mon stylo dans un flacon d'adoration aveugle avant d'appuyer le bec de ma plume sur un papier à lettres de belle facture, j'avais à peu près dix-neuf ans et j'étais en première année à Harvard. Je ne me souvenais pas du nom de la jeune fille, ou de ce qu'il était advenu d'elle, si ce n'est qu'elle ne m'avait jamais répondu.

Je m'assis à mon bureau et je laissai mon cœur à nu battre la campagne un moment, le temps de faire le tour de la pièce, afin d'être en position de décrire l'état dans lequel il était, le plus précisément possible. Ensuite, je m'armai de mon meilleur stylo et j'entamai cette rédaction. J'exagérai sans doute plus que je n'aurais dû le secret et le danger de la mission qui m'attendait, mais le passage où j'avouai combien je pensais m'être sottement conduit et à quel point je tenais à Diana était assez fidèle à la vérité. Je m'étonnai de n'avoir pas songé à lui écrire plus tôt. J'aurais même pu user du mot « amour », en une ou deux occurrences. Ou davantage, si vous comptiez le petit poème à l'eau de rose que j'avais commencé, terminé puis jeté dans la corbeille à papier. Enfin, je collai sur l'enveloppe une photo du Président, en forme de timbre à trois cents, juste histoire de lui rappeler dans quels cercles exaltants j'évoluais ces derniers temps.

Je posai ma lettre à Diana sur la table du vestibule, avec un mot à Michael le priant de la poster dès demain, à la première heure. Dix minutes plus tard, je froissai ce mot et je le jetai dans la corbeille à papier, où il alla rejoindre ma minable tentative de poème d'amour. J'avais décidé de déposer cette missive moi-même sur la route de Hampton Roads le lendemain. En fin de compte, je jetai la lettre sur le siège passager de ma voiture et je me rendis à Chevy Chase, avec l'intention de la glisser dans sa boîte, afin qu'elle puisse la lire devant son petit déjeuner et comprendre qu'il serait juste de m'accorder une seconde chance.

Le temps que j'arrive dans la petite ville de Chevy Chase, et devant la maison style XVIIIᵉ datant des années 1920 où habitait Diana, il pleuvait. À ce moment-là, j'avais fini par me convaincre d'oublier cette lettre. Si sa voiture était là, j'allais sonner à sa porte, m'en remettre à sa merci, tomber à genoux et demander à Diana de m'épouser. À l'église, si elle voulait. Et en présence de témoins, afin d'avoir la certitude que nous étions tous deux sérieux.

Je me garai dans la rue et, ignorant la pluie, je marchai en direction de sa véranda en tâchant de ne pas me faire une montagne du coupé Nash en forme de taupinière qui se trouvait dans l'allée à côté de la Packard Eight couleur rubis de Diana. Un éclairage tamisé filtrait par les rideaux de panne de velours de son salon et, tandis que j'approchai de la maison, j'entendis de la musique. C'était une musique légère, paisible. Le genre que vous aimiez écouter au sérail quand vous n'aviez envie de rien entendre d'autre que le souffle plein de douceur de l'autre dans le creux de votre oreille.

Je restai sous la véranda et, m'obligeant à jouer les voyeurs, je regardai par une fente dans les rideaux. Aucune des deux personnes qui étaient allongées sur le tapis devant le feu ne me vit. Elles étaient l'une et l'autre trop occupées à faire ce que font deux êtres qui ont décidé de se livrer au concours de qui balancerait ses vêtements le plus loin. Reproduisant les mêmes gestes que moi, sur ce tapis, quelques semaines auparavant. Et vu la manière dont ils s'y prenaient, il semblait qu'il s'écoulerait encore un certain temps avant que Diana ne tende l'oreille à ma proposition de mariage.

Subitement, je me fis l'effet d'être ridicule. Surtout avec cette idée de la demander en mariage. L'idée même de m'épouser n'aurait pas pu lui être plus étrangère, c'était tout à fait évident. Sans autre meilleure idée en tête, je retournai à ma voiture et je restai assis là un bon moment, essayant de détacher mes pensées de ce qui se passait sur ce tapis. Peine perdue. J'espérai plus ou moins que l'homme allait sortir, que je puisse mieux l'apercevoir. Je m'inventai même une petite scène où je leur faisais face à tous les deux, les défiant du regard, mais plus j'y réfléchissais, et plus cela me paraissait vilain. Et, alors que l'aube pointait, je saisis l'enveloppe, je la lâchai dans sa boîte et je repris le volant, pour m'éloigner en silence.

13

VENDREDI 12 NOVEMBRE – DIMANCHE 14 NOVEMBRE 1943
POINT LOOKOUT

J'avais loupé le bateau. Adossé au capot de ma voiture, je fumai une cigarette et je contemplai les flots, au large de la pointe méridionale de la côte ouest du Maryland, là où l'USS *Iowa* n'était plus à présent qu'un panache de fumée sur un horizon mordoré. Ce n'était guère ma faute. L'*Iowa* avait appareillé en avance. En tout cas, c'était ce que m'avait expliqué le responsable de l'embarcadère.

J'hésitais encore sur la suite à donner aux événements, quand deux Hudson noires arrivèrent et débarquèrent quatre types à l'air pas commode, l'œil nerveux et la lèvre serrée. Ils portaient des costumes sombres, des chapeaux et des cravates assorties à leurs mines des moins épanouies.

Je jetai ma cigarette et je me redressai. C'était donc ainsi que le FBI vous arrêtait. Ils vous incitaient à prendre la route, ils vous attiraient à cent vingt kilomètres de Washington, ils vous faisaient cavaler pour rien et ensuite, quand vous attendiez bien sagement quelque part, ils vous ramassaient sans tambour ni trompette. Certes, j'avais un pistolet dans mon baudrier, mais j'avais encore moins de chances de m'en servir pour tenter de résister à mon arrestation que de parvenir à compléter la grille de mots croisés du *Washington Post*.

« Professeur Mayer », s'écria l'un de ces hommes, d'une voix neutre. Il avait un visage dur, propre, bien tenu, comme une palissade devant la Société américaine d'Horticulture. Il s'efforça de loger un sourire dans ses yeux bleus, mais cela lui donna tout de suite un air sarcastique.

« Oui », fis-je en rassemblant tout ce que j'avais de courage. Je faillis leur tendre mes deux poignets.

« Pourrais-je voir une pièce d'identité, monsieur, je vous prie ? »

Il attendit, tirant sur son majeur jusqu'à faire craquer une phalange.

Je sortis mon portefeuille. J'étais certain qu'ils allaient examiner le contenu de la mallette de Donovan et m'informer qu'un détail camouflé dans l'emballage du paquet m'avait échappé, prouvant que je l'avais ouverte.

L'homme examina ma pièce d'identité et la tendit à l'un de ses collègues. Finalement, il exhiba sa propre carte d'identité. À ma grande surprise, c'était un agent du Trésor fédéral – pas du tout le FBI.

« Je suis l'agent Rowley, m'annonça-t-il. Du détachement des services secrets présidentiels. Nous sommes venus vous escorter à bord du navire. »

Soulagé d'avoir échappé à mon arrestation, je ris et, d'un geste de la main, je désignai le quai vide.

« J'aimerais assez voir ça, agent Rowley. Le bateau est parti. »

L'agent Rowley réussit une ébauche de sourire. Ses quatre dents de devant étaient petites, pointues et très écartées. Je compris pourquoi il n'avait pas fait participer sa bouche à son sourire plus tôt.

« À ce propos, professeur, nous sommes désolés. L'*Iowa* devait vidanger du mazout pour adapter son tirant d'eau à la remontée de la Chesapeake. Il a donc appareillé en direction de Hampton Roads pour se ravitailler en carburant. Malheureusement, ce matin, vous avez quitté votre domicile avant que nous n'ayons l'occasion de vous en avertir. »

C'était vrai. J'étais parti juste avant huit heures. Après ma soirée romantique à Chevy Chase, j'avais opté pour un départ anticipé. Ce qui n'avait pas été difficile, étant donné que je ne m'étais pas couché.

« Mais c'est de l'autre côté de la baie. Y a-t-il un autre bateau pour nous y conduire ?

— Je crains bien que non, monsieur. Nous allons devoir prendre par la route. L'un des agents ici présents va se charger de ramener votre véhicule à Washington. Si vous n'y voyez pas d'inconvénient, monsieur, pour le moment, nous allons conserver votre pièce d'identité. Cela facilitera les démarches pour nous autres, les surnuméraires, quand nous monterons à bord de l'*Iowa*.

— Vous partez, vous aussi ?

— Quatre d'entre nous. Avant le Président, qui embarquera après minuit. Le pacha est un vieux de la vieille de la Navy, et il est du genre superstitieux. Les appareillages du vendredi soir, c'est synonyme de malchance.

— Je n'en raffole pas moi-même. »

Trois heures plus tard, nous franchissions un poste de contrôle naval et on nous dirigeait vers le quai où l'*Iowa* devait se trouver. Quand, en débouchant sur la darse, nous découvrîmes la proue si caractéristique de l'*Iowa*, avec son étrave à guibre et, derrière elle, le gaillard d'avant et la tour de conduite de tir, qui se dressait à une trentaine de mètres au-dessus d'un pont tout hérissé d'affûts de canon, cette première vision nous plongea dans le silence. Mais les superstructures de l'*Iowa* paraissaient encore assez compactes, rapportées à sa longueur impressionnante, trois cents mètres, qui, associée à ses moteurs développant deux cent treize mille chevaux, conférait au navire de guerre sa grande vitesse.

Le long du bâtiment, on acheminait à bord les provisions de dernière minute et autres passagers en surnuméraire, sous le regard scrutateur d'une escouade de matelots en armes. Deux remorqueurs crachant de la fumée étaient occupés à s'arrimer aux flancs de la proue en forme de museau de crocodile. En surplomb de toute cette activité, répartis sur trois ponts différents, des marins étaient penchés aux bastingages et observaient tout ce remue-ménage et ces allées et venues à leurs pieds. En montant par la passerelle bâbord, sous une imposante batterie antiaérienne, j'avais l'impression d'arriver en plein dans un bidonville de haute mer, mais bâti en acier blindé. Une forte odeur de mazout m'emplissait les narines et, quelque part au-dessus du premier poste de contrôle de tir, des gaz de combustion déchargeaient bruyamment dans le ciel gris de novembre. Le navire semblait être un organisme vivant.

Au bout de la passerelle, l'un des agents des services secrets remettait déjà mes bagages et ma pièce d'identité à un officier d'accueil. Ce dernier consulta un bloc, cocha une page et fit signe à un autre matelot de venir vers moi.

« Bienvenue à bord, monsieur », me dit le matelot en se chargeant de mes bagages. Il avait le genre de face de corniaud de Brooklyn qu'il vous arrivait de croiser dans un chœur, mais seulement si le chœur chantait au milieu de la cour de Sing Sing. « Si vous voulez bien me suivre, je vais vous conduire à vos quartiers. Faites attention où vous mettez les pieds… le pont est un peu mouillé… et gare aussi à la tête. »

Le matelot ouvrit la marche et nous nous enfonçâmes dans une coursive.

« Nous vous avons installé dans une cabine un pont au-dessous de la passerelle des signaux. Juste pour que vous vous repériez, ça se trouve au-dessus du détecteur de la batterie principale et derrière la deuxième manche de ventilation.

— La manche de ventilation ?

— Une manche à air. Si vous êtes perdu, demandez juste la deuxième manche à air 4A. Quatre A, ça désigne la soute de quarante millimètres.

— C'est une pensée réconfortante. »

Je baissai la tête pour le suivre et franchir une porte.

« Ne vous inquiétez pas, monsieur. La ceinture de blindage de ce navire mesure quarante-trois centimètres d'épaisseur, ce qui veut dire que l'*Iowa* est conçu pour prendre des coups et encaisser quand ça chie. »

Nous nous baissâmes encore pour franchir une autre porte de coursive, et quelque part derrière nous un lourd panneau se referma dans un claquement métallique. Je m'estimai heureux de ne pas souffrir de claustrophobie.

« Par ici, monsieur, indiqua le matelot en se dirigeant vers un escalier. Ici, vous avez les toilettes. Pour les repas, ce sera au mess, un peu plus vers l'avant, monsieur, avec les autres surnuméraires, dans la salle à manger du commandant. C'est en face de la première manche à air, au-dessous du détecteur de la deuxième batterie. Les repas sont à huit heures, midi et vingt heures. Si vous avez besoin de vomir, je vous conseille de le faire dans le cabinet de toilette et pas par-dessus bord. Sur ce navire, si vous dégobillez au mauvais endroit, quelqu'un a de fortes chances de s'en ramasser plein la tronche. »

Face de corniaud déposa mes bagages devant une porte en bois verni et frappa, fort.

« Vous partagez votre carrée avec un autre gentleman, monsieur.

— Entrez », fit une voix.

Le matelot ouvrit la porte et, saluant par habitude, il me quitta, pour me laisser me présenter tout seul.

Je glissai la tête dans la cabine et découvris un visage que je reconnus, un type du département d'État, un nommé Ted Schmidt.

« Willard Mayer, si je ne me trompe ? fit Schmidt en se levant d'une couchette qui m'avait l'air bien étroite et s'avançant pour me serrer la main. Le philosophe.

— Et vous, vous êtes du bureau russe, au département d'État. Ted Schmidt. »

Schmidt était un bonhomme rondouillard aux cheveux noirs et bouclés, avec des lunettes à monture en corne et des sourcils assortis. Je l'avais brièvement fréquenté à Harvard, et je me rappelais un individu un peu plus mince, doté d'un solide sens de l'humour et d'un penchant pour les vins coûteux. Il souriait, à ceci près que le sourire ne cadrait pas avec la tristesse de ses yeux injectés de sang et secoués d'un tic, avec ces îlots de barbe naissante qu'avait loupés la lame de son rasoir Rolls, et son haleine alcoolisée. Deux heures de l'après-midi, c'était un peu tôt pour taper la bouteille en cabine, même pour un amoureux poursuivi par le sort comme moi. Il portait un pantalon en velours côtelé, une épaisse chemise à carreaux et une paire de richelieus de marque anglaise. Dans sa main, il tenait un cigare à cinq cents, éteint. Mis à part ce qu'il portait, il avait l'allure et le verbe d'à peu près tous ceux que l'on croisait au ministère. Il avait l'air d'un personnage tout droit sorti d'un roman d'Edith Wharton.

« Bienvenue en seconde classe. Je les soupçonne d'avoir de meilleures cabines que celle-ci. Et je sais aussi qu'il y en a de pires. » Schmidt attrapa la mallette en cuir bleu de Donovan et la rentra dans la cabine. « Joli bagage. Vous l'avez volé ? »

Me voyant froncer le sourcil, il désigna les initiales : WJD.

« Elle appartient au général Donovan. Je la lui apporte au Caire. »

Je jetai ma valise sur la couchette et refermai la porte.

« Il y a un autre type du ministère, un certain Weitz, John Weitz, qui est installé quelque part plus à l'avant par rapport à la souche de cheminée. À première vue, il dort dans un placard. Il n'y a que lui et moi, du ministère. On est du voyage pour traduire ce que raconteront les Russkis. Enfin, je n'imagine pas une seconde qu'on s'approchera de la table. Harriman arrive au Caire par avion, de Moscou, avec son traducteur à lui. Un dénommé Bohlen. Du coup, Weitz et moi, à mon avis, on sera sur la touche. À moins que Bohlen ne se casse le cou ou ne loupe une passe. Le département d'État n'est pas en odeur de sainteté, pour le moment.

— J'ai entendu dire ça.

— Et vous ? Quelle est votre fonction, dans ce petit voyage surprise ?

— Officier de liaison du général Donovan auprès du Président.

— Ça me paraît vague à souhait. D'ailleurs, personne ne raconte grand-chose ici. Même l'équipage ignore où nous allons. Enfin, ils savent que c'est un endroit important. Et que quelques VIP montent à bord. Est-ce que ce matelot vous a servi ses salades sur l'efficacité du blindage ?

— Je dois admettre que oui. J'imagine que le commissaire de bord du *Titanic* débitait le même genre de boniment.

— Vaut mieux avoir la foi. » Schmidt eut un rire dédaigneux et alluma son cigare. Il empuantit tellement la pièce, on eût dit qu'il venait de craquer une allumette sous le museau d'un putois. « Je n'ai pas encore rencontré le matelot capable de saisir le principe qui a présidé à la construction des zones de blindage de l'*Iowa*. En termes simples, notre blindage est compromis par la portée efficace de nos canons. Pour faire feu, nous sommes obligés de nous rapprocher de la cible, et plus nous nous en rapprochons, plus la probabilité augmente de prendre un obus susceptible de nous infliger de vrais dégâts.

» Ensuite, il y a les torpilles. Les torpilles allemandes, veux-je dire, pas les nôtres. Par rapport au seuil de tolérance défini par les concepteurs de l'*Iowa*, les poissons des Krauts sont trop puissants. Oh, je ne prétends pas que nous courions un risque ou quoi que ce soit. Mais un coup direct, c'est un coup direct, et aucune épaisseur de blindage n'en atténuera l'effet. Donc, la prochaine fois que vous entendez un type s'exciter sur le caractère inexpugnable de ce vaisseau, demandez-lui pourquoi les servants de ces tourelles fourrent des Derringers dans leurs bottes.

— Pourquoi fourrent-ils des Derringers dans leurs bottes ? » m'enquis-je. Je n'osai imaginer que ce soit parce qu'ils jouaient souvent au poker.

« Jetez un œil à l'intérieur de ces tourelles et vous comprendrez. Il faut un sacré bout de temps pour en sortir. Ces gars-là jugent sans doute préférable de se tirer une balle dans la tête plutôt que de finir noyés comme des rats.

— Je peux comprendre.

— Moi, j'ai vraiment peur de me noyer, m'avoua Schmidt. Je ne sais même pas nager, et je n'ai pas honte d'admettre que cette traversée m'inspire de mauvais pressentiments. Mon frère était marin. Il s'est noyé à bord du *Yorktown*, pendant la bataille de Midway. »

Schmidt eut un sourire tendu. « Je suppose que c'est pour cela que le sujet me préoccupe tant.

— Vous ne vous noierez pas, lui affirmai-je, et je lui montrai l'un des deux automatiques que j'avais apportés avec moi. Si nécessaire, je vous abattrai moi-même.

— C'est très américain, ça, de votre part.

— Non, ne me remerciez pas. C'est bien le moins que je puisse faire pour un ancien condisciple de Harvard. »

Schmidt ouvrit un petit placard près de son lit.

« Je dirais qu'un verre s'impose, pas vous ? » Il me montra une bouteille de rye Mount Vernon, en versa deux verres et m'en tendit un. « Buvons à notre non-noyade et à notre non-explosion sous un impact de torpille. »

Je levai mon verre.

« Et aux Trois Grands. »

En réalité, je ne conserve pas grand souvenir du reste de cette journée, si ce n'est que Schmidt et moi nous retrouvâmes aussi cuits que ces figurines buri-nées d'Indiens en bois sculpté visibles dans les vitrines de tous les bons bureaux de tabac des États-Unis. Du coup, j'acceptai beaucoup mieux la scène entrevue sur le tapis de Diana, la nuit précédente, car, en vérité, j'avais tout bonnement cessé de sentir quoi que ce soit. Schmidt avait probablement bu deux fois plus que moi. D'abord, c'était son alcool que nous buvions. Ensuite, j'en déduisis qu'il possédait bien plus d'entraînement. Il s'envoyait cette gnôle sans y penser, pas plus que si elle sortait directement du pis d'une vache.

L'arrivée du Président à bord de l'*Iowa* s'était faite sans tambour ni trompette. En nous réveillant le lende-main matin, nous nous aperçûmes que le navire avait déjà appareillé, et comme il semblait hautement improbable que l'*Iowa* ait pu quitter Hampton Roads sans lui, nous en avons conclu que Roosevelt avait dû gagner son bord pendant la nuit.

Nous endossâmes d'épais suroîts et, tâchant d'ignorer nos gueules de bois respectives, nous montâmes sur le premier pont de superstructure pour avoir un aperçu du bâtiment et de son escorte de trois destroyers en plein large. C'était une matinée froide, avec un vent vif sur une mer mauvaise, ce qui aiguisa vite nos appétits. Nous nous dirigeâmes vers l'avant, en quête d'un petit déjeuner. Au mess du commandant, nous retrouvâmes plusieurs chefs d'état-major et Harry Hopkins déjà attablés, sous l'œil nerveux de nos agents des services secrets.

Personnage cadavérique, d'une petite cinquantaine d'années, et visiblement malade du cancer – une maladie qui avait aussi tué son épouse et son père –, Hopkins, négligeant ses œufs au jambon, leva vivement les yeux et nous salua d'un signe de tête, l'air affable.

« Bonjour, fit-il d'un ton enjoué, tandis que les généraux Marshall et Arnold poursuivaient leur impénétrable conversation.

— Bonjour, monsieur. »

De voir Hopkins en chair et en os – le peu de chair et d'os qu'il lui restait – permettait de saisir toute l'étrangeté de la situation, qu'un personnage sans uniforme et privé de tout poste officiel au sein de l'administration Roosevelt joue un rôle aussi important dans la mission qui nous attendait. Hormis le fait qu'il soit originaire de Sioux City, dans l'Iowa, et qu'il ait été ministre du Commerce, j'en savais très peu sur l'homme qui habitait depuis plus de trois ans dans une pièce qui avait été le bureau de Lincoln, à la Maison-Blanche. J'avais déjà vu des hommes aux bras plus maigres et au visage plus émacié, mais uniquement en effigie, sur le drapeau à tête de mort des pirates. Les manches de sa chemise avalaient presque ses mains tout entières. Ses cheveux poivre et sel étaient aussi secs et ternes que la pelouse de la ferme d'un métayer en faillite au fin fond de l'Oklahoma. Ses yeux sombres et vagues, emplis de douleur, donnaient l'impression d'un être qui vient de recevoir un coup de poignard juste sous la région du cœur. Un cynique aurait pu laisser entendre que Roosevelt gardait Hopkins dans son entourage pour apparaître lui-même en pleine santé, et donc rééligible.

Connaissant les instructions du Président, qui m'avait prié de tenir lieu de doublure à cet homme frêle d'allure misérable, j'espérai avoir l'occasion de mieux faire sa connaissance durant notre périple. Mais Hopkins m'avait largement devancé.

« Lequel de vous deux est le professeur Mayer ? nous demanda-t-il. Le philosophe.

— Moi, monsieur.

— J'ai lu votre livre. » Ses dents paraissaient si régulières, je me demandai si elles n'étaient pas fausses. « Je ne peux pas prétendre avoir tout compris. Je n'ai jamais été très érudit. Mais j'ai trouvé ça… très énergique. Et je vois en quoi cela peut séduire d'autres philosophes qu'un confrère leur dise à tous combien ils sont importants.

— À cet égard, au moins, lui répliquai-je, les philosophes ne sont pas différents des politiciens.

— Vous avez probablement raison », dit-il et il me sourit de nouveau. « Asseyez-vous, professeur. » Son sourire glissa de moi vers Schmidt. « Vous aussi, fiston. Je vous en prie, servez-vous un peu de café. »

Nous nous sommes assis. Le café était étonnamment bon et fort bienvenu.

« Revenons un moment à votre bouquin, reprit Hopkins. Je dirais que si votre démarche est juste dans l'ensemble, c'est dans les détails que vous vous trompez. Je ne suis pas philosophe, mais je suis assez bon joueur de gin-rummy et, enfin, l'erreur que vous commettez, c'est de partir du principe que toutes les cartes que vous avez en main et qui ne vous donnent pas l'impression de pouvoir faire un pli ne seraient que du bois mort. Votre bois mort pourrait permettre à votre adversaire de réaliser une suite, et donc vous seriez mal inspiré de vous en débarrasser. Voyez-vous où je veux en venir ?

— C'est peut-être vrai », admis-je. Puis, reprenant à mon compte la métaphore de Hopkins, j'ajoutai : « Mais il faut bien qu'il y ait du bois mort, sinon vous ne pourriez pas vous défausser. Et si vous ne pouvez pas vous défausser, vous ne pouvez pas compléter votre main. J'aime assez votre analogie, monsieur, mais je pense qu'elle renforce davantage ma position que la vôtre.

— Alors allez-y et faites gin, fit Hopkins, tout sourires, et il termina son café. J'en conclus que vous jouez aux cartes. Au gin-rummy ? »

Ted Schmidt secoua la tête.

« Bridge uniquement.

— Oh, c'est trop sophistiqué pour un gars de la cambrousse comme moi.

— Moi, j'y joue, annonçai-je.

— Je me disais aussi. Bien, parfait. Nous ferons une partie plus tard. »

Hopkins se leva, nous adressa un signe de tête courtois et quitta le mess. Une ou deux minutes plus tard, deux généraux suivirent, accompagnés de l'agent Rowley, nous laissant, Schmidt et moi, seuls avec les trois agents restants des services secrets. Peu après, Schmidt s'excusait. Il me donna l'impression de quelqu'un qui sort vomir.

Dans leurs costumes sombres à deux sous, les trois agents se détachaient comme un trio de groseilliers au milieu de tous ces uniformes et grands dépendeurs d'andouilles comme Schmidt et moi. Sous le vernis de la Maison-Blanche, ce n'étaient que des flics avec des manières un peu améliorées et des rasoirs plus affûtés. Dans l'environnement exigu d'un navire, ils semblaient à l'étroit, comme aux abonnés absents. Le torse épais, pressants, puissants, ils avaient l'air d'hommes qui auraient eu besoin, pour conférer tout son sens à leur existence, de faire un tour sur le marchepied de la limousine présidentielle et d'inspecter toutes les fenêtres ouvertes jugées suspectes, de même qu'il me fallait un bon livre et un quatuor de Mozart.

« Que fait un philosophe, au juste ? demanda l'un d'eux. Si cela ne vous ennuie pas que je vous pose la question. » L'homme balança un paquet de Kool sur la table et se cala contre le dossier de son siège. Je pris ma tasse de café, les rejoignis à leur table et m'y assis. Un autre bourra sa pipe avec un pouce couleur de biscuit et me dévisagea, dans un mutisme insolent.

« Il existe trois sortes de questions, dans la vie, répondis-je. Il y a la question du style "comment-ça-brûle-un-feu ?" » J'attrapai l'une de ses cigarettes, en approchai une flamme, je rabattis le capuchon du briquet et secouai le paquet pour vider le reste des cigarettes sur la table. « Ensuite, il y a le style de question "combien-de-cigarettes-vous-reste-t-il ?" Dix moins un égale neuf, exact ? La plupart des questions que l'on peut se poser dans l'existence se rangent dans l'une ou l'autre de ces deux boîtes. L'empirique ou le formel.

» Et les questions qui n'y entrent pas ? Ce sont les questions philosophiques. Ainsi "Qu'est-ce que la moralité ?" La philosophie débute quand vous ne savez pas où chercher la réponse. Vous vous dites "Quel genre de question est-ce ? Et quel genre de question est-ce que je recherche ? Et m'est-il possible, après tout, de loger cette question dans l'une ou l'autre des deux autres boîtes ?" Cela, cher ami, c'est la tâche du philosophe. »

Les trois agents échangèrent des regards sceptiques et réprimèrent un sourire. Mais le poseur de questions n'en avait pas encore tout à fait terminé avec notre dialogue de haute mer.

« Alors, et la moralité ? me demanda-t-il. La moralité qu'il y aurait à tuer quelqu'un en temps de guerre, par exemple. Mieux encore, la moralité qu'il y aurait à tuer Hitler. La moralité nous dit que le meurtre, c'est le mal, d'accord ? Mais supposons que ce soit Hitler. Et supposons que vous ayez une chance de tuer Hitler et de sauver des milliers, des millions de gens.

— Si tu veux mon avis, vieux, Staline ne vaut pas mieux que Hitler, fit l'un des autres agents.

— Sauf qu'il y a une chose, continua l'homme. Vous n'avez pas la permission de l'abattre avec un pistolet. Il faut le tuer avec une lame, ou peut-être même à mains nues. Alors, qu'est-ce que vous faites, hein, je veux dire, tout vous pousse à le tuer, exact ? À le tuer, et peu importent les moyens employés.

— Ce fils de pute, tu le supprimes, un point c'est tout, renchérit le troisième homme.

— J'essaie de poser une question philosophique, insista le premier.

— Un philosophe ne saurait vous suggérer quoi faire, lui répondis-je. Il ne peut qu'expliquer les questions qui se posent et les valeurs qu'elles mettent en jeu. Mais au bout du compte, c'est à vous qu'il revient de décider de ce qui est juste. Et les choix comme celui que vous évoquez peuvent se révéler difficiles.

— Alors, avec tout le respect qui vous est dû, monsieur, reprit l'agent, la philosophie m'a l'air de servir à peu de chose. Et à pas grand monde.

— Je ne vous donnerai pas l'absolution. Si c'est ce que vous désirez, il faut aller consulter un prêtre. Mais je vous livre mon avis, vous en ferez ce que vous voudrez : si c'était moi, et si j'avais une chance de tuer Hitler, avec une lame ou de mes mains nues, je le tuerais. »

Utilitarisme pur et simple ? Réaliser le plus grand bonheur du plus grand nombre ? Je parvins presque à m'en convaincre moi-même. Mais pas eux. Et, remarquant leur scepticisme tenace, je changeai de sujet, je leur demandai leurs noms. Celui qui m'avait questionné sur le sens de philosophie se chargea des présentations. Blond, les yeux bleus, avec une petite cicatrice à la joue, il avait l'air d'un membre d'une société germanique de duellistes.

« Le type à la pipe, c'est Jim Qualter. Je m'appelle John Pawlikowski. Et le grand, là, c'est Wally Rauff. »

En entendant ce nom, je dressai les oreilles. Walter Rauff était aussi le nom du commandant de la Gestapo de Milan. Mais cet agent ne me paraissait pas du genre à accueillir cette information avec bonheur.

Ce même soir, je fus invité dans la cabine du commandant, pour jouer au gin-rami avec Hopkins, le général Arnold et le Président. L'agent Rauff était assis sur une chaise, devant la porte de la cabine, plongé dans la lecture du *J'étais le médecin de Hitler* de Kurt Kruger. Lorsque je fis mon apparition, il leva les yeux et, sans rien dire, tendit la main et ouvrit la porte.

Le commandant du navire, un nommé John L. McCrea, était l'ancien attaché naval de Franklin Delano Roosevelt, et l'un de ses bons amis. Il avait cédé sa cabine au Président. Un certain nombre d'aménagements avaient été prévus pour recevoir le fauteuil roulant présidentiel. On avait installé un ascenseur, afin que FDR puisse se déplacer aisément d'un pont à un autre. On avait posé des rampes sur les coaxiaux et les autres obstacles présents sur le pont. On avait installé une nouvelle baignoire et abaissé le miroir, afin de permettre au Président de se raser sans quitter son fauteuil.

Le valet de chambre de Roosevelt, Arthur Prettyman, avait apporté un certain nombre d'objets afin de transformer la cabine de McCrea, assez vaste mais plutôt spartiate, en un foyer digne d'un Président éloigné de ses pénates. Le fauteuil à dossier inclinable de FDR et un peu de porcelaine et d'argenterie de la Maison-Blanche n'étaient pas les moindres. Plus tard, Hopkins me raconta que Prettyman avait aussi embarqué l'attirail de pêche en haute mer du Président et plusieurs films de Walt Disney, notamment *Blanche-Neige et les sept nains* et *Pinocchio*, qui était le préféré de Roosevelt.

On avait dressé une vraie table de jeu, et FDR, vêtu d'un vieux pantalon, d'une grosse chemise de pêche et d'un gilet de chasse contenant des cigarettes et les allumettes à longue tige qui avaient sa préférence, était déjà en train de battre les cartes.

« Entrez donc, professeur, et prenez un siège, s'écriat-il. Arthur ? » FDR se tourna vers son valet noir. « Servez un martini au professeur Mayer, voulez-vous ? »

Prettyman opina en silence et se retira vers l'arrière de la cabine pour préparer mon cocktail. J'espérai qu'il n'ait pas emprunté sa recette au Président.

« Avez-vous apporté un peu d'argent à perdre ? me demanda le Président. Les mises sont fixées à dix cents le point. Et je me sens en veine ce soir. »

Je jugeai préférable de ne pas préciser que j'avais appris à compter les cartes à Harvard. Un jour, j'avais commis un petit article sur la théorie des probabilités en tant que généralisation de la logique aristotélicienne. Je me demandai ce que stipulaient les règles de l'étiquette quant à l'éventualité de soustraire de l'argent au Président des États-Unis au cours d'une partie de cartes.

« Vous connaissez déjà Harry, fit FDR, voici le général Arnold. »

D'un signe de tête, je saluai le chef de l'American Air Corps, un bonhomme plutôt imposant, à l'air suffisant, qui, en dépit de son excédent de carrure, ne me semblait guère en meilleure santé que Hopkins : la sueur lui dégoulinait du front et il n'avait pas bonne mine.

« Comment est votre cabine ? s'enquit-il poliment.

— Très bien, monsieur. Je vous remercie.

— Hap déteste la mer… n'est-ce pas, Hap ? lança Hopkins en s'asseyant à la table de jeu avant de se verser un verre d'eau minérale, de la Saratoga Springs. Déteste la mer et déteste les bateaux. Si vous voulez, monsieur le Président, je vais me charger de la première donne.

— Ça vaut encore mieux que de traverser à la nage, j'imagine, marmonna Arnold.

— Alors, que pensez-vous de mon navire ? me demanda FDR.

— Très impressionnant. » Je pris le verre sur le plateau en argent de Prettyman et j'y trempai les lèvres avec prudence. Pour une fois, il était parfait. « Je suis presque désolé de ne pas voir tous ces canons en action.

— Je ne vois pas ce qui vous empêcherait de les voir en action, se récria Roosevelt. À bien y réfléchir, une démonstration de notre puissance de feu pourrait avoir bon effet sur le moral. Histoire de montrer à l'équipage à quel genre de marine Hitler a eu l'imbécillité de déclarer la guerre. Qu'en pensez-vous, Harry ?

— C'est vous l'homme de la marine, monsieur le Président, pas moi, fit Hopkins. Si j'avais encore un estomac, je ferais aussi mauvaise figure que Hap, ici.

— C'est vrai, Hap ? Vous avez mal au ventre ?

— Je vais très bien, monsieur », se défendit Arnold d'un ton bourru.

Hopkins distribua les cartes.

« Je crois que le professeur vient de me donner une bonne idée, ajouta FDR en ramassant sa donne et en la rangeant. Nous allons voir comment l'*Iowa* sait se défendre contre une attaque aérienne. À moi d'ouvrir ? »

Il prit la première carte retournée du talon et écarta une des siennes.

L'instant suivant, une énorme explosion secoua le vaisseau et, quelques secondes plus tard, la porte s'ouvrit avec fracas sur l'agent Rauff, pistolet au poing.

« Est-ce que ça va, monsieur le Président ? s'écria-t-il, le souffle court.

— Je vais bien, Wally », lui assura froidement Roosevelt.

Ensuite, par le haut-parleur encastré dans un angle de la cabine, une annonce retentit.

« À tous les postes. À tous les postes. Ceci n'est pas un exercice. Je répète : ceci n'est pas un exercice.

— Qu'est-ce qui se passe, bon sang ? s'agaça Arnold.

— Il semblerait que nous subissions une attaque, décréta le Président sans même lever les yeux de ses cartes. Un sous-marin, peut-être.

— Alors je pense que nous ferions mieux de rester ici et de nous tenir en retrait, insista Arnold. Que McCrea fasse son boulot. » Imperturbable, il prit une carte du talon et en écarta une de sa main.

Estimant ne pouvoir faire moins que le général Arnold, je lui emboîtai le pas et m'aperçus que j'avais de quoi réaliser une suite de quatre cœurs.

« Allez voir ce qui se passe, Wally, ajouta encore FDR à l'intention de Rauff. Et, nom de Dieu, rangez-moi ce putain de flingue. On est sur un navire de guerre, pas à Dodge City.

— Bien, monsieur le Président », obtempéra Rauff et, tout en rengainant son arme, il sortit de la cabine pour aller s'enquérir du capitaine McCrea. Le Président prit le cinq de pique que je venais de déposer et écarta un carreau. « Merci, professeur », marmonna-t-il.

Arnold déposa son pique. J'avais besoin de me constituer un brelan, ce qui me poussa à compter mes trois cartes restantes. J'aurais pu avoir de quoi faire gin servi en ramassant la carte d'Arnold, mais maintenant je voyais ce que manigançait le Président et, conservant mon pique restant, j'écartai un trèfle et décidai de m'accrocher pour faire gin simple. Je me sentais tout sauf calme. Quelque part, un sous-marin avait fort bien pu déjà tirer une deuxième torpille qui, à cette seconde même, fonçait inexorablement sur l'*Iowa*, mais le comportement de Roosevelt ne trahissait pas le moindre signe de peur. Toute la tension perceptible sur le visage du Président avait trait à la carte qu'il venait de piocher. Tandis qu'au fond de moi, je n'avais qu'une envie, enfiler un gilet de sauvetage. Au lieu de quoi, j'attendis que ce soit le tour d'Arnold, et je ramassai une carte.

Un instant plus tard, la porte s'ouvrit et le capitaine McCrea entra dans la cabine et se mit au garde-à-vous – même si l'on eût dit que c'était son uniforme qui avait accompli cet exploit de lui-même. Avec ses souliers rutilants, son sourire rutilant, ses cheveux rutilants, son œil rutilant et ses ongles rutilants, McCrea paraissait tout neuf, à peine sorti de son emballage.

« Alors, John, s'enquit le Président, sommes-nous la cible d'une attaque ?

— Non, monsieur. Une grenade sous-marine s'est détachée à la poupe d'un de nos destroyers d'escorte et elle a explosé dans la mer, qui est assez forte.

— Enfin, merde, comment est-ce possible ?

— Il est certain que c'est un peu difficile à expliquer, monsieur, car nous observons le silence radio, pour des raisons de sûreté. Mais j'imagine que quelqu'un n'a pas correctement réglé une sécurité.

— De quel bâtiment s'agit-il ?

— C'est le *Willie D. Porter* qui vient d'émettre un signal lumineux pour nous signaler que c'était d'eux que cela venait.

— Bon Dieu, John, n'est-ce pas ce destroyer qui a reculé dans un autre navire quand l'*Iowa* quittait Norfolk ?

— C'est exact. L'amiral King n'est pas trop ravi de cet incident, je peux vous l'affirmer.

— Je veux bien le parier, s'esclaffa Arnold.

— Au fait, John, reprit Roosevelt. J'ai décidé une chose, j'apprécierais de voir ce bâtiment déployer sa puissance de feu.

— Nous pourrions éventuellement nous servir du *Willie D. Porter* comme cible d'exercice, suggéra Arnold.

— Ernie King serait sans doute d'accord avec vous, Hap, continua Roosevelt. Pourquoi pas dès demain matin, John ?

— Oui, monsieur, approuva McCrea, tout sourires. Je vais vous organiser une démonstration que vous n'oublierez jamais.

— Puisque nous ne sommes pas vraiment sous le coup d'une attaque, reprit Arnold, pourrions-nous revenir à la partie ? »

Mais dès que McCrea fut sorti de la cabine, je touchai un gin servi et j'étalai mes cartes sur la table.

« Gin, annonçai-je.

— J'ai une meilleure idée, annonça Roosevelt. Nous allons attacher Willard à l'un de ces ballons d'exercice. »

Une heure plus tard, alors que j'avais accumulé plus de cinquante points d'avance, le capitaine McCrea était de retour et informait le Président que le convoi mettait en panne pour rechercher un homme du *Willie D. Porter* qui était passé par-dessus bord. L'air sombre, Roosevelt plongea le regard dans le trou noir du hublot et soupira.

« Pauvre bougre. Je veux parler de l'homme qui est passé par-dessus bord. Une foutue nuit pour tomber à l'eau.

— Considérez le bon côté de la chose, suggéra Hopkins. Il se peut que ce soit le type qui a foiré avec cette grenade sous-marine. Ça lui évite une cour martiale.

— Messieurs, dit le Président. Je pense que nous ferions mieux de conclure ici notre partie. Il ne me paraît pas convenable de continuer de jouer au gin-rummy quand un homme de ce convoi est porté manquant et se sera probablement noyé. »

La partie étant achevée, je regagnai ma cabine où je trouvai Ted Schmidt allongé sur sa couchette, apparemment sans connaissance, mais toujours accroché au goulot d'une bouteille vide de Mount Vernon. Je retirai la bouteille des doigts boudinés de Schmidt et je le recouvris d'une couverture, en me demandant si la boisson était chez lui une habitude, ou si cette cuite était due à la peur de s'être embarqué sur l'océan à bord d'un bâtiment militaire.

Le lendemain matin, je laissai Schmidt cuver dans le sommeil et je retournai en « Terre Présidentielle », pour assister au tir de barrage de démonstration depuis la passerelle supérieure, réservée à l'usage de Roosevelt durant ce périple. Les amiraux Leahy, King et McIntire (le médecin de FDR) étaient déjà sur le pont, et nous ne tardâmes pas à être rejoints par les généraux Arnold, Marshall, Somerwell, Deane et George, ainsi que par quelques fonctionnaires de la diplomatie que je ne reconnus pas. Les derniers arrivés furent les agents Rowley, Rauff et Pawlikowski, le vice-amiral Wilson Brown, Harry Hopkins, John McCloy, le sous-secrétaire à la Guerre, Arthur Prettyman et le Président lui-même. Il portait une pèlerine réglementaire de la marine avec un col en velours et des brandebourgs torsadés, et un petit chapeau coquet, au bord relevé. Il avait l'air d'un bookmaker qui se rend à sa première soirée à l'opéra.

« Messieurs, bonjour », lança-t-il avec gaieté. Il alluma une cigarette et se pencha par-dessus la rambarde pour voir le second détecteur de batterie et le poste de direction de tir, en contrebas. « Il semblerait que nous ayons choisi la bonne journée. »

Le navire se trouvait tout juste à l'est des Bermudes, par une mer peu formée, et le temps était agréable. J'avais juste un peu le mal de mer. Je réglai mes jumelles sur les destroyers d'escorte. L'*Iowa* filait vingt-cinq nœuds, mais les trois destroyers – *Cogswell, Young* et *Willie D. Porter* –, plus petits, avaient du mal à soutenir l'allure. J'avais surpris le vice-amiral Brown expliquant au Président que le *Willie D. Porter* accusait une perte de pression dans l'une de ses chaudières.

« Ce n'est pas ce que l'on peut appeler un bâtiment chanceux, hein ? » observa le Président.

Entendant un fort cognement métallique et sourd, je jetai un coup d'œil pour voir, immédiatement à mes pieds, l'un des dix-neuf canons de quarante millimètres de l'*Iowa* que l'on chargeait. Un peu plus loin sur ma droite, en face de la première manche à air, j'aperçus un

matelot servant un des soixante canons de vingt millimètres du cuirassé. Les ballons météo furent lancés et,
une minute plus tard environ, quand ils eurent atteint
une altitude suffisante, les batteries antiaériennes
ouvrirent le feu. Si j'avais été sourd, je pense que je
me serais encore plaint du bruit. En fait, j'étais déjà
trop occupé à me boucher les oreilles des deux mains
et à rester dans cette posture jusqu'à ce que le dernier
ballon soit touché, ou qu'il ait dérivé hors de portée,
en direction des destroyers d'escorte. C'est alors que
je remarquai quelque chose d'inhabituel sur tribord, et
je me tournai vers l'amiral King, un grand homme à
l'allure svelte, qui ressemblait à une autre version de
Harry Hopkins, en meilleure santé.

« Le *Willie D. Porter* semble nous lancer des signaux,
monsieur », m'exclamai-je quand le vacarme se fut
enfin calmé.

King ajusta ses jumelles sur le signal lumineux cli-
gnotant et se rembrunit en tâchant de déchiffrer le code
morse.

« Qu'est-ce qu'ils racontent, Ernie ? » s'enquit le
Président.

J'avais déjà déchiffré le message. Ma formation à
Catoctin Mountain avait peut-être été meilleure que
dans mon souvenir.

« Ils nous demandent de faire machine arrière toute.

— Cela ne se peut pas.

— Monsieur, c'est la teneur de leurs signaux,
insistai-je.

— Ça n'a aucun sens, marmonna King. À quoi cet
idiot veut-il jouer maintenant ? »

Une ou deux secondes plus tard, tout devint aussi
clair qu'effrayant. Sous le flanc de la passerelle de
commandement, immédiatement sous nos pieds, un

énorme haut-parleur se manifesta soudain de façon tonitruante. « *Torpille sur tribord. Ce n'est pas un exercice. Ce n'est pas un exercice. Torpille sur tribord.*

— Nom de Dieu ! » beugla King.

Roosevelt se tourna vers son valet qui se tenait debout derrière lui.

« Faites-moi rouler vers tribord, Arthur », le pria-t-il sur le ton d'un homme qui demande un miroir pour se regarder dans son nouveau costume. « Je veux voir ça par moi-même. »

Entre-temps, l'agent Rowley avait dégainé son pistolet et s'était penché hors de la passerelle de commandement, comme s'il allait tirer sur cette torpille. J'aurais pu en rire, si le risque d'être touché par le milieu et de sombrer n'était pas apparu si vraisemblable. Subitement, la situation fâcheuse de l'homme du *Porter*, tombé la veille au soir par-dessus bord, semblait une menace plus immédiate. Combien de temps un homme survivait-il dans les eaux de l'océan Atlantique ? Une demi-heure ? Dix minutes ? Probablement moins s'il était assis dans une chaise roulante.

Tout en se lançant dans des manœuvres d'évitement, l'*Iowa* augmenta sa vitesse et entreprit de virer sur bâbord et, une longue minute plus tard, une énorme explosion fit jaillir une montagne d'eau derrière le bâtiment. Le navire tangua de la quille, dans un énorme mouvement de bascule, comme si Archimède s'était assis dans son bain avant de se relever pour répondre au téléphone, et je sentis mon visage fouetté par les embruns.

« Vous avez vu ça ? s'exclama le Président. Vous avez vu ça ? Elle nous fonçait droit dessus. Elle ne devait pas être à plus de trois cents mètres sur tribord. Bon Dieu, là, c'était excitant. Je me demande si c'est un sous-marin ou plusieurs. »

Comme étalage de sang-froid, cela se situait assez près de Jeanne au bûcher réclamant une torche à son bourreau.

« S'ils sont plusieurs, nous sommes foutus », lâcha King, l'air sévère, et il se rua vers la porte, pour tomber nez à nez avec le capitaine McCrea qui faisait son apparition sur la passerelle de signalisation.

« Vous n'allez pas y croire, amiral, s'écria McCrea. C'est le *Willie D. Porter* qui nous a pris pour cible. »

Alors que le capitaine McCrea expliquait la situation, les gros canons de 406 mm de l'*Iowa* se braquaient, menaçants, dans la direction du destroyer d'escorte.

« Le commandant Walter a rompu le silence radio pour nous alerter sur ce gros poisson, continua McCrea. J'ai ordonné que nos canons prennent son destroyer pour cible, juste au cas où il s'agirait de je ne sais trop quel complot, d'une tentative d'assassinat.

— Seigneur Dieu », gronda King avec hargne et, retirant sa casquette, il massa son crâne chauve dans un geste exaspéré. Dans l'intervalle, les généraux Arnold et Marshal avaient le plus grand mal à dissimuler leurs petits sourires narquois, face à la gêne évidente de leur rival dans la hiérarchie de la marine. Putain d'abruti.

« Quels sont vos ordres, monsieur ?

— Je vais vous dire quels sont mes ordres, fit King. Ordre au commandant du *Porter* de se détacher de cette escorte, lui et son putain de bateau, et de faire route sur les Bermudes à toute vapeur. Là-bas, il place son bâtiment et tout son équipage à la noix aux arrêts de rigueur, en attendant une enquête complète et détaillée sur ce qui s'est produit au juste aujourd'hui, avec possibilité de cour martiale à la clef. Et vous pouvez ajouter de ma part au capitaine de corvette Walter que je le considère comme le pire officier de marine commandant un navire qu'il m'ait été donné de croiser en plus de quarante années de service. »

King se tourna vers le Président et recoiffa sa casquette.

« Monsieur le Président. Au nom de la marine, j'aimerais vous présenter mes excuses pour ce qui s'est produit. Mais je puis vous assurer que j'ai l'intention de creuser les causes de cet incident à fond.

— Je pense que c'est nous tous qui avons failli y aller, au fond, ironisa Marshall en s'adressant à Arnold. Le fond de l'océan. »

De retour dans ma cabine, je trouvai Ted Schmidt assis au bord de sa couchette, la mine patibulaire, équipé de son gilet de sauvetage et agrippé à sa bouteille de rye. Que fait-on d'un marin ivre ? me demandai-je avec lassitude. On lui fait tâter de la corde du maître d'équipage, on lui rase la panse avec un rasoir rouillé, et on le colle même au lit avec la fille du commandant, telles étaient les solutions, toutes aussi poétiques les unes que les autres, qui me vinrent à l'esprit.

« Qu'est-ce qui se passe ? hoqueta Schmidt. J'ai entendu tirer. Sommes-nous attaqués ?

— Uniquement par les nôtres, l'informai-je, et je lui expliquai ce qui s'était produit.

— Dieu merci ! s'exclama Schmidt en se laissant aller en arrière dans sa couchette. Ce serait bien ma chance qu'en plus de tout le reste je me fasse tuer par mon propre camp. »

Je lui pris sa bouteille et m'en servis un verre. Après l'air froid de la passerelle, j'avais besoin de me réchauffer les entrailles.

« Vous n'avez pas envie de m'en dire un mot ? »

Schmidt secoua la tête, l'air malheureux.

« Écoutez, Ted, ceci doit cesser. Vous soûler, c'est une chose. Vous poivrer à ce point, c'en est une autre.

Peut-être que les Russes, lors de la conférence des Trois Grands, vous pardonneront de sentir plus fort que le gant d'un bootlegger, mais je ne pense pas que le Président s'en accommode. Ce qu'il vous faut, c'est un bon coup de rasoir et une douche pour récurer votre haleine qui sent le bois pourri. Chaque fois que vous sifflez, je vous jure, je me retrouve quasiment propulsé à Mount Vernon. Après ça, nous irons vous dégotter une tasse de café très fort et un bol d'air frais. Allez. Je vous tiens votre trousse de toilette.

— Vous avez peut-être raison.

— Bien sûr que j'ai raison. Si nous étions sur la terre ferme, je considérerais de mon devoir de vous en coller une en pleine poire et de vous confiner dans votre cabine. Mais comme nous sommes à bord d'un bateau, nous dirons que vous avez le mal de mer. C'est un état parfaitement respectable en mer. En outre, il est des hommes, des hommes à jeun, au commandement de destroyers, qui sont encore plus des incapables que vous ne l'êtes, Ted. »

Quand Schmidt se fut nettoyé et changé, nous allâmes vers l'avant. Au mess, il n'y avait qu'un seul personnage. Il était mince, l'allure athlétique, il portait un nœud papillon façon Yale, un pull en V et des lunettes demi-lunes. Le pli de son pantalon de flanelle grise avait le tranchant d'une lame de couteau. Il avait les cheveux courts et argentés, et il tenait dans sa main un livre aussi épais qu'un pneu de voiture. Le livre était intitulé *La Source vive*. L'homme avait des manières distantes et semblait considérer notre arrivée avec tout l'enthousiasme d'un courtisan qui découvre une crotte de chien à l'intérieur des portes de la Cité Interdite. Schmidt nous présenta.

« Voici John Weitz. »

270

J'opinai avec un sourire affable, mais l'homme ne me plaisait pas du tout. Weitz répondit d'un signe de tête et lâcha un petit nuage de fumée, manière de signaler qu'il n'était pas dans des dispositions particulièrement amicales. Entre-temps, un serveur du mess annonça qu'il allait chercher du café frais.

« John est l'autre spécialiste de la Russie que nous a expédié le département d'État », ajouta Schmidt.

Cette remarque provoqua une réaction indignée de la part de John Weitz. Et ce ne serait que la première d'une longue série, ainsi que j'allais m'en apercevoir.

« C'est à n'y pas croire, non ? me fit Weitz. Vous ne croyez pas ? L'événement diplomatique le plus important du siècle, et nous ne sommes que deux du département d'État. »

Ayant déjà appris en quelle piètre opinion Harry Hopkins tenait le département d'État, je n'avais aucun mal à y croire. Et John Weitz ne me semblait guère de taille à restaurer la réputation du ministère aux yeux de Hopkins.

« Moi, il me semble, intervint Schmidt, que le Président a de très bons jockeys, et qu'il a tort de vouloir monter le canasson lui-même. »

Weitz approuva avec colère. Cette démonstration d'harmonie entre les deux spécialistes de la Russie achoppait sur le point de savoir s'il fallait ou non traiter l'Union soviétique en alliée des États-Unis, et une discussion enflammée ne tarda pas à s'engager. Pour l'essentiel, je me gardai bien d'y prendre part, non parce que je ne goûtais pas les débats politiques, mais parce que cette discussion-là en particulier me semblait se teinter d'une dimension très personnelle. Une dimension que n'expliquait pas totalement le simple fait que John Weitz soit une véritable merde.

« Que le Président aille serrer la main à Staline, ça me reste en travers de la gorge, avoua ce dernier.

— Et pourquoi diable le Président ne devrait-il pas serrer la main de Staline ? s'insurgea Schmidt. Les Russes sont nos alliés, bon sang. Quand vous avez conclu une alliance, ça va de pair. On se serre la main pour sceller l'accord.

— Et cela ne vous tracasse pas davantage que Staline ait signé l'arrêt de mort de dix mille officiers polonais ? Quel allié ! » Weitz ralluma sa pipe, et il poursuivit avant que Schmidt, toujours sous le coup de sa gueule de bois, ait pu répondre. « Quel allié, qui tente de conclure une paix séparée avec l'Allemagne ! C'est pour cette seule raison qu'il ne s'est encore jamais tenu de conférence des Trois Grands avant celle-ci.

— Absurde, déclara Schmidt en se frottant les yeux avec véhémence.

— Ah oui ? L'ambassadeur russe à Stockholm, Mme de Kollontaï, couche pratiquement avec l'émissaire de Ribbentrop, Peter Kleist, et ce depuis le début de la guerre. »

Schmidt considéra Weitz avec mépris.

« Des conneries.

— Je ne pense pas que vous compreniez la mentalité russe du tout, continua Weitz. N'oublions pas que les Popovs ont déjà conclu une paix séparée avec les Allemands. En 1918, et de nouveau en 1939.

— C'est peut-être vrai, admit Schmidt, mais aujourd'hui, le contexte est très différent. Les Russes ont toutes les raisons de se fier à nous.

— Hé, je ne suis pas en train de dire qu'ils ne peuvent pas se fier à nous, s'esclaffa Weitz. La question, c'est pouvons-nous nous fier à eux ?

— Nous avons promis à Staline un second front en 1942, et de nouveau en 1943, et regardez où nous en sommes, aujourd'hui. Il n'y aura pas de second front avant le mois d'août de l'année prochaine. Combien de soldats de l'armée Rouge seront morts, d'ici là ? Un million. Si Staline croit qu'il mène cette guerre tout seul, il a de quoi être pardonné.

— Raison de plus, alors, pour qu'il négocie une paix séparée, insista Weitz. Il est difficile d'imaginer qu'un pays, quel qu'il soit, puisse subir des pertes comme celles-là et conserver encore la volonté de se battre.

— Je pourrais tomber d'accord avec vous si l'armée Rouge avait perdu l'initiative. Mais ce n'est pas le cas. »

Pendant que les deux hommes se disputaient, je songeai à une meilleure raison qu'aurait eue Staline de vouloir solliciter la paix. Sa plus grande peur, ce n'était pas les Allemands, mais les Russes eux-mêmes. Il devait être terrorisé à l'idée que sa propre armée ne se mutine contre ces conditions d'existence atterrantes et ces pertes effroyables, tout comme elle l'avait fait en 1917. Staline n'ignorait pas qu'il était assis sur un baril de poudre. Et pourtant, quel autre choix avait-il ?

John Weitz ne réussissait à voir l'Union soviétique que comme un agresseur potentiel.

« Retenez bien mes propos, insista-t-il. Staline se présente à cette conférence des Trois Grands avec une liste de pays qu'il revendique et qu'il estime pouvoir occuper de façon définitive, sans avoir à tirer un seul coup de feu. Et la Pologne figure en tête de cette liste. S'il pensait que Hitler était prêt à accepter ses exigences, croyez-moi, il conclurait un marché avec lui, et cela au moment même où il serrerait la main de FDR. Si vous voulez mon avis, nous devrions les laisser l'un et l'autre se saigner à blanc. Que les nazis et les communistes s'entretuent jusqu'au dernier, et ensuite nous récupérerons les morceaux. »

À présent, la discussion avait franchement viré à l'aigre. Et à l'attaque personnelle.

« Bon sang, ce n'est pas étonnant que les Russes ne se fient pas à nous, avec des salauds comme vous dans les parages, beugla Schmidt.

— Je pense que je préfère encore être un salaud plutôt que de faire l'apologie d'un pourceau et d'un meurtrier comme Staline. Qui sait? Et si vous étiez pire qu'un salaud, Ted? Vous ne seriez pas le premier compagnon de route du département d'État. »

Schmidt se leva brusquement, les poings serrés. Les chairs de son visage mou, rasé de près, tremblotaient de rage. L'espace d'un instant, je crus qu'il allait frapper Weitz, et que les deux serveurs du mess et moi-même allions devoir promptement intervenir avant que ne s'échangent de véritables coups.

« Vous avez entendu de quoi il m'a traité, protesta Schmidt en se tournant vers moi.

— Apparemment, j'ai touché une corde sensible, ironisa Weitz, tout sourires.

— Vous devriez peut-être la fermer, suggérai-je.

— Et vous, Mayer, vous devriez peut-être davantage surveiller vos fréquentations, répliqua l'autre.

— Ça te va bien de dire ça, espèce de pédale », lança Schmidt.

Étant donné la situation au sein du département d'État – Sumner Welles, et puis Thornton Cole –, John Weitz ne risquait pas de laisser passer l'insulte et, avant que les serveurs du mess ou moi-même ayons pu l'en empêcher, il flanqua un violent coup de poing sur le nez de Schmidt – suffisamment fort pour le faire saigner. Et il l'aurait frappé de nouveau, si nous n'étions intervenus, l'un des deux serveurs et moi.

« Je vais le tuer, hurla-t-il en répétant cette menace plusieurs fois.

— J'aimerais voir ça, essaie seulement, espèce de pédale », répéta Schmidt avec un grand sourire, en s'essuyant le nez avec son mouchoir.

Les clameurs de cette rixe attirèrent les agents Rauff et Pawlikowski dans le mess, au moment où Schmidt et Weitz continuaient d'échanger injures et menaces.

« Et vous êtes censés être des diplomates, messieurs…, s'écria Pawlikowski en repoussant Weitz contre la cloison de la cabine, alors que ce dernier cherchait encore à frapper son adversaire. Que Dieu nous protège. »

Rauff observa Schmidt, puis se tourna vers moi.

« Je pense qu'il vaudrait mieux le sortir d'ici, me dit-il, avant que le Président ou l'un des membres de son état-major n'entre.

— Sage conseil, approuvai-je, et j'empoignai fermement Schmidt par le bras pour le conduire en douceur vers la porte du mess. Venez, Ted, dis-je. Il a raison. Il ne faudrait pas que le Président voie ça. Regagnons nos pénates.

— Il m'a traité de pédale », tel fut le dernier propos que j'entendis de la bouche de Weitz, à l'instant où je refermai la porte derrière nous.

Quand nous fûmes de retour à la cabine, Schmidt s'assit sur sa couchette et tendit la main pour attraper sa bouteille.

« Vous ne croyez pas que vous avez assez absorbé de ce breuvage ? fit-je, cassant. Et d'ailleurs, qu'est-ce qui vous prend, bon sang ? Pourquoi diable avez-vous traité Weitz de pédale ? »

Schmidt secoua la tête en riant.

« Je voulais juste le piquer au vif. Coller un peu de merde sur le dos de ce salopard, ce fasciste. Au département d'État, les gens sont un peu nerveux, ils craignent une espèce de chasse à la tapette organisée. Bon Dieu, pourvu qu'ils ne dénichent pas une folle qui soit également communiste. Ils la lyncheraient sans doute du haut du monument de George Washington. »

Je devais admettre qu'il y avait un peu de vrai là-dedans.

Schmidt garda le silence une minute.

« Vous êtes marié, Willard ? » reprit-il.

La question touchait un point sensible, car je me souvenais que le Président et la police métropolitaine m'avaient posé la même.

« Quoi, vous allez me traiter de pédale, moi aussi ? C'est ça ? »

Schmidt eut un air peiné.

« Mon Dieu, non. Je vous posais juste la question.

— Non, je ne suis pas marié, bordel ! m'exclamai-je avec amertume. J'avais une fille dans ma vie. Une fille vraiment jolie. Une fille que j'aurais dû épouser. Et maintenant... eh bien, maintenant, elle est partie. Je ne sais pas au juste pourquoi ou même comment, mais j'ai tout foiré. » Je haussai les épaules. « Elle me manque beaucoup. Plus que je n'aurais cru.

— Je vois. Alors nous sommes dans le même bateau.

— Plus pour très longtemps, si vous continuez comme vous venez de le faire. Ils vont vous débarquer sur une île déserte. »

Il sourit, son visage rondouillard trahissait un mélange de sympathie et d'ironie. Sa sympathie m'importait peu, mais son ironie me paraissait intéressante.

« Vous ne comprenez pas, me dit-il en retirant ses lunettes et en les nettoyant avec acharnement. La veille du jour où j'ai embarqué à bord de ce navire, ma femme, Debbie, m'a annoncé qu'elle allait me quitter. »

Il ravala sa salive, non sans mal, et me gratifia encore d'un petit sourire nerveux. Ce sourire atterrit pile sur le gros baluchon d'apitoiement sur ma triste personne que je me trimballais depuis ma montée à bord de l'*Iowa*.

« Je suis désolé. » Je m'assis et nous versai un verre à tous les deux. Mis à part aller chercher l'aumônier du navire, cela me semblait la décision la plus appropriée. « A-t-elle expliqué pourquoi ?

— Elle avait une liaison. À vrai dire, pour être honnête, je savais qu'elle mijotait quelque chose. Elle était tout le temps sortie quelque part. Je n'avais pas envie de lui poser de questions, vous voyez ? Pour le cas où mes pires soupçons se verraient confirmés. Eh bien maintenant, ils le sont. »

Il prit le verre et le fixa comme s'il savait que ce n'était pas la bonne réponse. Aussi, j'allumai une cigarette et je la lui glissai entre les lèvres.

« Vous connaissez l'autre type ?

— Je le connaissais, oui. » Il sourit, l'air penaud, en croisant mon regard, lisant dans mes yeux que j'avais noté l'emploi de l'imparfait. « C'est un petit peu plus compliqué que vous ne pourriez le supposer. Mais il faut bien que je me confie à quelqu'un, j'imagine. Pouvez-vous garder cela pour vous, Willard ?

— Bien sûr. Vous avez ma parole. »

Schmidt vida son verre, avant de tirer une longue bouffée suicidaire sur sa cigarette.

« L'autre type est mort. Elle me quitte pour un homme mort, Willard, ajouta-t-il avec un sourire amer. Qui dit mieux ? Vous ? »

Je secouai la tête. Je n'aurais en effet pas pu dire mieux. Moi, je ne connaissais même pas le nom du gars que j'avais entrevu avec Diana sur le tapis de son salon.

Schmidt s'étrangla de rire, puis essuya ses larmes.

« Remarquez, ce mort, c'est pas n'importe qui. Non, il fallait qu'elle aille dégoter le mort le plus tristement célèbre de Washington. »

Je fronçai les sourcils, tâchant de saisir à qui Ted Schmidt faisait allusion. Il n'y avait à Washington qu'un seul mort tristement célèbre qui me vint à l'esprit, et que Ted Schmidt aurait pu connaître.

« Seigneur, Ted, vous ne voulez pas parler de Thornton Cole ?

— Mais si, je veux parler de Thornton Cole.

— Mais il n'était pas… ?

— C'est ce qu'a raconté la police métropolitaine. Ils partent du principe que Cole se serait rendu au parc Franklin pour une passe avec un prostitué de sexe masculin, qui l'aurait ensuite détroussé et assassiné. Mais vous pouvez vous fier à ma parole, Thornton Cole n'était certainement pas homosexuel.

— Et vous tenez ça de source sûre ?

— Debbie est enceinte. Voilà ce que je sais de source sûre. Nous n'avions pas fait l'amour depuis très longtemps. Cole est le père, d'accord. Tout est dans la lettre qu'elle m'a écrite la veille du jour où je suis monté à bord de cette baignoire puante.

— Vous certifiez que vous n'avez parlé de ceci à personne. »

Schmidt secoua la tête.

« Personne d'autre n'est au courant. Sauf vous.

— Eh bien, dites-moi, vous ne croyez pas que vous devriez en toucher un mot à quelqu'un ? À la police ?

— Oh, pour sûr. J'ai envie que tout le monde, à Washington, sache qu'un autre homme baisait ma femme. Oui, bonne idée, Willard ! Comme je vous l'expliquais, je viens moi-même tout juste de le découvrir. Et à qui vais-je en faire part ? Au capitaine ?

— Vous avez raison. Les flics ne sont jamais là quand on a besoin d'eux. » J'eus un geste désabusé. « Et pourquoi pas les services secrets ?

— Et ensuite, quoi ? Nous sommes tenus au silence radio, vous vous souvenez ?

— Vous allez devoir informer quelqu'un. Un homme a été assassiné, Ted. Si les flics de la Métro savaient que Cole avait une liaison avec votre épouse, ils auraient du mal à traiter ce meurtre comme une histoire de tapettes. Cela cache autre chose. »

Schmidt s'esclaffa.

« Sûr. Ils vont peut-être croire que c'était une querelle de ménage. Que c'est moi qui l'ai tué. Avez-vous pensé à cette éventualité ? Je vais les informer de ce que je sais et je vais devenir suspect, aussi sec. Je ne suis pas certain que Debbie ne s'imagine pas que je sois impliqué, d'ailleurs. Parce que, si j'en avais eu l'occasion, sans parler d'en avoir le cran, je l'aurais tué. Je vois ça d'ici. Je raconte tout à ces types et, à la minute où je mets un pied hors de ce navire, je me retrouve en état d'arrestation. » Il secoua la tête. « Les services secrets, le FBI. Je ne me fie à aucun de ces enfoirés. La seule raison qui me pousse à vous en parler, c'est qu'on s'est connus à Harvard. Enfin, plus ou moins. » Schmidt porta le verre à ses lèvres, avant de s'apercevoir qu'il en avait déjà bu tout le contenu. « Je ne suis pas un ivrogne, Willard. En temps normal, je ne bois pas. Mais que feriez-vous d'autre en pareil cas ? »

— Ne m'en parlez pas. En l'occurrence, je suis un novice, moi aussi. » Je nous servis un autre verre à tous les deux. Et merde, me dis-je, nous étions deux frères dans la douleur.

« En plus, j'ai une autre raison de ne pas vouloir que les services secrets et le FBI viennent fouiner dans tous les recoins de mon existence. Un truc qu'a dit John Weitz.

— Oh, lui, oubliez-le.

— J'ai toujours sympathisé avec le mouvement communiste, Will. Depuis Harvard. Bon, je n'ose pas croire que cela fasse de moi un compagnon de route, pour reprendre son expression.

— C'est une chose que de sympathiser, et c'en est tout à fait une autre d'adhérer », lui répliquai-je avec fermeté. Il pouvait certes occuper un rang supérieur au mien dans l'échelle de la souffrance humaine, je n'allais pas le laisser me surpasser en matière d'extrémisme politique. « Vous n'avez jamais appartenu au Parti communiste, n'est-ce pas ?

— Non, évidemment que non. Je n'ai jamais eu le cran d'adhérer.

— Alors, vous n'avez aucune raison de vous inquiéter. Depuis Pearl Harbor, nous sommes tous des compagnons de route. C'est la seule ligne convenable à adopter. C'est l'objet même de la conférence des Trois Grands. John Weitz ne doit pas l'oublier. Je ne pense pas que FDR apprécierait certains des propos qu'il a tenus au mess tout à l'heure. Et il se trouve, je le sais de source sûre, que vos opinions sur l'Union soviétique sont à peu près en accord avec celles du Président.

— Merci, Willard.

— Vous savez, pour une part, les services secrets du Président, ils ne sont pas si mauvais.

— Vous pensez réellement que je devrais leur communiquer ce que je sais ?

— Oui. Laissez-moi vous expliquer pourquoi. Thornton Cole travaillait pour le bureau allemand, n'est-ce pas ? »

Schmidt opina.

« Je ne le connaissais pas très bien, mais au dire de tous, il faisait assez bien son travail.

— Avez-vous envisagé l'hypothèse que toute cette histoire comporte un aspect touchant à la sécurité du pays ? Il a peut-être fait une découverte liée à son travail sur l'Allemagne au sein du département d'État. Il se pourrait que ce soit pour ça qu'on l'ait tué.

— Vous voulez dire : un espion allemand ?

— Pourquoi pas ? Il y a un an, le FBI a ramassé huit espions allemands à New York. Le réseau de Long Island. Mais il doit y en avoir d'autres. C'est d'ailleurs l'un des atouts qui maintiennent Hoover à son poste.

— Je n'avais jamais songé à cela.

— Auquel cas, et je suis navré d'avoir à vous le dire, il est tout aussi possible que Debbie coure un certain danger, elle aussi. Elle sait peut-être quelque chose. Au sujet de Thornton Cole. Et qui pourrait lui valoir de se faire tuer. » Je ponctuai de la main, avec fatalisme. « À moins que vous ne souhaitiez la voir morte, je veux dire.

— Je l'aime encore, Will.

— Ouais. Je sais ce que c'est.

— Donc, d'après vous, auquel de ces agents dois-je m'adresser ? C'est-à-dire, vous avez discuté avec eux, exact ? »

Je repensai à ma conversation de la veille sur le sujet « Qu'est-ce que la philosophie ? »

« Je ne sais pas. L'agent Rauff me semble tout à fait intelligent », dis-je en me remémorant l'un de leurs noms. Puis un autre. « Pawlikowski n'est pas si mauvais bougre non plus.

— Pour un Polonais, ironisa-t-il en riant.

— Vous avez quelque chose contre les Polonais ?

— Moi, je suis allemand comme vous, me répliqua Schmidt. Nous avons quelque chose contre à peu près tout le monde. »

14

LUNDI 15 NOVEMBRE 1943
OCÉAN ATLANTIQUE

À mon réveil, le lendemain matin, j'eus la surprise de constater que Ted Schmidt était déjà levé et sorti de la cabine.

Après m'être douché et rasé, je me dirigeai vers le mess, où je pensais le trouver devant une assiette d'œufs au jambon. Ne le voyant pas là-bas non plus, je m'inquiétai l'espace d'un instant. Puis je pensai : nous sommes sur un grand navire, Schmidt est sans doute sur le pont à se rafraîchir l'esprit au grand air. L'inquiétude vira à la préoccupation quand, après un petit déjeuner décontracté et une promenade avec Harry Hopkins sur le pont, je regagnai la cabine pour constater que Schmidt n'y était toujours pas. Je me lançai à sa recherche, sans négliger un seul recoin du vaisseau, depuis la passerelle du pilote jusqu'au poste de premier secours et au pont principal, de la proue à la poupe. Ensuite, j'allai informer le commandant McCrea que Ted Schmidt avait disparu.

McCrea, officier de carrière originaire du Michigan, qui avait vu le feu durant la Première Guerre mondiale, était aussi un juriste, et possédait la tête froide du juriste.

« Je me dois d'ajouter qu'il avait bu assez copieusement. Il est donc possible qu'il cuve en dormant quelque part dans un coin tranquille du navire dont j'ignore tout. »

Le capitaine m'écouta jusqu'au bout, avec la mine de l'avocat de la défense qui écoute le récit particulièrement peu plausible que lui sert son client, avant d'ordonner à son second d'organiser immédiatement une fouille du navire.

« Puis-je vous aider ? » proposai-je.

Surmontant son aversion désormais manifeste à mon égard, McCrea fit non de la tête.

« Il vaudrait peut-être mieux que vous patientiez dans votre cabine, juste au cas où il ferait sa réapparition de ce côté-là. Ce dont je ne doute pas. C'est un grand bâtiment. Je m'y perds moi-même quelquefois. »

Je retournai donc dans ma cabine et m'allongeai sur ma couchette, en essayant de ne pas trop m'attarder sur l'idée qui dominait le cours de mes pensées : la vague possibilité que Schmidt se soit suicidé. À bord d'un navire où les servants des canons portaient des Derringers sur eux afin d'éviter de finir noyés comme des rats dans leurs tourelles, l'amour et la jalousie auraient pu passer pour des sentiments assez démodés, indignes d'un homme, surtout pour mettre fin à ses jours. Mais je ne pouvais guère nier leur effet dévastateur sur ce pauvre Schmidt. Et si j'avais toujours rejeté l'idée de me donner la mort, je ne le connaissais pas assez bien pour mesurer s'il était du genre à se tuer. À supposer qu'un tel genre existe.

En proie à une agitation croissante, je me levai et je fouillai dans son bagage, afin d'y trouver un indice de ce qui se serait produit. La coutume voulait en général qu'on laisse une sorte de mot ou de lettre. Il y avait une lettre. Mais elle n'était pas de Ted. À l'intérieur d'un carnet d'adresses en cuir marron, je trouvai le courrier de son épouse, Debbie, où elle révélait à son mari sa liaison avec Thornton Cole et l'informait qu'elle le quittait. J'empochai cette missive, dans l'intention de la confier au capitaine McCrea, si les recherches échouaient, et si l'on ne retrouvait pas Schmidt à bord.

Juste avant midi, alors que ces recherches duraient depuis presque deux heures, on frappa à la porte et un matelot entra et me salua. Il paraissait avoir à peu près douze ans.

« Avec les compliments du commandant, monsieur. Il aimerait que vous le retrouviez dans sa cabine.

— Tout de suite, fis-je, et j'attrapai ma veste avant de suivre le jeune marin. Aucun signe de M. Schmidt, je suppose ? »

Mais le jeune homme se contenta d'un haussement d'épaules et de me répondre qu'il n'en savait rien.

Je trouvai le capitaine avec le premier maître et les agents Rowley, Rauff et Pawlikowski. Leurs mines sombres me laissaient présager le pire. McCrea se racla la gorge et, tout en parlant, il se dressait légèrement sur la pointe de ses souliers impeccablement cirés.

« Nous avons fouillé le bâtiment de la proue à la poupe et il n'y a aucun signe de lui. Il y a gros à parier que Schmidt soit passé par-dessus bord.

— Est-ce que nous stoppons le navire ? Je veux dire, s'il est tombé par-dessus bord, il faudrait se mettre à sa recherche, tout comme nous l'avons fait pour le marin du *Willie D.* »

Le capitaine et le premier maître échangèrent un regard las.

« Quand avez-vous vu M. Schmidt pour la dernière fois ? s'enquit McCrea.

— Hier soir, vers dix heures. Je suis rentré immédiatement après le dîner. Avec tout cet air marin, j'étais vanné. Et un peu ivre, j'admets. Schmidt l'était sans doute un peu, lui aussi. Je crois l'avoir entendu sortir de la cabine vers onze heures. J'ai supposé qu'il allait vers l'avant. Je ne l'ai pas entendu revenir. »

McCrea hocha la tête.

« Cela coïnciderait. Le premier maître ici même a eu une conversation avec M. Schmidt vers vingt-deux heures trente.

— L'haleine de ce monsieur sentait l'alcool, observa le premier maître. Mais il ne m'a pas semblé soûl. Il souhaitait que je le dirige vers les quartiers des services secrets.

— Sauf qu'il n'est jamais arrivé là-bas, fit Rauff.

— Vous n'ignorez pas que l'alcool est interdit à bord de ce vaisseau, souligna McCrea.

— Oui. Je pense que le Président ne l'ignore pas non plus. Et j'ai bu plusieurs verres avec lui avant-hier soir. »

McCrea opina avec impatience.

« Très bien. Disons, à titre d'hypothèse, qu'il soit tombé à l'eau vers minuit. Cela fait douze heures. Depuis lors, nous avons parcouru presque trois cents milles marins. Même si nous faisions demi-tour et si nous retournions le chercher, ce serait sans espoir. Il est exclu qu'un homme puisse survivre dans l'océan Atlantique pendant vingt-quatre heures. Je crains fort que cet homme ne soit mort. »

Je laissai échapper un long soupir.

« Pauvre Ted. Son frère était à bord du *Yorktown*, vous savez. Il s'est noyé, lui aussi. » Tout en prononçant ces mots, je me souvins de Schmidt m'avouant, comme le corollaire du décès de son frère, qu'il avait la hantise de la noyade. Cela rendait peu vraisemblable qu'il ait pu se jeter de lui-même par-dessus bord. S'il avait voulu commettre un suicide, il aurait assurément choisi un autre moyen. Il aurait pu s'emparer de mon pistolet, par exemple, et se tirer une balle. Après tout, il avait vu à quel endroit je rangeais mon arme. « Mais je ne crois pas qu'il aurait sauté. Il avait la terreur de la noyade.

— Avez-vous la moindre idée de la raison pour laquelle il voulait s'entretenir avec les services secrets ? » me demanda McCrea.

J'étais à peu près certain que Schmidt n'aurait jamais sauté par-dessus bord. Et s'il n'était pas sur le navire, alors il ne subsistait que deux possibilités. Soit il était tombé parce qu'il était ivre. Soit quelqu'un l'avait poussé, auquel cas il valait mieux en révéler le moins possible, et ne rien dire au sujet de la femme de Schmidt et de Thornton Cole.

« Pas la moindre, mentis-je.

— Le premier maître m'indique qu'une altercation a eu lieu au mess, hier, impliquant M. Schmidt et M. Weitz, du département d'État. L'un des serveurs du mess nous a signalé qu'ils en étaient venus aux mains. Et que vous étiez présent.

— Oui. Ils ont eu une discussion sur nos relations avec l'Union soviétique. Qui s'est transformée en dispute, comme c'est parfois le cas sur ces questions-là. M. Schmidt s'est exprimé en faveur de notre allié russe, et M. Weitz a adopté une position contraire. Mais je dirais qu'il n'est pas rare, chez les fonctionnaires du département d'État, de défendre des opinions différentes, en particulier sur ce sujet. Surtout maintenant que le Président va serrer la main du maréchal Staline lors de la conférence des Trois Grands.

— Je suis sidéré de vos propos, rétorqua McCrea. Ces hommes sont des diplomates. Il est assurément peu commun que deux diplomates en viennent à échanger des coups sur un tel sujet.

— Dans des circonstances normales, je serais d'accord avec vous, commandant. Mais les choses sont peut-être différentes quand vous vous trouvez à bord d'un bâtiment de guerre au milieu de l'Atlantique. Ici, nous côtoyons tous des individus qui expriment des opinions auxquelles nous ne pouvons pas couper. Des gens, oserais-je ajouter, qui ne mènent pas tous leur existence dans le respect de la discipline militaire. »

McCrea approuva.

« C'est vrai.

— Permettez-moi de vous poser une question, professeur, fit l'agent Rauff. Si Schmidt avait de nouveau croisé M. Weitz… la nuit dernière, par exemple. Croyez-vous possible qu'ils en seraient venus à échanger des coups ? »

Visiblement, Rauff songeait déjà que Weitz était bon pour écoper d'une inculpation.

« Oui, c'est possible. Mais je ne pense franchement pas que John Weitz soit du genre à jeter par-dessus bord un homme qui aurait été en désaccord avec lui, si c'est à cela que vous voulez en venir. »

Je fus raccompagné dans ma cabine par deux des agents des services secrets.

« J'admets votre argument, quand vous dites qu'un homme qui a peur de se noyer n'aura aucune envie de se jeter à la mer, admit Rauff. Donc c'est que peut-être quelqu'un d'autre s'en sera chargé à sa place.

— Cela m'a traversé l'esprit, avouai-je.

— Auquel cas, il est possible que le Président soit aussi en danger. Donc je crains que nous ne soyons obligés de fouiller les affaires de notre homme. Juste dans l'éventualité où nous trouverions un mot, quelque chose.

— Je vous en prie. » J'ouvris la porte et désignai la couchette de Schmidt. « C'était la sienne. Et voilà ses bagages. Mais j'ai déjà cherché un mot. Il n'y en a pas. »

N'ayant que peu ou pas d'espace dans la cabine, j'attendis sur le seuil, le temps qu'ils procèdent à cette fouille, ce qui me fournit l'occasion d'observer ces deux agents d'un œil plus attentif, pendant qu'ils s'affairaient.

« Vous avez l'air bien douillettement installés ici », observa Rauff. Il était brun, les yeux enfoncés, avec une nette paresse oculaire, un sourire assez carnassier, et un visage fortement grêlé de pustules, comme s'il avait été victime d'une méchante varicelle.

« Nous sommes en chambrée avec trois autres gars, m'expliqua Pawlikowski. Vers l'avant, sur le second pont, juste au-dessous d'une de ces tourelles d'affûts de seize pouces. Il y a un monte-munitions électrique qui assure l'approvisionnement de la tourelle en obus. Et on peut les entendre à peu près sans arrêt, parce ils sont constamment en train de mener des exercices. Même de nuit. Vous n'imaginez pas le boucan. Mais ici, un homme peut s'entendre penser. » Il leva les yeux du sac ouvert devant lui et se tourna face à moi. « Vous avez dû pas mal vous parler.

— Quand nous ne lisions pas, ou quand nous n'étions pas endormis. »

Pawlikowski hissa un autre sac sur ma couchette et se mit à le fouiller. Il avait l'allure de quelqu'un qui aurait pu être un peu boxeur : la mâchoire était aussi carrée que la chevalière qu'il portait à l'un de ses doigts épais. Un échiquier de voyage à deux dollars dépassait d'une des poches de sa veste et il essaya, sans succès, de réprimer un bâillement tout en s'affairant à ses recherches.

« Êtes-vous responsables des services de sécurité de la Maison-Blanche ? demandai-je à Rauff.

— Uniquement à bord de ce navire. Le responsable, le reste du temps, c'est Mike Reilly. Sauf que présentement il est en Afrique du Nord, où il attend notre arrivée pour samedi.

— Alors, ça ressemble à quoi, de protéger le Président ? » demandai-je à Pawlikowski.

Ce dernier haussa les épaules.

« Moi, là-dedans, je suis nouveau. Avant le patron, je protégeais quelqu'un d'autre. John McCloy, au ministère de la Guerre. » Il désigna Rauff d'un mouvement de la tête. « Demandez-lui.

— Cela ne ressemble à rien de ce que j'ai pu connaître, fit Rauff. Et j'étais déjà à ce poste avant-guerre. En 1935, nous avions neuf hommes qui protégeaient FDR. Aujourd'hui, c'est plutôt dans les soixante-dix. Voyez-vous, étant dans un fauteuil et tout, le patron est très vulnérable. Il ne peut pas plonger comme n'importe quel individu normal. Un jour, à Érié, en Pennsylvanie, quelqu'un a lancé sur lui un couteau en caoutchouc. Sur le moment, nous ne savions pas qu'il était en caoutchouc, évidemment. En tout cas, il a atteint le patron en pleine poitrine. Maintenant, si ce couteau avait été un vrai, il aurait pu le tuer. Et aucun de nous ne l'a vu venir. Sauf le patron. Mais lui, il n'avait pas pu s'écarter.

— Dans ce métier, il faut avoir des yeux derrière le dos, ajouta Pawlikowski. Ça, c'est certain. Même à bord d'un navire de guerre de la marine des États-Unis. Vous vous rendez compte un peu, ces crétins du *Willie D.* ?

— Oui, c'était quoi, l'histoire ? m'enquis-je. Je n'ai pas entendu de véritable explication de ce qui s'est passé là-bas. »

Pawlikowski s'étrangla de rire.

« Ce fieffé idiot de capitaine a décidé de profiter de la petite démonstration de feu d'artifice pour le Président en se servant de l'*Iowa* comme cible d'exercice. La torpille qu'ils ont tirée était censée être un engin de simulation, mais un quidam a réussi à balancer une torpille armée. King est furieux. Apparemment, c'est la première fois de l'histoire navale qu'un vaisseau tout entier, avec son équipage au complet, a été placé en état d'arrestation. » Pawlikowski sortit deux bouteilles de Mount Vernon du fond du bagage de Schmidt et secoua la tête. « Ce type est arrivé bien équipé, hein ?

— C'est peut-être pour ça qu'il me cherchait, hier soir, s'esclaffa Rauff. Pour m'inviter à boire un verre. »

Pawlikowski remit en place les affaires du mort dans le sac, y compris les deux bouteilles.

« Il n'y a rien ici qui soit susceptible de nous fournir le moindre indice », conclut-il. Pour le laisser passer, je franchis le seuil de la cabine et je vis qu'il avait l'échiquier de poche en main. Surprenant mon regard, il me questionna : « Vous jouez ?

— Pas vraiment, mentis-je.

— Bon. Alors, j'ai une petite chance de vous battre.

— Très bien. Mais plus tard, d'accord ?

— Bien sûr. Quand vous voudrez.

— John Weitz, reprit Rauff. Vous le connaissez bien ?

— Je ne le connais pas du tout, dis-je.

— Enfin, si cela ne vous ennuie pas que je vous fasse cette remarque, vous étiez quand même assez prompt à le défendre, non ? Je veux dire, nous avons tous deux entendu M. Weitz annoncer qu'il allait tuer M. Schmidt.

— Je pense que c'était dans le feu de la discussion, pas vous ?

— Peut-être bien. Mais je suis assez curieux de savoir pourquoi vous avez choisi de le défendre. C'est un réflexe de diplômés de l'Ivy League, à votre avis ?

— Je crois que j'ai dû répondre de manière un peu machinale. » Je haussai les épaules. « Il se peut que j'aie obéi à un réflexe Ivy League, pour reprendre votre expression. Je suis désolé.

— Il n'a probablement rien à voir là-dedans, intervint Pawlikowski. Mais nous sommes obligés de poser la question, vous voyez ? Si quelqu'un a bel et bien tué Schmidt, alors ce quelqu'un pourrait tuer à nouveau, vous voyez ?

— D'un autre côté, admit l'agent Rauff, ce n'était peut-être qu'un accident. Il se peut que M. Schmidt soit monté sur le pont principal et qu'il ait été emporté par une vague monstre. Dans la zone, la mer est quelquefois assez forte, ajouta-t-il avec un geste fataliste. Ivre. Par-dessus bord, par une mer forte. De nuit. Qui sait ce qui a pu se passer ? »

J'opinai, impatient désormais de me débarrasser d'eux. Je pensai encore à Ted Schmidt. Je restai dans ma cabine et je pensai à lui pendant le reste de la journée. Personne ne frappa à ma porte. Personne ne m'annonça qu'on l'avait retrouvé dans un recoin oublié du navire.

15

MERCREDI 17 NOVEMBRE 1943
OCÉAN ATLANTIQUE

Sous la tourelle numéro 1, avec sa batterie triple de quatre cent six millimètres, j'observai, depuis le pont principal, la proue du navire fendant la mer coiffée de crêtes blanches. Je tournai un moment le dos à la brise qui avait de quoi vous refroidir, je plantai une cigarette entre mes lèvres ourlées du sel de l'océan et, abrité par le col de mon manteau qui me tenait lieu de coupe-vent, je l'allumai à la flamme de mon Dunhill.

Peu ou pas attentifs à ma présence, des matelots travaillaient sans relâche sur le pont mouvant, passant le faubert sur ses planches en bois blanchies par le soleil, mettant les affûts antiaériens en batterie, rangeant des cordages, déplaçant des pièces d'artillerie, ou simplement assis sur les crochets pélicans qui assuraient le calage des chaînes d'encre, savourant leur cigarette et leur bouteille de Coca, que l'on servait à la buvette du mess des simples matelots. À un ou deux milles de distance, l'escorte des destroyers rompait la ligne d'horizon tandis qu'au-dessus de moi, très haut, au sommet de la tourelle principale, l'antenne du radar de détection aérienne n'arrêtait pas de tourner en décrivant un cercle monotone.

Quelque part, une cloche retentit et plusieurs tourelles plus petites pivotèrent sur tribord, en érection mortelle vers le ciel, comme leurs servants, marins mâcheurs de chewing-gum jamais à court de vannes, sevrés de sexe, ce qui me rappelait que nous étions dans un endroit privé de femmes. Et d'une femme en particulier. L'espace d'un instant, je me demandai ce qu'elle faisait, et je me souvins de ce que j'avais vu par la fenêtre de son salon.

J'avais froid maintenant, je me dirigeai vers l'avant, vers la tourelle opérationnelle primaire, et je tombai sur John Weitz qui arrivait par la coursive longeant ma cabine. Il arborait le même nœud papillon de Yale sous une veste vert pois qui paraissait une taille trop grande, et il portait sous le bras un paquet emballé de papier kraft. Il avait un sourire tendu et, sur le moment, je crus qu'il allait passer sans rien dire. Et puis il s'arrêta et, en déplaçant le poids du corps d'une jambe sur l'autre, mal à l'aise, il essaya de prendre un air contrit, sauf que cela lui donnait un air encore plus fuyant.

« Mon linge, expliqua-t-il en soulevant le paquet d'un geste maladroit. Je me suis un peu perdu en essayant de regagner ma cabine. »

Je hochai la tête.

« Et pour cause, fis-je. La blanchisserie se situe à l'arrière du navire. Je crois que les gens qui s'y connaissent en la matière appellent ça la poupe.

— Écoutez, continua Weitz, je suis terriblement désolé de ce qui est arrivé à Ted. Je me sens vraiment coupable. Surtout au vu de ce que j'ai dit.

— Vous voulez parler de vos menaces de mort ? »

Weitz ferma les yeux une seconde, avant de hocher la tête.

« Je n'en pensais pas un mot, naturellement.

— Naturellement. Nous tenons tous parfois des propos que nous ne pensons pas vraiment. Des propos cruels, des propos stupides, des propos irresponsables. Tenir des propos que l'on ne pense pas vraiment, c'est même l'un des intérêts principaux de la conversation. Quand un événement comme celui-ci arrive, cela nous rappelle d'être plus prudent, la prochaine fois que l'on ouvrira sa grande gueule. Voilà tout. »

En dépit de ce que j'avais raconté aux services secrets, John Weitz n'était pas loin de figurer en tête de ma liste des meurtriers potentiels. Si quelqu'un avait poussé Ted par-dessus bord, alors John Weitz me paraissait le meilleur suspect qui soit. Et, à mes yeux, le nœud papillon ne plaidait certes pas en sa faveur.

Il pinça les lèvres, m'exhibant sa denture.

« Oui, j'imagine que vous avez raison. »

Il tenta de nouveau d'obtenir une petite absolution.

« Je me sens assez fautif, tout de même. Rien ne m'obligeait à dire ce que j'ai dit là. Le traiter de compagnon de route.

« — Oui, c'était inutile, acquiesçai-je. La formule est assez épouvantable. Et, dans les circonstances présentes, vous pourriez aussi bien traiter le Président de compagnon de route. »

Weitz fit encore son espèce de grimace.

« Pour moi, on n'est pas si loin du compte, fit-il. Je suis républicain. Je n'ai pas voté pour Roosevelt.

— Vous êtes bien le seul. »

Il refusa de se laisser entraîner dans une nouvelle dispute.

« Le pire, dans tout cet incident, c'est que le commandant McCrea m'a prié d'écrire à son épouse, soupira-t-il. Sous prétexte que je suis le seul autre type du département d'État à bord de ce bateau.

— Je vois. Vous le connaissiez bien ?

— C'est le hic. Non, pas du tout. Nous étions collègues, mais nous n'avons jamais été proches. »

L'*Iowa* ne possédait pas de salle de cinéma. Il n'y avait pas de radio dans ma cabine. Et le livre que je lisais ne me plaisait pas trop. Je décidai donc de lâcher un peu de mou et de jouer encore un peu avec mon interlocuteur.

« Cela ne me surprend pas. Depuis cette affaire Sumner Welles l'été dernier, il n'est guère payant de fréquenter de trop près un membre du département d'État. Surtout sur un navire bourré à craquer comme celui-ci.

— Ce qui signifie ?

— Vous me disiez que Ted et vous n'étiez pas des amis intimes.

— Il était analyste au bureau des Affaires russes. Et moi, je suis linguiste. En plus du russe, je parle le biélorusse et le géorgien.

— Voilà qui explique tout.

— Ah oui ?

— Non. En réalité, je suis perplexe. Comment se fait-il que vous n'aimiez pas les Russes, puisque vous parlez ces langues-là ?

— Ma mère est une émigrée russe, m'expliqua-t-il. Elle a quitté Saint-Pétersbourg avant la révolution et elle est partie vivre à Berlin, où elle a rencontré mon père, un Germano-Américain.

— Alors, nous avons un point commun. Je suis germano-américain moi aussi, dis-je en souriant. Un de ces jours, nous devrions nous procurer des culottes de peau et boire quelques bières. »

Weitz sourit à son tour. Il devait croire que je plaisantais.

« L'un de ces satanés gaillards des services secrets m'a pratiquement accusé d'être un espion allemand. Le Polack.

— Vous devez faire allusion à Pawlikowski.

— C'est lui. Pawlikowski. Fils de pute.

— Ah, c'est donc ce que signifie son nom. Je me demandais… » Je hochai la tête. « Depuis l'incident du *Willie D.*, ils sont tous un tantinet nerveux.

— Oh, ça. C'est déjà de l'histoire ancienne. J'en parlais justement au type de la blanchisserie. » Il pointa le pouce par-dessus son épaule, vers la coursive, dans la mauvaise direction. Je m'appuyai contre le mur et je regardai par-dessus son épaule, comme si la blanchisserie se situait réellement dans la direction qu'il m'indiquait. Que fabriquait-il si loin de sa cabine, vers l'avant, et tout aussi loin de la blanchisserie, qui se trouvait près de la poupe ?

« Il semblerait qu'un sous-marin allemand rôde dans cette zone. Deux de nos destroyers d'escorte ont intercepté du trafic radio allemand pile dans le coin. À deux heures ce matin.

— C'est curieux.

— Curieux ? C'est foutrement inquiétant, oui. Apparemment, sur la passerelle, ça les rend cinglés.

— Non, je l'entendais au sens de "c'est curieux-que-le-chien-n'ait-pas-aboyé".

— Je ne comprends pas.

— Peu importe. Écoutez, je vais écrire à la veuve de Ted Schmidt, si vous préférez.

— Vous vous en chargeriez ? Je vous en serais reconnaissant. C'est assez difficile d'écrire à la femme d'un type que vous n'avez jamais vraiment apprécié, vous savez.

— Êtes-vous marié ? »

Ses yeux vacillèrent.

« Non.

— Moi non plus. Ted n'était pas un mauvais bougre, vous savez.

— Non, j'imagine que non. »

J'entrai dans ma cabine et je refermai la porte derrière moi. Je restai parfaitement immobile, en tout cas autant qu'il était possible, avec la houle qui balançait sous mes pieds. À la minute où je reverrais la terre ferme, je m'agenouillerais pour la baiser, comme si c'était Ithaque et que je m'appelais Ulysse. Je ne retirai pas ma veste. J'étais trop occupé à décider si quelqu'un d'autre que moi n'avait pas pénétré ici. La porte n'était pas fermée à clef. Santini, le matelot qui m'apportait le café, le matin, avait pu venir épousseter un peu. Admettons. À moins que Weitz ne se soit introduit dans ma cabine pour la fouiller pendant que je me trouvais sur le pont ? En tout état de cause, il n'aurait d'ailleurs rien trouvé d'important. La mallette de Donovan était restée fermée. Et la lettre de Debbie Schmidt à son mari, révélant par le menu sa liaison avec Thornton Cole, était au chaud dans ma poche. Rien de tout cela ne me préoccupait outre mesure. En réalité, maintenant, c'était le commentaire de Weitz au sujet d'un submersible allemand présent dans la zone qui m'intéressait.

Je quittai de nouveau ma cabine et je montai voir le capitaine McCrea, que je trouvai sur la passerelle, derrière la tourelle numéro 2, avec son émetteur de phonie et son officier de vigie.

« Je voulais savoir si je pourrais vous dire un mot, commandant. En privé.

— Pour l'instant, je suis un peu occupé, rétorqua-t-il en me regardant à peine.

— Ce pourrait être important », insistai-je.

McCrea lâcha un soupir réprobateur, comme si je venais de lui confier que j'avais vomi sur mes pantoufles, et il me conduisit dans la salle de commande, puis dans le corridor attenant.

« Très bien, professeur, de quoi s'agit-il ?

— Pardonnez-moi, capitaine, mais ce sous-marin éveille ma curiosité. »

Il soupira de nouveau. Si je ne me tenais pas à carreau, ce qui me pendait au nez, ce serait au lit, sans dîner.

« Oui, eh bien ?

— J'ai cru comprendre que nos deux destroyers d'escorte avaient intercepté du trafic radio allemand sur zone, vers deux heures ce matin. »

McCrea se raidit nettement.

« C'est exact.

— Je ne voudrais pas me montrer impertinent, repris-je en me délectant de mon impertinence, mais j'ai cru comprendre que l'*Iowa* était équipé de la technologie sonar et radar la plus récente.

— Il l'est », fit-il en inspectant ses ongles brillants. Il avait sans doute un jeune matelot préposé à leur polissage et à celui des cuivres du navire, tous les matins, dès six coups piqués.

« Ce qui m'amène à me poser la question : comment se fait-il que l'*Iowa* n'ait pas intercepté cette même transmission radio ? »

McCrea lança un regard derrière lui, avant de me conduire dans les toilettes. Tandis qu'il refermait la porte derrière lui, je caressai l'idée de le détromper, que je n'étais pas l'une de ces tapettes, l'un de ces snobinards décadents employés au département d'État dont il avait entendu parler par FDR et Harry Hopkins. Au lieu de quoi, je la bouclai et j'attendis.

« Je vais être franc avec vous, professeur, commença-t-il en préambule. Il semblerait que le quartier-maître radio de permanence à cette heure-là ait quitté son poste sans autorisation. L'homme a été puni et je considère que l'incident est désormais clos. Eu égard à ce qui s'est produit avec le *Willie D. Porter*, j'ai décidé que le climat de confiance, durant cette traversée, serait mieux préservé si l'incident n'était pas mentionné devant le Président ou les chefs d'état-major.

— Je suis convaincu que vous avez raison, commandant, et vous avez ma parole, je n'en ferai part à personne. Surtout pas à l'amiral King. Il n'empêche, concernant ce qui s'est passé, j'aimerais m'assurer d'un ou deux points qui me tracassent.

— Comme ?

— J'aimerais m'entretenir avec le quartier-maître radio qui a quitté son poste.

— Puis-je vous demander pourquoi ?

— Je suis un spécialiste du renseignement allemand, commandant. C'est mon travail de gratter là où ça démange. Je suis certain que vous comprendrez. Donc, si vous pouviez m'envoyer l'homme en question en salle de transmissions radio ? Ne prenez pas la peine de m'escorter jusque là-bas. Je connais le chemin. »

McCrea ne pouvait manquer de deviner l'atout que je conservais dans ma manche. Et il ne disposait d'aucune parade. S'il y avait bien une chose qu'il souhaitait éviter, c'était que l'amiral King apprenne ce dernier écart. Sa voix plongea de deux basses.

« Très bien. Je compte sur vous pour me tenir informé de vos observations.

— Je n'y manquerai pas, monsieur. Ce sera avec plaisir. »

McCrea opina sèchement et regagna la passerelle.

Je me rendis en salle de transmissions radio et je frappai à la porte. J'entrai, et j'expliquai ma mission à l'officier de communications radio de permanence, un lieutenant de vingt-cinq ans nommé Cubitt. Grand, l'œil monté sur roulement à billes, l'air d'un bout de bois – autrement dit, fort peu expressif –, le nez pointu, le teint pâle, et des lèvres rouges de femme, il avait l'air du frère intelligent de Pinocchio. Mais d'un cheveu.

Le lieutenant était sur le point de me demander de sortir quand le téléphone sonna. Il répondit et je surpris la voix de McCrea lui ordonnant de coopérer avec ce « trou du cul » et, quand ce « fils de pute » aurait terminé, de monter lui expliquer tout ce que j'avais voulu savoir.

Je souris à l'un des deux quartiers-maîtres radio présents dans la pièce avec Cubitt. Chacun de ces hommes était assis sur un siège-baquet pivotant, en face d'un des six postes d'opération, et ils étaient coiffés d'écouteurs, avec un micro autour du cou. On aurait dit un standard d'hôtel. En plus d'une volée d'étagères, j'avisai un coffre-fort dans lequel, devinai-je, les codes étaient rangés, ainsi qu'un grand placard contenant des batteries autonomes.

« Timbré, n'est-ce pas ? dis-je, après que le capitaine McCrea eut fini de parler au lieutenant. Le téléphone,

je veux dire. J'ai pu entendre jusqu'au dernier mot. »
J'examinai ce combiné de plus près, qui était fabriqué
par Western Electric. « Il y en aurait à peu près combien
sur un bateau de cette taille ?

— Environ deux mille, monsieur », me répondit
le lieutenant en s'efforçant de réprimer son bégaiement, qui s'accompagnait d'une rafale de clignements
d'yeux.

Je lâchai un sifflement feutré.

« Ça fait beaucoup de téléphones. Et tout cet équipement… » D'un geste de la main, je désignai la pano-
plie des récepteurs et des émetteurs, une dizaine au
moins. « Qu'est-ce que nous avons là ? Conversations
entre navires, navire-terre, radiocompas, transmetteurs,
récepteurs, tous sur des fréquences différentes, si je ne
me trompe ?

— Oui, monsieur.

— Très bien, lieutenant, parlons un peu sous-marins.
Sous-marins allemands.

— Monsieur, l'Atlantique Nord est jalonné par tout
un réseau de postes de radiogoniométrie. Au moyen
d'antennes de radiogoniométrie Adcock, nous…

— Épargnez-moi la visite guidée du manuel. Je parle
de sous-marins allemands à proximité immédiate. Que
se passe-t-il ? Comment tous ces joujoux procèdent-ils
pour veiller à notre sécurité ?

— Des opérateurs écoutent sur des fréquences attri-
buées. Ces fréquences sont organisées en listes numé-
rotées, que nous appelons des séries. En règle générale,
les U-boats ne changent pas très souvent de fréquence.
Dès qu'il capte une transmission d'un U-boat, l'opérateur d'interception appuie sur une pédale, qui active
son microphone. Ensuite, il crie dans le micro un signal
d'alerte codé aux autres bateaux du convoi, pour qu'ils
se calent sur la fréquence interceptée. Après, on obtient

des relèvements et, à ce stade, l'idée consiste à repérer la position exacte et à prendre des contre-mesures. »

J'opinai. Son explication succincte lui avait au moins valu l'approbation du jury.

« Ces contre-mesures consistant à expédier des charges sous-marines et autres feux d'artifice de cet acabit. Je vois. Et avons-nous eu droit à cette sorte de pyrotechnie la nuit dernière ? »

Les yeux montés sur roulements à bille du lieutenant Cubitt oscillèrent comme s'ils étaient dotés de gyroscopes.

« Hum… dans une certaine mesure.

— Explication, je vous prie.

— Monsieur, nos destroyers d'escorte ont intercepté une transmission sur une fréquence. Vous savez, en code morse. Ils ont obtenu un début de relèvement gonio, mais avant qu'ils aient pu déterminer une position, le signal a cessé. Donc ils ont essayé de se caler sur le radiophare de l'U-boat, mais rien à en tirer de ce côté-là non plus. Ce n'est pas rare. Le radiophare diffuse très rapidement.

— Ai-je raison de penser que si cette salle radio avait eu ses servants présents, vous auriez été à même de trianguler ce relèvement et d'obtenir la position de l'U-boat ?

— Oui, monsieur. Seulement, le quartier-maître radio de permanence à cette heure-là, le quartier-maître Norton, avait quitté son poste sans obéir à aucun ordre.

— Pourquoi a-t-il fait cela ?

— Je l'ignore, monsieur.

— Permettez-moi de formuler la question autrement : quelle explication vous a-t-il fournie ?

— Il prétend avoir reçu un coup de téléphone de ma part, le convoquant d'urgence en salle radar.

« — Étrange, vous ne trouvez pas, lieutenant, qu'il soit convoqué hors de cette salle radio à cet instant précis ?

— Pour être exact, c'était juste avant l'interception de la première transmission sur la fréquence.

— Quels relèvements avait-on pu obtenir pour cet U-boat, au juste, avant que le signal ne s'interrompe ? »

Le lieutenant Cubitt me montra une carte.

« Ici, vous avez les deux destroyers d'escorte, l'*Iowa*, et là, les relèvements, monsieur.

— Relèvements qui tendraient à indiquer que l'U-boat croisait à proximité immédiate de l'*Iowa*.

— Oui, monsieur.

— Auquel cas, je peux tout à fait comprendre pourquoi le commandant préférait garder le silence sur cet épisode. À première vue, nous l'avons échappé belle. »

Le bégaiement de Cubitt entra de nouveau en action. Ainsi que les battements de paupières et les globes oculaires gyroscopiques.

« Prenez votre temps, lieutenant, lui suggérai-je aimablement.

— Un U-boat serait mal avisé de s'attaquer à trois navires de guerre en formation serrée, monsieur. Ce serait courir un trop grand risque de se faire anéantir. Ils s'en prennent à des proies plus faciles. Les navires marchands, surtout. Ceux-là, ils ne ripostent pas.

— En l'occurrence, le risque en vaut la peine, dirais-je.

— Monsieur ?

— Une occasion de liquider le Président et les chefs d'état-major. C'est-à-dire, si l'un de nos destroyers d'escorte ne leur a pas déjà brûlé la politesse. »

L'un des quartiers-maîtres radio trouva ma réflexion assez drôle.

On frappa à la porte de la salle de transmissions radio et un homme pâle, petit, fluet, aux cheveux blonds et au regard furtif, traqué, entra et salua vivement. Il ne devait pas avoir beaucoup plus de vingt ans, mais les rides de son front évoquaient une calandre de Chevrolet. Quelqu'un en avait fait voir de toutes les couleurs à ce garçon.

« Voici le quartier-maître radio Norton, monsieur, fit Cubitt. Norton, voici le major Mayer. Du renseignement. Il a une ou deux questions à vous poser. »

J'allumai une cigarette et j'en offris une au garçon. Il secoua la tête.

« Je fume pas, dit-il.

— La nuit dernière, à deux heures, vous étiez le seul homme de permanence, résumai-je. Est-ce une procédure standard ? D'avoir juste un homme de permanence ?

— Non, monsieur. En temps normal, en veille de nuit, nous serions deux. Mais juste avant de prendre notre service, Curtis est tombé malade. Intoxication alimentaire, à ce qu'il paraît.

— Parlez-moi de ce coup de téléphone que vous prétendez avoir reçu.

— L'homme au téléphone s'est présenté comme étant le lieutenant Cubitt, monsieur. Sincèrement. Je n'invente rien. Peut-être qu'un des gars se payait ma tête, je ne sais pas, mais il avait exactement sa voix. Avec le bégaiement et… » Norton s'interrompit et lança un regard au lieutenant. « Désolé, lieutenant.

— Continuez, lui dis-je.

— En tout cas, celui qui m'a appelé m'a ordonné de me présenter au rapport en salle radar. Alors j'ai obéi.

— Vous avez quitté votre poste, rectifia Cubitt. En enfreignant les ordres. Sans votre incartade, nous aurions pu fixer la position de ce sous-marin. En l'occurrence, c'est le contraire, il est toujours là. »

La souffrance de la culpabilité fit grimacer Norton de douleur, et il opina avec gravité.

« Quartier-maître radio Norton, repris-je, j'aimerais que vous me conduisiez en salle radar.

— Quoi… maintenant, monsieur ?

— Oui, maintenant. »

Norton lança un regard à Cubitt, qui haussa les épaules et acquiesça.

« Si vous voulez bien me suivre, monsieur », fit Norton, et il accéda promptement à ma demande.

Il nous fallut bien six minutes pour descendre sur le pont principal, nous diriger vers la poupe, dépasser la deuxième cheminée, puis grimper plusieurs marches jusqu'au château arrière, où était située la salle radar, sous le poste de direction de tir principal.

« Et maintenant, si cela ne vous ennuie pas, dis-je, j'aimerais que vous me reconduisiez en salle de transmissions radio. »

Norton me lança un de ces regards.

« C'est important, insistai-je.

— Très bien, monsieur. »

De retour en salle de transmissions radio, je consultai ma montre.

« Est-ce que la salle radio était vide, à votre retour ici ?

— Oui, monsieur. Vous me croyez, n'est-ce pas ?

— Oui, je vous crois. » J'ouvris la porte et je m'assis en face de la clef de transmission, qui n'était guère plus qu'un morceau de bakélite noire, à peu près de la taille d'un petit bouton de porte, attaché à une plaque métallique vissée au poste de l'opérateur radio. « Quel émetteur utilise cette clef ? » demandai-je à Cubitt.

Le lieutenant me désigna l'équipement le plus important de la salle, un boîtier mesurant presque un mètre quatre-vingts de haut sur soixante-dix centimètres de large, et sur lequel était apposé un petit écriteau indiquant PRIÈRE DE NE PAS TOUCHER.

« Ceci, fit Cubitt, c'est le TBL, le Talk Back Live. Un émetteur basse fréquence-haute fréquence. Il sert exclusivement à assurer les communications navire-navire. » Il fronça les sourcils. « C'est curieux.

— Quoi donc ?

— Il est allumé.

— Est-ce inhabituel ?

— Oui. Nous sommes censés observer le silence radio total. Si nous voulions contacter l'escorte de destroyers en urgence, nous devrions recourir au TBS. Le Talk Between Ships, notre réseau de communication radio directe entre navires. » Il tâta le TBL. « Il est chaud, en plus. Il a dû rester allumé toute la nuit. » Cubitt consulta du regard les trois autres hommes de la salle. « Quelqu'un sait pourquoi cet appareil est allumé ? »

Les trois quartiers-maîtres radio, y compris Norton, secouèrent la tête.

J'observai de près le TBL, de fabrication Westinghouse.

« Lieutenant, sur quelle fréquence est-il réglé ? »

Cubitt se pencha tout près, pour examiner l'afficheur, et je captai au passage le parfum agréable de sa lotion capillaire. Cela changeait agréablement de la sueur et des odeurs corporelles.

« Six cents mètres, monsieur. C'est la fréquence sur laquelle il doit être réglé. Toutes nos défenses côtières emploient la fréquence des six cents mètres.

— Serait-il compliqué de le régler sur une autre bande de fréquence ? demandai-je, sans m'adresser à personne en particulier.

— Avec ce bazar, changer de fréquence, c'est une vraie vacherie, me répondit le quartier-maître radio Norton, qui, voyant que je prenais fait et cause pour lui, semblait se réveiller. C'est pour ça que nous avons mis cet écriteau.

— Dommage, dis-je.

— Pourquoi ça ? demanda Cubitt.

— C'est juste que cela rend ma théorie un peu plus difficile à défendre.

— Et ce serait quelle théorie, monsieur ? »

Je lui fis un grand sourire et regardai autour de moi en quête d'un cendrier. Norton en attrapa un et me le tint. Ce n'était pas tant une théorie qu'une forte probabilité. Sans doute aurais-je dû garder cela pour moi, mais j'avais envie d'aider ce garçon, que l'on avait accusé d'avoir négligé son devoir.

« La théorie selon laquelle nous aurions un espion allemand à bord de ce bâtiment. » J'ignorai leurs gros éclats de rire. « Voyez-vous, l'escorte des destroyers n'a pas capté une transmission radio en provenance d'un U-boat, mais de l'*Iowa* lui-même. Une transmission émise par la même personne qui a attiré le quartier-maître radio Norton hors de la salle radio. Il faut environ douze minutes pour se rendre en salle radar et retour.

— Plus longtemps dans le noir, monsieur, ajouta Norton, toujours serviable. Dans ces escaliers, de nuit, vous avez intérêt à regarder où vous mettez les pieds. Surtout par une mer comme hier soir.

— Alors transigeons à quinze minutes. Un délai plus que suffisant pour émettre un court message, dirais-je.

— Mais à qui ? s'étonna Cubitt. Un U-boat ?

— Rien n'empêche les Krauts de se caler sur une bande de fréquence de six cents mètres monsieur, suggéra l'un des autres quartiers-maîtres. Les U-boats n'ont pas arrêté, quand nous sommes entrés en guerre, avant qu'on ne pige leur petit jeu et qu'on ne se décide à envoyer nos signaux en code. Ils ont coulé un bon paquet de navires, avec ce système.

— Donc, si un espion allemand a bel et bien envoyé un signal sur la fréquence des six cents mètres, repris-je, ce signal a pu être capté n'importe où entre ici et les États-Unis. Par un autre navire. Par un U-boat allemand. Par nos défenses côtières. Pourquoi pas même par un autre espion allemand qui se calerait sur la fréquence des six cents mètres, depuis Washington.

— Oui, monsieur, confirma le quartier-maître. C'est à peu près le tableau. »

Il y eut un long silence, tandis que les hommes de la salle radio prenaient la mesure de la logique que je venais de leur exposer.

« Un espion allemand, hein ? soupira Cubitt. Le commandant va adorer. »

16

VENDREDI 19 NOVEMBRE – SAMEDI 20 NOVEMBRE 1943
OCÉAN ATLANTIQUE

Dès que mon hypothèse de la présence d'un espion allemand à bord de l'*Iowa* eut circulé, l'atmosphère autour de Roosevelt se tendit fortement – en tout cas, parmi les membres des services secrets chargés de sa sécurité.

En une occasion précise, toutefois, l'attitude défensive adoptée par les gardes du corps de FDR parut dépasser les limites du raisonnable. Le matin du 19, l'*Iowa* arriva en vue du quatrième groupe d'escorte, qui comprenait le croiseur léger *Brooklyn* et cinq destroyers, deux américains et trois britanniques. Alors que FDR observait le nouveau groupe d'escorte à la jumelle depuis la passerelle de signalisation, sa cape s'envola. Un jeune matelot, qui était allé la récupérer sur l'antenne de détection aérienne, était monté la rapporter au Président, pour se retrouver ceinturé et plaqué au pont par les agents Pawlikowski et Rowley, pistolets dégainés et le visage crispé par la peur.

« Nom de Dieu, vous deux, beugla l'amiral King, vous êtes trop stupides pour voir que ce garçon se contentait de rapporter sa cape au Président ? »

Ce fut à cet instant que le capitaine McCrea se tourna vers moi.

« C'est votre faute, tout ça, siffla-t-il. Vous, avec vos bavardages au sujet de ces espions allemands, je vous tiens pour responsable de tout ceci. »

C'était une agréable attention. Je regagnai ma cabine et, m'étant servi un grand verre de scotch, je me postai en face du miroir et levai mon verre à ma santé en silence. À la satisfaction d'avoir raison, me dis-je.

Après quoi, je me cantonnai dans ma cabine, relisant les livres que j'avais apportés et buvant à peu près tout ce qui restait des provisions de Mount Vernon de Ted Schmidt. J'écrivis même une lettre de condoléances à sa veuve, puis je la réécrivis une fois à jeun, en biffant tous les passages concernant ses ultimes propos, où il aurait été prétendument question d'elle. Mais cela ne changeait rien à l'affaire. Tout ceci me laissait encore diablement déprimé. Je ne pouvais m'empêcher de me représenter Debbie Schmidt lisant cette lettre et ensuite, dans mon petit scénario romantique, je me l'imaginai se flagellant à cause de l'attitude qu'elle avait eue à son égard. Un psychiatre m'aurait probablement expliqué qu'en fait, c'était une autre lettre que j'avais écrite à Diana.

Le département d'État aurait certainement réexpédié cette lettre à Mme Schmidt. Mais désireux d'accélérer son périple jusqu'à destination en inscrivant l'adresse du domicile de Mme Schmidt sur l'enveloppe, je fouillai son bagage, à la recherche de son carnet d'adresses, pour tout simplement m'apercevoir qu'il avait disparu. L'espace d'un bref instant de sottise, j'envisageai d'informer le commandant de ce vol, avant d'écarter l'idée. McCrea ne m'aurait certainement pas remercié de venir encore alléguer devant lui qu'un autre crime avait été commis à bord de son précieux navire de guerre.

C'était bien ma chance que celui qui avait dérobé le carnet d'adresses de Ted Schmidt ait ignoré la présence de la mallette Louis Vuitton de Donovan contenant toutes ces interceptions Bride.

Mais qui avait subtilisé ce carnet ? Après tout, à quoi servirait le répertoire d'un employé du département d'État en plein milieu de l'océan Atlantique ? Et il me semblait encore plus inutile, maintenant que nous étions sur le point de débarquer en Afrique du Nord.

À dix-huit heures, le groupe expéditionnaire combiné atteignit un point situé à vingt milles à l'ouest du cap Spartel, non loin de Tanger. Tous les navires se mirent au branle-bas de combat, car nous étions à présent à la portée d'une attaque aérienne de l'ennemi. La traversée était presque terminée.

L'*Iowa* et son groupe d'escorte devaient franchir le détroit de Gibraltar de nuit, en naviguant tous feux éteints. C'était l'intention initiale, mais les puissants projecteurs espagnols étaient parvenus à détecter le navire, fournissant ainsi une cible très facile à n'importe quel sous-marin allemand susceptible de croiser dans le secteur. Je n'ai jamais beaucoup apprécié les croisières. Mais nous eûmes de la chance.

Le navire jeta enfin l'ancre à Oran, où Mike Reilly, le chef des services de sécurité de la Maison-Blanche, monta à bord afin de superviser la descente à terre du Président. Avec tout l'équipage rassemblé sur le pont, FDR fut soulevé dans les airs et déposé à bord d'une baleinière à moteur par le flanc bâbord du cuirassé, puis descendu à flot. Après quoi son nouveau bateau vint accoster à l'échelle de coupée, et Harry Hopkins et les membres des services secrets grimpèrent à bord, aux côtés de leur Président tout radieux.

Je m'étais attendu à n'avoir qu'une envie, embrasser le plancher des vaches dès que j'y remettrais les pieds. Au lieu de quoi, je faillis m'y effondrer. Être sur la terre me fit un effet étrange, et je vacillai, la démarche instable, tandis que mes jambes, habituées à compenser le mouvement d'un pont de navire sous mes pieds, durent subitement s'adapter à la terre ferme. Mais il se pouvait que j'aie été un petit peu soûl.

Je n'eus guère le temps de visiter la deuxième ville d'Algérie et son port grouillant d'activité, où les Britanniques avaient canonné la marine française lors d'un épisode tristement célèbre, avant qu'un sergent de l'U.S. Army, avec une oreille en forme d'escalope panée et un nez aussi gros qu'une selle de bicyclette, ne me demande mon nom. Quand je le lui eus donné, il me tendit un bout de papier qui comportait deux numéros, et nous orienta, John Weitz et moi, vers la voiture qui, au sein du cortège présidentiel, nous transporterait à quatre-vingts kilomètres de là, sur l'aérodrome américain d'Oran-La Sénia.

Il était neuf heures du matin et l'air ambiant était déjà aussi chaud qu'un four à pain louisianais. Je retirai ma veste et m'éventai avec mon chapeau. Le débarcadère était envahi par les pots d'échappement huileux des motocyclettes de la police militaire U.S. qui chauffaient leurs cylindres dans un grand vacarme, impatientes d'escorter la suite présidentielle dans les rues de cette ville millénaire. Cela semblait être un véritable port de mer, avec un château et une église, et m'évoquait une ville côtière du sud de la France. J'imaginais que c'était ainsi que les Français aimaient à la considérer. Le seul problème, c'était que sept cent cinquante mille Arabes d'Algérie habitaient là. L'atmosphère avait l'air assez amicale. Mais il est vrai que nous n'étions pas français.

John Weitz et moi trouvâmes notre véhicule. Le chauffeur, un MP américain, nous salua et nous remit des journaux américains, une lettre pour Weitz et un télégramme pour moi, qui fit bondir mon cœur comme un chat, l'espace d'une seconde. Le chauffeur était du genre zélé, impatient de nous montrer comme il savait bien conduire une voiture sur une route vide, dans le désert. Le cheveu roux, le visage rubicond, et les yeux rouges, comme s'il avait bu. Il n'avait pas bu. C'était le vent et le sable. L'Algérie semblait détenir le monopole du vent et du sable. Le rouquin regarda par-dessus nos épaules et nous expliqua que dès que M. Schmidt se montrerait, nous pourrions y aller.

« Il ne se joindra pas à nous, dis-je. Je crains qu'il ne soit mort.

— C'est trop dommage, fit le rouquin. Que dois-je faire de ceci, monsieur ? »

Le MP me montra le télégramme destiné à Ted Schmidt.

« Vous pouvez me le confier, lui répondis-je. Et j'ai une lettre destinée à sa veuve. J'aimerais que vous la postiez pour moi. »

Je grimpai à l'arrière de la voiture, à côté de Weitz.

« Merci encore de vous en être chargé, me fit-il. D'avoir écrit cette lettre à la veuve de Schmidt. J'apprécie, sincèrement.

— Aucun problème. »

Avant d'ouvrir mon propre télégramme, j'attendis que le cortège se soit mis en route. L'optimiste en moi avait espéré qu'il émane de Diana. Mais il venait de Donovan, qui m'informait que je devais prendre contact avec le major Poole, l'homme de l'OSS à Tunis, au café M'Rabet, cet après-midi même.

Le télégramme adressé à Schmidt était signé du département d'État. Il était daté de la veille, vendredi 19 novembre, et je le relus plusieurs fois. La veuve de Ted Schmidt avait été tuée dans un accident de voiture, jeudi après-midi.

Les rues d'Oran étaient jalonnées de soldats de l'U.S. Army qui, au passage rapide du cortège, se mettaient au garde-à-vous. Les Algériens qui se tenaient en retrait envoyaient des signes amicaux de la main à celui qui était apparemment l'homme le plus puissant du monde, et à son escorte. Je les remarquai à peine. Savoir que les deux personnes susceptibles de jeter un peu de lumière sur le meurtre de Thornton Cole étaient mortes me préoccupait.

« Mauvaises nouvelles ? me demanda Weitz.

— Il semble que la veuve de Ted ait été victime d'un accident de la circulation avant-hier.

— Oh, mon Dieu. Est-ce qu'elle va bien ?

— Elle est morte.

— C'est terrible. Quelle terrible tragédie. » Weitz secoua la tête. « Est-ce qu'ils ont des enfants ?

— Non.

— C'est déjà ça, si j'ose dire. »

Je me penchai en avant, pour m'adresser à notre chauffeur :

« Ce n'est pas la peine d'expédier la lettre que je vous ai confiée, lui dis-je. Celle pour la veuve de M. Schmidt. Il semble qu'elle ait eu un accident de voiture fatal.

— C'est une coïncidence rare, observa le rouquin.

— Oui, en effet », acquiesçai-je, songeur.

Cette coïncidence en était peut-être moins une qu'il n'y paraissait. L'accident de Debbie Schmidt n'était peut-être pas un accident du tout. On avait pu la tuer, elle aussi, pour s'assurer de son silence concernant les véritables préférences sexuelles de Cole. Ce qui pouvait signifier que j'étais très certainement la seule personne vivante qui sache que Thornton Cole n'avait pas été assassiné de la manière scandaleuse à laquelle avait cru la police métropolitaine.

À l'aéroport de La Sénia, une demi-douzaine de C-54 américains étaient alignés pour nous transporter par la voie des airs mille quarante-quatre kilomètres plus loin, à Tunis. Et ce n'est qu'alors, en voyant tout le monde réuni sur le terrain d'aviation, que je compris la véritable ampleur de la délégation américaine, car beaucoup de gens l'avaient rejointe, depuis notre arrivée à Oran. Les chefs d'état-major des trois corps d'armée, leurs officiers de liaison, leurs attachés militaires, les hommes des services secrets – tous étaient alignés en rang pour embarquer à bord des appareils. La délégation était encore appelée à s'étoffer, quand d'autres diplomates viendraient la rejoindre à Tunis et au Caire.

À ma grande surprise, je me vis attribuer le premier appareil, avec le Président, Mike Reilly, le garde du corps personnel du Président, et Harry Hopkins, à côté de qui je pris place.

Reilly était un homme au visage lisse, au cheveu noir et aux paupières tombantes, avec le regard dur d'un ancien bootlegger. Il venait du Montana, mais il aurait aussi bien pu être originaire du Connemara, avec un soupçon de Grande Armada espagnole. Il portait un costume croisé en flanelle, de coupe élégante, et n'était jamais très loin de l'oreille droite de Roosevelt, dans laquelle il chuchotait parfois des propos importants. Il avait abandonné ses études à l'université George Washington, où il suivait un cursus de droit, pour travailler dans l'Administration des Crédits Agricoles, menant des investigations sur des cas de fraudes aux organismes prêteurs. Reilly avait intégré les services secrets en 1935 et, dans cette fonction, il avait toujours travaillé à la Maison-Blanche. C'est ce que j'appris grâce à Harry Hopkins, tandis que j'attendais dans l'avion que Reilly et l'un des autres agents montent Roosevelt par la passerelle, en le prenant dans leurs bras. Une fois le Président à bord, les portes furent fermées et le C-54 commença à rouler en direction de la piste d'envol.

« Saviez-vous qu'il existe une ville baptisée Oran, dans l'État d'Iowa ? me demanda Hopkins, alors que les quatre moteurs Pratt & Whitney montaient de plus en plus fort en régime. C'est mon État natal. Vous n'êtes jamais allé à Sioux City, professeur ? N'y allez pas. C'est mon conseil. Il n'y a rien, là-bas. Mon père était de Bangor, dans le Maine, et il est parti vers l'ouest, pour aller chercher de l'or. Il n'en a jamais trouvé. À la place, il est devenu fabricant de harnais. Vous vous y connaissez un peu en chevaux ? »

Je secouai encore la tête.

« Ne changez rien. Des animaux imprévisibles. Mon père a eu la jambe cassée par un attelage qui s'est emballé, à Chicago. La meilleure chose qui lui soit jamais arrivée. Il a attaqué les propriétaires de la société de transports de marchandises en justice, leur a réclamé dix mille dollars de dommages et intérêts et, avec l'indemnité versée par la compagnie, il s'est acheté un magasin de harnais, dans un patelin de l'Iowa nommé Grinnell,. Ne me demandez pas pourquoi il est allé là-bas. Il détestait ce trou perdu. Mais c'est quand même là que nous l'avons enterré. »

Je souris et, pour la première fois, je vis pourquoi FDR aimait bien avoir Hopkins près de lui. En plus de son humour pince-sans-rire, Harry Hopkins possédait une forme de bon sens.

Trois heures et demie après avoir quitté La Sénia, nous avons atteint l'aérodrome d'El Aounia, à environ vingt kilomètres au nord-est de Tunis. Moins de huit mois auparavant, les alliés avaient infligé une défaite décisive à Rommel dans cette région, et des carcasses d'appareils encombraient encore le terrain, de part et d'autre de la piste. Même si ces épaves étaient celles d'appareils allemands, c'était là un spectacle un rien troublant, surtout depuis le poste d'observation d'un avion en plein vol, auquel il restait encore à atterrir en toute sécurité.

Le C-54 du Président fut accueilli par les deux fils de celui-ci, Elliott et Franklin Junior. Le navire de Franklin Roosevelt Junior, l'USS *Myrant*, avait été endommagé par une bombe, à Palerme, et se trouvait bloqué à Gibraltar, où il subissait des réparations. C'était tout au moins la version officielle. En revanche, Elliott Roosevelt commandait une escadrille de reconnaissance photographique stationnée dans la zone.

Nous avons roulé à travers les ruines de l'ancienne Carthage, détruite par les Romains en 146 av. J.-C., jusqu'à Tunis où FDR et son entourage proche résidaient dans la fameuse Casa Blanca, à côté de la

Zitouna, la plus grande mosquée de la ville. Ancien siège du gouvernement tunisien, la Casa Blanca tenait actuellement lieu de quartier général opérationnel au général Eisenhower. Ayant libéré la Casa Blanca pour la durée du séjour présidentiel, Eisenhower, ainsi que Hopkins et le reste d'entre nous, était installé à La Marsa, à une vingtaine de minutes environ du centre-ville, dans une maison coloniale de style français, sur le front de mer, un gros gâteau de mariage avec d'énormes portes bleues ornementées.

La ville de Tunis était plus grande que je ne me l'étais imaginée, et je ne la trouvai ni très arabe, ni très africaine. Et d'ailleurs pas très française non plus. Après une courte sieste, j'allai faire un tour rapide du souk et de la mosquée, tous deux fameux, et je cherchai le café M'Rabet, où je devrais retrouver l'envoyé de l'OSS à Tunis.

Ridgeway Poole était titulaire d'un doctorat en archéologie classique obtenu à Princeton et, déjà auteur d'un livre sur Hannibal et les Guerres puniques, il avait sauté sur l'occasion de travailler pour l'OSS à quelques kilomètres de Carthage à peine. Il n'était en poste à Tunis que depuis trois mois, usant d'un titre de vice-consul en guise de couverture, mais il connaissait très bien la région pour avoir travaillé sur des fouilles dans les thermes d'Antonin, avant-guerre. Parlant couramment le français et l'arabe, il semblait tout à fait à son aise dans la fraîcheur du café, assis sur une petite estrade, déchaussé, fumant une pipe à eau à l'odeur sucrée tout en sirotant un thé vert.

« Asseyez-vous, me dit-il. Retirez vos souliers. Prenez un thé. » Poole fit signe au serveur de s'approcher et commanda, sans attendre mon acquiescement. « Dommage que vous ne restiez pas ici plus longtemps.

— Oui, n'est-ce pas? admis-je en tâchant de dissimuler mon manque d'enthousiasme pour la deuxième grande ville nord-africaine que je voyais en cette journée.

— Donovan vous a réservé une chambre à l'hôtel Shepheard, au Caire et c'est là, si tout se déroule bien, qu'il vous retrouvera pour le déjeuner, demain. Chanceux que vous êtes. Cela ne m'ennuierait pas non plus de m'offrir un week-end au Shepheard.

— Avez-vous la moindre idée du temps que nous allons rester là-bas?

— Donovan a parlé d'au moins quatre ou cinq jours.

— J'ai une vieille amie de cœur au Caire. Je me demande si je ne pourrais pas lui envoyer un télégramme.

— Pas de problème. Je peux vous organiser cela.

— J'aimerais aussi faire parvenir un message à Washington.

— Une fille dans chaque port, hein?

— En réalité, il s'agit d'un message destiné au campus. Je souhaiterais que quelqu'un là-bas se penche sur les circonstances d'un décès. » Je parlai à Poole de la disparition de Ted Schmidt et de la mort de son épouse dans un accident de la circulation.

« Très bien. Je vais voir ce que je peux arranger. Tout cela s'inscrit dans le service. Donc, quels sont vos projets? Ça vous plairait de prolonger la soirée? Je serais ravi de vous montrer les ruines. Et une ou deux boîtes que je fréquente.

— J'apprécierais aussi, franchement. Mais ce soir il y a un dîner à La Mersa. Le fils de Harry Hopkins, les deux garçons Roosevelt et leurs pères. Il semble que je sois invité.

— Ce vantard d'Elliott ne parle de rien d'autre depuis quelques jours. "Roosevelt l'Idiot", on l'appelle.

Quand son escadrille était basée ici, il baisait une fille du Women's Army Corps britannique. Si vous êtes un quidam comme moi, rien ne vous empêche d'en faire autant, et j'ai certainement vécu quelques aventures depuis que je suis arrivé ici. Mais quand votre papa est le Président des États-Unis, et si en plus vous avez une femme et trois gosses au pays, vous ne pouvez pas vous permettre ce genre d'incartade.

— Ouais, enfin, les fils des pères célèbres... Écoutez, il y a encore un service que vous pourriez me rendre. C'est que je suis un peu déphasé par rapport à ce qui s'est passé dernièrement en Allemagne. Je me demandais si vous n'auriez pas un récepteur radio à ondes courtes sous la main, que je capte quelques émissions. En privé. De préférence avec des écouteurs... juste histoire d'éviter que l'on me prenne pour un espion allemand.

— Je peux faire mieux que cela, m'assura Poole. C'est-à-dire, si cela ne vous ennuie pas de parcourir quinze kilomètres en voiture dans le désert. »

Dans la Peugeot 202 poussiéreuse de Ridgeway Poole, nous sortîmes de la ville par le nord, sur la route de Bizerte, en traversant des cimetières militaires et des champs où s'empilaient des pièces d'artillerie et des munitions, dans de grandes décharges. Au-dessus de nos têtes, des formations de la VIIIe armée aérienne des États-Unis labouraient le ciel en grondant, comme autant de libellules rouillées, en route pour aller bombarder des cibles en Italie.

Vers Protville, notre destination, Poole m'expliqua qu'il comptait beaucoup d'amis au sein de la 1re escadrille américaine de chasse anti-sous-marine, stationnée dans un bâtiment anciennement occupé par la Luftwaffe.

« Ils possèdent une radio allemande, m'annonça-t-il. Et elle est en parfait état de marche. Un machin superbe. L'officier radio est un copain d'avant la guerre. Je ne crois pas que ça l'ennuie que vous l'utilisiez. Nous y voici. »

Poole me désigna quatre Bristol Beaufighter de la RAF et une dizaine de B-24 de l'USAAC. Opérant au sein de la Northwest African Coastal Air Force, la mission de ces B-24 consistait à repérer et à détruire les sous-marins ennemis entre la Sicile et Naples et à l'ouest de la Sardaigne, et de tenir lieu d'escorte aérienne aux convois maritimes alliés. Nous avons trouvé l'escadrille d'humeur jubilatoire. L'un des B-24 avait abattu un Focke Wulf 200 à long rayon d'action et, en ce moment même, une patrouille de la marine était sortie sillonner le golfe d'Hammamet, pour repêcher les Allemands qui avaient sauté.

« Un 200, remarquai-je, quand Poole eut achevé les présentations. C'est bizarre de voir ce type d'appareil s'aventurer si loin au sud.

— Vous avez raison, me confirma le lieutenant Spitz. Ils interviennent surtout en tant qu'avions de patrouille maritime au-dessus de Salerne, mais ce spécimen a dû s'écarter de son cap. En tout cas, nous sommes assez survoltés, avec en plus le Président qui arrive ici cet après-midi.

— Le Président vient ici ? Je l'ignorais.

— Le fils de FDR, Elliott... son escadrille de reconnaissance est basée ici. Quand vous vous êtes pointés, les gars, on a cru que c'était leur avant-garde. »

À ces mots de Spitz, un camion transportant plus d'une dizaine de MP fit son apparition, suivi d'un autre.

« Ça m'a tout l'air d'être eux, là, observa Poole.

— Je vais faire en sorte qu'ils ne vous embêtent pas, ajouta Spitz, et il nous introduisit dans un petit bâtiment tout blanc, qui abritait la salle radio, puis nous laissa avec le sergent Miller, l'opérateur radio.

— Nous avons un Tornister Empfanger B, nous annonça fièrement Miller. Et le tout dernier récepteur allemand, l'E52B Köln. La bande de fréquence se sélectionne avec le bouton rectangulaire, à gauche du cadran. » Miller brancha des écouteurs et alluma l'E52. « Mais il est déjà réglé sur Radio Berlin, donc vous n'avez plus qu'à écouter. »

Et il me tendit les écouteurs.

Je le remerciai et m'assis. Je consultai ma montre et coiffai les écouteurs, calculant que je risquais de capter pile le prochain bulletin d'informations allemand. Poole et Miller étaient dehors à suivre le déploiement des MP.

Durant la traversée de l'Atlantique de l'*Iowa*, le *Washington Times-Herald* avait publié la rumeur selon laquelle une conférence internationale d'importance majeure était sur le point de se tenir au Caire, et je voulais savoir si ces rumeurs seraient reprises par la radio berlinoise. Je ne fus guère surpris de découvrir qu'elles l'étaient, et de façon détaillée. Non seulement Radio Berlin rapportait que Churchill et Roosevelt prévoyaient de rencontrer le général Tchang Kaï-Chek au Caire, mais aussi qu'une conférence des Trois Grands allait se tenir immédiatement après en un autre endroit du Moyen-Orient, « afin de décider de plans militaires de grande ampleur contre l'Allemagne ». D'emblée, je doutai que la conférence du Caire puisse désormais se dérouler en toute sécurité. Et la conférence des Trois Grands semblait maintenant aussi secrète qu'un divorce à Hollywood. Mike Reilly aurait pu aussi bien envoyer un communiqué de presse à Hedda Hopper, la chroniqueuse mondaine.

Je continuai d'écouter, espérant en apprendre davantage, et je montai le volume car, à un moment, le signal de Radio Berlin me parut s'estomper. Ou tout au moins, telle était mon intention. En effet, je ne sais trop comment, mais je réussis à faire passer la voix du speaker s'exprimant en allemand directement par le haut-parleur. À volume presque maximum, cela eut l'effet d'un discours lors d'un meeting à Nuremberg.

Paniquant un peu en comprenant ma bévue, j'ôtai les écouteurs en quatrième vitesse et je tâchai d'actionner l'interrupteur qui couperait le haut-parleur. Tout ce que je parvins à obtenir fut de tomber sur une autre fréquence parlant allemand. Je me levai d'un bond et j'allai vite fermer la fenêtre ouverte avant d'essayer, une nouvelle fois, d'éteindre cette radio. J'étais encore en train d'examiner la façade du poste Telefunken quand la porte s'ouvrit d'un coup et deux hommes de la Police Militaire U.S. entrèrent en trombe dans la salle radio et braquèrent leurs fusils vers ma tête. D'instinct, je levai les mains en l'air.

« Éteignez ça, beugla l'un des deux policiers, un sergent au visage couleur de brique patinée.

— Je ne sais pas comment on s'y prend. »

Le policier engagea la culasse de son fusil, de sorte qu'il était prêt à faire feu.

« Monsieur, vous avez cinq secondes pour éteindre ça, ou vous êtes un homme mort.

— Je suis un officier de renseignements américain, lui hurlai-je en retour. C'est mon boulot de surveiller les émissions radio allemandes, bordel.

— Et moi, c'est mon boulot de protéger le cul du Président contre les tueurs allemands, me répliqua le sergent. Alors éteignez-moi cette foutue radio. »

Je me tournai face à l'engin, subitement conscient du vrai danger auquel j'étais confronté. « Tirs amis », comme ils appelaient ça, quand vous vous faisiez abattre par votre propre camp. Ce qui ne rendait pas la chose plus plaisante pour autant. J'étais sur le point d'essayer un autre interrupteur de cette radio germanique quand le MP me prévint.

« Et ne vous avisez pas non plus d'envoyer un signal à je ne sais trop qui. »

Je secouai la tête et, guère convaincu de ce que je fabriquais, je m'écartai du poste, toujours en gardant les mains levées. Je n'ai aucune excuse pour expliquer ce comportement de lâche, si ce n'est qu'il m'arrive parfois de me sentir un peu nerveux quand un péquenaud un brin crétin et à la gâchette facile me pointe un fusil chargé en pleine tête. J'avais repéré l'orifice métallique à l'extrémité des deux joues en bois du canon. Aussi béant et profond que le tunnel de Washington Street.

« Essayez donc de l'éteindre vous-même, aboyai-je. Ce n'est pas ma radio et je ne sais pas comment ça marche. »

Le sergent des MP cracha une huître bien charnue sur le sol terreux, recula d'un pas et ouvrit le feu, deux fois, sur le poste émetteur, ce qui mit fin à ce programme allemand, pour toujours.

« Tiens, pourquoi n'y ai-je pas pensé tout seul ? ironisai-je. Tirer sur la radio. Laissez-moi vous trouver un journal allemand, et vous pourrez tirer dessus aussi.

— Vous êtes en état d'arrestation, monsieur, m'avertit le MP et, m'agrippant par le poignet, il me menotta sans ménagement.

— Les gars, une fois que vous savez vous tenir debout, on ne vous entraîne pas aussi à réfléchir ? » lui demandai-je.

Les deux MP me firent sortir de force de la cabane radio, en direction d'un groupe de jeeps qui s'étaient à présent garées au milieu de la base aérienne. À distance, entouré d'autres MP et ignorant ce qui venait de se passer, le Président passait en revue l'escadrille de reconnaissance du colonel Roosevelt. Mais alors que nous nous approchions du premier détachement de jeeps, les agents Rauff et Pawlikowski jetèrent leur cigarette et marchèrent vers nous.

« Dites à ces deux clowns de me retirer ces menottes, leur demandai-je.

— Nous avons surpris ce type à traficoter avec une radio allemande, leur déclara le MP qui avait tiré les deux coups de feu.

— Il présente la chose comme si j'étais occupé à dicter le numéro de téléphone du Président à Hitler.

— C'était peut-être à ça que vous étiez occupé, ricana le sergent.

— Je suivais un bulletin d'informations allemand. Sur un récepteur à ondes courtes. Je ne transmettais aucun message. En tant qu'officier de l'OSS, c'est mon travail.

— Montrez-nous, ordonna Rauff au MP et, toujours menotté, je me trouvai reconduit sans ménagement dans la cahute radio.

— C'est bien un poste de radio allemand, en effet, confirma Rauff, en examinant le matériel. Ça doit être facile d'envoyer un message à Berlin, avec ce machin.

— Plus maintenant, rectifiai-je. Plus depuis que Davy Crockett ici présent a logé deux balles dedans. Écoutez, Rauff, il y a quelque part ici un opérateur radio nommé Miller. Et un lieutenant Spitz. J'imagine qu'ils sont à l'autre bout du terrain, à regarder défiler le Président. Ils vous confirmeront que les Allemands ont laissé cet équipement derrière eux quand ils ont battu en retraite. Et comme je tâchais de l'expliquer à ces deux-là il y a une minute, l'une de mes missions consiste à surveiller les émissions de radio allemandes. C'est l'une des fonctions de la collecte intelligente de renseignements. Intelligence qui, j'ose le croire, conserve encore un certain rapport avec le monde des services secrets.

— Oh, mais oui, me rétorqua Rauff. Et cela m'amène à penser que c'est une sacrée coïncidence… car c'est vous qui aviez suggéré la présence d'un espion allemand occupé à envoyer des messages radio depuis l'*Iowa*.

— Hé, c'est vrai, ça, acquiesça Pawlikowski en allumant une Kool. C'était lui, hein ? Ça pourrait être un bon moyen de se couvrir, si c'était lui, l'espion allemand. On dit la vérité en faisant croire qu'on bluffe. »

Pris d'engouement pour sa propre théorie, Rauff poursuivit :

« Et n'oublions pas l'autre gaillard, Schmidt. À bord du cuirassé, il partageait une cabine avec vous, n'est-ce pas ? Ça se pourrait qu'il ait découvert que vous étiez un espion allemand, et il était sur le point de nous le signaler. Sauf que vous l'avez tué avant.

— Écoutez-moi, dis-je. Selon le bulletin d'informations allemand que je viens de capter, Berlin sait tout de cette conférence du Caire. Et il me semble qu'ils ont aussi une notion assez précise de celle qui va se tenir ensuite. Maintenant, si j'étais un commandant de la Luftwaffe basé dans le nord de l'Italie, avec cinquante bombardiers Junkers 88 à ma disposition, j'aurais déjà planifié un bombardement de la Mena House, au Caire. Oui, c'est exact. La Mena House. Les Allemands savent même que c'est là que se tiendra la conférence. Vu les circonstances, il m'apparaît que la prudence la plus élémentaire exigerait un changement de lieu. Alors pourquoi n'informez-vous pas Hopkins, et nous verrons ce qu'il dit de tout ceci ? »

Rauff me fouilla et trouva mon automatique.

« Mais, mais, le prof nous dissimulait un peu de ferraille, là.

— C'est réglementaire, pour tous les officiers de l'OSS. Vous devez sûrement être au courant.

— Je dirais que vous avez quelques explications à nous apporter, prof, fit Rauff. Et je ne parle pas du sens de la vie.

— Le sens de la vie ? Tss, tss, agent Rauff. Vous avez encore lu un livre, vous. »

17

Ce fut Mike Reilly, le chef des services secrets en charge de la sécurité de la Maison-Blanche, qui décida finalement que je disais la vérité. Mais il lui fallut beaucoup de mines renfrognées et plusieurs ongles rongés avant d'en arriver à la conclusion que si j'étais vraiment un agent allemand, j'aurais eu amplement l'occasion de m'attaquer à Roosevelt quand j'étais à bord de l'*Iowa*, ou dans le cabinet de travail du Président, à Washington. Je commençai à percevoir pourquoi le Trésor américain souhaitait que ces services restent un secret. Il ne serait pas bon que les Allemands comprennent que la sécurité du Président dépendait de deux ploucs comme ce Rauff et ce Pawlikowski.

« Je suis désolé de cet épisode, prof, s'excusa Reilly après le départ de ses deux hommes. Mais ils sont payés pour faire de l'excès de zèle.

— Je comprends. Moi aussi. »

Samedi soir, nous nous retrouvâmes dans la magnifique salle à manger de La Mersa. Dès que Rauff et Pawlikowski furent partis pour la Casa Blanca, Reilly convia les chefs d'état-major des trois corps à nous rejoindre, et je leur appris ce que j'avais entendu sur Radio Berlin.

« L'information est-elle confirmée ? s'enquit l'amiral Leahy, qui était le représentant personnel de FDR auprès des chefs d'état-major.

— Oui, monsieur, lui répondit Reilly. J'ai pris la liberté de contacter par radio la légation américaine au Caire et on m'a expliqué que s'ils n'avaient aucune connaissance de ce que diffusaient les Allemands, l'arrivée imminente du Président au Caire était un secret public. Ils seraient très surpris si les Allemands n'en étaient pas informés.

— Eh bien, que disent les Britanniques ? s'enquit le général Marshall. Nous sommes censés être dans leur sphère d'influence, ici.

— Ils soulignent que huit escadrilles de chasseurs ont été concentrées au Caire pour la protection du Président et de M. Churchill, lui apprit Reilly. Et qu'ils ont déployé plus de cent canons antiaériens au sol, sans parler de trois bataillons d'infanterie.

— Et Churchill ? Quelle est son opinion ? voulut savoir l'amiral King.

— M. Churchill est encore en route depuis Malte à bord de l'HMS *Renown*, fit Reilly. Il n'est pas attendu à Alexandrie avant demain.

— Et Eisenhower ?

— Le général Eisenhower est bien conscient de ce que la sécurité, au Caire, n'a pas été optimale, monsieur.

— Le mot est bougrement faible, lâcha le général Arnold.

— Si vous vous souvenez, c'était Ike qui avait proposé que la conférence soit déplacée à Malte.

— Non, Mike, Malte ne vaut rien, riposta Arnold. À Malte, il n'y a pas un hôtel correct. »

C'était là le style de diplomatie que je pouvais comprendre. De bons hôtels contribuaient à une bonne politique étrangère.

« Rien de convenable à manger et pas beaucoup d'eau », renchérit Leahy.

Ma décision était prise. Je n'avais pas plus envie de partir pour Malte qu'Arnold.

« Nous exagérons peut-être le problème, suggéra ce dernier. D'accord, le secret est éventé. Nous en avions déjà conscience, à bord de l'*Iowa*. Tout ce qui a changé, c'est que nous savons de source sûre que les Krauts sont dans le secret. S'ils prévoyaient de lancer une attaque surprise de bombardiers, ils n'iraient pas claironner au monde entier, sur Radio Berlin, qu'ils savent tout de la conférence. Je veux dire, cela n'aurait pour effet que de nous mettre sur nos gardes. Non, non, ils ne piperaient pas mot.

— Qu'en pensez-vous, prof? me demanda Reilly.

— Je pense que le général Arnold tient là un bon argument. Mais, cela doit en tout cas nous inciter à nous montrer d'autant plus vigilants. Déployer deux escadrilles de chasseurs de nuit au nord du Caire. Rameuter davantage de véhicules blindés. Plus de troupes.

— Ça me paraît logique, acquiesça Leahy. Quoi d'autre?

— Comme les deux cibles principales sont le Président et M. Churchill, peut-être devrions-nous leur laisser prendre la décision finale. Différer un peu le départ pour le Caire serait une bonne idée, juste pour leur laisser le temps d'échanger quelques télégrammes.

— Mike ? Qu'en pensez-vous ?

— Cela ne ferait de mal à personne de rester un jour de plus, admit Reilly. Et il vaudrait peut-être mieux que le Président vole de nuit.

— C'est vrai, approuva Arnold. De nuit, nous n'aurions pas besoin d'escorte de chasseurs.

— Que pensez-vous de ceci ? repris-je. Tous les chefs d'état-major décollent dimanche matin, à six heures, comme prévu. Mais le Président ne s'envole pas avant dimanche soir, ce qui signifie qu'il n'arrive pas au Caire avant lundi matin. En d'autres termes, nous trompons notre monde en faisant croire que FDR arrive au Caire pour l'heure du déjeuner, dimanche, alors qu'en fait il ne sera là-bas que vingt-quatre heures plus tard. De cette manière, si les Allemands devaient monter une attaque, le Président demeurerait en sécurité.

— Que je sois certain de comprendre, intervint le général Marshall. Proposez-vous que les chefs d'état-major servent d'appât ? » La salle à manger caverneuse de La Mersa parut conférer à ses paroles une résonance supplémentaire.

« C'est exact, monsieur, oui.

— Ça me plaît, s'écria Reilly.

— Cela ne m'étonne pas de vous, bougonna King.

— Ma suggestion présente un autre avantage, ajoutai-je.

— Qu'attendez-vous encore de nous, maintenant ? s'exclama Arnold. Que nous lâchions des signaux de fumée pour les bombardiers allemands ?

— Non, monsieur. Je pensais qu'à votre arrivée à tous, au Caire, qui mieux que vous pourrait évaluer la sécurité du Président sur le terrain ? Si vous débarquez là-bas et que vous constatez que la situation requiert un changement de lieu, vous pourriez réorienter le Président ailleurs. À Alexandrie, par exemple. Après tout, c'est là que Churchill est attendu demain matin. Et j'ai entendu dire qu'il y avait d'excellents hôtels, à Alexandrie.

— Alexandrie ne me plaît pas, maugréa le général Marshall. C'est cent cinquante kilomètres plus près de la Crête et, d'après les dernières nouvelles qui me sont parvenues, il y avait là-bas trente mille parachutistes allemands. Sans mentionner la Luftwaffe.

— Oui, monsieur, mais en Crète, la Luftwaffe est surtout composée de chasseurs », lui rappelai-je. C'est l'avantage d'être un officier de renseignements spécialiste de l'Allemagne. Au moins, je savais de quoi je parlais. « Et ils sont à court de carburant. Naturellement, nous pourrions toujours choisir Khartoum. Mais la logistique qu'imposerait le déplacement de tout le monde, au Caire, mille kilomètres plus au sud, risquerait d'être trop lourde pour être envisageable.

— Et comment, marmonna King.

— Quoi qu'il en soit, à Khartoum, il n'y a pas de bons hôtels. Je ne suis pas même pas sûr qu'il y en ait de mauvais. »

Petit à petit, je commençai à me prendre de sympathie pour Arnold.

« Messieurs, conclut Marshall, je pense qu'il ne nous reste plus qu'à espérer que les défenses britanniques soient aussi bonnes qu'ils le prétendent. »

Je retournai à La Mersa, je pris une douche et relevai mon courrier. Je n'en avais pas. Poole voulait que je voie quatre des curiosités locales. Deux de ces curiosités se prénommaient Leila et Amel, les deux autres s'appelaient Muna et Widad. Mais j'avais eu assez de motifs d'excitation pour la journée. En outre, je ne pouvais guère me regarder dans mon miroir et me raconter que j'étais amoureux de Diana, avec une trace de rouge à lèvres d'une putain sur mon col de chemise. Donc, j'eus un dîner minable et me mis au lit tôt, même si, je m'en aperçus le lendemain, je n'avais pas dormi seul.

Tôt le matin du dimanche 21 novembre, je me réveillai avec deux morsures de puce. C'était un mauvais début. Et quand je me regardai dans mon miroir, je n'avais pas l'impression d'avoir gagné grand-chose à décliner l'offre d'hospitalité de Ridgeway Poole. Se réveiller avec deux Tunisiennes devait forcément mieux valoir que de se lever avec deux vilains boutons. Les choses prennent toujours un tour différent le lendemain matin.

À six heures, j'accompagnai les chefs d'état-major à bord d'un des C-54 décollant du terrain d'El Aounia. Nous avions devant nous un vol de cinq heures et demie jusqu'au Caire. J'étais content de découvrir qu'aucun des agents des services secrets du Président n'était à bord de notre avion. La dernière chose dont j'avais envie, c'était de devoir encore endurer les regards scrutateurs de Rauff et de Pawlikowski.

En approchant du Caire par l'ouest, nous avons pu profiter d'une vue spectaculaire sur les pyramides, avant de nous poser sur un terrain de la RAF, dans l'ouest du désert. Quelques minutes plus tard, un convoi de la RAF conduisait les chefs d'état-major des trois corps et leurs officiers de liaison à l'hôtel Mena House, près des pyramides de Gizeh. On me conduisit à l'hôtel Shepheard, dans le centre du Caire.

« *Imshi* », beuglait mon chauffeur ou encore, non moins souvent : « Va te faire foutre », en pilotant sa petite Austin Seven entre des bus Thorneycroft antédiluviens, des troupeaux de moutons plutôt nerveux, des ânes cruellement surchargés et d'autres conducteurs impatients.

« Vous êtes d'Amérique, monsieur ? » me demandat-il. L'homme avait les yeux bleus, un visage taillé à la serpe ; il était aussi maigre qu'un tuyau d'arrosage et, à en juger par son apparence, tout aussi humide. De la sueur perlait de ses cheveux courts, noirs et ondulés, dégoulinait dans son cou mince et blanc, sous le col de sa chemise kaki, pour rejoindre une grande auréole moite entre ses omoplates.

« Oui. Et vous ?

— Manchester, Angleterre, monsieur. J'avais toujours rêvé de me retrouver au chaud, monsieur. Alors je suis venu ici. Est-ce que vous avez déjà vu un endroit aussi merdique, monsieur ? Quel bordel, quel bazar, c'est que ça ici.

— Vous avez beaucoup vu le feu ?

— Pas depuis que je suis arrivé. En tout cas pas du côté de ces foutus Allemands. La nuit, vous verrez les projecteurs des batteries antiaériennes, mais il y a peu de chances pour que des bombardiers descendent si loin au sud. Pas depuis l'été dernier. En fait, monsieur, moi, mon nom, c'est Frank Coogan, et je serai votre chauffeur attitré pendant votre séjour au Caire.

— Ravi de vous rencontrer, Frank. »

Finalement, Coogan tourna dans une rue à l'écart et j'eus droit à ma première vision de l'hôtel Shepheard, un édifice disgracieux, où je découvris, attablés à la vaste terrasse en façade, plusieurs dizaines d'officiers britanniques et américains. Coogan s'arrêta, fit déguerpir un guide arabe coiffé d'un tarbouche rouge brique

et, attrapant mes valises sur le porte-bagages, me précéda à l'intérieur.

Jouant des coudes au milieu d'officiers de tous
les rangs et de toutes les races, d'hommes d'affaires
levantins d'allure prospère et de plusieurs femmes à la
mise douteuse, c'est de haute lutte que je parvins à me
présenter à la réception, d'où je contemplai le hall de
style mauresque, avec ses piliers imposants et massifs
en forme de lotus, et l'escalier au déploiement majestueux, flanqué de deux hautes cariatides en ébène.
C'était comme de se retrouver sur le plateau d'un film
de Cecil B. DeMille.

J'avais trois messages : l'un de Donovan, me suggérant de nous retrouver pour prendre un verre au Long
Bar de l'hôtel, à trois heures, une invitation à dîner pour
le lendemain soir, de la part de ma vieille amie, la princesse Elena Pontiatowska, dans sa demeure de Garden
City, et une missive de Diana.

Je congédiai Coogan et, croyant pouvoir tenter une
dernière fois d'égarer la mallette de Donovan, je laissai
le gérant de l'hôtel se charger de sa livraison dans ma
chambre. Mais un quart d'heure plus tard, j'étais installé
bien au chaud dans ma suite, avec tous mes bagages, y
compris celui de Donovan. J'ouvris en grand les stores
et les fenêtres, et je sortis sur le balcon, d'où je jouissais
de la vue sur les toits et la rue en contrebas. Il n'y avait
pas de doute à ce sujet : Donovan me recevait comme
un roi. Je n'aurais pu mieux choisir moi-même.

Je différai la lecture de la lettre de Diana aussi longtemps que je pus, comme lorsque vous avez peur de
découvrir une vérité. Je fumai même une cigarette,
tout en la considérant à bonne distance. Puis je la lus.
Plusieurs fois. Et il y avait dans sa missive un passage
auquel j'accordai une attention particulière.

Tu as évoqué l'injustice qu'il y avait à te pla-
quer comme je l'ai fait, et à t'éviter toutes ces der-
nières journées. Je crains fort, malheureusement,
d'avoir été, et d'être encore très en colère contre
toi, Willard. La personne avec laquelle j'ai passé
cette soirée, quand j'étais censée être allée au
cinéma, était une de mes vieilles amies, Barbara
Charisse. Je ne pense pas que tu l'aies jamais
rencontrée, mais elle a entendu parler de toi et,
récemment, elle s'était rendue à Londres. C'est
aussi une vieille amie de lord Victor Rothschild,
que tu connais, je pense. Il semblerait qu'elle se
soit trouvée dans une soirée où tu étais aussi, et
elle avait entendu, de la bouche de je ne sais quelle
tapette, que lors de ton séjour à Londres tu cou-
chais avec une certaine Rosamond Lehmann. En
temps normal, cela ne m'aurait pas ennuyée, mais
ta façon de m'interroger pour savoir si j'avais vu
ce film ou non m'a irritée, avec ta manière impli-
cite de me laisser entendre que tu occupais une
posture morale supérieure, sous prétexte que tu
ne me posais pas davantage de questions. Et je me
suis dit : Va te faire foutre, mon cher. Va te faire
foutre, rien que pour m'avoir forcée à me sentir
dans la position de la traîtresse. Donc, puisque tu
me le demandes, je considère que je n'ai pas vrai-
ment changé d'avis. Et je considère que je ne suis
pas prête non plus d'en changer.

Va te faire foutre, Willard

Je repliai la lettre de Diana et la glissai dans ma
poche-poitrine, tout près du trou douloureux où s'était
jadis trouvé mon cœur. Quelques minutes avant trois
heures, je descendis dans le hall de l'hôtel. Dehors, sur

la terrasse, quelqu'un jouait du piano, mal, alors que le hall était envahi d'un brouhaha de conversations, essentiellement en anglais. Je pénétrai dans le Long Bar, interdit aux dames, et je jetai un coup d'œil autour de moi, au moment où un groupe d'officiers britanniques un brin éméchés frappaient bruyamment dans leurs mains pour réclamer qu'on les serve, braillant des vocables arabes qui, croyaient-ils à tort, suffiraient à convoquer un serveur.

Presque aussitôt, je vis Donovan, assis le dos contre un pilier, qui transpirait abondamment dans un costume tropical blanc sans doute trop petit d'une taille pour son physique de footballeur à la retraite.

En m'approchant de cette silhouette au cheveu argenté, je passai en revue tous les préjugés auxquels j'allais probablement être confronté chez ce républicain pur et dur, tendance Hoover, cet avocat millionnaire, ce catholique irlandais, héros de guerre et décoré comme tel. Je savais de source sûre que le général avait été absent de Washington depuis juillet, ayant d'abord rendu visite à son fils – un lieutenant qui était l'aide de camp de l'amiral Hall à Alger –, puis en Sicile, et ensuite au Québec, avant de passer la plus grande partie des mois d'octobre et novembre au Caire, d'où il s'était efforcé de fomenter un soulèvement antinazi en Hongrie et dans les Balkans.

« Bonjour, général. »

Tandis que je serrais la forte poigne de Donovan et m'asseyais, il attira l'attention du serveur, en écrasant sa cigarette tout en vérifiant l'heure à la montre gousset en or qu'il venait d'extraire de la poche de son gilet.

« J'apprécie qu'un homme soit ponctuel, fit-il. Dieu sait si ce n'est pas facile, dans ce pays. Comment s'est déroulé ce périple ? Et comment va le Président ? »

Je lui relatai l'incident du *Willie D.* et j'évoquai mes soupçons concernant la disparition de Ted Schmidt et la mort de son épouse, là-bas, à Washington.

« Mon avis, c'est qu'il y avait un espion allemand à bord de l'*Iowa*, lui confiai-je. Et qu'après avoir tué Schmidt il a transmis par radio à quelqu'un, aux États-Unis, l'ordre d'en faire autant à Mme Schmidt. À mon sens, quelqu'un voulait s'assurer que l'enquête sur le meurtre de Cole serait close aussi vite que possible, et le scandale Welles leur facilitait la tâche. Mais je forme l'hypothèse que Cole était sur la piste d'un espion allemand. Peut-être ce même espion qui était à bord de l'*Iowa*.

— Cela se tient.

— J'ai demandé à Ridgeway Poole s'il pouvait contacter le campus par radio et se renseigner pour que l'on en sache un peu plus sur l'accident de Mme Schmidt. »

Donovan tressaillit, de manière imperceptible, et je me souvins, trop tard, qu'il détestait le surnom que Washington avait inventé pour le quartier général de l'OSS presque autant qu'il détestait le sien. Le sobriquet de « Wild Bill » sous lequel on le connaissait renvoyait au Donovan qui avait reçu une Distinguished Service Cross, en 1918. À l'heure actuelle, le général préférait présenter une image plus responsable, plus pondérée de lui-même, plutôt que celle d'un héros indomptable sur le champ de bataille. Personnellement, je n'appréciais pas beaucoup les héros. Surtout quand ils étaient officiers. Et chaque fois que je regardais Donovan, je me demandais combien d'hommes son héroïsme avait conduits à la mort.

« Si j'étais vous, je ne me soucierais pas trop des espions allemands », me conseilla-t-il alors que le serveur arrivait enfin. Il commanda une citronnade.

J'en restai bouche bée. Un bref instant, je fus trop stupéfait de ce qu'il venait de me répondre pour commander quoi que ce soit. Je demandai une bière et, après le départ du serveur, une explication.

« Nous sommes en guerre avec les Allemands, lui rappelai-je. Le renseignement allemand est mon domaine, ma spécialité. Je suis censé tenir lieu d'officier de liaison entre le Président et vous. Pourquoi devrais-je éviter de me soucier des espions allemands ? Surtout si l'un d'entre eux se trouve à une telle proximité du Président, et s'il a déjà pu tuer quelqu'un.

— Parce qu'il se trouve que la dernière chose dont les Allemands auraient envie, à la minute présente, serait justement de tuer le Président Roosevelt, me répliqua Donovan. Je le sais. Car ces dernières semaines, mon envoyé à Ankara a mené des pourparlers avec Franz von Papen, l'ambassadeur d'Allemagne. Von Papen est en contact avec les principales figures dirigeantes du gouvernement de Berlin et de l'armée allemande, dans la perspective de négocier une paix séparée entre les Allemands et les alliés occidentaux.

— Est-ce que le Président est au courant ?

— Bien sûr qu'il est au courant. Nom de Dieu, croyez-vous que je me lancerais dans une histoire pareille de ma propre initiative ? FDR doit franchir le cap de nouvelles élections, en 1944, et je dirais que s'il y a bien une chose qu'il souhaiterait éviter, ce serait d'envoyer un million de nos boys au combat, à moins d'y être absolument obligé.

— Mais qu'en est-il de la "capitulation sans conditions" ? »

Donovan haussa les épaules.

« Un artifice de négociation destiné à ramener Hitler à la raison.

— Et les Russes, qu'en pensent-ils ?

— Nos services de renseignements signalent qu'ils ont eux-mêmes tâté le terrain de la paix à Stockholm. »

Je secouai la tête avec incrédulité.

« Alors quelle est l'utilité de toute cette histoire de conférence des Trois Grands ? »

Donovan déplia sa jambe droite et la tendit à grand-peine.

« Les négociations de paix, cela prend du temps, fit-il. Surtout quand elles sont menées en secret. En outre, elles pourraient aisément échouer. Qui plus est, nous pensons que Sextant Un et Sextant Deux vont aider les Allemands à s'éclaircir les idées. »

Sextant Un était le nom de code officiel de la conférence du Caire, et je supposai que Sextant Deux désignait la conférence des Trois Grands.

« J'imagine que cela explique bien des choses », dis-je, alors qu'en vérité, je n'étais pas certain de savoir ce que cela expliquait au juste. Cela expliquait pourquoi les chefs d'état-major des trois corps ne s'étaient pas donné la peine de venir au Caire. Mais rien de tout cela n'expliquait pourquoi les époux Schmidt étaient morts. À moins, évidemment, que Ted Schmidt ne se soit réellement jeté par-dessus bord, et que Debbie Schmidt n'ait succombé à un authentique accident de la circulation.

En même temps, j'avais conscience que même si des négociations en vue d'une paix séparée étaient conduites par une faction allemande, il en subsistait probablement d'autres, celles des fanatiques, qui avaient toujours l'intention de gagner la guerre, quel que soit le prix à payer.

Une chose était claire en tout cas. Kim Philby avait eu raison de se soucier d'initiatives de paix américaines, à Ankara. Donovan venait de me fournir, et au plus haut niveau, la confirmation de ce que Philby avait recherché : en réalité, les Américains étaient vraiment d'avis de trahir les Russes. Mais à qui pourrais-je m'en ouvrir ? À un Russe, choisi au hasard, lors de Sextant Deux ? Cela ne semblait guère praticable. Et qu'en était-il des Russes eux-mêmes ? Était-il réellement possible, comme Donovan venait de me le révéler, qu'ils tentent eux aussi de négocier une paix séparée, à Stockholm ?

Nos verres arrivèrent. Me moquant à présent de ma réaction, je regrettai de ne pas avoir commandé un double brandy. J'allumai une cigarette. Tout en fumant, je sentais ce goût de cendre. J'étais certain que Donovan me taisait quelque chose d'important. Mais quoi ? Était-il possible que les négociations de paix avec les Allemands progressent mieux que le général n'avait paru l'indiquer ?

« Alors, où doit se tenir Sextant Deux ? » Voyant Donovan hésiter, j'insistai : « Ou bien vais-je devoir me mettre à l'écoute de Radio Berlin pour le découvrir ?

— J'ai appris ce qui était arrivé, dit-il avec un sourire. L'un de ces idiots des services secrets m'a contacté par radio pour s'assurer de votre bonne foi. Un type nommé Pawlikowski. Comme si l'un de mes agents pouvait être un espion. »

Je souris à mon tour, poliment, et me demandai ce qu'il dirait s'il découvrait un jour que j'avais jadis espionné pour le compte du NKVD.

« En ce cas, cela ne vous gênera pas de me dire où Sextant Deux doit se tenir.

— Ici, au Caire, les chefs d'état-major sont quelque peu chatouilleux, au plan de la sécurité, me répondit-il. Tout le monde sait que le Président et Churchill sont ici. Mais il ne serait pas bon d'informer trop de gens du lieu de notre dernière escale.

— Mais à moi, vous allez me le dire, n'est-ce pas ?

« — C'est Téhéran. »

Je restai interdit.

« Vous n'êtes pas sérieux.

— Bien sûr que je suis sérieux. Pourquoi ? Que voulez-vous dire ?

— Qui a eu cette brillante idée ? L'Iran est le pays le plus pro-allemand du Moyen-Orient, voilà pourquoi. Les chefs d'état-major doivent être cinglés.

— J'ignorais totalement que votre connaissance de l'Allemagne s'étendait si loin à l'est, observa-t-il.

— Écoutez, mon général, les Britanniques ont envahi l'Iran, ou la Perse, comme on l'appelait à l'époque, pour protéger l'arrière-cour de la Russie. Ils ont déposé le dernier shah et mis son fils sur le trône à sa place. Les Iraniens haïssent les Britanniques et ils haïssent les Russes. Je ne pense pas qu'il y ait pire endroit pour une conférence des Trois Grands. » Je m'esclaffai, n'en revenant pas. « Téhéran est truffé d'agents nazis. »

Donovan haussa les épaules.

« Je crois que c'était le choix de Staline.

— Il existe un mouvement pan-iranien néo-nazi et, selon nos sources, deux des frères de l'ex-shah étaient en Allemagne il y a peu pour s'assurer le soutien de Hitler dans leur tentative de se débarrasser des Britanniques. »

Le général avait toujours l'air aussi imperturbable.

« Il y a trente mille soldats américains en Iran et Dieu sait combien de Britanniques et de Russes. Je dirais que c'est plus que suffisant pour assurer la sécurité des Trois Grands.

— Et il y a sept cent cinquante mille Iraniens qui vivent à Téhéran. Et ils sont très peu de notre côté, dans cette guerre. Quant aux membres des tribus du nord du pays, ils sont pronazis jusqu'au dernier. Si c'est l'idée que Staline se fait de la sécurité, alors il doit lui manquer une case.

— D'après ce que j'ai entendu dire, c'est le cas. Mais ne vous inquiétez pas. Tous les principaux dirigeants politiques pro-allemands ont été arrêtés.

— J'espère que vous avez raison, mon général.

— Téhéran est aussi sûr que cet hôtel », insista-t-il.

Je jetai un coup d'œil au Long Bar autour de moi. C'était vrai, on voyait tant d'uniformes britanniques et américains que j'aurais pu aisément me croire de retour à Londres.

« Alors détendez-vous. Visitez. Amusez-vous. Ils ne vont pas avoir grand besoin de vous, à Mena House. À moins que vous ne parliez le chinois. D'ailleurs, pendant que vous êtes là, j'ai un boulot pour vous. Vous m'avez apporté cette mallette du général Strong ? »

Je me sentis gagné par l'accablement.

« Oui, monsieur. Elle est là-haut, dans ma chambre.

— Bien. Demain, nous ferons un saut à Rustum Buildings. C'est là que les cadres des Opérations spéciales et le renseignement britannique ont établi leur quartier général cairote. Plus tôt nous nous attaquerons à ces documents Bride, mieux ce sera. »

18

LUNDI 22 NOVEMBRE 1943
VINNICA, UKRAINE

L'armée allemande avait espéré que ramener ses troupes sur la rive occidentale du Dniepr lui vaudrait un peu de répit de la part de l'armée Rouge, mais

Staline avait d'autres projets. Aussitôt ce repli achevé, ou presque, au prix d'énormes pertes en vies humaines, il ordonna à ses soldats d'attaquer. Le 6 novembre, la IVᵉ Panzerarmee de Host était chassée hors de Kiev, ainsi que les forces blindées que les Allemands avaient concentrées sur Zhitomir, à quatre-vingts kilomètres à l'ouest de Kiev, dans le but de contre-attaquer les Russes. Parmi les soldats allemands, on était peu enclin à lancer une nouvelle offensive. Le courage de la Wehrmacht était intact, mais seuls les rares renforts arrivés d'Allemagne et dépourvus de toute expérience de l'hiver russe demeuraient assez fanatiques pour croire que la guerre en Russie puisse encore être gagnée. Profondément démoralisées, médiocrement équipées et insuffisamment ravitaillées, les troupes nazies – loin de leur territoire, dans un pays vaste et inhospitalier, et dépourvues de tout plan de bataille d'ensemble – étaient confrontées à une armée qui se renforçait de jour en jour, et pour qui la retraite semblait désormais exclue.

De tous les problèmes auxquels devait faire face l'armée de von Manstein, le principal tenait à l'autorité vacillante de Hitler : alors même que la contre-attaque de Kiev semblait prête, il avait ordonné à ses forces blindées de piquer plein sud, pour défendre la Crimée, laissant l'armée Rouge capturer Zhitomir. La ville fut ensuite reprise par le 58ᵉ Panzerkorps, le 17 novembre, mais c'est bien avant cette date que le quartier général de l'Opération Triple Saut avait été déplacé soixante-quinze kilomètres plus au sud, dans le village de Strizhavka.

Strizhavka était le site de Wehrwolf, le quartier général de Hitler, et proche de Vinnica, une cité ukrainienne de taille assez conséquente, possédant plusieurs cathédrales, une version plus petite de Kiev, plus une ville paroissiale. Elle était aussi le centre d'une région *Judenfrei*, « nettoyée de ses Juifs », dirigée par le Reichskommisariat d'Ukraine, l'oblast de Vinnica. Quelque deux cent mille Juifs de Vinnica et de zones alentour – pour certaines aussi lointaines que la Bessarabie et le nord de la Boukovine – avaient été mis à mort dans la briqueterie locale et dans la forêt de Pyatnychany. Les deux cent vingt-sept Juifs de Strizhavka avaient été « évacués » jusqu'au dernier, avant que n'y soit édifié le quartier général de Hitler en Ukraine. Dans l'oblast de Vinnica, disaient les gens du cru, la mort était devenue un mode de vie.

Alors même que l'on conduisait Schellenberg de l'aérodrome vers une datcha située sur la rive de la Yuzhny Bug, où la Section spéciale de Friedenthal était désormais stationnée, une exécution avait lieu sur la grande place de Vinnica, où l'on avait dressé un gibet. Six terroristes des partisans de Trostyarets étaient assis sur le rebord du plateau d'un camion, un nœud coulant autour du cou – assis parce qu'après avoir été torturés avec la dernière brutalité, aucun d'eux n'était capable de tenir debout.

« Voulez-vous regarder, Herr General ? s'enquit le sergent SS qui était venu chercher Schellenberg au terrain d'aviation au volant d'une Horch étonnamment luxueuse.

— Seigneur Dieu, non.

— C'est juste que ces salopards ont torturé et mutilé des amis à moi. On n'a retrouvé que leurs têtes. Quatre de mes amis. Elles étaient dans une caisse, avec le mot "merde" peint dessus. »

Schellenberg soupira.

« Sortez et allez voir, s'il le faut. »

Et il eut encore un soupir d'impatience.

Le sergent laissa son supérieur seul à l'arrière du véhicule. Ce dernier alluma une cigarette et posa son pistolet sur le siège, à côté de lui, juste pour le cas où les partisans auraient quelques amis tout prêts à tenter une attaque pour se venger ou à perpétrer un cambriolage – le coffre de la voiture contenait une caisse d'or qu'il avait apportée de Berlin à titre de récompense pour les hommes des tribus Kashgai du nord de l'Iran. Il retira même sa casquette pour rendre son grade moins évident et, retournant le col de son manteau en cuir, il essaya de se maintenir au chaud. Dehors, il n'était pas loin de geler, et une nappe de brouillard humide demeurait en suspens au-dessus de la ville, vous glaçant jusqu'aux os et pénétrant jusqu'au Delco du camion d'exécution, qui paraissait rencontrer quelques difficultés pour démarrer. Schellenberg rit avec dédain et secoua la tête. L'armée ne l'a pas volé, songea-t-il, à vouloir parader. Mieux valait fusiller un homme et en finir, plutôt que de rechercher ce genre de cirque. Himmler n'aurait pas été d'accord avec lui, évidemment. Himmler était tout à fait favorable à ce que l'on fasse un exemple avec les victimes de la justice du Reich. Ce qui expliquait sans doute pourquoi il était devenu l'homme le plus haï d'Europe, après Hitler. Et d'ailleurs, il ne semblait pas du tout conscient de la détestation dans laquelle on le tenait, même en Allemagne. Schellenberg trouvait grotesque que le Reichsführer-SS ait jamais pu croire les alliés capables de conclure la paix avec lui au lieu de Hitler. Dans l'esprit du jeune général, cela ne soulevait aucun doute : à un stade ou un autre, il faudrait se priver de Himmler.

Ce n'était pas seulement l'absence de réalisme du Reichsführer, ou sa loyauté indéfectible et débilitante envers Hitler qui offensait l'esprit d'intrigant de

Schellenberg. C'était aussi sa prévarication apparente. Jusqu'à présent, Himmler souhaitait que l'Opération Triple Saut n'aille pas plus loin que le parachutage du groupe en Iran. L'ordre final – s'il venait jamais – d'assassiner les Trois Grands serait différé jusqu'à la dernière minute, à la grande irritation de Schellenberg. Himmler et lui s'étaient disputés à ce sujet la veille de son départ.

« C'est beaucoup demander, avait-il répliqué au Reichsführer. Parachuter ces hommes en Iran et prendre ensuite le risque de ne pas pouvoir communiquer avec eux.

— Quoi qu'il en soit, ce sont mes instructions, Schellenberg. À moins qu'ils ne reçoivent un ordre clair de ma part ou de celle du Führer, la mission ne doit pas se poursuivre. Est-ce clair ?

— C'est un bon plan, avait-il insisté. Peut-être le meilleur dont nous disposions à ce jour.

— C'est votre opinion. Nous n'avons approuvé votre plan, le Führer et moi, que pour nous laisser toute latitude de choisir.

— Cela revient à demander à un grand nombre d'hommes de risquer leur vie en couvrant toute cette distance pour une opération qui pourrait être annulée au dernier moment.

— Ce sont des SS. Ils ont prêté serment d'obéissance, au Führer et à moi-même. Ils feront ce qu'on les priera de faire, Schellenberg, et vous aussi, bon sang. » Himmler avait plissé les paupières, l'air soupçonneux. « J'espère que ce sont des SS, Schellenberg. Des Waffen-SS, du Quatorzième Grenadiers, division Galicia, à ce que vous m'aviez dit, je crois. Si je devais découvrir que votre équipe est surtout composée de volontaires Zeppelin, j'en retirerais une triste opinion de vous et de toute cette opération. Des cadres nationalistes ukrainiens ! J'espère que vous n'avez pas oublié mon discours de Posen.

— Non, Herr Reichsführer, je n'ai pas oublié. »

C'était l'autre raison pour laquelle il faudrait se priver de Himmler, songea-t-il. Tous ces volontaires ukrainiens qui, à l'exception d'une dizaine d'officiers et de sous-officiers allemands, composaient désormais la Section spéciale. Si l'Opération Triple Saut était un succès, alors personne ne mentionnerait jamais le fait que l'équipe n'était en réalité pas composée d'Allemands – personne en Allemagne, tout au moins. Mais si l'opération échouait et si Himmler devait découvrir leurs origines véritables, les choses risqueraient de très mal tourner pour lui.

Lina Heydrich avait acquiescé. Elle haïssait Himmler encore plus que son défunt mari ne l'avait haï, surtout maintenant que Schellenberg lui avait appris qu'il suspectait le Reichsführer d'avoir été complice du meurtre de son époux. La haine de Lina n'avait guère été adoucie par la mort de son fils de dix ans, Klaus, le 24 octobre, dans un accident de la circulation, à Prague : le jeune garçon avait été renversé par un camion devant le portail du château de Jungfern-Breschan et tué sur le coup.

« J'ai écrit à Himmler pour lui demander de bien vouloir dégager Klaus de ses obligations envers les Jeunesses hitlériennes, lui avait-elle expliqué. Tu te souviens, je t'en avais parlé ? Mais Himmler m'a répliqué que le père de Klaus n'aurait pas voulu qu'il quitte le mouvement, et que le jeune homme devrait y rester. C'était pourquoi il se trouvait à Prague. Il était là-bas pour une excursion des Hitlerjugend. Je n'ai jamais apprécié de vivre là-bas, quand Reinhard dirigeait le protectorat de Bohême-Moravie. Et Klaus n'aurait jamais dû y retourner. D'ailleurs, j'ai mené une enquête au sujet de la mort de Reinhardt. Tu avais raison, Walter.

Après l'attentat de Prague, c'est le médecin personnel de Himmler qui a traité Reinhardt. Les médicaments qu'il a employés étaient expérimentaux et n'auraient jamais dû lui être administrés. »

Lina haïssait tant Himmler, qu'elle suggérait même, à présent, que Schellenberg précipite sa chute.

« Tu dois te rendre à Rastenburg et voir Martin Bormann, lui avait-elle déclaré. Tu dois lui parler des négociations de paix que Himmler conduit en secret avec les Russes. Bormann saura comment porter ces preuves à la connaissance du Führer. »

Les marques de réconfort prodiguées par Lina lui semblaient très lointaines, à présent, alors qu'il attendait dans le froid que l'on procède à une exécution sur la place principale de Vinnica. Enfin, le moteur du camion démarra et, lorsqu'il s'éloigna lentement, les six partisans finirent suspendus à leur gibet. Schellenberg détourna les yeux de dégoût et se concentra sur l'Opération Triple Saut. Si elle réussissait et si l'on tuait les Trois Grands, les alliés feraient la paix, c'était certain. Mais d'ici là, il allait devoir faciliter la suppression de Himmler, comme Lina l'en avait conjuré. De Vinnica, il avait prévu de s'envoler vers Rastenburg et, sous prétexte d'informer Hitler que l'on était prêt à poursuivre l'Opération Triple Saut, il s'entretiendrait avec Bormann.

Mais Lina l'avait encore davantage conseillé sur le moyen de se protéger contre Himmler. « Ces Ukrainiens de ta Section spéciale, lui avait-elle glissé. Les volontaires Zeppelin. Tu aurais intérêt à t'assurer que si certains d'entre eux parvenaient à rentrer de Perse, ils ne parlent jamais. »

Elle avait raison, naturellement, et plus il réfléchissait à ce conseil, plus il comprenait que, peu importe l'issue, à Téhéran tous les Ukrainiens allaient devoir disparaître. Himmler ne serait sans doute pas le seul à vouloir revenir sur l'Opération Triple Saut. Il en irait de même pour les alliés. Il en conclut qu'il valait mieux qu'un minimum de témoins soient en mesure d'évoquer la mécanique qu'il avait mise en œuvre.

Son chauffeur fut enfin de retour à la voiture.

« Merci, mon général, fit-il en lançant le moteur. Pour moi, ça comptait, de voir ces Popovs prendre ce qu'ils méritaient. Ces têtes, dans cette caisse, vous saisissez. Mes amis. Les Popovs leur ont découpé le nez, les oreilles et les lèvres, avant de les décapiter. Vous pouvez imaginer ça ?

— Si cela ne vous ennuie pas, sergent, je ne préfère pas, répondit-il. Maintenant, tirons-nous d'ici, bordel, je gèle. »

Ils roulèrent au nord, sur une route encombrée par le trafic allemand : véhicules blindés SMG armés de mitrailleuse, Pumas, PAK de 37 mm, quelques transports de troupe SdKFz et, plus rassurant pour lui qui n'avait pas l'habitude de se retrouver si près de la ligne de front, une colonne de chars Panzers – avec son excellent blindage et son canon de 88 mm, le Panzer était sans nul doute le meilleur char au monde. Si seulement ils en avaient eu davantage. Si seulement ils n'engloutissaient pas autant de carburant. Si seulement…

La datcha où la Section spéciale de Schellenberg avait établi son quartier général évoquait une pièce de Tchekhov. Entourée de cerisiers et d'une forêt d'arbustes, la maison en bois chaulé était vaste et belle, avec une grande véranda et un haut toit mansardé. Dès que Schellenberg fut entré se réchauffer devant le feu, et put avaler une tasse de café, von Holten-Pflug pria le capitaine Oster de rassembler ses hommes dans la salle de bal et, sous un lustre magnifique, Schellenberg vint occuper le centre de la pièce, pour s'adresser à plus de cent soldats. L'auditoire comptait quatre-vingts Ukrainiens, douze officiers et sous-officiers allemands et vingt-quatre officiers de la Luftwaffe qui devaient accomplir des missions combinées de transport et de bombardement. Pour eux tous, à l'exception de von Holten-Pflug et du capitaine Oster, c'était la première fois qu'ils étaient informés de leur objectif.

« Messieurs, fit Schellenberg. Au cours de ces dernières semaines, vous vous êtes tous entraînés en vue de l'Opération Franz. Je dois vous annoncer maintenant que l'Opération Franz a été annulée. »

Une rumeur de protestations parcourut les rangs. Il dut hausser le ton pour se faire entendre.

« Le fait est que le nom de l'Opération Franz a toujours été une fiction. La mission qui vous attend doit s'appeler Opération Triple Saut. Il s'agit toujours de vous parachuter en Iran. Mais votre cible n'a jamais été une voie ferrée. Vous avez un objectif autre, un objectif de grande portée historique. Peut-être le plus important de toute l'Histoire. Si vous réussissez, vous gagnerez la guerre. Et ceci n'est pas une exagération, croyez-moi.

» Ce matin, par l'intermédiaire de notre centre de communications à Ankara, j'ai reçu un message de Wannsee. Il émanait d'un de nos agents au Caire. Le message confirmait qu'aujourd'hui, 22 novembre 1943, à neuf heures trente-cinq du matin, heure locale, Franklin Roosevelt a atterri en Égypte. Il y restera pour participer à des entretiens avec Winston Churchill et le général Tchang Kaï-Chek, jusqu'à la fin de la semaine. Nous disposons d'une information fiable selon laquelle Roosevelt et Churchill s'envoleront du Caire vers Téhéran pour y tenir d'autres entretiens avec Staline, dimanche 28 novembre. Mardi, le 30, sera le jour de l'anniversaire du Premier ministre britannique, et nous

348

pensons que les Anglais vont organiser une réception à leur ambassade de Téhéran. Nous avons la ferme intention d'envoyer un cadeau à M. Churchill, de la part de l'Allemagne. Un cadeau que le maréchal Staline et le Président Roosevelt seront en mesure de partager avec lui. »

Ce dernier propos souleva un tonnerre de réactions approbatrices.

« Quatre-vingt-quinze hommes s'envoleront d'ici aujourd'hui à bord de deux Junkers 290. Après une escale technique et un ravitaillement en carburant en Crimée, vous continuerez vers l'Iran. La moitié d'entre vous sera parachutée à proximité de Qazvin et, à partir de là, sera rebaptisée Équipe Nord. L'autre moitié sera lâchée près de la ville sainte de Qom, et ce sera l'Équipe Sud. Les deux équipes seront accueillies par les tribus Kashgai. Ils vous transporteront par camions vers vos objectifs respectifs. Vous porterez tous des uniformes soviétiques. L'Équipe Sud fera route vers le terrain d'aviation russe de Gale Morghe, à l'ouest de Téhéran, où, à sept heures ce soir-là, vous détruirez les installations radars ennemies. Une fois cette besogne accomplie, vous communiquerez par radio avec l'Équipe Nord, qui demeurera en lieu sûr, dans une maison du bazar de Téhéran, à environ huit cents mètres de l'ambassade britannique. L'Équipe Nord confirmera à la Luftwaffe la présence des cibles dans l'ambassade, et une escadrille de quatre Focke Wulf 200, chacun équipé de missiles radioguidés, attaquera. Ces avions seront vulnérables aux interceptions des chasseurs, vous comprenez donc toute l'importance de cette mise hors de combat des radars. L'ennemi fera prendre l'air à ses chasseurs, mais dans l'obscurité, ce sera comme de chercher une aiguille dans une botte de foin. Dès que les missiles seront lancés et que l'ambassade aura été détruite, l'Équipe Nord montera à l'assaut du bâtiment, et liquidera les survivants. Après achèvement de l'opération, chaque équipe sera récupérée par le mouvement clandestin iranien et transportée de l'autre côté de la frontière, en terrain neutre, en Turquie.

» Je sais que beaucoup d'entre vous seront heureux d'avoir une occasion de tuer Staline. Mais en tuant Roosevelt et Churchill aussi, vous hâterez la fin de cette guerre. Bien entendu, ce sera loin d'être aussi simple que je vous l'ai laissé entendre. Peut-être certains d'entre vous se demandent-ils quel idiot irait rêver un plan pareil. Bon, cet idiot, c'est moi. Et comme beaucoup d'entre vous sont originaires d'Ukraine, j'aimerais vous rappeler un vieux dicton ukrainien : *Ne takiy ya durniy ty mudriy !* » Schellenberg attendit un instant que les rires des volontaires Zeppelin refluent un peu, avant de proposer une traduction en allemand de son cru : « Ma stupidité n'est pas aussi profonde que votre intelligence.

» Et comme vous êtes intelligents, ajouta-t-il, vous réussirez. Comme vous êtes intelligents, vous gagnerez. Comme vous êtes intelligents, vous reviendrez au bercail. »

Il était temps de se rendre sur le terrain d'aviation pour voir décoller les équipes de parachutistes. Il s'y rendit en voiture avec von Holten-Pflug, qui devait commander l'Équipe Sud, le capitaine Oster, pressenti pour prendre la tête de l'Équipe Nord, et un ex-officier du NKVD, un dénommé Vladimir Chkvarzev, responsable du groupe d'Ukrainiens. Chkvarzev était un gaillard costaud, à l'air brutal, avec un bandeau sur l'œil et plusieurs dents en or – la Gestapo lui avait fait sauter la quasi-totalité de ses vraies dents. Mais Schellenberg ne doutait pas de sa loyauté. L'Ukrainien savait ce qu'il adviendrait de lui s'il était de nouveau capturé par le NKVD. La Gestapo était assez rusée. Elle avait forcé Chkvarzev à torturer certains de ses propres camarades à mort avec un couteau de boucher, avant de libérer les autres prisonniers, afin qu'ils puissent tout raconter à leur retour derrière leurs lignes et le dénoncer au NKVD comme séide de la Gestapo. Et quand, à l'aérodrome, Schellenberg lui souhaita bonne chance, à lui et à ses Ukrainiens, l'ancien agent du NKVD eut un sourire ironique.

« Il y a un autre proverbe ukrainien que vous souhaiterez peut-être garder présent à l'esprit, Herr General, lui rétorqua l'autre. *Shchastya vysyt na tonenki nytci a bida na hrusim motuzi.* Grossièrement traduit, cela donnerait ceci : "La chance ne tient qu'à un fil, mais la malchance tient à une grosse corde." » Et, de la main, il s'agrippa la gorge, mimant un nœud coulant autour de son cou et, toujours avec cet horrible sourire, il descendit de voiture et se dirigea vers l'un des appareils.

« Ne vous inquiétez pas au sujet de Chkvarzev, fit Oster. C'est un sacré guerrier. Ils le sont tous. Ils étaient à Cherkassy, et avant cela à Belgorod. Je les ai vus en action. C'est un groupe redoutable, je peux vous l'affirmer.

— J'ai entendu dire que c'était assez rude, là-bas », commenta Schellenberg en offrant aux deux officiers supérieurs allemands quelques cigarettes des paquets de Hannover qu'il avait apportés de Berlin en réserve.

Oster eut un rire aigre.

« C'est rude partout, s'écria-t-il. Mais je crains que le pire ne soit encore à venir. Notamment le froid. La nuit dernière, il faisait moins dix. L'un de nos sous-officiers, un garçon qui était stationné en Italie un mois ou deux, s'en plaignait, et il nous a bien fait rire. En janvier, le thermomètre descendra à moins cinquante.

— Il fera plus chaud en Perse, remarqua Schellenberg, je puis vous le promettre.

— Espérons que ça ne chauffe pas trop, ironisa Oster.

— J'aimerais avoir l'assurance que tout cela ne soit pas une terrible perte de temps, ajouta von Holten-Pflug en allumant sa cigarette. Cela ne me plaît pas trop de rester les bras croisés avec ces indigènes Kashgai en attendant qu'un lutteur de merde finisse par trouver le courage de nous trahir pour le compte des alliés. J'espère qu'il y a un tas d'or dans cette caisse que vous avez apportée avec vous de Berlin. Parce que je suis convaincu que nous en aurons besoin.

— Himmler s'est montré catégorique à ce propos, j'en ai peur, répondit-il. Avant de poursuivre l'exécution de ce plan, vous devrez attendre que le nom de l'ancien shah soit diffusé par le bulletin d'informations de Radio Berlin. »

Schellenberg regarda les appareils s'élever dans les airs et se demanda s'il reverrait jamais von Holten-Pflug ou Oster. Même s'ils parvenaient à tuer les Trois Grands, les alliés mettraient sans aucun doute toute la Perse sens dessus dessous pour retrouver les assassins. Enfin, si c'étaient les Britanniques ou les Américains qui les capturaient, cela ne se passerait peut-être pas si mal. Et pas si bien s'ils se faisaient pincer par les Russes.

Cet après-midi-là, à bord de l'appareil à destination de Rastenburg, il dormit comme cela ne lui était pas arrivé depuis longtemps. À trois mille mètres d'altitude, il n'y avait pas d'alertes aériennes, rien que le vrombissement morne, monotone, presque hypnotique des quatre moteurs BMW du Focke Wulf Condor. La tentative de meurtre perpétrée par Hoffmann, lors du vol vers Stockholm, n'était plus qu'un lointain souvenir et, vêtu d'une épaisse combinaison de vol doublée en peau de mouton, emmitouflé de couvertures pour se protéger de l'altitude et du froid de novembre, il ne se réveilla pas avant leur atterrissage à Weischnuren, trois heures de vol et huit cents kilomètres plus tard. Il se sentait revigoré et affamé et, pour une fois, il avait réellement hâte de rencontrer le Führer. Sans parler de dîner à sa table.

Mais au préalable, il y eut son entretien avec Martin Bormann.

Il retrouva le secrétaire personnel du Führer à son domicile privé, situé à moins de cent mètres de celui de son maître. Il était toujours difficile d'expliquer d'où Bormann avait surgi. Pendant huit ans, entre 1933 et 1941, dans son rôle de bras droit de Rudolf Hess, il était demeuré presque invisible. Et ce n'est qu'après la mission de paix avortée du suppléant de Hitler, parti pour l'Angleterre, en mai 1941, que Bormann avait commencé de se rendre indispensable auprès du Führer – d'abord à la tête de la chancellerie du Reich, puis à celle du secrétariat du Parti nazi, et enfin en qualité de secrétaire personnel du dictateur. Et pourtant, Hitler et lui étaient deux vieux amis, se fréquentant depuis 1926. Hitler avait été témoin au mariage de Bormann et il était aussi le parrain de son fils aîné.

Pour sa part, Schellenberg connaissait davantage Bormann sur le papier qu'en chair et en os, grâce aux informations d'un dossier secret, enfermé dans son coffre-fort. D'ailleurs, personne ne connaissait vraiment bien Bormann, en dehors de Hitler lui-même. Mais il détenait amplement de quoi salir la réputation du secrétaire du Führer, notamment concernant le meurtre qu'il avait commis en 1923. Bormann avait tué son instituteur de l'école élémentaire, un certain Walther

Kadow. Ensuite, en tant que membre du Freikorps (en tout point l'organe précurseur du Parti nazi, auquel il ne manquait que le nom), Bormann avait été arrêté pour ce meurtre et condamné à tout juste un an d'emprisonnement, après avoir soutenu, non sans succès, que Kadow avait trahi le martyr nazi Leo Schlageter, en le vendant aux autorités françaises d'occupation stationnées dans la Ruhr. Seuls Schellenberg et Bormann lui-même connaissaient la vérité dans cette affaire : Bormann et Kadow avaient rivalisé pour se gagner le cœur d'une femme, et d'une Juive, qui plus est.

Il n'ignorait rien non plus de la fortune que s'était constituée le personnage. Et de quelle manière il avait détourné des millions de reichmarks, à travers sa mainmise sur le Fonds Adolf Hitler, qui percevait des donations des industriels germaniques. Schellenberg possédait aussi la preuve que Bormann avait prélevé une partie des droits d'auteur du best-seller du maître du Reich, *Mein Kampf*. Même Göring n'était jamais parvenu à piller autant d'objets d'art que Martin Bormann dans les pays occupés d'Europe orientale. Dans le coffre-fort de son bureau, à Berlin, Schellenberg détenait une lettre d'une des plus anciennes banques privées de Zürich, attestant toute l'étendue des avoirs personnels du secrétaire du Führer. Ce document constituait l'une des nombreuses polices d'assurance du jeune chef du renseignement et, lors des rares occasions où il avait été contraint de traiter avec Bormann, rien que de se savoir relativement invulnérable face à l'influence malfaisante de ce dernier lui procurait toujours une sensation de plaisir. Il croyait même avoir les moyens d'expliquer pourquoi Bormann était parvenu à se rendre indispensable aux yeux du Führer. Il le considérait comme l'égal de son propre père et, en l'occurrence, comme le reflet le plus fidèle qui soit de l'image que le monde avait pu se créer de cette brute au cou de taureau : un adjudant-chef. Hitler n'avait jamais été que caporal, et il était somme toute naturel que l'espèce d'homme avec laquelle il se soit senti le plus complètement à l'aise n'ait été, au moins par tempérament, qu'un sous-officier de grade immédiatement supérieur au sien.

« Alors… », fit Bormann en désignant des fauteuils disposés devant un feu de cheminée ronflant. À l'inverse de son maître, il savait apprécier une bonne flambée. « Comment vont les choses sur le front ?

— Cela pourrait aller mieux », répondit Schellenberg.

L'euphémisme était de taille.

« Les Russes, ricana l'autre. De vrais rats. On n'en voit jamais le bout. Comment peut-on vaincre un ennemi qui donne l'impression de se foutre de ses propres pertes ? Il n'arrête pas d'en sortir de toute part, n'est-ce pas ? Les sous-hommes, les ordures. Comme les hordes mongoles. Ils sont le contraire absolu des Juifs. Les Juifs se couchent et meurent. Mais les Slaves, c'est une autre paire de manches. Walter, il m'arrive quelquefois de penser que si l'on veut comprendre la vraie nature de ce monde, il faut se rendre sur le front russe. C'est une lutte pour la vie, c'est digne de Darwin, à mon avis. Enfin, là-dessus, votre patron exprimerait son désaccord avec moi. » Bormann s'étrangla de rire, l'air méprisant. « Selon Himmler, cette terre est une sorte de royaume des fées. Toutes ces conneries sur le monde spirituel et le bouddhisme. Bon Dieu, Walter, comment supportez-vous ça ?

— Justement, Martin, c'est de cela que je voulais vous parler. De Himmler.

— Vous savez quel est son problème, à Himmler ? Il pense trop. Ça, et le fait qu'il soit un autodi-je-ne-sais-trop-quoi. Enfin, qu'il ait tout appris tout seul.

— Un autodidacte.

— Précisément. Il a lu trop de merdes, voilà. Il s'est éduqué tout seul, sans aucune discipline véritable. Il est la preuve vivante que l'éducation est un danger. Je me plais à répéter qu'une personne éduquée est un futur ennemi sans exception. Moi, je fais mon maximum pour vivre et agir d'une manière telle que le Führer reste toujours satisfait de moi. Que je sois toujours en mesure de le faire, la question est ouverte. Mais la clef du succès, c'est de se laisser guider par lui. De lire ce qu'il lit.

— Comment va-t-il ?

— Il est toujours très enjoué, vous savez. Non, vraiment. Un enjouement sans mélange. Surtout quand il prend le thé avec ses amis, ou quand il joue avec ses chiens. On dirait l'homme le moins préoccupé du monde. Difficile à croire, je sais, mais c'est vrai. Quoi qu'il en soit, vous constaterez par vous-même. »

Pendant tout le temps qu'il conversait avec Schellenberg, Bormann tint serré dans sa main un petit carnet de notes relié en cuir noir, dans lequel il consignait toutes les requêtes et tous les ordres du Führer. Durant ses repas avec le dictateur, Bormann était sans arrêt occupé à prendre des notes susceptibles de déboucher sur des réprimandes à un officier, ou sur une sentence de mort pour un autre. Ce n'était pas pour rien que Bormann était considéré comme l'homme le plus puissant du Reich, après son chef suprême. En même temps, Schellenberg en avait retiré l'impression, lors des rares occasions où il s'était trouvé en présence du Führer, que Bormann transmettait comme des ordres fermes ce qui se limitait en réalité à des propos de table lâchés au hasard d'un dîner par Hitler ou pire, aux idées personnelles du même Bormann, destinées à servir ses buts personnels.

« Mais vous vouliez m'entretenir au sujet de Himmler, n'est-ce pas ? » reprit le secrétaire du Führer. Il ouvrit le carnet, révélant un crayon aussi court et aussi épais que ses doigts : l'impression qu'eut le jeune général d'un boucher sur le point de prendre la commande d'une ménagère aurait eu de quoi le faire sourire, n'étaient les périls évidents qu'il allait encourir en se confiant.

« Vous êtes sans nul doute au courant : c'est moi qui ai porté les lettres du Führer à Stockholm », commença-t-il.

Bormann opina.

« Et vous vous doutez que j'ai une idée assez claire de la nature de ces lettres. »

Bormann continua d'opiner.

« Ce que vous ignorez peut-être, c'est que le Reichsführer Himmler a aussi sondé les alliés dans la perspective éventuelle d'un changement de régime. À la suite d'une réunion au ministère de l'Intérieur du Reich, le 26 août, une vieille connaissance de Himmler, Carl Langbehn, s'est rendu à Berne pour y rencontrer Allen Dulles, le chef de station des services de renseignements américains. »

Bormann cessa enfin d'écrire.

« C'est lui, le chiropracteur ?

— Non, c'est un autre. Langbehn est avocat. Je crois que sa fille fréquente la même école que la fille de Himmler, sur le Walchensee. Vous vous souviendrez peut-être aussi que Langbehn avait proposé de défendre le dirigeant communiste, Ernst Torgler, à l'époque de l'incendie du Reichstag. Bien, je dispose d'un espion au sein des Forces françaises libres en Suisse et, grâce à lui, je suis en possession d'une copie d'un télégramme, envoyé à Londres, indiquant, je cite, que "l'avocat de Himmler confirme le caractère désespéré de la situation militaire et politique de l'Allemagne et qu'il en est venu à tâter le terrain en vue de la paix". Naturellement, je vous fournirai toutes les preuves matérielles que vous jugerez nécessaires de la trahison du Reichsführer en cette affaire. Je n'ai pas voulu agir avant d'être sûr, vous le comprenez. On ne se dresse pas contre Himmler, à moins d'avoir des certitudes.

— Vous aviez tout autant de certitudes quand vous vous êtes dressé contre Ribbentrop, n'est-ce pas? objecta Bormann. Et pourtant, vous avez échoué à me livrer sa tête.

— Exact. Mais c'est Himmler qui lui a sauvé la peau. La seule personne qui pourrait sauver la sienne, ce serait Hitler.

— Continuez.

— Depuis un certain temps maintenant, il me semble qu'en offrant de s'emparer du pouvoir et en négociant une paix séparée, en échange de leur accord en vue d'une poursuite de la guerre contre l'Union soviétique, Himmler entretient l'espoir d'une forme d'absolution personnelle de la part de la Grande-Bretagne et de l'Amérique.

— Et quelle est votre opinion à ce propos, Walter? La poursuite de la guerre contre l'Union soviétique?

— Folie. Nous devons conclure une paix avec les Soviétiques, à tout prix. Mes propres sources de renseignements laissent entendre que la plus grande crainte de Staline serait que l'armée Rouge se mutine en raison des pertes abyssales qu'elle subit. Si nous concluons une paix avec les Russes avant le printemps prochain, nous n'aurons rien à craindre des Américains et des

Britanniques. Ils ne se risqueraient guère à ouvrir un second front si la Russie sortait du conflit. Le plan de Himmler témoigne de son absence de compréhension des aspects politiques pratiques, Martin. L'année prochaine est pour Roosevelt une année électorale. Ce serait pour lui du suicide de se présenter alors que l'armée américaine, pour libérer l'Europe, s'exposerait à subir le genre de pertes qu'endure l'armée Rouge aujourd'hui. Ce qui serait le cas si la Russie ne figurait plus parmi les belligérants. »

Martin Bormann hochait encore la tête, mais il avait cessé d'écrire, et sa réaction ne fut guère celle à laquelle Schellenberg s'était attendu. Bormann haïssant Himmler, il aurait cru qu'il se serait montré plus visiblement ravi qu'on lui apporte les moyens d'anéantir son plus grand ennemi.

Le comportement de Hitler ne fut pas moins déroutant à ses yeux. Au cours du dîner, ce soir-là, le Führer semblait de si excellente humeur que Bormann, il en avait la quasi-certitude, n'avait pu lui révéler la trahison de Himmler. Quand Hitler quitta la table pour passer prendre le café dans son salon privé, Bormann se glissa au-dehors pour une rapide cigarette, et Schellenberg le suivit.

« Vous lui en avez parlé ?

— Oui, fit Bormann. Je lui en ai parlé.

— Vous êtes sûr ?

— Vous me prenez pour un idiot ? Évidemment que je suis sûr.

— Alors je ne comprends pas. Je me souviens encore de la réaction du Führer, il y a six mois, à Vinnica, quand la nouvelle avait circulé d'un violent bombardement sur Nuremberg. Sa colère contre Göring. »

Bormann éclata de rire.

« Oui, je m'en souviens, moi aussi. C'était superbe, comme spectacle, non ? Depuis lors, ce gros salaud n'a jamais plus été en odeur de sainteté.

— Alors pourquoi Hitler n'est-il pas en colère ? Après vingt années d'amitié... Pourquoi n'est-il pas furieux contre Himmler ? »

Bormann haussa les épaules.

« À moins... » Schellenberg jeta sa cigarette par terre et l'écrasa. « Évidemment. C'est la seule explication possible. Le Führer a déjà reçu une réponse à l'une de ces lettres que j'ai portées à Stockholm. C'est pour cela que l'on n'a pas arrêté Himmler, n'est-ce pas ? Parce que le Führer ne veut rien voir interférer avec ces négociations de paix secrètes. Et parce que, pour l'instant, Himmler détient le parfait alibi pour toutes ces manigances auxquelles il s'est livré pendant tous ces mois. »

Bormann leva les yeux vers le ciel de Prusse, noir et glacial, et lâcha une longue colonne de fumée de cigarette, comme s'il voulait masquer la lune. Pendant quelques instants, il ne dit rien. Et puis, en tapant des pieds pour lutter contre le froid, il hocha la tête.

« Vous êtes un homme intelligent, Walter. Mais il est des choses qui se déroulent en ce moment même et dont vous ne pouvez être partie prenante. Des affaires secrètes. Sur le front diplomatique. Himmler et Ribbentrop sont aux commandes, pour le moment du moins. Le temps viendra, c'est inévitable, où il conviendra de s'occuper de Himmler. Le Führer en a bien conscience. Et, à cet égard, votre loyauté a été remarquée. » Bormann tira une dernière bouffée de sa cigarette et, d'une chiquenaude, expédia le mégot dans les arbres. « En outre, vous êtes notre atout de réserve, vous vous rappelez ? Vous et votre bande d'égorgeurs et de meurtriers en Iran. Si la paix de Hitler ne débouche sur rien, nous aurons finalement besoin de l'Opération Triple Saut.

— Je vois, fit Schellenberg sombrement.

— À votre place, je ne m'inquiéterais pas trop. Si les choses aboutissent, alors d'ici Noël la guerre sera finie. Et si elles n'aboutissent pas, bon, ce sera tout aussi bien. Je veux dire, les Trois Grands, ils ne s'attendent tout de même pas à ce que nous tentions de les tuer alors que nous en sommes encore à échanger des lettres d'amour, non ?

— Non, je suppose que non. »

Ils regagnèrent la table du dîner, où ils furent accueillis par les railleries de Hitler.

« Ah, les voici. Nos intoxiqués à la nicotine. Vous savez quoi ? » Hitler s'était retourné pour s'adresser à ses autres invités, qui comprenaient quelques membres de son état-major et deux sténographes. « Dès que la paix sera rétablie, je ferai abolir la ration de tabac du soldat. Nous pourrions faire meilleur usage de nos devises étrangères que de les dilapider en importations de ce poison. J'ai la ferme intention d'interdire de fumer même dans nos bâtiments publics. J'ai connu tant d'hommes qui sont morts d'une consommation excessive de tabac. Mon père, pour commencer. Eckhart. Troost. Ce sera votre tour, Schellenberg, si vous ne cessez pas rapidement. Peu de gens le savent, mais j'ai honte de l'avouer, j'ai été fumeur moi-même. C'était il y a trente ans, notez, quand je vivais à Vienne. Je vivais de lait, de pain sec et de quarante cigarettes par jour. Vous imaginez ? Quarante. Enfin, un jour, j'ai calculé que je dépensais plus de trente kreuzers par jour en cigarettes, mais que pour tout juste cinq kreuzers, j'aurais pu étaler un peu de beurre sur mon pain. » Il ponctua le souvenir de cette période viennoise d'un petit rire. « Alors, dès que j'ai calculé la chose, j'ai jeté mes cigarettes dans le Danube, et depuis ce jour je n'ai plus jamais fumé. »

Schellenberg réprima un bâillement et, subrepticement, consulta sa montre d'un regard pendant que Hitler se plaignait de toutes les brûlures de cigarettes qu'il avait découvertes sur les tapis et les meubles de la chancellerie du Reich. Et puis subitement le Führer revint sur le sujet de la paix, ou tout au moins de son idée très personnelle de la paix.

« Telles que je vois les choses, dans une éventuelle négociation de paix, nous poursuivons deux objectifs. Tout d'abord, nous devons éviter de payer la moindre réparation au titre des dommages de guerre. Chaque pays devra en supporter les coûts qui lui incombent. Une fois ceci posé, nous pourrons réduire notre dette de guerre de deux billions à une centaine de milliards de marks annuels. Je veux que nous devenions le seul belligérant à sortir de ce conflit dégagé de ses dettes de guerre dans les dix ans, afin d'être en position de nous concentrer sur la reconstitution de nos forces armées. En effet, c'est un principe général, une paix qui dure plus de vingt-cinq ans est nocive pour une nation. Les gens, en tant qu'individus, ont quelquefois besoin de se régénérer moyennant une petite saignée.

» Mon second objectif sera de laisser à nos successeurs quelques problèmes à résoudre. Faute de quoi, ils n'auraient plus rien d'autre à faire que dormir. C'est pourquoi nous devons résister au désarmement, à tout prix. De la sorte, nous laisserons à nos successeurs les moyens de résoudre leurs problèmes. Mais la paix ne peut découler que d'un ordre naturel. Et la condition première de cet ordre, c'est que s'instaure une hiérarchie entre les nations. Toute paix qui ne reconnaîtrait pas cela est vouée à l'échec.

» Naturellement, c'est toujours la juiverie qui détruit cet ordre. C'est le Juif qui essaierait de réduire ces négociations à néant, n'était le fait que nous tenons le sort de quelque trois millions de Juifs entre nos mains. Roosevelt, qui est l'esclave du vote juif en Amérique, ne risquera pas la destruction de ce qui reste de juiverie en Europe. Je vous affirme ceci : si les alliés ne concluent pas de paix, cette race de criminels sera effacée d'Europe. Ils le savent. Et je le sais. Si, pour une raison ou une autre, ils ne concluent pas cette paix, ce sera uniquement parce qu'ils admettent la vérité que j'ai toujours soutenue : que la découverte du virus juif est l'une des plus grandes révélations qu'ait jamais vues le vingtième siècle. Oui, le monde ne préservera toute sa force et toute sa santé qu'en éliminant le Juif.

» Si les alliés ne parviennent pas à sceller la paix avec nous, ce sera uniquement parce qu'ils veulent la suppression de ce problème juif, tout autant que nous. Il sera donc intéressant de voir ce qui va se passer. »

19
Lundi 22 novembre 1943
Le Caire

Le quartier général du SOE – le Special Operations Executive, le Service des opérations spéciales au Caire – était censé occuper dans Rostom Street des locaux secrets, connus de tous les chauffeurs de taxi et de tous les enfants des rues comme « le bâtiment secret », à la grande irritation de ceux qui y travaillaient. Depuis la bataille d'El Alamein, c'était l'édifice militaire le plus important du Caire. Il faisait partie d'un imposant bloc d'immeubles d'habitation à la façade chargée, juste à côté de la légation américaine, et à un jet de pierre des « Grey Pillars », le grand Q.G. britannique.

Le périmètre de Rostom Buildings était ceinturé de postes de contrôle, de fil de fer barbelé et gardé par des dizaines de soldats. À l'intérieur, l'atmosphère était celle d'un grand magasin regorgeant de monde. C'était le centre névralgique de toutes les opérations militaires menées dans les Balkans, visant pour l'essentiel à repérer des endroits sûrs, en Yougoslavie, où déployer de nouvelles interventions.

« Naturellement, ils jouissent d'un statut bien plus officiel que le nôtre, m'expliqua le général Donovan, tandis que nous montions l'escalier derrière un jeune lieutenant qui nous escortait jusqu'au bureau du commandant du SOE. Mais à mon avis, vous constaterez certaines similitudes. Comme nous, ce sont surtout des universitaires. Pas beaucoup de militaires de carrière. Les soldats ne sont sans doute pas assez intelligents pour appartenir à cette boutique. Le gaillard qui est à leur tête, enfin, sur le papier, le général Stawell, en offre un bon exemple. Il ne possède absolument aucune expérience à la barre d'une organisation secrète. Et c'est pourquoi nous allons rencontrer son numéro deux, le lieutenant-colonel Enoch Powell. Un garçon très intéressant, ce Powell. Je crois qu'il vous plaira. Comme vous, il était professeur, avant la guerre. De grec, à l'université de Sydney.

— Il est australien ?

— Bonté divine, non, il n'y a pas plus anglais que lui. Raide comme un piquet. Mais aussi brillant qu'une couche de peinture fraîche. »

La mallette Louis Vuitton de Donovan à la main, je gravis péniblement les marches, tel un homme montant à l'échafaud.

Le colonel Enoch Powell était un singulier personnage. Donovan et moi avions l'air de deux gâteaux de mariage desséchés, dans nos costumes tropicaux blancs, mais à l'inverse de ses deux officiers subalternes et en dépit de la chaleur, Powell portait la tenue de service complète : col et cravate, pantalon (et non le short, plus usité), tunique et ceinturon, avec baudrier Sam Browne.

Donovan se chargea des présentations. Remarquant mon regard en forme de point d'interrogation, Powell se sentit obligé d'expliquer sa tenue d'une voix aiguë, presque musicale, proférant des phrases aussi précises que celles d'un concerto de Mozart.

« C'est un fait curieux, mais je constate que le port de l'uniforme me soutient le moral, expliqua Powell. Par tempérament, je serais un peu spartiate, voyez-vous. » Il alluma une pipe et s'assit. « Je me demandais : êtes-vous le Willard Mayer qui a écrit *De l'être empirique* ? »

Je lui répondis que oui.

« À bien des égards, c'est une œuvre philosophique admirable, fit-il. Et tout à fait erronée. J'espère que vous me pardonnerez, mais je suis d'avis que votre chapitre sur l'éthique constitue l'un des raisonnements logiques les plus puérils que j'aie jamais lus de ma vie. Pure casuistique.

— Eh bien, colonel, répliquai-je, j'ai le tempérament d'un Athénien. Je doute qu'un Athénien et un Spartiate soient voués à jamais s'entendre sur grand-chose.

— Nous verrons cela, répliqua Powell avec un sourire.

— En outre, j'énonçais non pas une théorie éthique de premier ordre, mais une théorie de la logique du langage moral.

— En effet, je vous l'accorde. Je mets simplement en cause votre affirmation implicite selon laquelle nos convictions esthétiques et morales seraient distinctes de nos croyances empiriques. »

Donovan se racla la gorge avec vigueur, pour étouffer dans l'œuf ce débat philosophique.

« Messieurs, dit-il. Si je puis vous prier de bien vouloir remettre ce débat à plus tard…

— Mais comment donc ! acquiesça Powell. J'aimerais avoir l'occasion d'en discuter avec vous, professeur Mayer. Pourquoi pas au cours du dîner, ce soir ? Au Gezira Sporting Club ?

— Je suis désolé, mais j'ai déjà pris un engagement. À une autre occasion, pourquoi pas.

— Alors, parlons de vos transcriptions russes, fit Powell. Je suis désolé d'avoir à vous annoncer cela, mais pour l'heure, nous sommes plutôt à court d'enchifreneurs.

— D'enchifreneurs ? s'étonna Donovan, perplexe.

— De chiffreurs, si vous préférez, concéda le colonel. Ou même de déchiffreurs. Enfin, quel que soit le terme, nous accusons un énorme arriéré de signaux de trafic importants qu'il nous reste encore à décoder. Des signaux allemands auxquels il convient d'accorder un niveau d'urgence supérieur, forcément. Ils sont notre pain quotidien, général Donovan. Comme nous ne sommes pas encore en guerre avec l'Union soviétique, mais avec l'Allemagne, je crains de ne pas pouvoir accorder la priorité à vos propres documents, avec ou sans les facilités d'un manuel de code soviétique. Vous me comprenez, messieurs ? »

Je lâchai un soupir de soulagement.

« Oui, je comprends parfaitement, lui répondis-je.

— Toutefois, ajouta le colonel Powell, nous avons ici le major Deakin, qui croit détenir une solution quelque peu hétérodoxe à votre problème. » Powell se tourna vers l'un des deux majors assis à ses côtés. « Le major Deakin a enseigné l'histoire à Wadham College, à Oxford », poursuivit Powell, comme si, en soi, cela devait représenter une recommandation de la solution suggérée par ce major britannique à notre problème.

Le major Deakin était un grand bonhomme engageant, la moustache noire et taillée net, avec un sourire empreint d'ironie. Il était bel homme, d'une beauté d'acteur de série B, n'était une longue cicatrice au-dessus d'un œil. Il se débarrassa d'un brin de tabac sur la langue et eut un sourire gêné.

« Pour vous, le colonel Guy Tamplin eût été le choix idéal, c'est l'évidence, commença-t-il. Il a longtemps été banquier, dans les État baltes, et c'est un expert dans tout ce qui touche à la Russie. Malheureusement, il est mort. Crise cardiaque, très probablement, même si pas mal de sottises circulent par ici sur son éventuel empoisonnement. Le poison, c'était une des marottes de Guy, vous comprenez, il destinait ça aux Jerrys. C'est la mort de Guy qui nous a laissés un peu à court de main-d'œuvre sur tout l'aspect déchiffrage. »

Donovan opina patiemment, dans l'espoir que le major Deakin en vienne au fait.

« Quoi qu'il en soit, professeur Mayer, j'ai cru comprendre que vous parliez l'allemand couramment.

— C'est exact.

— Très bien. Voici deux jours, l'un de nos B-24, rattaché à une escadrille de chasse anti-sous-marine basée à Tunis, a abattu un Focke Wulf à long rayon d'action au-dessus du golfe d'Hammamet, et il a recueilli un officier allemand qui nageait vers la côte. Ce gaillard tient vivement à ce qu'on ne le prenne pas pour un espion, et du coup, ce souci l'a rendu très bavard. Il prétend qu'il travaillait encore, à une date récente, pour le Bureau des crimes de guerre de la Wehrmacht, en Ukraine. »

La mention des crimes de guerre en Ukraine me fit dresser l'oreille.

« Je ne vois franchement pas en quoi cela peut nous être utile, lâcha Donovan avec raideur.

— Avant d'intégrer le Bureau des crimes de guerre des Jerrys, ce type prétend avoir été officier de renseignements, section signaux, sur le front russe. Il y a donc des chances pour qu'il connaisse les codes russes. Enfin, exprimée en termes simples, voici quelle est mon idée. Que nous persuadions ce Boche de voir s'il ne pourrait pas nous apporter ses lumières dans le déchiffrement Bride.

— Qu'est-ce qui vous fait penser qu'il coopérera ? m'enquis-je.

— Comme je l'ai indiqué, il ne tient pas trop à ce que nous le considérions comme un espion. Pour le cas où nous déciderions de le fusiller. Ce n'est pas un mauvais bougre, non, vraiment. Assez intelligent. Major Max Reichleitner, c'est son nom. J'estime que nous pourrions le remuer un peu. Comment appelez-vous cela, vous, les Américains ? Jouer à "bon flic, mauvais flic" ?

— Moi, je vais l'effrayer en lui parlant de peloton d'exécution, et vous, professeur Mayer, vous pourrez jouer votre numéro de brave Américain. L'amadouer un peu avec des cigarettes et du chocolat, et la promesse de me tenir en laisse. Je suis certain que vous saisissez de quoi je veux parler.

— Où est-il pour le moment ? demanda Donovan.

— Il est installé en cellule numéro 10.

— Pouvons-nous le voir tout de suite? insista le général. Nous ne disposons pas de beaucoup de temps, nous allons devoir restituer ces masques jetables aux Russes d'ici peu.

— Mais certainement, fit Powell. Voulez-vous y veiller, Deakin, je vous prie? »

Donovan se leva, je le suivis, et je sortis du bureau, non sans avoir repris la mallette.

Devant Rostom Buildings, Donovan prit congé, à mon grand soulagement.

« Accompagnez le major Deakin, me suggéra-t-il. Je dois me rendre au Mena House, pour un déjeuner avec le Président. Bonne chance, avec votre Kraut. Et tenez-moi informé de l'avancement de vos travaux. Souvenez-vous, il ne nous reste que cinq jours, avant d'être obligés de retourner ces masques jetables aux Russes. »

Il me tendit une grande enveloppe de papier kraft contenant les manuels de codes soviétiques. J'eus un sourire crispé. Mais le général était trop occupé à chercher du regard sa voiture de fonction pour remarquer mon regard, qui devait sans doute trahir l'insubordination. Deakin, lui, le remarqua. J'en conclus que c'était sans doute pour cela qu'il faisait partie du renseignement.

« Ne vous inquiétez pas, mon général, assura-t-il à Donovan. Je suis certain que nous parviendrons à percer ces codes, le professeur et moi. »

Après le départ du général, Deakin alluma sa pipe et me montra le chemin.

« Ce n'est pas loin. Juste au coin. Un coup de chance, vraiment. Que nous n'ayons pas eu le temps de le restituer aux TBE dès hier soir.

— Aux TBE? Qu'est-ce que c'est? Où est-ce?

369

— Les Troupes Britanniques en Égypte. Elles sont stationnées dans la citadelle. D'ici, c'est un peu une trotte, du coup, les prisonniers que nous détenons pour interrogatoire, nous essayons de les traiter ici même. Dans Garden City. Dites-moi, puis-je vous débarrasser de cette mallette ?

— Non, ça ira. C'est ma croix. Je peux la porter.

— Vous savez, c'est un coup de chance que vous débarquiez comme cela, professeur.

— Je vous en prie. Willard.

— Je m'appelle Bill, reprit Deakin. Ravi de vous rencontrer. En réalité, nous nous sommes déjà croisés. À Londres, il y a environ six semaines. Avant d'intégrer le SOE, j'étais au SIS. Je suis un copain de Norman Pearson. Le professeur Pearson... Ce professeur d'anglais, à Yale. Non ? Vous êtes entré en coup de vent dans Broadway Buildings, un après-midi que j'y étais, et vous avez bavardé avec ce bon vieux Kim Philby.

— Oui, bien sûr. Je suis désolé, je ne me rappelais pas. J'ai rencontré beaucoup de monde lors de ce voyage. C'est un peu difficile de se souvenir de tout le monde.

— Quoi qu'il en soit, comme je disais, c'est un coup de chance que vous débarquiez comme ça. Je veux dire, après avoir été le représentant spécial du Président et que sais-je encore.

— C'est de l'histoire ancienne, Bill. Pour l'heure, je suis juste officier de liaison de Donovan auprès de FDR. C'est une appellation codée, vous savez. Grosso modo, je suis la camériste, le régisseur adjoint et la bonne à tout faire. Je ne suis même pas tenu de me rendre à la conférence du Caire.

— Oui, mais vous connaissez le Président. C'est le principal. Et vous êtes un membre accrédité de sa délégation.

— C'est ce qui est écrit sur mon laissez-passer.

— Donc j'espérais plus ou moins que vous me viendriez en aide, la réciproque n'étant pas moins vraie. C'est assez étrange, vraiment. Que le major Reichleitner et vous-même ayez tous deux enquêté sur le massacre de la forêt de Katyn pour le compte de vos gouvernements respectifs.

— Oui, c'est une coïncidence.

— Enfin, c'était ce dont il s'occupait à l'époque. Il nous a pas mal parlé de lui, mais il ne nous dira pas ce qu'il fabriquait si près de Tunis. Ni où il allait. Ce qu'était sa mission. Au début, il nous a raconté qu'il était en route pour Ankara, quand son avion a traversé une zone de mauvais temps, et ils ont été forcés de se dérouter vers le sud. Et c'est à ce moment-là qu'il a été abattu par les nôtres. Sauf que nous avons vérifié les bulletins, et les conditions météo, pour cette journée-là, au-dessus du sud de l'Europe et du nord de la Méditerranée, étaient parfaites. Quand j'en ai fait part à notre Boche... et c'est là que vous entrez en piste... il m'a pris de haut et m'a répliqué qu'il était impératif qu'il parle à un proche du Président Roosevelt. Qu'il avait un message important, à ne remettre qu'entre les mains d'un membre de la délégation de FDR. Donc, comme vous voyez, c'est un coup de chance que vous ayez besoin de notre aide, vous aussi. Une fois qu'il se sera déchargé de ce qui lui pèse sur le cœur, je ne vois pas comment il pourrait refuser d'accéder à vos demandes.

— Oui, c'est une bonne nouvelle.

— Si cela ne vous ennuie pas, nous allons jouer la partie suivant les grandes lignes que je viens de vous tracer. Je porterai le chapeau noir et vous pourrez coiffer le chapeau blanc.

— Je saisis le tableau. »

Grey Pillars était un bâtiment majestueux, sis au 10, Tolombat Street. Les officiers britanniques l'appelaient « le numéro 10 », mais au Caire, presque tout le monde préférait « Grey Pillars », à cause des quatre colonnes corinthiennes qui flanquaient l'imposant hall d'entrée. C'était le quartier général de l'armée britannique en Égypte, même si le G.Q.G. avait depuis longtemps débordé du bâtiment originel pour occuper désormais toute la rue. Une fois franchies les portes de verre, les lieux ressemblaient moins au quartier général d'une armée qu'à une grande banque suisse, sans doute parce que Assicurazioni Generali, la compagnie d'assurances dont le siège était à Trieste, avait occupé les locaux avant les Britanniques.

Deakin me précéda dans la descente d'un escalier de marbre massif, vers une succession de cellules de fortune gardées par un caporal à lunettes, occupé à lire un exemplaire de *Saucy Snips*. Voyant arriver le major Deakin, il se dépêcha d'escamoter le scabreux magazine, retira ses lunettes d'un geste vif et se leva d'un bond pour se mettre au garde-à-vous. Malgré un grand ventilateur au plafond, la chaleur dans ce couloir de cellules était à la limite de l'insoutenable.

« Comment va notre Boche ? demanda Deakin.

— Prétend qu'il est malade, mon commandant. Réclame tout le temps d'aller au khazi. »

Le khazi, c'était le terme qui désignait les toilettes, dans le jargon de l'armée britannique.

« J'espère que vous l'y conduisez, caporal. C'est un officier, vous savez. Et il se trouve qu'il est fichtrement important.

— Oui, mon commandant. Ne vous inquiétez pas pour ce Boche, monsieur. Je vais veiller sur lui. »

Le caporal déverrouilla la porte de la cellule et là, sur un châlit en fer, en simples sous-vêtements, l'officier allemand était couché, apparemment pas plus ébranlé que cela, malgré ses récentes aventures. Le major Reichleitner était un homme d'allure râblée, le cheveu blond et plutôt court, aux yeux d'un bleu vif. La mâchoire avait le gabarit d'un sac de sable, et les lèvres étaient épaisses et roses. Il me rappelait Hermann Göring, le maréchal de l'air du Reich. Voyant arriver ces deux visiteurs, il fit basculer ses deux jambes du lit. Elles étaient roses, couvertes de poils blonds, comme deux cochons de race Chester White prêts à l'accouplement. Et l'odeur était à l'avenant, d'ailleurs. Il hocha la tête, l'air affable.

Je m'adossai au mur de la cellule et j'attendis patiemment, le temps que Deakin l'entreprenne dans un allemand rauque, une bouillie de mots mâchonnés. C'était probablement le genre d'allemand qu'employait le saint empereur romain Charles Quint, jadis fameux pour l'habitude qu'il avait de s'adresser à son cheval en cette langue. Seuls les Français parlaient un allemand pire encore que celui des Anglais. J'allumai une cigarette et j'attendis qu'il en arrive au verbe – qui, comme chacun sait, se place au terme de la phrase allemande.

« Voici le major Willard Mayer. Il fait partie des services de renseignements américains, l'OSS. Il arrive du Caire, avec la délégation du Président Roosevelt. Mais auparavant, quand je l'ai rencontré à Londres, il était le représentant spécial du Président. »

En dépit de toutes les assurances du caporal concernant le bien-être du major Reichleitner, je trouvai qu'un rasoir et un peigne n'auraient pas fait de mal à l'officier allemand. Il avait une trace de brûlure sur la joue, sans doute consécutive à la chute de son appareil, et cela prêtait à son visage un air belliqueux.

« Que puis-je faire pour vous, major ? lui demandai-je.

— Je n'ai aucune intention de me montrer insultant, major Mayer, me répondit Reichleitner. Mais avez-vous un quelconque moyen de me prouver que vous êtes bien ce que cet Anglais vient de m'annoncer ? »

Je lui montrai le laissez-passer que la Sécurité du Caire m'avait remis à l'aéroport.

« Parlez-vous anglais ?

— Un peu. »

Il me rendit le laissez-passer.

« Alors, de quoi s'agit-il ?

— Avez-vous entendu parler du massacre de la forêt de Katyn ? demanda l'Allemand.

— Naturellement.

— J'étais membre de l'équipe d'investigation.

— Par conséquent, j'ai lu votre rapport », lui annonçai-je, et je lui expliquai dans quelles circonstances j'avais été nommé représentant spécial de Roosevelt. « C'était de cela que vous vouliez me parler ?

— Non. Enfin, pas directement, en tout cas. Un sujet similaire. Du meurtre de masse, à une échelle gigantesque.

— Bon, cela vaut bien quelques cigarettes, au moins. » J'en tendis une à Reichleitner et la lui allumai, avant de lui lancer le paquet. Ensuite, nous nous sommes assis tous trois à la table, comme si nous nous apprêtions à entamer une partie de cartes.

« Votre rapport était très détaillé, commençai-je. Quelle que soit sa valeur intrinsèque, j'étais d'accord avec vos conclusions. À savoir, qu'en cette occasion particulière, en tout cas, l'armée allemande n'était pas responsable d'un meurtre de masse.

— Votre allemand est excellent, observa l'officier.

— Il peut l'être. Quand ma mère me lisait des contes de fées, c'était toujours dans cette langue.

— Est-elle allemande ?

— En quelque sorte. Vous savez, de la variété américaine. » Je plantai une cigarette entre mes lèvres et me calai contre le dossier de ma chaise, les mains dans les poches de mon pantalon. « Mais vous-même, vous étiez sur le point de me raconter une histoire, si je ne me trompe ?

— La valise que vous avez trouvée quand on m'a recueilli, fit Reichleitner en s'adressant à Deakin, où est-elle, je vous prie ? »

Deakin se leva et cria par le judas. Reichleitner ne dit rien tant que la valise n'eut pas été ouverte, sur la table, devant lui. Elle était vide.

« Les vêtements qui se trouvaient dedans sont partis au nettoyage, expliqua Deakin.

— Oui, je sais. Le caporal m'a expliqué. Auriez-vous un canif, je vous prie ? »

Cette fois, Deakin hésita. Reichleitner secoua la tête, avec un sourire.

« Allons, major. Je vous donne ma parole d'officier allemand, je ne vais pas vous attaquer avec.

— Nous avons déjà entaillé la doublure, le prévint Deakin en lui tendant le canif avec lequel il curait sa pipe.

— Il y a une double épaisseur », expliqua Reichleitner en dépliant la lame du couteau et l'insérant à l'intérieur du couvercle en cuir, pour s'en servir comme d'un levier. « Mais il faut aussi savoir où pratiquer l'entaille. Tout ceci a été cousu avec du fil de fer très fin. En tailladant une première fois, vous pouvez retirer la première doublure, mais pas l'épaisseur de cuir au-dessous. »

Il lui fallut en effet quelques bonnes minutes pour retirer le couvercle en cuir de la valise. Il le posa à plat sur le bureau, puis l'ouvrit comme un grand portefeuille pour révéler un emballage étanche contenant plusieurs liasses de feuillets et une petite pellicule de photos.

« Très astucieux, observa Deakin.

— Non, rectifia l'Allemand. Vous avez été négligents, c'est tout. » Il constitua une liasse de pages à partir des feuillets, puis fit glisser le paquet sur la table vers moi.

« Après la forêt de Katyn, me dit-il, ce fut cette enquête-ci. Certes pas aussi minutieuse, mais tout aussi éprouvante. Elle concerne un endroit, en Russie, qui s'appelle Beketovka. C'est le plus grand camp de prisonniers de guerre allemands, où sont regroupés les soldats capturés à Stalingrad. Les conditions décrites dans ce document s'appliquent à tous les camps de prisonniers où les Soviétiques détiennent des Allemands. Sauf ceux réservés aux SS. Pour eux, les choses sont bien pires. Je vous en prie, lisez ce dossier. Plusieurs hommes sont morts pour faire sortir cette information et ces photos de Russie. Je ne vais pas vous encombrer avec les chiffres précis pour l'instant, messieurs. Au lieu de quoi, je me contenterai de vous livrer une statistique, une seule. Sur les deux cent cinquante mille Allemands capturés après la reddition de Stalingrad, environ quatre-vingt-dix pour cent sont morts de froid, de faim, de manque de soins, quand ils n'ont pas purement et simplement été assassinés. Ma mission ici est élémentaire. Il s'agit de remettre ce dossier à votre Président, avec une question. Si le massacre de vingt-sept mille Polonais ne vous suffit pas pour rompre votre alliance avec l'Union soviétique, alors qu'en sera-t-il de celui de deux cent vingt-cinq mille prisonniers allemands ?

— Seuls quatre mille Polonais ont été retrouvés. Jusqu'à présent.

— Il y avait d'autres tombes, reprit Reichleitner. À vrai dire, nous n'avons guère eu le temps de les exa-

376

miner toutes. Toutefois, nos sources de renseignements en Russie nous ont indiqué que ceci pourrait n'être que la partie émergée de l'iceberg. Sur le million de Polonais déportés en 1941, ou davantage, le tiers aurait péri, sans compter un nombre incalculable d'autres disparus dans les camps de travail soviétiques.

— Bon sang, lâcha Deakin dans un souffle. Vous ne parlez pas sérieusement.

— Si je n'avais pas vu ce que j'ai vu, alors je pourrais réagir comme vous, major Deakin, lui répliqua l'Allemand. Écoutez, voilà tout ce que je sais. Mais ce que je suspecte est pire, bien pire. L'Allemagne aussi a commis des actes terribles. Des actes épouvantables contre les Juifs d'Europe orientale. Mais nous sommes vos ennemis. Les Russes sont vos amis. Vos alliés. Et si vous ne dites rien, si vous ne faites rien à ce propos, vous serez aussi condamnables qu'eux, car vous fermerez les yeux sur leurs actes. »

Deakin me regarda.

« Ces chiffres qu'il mentionne, c'est impensable, allons, c'est une évidence.

— Je ne crois pas.

— Mais enfin, trois cent mille Polonais ?

— Des hommes, des femmes et des enfants, souligna Reichleitner.

— Mieux vaut ne pas y penser. »

Reichleitner se laissa retomber sur son lit.

« Eh bien, j'aurai accompli mon devoir. Tout est exposé dans ce dossier. Je ne peux rien vous expliquer de plus, vous lirez vous-mêmes. »

Deakin tapota le fourneau de sa pipe contre l'éminence de sa paume et, surprenant mon regard, il acquiesça.

« En réalité, il reste beaucoup d'éléments que vous n'avez pas encore éclaircis, major, fit-il. Notamment l'identité de ceux qui vous ont chargé de cette mission. Et celle de votre contact, en arrivant au Caire. Vous n'espérez pas que nous puissions croire que vous seriez allé à la légation américaine remettre ce dossier au Président en personne. À qui comptiez-vous le confier?

— Bonne remarque, relevai-je.

— Admettons que vous ne soyez pas un espion vous-même, mais il n'en va certainement pas de même pour votre contact au Caire.

— J'ai été envoyé en mission par le Reichsführer Himmler, admit Reichleitner. Mes ordres étaient de descendre à l'hôtel Shepheard en me présentant comme un officier polonais. Je parle le polonais et l'anglais. Un meilleur anglais que je ne vous l'ai fait croire précédemment. Et je crains en effet d'avoir prévu d'agir exactement comme vous venez de l'évoquer. En remettant ce dossier à la légation américaine. Au numéro 24 de la rue Nabatat, n'est-ce pas? Ici, dans Garden City. »

Deakin me confirma la chose d'un signe de tête.

« C'est l'adresse, en effet.

— Je devais placer ce dossier dans un paquet adressé à l'attention de votre ministre américain, Alexander Kirk. J'étais porteur d'une lettre d'introduction destinée à M. Kirk, que j'ai perdue en sautant de l'appareil, ainsi que mon passeport polonais.

— Ça tombe à pic », ironisa Deakin.

Le major allemand haussa les épaules.

« Voyez-vous un meilleur moyen de remettre un dossier entre les mains des Américains, si ce n'est de le leur apporter en main propre à leur légation? Je connais le Caire. J'y suis venu souvent, avant la guerre. Alors pourquoi aurais-je eu besoin d'un contact? Un contact n'aurait fait que me compromettre, moi, et ma mission.

— Un contact pourrait vous aider à vous enfuir d'Égypte, suggérai-je.

— Ce n'est pas si difficile, avec de l'argent.

— Quand nous l'avons récupéré, il avait plusieurs centaines de livres sur lui, m'expliqua Deakin.

— Une heure et demie de train jusqu'à Alexandrie, reprit l'Allemand. Ensuite, un bateau pour Jaffa, en Palestine. De là-bas, il est assez facile d'obtenir un passage pour la Syrie, et la Turquie. Je suis souvent à Ankara.

— Néanmoins, je pense tout de même que nous allons devoir vous traduire en justice pour espionnage, lui annonça le major anglais.

— Quoi? » Reichleitner bondit du lit et pointa du doigt les documents qu'il avait apportés d'Allemagne. « Je suis venu ici pour vous apporter des informations, pas pour vous espionner. Quel genre d'espion apporterait des documents et des films avec lui? Répondez-moi.

— Il peut s'agir de faux, répliqua Deakin. De la désinformation, visant à enfoncer un coin entre nos alliés russes et nous. Nous appelons cela du sabotage. C'est du même ordre que de faire sauter une raffinerie de pétrole ou un mess d'officiers.

— Du sabotage? Mais c'est idiot. »

Deakin se saisit des documents Beketovka posés sur la table.

« Ces pièces devront être évaluées. Et si elles ne concordent pas avec votre récit, vous pourriez vous retrouver face à un peloton d'exécution. »

L'Allemand ferma les yeux en poussant un gémissement.

« Mais c'est grotesque! s'écria-t-il.

— Major Deakin, fis-je, en posant la main sur les documents allemands. Serais-je autorisé à m'entrete-

nir avec le major Reichleitner seul un instant ? Rien
à craindre. Je ne crois pas que notre homme tente de
lever la main sur moi, n'est-ce pas, major ? »

Reichleitner lâcha un soupir et secoua la tête.

« Très bien, fit Deakin. Si vous en êtes convaincu. »
Il frappa à la porte pour appeler le caporal et, un instant
plus tard, l'officier allemand et moi nous retrouvions
seul à seul.

« Je ne me sens pas trop bien », gémit-il.

Je me servis dans le paquet de cigarettes que je lui
avais donné.

« En quittant cette cellule, je peux vous procurer des
médicaments. Si vous le souhaitez. »

L'Allemand hocha la tête.

« C'est mon estomac.

— J'ai cru comprendre que tout le monde avait des
problèmes d'estomac dans ce pays. Jusqu'à présent,
j'ai dû avoir de la chance, j'imagine. Mais enfin, je ne
pense pas que les cigarettes et le scotch arrangeront
grand-chose.

— Je ne sais pas si c'est ce que j'ai mangé, ou juste
mes nerfs. Pensez-vous que cet idiot d'Anglais ait vraiment l'intention de m'accuser d'espionnage ?

— Je pourrais sans doute le convaincre de s'en
abstenir. Si vous acceptiez de me rendre un petit service. »

C'était un jeu dangereux auquel j'avais décidé de me
prêter. Mais maintenant que j'avais fait la connaissance
du major Reichleitner, c'était une partie que je me
croyais capable de maîtriser. J'avais décidé qu'il valait
bien mieux savoir ce que le matériel Bride contenait
réellement, au lieu de vivre dans la peur d'une éventuelle
découverte. Si le major parvenait vraiment à décoder
le Bride, je trancherais ensuite sur la conduite à adopter. Tenir en respect un homme comme Reichleitner,

un prisonnier de guerre, à l'aide de quelques cigarettes, d'un peu de scotch et de médicaments serait bien plus commode que de traiter avec un officier allié du SOE.

— Quel genre de service ? » L'Allemand se renfrogna, la mine suspicieuse. « Écoutez, si ce sont des informations que vous voulez, je ne peux rien vous révéler. Je ne peux pas imaginer que le travail du Bureau des crimes de guerre allemand soit d'un grand intérêt pour le renseignement américain.

— Il semblerait qu'avant de rejoindre ce Bureau, vous faisiez partie du bataillon des signaux et communications, sur le front de l'est.

— C'est exact. À Heinrich Est, le quartier général du régiment, à Smolensk. Bon Dieu, j'ai l'impression que cela remonte à des années.

— Pourquoi vous ont-ils confié l'enquête sur le massacre de Katyn ?

— Avant tout, à cause des langues. Je parle le russe et le polonais. Ma mère est russo-polonaise. Ensuite, avant d'intégrer l'armée, j'étais inspecteur de police, à Vienne. La cryptologie a toujours été pour moi une sorte de hobby.

— Voici quelques minutes… à propos de ce que vous disiez des Russes. Je ne voulais rien évoquer à ce sujet devant Deakin, mais beaucoup d'Américains considèrent que la Russie est l'ennemi, et non l'Allemagne. Mon patron à l'OSS, pour n'en citer qu'un. Il hait les bolcheviks. À telle enseigne qu'il a monté une section secrète au sein de l'OSS à seule fin d'espionner les Russes. Voici quelque temps, nous nous sommes mis à surveiller le trafic des signaux soviétiques, à Washington même. Et il semble que notre allié nous espionne. »

L'Allemand eut un geste dédaigneux.

« Quand on couche avec son chien, on attrape ses puces.

— Plus récemment, nous sommes entrés en possession de certains masques jetables des codes soviétiques. Pour des motifs politiques, il a été décidé de restituer ces masques aux Russes. Mais en attendant cette restitution, mon patron veut en retirer tout ce qu'il pourra, dans l'espoir de se faire une petite idée sur l'identité de ces espions russes à Washington. Les Britanniques ne se montrent pas d'une grande aide. Pour vous parler franchement, ils sont déjà débordés par le seul traitement des signaux allemands. Mais je me suis laissé dire que vous pourriez détenir une certaine expérience des codes secrets russes, du fait de votre travail sur le front de l'est. Et vu votre désir évident, et tout à fait compréhensible, d'enfoncer un coin entre les Russes et nous, je me demandais si vous ne voudriez pas jeter un œil sur ce que nous possédons là.

— Et en échange, vous persuaderez Deakin de laisser tomber ces accusations d'espionnage contre moi, c'est cela ?

— Oui. »

Reichleitner prit une cigarette, l'alluma, et me scruta du regard, les yeux réduits à deux fentes.

« Vous avez apporté le matériel avec vous ? me demanda-t-il.

— Tout cela est resté dehors. »

Il détourna brièvement la tête, puis il eut de nouveau ce geste de dédain.

« Ça pourra toujours m'occuper. C'est tellement barbant de rester ici, vous n'imaginez pas à quel point. Et un peu de confort matériel ne serait pas de refus. Encore quelques cigarettes américaines. Un peu de nourriture décente. Un peu de bière. Et du vin, pourquoi pas.

— Très bien.

— Et n'oubliez pas… ce remède. J'ai l'impression d'avoir une famille de rats qui crèche dans mon estomac.

— Je vais voir ce que je peux faire.

— Mais pour être franc avec vous, cinq jours ne suffiront sûrement pas. Même avec les manuels de code. Au plan de la cryptologie, les Popovs ne prennent pas de risques. Dans la plupart des systèmes, les opérateurs cèdent à la commodité, parce qu'un codage complet prend du temps. Mais les Popovs ont une manière tellement stricte d'appliquer les règles de sécurité que cela confine à la servilité. En plus, à mon avis, vous n'aboutirez pas à un message en texte simple. Il y a de fortes chances pour que ce soit truffé de noms de codes. »

Reichleitner m'observa un moment et je soutins son regard. Puis il me quitta des yeux, et prit une autre cigarette.

« Heureusement pour vous, je connais le sens de beaucoup de ces noms de codes. Par exemple, quand vous tombez sur le mot "bagage", cela signifie "courrier". "Novateur" veut dire "agent secret". Et "Sparte" désigne "la Russie". Ce genre de truc. Donc nous allons voir ce qu'on peut faire. »

Je me levai et lui tendis ma main.

« À ce qu'il semble, nous venons de conclure un marché », dis-je.

Depuis Grey Pillars, je hélai un taxi et priai le chauffeur de me reconduire à l'hôtel Shepheard. Je m'enfonçai dans la banquette. Je vis un énorme cafard ramper en travers du tableau de bord tapissé de moquette, et je m'aperçus que le chauffeur était soit totalement inconscient, soit tout à fait indifférent à la présence de cet insecte brunâtre et luisant. En un sens, ce seul fait trahissait assez la nature du pays où je me trouvais.

À sept heures, après un bain et habillé pour le dîner, je descendis retrouver le caporal Coogan qui m'attendait avec la voiture devant l'hôtel, comme convenu. Nous avons pris la direction du sud, retour vers Garden City qui, tout en abritant le grand quartier général et les services de renseignements britanniques, n'en demeurait pas moins le quartier résidentiel le plus élégant de la ville.

Une succession de rues étroites, sinueuses, qui changeaient de noms à intervalles plus ou moins réguliers, et où il n'était pas rare d'aboutir exactement à votre point de départ, menaient à des jardins luxuriants au milieu desquels se dressaient de vastes demeures à façade de stuc blanc. Pour certaines de ces propriétés, on aurait même pu parler de palais. Le terme paraissait bien trouvé, puisque j'étais invité à dîner chez une princesse.

J'arrivai là-bas tôt, car je considérais que nous avions beaucoup de temps à rattraper, elle et moi.

La maison d'Elena, voisine de l'ancienne légation italienne, sur Harass Street, était construite en pierre blanche, dans le style méditerranéen français, ceinte de balcons profonds et de portes-fenêtres assez larges pour laisser entrer un ou deux sphinx de front. Une grille en fer forgé enserrait un vaste jardin dominé par un manguier majestueux, entouré de bougainvillées rouges et violets.

Le portail fut ouvert par un grand gaillard vêtu d'une djellaba blanche et coiffé d'un tarbouche rouge. Il me précéda dans une allée qui menait à quelques marches débouchant sur une grande terrasse, où un ou deux personnages agitaient déjà des shakers à cocktails. C'était une soirée chaude et moite. L'air dégageait une odeur de mélasse chaude. La maison brillait de tous ses feux, et des torches éclairaient cette allée qui conduisait du portail à la porte d'entrée. Là, une autre figure en longue tunique blanche nous présenta un plateau chargé de verres.

Je choisis une lourde coupe en cristal, lestée d'un champagne couleur d'ambre, et je montai les marches. Tout en haut se tenait Elena, ruisselante de diamants et vêtue d'une robe décolletée lilas, ses longs cheveux blonds relevés sur la tête en un chignon sculptural. Rien qu'à la revoir ainsi, il m'était un peu difficile de croire que j'avais partagé le lit de cette femme, du moins pendant quelque temps.

« Willy chéri.

— Tu n'as pas oublié mon petit nom.

— Comme c'est charmant de te revoir. L'homme le plus intelligent que j'aie jamais rencontré. »

Elle en parlait comme si j'avais été mort pendant quelque temps. Et peut-être était-ce le cas, d'ailleurs. Certes, depuis que j'avais quitté Washington, je me sentais comme un homme sans avenir. Pour la première fois en plus d'une semaine, je me surpris à sourire. Et je fis un effort héroïque pour détourner mes yeux de son visage.

« Et toi. Regarde-toi. Toujours la plus belle femme des lieux. Quel que soit le lieu. »

Elle me donna un petit coup d'éventail sur l'épaule, un geste espiègle.

« Allons, tu vois bien qu'il n'y a pas d'autre femme que moi ici. Pour l'instant.

— En réalité, cela m'avait échappé. Depuis la seconde où j'ai posé les yeux sur toi. »

C'était l'effet qu'exerçait Elena. Elle vous éblouissait. Je parle des messieurs, évidemment. Jamais je n'avais croisé de femme qui l'ait appréciée. Et je ne saurais leur en tenir rigueur. Elena aurait déjà représenté une dangereuse rivale pour une Dalila. En tout

lieu, rien de plus lumineux ne s'offrait aux regards.
Du coup, naturellement, quantité de papillons de nuit
lui tournaient autour, irrésistiblement attirés par cette
flamme. J'en aperçus quelques-uns qui voletaient çà et
là sur la terrasse. Pour la plupart, ces papillons de nuit
portaient l'uniforme britannique.

Elena me serra dans ses bras avec tendresse et,
me prenant par le coude, m'éloigna de la terrasse et
m'entraîna vers un immense salon au mobilier Empire
somptueux, juste ponctué d'une touche levantine. Le
comte de Monte-Cristo y aurait eu tout à fait sa place
avec la fille d'Ali Pacha, la princesse Haydée. Il y avait
là des narguilés et des tapisseries, des tableaux orien-
talistes de Frederick Goodall déployant leurs scènes du
harem et du marché aux esclaves, et le tout conférait à
cette pièce une sorte de sex-appeal théâtral. Nous nous
assîmes sur un long divan premier Empire.

« Je te veux tout à moi, avant que mes autres invités n'arrivent. Pour que tu puisses me raconter tout ce
qui t'a occupé depuis ce temps. Mon Dieu, c'est merveilleux de te revoir, mon chéri. Alors, voyons un peu,
je sais tout de ton livre. J'ai même essayé de le lire, sauf
que je n'en ai pas compris un traître mot. Tu n'es pas
marié, au moins ?

— Non, je ne suis pas marié. »

Elle parut lire entre les lignes que tracèrent les rides
de mon front.

« Le mariage n'est pas fait pour toi, Willy chéri. Pas
avec ton allure et ton goût du sexe. Crois-en une femme
qui en est revenue. Freddy était un mari merveilleux,
à bien des égards, mais en ce domaine, il était exactement comme toi. Il ne pouvait se retenir de poser la
main sur les épouses des autres hommes, et cela a fini
par lui coûter la vie. »

386

Depuis ma dernière rencontre avec Elena, cinq ans s'étaient écoulés. Après avoir quitté Berlin, elle était partie pour le Caire, mariée à un très riche banquier égyptien, un copte nommé Rachdi, qui avait réussi à se faire abattre d'une balle lors d'une partie de cartes, en 1941. Bill Deakin m'avait rapporté qu'Elena était fameuse dans toute la capitale égyptienne, ce qui n'était guère surprenant. Il avait ajouté qu'elle était fort désireuse d'œuvrer pour le compte des alliés, et qu'elle organisait régulièrement des soirées pour les officiers des services de renseignements, chaque fois qu'ils étaient en permission. Les réceptions d'Elena étaient presque aussi célèbres qu'elle-même.

« Alors, qu'est-ce que tu viens faire au Caire ? J'imagine que c'est lié à la conférence. »

Je lui expliquai que je faisais partie de l'OSS, que je tenais lieu d'officier de liaison du Président, et que j'avais été l'émissaire spécial de Roosevelt à Londres, chargé d'enquêter sur le massacre de Katyn. Le père d'Elena, le prince Piotr Pontiatowski, et sa famille avaient été forcés de quitter leur domaine familial de Kresy – dans le nord-est de la Pologne – lors de la guerre russo-polonaise de 1920. Ils n'avaient jamais récupéré leurs terres. Par conséquent, Elena ne portait guère les Russes dans son cœur.

« Beaucoup d'officiers polonais seront présents ce soir, et tu constateras que presque tous connaissaient quelqu'un qui a été assassiné à Katyn, me prévint-elle. Il faut que j'en convainque quelques-uns de te raconter ce qui s'est réellement passé en Pologne. Ils seront tellement contents de rencontrer un Américain qui soit un peu au courant de ces événements. La plupart de tes compatriotes ignorent tout, tu sais. Ils ne savent rien, et à mon avis ils s'en moquent. »

Il y avait une statue baroque en marbre, posée sur une table, l'effigie d'un héros grec de l'Antiquité attaqué par un lion, dont les crocs étaient très fermement plantés dans son postérieur dénudé. Cela n'avait pas l'air trop confortable. Et, l'espace d'un instant, je me vis à la table du dîner, avec mon derrière maigrichon de Yankee dépecé de la même manière par un officier polonais de méchante humeur.

« En réalité, Elena, dis-je, je préférerais que tu n'évoques pas le fait que je travaille pour le Président.

— Je vais tâcher, mon chéri. Mais tu me connais. Côté secrets, je suis incorrigible. À tous les garçons qui viennent ici, je répète toujours "ne me dites rien". Je suis incapable de garder un secret, fût-ce pour avoir la vie sauve. Je suis une bavarde invétérée, depuis l'école. Tu te souviens de ce que le petit docteur m'avait répondu un jour ? »

Je savais qu'elle faisait allusion à Josef Goebbels, que nous avions tous deux bien connu, à Berlin.

« "J'ai deux manières de diffuser mes informations dans le monde", continua-t-elle, en imitant à la perfection l'accent impeccable, professoral et haut-allemand. "Je peux laisser un mémorandum sur le bureau de ma secrétaire au palais Léopold. Ou alors je peux m'entretenir en totale confidentialité avec la princesse Elena Pontiatowska." »

J'éclatai de rire. Je me souvenais de la circonstance où Goebbels avait eu ce bon mot, en particulier parce que cette nuit-là j'avais couché avec Elena pour la première fois.

« Oui, c'est exact. Cela me revient.

— Sincèrement, quelquefois, il me manque, soupira-t-elle. Je crois que c'était le seul nazi que j'aie réellement apprécié.

— Il était certainement le nazi le plus intelligent que j'aie jamais croisé », admis-je.

Elle eut encore un soupir.

« Je crois que je ferais mieux de rejoindre mes autres invités.

— C'est ta soirée.

— Tu ne comprends pas ce que c'est, chéri. Recevoir les troupes de la sorte. Flûte ! Tous, ils s'imaginent qu'ils ont leur chance. Surtout le comte.

— Le comte ?

— Mon colonel polonais des services de renseignements, Wlazyslaw Pulnarowicz. Brigade d'infanterie légère des Carpathes. S'il me voit occupée à te parler de la sorte, il est capable de te provoquer en duel.

— Alors pourquoi te donnes-tu cette peine ? Reçois donc tes troupes. Seigneur, ajoutai-je en riant, je parle comme si je te prenais pour Bob Hope. Est-ce que Pepsodent finance la réception ?

— Je le fais pour soutenir le moral des troupes, évidemment. Les Britanniques sont très soucieux du moral des troupes. » Elle se leva. « Viens. Laisse-moi te présenter quelques invités. »

Elle me prit par le bras et me conduisit de nouveau vers la terrasse, où plusieurs officiers britanniques et polonais me lançaient maintenant des œillades soupçonneuses. D'autres dames étaient arrivées, mais je ne leur accordai pas la moindre attention. Je me contentai de suivre Elena avec docilité. Nous sillonnâmes la terrasse et elle me présenta aux uns et aux autres. Et puis je la fis rire. Comme si nous étions de nouveau à Berlin.

Ensuite, nous passâmes à table. J'étais assis entre elle et son colonel polonais, qui n'avait pas du tout l'air enchanté de me voir à la droite d'Elena. L'homme était superbe, le cheveu noir, le menton un peu proéminent, une moustache à la Douglas Fairbanks, et une voix magnifique qui ne paraissait pas affectée le moins du monde par le tabac au bouquet âcre qu'il roulait en fines petites cigarettes lissées au cordeau. Je lui souris à quelques reprises et, quand je n'adressais pas la parole à Elena, j'essayai même d'engager la conversation avec lui. Les reparties du colonel se limitaient pour l'essentiel à des monosyllabes. À une ou deux reprises, il ne prit même pas la peine de me répondre. Au lieu de quoi, il se concentra sur la découpe d'un morceau de poulet, comme s'il s'agissait d'une gorge germanique. Ou de la mienne. Il n'était pas le seul Polonais du dîner. Non, c'était juste le moins aimable de tous. Il y avait dix-huit convives, parmi lesquels cinq autres officiers, en plus du colonel Pulnarowicz, qui arboraient les épaulettes de l'armée polonaise. Ceux-là étaient bien plus loquaces. Notamment parce qu'Elena possédait une réserve apparemment illimitée de vins et d'alcools excellents. Il y avait même de la vodka de la fameuse distillerie Lancut, sise en Pologne.

Vers la fin du dîner, j'allumai nos deux cigarettes et je lui demandai comment il se faisait qu'il y ait tant de Polonais en Égypte.

« Après l'invasion de la Pologne par les Russes, me répondit-elle, beaucoup de mes compatriotes ont été déportés vers les républiques du sud de l'URSS. Ensuite, après l'attaque de l'Allemagne contre l'URSS, les Russes ont libéré des flopées de Polonais en les expédiant en Iran et en Irak. La plupart ont rejoint l'armée polonaise du général Anders, pour combattre les nazis. Ici, sur le théâtre des opérations d'Afrique du Nord, l'armée polonaise était commandée par le général Sikorski. Mais comme tu le sais, les relations entre les Polonais et les Russes ont basculé après la découverte de ces corps, dans la forêt de Katyn. Sikorski a exigé que la Croix-Rouge soit autorisée à enquêter sur le site. En réaction, Staline a rompu toute relation avec l'armée polonaise. Voici quelques mois, Sikorski lui-même est mort dans un crash aérien. Un accident, a-t-on prétendu. Mais il n'est pas un Polonais en Afrique du Nord et en Égypte qui ne pense qu'il a été assassiné par le NKVD de Staline. »

À la gauche d'Elena, il y avait un capitaine également de nationalité polonaise. Surprenant ses paroles, il ajouta quelques remarques de son cru. Ces commentaires ne me permirent plus d'en douter : en mentionnant mon rapport sur le massacre de Katyn pour le compte de FDR, alors que je l'avais priée de s'en abstenir, Elena venait de libérer le diable de sa boîte.

« Elle a raison, renchérit-il. Dans toute l'Afrique du Nord, pas un Polonais n'irait accorder sa confiance à Staline. Je vous en prie, dites-le à Roosevelt, quand vous achèverez votre rapport. Dites-le-lui quand vous irez à Téhéran. »

Je haussai les épaules.

« Vous en savez peut-être davantage que moi, lui répondis-je.

— Concernant la tenue de la conférence des Trois Grands à Téhéran ? » Il rit. Ce capitaine Skoromowski était un grand gaillard, le cheveu noir et le nez aussi pointu que le crayon préféré d'un dessinateur. Toutes les deux ou trois minutes, il retirait ses lunettes et essuyait la buée qui s'était accumulée sur les verres, à cause de la chaleur que dégageait son imposant faciès rubicond. Il rit de nouveau. « Allons, ce n'est pas un grand secret.

— Et il est facile de comprendre pourquoi, répliquai-je, sur un ton sans équivoque.

— Chéri, c'est la vérité, se défendit Elena. Au Caire, tout le monde est au courant pour Téhéran. »

Lisant la surprise dans mes yeux, le colonel préféré d'Elena lâcha un ricanement méprisant. Je commençai à le prendre en grippe, tout autant qu'il m'avait en aversion.

« Oh oui, renchérit-il. Nous savons tout de cette conférence des Trois Grands à Téhéran. Et, tenez, d'ailleurs voilà encore une ville remplie de Polonais déplacés. Plus de vingt mille d'entre eux, pour votre information. Il y a tellement de Polonais à Téhéran, et qui vivent dans des conditions si précaires, que les Perses ont même accusé nos compatriotes d'avoir propagé la typhoïde dans leur capitale. Imaginez un peu. Mais je me demande si c'est dans vos cordes.

— Pour l'heure, j'essaie encore d'imaginer ce qui pousse un officier à faire circuler ces informations si librement dans un dîner, rétorquai-je avec raideur. Vous n'êtes pas au courant ? Les murs ont des oreilles. Même si je vais finir par croire que les murs, en Pologne, doivent plutôt avoir des langues.

— Et vous autres, Américains, que savez-vous de notre patrie ? me lança-t-il, ignorant mes reproches. Êtes-vous déjà allé en Pologne ?

— Aux dernières nouvelles, d'après ce que je crois savoir, c'est rempli d'Allemands.

— Nous allons donc prendre votre réponse pour un "non". » Le colonel s'étrangla de rire, avec une expression de dérision, et se tourna vers ses camarades officiers. « Cela fait de ce monsieur l'auteur idéal d'un rapport sur Katyn à l'intention du Président des États-Unis, n'est-ce pas ? Encore un de ces Américains stupides qui ne connaissent rien de la Pologne.

— Wlazyslaw, cela suffit, s'écria Elena.

— Tout le monde sait que Roosevelt et Churchill vont vendre la Pologne, insista Skomorowski.

— Vous ne pouvez assurément pas croire cela, m'indignai-je. La Grande-Bretagne et la France sont entrées en guerre pour la défense de votre pays.

— Sans doute, admit le colonel Pulnarowicz. Mais qui jettera les Allemands hors de Pologne, la Grande-Bretagne et la France, ou les Russes ? Quant à nous, que ce soit les Allemands ou les Russes, nous n'avons rien à en espérer. C'est ce que les Américains ne comprennent pas, ou ne veulent pas comprendre. Personne ne voit les Russes renoncer à la Pologne, surtout si l'armée Rouge revient l'occuper. Roosevelt persuadera-t-il Staline de rendre la terre pour laquelle l'armée Rouge aura sacrifié tant d'hommes ? Sur ce sujet, à la minute où je vous parle, j'entends d'ici s'esclaffer Staline.

— Après la fin de la guerre, intervint un troisième officier polonais, je crois que l'on découvrira la vérité : Staline, c'est encore bien pire que Hitler. Hitler aura juste tenté de balayer les Juifs. Mais Staline essaie d'éliminer toutes les classes de la population. Pas juste la bourgeoisie et l'aristocratie, mais tout aussi la classe paysanne. Des millions de gens sont morts, en Ukraine. Si je devais choisir entre Hitler et Staline, je choisirai Hitler, à tous coups. Staline, c'est le petit père de tous les mensonges. À cet égard, Hitler n'est qu'un apprenti.

— Roosevelt et Churchill vont nous vendre à l'encan, conclut Skoromowski. Et c'est pour cela que nous nous battons. Pour recevoir deux coups de couteau dans le dos.

— Je ne pense pas que ce soit vrai, m'insurgeai-je. Je connais Franklin Roosevelt. C'est un homme honnête, honorable. Il n'est pas homme à vendre qui que ce soit. »

Je n'avais guère le cœur à cette dispute. Je ne pouvais m'empêcher de me remémorer ma propre conversation sur le sujet avec le Président. Les propos tenus ce jour-là ne m'avaient pas précisément laissé entendre qu'il se sentait le moins du monde obligé de protéger les intérêts de la Pologne. Roosevelt avait paru plus enclin à jouer l'apaisement vis-à-vis de Staline, à peu près de la même manière que l'ancien Premier ministre britannique, Neville Chamberlain, avait souhaité apaiser Hitler.

« Ce rapport que vous rédigez », reprit Pulnarowicz. Il alluma encore une de ses petites cigarettes et me souffla la fumée au visage. C'était sans doute plus de l'insouciance qu'un geste délibéré. Mais pouvais-je me fier aux apparences ? « Les Américains vont-ils se montrer un peu plus attentifs aux événements de Katyn que ne l'ont été les Britanniques ? »

Je ne me sentais guère d'humeur à lui répondre que mon rapport, aussitôt achevé, était déjà enterré, et sur ordre direct du Président, exactement comme l'avait soupçonné le colonel.

« Je ne fais que rédiger ce rapport. Ce n'est pas mon travail de formuler une politique.

— Si vous rédigez un rapport, alors que faites-vous ici, au Caire ? s'étonna Skoromowski.

— Vous êtes polonais. Et c'est à vous que je m'adresse, n'est-ce pas ? lui fis-je avec un grand sourire. J'aurais vivement regretté de manquer cette occasion de converser avec vous tous, ce soir. En outre, je n'ai pas besoin d'être à Washington pour écrire un rapport. » Je marquai un temps de silence. « Cela étant, je ne me sens nullement obligé de m'expliquer devant vous. »

Skomorowski ne releva pas.

« Ou bien serait-ce qu'en prenant votre temps pour concocter ce rapport, vous fournissez à Roosevelt un prétexte valable pour temporiser ?

— Est-ce que Katyn figure même à l'ordre du jour de la conférence des Trois Grands à Téhéran ? me demanda Pulnarowicz. Vont-ils seulement en parler ?

— Je ne sais vraiment pas ce qui figure à l'ordre du jour de Téhéran, répondis-je en toute sincérité. Mais même si je le savais, je n'en discuterais certainement pas avec vous. Si l'on veut préserver la sécurité des uns et des autres, ce genre de conversation n'est guère indiqué.

— Vous avez entendu la princesse, ironisa Pulnarowicz. La nouvelle circule déjà dans toute la ville. »

Elena me serra le bras.

« Willy chéri, si tu restes ici un petit moment, tu constateras à quel point il dit vrai. Au Caire, il est réellement impossible de conserver un secret.

— C'est ce que je constate », fis-je d'un air entendu. Il n'empêche, j'avais du mal à me fâcher contre elle. C'était ma faute, pour avoir oublié quelle terrible bavarde c'était.

« De toute façon, on ne peut pas agir comme si la Pologne existait, ajouta le colonel Pulnarowicz, avec un sourire amer. Elle n'existe plus. Plus depuis janvier, quand Staline a déclaré que tous les citoyens polonais devraient être traités comme des citoyens soviétiques. On prétend que c'est parce qu'il voulait réserver aux Polonais les mêmes droits qu'aux Soviétiques.

— Le même droit d'être abattu d'une balle, sans procès, lâcha Skoromowski. Le même droit d'être déporté vers un camp de travail. Le même droit de mourir de faim. »

Tout le monde s'esclaffa. À l'évidence, c'était un duo bien rôdé, et les deux officiers polonais n'en étaient pas à leur coup d'essai.

« La clef de tout ce problème, c'est Staline lui-même, reprit Skoromowski. Si l'on supprimait Staline, tout l'édifice du communisme soviétique s'écroulerait. Et, à mon avis, c'est la seule voie qui permettrait d'aller de l'avant. Tant qu'il reste en vie, nous ne verrons jamais une Pologne libre et démocratique. Il faudrait l'assassiner. Et si jamais j'avais cette chance, je m'en chargerais moi-même. »

Il y eut un long silence. Même le capitaine Skoromowski parut se rendre compte qu'il était allé trop loin. Retirant ses lunettes, il entreprit de les essuyer.

« Enfin, je ne sais pas, fit le major Sternberg. Vraiment, je ne sais pas.

— Il faut pardonner le capitaine Skoromowski, glissa Pulnarowicz au major. Il était à Moscou quand les troupes russes ont investi la Pologne, et il a été l'hôte du NKVD pendant un certain laps de temps. À la prison de la Loubianka. Et ensuite dans un de leurs camps de travail. À Solovki. Il n'ignore rien de l'hospitalité soviétique, n'est-ce pas, Josef?

— Je crois, fit Elena, en se levant de table, que cette conversation est allée trop loin. »

Après cela, nous allâmes écouter l'un des officiers britanniques, qui s'était installé au piano. Cela n'égaya l'humeur des uns et des autres que très modérément. Juste avant minuit, les domestiques d'Elena cessèrent de servir de l'alcool. Et, petit à petit, elle put prendre congé de ses invités. Je serais parti, moi aussi, si elle ne m'avait prié de rester encore un moment, pour reparler du bon vieux temps. Notre bon vieux temps. Ce qui me convenait assez. Je suis allé prévenir Coogan. J'avais l'intention de rester un peu, et ensuite je rentrerais sans doute à pied.

« Faites attention, monsieur, me prévint-il.

— Tout ira bien, le rassurai-je. J'ai mon pistolet.

— Si vous aviez dans l'idée de sortir quelque part, monsieur, alors les plus jolies entraîneuses du Caire sont chez Madame Badia, monsieur. Il y a une danseuse du ventre, elle s'appelle Tahia Carioca, et elle est de première bourre, si vous avez un faible pour ce genre de spectacle.

— Non, merci.

— Ou si vous êtes avec une dame, monsieur, il y a un nouvel endroit sur Mena Road, c'est en direction des pyramides. L'Auberge des Pyramides, ça s'appelle. Ouvert l'été. Très classe. Le jeune roi Farouk y va souvent, donc ça doit être très bien, parce qu'il sait s'amuser, ce jeune homme.

— Coogan, lui suggérai-je, tout sourires. Rentrez chez vous. »

De retour dans la maison, je vis que les domestiques avaient disparu, comme savent le faire les bons serviteurs quand on n'a plus besoin d'eux. Elena nous prépara du thé à la menthe, rien que pour me prouver qu'elle savait encore faire bouillir de l'eau, puis elle me précéda de nouveau dans le salon.

« Où as-tu déniché ces types ? »

Je me sentais un peu contrarié de la manière dont s'était déroulée la soirée – jusqu'à cette minute.

« Wlazyslaw peut parfois se montrer tout à fait charmant, fit-elle. Mais je l'admets, ce soir, ce n'était pas son jour.

— Rien qu'en étant assis à côté de lui, ça m'a donné l'envie de contracter une assurance-vie.

— Il était jaloux de toi, voilà tout.

— Il était jaloux, voilà tout ? Elena, avec ce genre de jaloux, tu risques fort de finir étouffée sous un oreiller. Et moi de me payer un plongeon matinal dans le Nil. »

Elle but une gorgée de thé servi dans un verre, vint se blottir à côté de moi sur le sofa, et croisa les jambes avec insouciance.

« Est-ce que tu as déjà fait ça avec lui ?

— Ah, et là, qui est-ce, le jaloux ?

— Autrement dit, la réponse est oui. Auquel cas je ne m'étonne plus qu'il ait été en rogne. Si tu étais ma petite amie, je serais en rogne, moi aussi.

— Je ne suis la "petite amie" de personne, Willy. Et il le sait. De toute manière, ce qui s'est passé entre Wlazyslaw et moi a eu lieu sur ce sofa. Il n'a jamais vu le papier peint de ma chambre à coucher. Personne, d'ailleurs. Pas depuis la mort de Freddy.

— Dis-moi, cela doit quand même faire un sacré bout de temps passé sur ce sofa. Même pour l'Égypte.

— N'est-ce pas ? Un sacré bout de temps, en effet. » Elle soupira, et nous restâmes un moment sans rien dire. « Pourquoi as-tu quitté Berlin ? reprit-elle.

— Je suis à moitié juif. Tu te souviens ?

— Oui, mais les nazis n'en savaient rien.

— Peut-être, mais moi, si. Il a fallu un petit moment pour que ma moitié juive envoie ma moitié catholique au tapis et lui fasse toucher le sol des deux épaules. Plus longtemps que de raison, sans doute.

— Donc, tu n'es pas parti à cause de moi. »

Je haussai les épaules.

« Si tu n'avais pas été là, je serais sûrement parti beaucoup plus tôt. Tout ça, c'est ta faute.

— On dirait que tu as l'intention de me punir.

— Pour l'heure, cette seule pensée me divertit énormément. »

Une fraction de seconde, les yeux d'Elena se firent plus distants, comme si elle s'efforçait de se représenter quelque chose d'important.

« À quoi ressemble-t-elle ? Cette fille, à Washington.

— Ai-je mentionné une fille, quelque part ?

— Pas précisément. Mais je sais que tu as quelqu'un. Avec toi, j'ai toujours su.

— Parfait. J'ai à la fois quelqu'un et personne. Plus personne.

— Tu t'exprimes comme Wlazyslaw.

— Avec elle, nous avons dépassé le stade du sofa.

— Qu'est-il arrivé ?

— Elle aurait aimé que je tienne à elle, et moi je prétendais qu'il n'en était rien.

— Cela me paraît compliqué.

— Pas vraiment.

— Dis-m'en plus. Et ne t'imagine pas que tu vas t'en tirer par une pirouette. Je vois bien que c'est encore douloureux.

— C'est tellement évident ?

— Uniquement quand je te regarde droit dans les yeux. »

Donc je lui parlai de Diana. De tout. Y compris de la fois où je l'avais trompée. Cela prit du temps, mais quand j'eus terminé, je me sentais mieux. J'avais soulagé mes épaules d'un poids. Un bloc d'apitoiement sur soi pesant dans les deux cents tonnes ou à peu près. Elle m'embrassa, ce qui m'aida, naturellement. Elle m'embrassa un très long moment. Comme le font parfois les vieux amis. Mais pour l'heure, nous nous en tiendrions au sofa.

« Tu veux rester ? me demanda-t-elle, vers deux heures du matin. J'ai une quantité de chambres d'amis.

— Merci, mais je dois regagner mon hôtel. Pour le cas où j'aurais reçu des messages de mon patron.

— Veux-tu qu'Ahmed te ramène en voiture ?

— Non, c'est gentil, je vais marcher. Ce sera agréable, de pouvoir mettre un pied devant l'autre sans tout de suite se retrouver en nage.

— Demain soir, fit-elle. Faisons quelque chose ensemble.

— J'aime assez le "quelque chose".

— Viens, vers sept heures. »

Je marchai vers le nord, avec le Nil et l'ambassade
britannique sur ma gauche. Devant l'ambassade, des
soldats britanniques étaient postés dans des guérites,
l'air un peu gêné par la taille et la splendeur de l'édifice,
une grosse pièce montée plantée au milieu de jardins
luxuriants qui semblaient aussi vastes et bien plus jolis
que Buckingham Palace. Pendant quelques minutes,
j'eus l'impression d'être suivi par une conduite intérieure vert foncé. Mais après avoir traversé la rue, non
loin du Musée des antiquités égyptiennes du Caire, et
avant de poursuivre vers l'est par Aldo Street en direction de la place de l'Opéra, je me retournai et je vis
qu'elle avait disparu.

Non que je me sente inquiet. Le Caire était encore
éveillé. En dépit de l'heure tardive, les boutiques restaient ouvertes, elles s'accrochaient à la vie comme
des coquillages recouverts de mousse dans un vieil
aquarium, et leurs propriétaires à l'allure miteuse me
suivaient du regard avec un mélange d'amusement et
de fascination béate, édentée. De vieux messieurs en
turbans somnolaient aux coins des rues. Des familles
entières, le derrière posé dans le caniveau, me désignaient du doigt. Et, depuis la fenêtre ouverte d'un
bâtiment, les bruits de ce qui ressemblait à une fête
me parvenaient : on tapait en mesure dans ses mains,
et des femmes hululaient comme une bande de guer-
riers Cherokee. Des chiens aboyaient, des trams coui-
naient, des klaxons beuglaient. Cette nuit-là, Le Caire
me paraissait la cité la plus magique de la terre.

Je passai devant le Groppi, le Truc Club et Sha'ar
Hashmayim – la Porte du Ciel, la plus grande syna-
gogue de la capitale, instantanément reconnaissable à
ses inscriptions en hébreu sur le mur. Au-dessus de ma

tête, le ciel noir était balayé par les cônes de lumière des projecteurs, en quête de bombardiers allemands qui ne viendraient jamais. Sur la place de l'Opéra, près de l'hôtel Shepheard, des éclairages au néon annonçaient l'existence du Casino Opera de Madame Badia. Je jetai un œil à l'endroit, me souvins de Coogan et souris. Je crus voir un homme en costume tropical s'écarter vivement pour s'éclipser à l'intérieur du pas-de-porte d'une boutique.

Curieux de voir si j'avais été suivi, je revins sur mes pas sur quelques mètres, mais je fus obligé de battre en retraite quand je tombai sur un détachement de vendeurs de chasse-mouches, de cireurs de chaussures, de marchands de fleurs et d'hommes pas rasés qui vous proposaient des lames de rasoir à vil prix (usées, pour l'essentiel), aux abords d'un cinéma en plein air, dans Ezbekiah Gardens. On donnait un film. Ou plutôt, il venait tout juste de se terminer, et je me retrouvai à marcher contre le courant d'une marée humaine composée de centaines de personnes en route vers la sortie des jardins.

Pour cette marche à pied jusqu'à mon hôtel, j'avais retiré ma veste. À un moment, elle m'échappa et glissa à terre. Comme je me penchais pour la récupérer, je sentis un objet minuscule me frôler juste au-dessus de moi. Cela fit le bruit d'un gros élastique filant dans les airs avant de heurter un obstacle. Je me redressai et me trouvai face à face avec un Égyptien coiffé d'un tarbouche, le visage figé dans une expression de surprise. Il avait la bouche grande ouverte, comme s'il avait essayé d'attraper la grosse mouche rouge qui rampait sur son front. Presque immédiatement, il tomba à genoux devant moi, et s'effondra sur le sol. Je baissai les yeux sur lui, et la mouche rouge eut l'air de s'installer à demeure sur le front de cet homme. Et puis je vis que ce n'était pas du tout une mouche, mais un trou bien visible, d'où s'écoulaient maintenant six petits filets de sang, comme autant de pattes. L'homme venait de recevoir une balle entre les deux yeux.

Je compris que ce coup de feu m'était destiné. Je portai la main à la poche de mon smoking, spécialement confectionnée à cet effet, pour saisir la crosse de mon petit Colt.32 sans percuteur que l'on nous avait remis en dotation à Catoctin Mountain, justement pour les tenues de soirée. Si je repérais ma cible – c'est-à-dire un homme armé d'un silencieux vissé à l'extrémité d'un pistolet de poche de petit calibre semblable au mien – j'étais même disposé à faire un trou dans ma doublure. En même temps, je m'écartai promptement du cadavre, personne n'ayant encore remarqué que ce corps appartenait à un mort. Le Caire était le genre d'endroit où il n'était pas rare que les gens s'allongent par terre. Même les défunts.

Je regagnai l'hôtel à pied, la veste de mon smoking enroulée autour de la main comme un large bandage noir, le doigt sur la détente de mon petit Colt. Devant moi, je vis un gaillard qui marchait presque aussi vite. Il portait un costume tropical beige, un chapeau de paille, et des souliers bicolores à piqûres sellier. Je ne pouvais voir son visage, mais lorsqu'il passa devant une vitrine de boutique, je vis qu'il tenait un journal. Ou plutôt qu'il avait un journal plié, rabattu sur la main, et plaqué contre sa poitrine, comme une serviette de bain. Il ne courait pas. Mais il marchait sur la pointe des pieds, et je compris que c'était mon homme.

J'eus envie de crier après lui, mais je songeai que cela aurait pour seule conséquence de le faire détaler en courant, ou de le pousser à dégainer son feu. Je n'avais aucune idée de la suite. Je ne m'attendais pas à le voir monter quatre à quatre les marches tapissées de rouge de mon hôtel, en repoussant prestement un type qui restait là toute la journée à brandir un présentoir à cartes postales salaces. Le colporteur des rues avait sa réputation à tenir. Il n'allait pas se laisser circonvenir aussi aisément une seconde fois. Pas alors qu'il lui fallait défendre son gagne-pain. J'avais à peine posé le pied sur le tapis rouge qu'il me vit et calcula ma trajectoire. Il fit volte-face, et me brandit ses marchandises obscènes à la figure, me forçant à m'arrêter, usant de son corps malodorant pour me barrer le chemin, d'abord d'un côté, puis de l'autre. La troisième fois qu'il m'importuna avec son petit manège, je lâchai un juron et l'écartai de mon chemin, sans ménagement, ce qui me valut une molle remontrance d'un officier britannique installé bien en sécurité, derrière la rambarde en cuivre de la terrasse.

Je débouchai dans le hall de l'hôtel, regardai autour de moi et constatai que mon gibier n'était nulle part en vue. Je me rendis à la réception. Le concierge se leva d'un bond, tout à mon service, avec un beau sourire.

« Avez-vous vu un homme entrer ici il y a une seconde ? Un Européen, environ la trentaine, costume beige, panama, souliers marron et blanc. Il portait un journal plié en deux. »

Le concierge haussa les épaules et secoua la tête.

« Je suis désolé, monsieur, non. Mais vous avez un message, professeur Mayer.

— Très bien, merci. »

J'allai vérifier au bar. Puis au Long Bar. Et je vérifiai dans la salle à manger. Je contrôlai même les toilettes en face du hall. Mais il n'y avait pas trace de l'homme au journal. Je ressortis et redescendis les marches. Le camelot aux cartes postales me vit et s'éloigna, l'air crispé. Je souris et m'excusai, en lui tendant une poignée de ce papier sulfurisé qu'il appelait de l'argent.

Il me gratifia d'un grand sourire, j'étais tout à fait pardonné. Avec moi, il avait gagné sa soirée. Il avait vendu quelques cartes postales salaces à un de ces idiots d'Américains.

20

Coogan vint me chercher au Shepheard à huit heures et nous roulâmes en direction de l'ouest. La police s'affairait autour d'Ezbekiah Gardens. Sur cette pelouse verte, avec ces hommes en uniforme blanc, la scène évoquait davantage une partie de cricket qu'une enquête pour meurtre, et ce n'était pas moins ésotérique.

« Abattu d'une balle pile entre les deux yeux, voilà, vers deux heures et demie la nuit dernière, juste après la dernière séance de cinéma, expliqua Coogan. Un homme d'affaires du coin, apparemment. Personne n'a rien vu, rien entendu, évidemment. Et la police ne sait rien. Mais ce n'est pas très surprenant. » Il ponctua d'un rire. « Au Caire, la police ne sait jamais rien. Au Caire, il y a cinq millions d'habitants. Trouver un meurtrier dans cette ville, c'est comme de dénicher une aiguille dans une botte de foin. »

Pour un certain nombre de raisons, j'avais décidé de tenir ma langue à propos de ce qui s'était produit la veille. La première de ces raisons, c'était qu'à mon avis FDR, Hopkins ou Donovan n'apprécieraient pas qu'un membre de la délégation américaine ait maille à partir avec la police locale. La deuxième, c'est qu'après ma prise de bec avec les services secrets, à Tunis, je préférais rester discret. Mais la raison principale, c'était que je n'avais aucune preuve de ma conviction profonde : cette tentative d'attenter à mes jours avait un lien avec la mort de Ted Schmidt. Le tueur de Ted avait sûrement jugé qu'un second meurtre perpétré à bord de l'*Iowa* éveillerait les soupçons. Me tuer au Caire eût été bien plus facile que de me supprimer à bord du cuirassé.

Notre voiture franchit l'English Bridge avant de prendre au sud, vers Gizeh. Les immeubles du centre-ville laissèrent la place à des villages de boue séchée, à des canaux aux odeurs fortes et à des champs de haricots récemment récoltés. Sur cette route de Gizeh, nous dépassâmes l'université et le zoo du Caire, ainsi que tout un caravansérail d'animaux domestiques : des ânes ornés de perles bleues destinées à écarter le mauvais œil, des troupeaux de moutons très nerveux, des chevaux efflanqués qui tiraient d'anciennes voitures découvertes, les gharrys qui assuraient tout le transport des touristes aux quatre coins de la capitale, et, à une ou deux reprises, des chameaux qui portaient une telle quantité de palmes qu'on eût dit la forêt de Birnam marchant sur Dunsinane. C'eût été une scène haute en couleur, sans cette lumière blanche et monotone qui nappait la ville telle une couche de poussière, vidant presque tout de sa couleur. Je me sentais un peu vidé moi-même. M'être fait tirer dessus n'avait pas bon effet sur ma tuyauterie intérieure. Mais là encore, c'était sans doute cela, Le Caire, et il n'y avait rien à y faire.

La Mena House se dressait à un jet de pierre des pyramides. L'ancien pavillon de chasse du khédive égyptien était devenu un hôtel luxueux où se réunissaient Churchill, Roosevelt et Tchang Kaï-Chek. Le périmètre tout entier était quadrillé de troupes, de véhicules blindés, de chars et de canons antiaériens, et les cordons de sécurité les plus vigilants montaient la garde devant tous les accès de l'hôtel et dans son parc immense.

La Mena House avait une allure très différente du Shepheard. L'édifice était entouré de pelouses, de palmiers et de bosquets, et seule la Grande Pyramide gâchait la vue. De l'extérieur, cela ressemblait à la demeure grandiose d'une star hollywoodienne. L'atmosphère plus cosmopolite du Shepheard me séduisait davantage. Mais il n'était pas difficile de comprendre pourquoi l'armée britannique avait préféré tenir cette conférence à la Mena House. Avec juste le désert et quelques pyramides pour seuls voisins, l'ancien pavillon de chasse était aisé à défendre. Et d'ailleurs, les alliés occidentaux n'avaient guère pris de risques. Ils avaient déployé quatre batteries antiaériennes sur les pelouses, et des camions entiers de troupes américaines et britanniques, raides d'ennui et parquées au frais, à l'ombre de quelques palmiers caressés par la brise. Tout le monde avait l'air de prier pour que s'abatte une invasion de sauterelles, que l'on ait quelque chose à se mettre sous la dent, histoire de s'entraîner par quelques tirs d'exercice.

Je descendis de voiture et pénétrai sous la longue véranda. Les quelques marches menant à la porte d'entrée étaient équipées d'une rampe et, à l'intérieur, dans la fraîcheur de l'hôtel, il y en avait encore d'autres, destinées à favoriser l'accès au fauteuil roulant de Roosevelt.

À la réception, un officier me dirigea vers le bureau de Hopkins, et je traversai l'établissement, avec ses moucharabiehs délicats, ses mosaïques, ses carreaux bleus, et ses portes en bois aux parements de cuivre repoussé. Hormis les grandes cheminées, qui ajoutaient une note anglaise au décor, tout paraissait très égyptien. Je flânai dans un corridor tout en longueur, et un petit homme en costume de lin blanc sortit d'une salle, puis se dirigea droit sur moi. Il portait un chapeau gris, un costume d'été léger gris et fumait un très gros cigare. Il me fallut moins d'une fraction de seconde pour m'apercevoir qu'il s'agissait de Winston Churchill. Le Premier ministre me grommela un « bonjour » en me croisant.

« Bonjour, monsieur le Premier ministre », répondis-je, surpris qu'il se soit même donné la peine de me saluer.

Je pressai le pas vers le bout du couloir, et je trouvai Harry Hopkins dans une pièce aux airs de sérail, avec ses arcades en arabesques, encore d'autres moucharabiehs et des lampes en cuivre. Mais au lieu de la grande odalisque – ou même d'une petite –, Hopkins était en compagnie de Mike Reilly et d'un autre personnage à l'allure patricienne, que je reconnus plus ou moins.

« Professeur Mayer, fit Hopkins, avec un sourire chaleureux. Vous voici. » J'avais encore deux minutes d'avance, mais à son ton de voix, on eût dit qu'ils étaient sur le point de lancer une escouade à ma recherche. « Voici Chip Bohlen, du département d'État. Il est venu ici avec Averell Harriman, de notre ambassade à Moscou. M. Bohlen parle couramment le russe.

— Ce qui tombera fort à propos, remarquai-je, en serrant la main que me tendait Bohlen.

— Chip prenait justement la défense du département d'État contre moi, reprit Hopkins en souriant de toutes ses dents. Il m'expliquait tous les handicaps que les fonctionnaires du ministère doivent encore surmonter. Tenez, au fait, il semble qu'il ait connu votre ami Ted Schmidt et son épouse.

— Je n'arrive toujours pas à croire qu'il soit mort. Ou Debbie, d'ailleurs. J'étais présent à leur mariage, fit Bohlen.

— Alors vous les connaissiez bien, observai-je.

— Je les connaissais très bien. Ted et moi avions intégré le programme russophone du département d'État à peu près à la même époque, et nous avions étudié ensemble, à Paris. C'est là-bas que l'on envoyait la majorité de nos agents étudier les langues. Après quoi, nous nous sommes rendus ensemble en Estonie, pour nous mettre le russe parlé dans l'oreille et dans le cœur et, à notre retour à Washington, nous avons partagé un appartement, pendant un temps. » Bohlen secoua la tête. « M. Hopkins m'informe que, selon vous, ils auraient été tous deux assassinés. »

J'essayai de ne pas paraître surpris. Je n'avais partagé mes soupçons concernant la mort de Deborah Schmidt qu'avec le général Donovan et Ridgeway Poole, à Tunis.

« Nous avons reçu un message radio pour vous, émanant de vos gens à Washington, m'expliqua Reilly. Et j'avoue platement qu'après ce qui s'est passé à Tunis, je l'ai lu.

— Vous voulez dire, pour le cas où je serais un espion allemand, rétorquai-je.

— Quelque chose dans ce goût-là. »

Et Reilly me gratifia d'un grand sourire.

Il me tendit le message du campus. Je le lus rapidement. Il ne contenait aucune information sur l'accident de la circulation qui avait coûté la vie à Debbie Schmidt. Le lundi 18 octobre, elle avait été tuée sur le coup par un chauffard qui avait pris la fuite, alors qu'elle sortait de chez Jelleff, le magasin pour dames de F Street. L'appartement de Georgetown où habitaient les Schmidt avait été fouillé de fond en comble, et la police métropolitaine tenait sa mort pour suspecte.

« Pourquoi voudrait-on tuer Debbie Schmidt ? s'enquit Bohlen.

— Parce que Debbie Schmidt avait une liaison, expliquai-je. En tout cas, c'est ce que m'a confié Ted. Sauf qu'il en a aussi fait part à quelqu'un d'autre. À bord de l'*Iowa*. Et, d'après moi, ce quelqu'un l'a tué. À mon avis, le meurtrier s'est aussi introduit en catimini dans la salle de radio du navire et il a envoyé un message aux États-Unis. Je parierais que le message contenait l'adresse du domicile de Mme Schmidt, et une requête. Que l'on se débarrasse d'elle. »

Bohlen se renfrogna, l'air grave.

« Il m'a dit la même chose quand il était à Moscou pour la conférence. Qu'elle avait une liaison.

— Ted était à Moscou ? Avec Cordell Hull ? »

Bohlen hocha la tête.

« Je l'ignorais.

— Il buvait un peu trop… enfin, quand vous êtes avec les Soviets, c'est difficile d'y échapper… et c'est là qu'il m'a confié ses soupçons. Il ne m'a pas précisé qui était l'homme en question. Uniquement que je le connaissais. Et que c'était un membre du département d'État.

— Et à vous, vous a-t-il révélé son identité ? me demanda Reilly.

— Oui, il me l'a révélée. » Je ne voyais pas de raison pour conserver ce secret plus longtemps. Certainement pas maintenant que la police était impliquée dans l'histoire, tant à Washington qu'au Caire. « C'était Thornton Cole. »

J'attendis que se dissipe leur expression de surprise.

« Le fait que Deborah Schmidt ait été enceinte de Thornton Cole, ajoutai-je, me paraît rendre encore moins plausible l'hypothèse qu'il soit allé se mettre en quête d'une petite gâterie entre homos, du côté de Franklin Park, là où on l'a assassiné.

— Je vois ce que vous voulez dire, acquiesça Reilly.

— Je suis content de constater que quelqu'un voit enfin. Je finissais par croire que j'avais juste l'esprit mal tourné. Ted et moi, nous avions creusé la question. Nous en avions conclu tous les deux que, dans le sillage du scandale Sumner Welles, celui qui avait assassiné Cole avait voulu s'assurer qu'on tirerait le plus vite possible le rideau sur cette affaire. Par conséquent, le meurtrier s'est arrangé pour présenter la mort de Cole comme si ce dernier avait eu un rapport sexuel avec un homme dans un lieu public. Étant donné que Cole travaillait au bureau allemand du département d'État, il n'est pas exclu qu'il ait été sur la piste d'une sorte de réseau d'espionnage, à Washington.

— Pourquoi ne nous avez-vous pas communiqué cette information plus tôt ? s'enquit Reilly.

— Sauf votre respect, vous n'étiez pas à bord du navire, Reilly, fit observer Hopkins, en venant à ma défense. Quand le professeur ici présent a suggéré que Schmidt aurait pu être assassiné, et qu'il y aurait eu un espion allemand à bord, il n'a guère remporté l'unanimité des suffrages, à bord de l'*Iowa*.

— En outre, continuai-je, jamais je n'aurais pu avoir l'assurance que l'individu à qui je m'en serais ouvert n'aurait pas été aussi l'assassin de Schmidt. Auquel cas j'aurais risqué d'être abattu à mon tour. » Je marquai un temps de silence. « Et la nuit dernière, j'ai bien failli, bon sang.

— Quoi ? » Hopkins lança un regard aux deux autres. Ils semblaient tous aussi stupéfaits que moi.

410

« Finir assassiné.

— Sans blague, souffla-t-il.

— Sans blague. Souligné, et en gras. Quelqu'un m'a tiré dessus la nuit dernière. Heureusement pour moi, il m'a manqué. Mais il y en a un autre qu'il n'a pas manqué, malheureusement pour cet autre. Un corps gît en ce moment dans Ezbekiah Gardens, qui aurait dû être le mien. » J'allumai une cigarette et m'assis dans un fauteuil. « J'imagine que celui qui a tué le couple Schmidt veut me liquider, moi aussi. Juste pour le cas où Ted Schmidt m'aurait parlé de Thornton Cole.

— Est-ce que la police s'en est mêlée ? » voulut savoir Reilly.

Je souris.

« Bien sûr que la police s'en est mêlée. Même au Caire, quand elle trouve un homme allongé dans un parc avec un trou percé par un projectile entre les deux yeux, elle comprend qu'il est de son devoir de rechercher un type armé d'un pistolet. » J'avalai la fumée avec énergie. Leurs mines horrifiées me réjouissaient presque. « Mais la police ne s'intéresse pas à moi, si c'est à cela que vous pensiez. Je n'ai pas traîné sur les lieux du crime. Quand quelqu'un m'a tiré dessus, surtout avec un silencieux, j'ai tendance à m'éloigner.

— Un silencieux ? » Hopkins avait l'air décontenancé.

« Vous savez… ce petit machin que vous vissez au bout du canon pour que ça fasse *pfuit pfuit* au lieu de *bang bang*. Très utile si vous voulez être sûr de ne pas déranger les gens pendant qu'ils regardent leur film. » J'eus un geste désabusé. « Il y avait cela, certes, mais aussi que je jugeais préférable de laisser la délégation du Président en dehors de cette histoire.

— Vous avez agi comme il fallait », approuva Reilly.

J'opinai.

« Tout au moins jusqu'à ce que l'on recommence. Notre agent allemand, par exemple. Si c'était lui.

— Mais alors, pourquoi en parler, maintenant ? s'étonna encore Reilly. Et à nous ?

— Parce que ni vous ni Bohlen n'étiez à bord du cuirassé, évidemment. Or donc, et par conséquent, vous n'auriez pu commettre cet acte. Quant à M. Hopkins, j'aurais du mal à croire que le meilleur ami du Président soit un espion allemand. J'ai joué au gin-rummy avec lui. Il n'est pas si bon bluffeur. Personne, dans cette pièce, ne saurait être impliqué. »

Hopkins hocha la tête avec bonhomie.

« Alors, maintenant, qu'attendez-vous de nous ? me demanda Reilly. Après tout, et si cet espion allemand projetait d'attenter à la vie du Président…

— Je ne crois pas. Un assassin n'aurait guère manqué d'occasions de tuer Roosevelt quand nous étions encore à bord du cuirassé. On peut affirmer sans trop s'avancer que notre espion a un autre dessein en tête. Peut-être… et ce n'est là qu'une supposition… peut-être n'est-ce pas du tout un assassin. Il se pourrait que les Allemands veuillent avoir un homme à eux présent à Téhéran. Un homme susceptible de jauger le degré d'entente entre les alliés. Histoire de voir s'il n'y aurait pas place pour une manœuvre diplomatique future. Rien qu'en restant assis dans cette pièce, et si vous m'accordez suffisamment de temps, je serais en mesure de vous fournir toutes sortes de raisons.

— Faut-il en informer le Président ? s'enquit Hopkins. Mike ? »

À en juger par la mine de Mike Reilly, on eût dit qu'il venait de prendre une brique en pleine figure. J'écartai sans ménagement ses conjectures et je progressai dans les miennes.

« Pour l'heure, j'aimerais que tout ça reste entre nous quatre. Rien n'empêcherait la police métropolitaine, à Washington, de nous sortir d'autres informations, susceptibles de nous aider à remonter la piste de ce type.

— Vu les circonstances, cette mission reviendrait sans doute au FBI. Qu'en dites-vous, Mike ?

— Je serais tenté d'être d'accord, monsieur. »

La cervelle de Reilly. On pouvait presque la voir décrire des bonds dans sa boîte crânienne, comme si Hopkins l'avait sollicitée à petits coups de son marteau à réflexes. Je souris, manière pour moi de dissimuler mon irritation envers les deux personnages.

« C'est à vous de voir. Mais j'ai le sentiment qu'il vaudrait mieux ne rien mentionner de tout ceci à personne, pas avant d'en savoir un peu plus. Notre intention n'est pas d'effrayer. Surtout pas le Président.

— À vous entendre, j'ai le sentiment que vous soupçonnez déjà quelqu'un. »

Évidemment, j'y avais réfléchi. Il y avait John Weitz, qui avait menacé de tuer Ted Schmidt. Et certains des collègues de Reilly au sein des services secrets. La nuit de sa disparition, à bord de l'*Iowa*, Schmidt avait demandé au premier maître de l'orienter vers les quartiers des services de sécurité. L'un de ces hommes aurait-il pu l'attirer sur le pont pour le tuer ? N'éprouvant qu'aversion envers eux tous ou presque, j'avais du mal à jeter mon dévolu sur l'un d'eux en particulier. L'agent Rauff portait un nom qu'il partageait avec un commandant de la Gestapo. L'agent Pawlikowski ressemblait aux brutes blondes de Hitler. Et l'agent Qualter n'avait-il pas exprimé ce qui semblait être l'opinion la plus répandue, à savoir que Staline était aussi mauvais que Hitler ? Tuer Staline, tuer Roosevelt, tuer les Trois Grands, ou tenter simplement de prendre la mesure de l'alliance – un espion allemand dissimulé parmi les nôtres ne serait certes pas à court de mobiles.

« Peut-être, répondis-je à Reilly. Peut-être pas. Mais j'aimerais tout de même maintenir cette affaire sous le boisseau pendant un temps. Dans l'espoir que notre homme finisse par se démasquer. Mettre en branle le FBI risquerait fort de compromettre cette éventualité.

— Très bien, acquiesça-t-il. Nous opérerons comme vous l'entendez, professeur. Mais juste au cas où, nous allons doubler la sécurité autour du Président. »

Là-dessus, je me dirigeai vers la porte.

« Tenez-nous au courant, professeur, me lança Hopkins. Si le moindre développement survenait, informez-nous immédiatement.

— Si quelqu'un me tire dessus, vous saurez que je n'exagérais pas », lui répliquai-je.

Je ressortis et regagnai ma voiture. Toute cette conversation autour de cet espion allemand me rappelait à la précarité secrète de ma propre situation. Il était temps d'aller vérifier comment le major Reichleitner se débrouillait avec le Bride de Donovan.

« Où va-t-on, patron ? me demanda Coogan.

— À Grey Pillars. »

J'avais laissé un billet de cinq livres au caporal de garde pour qu'il fournisse des cigarettes, des médicaments, un peu d'eau et de nourriture correcte au prisonnier. En pénétrant dans la cellule, je retrouvai un major largement rétabli et travaillant avec zèle sur les éléments Bride de Donovan. Il me remercia pour le petit supplément de provisions de bouche, m'annonça qu'il progressait excellemment dans les transcriptions des signaux et qu'il pourrait fort bien avoir des documents en clair à me montrer d'ici la fin de la semaine.

« Bon. Il me semble que cela tomberait à pic. Nous nous envolons pour Téhéran samedi matin.

— Donc, ce sera Téhéran. Mais enfin, vos gens ne sont pas au courant ? Cette ville est remplie d'informateurs allemands. »

Je haussai les épaules.

« J'ai essayé de le leur faire comprendre. Mais je commence à soupçonner FDR de se figurer qu'il marche sur les eaux.

— Sur les eaux, non, rectifia l'Allemand. Mais sur les champs de pétrole, peut-être. S'ils tiennent leur conférence là-bas, c'est pour essayer tous de convaincre le shah de s'engager à maintenir un prix du pétrole bas, et à perpétuité.

— Il voudra peut-être bien me proposer un bon prix pour un tapis, tant qu'il y est.

— Au fait, est-ce que vous avez remis le dossier Beketovka à Roosevelt ?

— Pas encore. » D'avoir revu Elena, et de m'être fait tirer dessus, avait suffi à me faire totalement oublier ce dossier posé sur une table dans ma chambre d'hôtel. « Il me reste encore à tâcher de trouver un moment seul à seul avec le Président, afin de pouvoir attirer son attention là-dessus.

— Mais vous l'avez lu vous-même.

— Bien entendu », lui dis-je, car si je voulais continuer à m'assurer de sa bonne volonté, je n'allais tout de même pas lui avouer que je ne l'avais pas encore ouvert. Je pris la ferme résolution d'essayer de lire ce dossier dès mon retour au Shepheard.

« Et qu'en pensez-vous ?

— C'est atroce. Cela confirme, je le crois, ce que beaucoup de gens dans cette ville semblent déjà penser. Staline serait une menace plus terrible que Hitler.

— En effet. En effet.

— Toutefois, pour être franc avec vous, je ne suis pas sûr que ce rapport exerce une grande influence sur

Roosevelt. Après tout, il est parvenu à ignorer toutes les preuves concernant Katyn.

— Mais cette fois les chiffres sont bien plus importants. C'est la preuve d'un plan de meurtre de masse et d'homicide par négligence, organisé à une échelle industrielle. Si Roosevelt est capable de conclure une alliance avec un individu comme Staline, alors rien n'empêche de le croire capable de conclure un marché avec Hitler en personne. »

Je hochai la tête, mal à l'aise. Je me demandai comment Max Reichleitner aurait réagi si je lui avais révélé ce que Donovan m'avait confié : que FDR recherchait en effet les moyens de conclure une paix américaine avec Hitler. Je me dis qu'il n'en aurait pas cru un mot.

Dès que je fus revenu au Shepheard, j'attrapai le dossier Beketovka, me sentant coupable du mensonge auquel j'avais recouru. J'approchai le fauteuil de la fenêtre ouverte, mais je restai à l'ombre. Je posai un paquet de cigarettes sur la desserte, avec une bière fraîche, mon carnet, et mon stylo à plume. Puis je m'y plongeai. C'était comme de plonger dans un étang aux eaux sombres pour s'apercevoir de la présence d'un objet invisible juste au-dessous de la surface opaque, tel un châlit en fer rouillé. En l'occurrence, l'objet caché était une monographie, signée Heinrich Zahler. Et je m'y cognai le front. Violemment.

Je m'appelle Heinrich Zahler et j'étais lieutenant au sein de la 76ᵉ division d'infanterie de la VIᵉ armée allemande, qui s'est rendue aux Soviétiques le 31 janvier 1943. Je suis né à Brême le 1ᵉʳ mars 1921, mais je ne m'attends pas à revoir Brême vivant ni, d'ailleurs, à vivre jusqu'à mon prochain anniversaire. J'écris à présent dans l'espoir que cette lettre rédigée en secret (si ces documents écrits sont découverts, je serai exécuté sur-le-champ) parvienne à mes parents. Mon père, Friedrich, travaille pour l'administration des docks et du port de Bremerhaven et ma mère, Hannah, est sage-femme à l'hôpital universitaire de Brême. Je veux leur dire combien je les aime tous les deux, et d'abandonner tout espoir de me revoir. La mort est la seule issue pour échapper à tout ceci, le fin fond de l'enfer.

Tout de suite après notre reddition, dès que les Popovs se sont fatigués de nous taper dessus, ils ont tenté de sortir les prisonniers de guerre de Stalingrad. Mais la quasi-totalité du matériel roulant était réquisitionnée pour alimenter le front russe, à Rostov, et donc la majorité d'entre nous fut obligée de gagner à pied le camp où nous sommes emprisonnés à présent. Certains d'entre nous ont été chargés dans des wagons à bestiaux, en attendant la locomotive à vapeur qui n'est jamais arrivée et, au bout d'une semaine, quand on a rouvert les wagons, on a découvert que tous les hommes enfermés à l'intérieur, quelque 3 000 officiers et simples soldats, étaient morts. Mais des milliers d'autres sont morts du typhus, de dysenterie, d'engelures et des blessures reçues sur le champ de bataille, avant qu'ils ne puissent quitter le camp provisoire, à Stalingrad même. Rétrospectivement parlant, c'étaient eux les chanceux.

La marche vers le camp qui devait être notre destination finale nous a pris cinq jours. Nous avons marché par tous les temps, sans nourriture et sans eau, et sans abri d'aucune sorte. Ceux qui étaient incapables de marcher étaient abattus d'un coup de feu, matraqués à mort, ou parfois simple-

417

ment déshabillés et laissés là, à geler à mort. Des milliers d'autres sont morts dans cette marche. Et peut-être ont-ils eu cette chance, eux aussi.

C'est le plus grand de tous les camps de prisonniers de guerre russes – le camp numéro 108, à Beketovka. C'est ce que les Soviétiques appellent un katorga. Cela veut dire travail forcé, faibles rations et absence de soins médicaux, en dehors de ceux que nous pouvions nous prodiguer nous-mêmes, à savoir très peu de chose. Le site du camp était une ancienne école, mais on a du mal à croire que des enfants pourraient avoir reçu de l'instruction dans un endroit pareil. L'école a été en partie détruite pendant la bataille de Stalingrad, ce qui signifie qu'il n'y a pas de fenêtres, pas de portes et pas de lits. Il n'y a pas non plus de toit, aucun mobilier, rien. Tout ce qui était en bois a été brûlé depuis longtemps pour réchauffer les soldats de l'armée Rouge. Le seul combustible dont nous disposons, ce sont nos propres excréments desséchés. Nous dormons par terre, sans couvertures, blottis les uns contre les autres pour nous procurer un peu de chaleur, par des températures qui descendent à – 35 °C.

À notre arrivée, il n'y avait ni nourriture ni eau, et beaucoup d'hommes sont morts d'avoir mangé de la neige. Au bout de deux jours, on nous a donné une espèce de bouillie de son dont même un cheval ou un chien n'auraient pas voulu. Aujourd'hui encore, des mois après notre arrivée, aucun d'entre nous n'avale plus de quelques grammes de pain par jour – si on peut appeler cela du pain : il est plus truffé de gravillons que les semelles d'un cantonnier. Parfois, pour améliorer l'ordinaire, nous mettons à bouillir des pelures de patates pour en faire une soupe, et chaque fois que nous le pouvons, nous fumons la poussière du sol – une solution russe au manque de tabac, ce qu'ils appellent de la « gratte ». Tous les matins, quand nous nous levons, après avoir dormi à même le sol, nous découvrons jusqu'à cinquante de nos camarades morts dans la nuit. Par exemple, une semaine après mon arrivée ici, à mon réveil, j'ai découvert le sergent Eisenhauer, un homme qui m'a sauvé la vie en plus d'une occasion, mort gelé, le corps durci, par terre, à peine reconnaissable, car les rats se repaissent des extrémités des cadavres, dans le bref laps de temps qui précède leur pétrification par le froid. D'ailleurs, dans cet endroit, il n'y a pas que les rats qui mangent la chair humaine. Parfois, des corps disparaissent, on les cuit, et on les mange. Les cannibales parmi nous se font facilement repérer à leur pâleur d'aspect plus sain, et aussi parce que nous les évitons, nous autres. Sinon, la matinée débute toujours avec les corps que l'on tire à l'extérieur de la bâtisse où nous dormons et, pour s'assurer que la mort n'est pas feinte, les Popovs enfoncent une pointe de métal dans le crâne de chaque cadavre avec un marteau. Ensuite, on arrache les vêtements du cadavre ; les plombages en or sont retirés à la pince. Et pendant plusieurs mois, jusqu'au dégel du sol, les corps sont couchés sur la styena – c'est comme ça que les Popovs appellent le mur qu'ils ont édifié avec les cadavres nus de nos camarades morts.

Nos gardes ne sont pas des soldats – ceux-là, ils sont tous requis sur le front –, mais des zakone, des criminels de droit commun qui purgeaient des peines dans d'autres camps de travail et dont la brutalité et la dépravation ne connaissent pas de limites. Pendant la bataille de Stalingrad,

419

je croyais avoir vu tout le mal que des hommes étaient capables d'infliger à d'autres. C'était avant de venir au camp 108.

*À la fin mai, à Beketovka, ceux d'entre nous qui demeuraient encore en vie furent mis au travail, à la reconstruction – tout d'abord du camp lui-même, et ensuite de la gare locale. L'hiver avait été rude et nous étions beaucoup de survivants à nous figurer que l'été améliorerait forcément notre sort – au moins, il ferait chaud. Mais avec l'été s'abattit une chaleur pas moins intolérable que le froid. Le pire de tout, c'étaient les moustiques. Tandis qu'avant je voyais des hommes dévêtus de force, nus, forcés de se tenir debout dans la neige jusqu'à en mourir (c'est ce qu'on appelle l'*oontar paydkant – le « châtiment de l'hiver »), mainte- nant je vois des hommes ligotés, nus, à un arbre, et livrés aux moustiques, jusqu'à ce qu'ils hurlent, réclamant qu'on les abatte (c'est ce qu'on appelle le* samap paydkant *– le « châtiment de l'été »). Parfois, on les abattait, mais en général on lais- sait les moustiques achever leur horrible besogne, parce qu'une balle pour un Allemand, c'est du gâchis, estiment les* zaks. *À dire vrai, j'ai vu mes camarades mourir de toutes sortes de façons révoltantes. Un caporal de mon peloton a été jeté dans une fosse d'aisance, et on l'a laissé se noyer dans les excréments. Son crime ? Il avait demandé un peu d'eau à un* zak. *L'un de mes amis, Helmut von Dorff, un lieutenant de la VIe armée de Pan- zers, a été exécuté pour s'être porté au secours d'un camarade qui était tombé sous le poids de la traverse de chemin de fer qu'il était obligé de porter sur son épaule chétive. Les* zaks *ont ligoté von Dorff à un poteau télégraphique, et ils ont fait* rouler le tout du haut d'une colline escarpée dans la Volga où il s'est sans doute noyé.

Les châtiments autres que la mort sont vraiment rares, mais on peut en citer quelques-uns d'une extrême cruauté et en tout cas souvent fatals pour des hommes gravement affaiblis par la faim, le travail de force et la dysenterie. J'ai vu un homme, si décharné à cause du manque de nourriture que ses fesses avaient pratiquement disparu, frappé sur les os du bassin jusqu'à ce qu'ils percent la peau et la chair, et il est mort peu de temps après d'infection. Mais en général, les passages à tabac relèvent tellement de la routine qu'ils ne comptent guère comme une punition, et les zaks aiment bien inventer de nouvelles manières d'imposer leur conception de la discipline. C'est un de ces nouveaux châtiments qu'ils ont infligé à un lieutenant de la Luftwaffe, 9e division de la Flak : ils l'ont enfermé à l'intérieur d'une caisse en bois en forme de cercueil, où ils avaient introduit des milliers de poux, que l'on a laissés se reproduire, et ils l'ont maintenu dedans pendant vingt-quatre heures. Lorsqu'ils ont retiré le couvercle, son corps était si gonflé, à cause des piqûres d'insectes, qu'ils ne sont même pas arrivés à l'en extraire, et ils ont dû fracturer un côté de la caisse, ce qui amusa beaucoup les zaks. Et en voici un autre exemple : un officier d'état-major de la 371e division d'infanterie – je ne me souviens pas de son nom –, ils lui ont fourré un gros bout de corde dans la bouche, comme une bride, ils lui ont passé les extrémités par-dessus les épaules et les lui ont attachées aux poignets et aux chevilles. Ils l'ont laissé dans cette posture, sur le ventre, pendant une journée entière, sans eau, et depuis il n'a plus jamais pu marcher.

Dans un endroit pareil, la moralité n'a pas sa place. C'est un mot qui n'existe pas, à Beketovka, et peut-être nulle part ailleurs en Russie. Enfin, il n'empêche, par moments, je ne peux pas éviter de penser que c'est nous qui nous sommes attiré toutes ces infortunes en envahissant ce pays. Nos dirigeants nous ont conduits ici et ensuite ils nous ont abandonnés. Et pourtant, je suis toujours fier d'être allemand et fier de la manière dont nous nous sommes comportés. J'aime ma Patrie, mais je crains ce qui reste à venir, car si l'armée Rouge devait conquérir l'Allemagne, qui sait quelles souffrances subiraient nos amis et nos parents ? Je n'ose pas y penser.

Nous étions 50 000 quand nous avons marché de Stalingrad à Beketovka – depuis lors, 45 000 d'entre nous sont morts. J'ai appris de la bouche des Allemands transférés depuis d'autres camps que, là-bas aussi, c'était la même histoire. Ceux qui sont morts étaient les meilleurs d'entre nous, car si étrange que cela paraisse, ce sont souvent les plus forts qui meurent les premiers. Quant à moi, je ne survivrai pas à un autre hiver. Je suis déjà malade. D'après la rumeur, je vais être envoyé dans un autre camp – peut-être le camp 93 de Tyumen, dans la province d'Omsk, ou à Oransky, numéro 74, dans la province de Gorky. Mais je ne crois pas que je survivrai assez longtemps pour achever ce voyage.

Je pourrais en écrire davantage, mais je ne le ferai pas, car je crains d'être découvert. Il n'y a pas de fin à ce que l'on pourrait écrire sur cet endroit épouvantable. Pour celui qui lira ceci, je vous le demande, quand l'occasion se présentera, je vous en prie, dites une prière pour ceux dont

la mort, comme la mienne, passera inaperçue. Et
pour toutes ces âmes moins fortunées qui sont res-
tées en vie. Dieu te bénisse, cher lecteur. Et Dieu
bénisse la Patrie. Je demande pardon à tous ceux
à qui j'ai causé du tort. Ils sauront se reconnaître.
Je ne sais pas quelle date nous sommes, mais je
pense que nous devons être fin septembre 1943.

   Heinrich Zahler
   Lieutenant
   76e d'infanterie
   Camp numéro 108
   Beketovka

Je sortis sur le balcon de l'hôtel et je restai là, le visage
au soleil, juste pour me remémorer que j'étais encore
en vie. Au milieu du fouillis des toits et des minarets,
d'élégants palmiers se balançaient dans la brise chaude
qui montait du Nil. Dans la rue en contrebas, le trafic
cairote s'agitait en tous sens, affairé, discutailleur, rassurant. Je respirai une grande goulée d'air et je humai
l'odeur d'essence, de sueur, de café turc, de crottin de
cheval et de cigarettes. Cela sentait bon. Beketovka me
semblait être à des millions de kilomètres de là, sur une
autre planète. Je ne pouvais rêver meilleur antidote au
camp 108 que Le Caire, avec ses égouts puants et ses
cartes postales salaces.

La décision la plus intelligente eût été de laisser tout
cela dormir. De ne chercher à impliquer personne. Sauf
que moi, j'étais déjà impliqué. Donc, au lieu d'opter
pour la solution la plus intelligente et de mentir à
Reichleitner – en lui racontant que j'avais remis le dossier à FDR –, j'en conclus qu'il valait mieux parler de
cette lecture à quelqu'un. Et je ne voyais pas de meilleur
interlocuteur que le major en personne. Mais avant, je
descendis au Long Bar et demandai au chef barman

s'ils avaient une bouteille de Korn. Il me répondit qu'ils en avaient plusieurs, car parmi les Britanniques, on ne constatait guère de demande pour des alcools allemands. Ce n'était pas qu'ils n'en appréciaient pas le goût, simplement ils ignoraient l'existence d'un tel produit. Je tendis deux livres au barman et lui demandai de m'apporter une bouteille et deux petits verres. Ensuite, je glissai le tout dans ma serviette et me fis reconduire par Coogan à Grey Pillars.

Le major Reichleitner était au travail sur les codes. Il avait l'air un peu fatigué. Mais quand il vit la bouteille, il écarquilla les yeux.

« Mon Dieu, du Fürst Bismarck, s'écria-t-il. Je n'arrive pas y croire. »

Je sortis les deux verres, les plaçai sur la table, et les remplis à ras bord. Nous portâmes un toast en silence et nous bûmes, d'un trait. L'alcool de grain allemand se glissa dans mon corps comme s'il y avait toujours eu sa place, comme si c'était mon cœur ou mes poumons. Je m'assis sur le lit et j'allumai deux cigarettes, une pour chacun.

« Major, je vous dois des excuses.

— Oh ? Comment cela ?

— Tout à l'heure, quand je vous ai répondu que j'avais ouvert le dossier Beketovka, c'était un mensonge. Je n'avais rien lu du tout. Mais maintenant, je l'ai lu.

— Je vois », fit Reichleitner.

Il semblait un peu inquiet du tour qu'allait prendre cette conversation. Je n'en étais pas certain moi-même. Je le resservis. Cette fois, il huma l'alcool avec soin, plusieurs fois, avant de l'avaler.

Je sortis le dossier Beketovka de ma serviette et le posai sur la table, à côté de la bouteille de Korn.

« Mon père était un Juif allemand, lui appris-je. Né à

Berlin, mais élevé et éduqué aux États-Unis. Ma mère vient d'une vieille famille allemande. Son père était le baron von Dorff, parti vivre aux États-Unis, lui aussi, pour y chercher fortune. Ou tout au moins pour s'en recréer une autre. Il a laissé derrière lui une sœur et deux frères. L'un de ces deux frères a eu un fils, le cousin de ma mère. Friedrich von Dorff. Nous passions tous Noël ensemble, à Berlin. Il y a de cela des années.

» Quand la guerre a éclaté, le fils de Friedrich, Helmut, a intégré la cavalerie blindée. La VIe armée de Panzers, 16e division. Avec le général Hube. Le bélier du corps des Panzers. En août 1942, ils ont traversé le Don, en direction de Stalingrad. Je croyais qu'il s'était fait tuer là-bas. C'est-à-dire, jusqu'à cet après-midi, quand j'ai lu le compte rendu de la vie au camp 108, à Beketovka, par Heinrich Zahler. Si l'on peut appeler ça une vie. »

Je pris la page concernée et je la lus à haute voix.

« Le fils du cousin de votre mère », fit Reichleitner.

J'acquiesçai.

« Je sais qu'un cousin germain ne doit pas vous paraître un bien grand motif pour être aussi affecté. Mais nous formions une famille très unie. Et je me souviens extrêmement bien d'Helmut von Dorff. Quand je l'ai connu, c'était à peine un adolescent. Il n'avait pas plus de onze ou douze ans, je crois. Un beau garçon. Aimable, cultivé, sérieux et réfléchi, s'intéressant à la philosophie. » Je haussai les épaules. « Comme je vous l'ai dit, je le croyais déjà mort. Cela me paraît donc étrange de lire de ses nouvelles, là, maintenant. Et naturellement, il est horrible d'apprendre les circonstances dégradantes et misérables de sa mort.

— Alors nous ne sommes plus ennemis », observa Reichleitner.

Il prit la bouteille par le col et, à son tour, remplit nos verres. Nous portâmes de nouveau un toast.

« Je tenais juste à ce que vous le sachiez. Je ferai tout pour que le Président lise ce texte, je vous en donne l'assurance.

— Merci », fit Reichleitner. Il eut un sourire triste. « Il est de bonne qualité. Où l'avez-vous trouvé ?

— À l'hôtel Shepheard.

— Ah, le Shepheard. C'est là-bas que j'aimerais être.

— Après la guerre, qui sait si vous n'y serez pas.

— Vous savez, je réfléchissais. Je n'ai jamais vu Hitler. En tout cas, pas de près. Mais à Téhéran, vous verrez peut-être Staline. De près. D'aussi près que moi, à cette minute, qui sait.

— Qui sait.

— Je vous envie cette opportunité. Une occasion de le regarder dans les yeux et de voir quel homme c'est. S'il s'agit du monstre que j'imagine.

— Pensez-vous que ce soit un monstre ?

— Je vais vous répondre franchement. J'ai plus peur encore, je crois, qu'il n'ait la même allure que vous et moi. Un homme ordinaire. »

Je laissai le major Reichleitner continuer de travailler sur les codes, avec la bouteille et les cigarettes.

Devant Grey Pillars, je me sentis pris de vertige. Pris de vertige, mais le cœur lourd. Diana Vandervelden me semblait aussi lointaine que Beketovka. Ce qui était dommage, car la batterie que j'avais dans la poitrine aurait eu besoin du coup de fouet que seule la compagnie d'une bonne amie peut vous procurer. Une bonne amie qui aurait encore un peu tenu à moi, qui sait. J'allais donc acheter des fleurs et je me rendis à pied à la maison d'Elena. Nous étions convenus de nous revoir le soir même.

Le majordome d'Elena, Hossein, me pria d'attendre dans le salon jusqu'à ce que sa maîtresse soit réveillée, m'expliquant qu'elle dormait toujours deux heures dans l'après-midi. Mais j'avais la nette impression qu'elle n'était pas seule. Une certaine atmosphère masculine flottait dans l'air. Une odeur de cigarettes américaines, d'eau de Cologne Old Spice et de brillantine. Sur le canapé était posé le numéro d'octobre de *Jumbo Comics*, avec Sheena, reine de la jungle, qui n'y était pas la veille au soir. En attendant, je feuilletai le magazine de bandes dessinées. Sheena avait de gros seins et portait une sorte de pagne ravissant, en peau de léopard. Pour tuer les panthères et monter à dos d'éléphant, la tenue de Sheena semblait des mieux choisies. Mais quand votre proie marchait sur deux jambes, il vous fallait autre chose. Elena le savait. Et quand elle finit par descendre au salon, elle portait un vêtement beaucoup plus pratique. C'était un peignoir en soie blanche sous lequel elle était pratiquement nue. Ce qui me convenait très bien, si elle avait vraiment dormi. Beaucoup de gens dorment nus. Il en est même quelques-uns qui dorment nus et seuls. Enfin, elle ne paraissait guère éprouver le besoin de s'expliquer.

« Quelle charmante surprise.

— Je suis un peu en avance. Mais j'étais dans le quartier. Donc, j'ai eu envie de faire un saut. » Je brandis le magazine à titre de pièce à conviction. « J'espère ne rien avoir interrompu. »

Elle me le prit des mains, y jeta un œil, et le laissa de côté.

« L'un des garçons d'hier soir a dû le laisser ici.

— C'est ce que je me suis dit. »

Nous nous assîmes dans le canapé. Elena croisa les jambes, m'offrant une jolie vue en courbe sur le haut de sa cuisse.

427

« Allume-moi une cigarette, veux-tu, mon chéri ? »

J'en allumai deux, une chacun, et je me concentrai sur la petite pantoufle de soie assortie, en équilibre à l'extrémité de ses orteils parfaits.

« J'ai appelé ton hôtel, ce matin, mais on m'a répondu que tu étais déjà sorti.

— Ah ?

— Oui. Je voulais m'assurer que tu allais bien. Cette nuit, juste après ton départ, je suis montée me coucher et, quand j'ai tiré les rideaux de ma chambre, j'ai vu une voiture garée au coin. Et un homme qui se tenait debout, à côté.

— Quel genre de voiture ?

— Vert foncé. Une Alfa Romeo sport, conduite intérieure.

— Oui.

— J'avais la sensation étrange que le conducteur était Wlazyslaw Pulnarowicz. Je veux dire, cela ressemblait beaucoup au colonel. Si ce n'est qu'il ne portait pas son uniforme. Et qu'il possède une BMW blanche.

— Je vois. Que portait-il ? Cet homme que tu as vu. »

Elle eut un geste de dédain et alluma une cigarette.

« La lumière n'était pas bonne. Mais je pense qu'il portait un costume brun clair et des chaussures à demi-guêtre. Tu sais, blanches, avec le bout sombre.

— Et comme chapeau ? »

Elle eut encore ce geste.

« Ah oui. Un panama. Il le tenait dans ses mains. »

Je réfléchis un moment à l'homme qui m'avait tiré dessus.

« La première fois que tu m'as parlé du colonel, tu me disais qu'il était du style vieille école, qu'il risquait d'être jaloux et de me provoquer en duel. »

Elena hocha la tête.

« Crois-tu qu'il soit du genre à pouvoir tuer un homme de sang-froid ?

428

— Oh, chéri, ils en sont tous capables. Le service des opérations spéciales britanniques, ce n'est que ça.

— Quelqu'un m'a tiré dessus la nuit dernière. Dans Ezbekiah Gardens. Il m'a manqué, mais un autre homme, un Égyptien, a été tué, Elena.

— Oh mon Dieu, tu n'accuses pas Lazlo ?

— C'est pourtant l'évidence. Les seuls individus à se promener dans Le Caire avec un pistolet muni d'un silencieux travaillent pour le SOE, ou pour l'Abwehr allemande. » Je ponctuai d'un geste las. Cela n'avait rien à voir avec le laïus que j'avais servi à Harry Hopkins, mais concernant les meurtres de Ted et Debbie Schmidt, l'idée d'un réseau d'espions allemands me plaisait toujours assez. J'allais devoir dire un mot au colonel Powell de Wlazyslaw Pulnarowicz. Et si, après la soirée, le colonel était rentré chez lui en voiture, s'il avait quitté son uniforme, emprunté la voiture de quelqu'un, avant de revenir voir si j'étais encore là ? Ensuite, il m'aurait suivi jusqu'à mon hôtel, où il aurait tenté de me ventiler un peu la cervelle.

Cette fois, Elena tira une vraie bouffée de sa cigarette.

« Je suis vraiment désolée.

— Je t'en prie. Dans ce scénario, tu es Desdémone. Pas Othello.

— Il n'empêche, c'est moi qui t'ai mis dans ce mauvais pas, Willy. C'est moi qui l'ai rendu jaloux. » Elle secoua la tête. « Au diable cet homme. Comme s'il avait le moindre motif d'être jaloux. Nous étions juste comme deux amis, qui rattrapent le temps perdu.

— C'était peut-être vrai la nuit dernière, dis-je, avant de l'embrasser sur les lèvres. Mais pas maintenant. »

Elle sourit et me rendit mon baiser.

« Non, tu as raison. Maintenant, il aurait toutes les raisons de se sentir jaloux.

« — Il n'est pas caché à l'étage, n'est-ce pas ?

— Non. Tu souhaites vérifier ?

— Je pense que je devrais, pas toi ? »

Elena se leva et, en me prenant par la main, me conduisit hors du salon, vers l'escalier.

« Bien sûr, tu sais ce que cela signifie, dis-je. Cela signifie que tu vas devoir me montrer le papier de ta chambre.

— J'espère qu'il te plaira.

— J'en suis convaincu. »

Elle me précéda dans le vestibule, aussi vaste qu'un hall de gare, en haut de l'immense escalier de marbre jaune, dans sa chambre, et ferma les portes derrière nous. Je jetai un regard autour de moi. Je ne vis pas son papier mural. Je ne vis pas le tapis sous mes pieds. Tout ce que je vis, ce fut Elena et le peignoir de soie blanche glissant de ses épaules et le reflet de mes mains englobant son derrière nu dans une psyché.

J'étais allongé contre le refuge que m'offrait le corps nu d'Elena. Je songeai à Heinrich Zahler et à Helmut von Dorff gisant sur la terre froide de Beketovka. Je songeai au colonel polonais dément qui voulait me tuer, au nazi impitoyable à bord du navire, et au major allemand emprisonné qui travaillait à décoder des signaux susceptibles de révéler que j'aurais été un espion russe. Je pensai au corps de ce pauvre Ted Schmidt, ou à ce qu'il en restait, quelque part au milieu de l'Atlantique. Je pensai à Diana couchée sur le sol de sa maison de Chevy Chase et au postérieur nu de son amant anonyme, encadré entre ses genoux. Je pensai à Mme Schmidt gisant dans le tiroir froid de la morgue de la police métropolitaine. Je pensai au Président. Je pensai à Harry Hopkins, Winston Churchill et Joseph Staline. Je pensai même à Wild Bill Donovan et au colonel Enoch Powell. Mais surtout, je pensai à

Elena. Les ombres chevauchaient la table de chevet et je pensai à la mort. Je pensai à ma propre mort, et je me convainquis qu'elle était encore loin, quand je me trouvais avec Elena.

Je dormis un moment, et je rêvai d'elle. Quand je me réveillai, elle était dans la salle de bains, chantonnant tranquillement. Je me redressai, j'allumai la lampe de chevet, je grillai une cigarette, et je cherchai autour de moi un peu de lecture. Dans une grande commode, je tombai sur plusieurs albums de photographies reliés plein cuir, et m'attendant à y trouver des photos de notre période berlinoise, j'en ouvris un et je tournai les pages. Cet album était surtout rempli de photos d'Elena dans divers night-clubs du Caire avec son défunt mari, Freddy, et, en une ou deux occasions, avec le roi Farouk lui-même. Mais ce fut une page de photographies prises dans le jardin sur le toit de l'Auberge des Pyramides (Elena légendait toutes ses photos d'une belle écriture au crayon) qui, pour la deuxième fois de la journée, me laissa comme si un chameau venait de me lâcher un coup de sabot dans le ventre.

Sur ces photographies, Elena était assise à côté d'un bel homme en costume de lin crème. Il avait un bras autour d'elle et elle semblait être avec lui dans les termes les plus intimes. Le plus surprenant, c'était que cet homme occupait en ce moment même une cellule à Grey Pillars, à moins de huit cents mètres de là. L'homme de la photographie était le major Max Reichleitner.

Je me suis fait la réflexion que ces photos n'auraient guère pu être prises avant la guerre. Coogan ne m'avait-il pas dit que l'Auberge des Pyramides venait d'ouvrir quelques mois auparavant ? Entendant Elena sortir de la salle de bains, je reposai promptement l'album et récupérai ma cigarette à peine fumée dans le cendrier.

« Allume-m'en une, veux-tu, chéri ? » me dit-elle. Elle ne portait rien, sauf une montre en or.

« Tiens, tu peux prendre celle-ci », fis-je en me rapprochant de son côté du lit.

Je l'observai attentivement, le temps qu'elle tire une bouffée, avant de l'éteindre. Tout en défaisant les épingles qui retenaient sa chevelure blonde, assez longue pour lui couvrir la taille et au-delà, elle se coiffa, l'air absent. Croyant que je posais sur elle un regard de désir, elle sourit.

« Tu veux encore de moi ? C'est cela ? »

Elle monta dans le lit et ouvrit grand les bras, dans un geste plein d'attente. Je respirai à fond et m'agenouillai au-dessus d'elle, mais je ne pouvais m'empêcher de penser qu'elle travaillait elle aussi pour les Allemands. Étant donné le degré d'intimité que trahissait cette photographie, serait-il possible que Reichleitner soit venu au Caire sans essayer de la voir ? Elena devait être son contact, tout simplement. Après tout, elle n'avait aucun moyen de savoir qu'il avait été capturé par les alliés.

Je m'introduisis en elle, lui arrachant un long halètement frémissant.

Ce n'est qu'à cet instant que sa promptitude à se remettre dans un lit avec moi me parut des plus suspectes. Je m'enfonçai en elle avec dureté, presque comme si je voulais la punir pour cette duplicité dont je la soupçonnais si fortement. Elena fut saisie de plaisir, un plaisir d'une force égale et, l'espace d'un instant, je m'y abandonnai aussi. Puis elle vint se pelotonner contre moi, et mes doutes se ravivèrent. Serait-elle un simple contact, ou davantage ?

Mais si elle était une espionne allemande, quand avait-elle été recrutée ? Je me transportai dans cet été 1938, à Berlin et essayai de me remémorer l'Elena Pontiatowska dont j'avais été l'intime.

Elena haïssait les bolcheviks, de cela au moins, il était aisé de se souvenir. Je me rappelai une conversation en particulier que nous avions eue quand la nouvelle de la terreur imposée par Staline à l'Ukraine commença d'atteindre l'Occident. Elena, dont le père avait combattu dans la guerre russo-polonaise de 1920, répétait avec insistance que tout l'édifice du communisme soviétique était fondé sur le meurtre de masse, mais à cet égard, Staline n'était pas pire que Lénine.

« Mon père rappelait toujours que Lénine avait ordonné l'extermination de la totalité des populations cosaques du Don... un million d'hommes, de femmes et d'enfants, m'avait-elle révélé. Ce n'est pas que j'apprécie les nazis. Il se trouve que je ne les aime pas. Seulement, je redoute les Russes encore plus. Je sais combien les nazis peuvent être stupides et cruels, mais les Russes sont bien pires. Hitler convoite les Sudètes car il estime en avoir besoin comme d'un rempart contre une autre invasion russe. Peut-être les Tchèques ont-ils oublié ce que Trotski leur a fait subir, en 1918, quand il a tenté de transformer leur armée en bataillons d'esclaves voués au travail forcé. Retiens bien mes propos, Willy, ils n'hésiteraient pas à recommencer. Les nazis ne valent pas tripette, mais les bolcheviks sont le mal incarné. C'est d'abord pour cela que Hitler a été élu, d'ailleurs. Parce que les gens étaient terrifiés à l'idée que les rouges puissent prendre le pouvoir en Allemagne. Par conséquent, il n'y a rien à porter au crédit du communisme, et tu ne me convaincras pas du contraire. Cela peut paraître une bonne idée, dans les principes, une espèce d'idéal. Mais ma famille l'a vu appliqué dans la pratique, cet idéal, et c'est un régime bestial, ni plus ni moins. »

Cette aversion envers les Russes était une chose, espionner pour le compte des nazis, c'en était une autre. Pour m'assurer de la vérité, dans un sens ou dans un autre, j'allais devoir fouiller la maison d'Elena. S'il y avait des photographies du major Reichleitner dans un album, il y aurait certainement un autre élément de preuve démontrant, d'une manière ou d'une autre, qu'Elena travaillait pour le compte de l'Abwehr.

Elle sortit de sa torpeur, me donna un rapide baiser et repassa dans la salle de bains.

J'attrapai l'album de photos. Je voulais entendre sa réaction quand elle me verrait. Les yeux posés sur ces photos d'elle avec Reichleitner. Il serait instructif d'observer comment elle se débrouillerait pour expliquer ces clichés. Mais quand elle émergea de la salle de bains, elle ne cilla pas.

« Je suis désolé, dis-je. Je n'ai pu résister à l'envie de jeter un coup d'œil. J'ai dû m'imaginer que je retrouverais quelques photos de toi et moi, à l'époque de Berlin.

— Elles sont dans un autre album », me répondit-elle fraîchement, son seul souci étant apparemment que l'on s'habille et que l'on trouve un endroit où dîner. « Je te montrerai plus tard. Il est temps de se préparer. Je pensais que nous pourrions sortir dans un club. Mais il va falloir te changer. Nous pourrions nous arrêter à ton hôtel sur le chemin.

— Qui est cet homme en costume blanc ? lui demandai-je en reposant l'album et en me dirigeant vers la salle de bains.

— Ne me dis pas que tu es jaloux, s'amusa-t-elle en enfilant sa culotte.

— Bien sûr que je suis jaloux. Tu représentes ce qu'il m'est arrivé de mieux depuis le début de la guerre. Et maintenant, je m'aperçois que j'ai encore un rival.

— Crois-moi sur parole, il ne te menace nullement.

434

— Je n'en sais rien. Toi et lui, vous m'avez l'air assez proches sur ces photos. Et puis, il est beau garçon en plus.

— Max ? Oui, sans doute. » Elle préféra ignorer ma remarque et, s'étant assise au bord du lit, roula sa paire de bas. « Pendant un temps, en effet, nous l'avons été. Proches, comme tu dis. Mais cela n'a pas duré longtemps. C'était un officier polonais, membre de l'état-major de Sikorski. Originaire de Posen. Un oiseau rare.

— Ah ? Que veux-tu dire ?

— Un Polonais parlant l'allemand, qui a combattu pour l'armée polonaise. Voilà en quoi il était rare.

— Et maintenant, où est-il ?

— Je ne sais pas trop. Je ne l'ai plus revu depuis des mois. Depuis l'été, je crois. Max a beaucoup travaillé pour le compte du SOE britannique. En Yougoslavie. En tout cas, c'est ce qu'il m'a raconté. »

Je hochai la tête, songeant que c'étaient là de bonnes réponses. Elles avaient le mérite d'être plausibles.

Elena acheva d'attacher ses bas à ses jarretelles et, ouvrant son armoire, contempla un arsenal de robes dévastatrices. Elle en sortit une et l'enfila. Puis elle consulta de nouveau sa montre.

« Dépêchons-nous. »

21

Mercredi 24 novembre 1943
Iran

Dans les quartiers sud de Téhéran, les rues de la capitale étaient étroites et tortueuses. Dans les quartiers nord, c'étaient de larges avenues. Misbah Ebtehaj, le lutteur qui tenait lieu de guide et d'interprète à l'Équipe Nord, leur expliquait que l'essence même du caractère de la ville avait été pour ainsi dire réduite à néant par l'ancien shah. Mais le commandant de l'Équipe Nord, le capitaine Oster, considérait que la modernisation entreprise par Reza Shah n'avait guère dû remédier à l'erreur initiale : l'emplacement de cette cité avait été mal choisi. La rivière la plus proche se trouvait à quarante kilomètres, ce qui signifiait que les réserves d'eau potable étaient toujours limitées. Deux des hommes d'Oster étaient déjà tombés malades d'avoir bu de l'eau locale.

Et puis il faisait froid, bien plus froid qu'ils ne s'y étaient attendus, ce que Berlin aurait dû savoir, estimait Oster, étant donné que Shimran, la partie nord de Téhéran, était construite sur les pentes d'une montagne haute de plus de quatre mille mètres. Toutefois, mis à part le manque de vêtements chauds, tout s'était déroulé comme prévu.

L'Équipe Nord avait été parachutée sur les premiers contreforts de la chaîne de l'Elbourz, au nord-est de Qazvin, où elle avait été accueillie par des membres de la tribu Kashgai, l'épine dorsale du mouvement de résistance locale à la domination conjointe des Britanniques et des Russes sur l'Iran. L'équipe avait passé la première nuit dans la campagne, en se cachant dans une forteresse, jadis le repaire de montagne des Hashishiyuns, une très ancienne secte ismaélienne mieux connue en Occident sous le nom de secte des Assassins. Ce nom semblait approprié, songea Oster, d'autant que le commerce des Kashgai, qui pour la plupart fumaient du haschich à toute heure de la journée, était celui de la morphine. Les Kashgai avaient paru sincèrement ravis de recevoir les armes, l'or et les pistolets en or que l'Équipe Nord avait apportés avec elle d'Ukraine. Oster trouva ces hommes sournois et redoutables et, cette première nuit, dans les ruines de la forteresse, il s'était plus ou moins attendu à se réveiller la gorge tranchée par l'un de ces indigènes intoxiqués et patibulaires. Il avait dormi par à-coups, la main tenant fermement son Mauser, sous le havresac qui lui tenait lieu d'oreiller. Il était difficile de croire que ces hommes, vêtus comme les quarante voleurs d'Ali Baba, avaient pu faire cause commune avec l'Allemagne nazie.

Ebtehaj, immense et barbu, des épaules d'ours et sentant fort le liniment, constamment occupé à rouler les grains d'un chapelet entre ses doigts aussi épais que des cordes, expliqua à Oster ce qui avait poussé les Kashgai à l'aider, ses troupes et lui. C'était le lendemain de son arrivée et, au bout de deux heures de marche dans les montagnes, l'équipe avait rendez-vous avec les deux camions qui devaient les conduire pour l'étape suivante de leur périple, un trajet de plus de cent kilomètres, vers le sud-ouest, jusque dans Téhéran.

« Ce n'est pas tant que nous soyons pour l'Allemagne, lui avoua-t-il, mais nous sommes surtout contre les Britanniques et les Russes. L'Allemagne ne s'est jamais immiscée dans les affaires de la Perse. En revanche, pour les deux autres, tout le jeu consiste à savoir qui aura la mainmise sur le pétrole. Les Britanniques sont ici depuis la dernière guerre. Mais ils sont venus en force en 1941, pour protéger le cul des Russes. Ils ont déposé le shah, ils l'ont envoyé en exil et ils ont transformé son fils, le prince héritier Reza Pahlavi, en une marionnette à leur solde. L'ambassade d'Allemagne a été fermée. Tous les Perses pro-allemands ont été arrêtés et emprisonnés sans procès à Sultanabad, y compris le Premier ministre. Mais le vrai chef de l'opposition,

Habibullah Nobakht, est parvenu à s'enfuir et maintenant, il mène la guerre contre les convois de camions.

» Voyez-vous, capitaine, la Perse est une nation des plus indépendantes. Oui, c'est vrai, son territoire a été envahi maintes fois. Mais l'envahisseur est toujours entré, il a pillé, et ensuite il est reparti. Personne ne s'éternisait ici, cela ne valait pas la peine. Pourquoi seraient-ils restés ? La Perse est un pays désertique. Mais c'était avant le pétrole, naturellement, et avant que la Russie ne s'aperçoive qu'elle disposait là d'une porte de service par où recevoir les approvisionnements expédiés par les Américains. Et c'est pourquoi vous nous trouvez ici, maintenant.

» Les Britanniques et les Russes nous certifient qu'ils ne s'immisceront pas dans les affaires de la Perse, après la guerre, mais ils gouvernent leurs zones respectives comme s'il s'agissait de provinces indépendantes de leur empire. Les Russes font de nous leur fosse d'aisance, ils nous envoient tous leurs prisonniers polonais et leurs Juifs. Jamais nous n'avons vu autant de monde venir en Perse. Peut-être deux cent cinquante mille hommes. Et ces Polonais, ils apportent avec eux toutes sortes de maladies. Toutes sortes de problèmes. Pourquoi les envoyer ici ? Si la Pologne est l'alliée de la Russie, alors pourquoi ne pas les garder en Russie ? Ce sont des Slaves, pas des Perses. Mais personne n'écoute. » Le lutteur s'esclaffa. « Parfait, alors, nous avons les moyens de remédier à tout cela, non ? Nous allons tuer Staline, Churchill et Roosevelt, et peut-être nous laisseront-ils tranquilles. Ensuite nous supprimerons tous les Polonais. Après cela, la Perse appartiendra bel et bien aux Perses. »

Les camions avaient acheminé l'Équipe Nord dans le bazar de Téhéran, une cité dans la cité, un labyrinthe de rues et de ruelles. Chaque rue s'était spécialisée dans le commerce d'une denrée ou d'un produit, et le lutteur les conduisit à la rue des tapis, où il avait pris ses dispositions pour les installer à l'intérieur d'une manufacture désaffectée. Encore remplie de tapis, elle se révéla tout à fait confortable. On leur apportait leur nourriture. Leur premier repas chaud en Iran avait été composé de pain et d'un épais ragoût, le *dizi*, avec du thé servi dans un samovar qui donna le sentiment aux Ukrainiens d'Oster d'être chez eux. Peu importait, car Ebtehaj lui avoua qu'à son avis, Berlin avait commis une erreur en envoyant des Ukrainiens pour cette mission. Ses frères Kashgai tendaient plutôt à les considérer comme des Russes, et il fallut un certain temps à Oster pour convaincre le lutteur que les Ukrainiens étaient non seulement différents des Russes, mais qu'ils avaient aussi davantage de raisons de haïr ces derniers que quiconque.

Un mercredi matin, le lutteur accompagna Oster à l'entrée principale du bazar, où ils furent accueillis par l'un des agents allemands présents à Téhéran. Oster portait un costume noir et une casquette. Comme la plupart des hommes de la ville portaient le pantalon à l'européenne, la veste courte et le chapeau à la Pahlavi, il ne détonnait pas. Oster en savait très peu sur son contact, Lothar Schoellhorn, si ce n'est qu'il avait géré jadis une académie de boxe à Berlin et qu'il avait opéré comme assassin pour le compte de l'Abwehr, pendant un temps, avant de prendre son poste en Perse. Oster s'était plus ou moins attendu à rencontrer un voyou, au lieu de quoi il se retrouva devant un homme d'une érudition et d'une culture considérables, qui émettait des opinions tranchées sur sa ville d'adoption. Depuis la porte du bazar, les trois hommes marchèrent au nord, et prirent la rue Ferdosi en direction de l'ambassade britannique.

« C'est un endroit décevant, Téhéran, fit Schoellhorn. D'un point de vue architectural, en tout cas. La partie moderne est assez française et, de ce fait, quelque peu prétentieuse. Comme des Champs-Élysées du pauvre. Même le Majlis… c'est le parlement iranien… n'a rien de si distingué. Seul le bazar conserve un peu de l'ancienne Téhéran, qui était absolument orientale. Tout le reste a été modernisé dans la médiocrité, j'en ai peur. Il y a bien une mosquée ici ou là, comme de juste. Mais c'est à peu près tout.

» En hiver, il fait bien trop froid, et bien trop chaud en été, et c'est pour cette raison que les Britanniques et les Américains y entretiennent deux ambassades. Pour l'heure, les Britanniques sont dans leur ambassade d'hiver, que vous allez voir à l'instant. C'est un bâtiment un peu délabré qui a été construit, et mal, par le ministère iranien des travaux publics, il y a bien des années. Se fiant aux Perses comme ils s'y fient, c'est-à-dire fort peu, les Anglais maintiennent toujours une petite escorte d'infanterie indienne, pour la protection de l'ambassadeur. Ici, et dans leur ambassade d'été, à Gulheh. Il serait mal venu d'attaquer la mauvaise ambassade », ajouta-t-il en souriant.

Oster lança un regard autour de lui, inquiet à l'idée que quelqu'un ait pu entendre.

« Oh, il n'y a rien à craindre, cher ami. C'est vrai, la ville grouille d'agents du NKVD, mais franchement, un aveugle les verrait arriver. Aucun d'eux ne parle le farsi, et même dans leur zone d'occupation, au nord de la capitale, ils n'emploient ni police ni gendarmerie persanes. Ce qui ne contribue pas à leur efficacité. Ailleurs, la loi et l'ordre sont le pré carré des Britanniques et des Américains. Nous devrons nous montrer un peu prudents avec les premiers, je pense. Mais les

Américains ignorent tout des Perses et réussissent à maintenir l'ordre uniquement parce qu'ils ne sont pas encore aussi détestés que les Russes ou les sujets de Sa Majesté. Le type à la tête de la police américaine, un général du nom de Schwarzkopf, a longtemps été le récitant d'une émission policière à la radio… vous imaginez ? Ce même Schwarzkopf était aussi le *Dummkopf*[1] qui a mené l'enquête dans l'affaire du kidnapping du fils Lindbergh, et vous vous souvenez peut-être du gâchis qui en a résulté… et comment on a monté de toutes pièces une accusation contre un Allemand, pour le meurtre de cet enfant. »

Schoellhorn ralentit un peu le pas, car ils arrivaient en vue d'une grande barrière habillée de fil de fer barbelé qui les empêchait d'avancer plus loin. Derrière cette barrière étaient stationnés deux véhicules blindés et des hommes de troupe, des Indiens portant l'uniforme britannique.

« Au-delà de cette barrière et de ces arbres, ce sont les ambassades britannique et russe, expliqua Schoellhorn. Elles sont séparées par une ruelle, mais le mur d'enceinte de la légation britannique est percé d'une étroite porte en osier, où une sentinelle est en général postée la nuit, et qui constitue votre meilleur point d'accès. Un plan de l'enceinte britannique vous sera fourni, mais de l'autre côté du mur, vous trouverez quantité d'arbres et de buissons où vous aurez loisir de vous cacher. Il y a là une longue véranda, où court une balustrade, sur toute la partie est de la légation, et il est probable que les Trois Grands s'installeront juste derrière les portes-fenêtres. Côté ouest, ce sont les écuries et les dépendances qui n'accueillent pas des chevaux, mais les troupes chargées de garder la légation. Comme

_____

1. Dummkoph : imbécile.

je vous l'ai dit, ce sont surtout des Indiens. Ou, pour être plus précis, des Sikhs. Ils sont assez courageux, cela ne fait pas de doute. Mais je dirais qu'ils ne sont pas trop friands des bombardements, du moins c'est ce qu'a voulu me laisser entendre l'un de mes amis du Bureau britannique de relations publiques, ici, à Téhéran. Une bombe a explosé dans la cité voici quelques mois, et les Sikhs ont cavalé, à ce qu'on m'a dit. À la minute où nos bombardiers lâcheront leurs munitions, ils vont certainement détaler.

— Et qu'en est-il de la légation russe ? demanda Oster.

— Elle grouille de Popovs. Un dans chaque arbre. Même les serveurs sont des agents du NKVD. Projecteurs, chiens, nids de mitrailleuses. Le bâtiment vient de subir une rénovation en profondeur. Un nouveau bunker à l'épreuve des raids aériens, à ce qu'il semble. » Schoellhorn alluma une cigarette. « Non, il n'est pas plus mal que votre cible soit la légation britannique. À première vue, je doute que Churchill envisage même l'éventualité de se faire assassiner. Pourtant, il y a un élément qui fait de la légation britannique l'endroit le plus sûr de Téhéran.

— Ah ? Et ce serait ?

— L'eau. Les Britanniques pompent leur eau depuis une source très pure dans les montagnes, au nord. Ils la vendent même aux Russes. J'ai même pensé que vous devriez intégrer cet élément à votre plan. Voyez-vous, tous les matins, une voiture-citerne russe, et une autre, américaine, se présentent là-bas pour faire le plein d'eau. Mais enfin, si la Luftwaffe se met à bombarder les lieux, vous n'aurez guère envie de vous trouver à l'intérieur des murs de la légation.

— Juste, approuva Oster, souriant de toutes ses dents. En plus, si nous réussissons à tuer les Trois

442

Grands, ce ne sera pas de l'eau que je boirai, mais du champagne. Hein, Ebtehaj ? »

Le lutteur s'inclina discrètement, avec obséquiosité.

« Hélas, l'alcool est interdit aux musulmans », lui rappela-t-il.

Oster sourit poliment et, par-delà l'épaule robuste du lutteur, il fixa du regard l'écran mauve des montagnes couronnées de neige, qui s'étendaient derrière la ville. Il ne serait pas aisé de sortir de Téhéran, surtout après un assassinat en règle, songea-t-il, et subitement, il se sentit très loin de chez lui.

Ils regagnèrent le bazar où, au milieu des mosquées, des échoppes et de la foule, Ebtehaj parut se détendre un peu. La diversité des articles vendus en ces lieux stupéfia Oster : du cuivre, des reliures de livres, des drapeaux, de la confection pour hommes, des selles, du fer-blanc, des couteaux, de l'ébénisterie et des tapis. À une ou deux reprises, il s'arrêta pour jeter un œil sur un article, jugeant que ne pas s'arrêter du tout risquerait d'éveiller les soupçons. Il y eut même un moment où ils dégustèrent un café au Café Ferdosi, de sorte qu'une fois de retour dans l'ancienne fabrique de tapis, Oster se sentait un peu mieux disposé envers la Perse et les Persans. Cette sensation ne dura pas longtemps. Dès que les trois hommes entrèrent dans la manufacture, l'un des hommes de la tribu kashgai vint vers Ebtehaj d'un pas vif et lui glissa quelques mots qui laissèrent le lutteur très inquiet.

« Que se passe-t-il ? demanda Oster à Schoellhorn.

— Nous aurions capturé un espion », lui expliqua l'Allemand.

Dans le fond du hangar, assis par terre et ligoté à un vieux métier à tisser, il y avait un homme vêtu à l'occidentale, l'air terrorisé.

« Qui est-ce ? » s'enquit Oster.

Les Untersturmführer Schnabel et Shkvarzev se détournèrent du prisonnier pour répondre à la question de leur chef.

« Il nous a expliqué qu'il était polonais, mon capitaine, commença Schnabel. Et qu'il était venu chercher un tapis. Il a plein d'argent liquide dans sa poche, prétendument pour régler cet achat. Mais il avait aussi ceci. » Schnabel montra à son supérieur un pistolet semi-automatique.

« C'est un Tokarev TT, commenta Shkvarzev, en décollant une cigarette du coin de sa bouche ourlée de barbe. Fabrication russe. Mais voici le principal. » Il prit le pistolet des mains de Schnabel, fit coulisser le magasin de la crosse de l'arme et, du pouce, délogea l'un des projectiles pour le faire rouler dans sa paume, afin qu'Oster puisse l'examiner de plus près. « Ce sont des munitions Mauser. Fabrication allemande, et une balle à tête plate. Limée, pour que l'orifice d'impact soit plus large. Histoire de compliquer l'identification de la victime. C'est une procédure standard du SMERSH.

— Du SMERSH ? s'écria Schoellhorn en plissant le front. Qu'est-ce que c'est ?

— C'est un acronyme russe, lui expliqua Shkvarzev. Cela signifie "mort aux espions". Le SMERSH, c'est la section contre-espionnage du NKVD, la brigade d'assassins à la solde personnelle de Staline. »

Oster soupira et regarda Schoellhorn, puis Mehdizadeh.

« Nous allons devoir trouver un autre endroit. Pouvez-vous nous organiser ça ?

— Ce ne sera pas facile, admit Mehdizadeh. Rien que pour dénicher cette fabrique, cela nous a pris du temps. Mais je vais voir ce que je peux vous proposer, dit-il, et il s'en alla.

— Qu'allons-nous faire de lui ? demanda Schnabel, en pointant le prisonnier du doigt.

— Nous n'avons pas le temps de l'interroger convenablement, répondit Oster. Nous allons devoir le tuer et le laisser ici, c'est tout.

— Au contraire. » Shkvarzev était tout sourires. « Nous avons largement le temps de l'interroger. Convenablement ou pas convenablement, au bout du compte cela revient au même. En cinq minutes, je peux m'arranger pour que ce gaillard avoue le meurtre de Trotski, si c'est ce que vous voulez. »

Oster avait la torture en horreur, mais il ne l'ignorait pas, il n'y avait aucun autre moyen d'être sûr de ce que les Russes savaient déjà.

« Très bien, répliqua-t-il à Shkvarzev. Allez-y. Mais n'exagérez pas. »

Les tapis fabriqués dans cette manufacture étaient tous tissés de laine, à la main. Le produit fini était en général couché sur le sol, et on aplanissait les moindres accrocs ou petites imperfections avec un fer très lourd, rempli de charbons ardents tirés du feu. Dès que l'agent du SMERSH vit que les Ukrainiens avaient l'intention d'appliquer le fer chaud sur ses pieds nus, il se mit à livrer quelques informations. Les hommes de Shkvarzev parurent même désappointés de ne pas avoir l'opportunité d'infliger quelques souffrances à un ennemi détesté.

« Oui, oui, d'accord, je vais tout vous raconter, bredouilla l'homme, et les mots se bousculaient dans sa bouche. Je rôdais dans le bazar, dans l'espoir de trouver quelque chose. À Téhéran, tout le monde est au courant, c'est là que la résistance a son épicentre, donc je me suis dit, ce pourrait être le bon endroit pour vous trouver.

— Que voulez-vous dire : "nous trouver" ? lui demanda Oster.

— Vous êtes l'équipe de parachutistes allemands. L'un de vos Kashgai est venu au siège du SMERSH, rue Syros, pour nous annoncer que deux équipes de SS avaient atterri quelque part à l'extérieur de la ville. Pour la conférence des Trois Grands. Il nous a vendu cette information. Nous avons déjà pincé la première équipe, non loin des installations radars de l'aéroport. Et d'ici à ce que l'on vous arrête, vous aussi, c'est juste une question de temps.

— La radio, tout de suite, lança Oster à Schnabel. Voyez si vous pouvez contacter von Holten-Pflug, s'il n'est pas déjà trop tard. Et mieux vaut rester bref, pour le cas où ils essaieraient de nous détecter à la gonio.

— Qui est ton patron ? lui demanda Shkvarzev.

— C'est le colonel Andrei Mikhalovits. Enfin, c'était… maintenant, un nouveau type est aux commandes. Un Juif de Kiev. Le brigadier-général Mikhail Moisseevitch Melamed.

— Je le connais, grogna Shkvarzev. Il est commissaire à la sécurité d'État, troisième classe, et c'est l'officier du NKVD le plus détesté de toute l'armée Rouge.

— C'est lui, déclara le prisonnier. Bien sûr, pas moyen de savoir s'il sera encore en poste d'ici la fin de la semaine. L'adjoint de Beria, le général Merkulov, arrive demain. Et ensuite son secrétaire, Stepan Mamulov. Beria en personne va venir ici, lui aussi, d'après mes informations.

— Combien d'hommes du NKVD sont déjà stationnés à Téhéran, à l'heure qu'il est ? demanda Shkvarzev.

— Au moins deux cents. Et nous avons reçu environ trois mille hommes de l'armée Rouge, depuis la fin octobre. Commandés par Krulev.

— Et d'autres officiers, à votre connaissance ?

— Arkadiev, le commissaire soviétique à la sécurité d'État. Et le général Avramov, du bureau de la zone Proche-Orient. Ils sont arrivés ici pour rafler les derniers suspects pro-allemands. Environ trois cents Polonais. Arrêtés en Pologne, pour la plupart. Ils ont été abattus, ajouta-t-il froidement. Dans la caserne russe, au nord de la ville, à Meshed.

— Quel était le nom du Kashgai qui vous a révélé le parachutage de l'équipe allemande en Iran ? lui demanda Oster en russe.

— Je l'ignore. » Le prisonnier glapit quand un Ukrainien lui plaqua brièvement le fer brûlant contre la plante du pied gauche. « Oui, très bien, je le sais. Il s'appelle Mehdizah. »

Schoellhorn lâcha un juron sonore.

« Mehdizah, c'est un des lutteurs ! s'exclama-t-il. Il était censé veiller sur l'Équipe Sud.

— Et qu'en est-il de notre lutteur à nous ? s'enquit Oster. Herr Ebtehaj. Et s'il trempait aussi là-dedans ? C'est peut-être lui qui a renseigné notre ami du SMERSH ici présent. Peut-être va-t-il revenir ici, avec l'armée Rouge.

— Non. Il aurait déjà eu mille fois l'occasion de nous trahir. Alors pourquoi ne l'a-t-il pas déjà fait ?

— Si vous me permettez, répliqua Oster en pesant ses mots, tout ceci est très loin du tableau que vous me dépeigniez tantôt. Quand vous prétendiez qu'un aveugle repérerait un agent du NKVD.

— Êtes-vous en train de suggérer que je serais un traître, moi aussi ? s'indigna Schoellhorn.

— Je ne sais pas ce que je suggère. Bon Dieu, quel foutoir. » Il sortit son Mauser « manche à balai » du baudrier qu'il portait sous sa veste et entreprit de visser un silencieux à l'extrémité du canon. « Je souhaiterais

447

juste que ce salopard de Schellenberg soit ici pour voir ça. Ce serait la dernière chose au monde qu'il verrait. Cela, je puis vous le promettre. »

Oster se campa devant le prisonnier, avec son arme désormais réduite au silence toujours pointée vers le sol, parallèle à sa jambe de pantalon.

« Je vous ai dit tout ce que je savais », implora le Polonais, la gorge sèche.

Oster sourit tristement et tira sur l'homme, trois fois, dans le crâne et à la face.

Shkvarzev hocha la tête, l'air approbateur. Il s'était demandé de quelle trempe était le capitaine allemand, s'il aurait assez d'estomac pour tuer, et maintenant il savait. C'était une chose que d'abattre un homme dans une fusillade, avec un fusil ou une mitraillette. Mais c'en était tout à fait une autre que de le tuer de sang-froid, quand il vous regardait droit dans les yeux. Cet Allemand avait cette trempe-là, maintenant, c'était clair, et tandis qu'Oster enclenchait la sécurité de son Mauser et dévissait le silencieux, Shkvarzev alluma une cigarette et la lui tendit.

« Merci », fit l'officier allemand et, plantant la cigarette entre ses lèvres, il tira dessus à fond, tout en rengainant son pistolet. « Avez-vous pu atteindre l'Équipe Sud ? demanda-t-il à Schnabel.

— Non, mon capitaine. Apparemment, je n'arrive à établir aucun contact avec eux. En revanche, j'ai bien reçu un message de Berlin. On nous ordonne d'abandonner.

— Quoi ? » De fureur, le visage d'Oster se décomposa. « Demandez confirmation.

— J'ai déjà demandé. »

Shkvarzev soupira.

« Alors c'est comme ça, hein, lâcha-t-il. On abandonne.

— Pas question, siffla Oster. Je ne me suis pas appuyé tout ce chemin pour faire que dalle. Si je dois mourir dans un camp de travail soviétique, qu'au moins ce soit pour une foutue bonne raison. » Il tira une longue bouffée de sa cigarette et l'expédia d'une chiquenaude à la tête du mort. « Comment vous le sentez, vous autres ? »

Shkvarzev eut à peine à consulter ses hommes du regard.

« On le sent comme vous. Pour avoir une chance de tuer Staline, nous ne reculerions devant rien. Rien.

— Mais sans ces bombardiers Junkers, souligna Schoellhorn, et sans l'Équipe Sud, que pouvez-vous faire ?

— Et si, finalement, rien de tout cela ne comptait, murmura Oster.

— Que voulez-vous dire ? s'étonna Schoellhorn.

— Je me demande si votre plan ne me plaît pas davantage.

— Mon plan ?

— Nous sommes à la fois trop et trop peu, poursuivit Oster. C'est le défaut du plan de Schellenberg. Trop nombreux pour ne pas nous faire remarquer d'ici mardi prochain. Et pas assez pour affronter trois cents enfoirés de Russes. Mais deux hommes avec une voiture-citerne pourraient s'acquitter de cette tâche. On peut cacher n'importe quoi, dans une voiture-citerne. Des mitraillettes. Une bombe. » Oster regarda Shkvarzev. « Que nous faut-il pour fabriquer une bombe de taille convenable, Shkvarzev ?

— Voilà qui est parlé. » L'Ukrainien alluma une cigarette et réfléchit à haute voix : « Une espèce d'engrais au nitrogène, assez chargé en acide nitrique. Un agent de nitration pour confectionner un composé de glycérine avec de l'acide nitrique... du sucre, de la sciure, du lard, de l'indigo, du liège, voilà des agents de nitration que l'on trouve facilement. Quelques grenades, un peu de mercure, et de l'alcool éthylique pour fabriquer un détonateur fiable. Et un réveil avec des piles, en partant du principe que vous ne serez pas sur place quand ce machin sautera.

— Sauriez-vous fabriquer une bombe de ce type ? »
Shkvarzev cracha par terre, puis il sourit.

« Un jeu d'enfant.

— Alors c'est réglé. Dès que nous aurons trouvé un autre endroit où nous serons en sûreté, vous vous occuperez de me fabriquer une bonne grosse bombe. »

22

MERCREDI 24 NOVEMBRE 1943
LE CAIRE

Dans la lumière précoce de l'aube égyptienne, je me glissai hors du lit d'Elena et je sortis sur le balcon. Au-delà du chaos envahissant des toits de Garden City, on parvenait à discerner le Nil, jusqu'à l'île fluviale de Zamalek et au Gezira Sporting Club, où Elena et moi avions dîné à peine quelques heures plus tôt.

Le Gezira semblait tout droit sorti du mélo de guerre et d'aventures tourné en 1939, *Les Quatre Plumes blanches*, un club si guindé que c'en était presque douloureux, et la raison qui avait incité Elena à choisir cet endroit me laissait encore perplexe. C'était comme de voir l'empire britannique conservé dans de la gelée. Tout le monde était en uniforme ou en tenue de soirée, ou une combinaison des deux. Un petit quintette jouait de la musique britannique, populaire et monotone, des hommes au visage rubicond et des femmes à la peau rose glissaient sur la piste de danse en traînant les pieds. Les seuls individus à la peau sombre tenaient des plateaux en argent ou des serviettes en écharpe sur l'avant-bras. Chaque fois qu'Elena me présentait quelqu'un, je flairais un léger parfum de snobisme.

Il y avait une seule personne que je fus content de voir. L'ennui, c'est que le colonel Enoch Powell me croyait impatient de reprendre notre discussion philosophique, et il me fallut un sacré bout de temps pour réussir à l'orienter vers un sujet de conversation susceptible de m'intéresser davantage.

« Connaissez-vous un colonel polonais du nom de Wlazyslaw Pulnarowicz ? » lui demandai-je.

Powell eut l'air surpris.

« Pourquoi me demandez-vous cela ?

— Je l'ai rencontré hier soir. À un dîner. Je pense avoir abordé le personnage par le mauvais côté. Depuis lors, on m'a signifié qu'il était de ces hommes à ne pas contrarier.

— Ce fut aussi mon impression, m'avoua Powell. Une nature très impitoyable. Puis-je vous demander si votre différend avec Wlazyslaw Pulnarowicz avait un lien avec la philosophie ? »

Estimant qu'avec Enoch Powell, mieux valait s'écarter en bloc du sujet philosophique, je secouai la tête.

« En fait, cela tournait plutôt autour des mérites… ou de l'absence de mérites… de l'Union soviétique. Le colonel a une opinion très noire des Russes. Et de Staline en particulier. Je pense que Pulnarowicz perçoit le dirigeant soviétique comme une espèce de moderne Hérodote, si vous voulez. "Le petit père de tous les mensonges modernes", je crois que c'était sa formule. »

Powell eut un sourire pincé.

« Si vous vous inquiétiez de l'éventualité de voir le colonel vous chercher noise, je puis vous tranquilliser l'esprit à ce propos, si j'ose m'exprimer ainsi. C'est regrettable, mais le colonel Wlazyslaw Pulnarowicz a trouvé la mort, tard dans l'après-midi. L'avion à bord duquel il volait a été abattu quelque part dans le nord de la Méditerranée. Il était en mission secrète, vous comprenez. En conséquence, de par mes obligations, je crains fort de ne pouvoir vous en dire davantage. »

Je laissai échapper un soupir de soulagement et de surprise mêlés. Et je ne m'aperçus pas tout de suite que Powell avait changé de sujet, et contestait déjà ma description d'Hérodote.

« Hérodote commet simplement l'erreur commune à tous les historiens, reprit-il. À savoir qu'il n'était pas présent sur les lieux et qu'il se repose souvent sur des sources peu fiables. Après la fin de cette guerre, ne croyez-vous pas qu'il sera intéressant de lire les nombreux mensonges qui seront proférés au sujet de qui a fait quoi et quand et pourquoi, de ce qui fut accompli, et de ce qui ne le fut pas ? Si Dieu ne peut altérer le passé, les historiens, eux, en sont capables et, à cet égard, ils remplissent une fonction utile. Et qui sait, c'est peut-être ce qui Le persuade de tolérer leur existence.

— Oui, je suppose », fis-je d'un ton vague.

Powell avait dû percevoir mon soulagement à l'annonce de la mort de Pulnarowicz, et il revint sur le sujet.

« Wlazyslaw Pulnarowicz était un bon soldat. Mais ce n'était pas un homme bon. Il est dans la nature de la guerre de nous placer dans une certaine promiscuité avec de bien curieux personnages. »

Maintenant, sur le balcon de la chambre d'Elena, je terminais ma cigarette, debout, en songeant qu'Enoch Powell ne croyait pas si bien dire. La femme dont je par-

452

tageais les draps était très probablement une espionne allemande. Il fallait que je vérifie si mes soupçons étaient justifiés. La voyant profondément endormie, je quittai le balcon et me glissai silencieusement hors de sa chambre. Je n'étais pas sûr de savoir ce que je cherchais, mais j'étais convaincu de reconnaître la chose si je l'avais devant les yeux.

Dans le majestueux escalier de marbre, je posai la main sur la balustrade en fer forgé et me penchai pour jeter un coup d'œil dans le vestibule. Mis à part le tic-tac de l'horloge de parquet et l'aboiement d'un chien vagabond quelque part dans la rue, la maison était plongée dans un silence de mausolée.

Au bout d'un long corridor, je franchis une porte et découvris une volée de marches conduisant à une buanderie, une cave à vins garnie de quelques millésimes de premier choix, et des pièces de rangement remplies pour l'essentiel de vieux tableaux. Il y avait là une ou deux toiles que je reconnus pour les avoir vues à son domicile berlinois, et quelques meubles Biedermeier d'aspect poussiéreux.

Je remontai au deuxième étage sur la pointe des pieds, où je m'assurai qu'Elena était toujours endormie, avant d'ouvrir les portes donnant sur d'autres pièces. Une porte à deux battants me révéla un escalier en pierre brute et, tout en haut, une autre ouvrait sur ce qui ressemblait à un appartement indépendant, avec salon, cuisine, chambre à coucher, salle de bains et bibliothèque. Il y avait même là une sorte de donjon, avec des barreaux aux fenêtres. L'endroit idéal pour enfermer à clef un prince fou – ou deux.

J'étais sur le point de renoncer à mes recherches et à regagner la chambre quand mon œil fut attiré par un livre sur l'un des rayonnages. C'était mon propre ouvrage, *De l'être empirique*, et, à ma grande surprise, je m'aperçus qu'il avait été studieusement annoté. Je ne compris pas ces annotations, qui étaient en polonais, mais je reconnus l'écriture d'Elena. Et pourtant, elle m'avait laissé entendre que mon livre avait dépassé ses capacités de compréhension. En soi, cela ne constituait la preuve de rien, sauf peut-être qu'elle se révélait beaucoup plus intelligente que je ne l'avais toujours supposé.

Mais ensuite, je remarquai une petite marque incurvée, dans le tapis, qui courait du coin de la bibliothèque vers le mur adjacent – comme si le meuble était régulièrement déplacé. Je le saisis par les côtés, je tirai doucement dessus, pour m'apercevoir que c'était aussi un panneau mobile.

J'avançai dans l'obscurité, derrière le panneau ouvert, et je perçus une odeur. C'était cette même odeur que j'avais remarquée dans le salon, l'après-midi de la veille. Cigarettes américaines, eau de toilette Old Spice et brillantine. Je tendis la main pour trouver un interrupteur et je découvris une pièce d'environ dix mètres carrés. Elle était meublée d'un fauteuil et d'une table sur laquelle étaient posées une lampe et une radio de marque allemande. Je reconnus ce poste immédiatement, car c'était l'un des premiers objets que l'on nous avait montrés lors de notre incorporation au sein de l'OSS, durant notre session de formation, à Catoctin Mountain. L'un des huit agents allemands arrêtés à Long Island en juillet 1942 était justement équipé d'une radio similaire. Il s'agissait de l'équipement en dotation standard au sein de l'Abwehr, une SE100/11 avec des commandes imprimées en anglais, à des fins de dissimulation. Le stratagème aurait pu tromper un civil, mais pas quelqu'un qui était du métier. Aux États-Unis, le seul fait de posséder un émetteur-récepteur suffisait à vous envoyer sur la chaise électrique.

Sur la table, devant la radio, était posé un petit Walther PPK automatique. Cela semblait indiquer qu'Elena ne plaisantait pas. Si c'était réellement son pistolet. Le parfum masculin de la pièce suggérait la présence d'un autre complice que le major Reichleitner. Je pris le pistolet. Je le retournai, le canon vers le sol, et j'éjectai le magasin de la crosse en plastique. L'arme était chargée, et l'inverse m'eût étonné. Je remis le magasin dans la crosse et reposai l'arme sur la table.

Je retournai un instant sur le palier, en haut de l'escalier de pierre, sur la pointe des pieds, pour m'assurer que ma vilaine petite mission restait clandestine. Et ce fut à peu près à ce moment-là que j'eus soudain la sensation d'être observé. Je restai là plusieurs minutes, avant d'en conclure que mon imagination me jouait des tours, et je regagnai la salle radio. Là, je tirai à moi une corbeille à papier en métal. Je la calai entre mes cuisses nues et je pris le temps d'en examiner le contenu. Ne pas avoir mis le feu aux feuilles de Cellophane destinées à favoriser la combustion de tous les messages envoyés ou reçus attestait un grand manque de vigilance. D'ordinaire, les agents de l'Abwehr, même ceux de Long Island, ne se montraient pas aussi négligents. Peut-être cette pièce secrète avait-elle inspiré à Elena un faux sentiment de sécurité, dans son activité d'espionne, au jour le jour. À moins que ce ne soit l'absence de fenêtre.

Je récupérai un message dans la corbeille, étalai le papier à plat sur la table, le parcourus du regard et le pliai pour le lire plus tard. J'étais sur le point de remettre la corbeille à sa place, sous la table, quand quelque chose attira mon attention.

C'était un paquet de Kool, vide. Kool était une marque de cigarettes américaines mentholées que ni Elena ni moi ne fumions. Fumer des Kool, c'était comme de fumer du chewing-gum. Plus intéressant encore, c'était ce que je trouvais écrasé dans le paquet vide. Une pochette d'allumettes avec une seule allumette à l'intérieur. La pochette provenait de l'hôtel Hamilton, à Washington. L'hôtel Hamilton était situé sur Franklin Park, où l'on avait découvert le corps de Thornton Cole. Retrouver cette pochette dans la même pièce qu'une radio SE100 me dispensait de rechercher d'autres preuves : l'homme qui avait tué Cole, et très vraisemblablement Ted Schmidt, avait occupé la chaise même où j'étais assis.

Tout ce que j'avais à faire, c'était d'en informer Reilly. Ensuite, il pourrait s'arranger avec les Britanniques pour placer les lieux sous surveillance, jusqu'à ce que l'agent allemand se montre à nouveau. Je subtilisai les pièces à conviction – le message en texte clair, le paquet vide de Kool, la pochette d'allumettes de l'hôtel Hamilton – et je sortis de la salle radio. Je savais que je ne pouvais guère attraper cet espion sans condamner Elena aussi.

J'éteignis la lumière, refermai le panneau de la bibliothèque et retournai dans la chambre. En la voyant remuer sous le drap, je fis semblant de sortir un paquet de cigarettes de la poche de ma veste.

« Qu'est-ce que tu fais ? me demanda-t-elle en s'asseyant.

— Je passe juste à la salle de bains, dis-je en allumant une cigarette. Rendors-toi. »

Je refermai la porte derrière moi, je m'assis sur la lunette des toilettes et je dépliai le message en texte clair, intitulé OPÉRATION WURF. En allemand, *wurf* correspondait au verbe « lancer », mais, au sens figuré, cela signifie aussi « succès », « coup gagnant », « coup de chance », et même « action décisive. » Le message, adressé à un dénommé Brutus, était court, et son contenu évoquait l'idée d'une forme d'action décisive. Je le relus plusieurs fois, avant de le replier soigneusement et de le glisser dans mon propre paquet de cigarettes, avec la pochette d'allumettes de l'hôtel Hamilton. Puis je me levai, je tirai la chasse d'eau et retournai me coucher.

Je ne risquais guère de me rendormir. J'avais lu le message en texte clair de l'Abwehr. Et, alors que l'aube perçait, je me répétai encore et encore ce message dans ma tête. *Brutus peut procéder à l'assassinat de Wotan. Bonne chance.*

Je n'avais plus revu d'opéra de Wagner depuis un bon bout de temps, mais je me souvenais que Wotan était l'un des dieux de *L'Or du Rhin*. Cela semblait suggérer que Brutus, quelle que soit son identité, projetait de tuer l'un des Trois Grands. Mais certainement pas Roosevelt ou Churchill. Ni l'un ni l'autre ne me paraissait correspondre au personnage de Wotan. Non, seul l'un des Trois Grands semblait correspondre à ce profil, et c'était Joseph Staline.

Elena se réveilla quelques secondes et m'embrassa avec tendresse, avant de sombrer à nouveau dans le sommeil. Je pensais réellement compter pour elle. Je savais qu'elle comptait pour moi. Et je savais que je n'étais pas prêt à sceller son sort – peu importait qui elle était, ou ce qu'elle était. J'essayai de dormir un peu, dans l'espoir qu'en me réveillant je saurais quelle serait la juste conduite à tenir. Mais ce sommeil ne vint jamais. Et, après un petit moment, je ne vis plus d'autre manière d'avancer que celle à laquelle j'avais pensé d'abord. Je me glissai hors du lit et, avant de sortir de sa chambre, je pris l'une des photographies d'Elena avec le major Reichleitner, dans son album, pour preuve de ce que j'avançais.

Reichleitner en était au petit déjeuner quand le caporal Armfield me conduisit à sa cellule. Le major me salua fraîchement. Au début, j'eus tendance à attribuer son indifférence au fait qu'il n'avait pas terminé son petit déjeuner. J'allumai une cigarette et, en attendant qu'il me regarde dans les yeux, je me rendis compte qu'il s'était produit quelque chose. Et en effet, je le compris lorsque, regardant autour de moi dans la cellule, je vis les transcriptions Bride de Donovan empilées soigneusement sur la table, le travail de traduction en clair désormais achevé.

« Pour moi, maintenant, tout est clair », décréta Reichleitner. Il arborait un sourire supérieur que je jugeai contrariant, après tout ce que j'avais fait pour lui.

« Pourquoi n'avez-vous rien dit à personne ?

— Je n'hésiterai pas, croyez-le. Mais non, je voulais d'abord vous parler. Vous dire ce que j'exige en échange de mon silence.

— Et de quoi s'agirait-il ? » Je souris, son petit numéro me plaisant à moitié.

« Votre aide, pour m'évader. »

Cette fois, je ris.

« Il me semble que vous allez un peu vite en besogne, major. Après tout, j'ai besoin de connaître ce que vous croyez savoir, et comment vous croyez le savoir. Cartes sur table. Ensuite, le cas échéant, nous pourrons toujours conclure un marché.

— Très bien. Si vous voulez jouer la partie ainsi. » Reichleitner eut un haussement d'épaules et prit la liasse de papiers empilés sur la table. « Les Russes appellent cela un "paquet ouvert", commença-t-il. Il a beau être déchiffré, l'emploi de certains termes codés le rend encore difficilement compréhensible aux yeux du profane. Comment lire, et quoi ? Cela devrait être simple, mais ça ne l'est pas. En particulier, vous voudrez bien noter, je vous prie, la date de ce message :

8 octobre. Le document concerne une réunion qui a eu lieu à Londres. »

Je hochai la tête, plus ou moins certain à présent de savoir à quelle réunion il faisait allusion.

« LION signale dans son dernier BAGAGE qu'il a pris un PETIT DÉJEUNER à GLADSTONE avec un 26 dont nous savons qu'il a été anciennement un NOVA-TEUR pour SPARTE à TROIE durant l'année 1937. Nom de code CRÉSUS. VERSAILLES suggère mission de surveillance minimum, car CRÉSUS travaille désormais pour ORVILLE et STAMP, à titre spécial, et pourrait fournir HAVRESAC dans le futur. Lors de tout PETIT DÉJEUNER ultérieur, vous devrez insister sur le caractère désespéré de la situation à SPARTE et, si tout le reste échoue, vous devrez l'avertir que nous pourrions être amenés à évaluer la question de son 43. »

Reichleitner sourit. « LION, c'est le nom d'un agent, commenta-t-il. Et le PETIT DÉJEUNER désigne une réunion, c'est évident. GLADSTONE, c'est Londres. Un numéro 26 est une recrue potentielle pour le NKVD. Un NOVATEUR est un agent du NKVD en activité. SPARTE désigne la Russie soviétique, et Troie l'Allemagne nazie. CRÉSUS, c'est vous, j'imagine, car vous travaillez à la fois pour ORVILLE… autrement dit, pour Donovan, je suppose… et pour STAMP… qui désigne Roosevelt, ça, je le sais. HAVRESAC, c'est une information qui pourrait déboucher sur quelque chose de plus important. Un numéro 43 est synonyme de dernières volontés et de testament.

— Eh bien, ce passage sur les dernières volontés et le testament devrait vous dire quelque chose, major.

— Pas autant que le fait d'apprendre votre position de NOVATEUR pour SPARTE, dans le passé.

— "Dans le passé", la formule est essentielle. Par exemple, vous n'êtes plus, j'imagine, le nazi enthousiaste que vous étiez en 1933. Eh bien, en 1938, j'étais professeur invité à l'université de Berlin, et il m'est arrivé de me trouver en présence du docteur Goebbels. J'ai décidé à l'époque que le meilleur moyen dont je disposais pour m'opposer au nazisme serait de communiquer toutes les informations dont j'avais connaissance aux Russes. Sauf que tout ceci a pris fin quand j'ai quitté l'Allemagne pour rentrer aux États-Unis.

» Ensuite, il y a de cela quelques semaines, quand j'étais à Londres pour effectuer quelques recherches en vue d'un rapport sur le massacre de Katyn destiné au Président, je suis tombé sur quelqu'un que j'avais connu à Vienne. Un Anglais, un ancien compagnon de route du communisme, et qui travaille désormais pour le renseignement britannique. Et, à ce qu'il semblerait, d'après ce que vous venez de me dire, pour le renseignement russe également. Nous avons évoqué le bon vieux temps et cela s'est arrêté là. C'est du moins ce que je croyais, jusqu'à ce que le général Donovan me mentionne ces interceptions et ces manuels de codes. Naturellement, j'ai voulu savoir si je devais m'attendre à ce que le NKVD tente de renouer le contact avec moi. La seule raison qui les en empêche, je suppose, tient à mon départ de Washington, à mon absence de la capitale depuis le 12 novembre. Je doute qu'ils aient eu assez de temps devant eux.

» C'est égal, tout cela risquerait d'être embarrassant pour moi, si cela parvenait à la connaissance de Donovan et du Président, je ne peux pas le nier. Embarrassant et peut-être même compromettant. Je serais sans doute contraint de démissionner du service. Mais je ne me vois pas finir sur la chaise électrique, surtout pas pour des actes survenus avant que les États-Unis ne soient entrés en guerre avec l'Allemagne. Je ne pense même pas me retrouver en prison à cause de cela. Donc, non, je ne vous aiderai pas à vous évader. Je préfère courir ce risque. »

Je ponctuai ma tirade d'un sourire nonchalant. En réalité, je me sentais mieux, à présent que je connaissais le contenu de ces documents Bride.

« Et d'ailleurs, vous agirez de même. »

Reichleitner se rembrunit.

« Que voulez-vous dire ?

— Uniquement ceci. Que si vous décidiez de raconter ce que vous savez à Deakin ou à Donovan, il vaudrait peut-être la peine de garder à l'esprit que je ne serai pas le seul susceptible d'être arrêté pour espionnage. Il y a d'abord vous, pour commencer. N'oubliez pas, le major Deakin conserve toujours votre nom inscrit sur ses tablettes pour le peloton d'exécution. Et ensuite, il y a la petite dame. La version cairote de Mata-Hari. »

Je tendis à Reichleitner la photo extraite de l'album d'Elena.

« Elle a été prise voici tout juste quelques mois. À la soirée d'inauguration de l'Auberge des Pyramides. Mis à part les questions que cela soulève au sujet de votre présence à l'époque, à cet endroit, cela en soulève tout autant concernant Elena Pontiatowska. Voyez-vous, major Reichleitner, je suis au courant de la radio dans la petite pièce derrière la bibliothèque. Et cela, en soi, suffirait à lui réserver sa place devant le peloton d'exécution, juste après vous.

— Qu'avez-vous l'intention de faire ? me demanda l'officier allemand, la mine sombre.

— S'il ne s'agissait que de vous et d'elle et de ces menues bribes d'informations concernant ce que le SOE mijote en Yougoslavie, alors je serais enclin, je crois, à simplement prévenir Elena que je la suis à la trace. Qu'elle serait bien inspirée de cesser toute opération et de déguerpir du Caire vite fait. Voyez-vous, nous sommes bons amis. Qui sait, peut-être même bons amis comme elle et vous étiez bons amis. Cela, je l'ignore.

» Ce que je sais, c'est que l'on est confronté ici à une affaire plus grave qu'une petite activité d'espionnage. Beaucoup plus grave. Voyez-vous, je la crois impliquée dans un complot visant à assassiner Staline, à Téhéran. »

Je montrai à Reichleitner le message en clair récupéré dans la corbeille à papier de la pièce radio d'Elena et je lui livrai une partie de ma théorie certes un peu boiteuse, histoire de charger sa barque.

« Somme toute, quelle était l'idée implicite, dans toute cette affaire du dossier Beketovka ? S'en servir comme d'une espèce de justification a posteriori pour assassiner Staline ? Oui, cela pourrait fort bien fonctionner auprès de la presse mondiale. Staline était un tyran, un monstre, coupable de meurtres de masse. Il méritait de mourir, car Dieu seul sait combien d'autres êtres humains ont été mis à mort, sur ses ordres. Et en voici la preuve. Voici contre quoi l'Allemagne a toujours combattu. Ce type même de barbarie bolchevique. Et c'est pourquoi la Grande-Bretagne et l'Amérique ont combattu le mauvais ennemi. » Je hochai la tête. « Quand vous y réfléchissez sous cet angle, ce n'est pas dénué de sens, loin de là.

— Pour vous peut-être, fit Reichleitner. Mais pas pour moi, j'en ai peur. Tout ceci m'est étranger. J'ignore tout d'un complot visant à assassiner Staline.

— Ah oui ? Alors qu'en est-il de cette photographie ? Elle prouve au moins que vous êtes déjà venu au Caire. En qualité d'espion.

— C'est vrai, je suis déjà venu ici. Mais pas en qualité d'espion.

— Je saisis. Vous étiez en vacances. » Je lui souris et je jetai ma cigarette sur le sol de la cellule. « Histoire de voir les pyramides, et ensuite retour à Berlin avec quelques cartes postales cochonnes et deux ou trois souvenirs de quatre sous. »

Reichleitner ne répondit rien. Sa bouche avait un rictus d'amertume. Mais j'étais à bout de patience. Je l'attrapai par le gilet et je le plaquai violemment contre le mur de la cellule.

« Allez, Max, espèce d'abruti, hurlai-je. Il n'y a pas que votre carcasse qui risque le peloton. Celle d'Elena aussi. À moins que vous ne soyez trop crétin pour vous en rendre compte ?

— Très bien. Je vais vous dire ce que je sais. »

Je le relâchai et je reculai. Il se laissa lourdement choir sur le sol et alluma une cigarette.

« Depuis le début, dis-je. Quand vous serez prêt.

— J'interviens sur ce théâtre d'opérations depuis un certain temps. À Ankara et au Caire, essentiellement. Mais je ne suis pas un espion. Je suis un porteur de messages. J'ai été impliqué dans des négociations de paix secrètes entre Himmler, von Papen et les Américains. En particulier, avec un homme du nom de George Earle, qui est encore un autre représentant spécial du Président.

— Earle ? Qu'est-ce qu'il vient faire là-dedans ?

— Écoutez, je ne nie pas que le dossier Beketovka était destiné à saper les relations entre les États-Unis et les Soviétiques. Mais il n'a jamais été question d'assassinat. Tout au moins, pas à ma connaissance.

— Dans quelle mesure Elena est-elle au courant de ces activités ?

— Elle ne sait presque rien. Hormis l'existence d'un important document que j'étais prié d'aller récupérer en Allemagne. Et qui devait ensuite parvenir entre les mains du Président, par la voie la plus courte possible.

— Je suppose que c'est là que je vous étais bien utile », observai-je avec une sombre ironie.

Reichleitner secoua la tête, ne comprenant guère de quoi je voulais parler.

« Elle n'est qu'une espèce de chef de gare, c'est tout. Elle aiguille le premier Allemand venu, à sa descente du train, si j'ose m'exprimer ainsi. Sans poser de questions. Elle facilite juste la mission de tel ou tel.

— Telle semaine, un émissaire de paix, telle autre, un assassin, c'est cela ?

— Vous vous dites expert du renseignement allemand ? Alors vous devez savoir que l'Abwehr et le SD ont tendance à ne pas partager grand-chose en matière d'informations ou de plans opérationnels. Et aucun de ces deux services n'est jamais très disposé à tenir le ministre des Affaires étrangères ou la Gestapo informés de ce qu'ils préparent.

— Mais Himmler, lui, sait certainement ce qui se trame ?

— Pas nécessairement. Himmler et l'amiral Canaris ne s'entendent pas davantage que Canaris et Schellenberg. Ou que Schellenberg et Ribbentrop.

— Et vous. Comment vous inscrivez-vous dans ce tableau ?

— Je suis un SS. Avant la guerre, je faisais partie de la Kripo, la police criminelle. Et, comme je vous le disais, je ne suis qu'un porteur de messages entre Himmler, von Papen, et votre commandant Earle. J'ai rencontré Earle ici, au Caire, lors de mon dernier séjour. Vous pourriez sans doute le prier de confirmer ma version. Je ne suis certainement pas un assassin. » Reichleitner me rendit le message en texte clair émanant de l'Abwehr. « Mais il se pourrait que je sois en position de vous aider à le capturer. Ce Brutus. S'il existe vraiment.

— Pourquoi feriez-vous une chose pareille ?

— Pour venir en aide à Elena, évidemment. Si l'on tente de tuer Staline, alors cela risquerait de mal tourner pour elle. Je n'ai aucune envie qu'il lui arrive quelque chose. » Il marqua un silence. « Je pourrais la convaincre de coopérer, en vue de l'arrestation de Brutus. Ou simplement la persuader de nous révéler qui est cet homme. Qu'en pensez-vous ?

— Tout ceci après m'avoir avoué que vous aimeriez voir Staline mort.

— Je préférerais de beaucoup qu'Elena reste en vie. » Reichleitner posa un regard nostalgique sur la photographie de lui avec la princesse, qui était restée sur la table. « Je ne crois pas qu'elle ait vraiment le choix, si ce n'est celui de coopérer, pas vous ? Et qu'avez-vous à perdre ?

— Rien, probablement. C'est égal, j'aimerais y réfléchir. Devant un petit déjeuner. Je retourne à mon hôtel, dis-je, ayant consulté ma montre. Prenez un bain et avalez quelque chose, pendant que j'étudie votre proposition. Ensuite, je reviendrai ici et je vous ferai part de ma décision. »

À présent, il était clair à mes yeux que le major était très épris d'Elena – sûrement autant que je l'étais moi-même.

« Que vais-je faire de ces transcriptions ? s'enquit-il.

— Cela doit rester entre nous. Je ne vous ai rien dit. Mais brûlez-les. Ainsi que les manuels de codes. »

Pendant le trajet en taxi jusqu'à mon hôtel, je me demandai si je pouvais courir le risque d'informer Reilly et Hopkins de ma découverte. Quelle valeur accorder à la vie d'une femme dont j'étais épris, d'une femme qui, après tout, était une espionne allemande, face au destin du seul homme capable de mener la Russie vers une victoire à la Pyrrhus sur l'Allemagne, une victoire qui paraissait inévitable ? J'aurais certainement dû tout de suite tourner à l'angle du bâtiment de Grey Pillars, me rendre à la légation américaine et remettre toute l'affaire entre les mains des services secrets. Mais ensuite, je ne pouvais exclure l'éventualité qu'un de ces agents du Trésor soit Brutus, l'assassin potentiel. Il me fallait du temps pour réfléchir, et avec la conférence de Téhéran qui ne se tiendrait pas avant plusieurs jours, quelques heures de plus ou de moins ne me paraissaient pas devoir faire grande différence.

En descendant du taxi devant le Shepheard, je m'écorchai la main sur un gond en métal. Je l'enveloppai dans mon mouchoir et je regagnai ma chambre où je nettoyai la coupure avec un peu de teinture d'iode. Au Caire, il était déconseillé de négliger ce genre d'incident. Ensuite, je me rasai et je fis couler un bain. J'étais juste sur le point de me plonger dans l'eau tiède, quand on frappa à ma porte avec vigueur. En lâchant un juron, je m'enveloppai la taille d'une serviette de bain et j'ouvris la porte pour me trouver face à quatre hommes, dont deux Égyptiens, grands et minces, vêtus de l'uniforme blanc de la police locale. Les deux Européens qui les accompagnaient avaient le souffle court, comme s'ils avaient emprunté l'escalier. L'un des deux s'adressa à moi d'un ton poli, mais derrière ses lunettes à monture de métal, je décelai dans son œil un air mauvais.

« Êtes-vous le professeur Willard Mayer ?

— Oui. »

L'homme brandit un mandat de perquisition.

« Inspecteur Luger, monsieur. Et voici le sergent Cash. » L'inspecteur ne prit pas la peine de décliner l'identité des deux Égyptiens. Dans leurs uniformes blancs, ils ressemblaient à un duo de cure-pipes. « Pouvons-nous entrer, monsieur ?

— Tous les quatre ? » Mais les deux inspecteurs m'avaient déjà écarté pour investir ma chambre. Cash ne me regardait pas. Il regardait autour de lui.

« Jolie turne, fit-il. Très sympa. En fait, je n'étais jamais entré dans une chambre du Shepheard. Réservé aux officiers, voyez-vous.

— Il faut bien maintenir certains critères d'exigence, vous savez, répliquai-je, n'appréciant guère sa manière de me faire passer pour un criminel. Sinon, où en serait l'Empire ? »

Il tressaillit imperceptiblement et me fixa de son regard le plus glacial. Cela marchait peut-être avec les Égyptiens, mais cela ne marchait pas avec moi. Et puis il me sourit. Son sourire était terrifiant. Il était bardé de dents. De mauvaises dents. De dégoût, je me tournai vers Luger.

« Écoutez, que se passe-t-il ? J'étais sur le point de prendre un bain.

— Avez-vous passé la nuit dans cette chambre, monsieur ? me demanda-t-il.

— Non, je suis juste monté ici prendre un bain.

— Contentez-vous de répondre à ma question, professeur.

— Très bien. J'ai passé la nuit dans la maison d'une amie.

— Cela vous ennuierait-il de nous dire le nom de votre amie, monsieur ?

— Si vous jugez réellement que c'est nécessaire. La maison appartient à la princesse Elena Pontiatowska. Je ne me rappelle pas le numéro de la rue. Mais c'est dans Harass Street, à Garden City. » Tout en parlant, je vis le sergent Cash récupérer mon mouchoir ensanglanté et croiser le regard de Luger. « Écoutez, qu'est-ce que c'est que toute cette histoire ? Je suis membre

de la délégation américaine. Autrement dit, en mission
D-I-P-L-O-M-A-T-I-Q-U-E.

— Nous allons nous efforcer de ne pas trop abuser de votre temps si précieux, monsieur, me rétorqua
Luger. Quand avez-vous quitté la maison de la princesse. À peu près ?

— Tôt ce matin. Vers sept heures.

— Et vous êtes venu directement ici ?

— Non, en fait, je suis passé au quartier général de
l'armée britannique, à Grey Pillars. Pour une affaire
officielle. Mon chef, le général Donovan, peut se porter
garant de moi, si nécessaire. Tout comme Mike Reilly,
d'ailleurs, qui est le chef des services de protection du
Président.

— Oui, monsieur », fit Luger.

Cash reposa mon mouchoir sur la table avec précaution. Un peu trop précautionneusement pour mon goût.
Presque comme s'il prévoyait de le reprendre et de le
glisser dans une enveloppe marquée « Pièce à conviction ». C'était déjà assez pénible comme cela, mais
voilà qu'à présent il s'emparait de mon pantalon, sur
le dossier de la chaise où je l'avais jeté, et il en inspectait les poches. Au bord d'une doublure, il y avait une
tache de sang.

« Écoutez, je ne vous dirai plus un traître mot tant
que vous ne m'aurez pas expliqué ce qui se passe.

— Dans ce cas, monsieur, vous ne me laissez guère
le choix, soupira Luger. Willard Mayer, je vous arrête
sur présomption de meurtre. Comprenez-vous ?

— Qui a été assassiné, nom de Dieu ?

— Habillez-vous, monsieur, m'ordonna Cash. Mais
n'enfilez pas ce pantalon, hein ?

— Je me suis coupé. En descendant d'un taxi, il y a
environ une demi-heure.

— Je crains fort que ce ne soit au laboratoire d'en décider, désormais, monsieur.

— Écoutez, c'est un malentendu. Je n'ai tué personne. »

Luger avait trouvé mon baudrier et le Colt automatique qu'il contenait. En la tenant par le holster, il porta l'arme à son nez et la renifla d'une narine experte.

« Cette arme n'a pas servi depuis des mois, me défendis-je en enfilant d'autres vêtements. J'aimerais que vous m'expliquiez de quoi il s'agit. Est-il arrivé quelque chose à Elena ? »

Les deux inspecteurs m'escortèrent vers une grosse voiture noire garée devant l'hôtel, et aucun d'eux n'ouvrit la bouche. Nous roulâmes plein sud, vers la Citadelle, un bastion vieux de plusieurs siècles qui, avec ses minarets aussi effilés que des aiguilles, était sans doute le monument le plus spectaculaire et le plus théâtral de tout l'horizon des toits cairotes. Contournant la Citadelle, nous y pénétrâmes par l'arrière, un niveau plus haut, puis nous franchîmes la voûte de l'entrée pour déboucher dans une cour, devant le poste de police.

Je descendis de voiture et, toujours escorté de près, j'entrai dans le bâtiment. Là, dans une vaste salle au sol de pierre polie par le temps, avec une belle vue sur la ville et, au mur, un portrait du roi George VI, mon interrogatoire débuta.

Il devint très vite clair qu'Elena avait été assassinée.

« Entreteniez-vous des relations sexuelles avec Elena Pontiatowska ?

— Oui, dis-je.

— Comment vous êtes-vous rencontrés ?

— Nous étions amis avant la guerre. À Berlin.

— Je vois.

— Écoutez, inspecteur, quand je suis reparti de sa maison, ce matin, elle était encore en vie. Mais il y a une chose que vous devez savoir. Une information importante. »

Luger leva les yeux, oubliant une seconde les notes qu'il prenait pendant que je parlais.

« Et de quoi s'agirait-il ?

— Avant de vous le dire, j'ai besoin de m'assurer qu'elle soit vraiment morte. De visu.

— Très bien, lâcha Luger avec un soupir. Allons la voir. »

Les deux inspecteurs me reconduisirent à la voiture, et nous roulâmes vers la maison de Harass Street. Elle était maintenant gardée par plusieurs policiers égyptiens et déjà soumise à l'inspection attentive de divers experts de la police scientifique.

Dans le vestibule, Luger ouvrit la marche vers le premier étage. Cash me tenait lieu d'arrière-garde. Nous entrâmes dans la chambre d'Elena.

Elle gisait à côté d'une haute porte-fenêtre, vêtue d'une robe en soie. Elle avait été abattue d'une balle dans le cœur, tirée presque à bout portant, car la blessure était auréolée de poudre noire. Je n'avais pas besoin de placer un miroir devant sa bouche pour me rendre compte qu'elle était morte.

« Il semble qu'elle connaissait son assaillant, observai-je. Étant donné la proximité dudit assaillant. Mais ce n'était pas moi. »

Sur le sol, à côté du corps, il y avait un Walther PPK, et je m'aperçus avec horreur que c'était très vraisemblablement le même automatique que j'avais manié dans la pièce radio. Il y aurait donc mes empreintes digitales dessus. Mais pour le moment, je me tus.

« Vous l'avez eu, votre coup d'œil, fit Luger.

— Accordez-moi juste une minute, je vous prie. C'était une bonne amie à moi. »

Mais en réalité, je voulais gagner du temps. Il y avait sur le sol un petit objet, près de la main d'Elena, et je me demandai si je ne pourrais pas l'identifier, avant d'être obligé de quitter le lieu du crime.

« C'est pour moi un choc si épouvantable, inspecteur. J'ai besoin d'une cigarette. » Je sortis mon paquet « Cela vous ennuie ?

— Allez-y. »

Je feignis de manipuler le paquet et je fis tomber deux cigarettes par terre. Je m'en plantai une autre entre les lèvres et, en même temps, je me penchai rapidement et en récupérai juste une des deux sur le tapis. En même temps, je ramassai l'objet, tout près de la main d'Elena, et je le glissai dans le paquet.

« Hé, vous me contaminez le lieu du crime, là, protesta Luger. Vous avez laissé une de vos cigarettes sur le sol. » Et, se penchant à son tour, il la ramassa.

« Désolé. » Je la lui pris des mains, et puis j'allumai celle que j'avais entre les lèvres.

« Bon alors, professeur. Qu'alliez-vous me dire de si important ?

— Elena Pontiatowska était une espionne allemande. »

Luger tenta de réprimer un sourire.

« Décidément, on trouve de tout dans cette affaire. Oui, cela fait un sacré bout de temps qu'on n'a pas eu un meurtre aussi sensationnel, ici, au Caire. Il faut remonter à 1927, je dirais… avec le meurtre de Salomon Cicurel, le propriétaire d'un grand magasin… pour avoir une galerie de personnages aussi passionnante, si j'ose m'exprimer ainsi. Nous vous avons déjà, vous, professeur, un philosophe célèbre, et une princesse

471

polonaise qui a été mariée à l'un des hommes les plus riches d'Égypte. Un homme qui, devrais-je préciser, a lui aussi été abattu. Et maintenant, vous me racontez que cette femme était une espionne allemande.

— "Maintenant, vous me racontez que…" n'a aucun sens, lui rétorquai-je. Je ne me rappelle pas avoir rien dit à son sujet, précédemment.

— Est-ce pour cela que vous l'avez tuée ? me demanda Cash. Parce qu'elle était une espionne allemande ?

— Je ne l'ai pas tuée. Mais je suis en mesure de prouver qu'elle était une espionne. » Un bref instant, je songeai à montrer à Luger le message en texte clair qui était encore dans la poche de ma veste, puis je jugeai préférable de remettre ces éléments directement entre les mains de Hopkins et de Reilly. « Il y a la radio d'un agent allemand dans une pièce secrète, en haut. Je pourrais vous montrer où. »

Luger opina, et nous laissâmes Cash dans la chambre pour regagner le palier et les portes à deux battants qui donnaient sur l'escalier de pierre, et le petit appartement, tout en haut. Je montrai la bibliothèque et son mécanisme d'ouverture à l'inspecteur, et je le précédai dans la pièce secrète.

Mais l'émetteur-récepteur allemand avait disparu.

« Il était là, sur cette table. Et à côté, il y avait ce pistolet qui se trouve sur le sol de la chambre d'Elena. Le Walther. J'ai bien peur que vous ne releviez mes empreintes dessus, inspecteur. Ce matin, je l'ai manipulé, lorsque je suis monté ici, et quand j'ai trouvé cette radio. Rien que pour vérifier s'il était chargé.

— Je vois, fit Luger. Y a-t-il autre chose que vous souhaitez me confier, monsieur ?

— Rien, si ce n'est que je ne l'ai pas tuée. »

Luger lâcha un soupir.

« Essayez de considérer l'affaire de mon point de vue, me répondit-il presque aimablement. Quand on vous a arrêté, il y avait du sang sur votre pantalon. De votre propre aveu, vos empreintes digitales sont sur l'arme probable du meurtre. Vous avez couché avec la victime. Et, pour couronner le tout, à votre arrivée ici, avec vos histoires rocambolesques d'espions, vous avez même tenté de subtiliser une pièce à conviction. Oui, je vous saurais gré de bien vouloir me rendre ce bouton. Celui que vous avez ramassé sur le sol quand vous avez laissé tomber vos cigarettes dans la chambre, en bas. »

Je sortis le bouton, je l'examinai un moment, puis je le restituai à l'inspecteur.

« Ce n'est pas l'un des miens, je suis désolé.

— Pensiez-vous que cela aurait pu être le cas ? me demanda Luger.

— Pour être franc, non. Mais je suppose que cela importe peu.

— Nous ne sommes pas des imbéciles, monsieur, me répliqua l'autre, en empochant le bouton.

— Alors vous aurez déjà remarqué qu'aucun de mes boutons de veste ne manque.

— J'ai remarqué. Donc j'essaie encore de comprendre pourquoi vous l'avez ramassé. »

J'eus un geste désabusé.

« J'espérais trouver l'homme à qui manque un bouton de veste, j'imagine.

— Évidemment, il était peut-être là depuis un petit moment, admit Luger. Enfin, cela reste une pièce à conviction. Pas aussi solide qu'un pistolet avec des empreintes digitales dessus, néanmoins. Les vôtres, dites-vous ?

— Ainsi que celles du meurtrier.

— C'est dommage que cette radio ne soit pas là, fit l'inspecteur. Cela aurait rendu les choses très différentes.

— J'en déduis que la personne qui a tué la princesse a dû emporter ce poste. Et pour la même raison. Afin de dissimuler son statut d'agent allemand. Quelque chose a dû l'effrayer. » Je soupirai, comprenant ce qui avait dû se produire. « C'est moi qui l'ai effrayé, je pense. Vous voyez, la nuit dernière, j'ai fouillé la maison, pendant que tout le monde était endormi. Du moins, c'est ce que j'ai cru, sur le moment. Quelqu'un a dû me voir, et ce quelqu'un a décidé de brouiller les pistes en effaçant toute trace de son passage. Le fait est là, inspecteur, je crois que je suis tombé sur un complot visant à tuer les Trois Grands. »

Je lui tendis le message en texte clair. Cela n'avait plus aucun sens de le garder pour moi, désormais. J'étais à deux doigts de me retrouver sous le coup d'une accusation de meurtre.

« D'après moi, ce message a été réceptionné par quelqu'un, très probablement le meurtrier, au moyen de cette radio qui a disparu. »

Luger jeta un œil sur le message.

« C'est en allemand, dit-il.

— Bien sûr que c'est en allemand. Il a été envoyé de Berlin. "*Mordanschlag*", c'est le mot allemand pour assassinat.

— Vraiment ?

— Le renseignement allemand est ma spécialité. Je fais partie de l'OSS. Ce sont les services de renseignements américains. Je suis l'officier de liaison du Président auprès de cet organisme. Il est impératif que je puisse m'adresser au chef du service de sécurité du Président, aussi vite que possible. Il s'appelle Mike Reilly. »

Cash fit son apparition sur le seuil de la pièce.

« Pas de radio allemande, chef? lança-t-il.

— Pas de radio allemande. Et ne laissez personne toucher à ce pistolet dans la chambre. Le professeur ici présent vient d'avouer que ses empreintes digitales étaient dessus.

— À la vérité, non. J'ai dit que vous pourriez les y trouver. »

L'inspecteur Luger se pencha en avant.

« Dois-je vous expliquer ce qui s'est passé, d'après moi, professeur Mayer ? »

Je réprimai un grognement. Il était aisé de comprendre où le conduisaient ses mécanismes de pensée des plus élémentaires.

« Mon amie est morte, inspecteur. Et, pour le moment, ce que vous en pensez m'intéresse assez peu.

— Je crois qu'à un moment ou un autre de la nuit, quand vous étiez au lit avec la princesse Pontiatowska, vous avez eu une dispute. Une querelle entre amants. Et donc, ce matin, vous l'avez abattue.

— C'est aussi compliqué que ça, hein ? Vous devez lire un paquet de romans, vous.

— Les complications, nous vous les laissons. Ici, tout est très simple. Toute cette salade au sujet d'une radio allemande, c'est totalement absurde, pas vrai? Tout comme cette histoire de complot contre les Trois Grands. »

Luger avança lentement vers moi, suivi de près par l'inspecteur chef Nash, si près que je finis par sentir le tabac et le café qui lui chargeaient l'haleine.

« Vous avez abattu cette femme de sang-froid, et je trouve déjà cela assez pénible, continua Luger. Mais ce qui me fout vraiment en rogne, c'est que vous nous preniez tous les deux pour une paire de crétins. » Et il se mit à hurler. « Des espions allemands? Des histoires de complots pour tuer les Trois Grands? La prochaine fois, vous allez nous sortir que Hitler se cache dans cette putain de cave.

— Eh bien, moi, quand j'y suis descendu, ce matin, je ne l'ai pas vu.

— Pourquoi n'avouez-vous pas la vérité? lâcha tranquillement Cash.

— Je n'aime pas les Yankees, s'écria Luger.

— Vous venez enfin de prononcer des paroles un tant soit peu sensées, pour la première fois depuis que vous avez ouvert votre grande gueule. Vous en faites une affaire personnelle.

— Dans cette guerre, vous arrivez en retard, tout comme vous étiez en retard pour la précédente. Et quand vous vous donnez enfin la peine de vous montrer, vous vous figurez tous que ça vous donne le droit de nous traiter comme des parents pauvres. De nous dicter vos quatre volontés, comme si vous étiez les propriétaires de cette foutue guerre.

— Comme nous payons pour, je pense que cela nous donne le droit d'avoir notre mot à dire.

— Dites-nous ce qui s'est réellement passé, murmura Cash.

— Vous nous avez débité un beau paquet de mensonges, voilà quoi, beugla Luger, en m'agrippant par les revers de ma veste. Tu passes ton temps à débiter des conneries, mon pote. Comme tous tes putains de compatriotes. »

Cash attrapa le bras de Luger et s'efforça de lui faire lâcher prise.

« Laissez-le, chef. Il n'en vaut pas la peine.

— Ce salopard, je vais me le payer. » Et Luger m'empoigna encore plus fermement par les revers de ma veste. « C'est ça, ou la vérité, je te le jure.

— Dites-moi, les gars, vous tenez un sacré bon numéro, là, ironisai-je, en saisissant Luger par les poignets, que je lui tordis pour le forcer à lâcher prise. C'est vraiment dommage de le gâcher devant un spectateur comme moi, qui l'a déjà vu jouer ailleurs. Et par de meilleurs acteurs, en plus.

— La vérité », hurla Luger, en me flanquant un violent coup de poing dans les côtes.

Je le frappai en retour, en le cueillant d'un coup réflexe au menton. Cash s'interposa, réussissant tout juste à nous séparer. Luger lança un rapide regard plein d'aigreur à Cash.

« Sors-le de ma vue. »

Ils me ramenèrent en voiture à la Citadelle, et m'enfermèrent dans une cellule chaude et puante. Je m'assis sur un banc en bois et regardai fixement dans l'unique seau de toilette. Le seau était vide, mais j'avais l'impression qu'il représentait la destination prochaine de mon existence.

Vers la fin de la journée, j'entendis le muezzin appeler les fidèles à la prière. Sa voix puissante et timbrée flottait dans l'air immobile de la Citadelle. Ce son était réconfortant, c'était autant de l'ordre de l'ouïe que de la sensation pure.

Une minute après que le muezzin eut achevé, la porte de la cellule s'ouvrit et on m'ordonna de sortir. Un policier en uniforme m'obligea à monter un escalier d'un pas énergique, jusqu'à une vaste salle où Donovan, Reilly et l'agent Rauff étaient assis autour d'une table. En face d'eux, il y avait le message en texte clair que j'avais remis à l'inspecteur Luger. Je n'en fis pas état. J'en avais soupé de livrer volontairement des informations.

« Il semble que les Britanniques veuillent vous inculper du meurtre de votre bonne amie », commença Donovan.

Je me versai un verre d'eau de la carafe posée sur la table.

« Qu'en est-il ? Vous l'avez tuée ?

— Non. Quelqu'un d'autre l'a tuée. Quelqu'un qui tenait à dissimuler le fait qu'elle était une espionne allemande. » D'un signe de tête, je désignai la table. « J'ai trouvé ce message dans la pièce radio.

— Serait-ce la pièce radio sans radio ? glissa Rauff.

— Oui. Je suppose que la personne qui l'a emportée craignait qu'un type dans votre genre ne décharge son arme dessus.

— Cet espion allemand dont vous prétendez qu'il l'a tuée, reprit Rauff.

— Oui. Vous savez, les espions allemands, ce n'est pas si exceptionnel que cela, en plein milieu d'une guerre avec l'Allemagne.

— Ce n'est peut-être qu'un faux-semblant, me répliqua-t-il, parce que vous avez réussi à nous les présenter comme une plaie omniprésente.

— Eh bien, pour ce qui est des plaies, nous sommes en Égypte, non ? S'il y a un endroit au monde qui doit grouiller d'espions, c'est bien ici. En même temps que les poux, les mouches, les furoncles et les agents des services secrets. »

Dans le cou trempé de sueur de Rauff, une artère se mit à palpiter. Il faisait chaud, dans cette salle, et il avait retiré sa veste, de sorte qu'il m'était impossible de voir s'il y manquait un bouton.

Donovan prit le message en texte clair. Il l'examina, je crois, comme il aurait examiné une facture litigieuse de son boucher de quartier.

« Et vous prétendez qu'il s'agirait d'une pièce à conviction attestant un complot visant à tuer les Trois Grands, à Téhéran, fit-il.

— Pas les Trois Grands, juste Staline. » Je retirai le papier des doigts épais de Donovan et le traduisis de l'allemand. « D'après moi, Staline, c'est Wotan, expliquai-je. Un nom inspiré de l'opéra de Richard Wagner. Je me suis juste figuré que la police britannique serait plus encline à y prêter attention si je lui racontais que ce complot visait les trois dirigeants alliés, au lieu du seul maréchal Staline. C'est drôle, mais la plupart des gens avec qui je discute ne l'apprécient pas outre mesure, l'Oncle Joe. Vous compris, si je me souviens bien. »

Donovan eut un sourire bonhomme. Ses yeux bleus ne quittèrent pas les miens une seconde.

« Il est très fâcheux que l'on n'ait pas retrouvé cette radio allemande. Une radio aurait joliment corroboré vos dires.

— L'homme qui a tué mon amie était du même avis, j'imagine, mon général.

— Oui, parlons d'elle un moment. Comment se fait-il, au juste, que vous vous soyez lié d'amitié avec cette femme, une espionne allemande, si je vous ai bien écouté ?

— Elle était belle. Elle était intelligente. Elle était riche. Je dois être du genre assez crédule.

— Depuis combien de temps la connaissiez-vous ?

— Cela remonte à loin. Je l'ai rencontrée à Berlin, avant la guerre.

— Couchiez-vous avec elle ?

— C'est mon affaire.

— Une sacrée fine lame, hein, Willard ? s'écria Rauff. Pour un professeur.

— Dites-moi, agent Rauff, vous m'avez l'air jaloux.

— Je considère que la question est justifiée, intervint Donovan.

— Ça ne m'a pas fait du tout l'effet d'une question. Écoutez, messieurs, je ne suis pas marié, donc j'estime que savoir avec qui je couche ne devrait regarder personne d'autre que moi et le gynécologue de la dame. » Je souris à Rauff. « Pour vous, Rauff, je traduis : c'est lé toubib qui soigne les minous.

— Les Britanniques nous indiquent qu'elle était une princesse polonaise, souligna Reilly.

— C'est exact. Elle était princesse, et polonaise.

— Est-il vrai que, lorsqu'elle et vous viviez à Berlin, vous étiez tous deux amis de Josef Goebbels ?

— Qui vous a raconté cela ?

— L'un de ses amis polonais. Un capitaine Skomorowski. Est-ce la vérité ? »

Je hochai la tête. Il n'était pas interdit de croire qu'Elena ait pu en parler au capitaine. Quel meilleur moyen de persuader votre interlocuteur que vous ne sauriez être une espionne, que se montrer d'une indiscrétion charmante et désarmante ?

« Je n'ai jamais été l'ami de Goebbels. Juste une connaissance. Comme votre collègue et moi-même », ajoutai-je en désignant Rauff. « En outre, c'était en 1938. Les États-Unis conservaient encore un ambassadeur à Berlin. M. Hugh Wilson. Nous nous croisions lors des soirées de Goebbels. Je crois même avoir quitté l'Allemagne avant lui.

— Avez-vous mentionné cette information, quand vous avez intégré le service ? voulut savoir Donovan.

— Je crois en avoir parlé à Allen Dulles.

— Comme il est en Suisse, il sera difficile de corroborer ce point, observa le général.

— Oui. Mais qu'est-ce qui vous pousse à vouloir corroborer ? Parmi les membres de l'OSS, ma brève fréquentation de Goebbels ne me distingue guère du lot. Dans les premiers temps du COI, une pléthore de

Krauts travaillaient pour nous. Et cela dure encore. Sur le campus, tout le monde connaît le projet Doctor S de FDR. Ensuite, il y a Putzi Hanfstaengl, l'ancien directeur du bureau de la presse étrangère de Hitler. Vous ne l'aviez pas placé sous l'aile du COI, général? Naturellement, c'était avant que le FBI ne s'avise qu'il valait mieux le maintenir en résidence surveillée à Bush Hill, à passer au crible les bulletins d'informations des stations de radio allemandes. Et n'oublions pas plusieurs rencontres du commandant George Earle avec von Papen à Ankara. Non, général, j'ai du mal à croire que mes rencontres avec Goebbels aient de quoi perturber qui que ce soit.

— Vous m'en laisserez juge, trancha Donovan.

— Bien entendu. Mais samedi, le Président s'envole pour Téhéran, où il rencontrera Staline. Ne croyez-vous pas qu'au lieu de m'interroger au sujet de mon amitié prétendue avec le ministre allemand de la Propagande, vous feriez mieux de découvrir qui, au sein de la délégation américaine, projette l'assassinat du maréchal Staline?

— C'est exactement ce que nous sommes en train de faire, objecta Rauff, en brandissant le message en texte clair. Après tout, ce message, on l'a trouvé sur vous.

— C'est moi qui l'ai remis à l'inspecteur Luger.

— Il l'aurait déniché sur vous s'il vous avait fouillé, de toute manière. Et n'oublions pas que c'était vous qui aviez utilisé une radio allemande, à Tunis.

— Je me demandais ce que vous fabriquiez ici, Rauff. À en croire votre brillante théorie, j'en conclus que j'aurais hurlé au loup depuis notre départ de Hampton Roads parce que je serais le loup moi-même, c'est cela? Enfin, au moins, vous avez le mérite de la cohérence, je vous l'accorde. Votre stupidité paraît franchement chronique. »

Je récupérai la pochette d'allumettes de l'hôtel Hamilton dans mon paquet de cigarettes vide. Je l'avais cachée à l'intérieur de la doublure de ma veste.

« Celui qui a tué la princesse Elena a aussi tué Thornton Cole, à Washington. J'ai trouvé cette pochette d'allumettes dans la corbeille à papier, à côté du message en texte clair de l'Abwehr.

— C'est-à-dire sous la radio qui n'existe pas, exact ? persifla Rauff.

— C'est un peu compliqué, agent Rauff, donc je vais m'exprimer lentement et avec des mots courts, afin que même vous puissiez comprendre. Cole a été assassiné parce qu'il est tombé sur un réseau d'espions allemands. Les Schmidt ont été assassinés pour contribuer à entretenir la fiction que Cole était en maraude pour s'offrir une gâterie avec un homme… un penchant qu'un département d'État déjà assez inquiet de perdre la confiance présidentielle à la suite du scandale Sumner Welles était plus qu'heureux de pouvoir passer à la trappe.

» Ce même homme qui a tué les Schmidt… appelons-le Brutus… a aussi tué son contact ici, au Caire, et il essaie de me coller ça sur le dos. Mon hypothèse, c'est qu'il espère ainsi s'assurer d'avoir la voie libre pour attenter à la vie de Staline, à Téhéran. »

Je frappai sèchement sur la table du plat de la main, ce qui fit sursauter Donovan. Et je haussai le ton.

« Il faut m'écouter. Quelqu'un, un Américain, va essayer de tuer Staline. »

Mike Reilly remua sur sa chaise.

« Oh, oui, il existe un complot d'assassinat, cela ne soulève aucun doute, lâcha-t-il froidement. En fait, les Russes sont au courant. Mais il n'y a pas d'Américain impliqué, professeur. C'est un fantasme. Nous sommes au courant d'un complot pour supprimer les Trois Grands. Là-dessus, vous aviez raison. Deux équipes de parachutistes allemands ont été lâchées dans la campagne, à l'extérieur de Téhéran, lundi. La plupart ont déjà été arrêtés. Et, à l'heure où nous parlons, l'arrestation des autres est en cours. »

Je me redressai contre le dossier de ma chaise, abasourdi.

« Une équipe de parachutistes?

— Oui. Des SS. La même bande qui a enlevé Mussolini à l'hôtel Campo Imperatore, en Italie.

— Skorzeny, soufflai-je avec stupeur.

— Jusqu'à présent, on ignore s'il est impliqué ou non, ce n'est pas clair, fit-il.

— D'après nos derniers renseignements, précisa Donovan, il se trouvait à Paris. Naturellement, il pourrait s'agir d'une feinte.

— Ce sont une centaine d'hommes que l'on a parachutés en Iran, continua Reilly. Ils étaient censés mettre notre station de radars locale hors d'usage, afin de permettre à une escadrille de bombardiers à long rayon d'action basés en Crimée d'attaquer l'ambassade britannique le soir de l'anniversaire de Churchill. Une fois achevée la besogne des bombardiers, les deux équipes étaient censées se coordonner en commando d'attaque pour tuer les survivants. La voilà, votre Opération Wurf, professeur. Une mission de SS renégats.

— Renégats? Qu'est-ce que vous entendez par là, bon sang?

— Il semble que l'opération n'ait pas reçu d'aval officiel.

— Mais comment le savons-nous?

— Nous le savons parce que c'est le gouvernement allemand qui a vendu leur existence aux Soviets », m'annonça le général.

Je me levai de la table, les deux mains posées sur la tête. Le récit de Reilly m'évoquait la tortue-fantaisie d'*Alice au pays des merveilles*. Rien de tout cela n'avait de sens.

« Et pourquoi diable le gouvernement dénoncerait-il ses SS ? » m'étonnai-je.

Donovan haussa les épaules.

« Comme je vous l'ai indiqué dimanche dernier, professeur Mayer, s'il est une chose dont les Allemands ne veulent pas entendre parler aujourd'hui, ce serait que l'on tue le Président Roosevelt. Depuis maintenant plusieurs semaines, notre homme à Ankara mène des conversations secrètes avec l'ambassadeur d'Allemagne. Les Allemands tiennent, j'imagine, à ce que rien ne vienne compromettre ces initiatives de paix. Vous auriez dû vous montrer plus attentif.

— Rien de tout ceci n'explique Thornton Cole, les Schmidt, Brutus…

— Je dirais que vous avez déjà amplement de quoi vous faire du souci, me coupa Donovan. Avec les Britanniques, veux-je dire. Si j'étais vous, professeur, je me choisirais un avocat. Vous allez en avoir besoin. »

23

Vendredi 26 novembre 1943
Téhéran

Toute l'opération de Téhéran était dirigée par Beria, le chef du Commissariat du peuple à la sécurité intérieure (le NKVD) et le général Avramov, du nouveau Bureau Orient. Beria était arrivé de Bakou le jour même, avec Staline. Le général Arkadiev avait pris place à bord du même appareil SI-47, et vu avec grand plaisir le tyran soviétique trahir sa peur de voler en se défoulant de façon spectaculaire sur Beria en personne. Staline était ivre, comme de juste. C'était pour lui le seul moyen de trouver le courage de monter à bord. Pétri de peur et imbibé de vodka, il avait déversé un torrent d'insultes sur son compatriote géorgien, surtout lorsque l'avion avait traversé une zone de turbulences, au-dessus de la mer Caspienne.

« Si je meurs dans cet avion, le dernier ordre que je donnerai sera qu'on te jette par la porte, yeux de serpent. Tu m'entends ? On a piétiné tout ce temps dans un train pour Bakou histoire de s'éviter de voler, et voilà qu'on termine dans ce putain d'avion. C'est grotesque. »

Beria était devenu aussi rouge qu'une betterave. Et Arkadiev avait évité l'œil de Beria. Il n'était pas bon de montrer sa jubilation devant la déconfiture du président du NKVD.

« Tu entends ce que je dis, yeux de serpent ?

— Oui, camarade Staline, avait acquiescé Beria. Le camarade Staline a peut-être oublié que nous avons revu l'itinéraire ensemble, à Moscou. Il a toujours été convenu que le dernier tronçon du voyage devrait s'effectuer par avion.

— Je ne me souviens pas d'avoir donné mon accord là-dessus, lui avait rétorqué un Staline hargneux. C'est grotesque. Churchill et Roosevelt ont eu tous les deux un navire de guerre pour leur permettre de traverser l'océan. Qu'est-ce qui m'empêchait d'avoir un vaisseau de guerre, moi aussi ? La mer Caspienne n'est pas plus grande que la mer Noire. La marine russe est-elle à court de navires de combat ? La mer Caspienne est-elle plus dangereuse que l'océan Atlantique ? Je ne pense pas, Beria.

— Roosevelt et Churchill effectuent tous les deux le trajet du Caire à Téhéran par avion, avait insisté le chef du NKVD.

— Uniquement parce qu'ils y sont obligés. Ils n'ont aucun autre moyen d'arriver là-bas, bordel, yeux de serpent. »

A présent, plusieurs heures après le vol, dans une vaste pièce au premier étage du quartier général du NKVD, rue Syros, au milieu du quartier est de la capitale, Arkadiev pouvait constater que Beria était d'humeur massacrante, à son tour, sans nul doute encore piqué au vif par les commentaires cuisants de Staline. Son secrétaire, Stepan Mamulov, et lui-même passaient en revue les dispositions prises avec le général Merkulov, l'adjoint de Beria, pour la sécurité de Staline. Plusieurs hommes s'étaient joints à eux : le général Krulev, qui commandait les trois mille hommes de la garde personnelle de Staline, stationnés en garnison à Téhéran depuis la fin octobre, le général Melamed, chef du bureau local du NKVD, et son adjoint, le colonel Andrei Mikhalovits Vertinski. L'humeur de Beria fut aggravée par la découverte qu'une dizaine de parachutistes SS au moins étaient encore en liberté. Des deux équipes de soldats allemands, l'une s'était fait cueillir près de la ville sainte de Qom, quelques heures après avoir pris pied sur le sol iranien, quarante autres hommes avaient été encerclés dans une maison de la rue Kakh, et ils avaient choisi d'en sortir l'arme au poing. Il n'y avait pas eu de survivants. Mais plusieurs autres parachutistes restaient introuvables.

« Ils ont beau être commandés par des officiers et des sous-officiers allemands, ce sont des Ukrainiens, tous, expliqua Melamed à Beria. Des anciens de l'armée du général Vlassov, décimée sur le front de Volkhov en 1942.

— Des traîtres, siffla Beria. Voilà ce qu'ils sont.

— Des traîtres, oui, bien sûr, confirma Melamed. Mais pas faciles à briser. Le match de catch avec ces salopards a duré toute la nuit, et ils ne nous ont quasiment rien révélé. » Avant l'arrivée de Beria à Téhéran, Melamed avait été l'officier du NKVD le plus craint d'Iran, et le « match de catch » désignait la procédure que ses nervis et lui-même appliquaient à un homme pour le briser, à force de coups et de torture. « Ces gaillards sont plutôt coriaces, je peux vous l'affirmer.

— Est-il besoin de te rappeler que le camarade Staline est maintenant en ville ? s'agaça Beria. Que chaque heure de liberté supplémentaire pour ces traîtres et ces fascistes fait planer une menace potentielle sur sa vie ? » Beria pointa un index blanc et boudiné sur la face mal rasée de Melamed. « Tu es toi-même un Ukrainien, n'est-ce pas, Melamed ?

— Oui, camarade. De Kiev.

— Oui, c'est bien ce que je pensais. » Beria se redressa contre le dossier de sa chaise et croisa les bras, avec un sourire déplaisant. « Tu le sais, si aucun de ces salauds ne parle, on pourrait présumer que tu t'es montré clément avec eux en raison de leurs origines.

— Je puis vous assurer, camarade Beria, que c'est l'inverse qui est vrai, protesta Melamed. La vérité, c'est qu'en tant qu'Ukrainien j'ai honte de ces traîtres. Personne n'est plus désireux que moi de les voir parler, ou châtiés, je vous le promets.

— Et moi je puis te promettre ceci, Melamed, ricana Beria. Si l'un de ces enfoirés qui courent encore approche à moins de cent mètres de notre ambassade, je te fais fusiller. Cela vaut aussi pour toi, Vertinski. Et pour toi, Krulev, espèce de sale bâtard. Dieu seul sait ce que vous avez fabriqué, depuis toutes ces semaines que vous êtes ici. Cela me rend furieux. Furieux. Que nous ayons laissé le grand Staline entrer dans une ville où des terroristes projettent de le tuer. Si cela ne tenait qu'à moi, il ne serait pas venu du tout. Mais le camarade Staline est d'une autre trempe. Il refusait de rester en Russie. Donc je vais vous dire encore ceci. Il faut débusquer ces hommes et il faut les débusquer vite. » Beria retira son pince-nez. Il avait quarante-quatre ans et, au plan de l'intellect, c'était sans nul doute le mieux doté des hommes liges de Staline, mais il ne se contentait pas de faire tapisserie dans les assemblées du Parti. Même au regard des critères pervertis du NKVD, sa brutalité était notoire.

« Où sont-ils, ces salauds, d'ailleurs ? demanda-t-il enfin. Ceux que vous avez interrogés ?

— Nous détenons à peu près dix hommes en bas, camarade Beria, expliqua Melamed. Le reste de la bande se trouve dans la caserne de l'armée Rouge, au nord de la ville, à Meshed.

— Les Allemands doivent être maintenus en vie, vous m'entendez ? s'emporta Beria. Mais je veux que l'on réserve à ces Ukrainiens de Meshed les mesures punitives les plus extrêmes. À mettre en œuvre aujourd'hui même, Krulev. Est-ce compris ?

— Sans les interroger ? s'enquit Krulev. Supposons que ceux que nous avons en bas ne parlent pas ? Et ensuite ? Nous pourrions avoir intérêt à garder les prisonniers de Meshed encore en vie un petit moment.

— Faites ce que je dis et fusillez-les aujourd'hui. Vous pouvez être certain que les autres, en bas, parleront. » Beria se leva. « Je n'ai jamais croisé d'homme qui ne parle pas, pourvu qu'on l'interroge convenablement. Je vais m'en charger personnellement. »

Beria, Mamulov, Melamed et Vertinski descendirent dans les sous-sols de la maison de la rue Syros, où rien ne permettait à un prisonnier de s'imaginer qu'il se trouvait à Téhéran plutôt que dans la prison de la Loubianka à Moscou. Les murs et les sols étaient coulés dans du béton, et les corridors et les cellules étaient brillamment éclairés de manière à interdire aux prisonniers toute échappée dans le sommeil, si brève fût-elle. L'odeur, unique, était elle aussi très soviétique : un mélange de cigarettes bon marché, de sueur, de graisses animales, d'urine et de peur humaine.

Beria était un homme trapu, mais il avait le pas léger. Avec ses lunettes, ses souliers cirés, son costume d'origine occidentale, bien coupé, et sa cravate en soie, il avait l'allure d'un commerçant prospère tout disposé à mettre la main à la pâte, et à s'occuper de la clientèle aux côtés de ses employés. Il lança sa veste à Arkadiev, retira sa cravate et remonta ses manches tout en franchissant en trombe la porte de la salle de torture du NKVD.

« Alors, bordel, où sont-ils, tous ? beugla-t-il. Pas étonnant que ces vermines ne parlent pas. Ils n'ont personne à qui parler. Vertinski ! Qu'est-ce qui se passe ici, nom de Dieu ?

— Nos hommes doivent être fatigués, s'excusa Vertinski. Ils ont travaillé sur ces types-là une journée entière.

— Fatigués ? hurla Beria. Je me demande s'ils ne vont pas se sentir beaucoup plus fatigués, au bout de six mois dans l'île de Solovki. Je veux un de ces prisonniers, ici, tout de suite. Le plus solide. Comme ça, vous allez voir de quelle manière il faut mener ces affaires-là. C'est toujours pareil, expliqua-t-il à Mamulov en secouant la tête avec lassitude. Si on veut que le boulot soit fait convenablement, il faut s'en charger soi-même. »

Beria pria l'un des officiers du NKVD de lui remettre son revolver. L'homme obéit sans hésitation, et Beria vérifia que l'arme, un Nagant à sept coups, était chargée. Ce revolver d'un modèle ancien conservait toutefois la faveur de certains, au sein du NKVD, car il pouvait être équipé du silencieux Bramit, de sorte que, pour le chef de la sécurité intérieure, il fut immédiatement clair que l'homme était un exécuteur.

« Avez-vous interrogé l'un de ces prisonniers ? lui demanda-t-il.

— Oui, monsieur le ministre.

— Et donc ?

— Ils sont très récalcitrants, monsieur.

— Quel est ton nom ?

— Capitaine Alexandre Koltsov, répondit l'officier, et il se mit promptement au garde-à-vous devant le camarade président, en claquant des talons.

— J'ai connu un Kolstov, jadis », fit Beria, l'air absent, en négligeant d'ajouter que l'homme dont il se souvenait était un journaliste qu'il avait torturé à mort dans la prison de Soukhanov. La « Soukhanovka » était la prison personnelle de Beria à Moscou, où l'on envoyait ses victimes de prédilection, celles auxquelles il réservait des mesures d'une cruauté extrême, ou les femmes qu'il avait décidé de violer avant de les livrer au peloton d'exécution.

Les gardes furent de retour, traînant avec eux un homme nu, enchaîné, qu'ils assirent sans ménagement en face du chef du NKVD. Beria observa attentivement le prisonnier, qui le dévisageait avec une haine non dissimulée.

« Mais cet homme n'a quasiment pas de marques sur le corps, s'étonna-t-il. Qui l'a interrogé ?

— Moi, camarade Beria, répondit Koltsov.

— Avec quoi l'avez-vous frappé ? Un plumeau ?

— Je puis vous assurer, monsieur le ministre, que j'ai agi avec la dernière sévérité. »

Beria palpa deux hématomes sur le visage et les bras du prisonnier, et il éclata de rire.

« La dernière sévérité ? Koltsov, la dernière sévérité, même si elle vous fourrait le trou de balle, vous ne sauriez pas la reconnaître. Vous êtes un exécuteur, pas un interrogateur. » Regardant le prisonnier droit dans les yeux, Beria continua. « Grande différence. Voyez-vous, pour bastonner un homme pendant trente minutes, il faut un certain type d'individu. Je vois que vous comprenez le sens de mes propos. Je le lis dans vos yeux. Tuer un homme, lui coller un canon contre le crâne et presser la détente, ce n'est rien. Enfin, la première fois, peut-être, ça fait un certain effet. Mais quand vous en avez tué une centaine, un millier, alors vous savez à quel point c'est facile. Comme du travail d'abattoir. Ce n'est jamais que tuer, cela ne signifie rien, et n'importe quel imbécile en est capable. »

Tout en parlant, Beria pivota d'un coup, pointa le revolver et abattit le capitaine Koltsov d'une balle dans la tête. Avant que l'officier ait touché le sol, le ministre avait tourné son regard froid, impitoyable vers son prisonnier ukrainien.

« Vous voyez ce que je veux dire ? Rien. Cela ne signifie rien. Rien du tout. » Beria tendit le revolver à Vertinski, qui le prit dans sa main tremblante. Ensuite, d'un mouvement de la tête, Beria désigna le cadavre du capitaine. « Regarde-le. Regarde-le », ordonna-t-il au prisonnier. Et il empoigna l'Ukrainien par les cheveux. « Imagine. C'était l'un des nôtres. Pas un traître, comme toi. » Beria s'étrangla de rire, puis il se retourna et cracha sur la tête du mort. « Mais non, c'était juste un incompétent. »

Beria lâcha les cheveux de l'Ukrainien et, reculant d'un pas, il remonta un peu plus ses manches et choisit une baguette en caoutchouc, accrochée à un clou tout neuf et luisant, planté dans le mur.

« Tout ce que je peux t'offrir, mon ami, c'est une promesse. Avant que j'en aie terminé, je te le promets, tu envieras son sort… » dit Beria en flanquant un coup de pied dans la face du mort, négligemment. « … À ce sac de merde. » Il lança un regard entendu à Vertinski et Melamed. « Ce clown, ce Koltsov, un type trop tendre pour que ça ne lui joue pas des tours. Parce qu'il n'y a qu'une seule façon de traiter un animal comme un paysan ukrainien. On le cogne. Et ensuite, on le cogne, et on le cogne encore. »

Puis Beria interpella l'un des autres officiers du NKVD présents dans la salle de torture en claquant des doigts. « Toi, mets-moi cette chaise sur cette table. » Puis il claqua des doigts en direction des deux hommes qui maintenaient l'Ukrainien. « Vous deux, asseyez-le dessus et liez-lui les chevilles aux pieds de la chaise. Les autres, soyez bien attentifs. C'est comme ça qu'on amuse les espions et les traîtres, chez nous. C'est comme ça qu'on procède. On leur chatouille les pieds. » Et, voyant à présent le prisonnier fermement ligoté à la chaise, Beria abattit violemment la baguette sur les orteils de l'homme. Il éleva la voix, pour couvrir le beuglement de l'Ukrainien. « On leur chatouille les pieds jusqu'à ce qu'ils demandent grâce. » Beria frappa de nouveau les pieds du prisonnier, et cette fois il hurla à son tour. « Comme ça ! Et là ! Et là ! Et là ! »

Lavrenti Pavlovitch Beria retira son pince-nez, le glissa en lieu sûr dans la poche de son pantalon, avant de se passer la langue sur les lèvres. En dépit de ses matches de volley-ball, un sport auquel il jouait fréquemment avec ses gardes du corps, il n'était pas en grande forme physique, mais il était assez costaud, et il savait assener ces coups au prix d'un minimum d'effort, attestant ainsi des années de pratique, et avec un plaisir considérable. « Énergique », c'est généralement ainsi que les gens décrivaient Beria et, pour les officiers témoins de ce passage à tabac, il eût été difficile d'être en désaccord. Mamulov, son secrétaire, avait toujours jugé les végétariens faibles, mous et imprégnés d'un respect timoré pour la vie humaine – jusqu'à ce qu'il travaille avec lui. Frapper un homme sur ses pieds nus pendant trente bonnes minutes, c'était un spectacle insoutenable. Une leçon issue du fin fond de l'enfer, et qui n'échappait à aucun des hommes du NKVD présents dans la pièce.

Enfin, Beria jeta de côté la baguette en caoutchouc et, se saisissant de la serviette que Mamulov était diligemment allé chercher pour lui, il s'essuya la face et le cou.

« Merci, dit-il calmement. Bon Dieu, après ce voyage, j'en avais besoin. Foutez-le-moi par terre », ordonna-t-il ensuite aux deux hommes qui soutenaient le prisonnier désormais inconscient, toujours ligoté à sa chaise. « Idiots », éructa-t-il d'un ton rageur, alors qu'ils tentaient de descendre la chaise avec son fardeau. Beria sauta sur la table comme un chat. « Pas comme ça. Comme ceci. » Il plaça son pied sur la chaise, la fit basculer de la table, et le prisonnier chuta lourdement par terre. « C'est pas un service d'ambulanciers, ici, bordel. Toi, dit-il en désignant Melamed du doigt. Va me chercher un seau d'eau et de la vodka. »

Beria jeta le seau d'eau à la tête de l'Ukrainien, puis il s'en débarrassa, tandis que l'homme, dont les pieds avaient la taille et la couleur de deux morceaux de bœuf cru, revenait à la vie.

« Relevez-le », commanda le chef du NKVD.

Les gardes redressèrent la chaise, et Beria, prenant la vodka des mains de Vertinski, enfonça le goulot de la bouteille dans la bouche du prisonnier et la releva pour que l'homme boive.

« Regardez et prenez-en de la graine, ordonna-t-il à ses hommes. Si vous voulez qu'un homme parle, ne le frappez pas à la tête et à la bouche, car il ne pourrait plus rien dire. Frappez-le sur les pieds. Sur le cul. Dans le dos, ou dans les couilles. Mais ne touchez jamais à ce qui pourrait affecter la parole. Alors, maintenant, qui t'a envoyé pour cette mission, mon ami ?

— Schellenberg, chuchota le prisonnier. Le général Walter Schellenberg, du SD. Il y a deux équipes. Une Équipe Nord et une Équipe Sud. L'Équipe Sud est commandée par... »

Beria tapota l'homme sur la joue.

« Vous voyez ce que je veux dire ? Ce salopard, non seulement il parle, mais on aura même du mal à le faire taire, maintenant. Il me raconterait que c'est Charlie Chaplin qui l'a envoyé en mission, si c'était ce que je voulais entendre. » Beria essuya le goulot de la bouteille et avala une longue gorgée de vodka. « Eh bien, ne reste pas planté là, beugla-t-il à Melamed. Il est prêt à s'ouvrir, à se fendre en deux comme une grenade trop mûre. Va me chercher un crayon et un papier, et note-moi jusqu'au dernier mot puant qui lui sortira de la bouche. »

Sans lâcher la bouteille, Beria reprit sa veste et remonta à l'étage, suivi de près par Pamulov. Il tendit la vodka à son secrétaire.

« Où sont Sarkisov et Nadaria ? »

C'étaient les deux colonels du NKVD qui lui tenaient lieu de maquereaux et de proxénètes officieux.

« Ils sont à l'ambassade d'été, camarade Beria. »

Staline occupant l'ambassade d'hiver, dans le centre de Téhéran, il avait été décidé que Beria aurait la jouissance de l'ambassade d'été, à Zargandeh, située environ huit kilomètres à l'extérieur de la capitale.

« Ils ont trouvé des femmes ?

— Tout un assortiment. Deux Polonaises, plusieurs Persanes, et quelques Arabes.

— On est en plein Rimski-Korsakov, plaisanta le ministre de la Sécurité, et il s'esclaffa. Espérons que l'on ait assez de temps devant nous, et que nos hôtes n'arriveront pas trop tôt. Je n'ai encore jamais baisé de pute arabe. Elles sont propres ?

— Oui, camarade Beria. Le camarade Baroyan les a examinées minutieusement. »

Le docteur Baroyan était le directeur de l'hôpital soviétique de Téhéran. Il travaillait aussi pour le NKVD et, en cette qualité, il lui arrivait parfois d'assassiner des patients à problèmes en leur faisant subir une opération chirurgicale inutile, pratiquée dans la négligence, ou en leur administrant des surdoses de médicaments.

« Bien, parce que je viens à peine de me rétablir de cette syphilis. Je n'aimerais pas devoir en repasser par là. C'était cette actrice, vous savez. Quel est son nom ?

— Tatiana.

— Oui. C'est elle. Dans quel camp l'avons-nous expédiée ? J'ai oublié.

— La Kolyma. »

Les camps de la Kolyma, un voyage de trois jours, depuis Moscou, étaient les plus épouvantables de tout le système du goulag soviétique.

« Alors elle est sans doute morte, à l'heure qu'il est, lâcha Beria. La garce. Bien. »

Il entra dans le bureau de Melamed, ignorant la jolie secrétaire qui gardait la porte du commissaire local à la sécurité, et s'affala sur le sofa. Il lâcha un pet sonore et enjoignit Mamulov de « demander à la fille » qu'on leur apporte du thé. « Et du vin, beugla-t-il en direction de la silhouette de Mamulov, qui s'éclipsait. Du vin de Géorgie, aussi. Je ne veux pas de cette pisse locale. »

Il ferma les yeux et dormit presque une heure. Quand il les rouvrit, il vit Melamed debout devant lui, l'air tendu.

« Merde, qu'est-ce que tu veux ? grogna-t-il.

— J'ai reçu une transcription de la déposition de Kosior, camarade Beria.

— Qui c'est, Kosior, bordel ?

— Le prisonnier ukrainien que vous avez interrogé dans les sous-sols.

— Ah, lui. Et alors ? »

Melamed lui tendit un feuillet dactylographié.

« Voulez-vous la lire ?

— Putain, non. Dis-moi juste ce que tu comptes en tirer.

— Eh bien, naturellement, camarade Beria, je souhaitais d'abord m'entretenir avec vous, avant de prendre la moindre initiative. »

Beria grogna sans retenue.

« Je croyais avoir signifié on ne peut plus clairement qu'il était impératif de capturer les terroristes restants, et aussi vite que possible. Vous auriez dû me réveiller. »

Melamed lança un coup d'œil gêné à la caisse d'ours en peluche soyeuse qui occupait un angle de son bureau – des cadeaux destinés aux jeunes femmes avec lesquelles Beria prévoyait de passer sa soirée. « Après son long voyage depuis Moscou, le camarade président doit être fatigué, s'excusa-t-il. Je ne voulais pas le déranger.

— Quand un assassin se présentera devant le camarade Staline, lui rétorqua Beria, en arrachant la transcription des mains de Melamed, je saurai me souvenir de ta prévenance. » Ajustant les binocles sur l'arête de

son nez épaté, Beria parcourut brièvement le document.
« Très bien, voici mes ordres : je veux que l'on encercle
le bazar avec des troupes. Personne ne doit être autorisé
à en sortir ou à y entrer tant qu'une fouille maison par
maison n'aura pas été effectuée.

— Oui, camarade président. »

Beria poursuivit sa lecture.

« Des lutteurs ? fit-il.

— Dans la société iranienne, ils possèdent un statut
élevé, expliqua Melamed. Beaucoup servent de gardes
du corps.

— Tu as déjà entendu parler de ce gaillard, ce Misbah Ebtehaj ?

— Il est très renommé, je crois.

— Arrêtez-le. Raflez-moi tous les endroits où se
rendent les lutteurs…

— À Zurkhane ?

— Allez-y. Et arrêtez-les tous. Et cette adresse de la
rue Abassi. Arrêtez-moi tout le monde, là aussi. »

Melamed se dirigea vers la porte d'un pas vigou-
reux.

« Melamed !

— Oui, camarade Beria ?

— Tant que tu y es, placarde-moi des affiches offrant
une récompense pour toute information conduisant à la
capture des terroristes allemands. Vingt mille dollars,
en or. Cela devrait suffire pour convaincre tous ceux
qui les cachent de nous les livrer.

— Mais où trouverai-je une somme pareille ?

— Je m'en arrange, lâcha Beria, toujours en par-
courant la transcription. Ce Kosior. Il ne précise pas au
juste combien ils étaient, dans son équipe. Ne crois-tu
pas qu'il serait utile de le savoir ? Histoire d'être sûrs
du nombre de ceux que nous recherchons encore. Dix ?
Douze ? Treize ? Je veux savoir.

— Je crains qu'il ne se soit évanoui, camarade Beria, avant que nous n'ayons pu établir précisément combien ils étaient.

— Alors ranimez-le et posez-lui la question. Et s'il ne vous répond pas, rossez-le. Ou rossez-en un autre, jusqu'à ce que vous sachiez tout, absolument tout. Combien d'Ukrainiens ? Combien d'Allemands ? » Beria jeta la transcription aux pieds de Melamed. « Et tu ferais bien de mêler les Américains et les Britanniques à cette affaire. L'époque où nous aurions pu garder tout ça pour nous est révolue. Seulement, au nom du ciel, ne mentionne pas que la plupart de ces terroristes sont d'origine ukrainienne. Ce sont des SS. Tu as saisi ? Des SS. Et cela en fait des Allemands. Pigé ?

— Oui, camarade président.

— Alors maintenant sors d'ici, et va terminer ton travail, avant que je ne te fasse abattre. »

Melamed transmit les ordres d'arrestation à Vertinski, puis il alla téléphoner à la légation britannique, en demandant à parler au colonel Spencer, commandant la sécurité britannique à Téhéran. C'était la deuxième conversation des deux hommes à propos des parachutistes allemands. Lors de la première, Melamed avait assuré à Spencer que le complot avait été réprimé dans l'œuf, et que tous les soldats SS étaient morts ou sous les verrous. Cette fois, il prévint le colonel que plusieurs parachutistes restaient encore en liberté. Spencer proposa immédiatement les services de cent soixante-dix inspecteurs et policiers militaires britanniques pour prêter main-forte aux recherches, et Melamed accepta, suggérant que les Britanniques concentrent leurs interventions sur la rue Abassi. Ensuite, Melamed appela le bureau de Schwarzkopf et s'entretint avec le colonel L. Steven Timmerman, qui promit son assistance par tous les moyens et voies possibles et dépêcha une escouade de MP américains pour aider à fouiller le quartier du bazar. Assuré que la totalité de Téhéran, depuis l'aérodrome Gale Morghe au sud jusqu'à Kulhek au nord, était passée au crible par les troupes alliées, Melamed se consacra ensuite aux affiches de récompense et, quand elles eurent toutes été placardées, il commença de collationner les appels téléphoniques de certaines équipes de recherche. Et c'est petit à petit seulement qu'il finit par comprendre pourquoi les Allemands avaient trahi leur propre phalange d'assassins en les livrant à Beria, et la raison d'être de toutes sortes de préparatifs sortant de l'ordinaire, encore en cours dans l'enceinte de l'ambassade d'hiver, sous la supervision du propre fils du président du NKVD, Sergo.

Staline ne résidait pas dans le bâtiment principal de l'ambassade récemment redécorée, mais dans l'un des nombreux cottages et villas disséminés dans le périmètre de ce qui avait été jadis la somptueuse propriété d'un riche homme d'affaires perse. Avant la conférence des Trois Grands, la plupart de ces villas et cottages étaient restés vides et nus et, ces deux dernières semaines, Zoya Zarubina, la bru du général du NKVD Leonid Eitingen, avait écumé les boutiques locales, en quête de tapis et de mobilier. Des salles de bains neuves avaient été installées et, détail inhabituel peut-être, dans l'une des villas, un portrait de Lénine avait été remplacé par celui de Beethoven. La décision de réaménager un vaste bunker souterrain n'était pas moins singulière aux yeux de Melamed, tout comme celle de drainer et de repeindre une série de galeries souterraines qui reliaient le bâtiment principal à plusieurs de ces résidences. Après tout, Téhéran était protégée par douze escadrilles de chasseurs russes et britanniques, pas moins, et toute attaque aérienne du type de celle encouragée par le général SS qui avait envoyé ces équipes de parachutistes allemands aurait été un suicide. Pour Melamed, il y avait moins de risques de voir Staline contraint de chercher le refuge d'un abri antiaérien durant son séjour à Téhéran que de voir Beria réclamer la protection pastorale d'un prêtre russe orthodoxe.

En fin d'après-midi, plusieurs autres parachutistes SS avaient été arrêtés. D'après le décompte final de Melamed, cela laissait encore trois hommes, dont deux Allemands, manquant à l'appel. À la tombée de la nuit, il fut informé de l'arrivée (sous le couvert de l'obscurité) des premiers membres des délégations à l'aérodrome Gale Morghe, ce même soir, sans qu'on lui précise de qui il s'agissait. Ces invités furent reçus par Beria en personne, puis, en grand secret, conduits non pas à l'ambassade britannique ou américaine, mais dans l'enceinte de l'ambassade russe. Tout cela incita Melamed à se demander qui, au Kremlin, aurait pu se voir accorder une telle importance et bénéficier d'un tel degré de sécurité, si ce n'est le camarade Staline lui-même. Molotov ? La fille de Staline, Svetlana ? Son fils, Vasily ? La maîtresse de Staline, peut-être ?

Mais la plus étrange de toutes les découvertes de Melamed, en cette journée particulière, survint juste avant minuit quand, encore sous le coup des menaces lancées par le ministre de la Sécurité, il effectua une ronde autour de l'ambassade d'hiver et découvrit, à sa stupéfaction, que l'un des officiers du NKVD patrouillant près du portail, armé d'une mitraillette Degtyarev calée dans le creux de son bras, n'était autre que Lavrenti Beria en personne.

24

SAMEDI 27 NOVEMBRE 1943
LE CAIRE

Je passai trois nuits inconfortables dans une cellule, sous le poste de police de la Citadelle du Caire. Concernant les philosophes purgeant une peine de prison, les précédents ne manquaient pas : Zénon, Socrate, Roger Bacon, Hugo Grotius et même le frère de Dick Tracy, Destutt. Aucun d'eux n'avait été accusé de meurtre, évidemment. Pas même Aristote, à propos duquel Bacon avait remarqué en plaisantant que, tel un despote oriental, il avait étranglé ses rivaux afin de régner en paix.

Les blagues de philosophes sont toujours à mourir de rire.

Manquer une occasion de découvrir la ville de Téhéran ne m'inspirait que peu de regret. Après ce que j'avais entendu dire de cet endroit – l'eau, les Iraniens pronazis, le colonialisme hautain auquel les Britanniques et les Russes soumettaient le pays –, je m'estimais plutôt heureux de ne pas me rendre là-bas. Tout ce que je voulais, maintenant, c'était me laver de cette inculpation de meurtre et rentrer à Washington. Une fois de retour, je quitterais l'OSS, je vendrais la maison de Kalorama Heights et je réintégrerais Harvard ou Princeton. Peu importait, pourvu que l'on veuille de moi. J'écrirais un autre livre. La Vérité me semblait un sujet digne d'intérêt. Pourvu que je puisse décider exactement de quelle vérité il s'agirait. Je songeai même à écrire une autre lettre à Diana, une tâche bien plus ardue que d'écrire un livre sur la Vérité.

Tôt dans la matinée de mon quatrième jour de vacances à la Citadelle, je m'éveillai pour découvrir

Mike Reilly dans ma cellule. Dans son costume tropical crème, il ne ressemblait guère à l'idée que tout un chacun se fait de l'ange du Seigneur.

« C'est la femme de chambre qui vous a laissé entrer ? » Je secouai la tête, embrumé de sommeil. « Quelle heure est-il ?

— L'heure de se lever, me fit calmement Reilly, et il me tendit une tasse de café. Tenez. Buvez ceci.

— Cela m'évoque assez l'odeur du café. Comment le préparez-vous ?

— Avec un peu de brandy. Le reste est dans la voiture, dehors. Le reste de brandy, veux-je dire. C'est pile ce qu'il faut pour se caler l'estomac avant un long vol.

— Où allons-nous ?

— À Téhéran, évidemment.

— Téhéran, hein ? J'ai entendu dire que c'était un vrai trou.

— C'est un vrai trou. C'est pour cela qu'on vous veut avec nous.

— Et les Britanniques ?

— Ils viennent eux aussi.

— Je parlais de leur police.

— Harry Hopkins a consacré ces dernières trente-six heures à tirer toutes sortes de ficelles, rien que pour vous, m'expliqua Reilly. Il semblerait que le Président et lui considèrent votre présence à Téhéran comme absolument essentielle. » Il secoua la tête et alluma une cigarette. « Ne me demandez pas pourquoi. Je n'en ai aucune idée.

— Mes affaires, à l'hôtel…

— … sont dans la voiture, dehors. Vous pourrez vous laver, vous raser et changer de vêtements dans une pièce à l'étage.

— Et cette inculpation de meurtre ?

— Abandonnée. Tenez, dit Reilly en me tendant ma montre, je vous l'ai même remontée. »

Je jetai un coup d'œil au cadran. Il était cinq heures et demie du matin.

« Quand décolle notre vol ?

— À six heures et demie.

— Alors nous avons encore le temps de faire un saut à Grey Pillars. »

Reilly secoua la tête.

« Allez, Reilly, pour se rendre à l'aéroport, il faut traverser le Nil, par conséquent Garden City est sur notre route. Plus ou moins. » Je levai les yeux vers les barreaux de la fenêtre. Dehors, le ciel du petit matin me paraissait très différent de sa couleur orange vif habituelle. « En plus, vous n'avez pas remarqué ce brouillard ? Je serais très surpris que nous décollions à l'heure.

— Mes ordres sont de vous conduire à l'aéroport, professeur Mayer. À tout prix.

— Bien. Cela nous facilite donc les choses à tous les deux, alors. À moins que nous ne passions d'abord à Grey Pillars, je n'irai pas à Téhéran. »

Grey Pillars n'était qu'à trois kilomètres à l'ouest de la Citadelle, et le trajet, en voiture officielle, ne prit que quelques minutes. Le grand quartier général britannique ne cessait jamais ses activités et, douché, rasé et portant les vêtements propres que Reilly m'avait rapportés de l'hôtel Shepheard, j'eus peu de difficulté à accéder aux cellules du sous-sol. J'y trouvai le caporal Armfield, qui venait juste d'être relevé de sa permanence.

« Je suis venu voir le major Reichleitner, annonçai-je au caporal un peu perplexe.

— Mais il est parti, monsieur. Transféré à bord d'un transport de prisonniers de guerre, la nuit dernière. Sur ordre du major Deakin. Il s'est présenté ici avec votre général Donovan, monsieur, il voulait être informé de certains manuels de codes, monsieur. Le major Reichleitner a répondu à votre général Donovan qu'il les avait tous brûlés, et à ce stade le général s'est pas mal emporté contre lui, monsieur. Après quoi, Deakin et lui ont causé un petit moment et il a été décidé d'embarquer Reichleitner à bord d'un transport de prisonniers de guerre qui appareillait d'Alexandrie ce matin.

— Où va ce bateau, caporal ?

— À Belfast, monsieur.

— Belfast ? A-t-il laissé un message pour moi ?

— Non, monsieur. Du fait que le général lui a raconté que vous aviez été arrêté parce qu'on vous soupçonnait d'être un espion allemand. Le major Reichleitner a eu l'air de trouver ça très drôle, monsieur. Vraiment très drôle. Ça l'a carrément fait hurler de rire.

— Je veux bien le croire. Qu'est-ce que Donovan lui a dit d'autre ? Lui a-t-il expliqué que j'étais accusé de meurtre ? Au sujet de cette femme qui a été abattue ?

— Non, monsieur. Or, pendant tout le temps qu'ils sont restés là, j'étais sur le seuil, et j'ai entendu tous leurs propos. »

Donc, Reichleitner ignorait que sa bonne amie était morte. Peut-être n'était-ce pas plus mal. Un homme confronté à un séjour dans un camp de prisonniers de guerre irlandais avait besoin de conserver un motif d'espérance.

« Vous avez entendu ? Mon arrestation était une erreur. Juste au cas où vous vous poseriez la question, caporal.

— C'est un peu ce que je me demandais, monsieur, m'avoua Armfield, tout sourires.

504

— J'ai eu grand plaisir à faire votre connaissance, caporal. Je suis ravi de voir que tous les Anglais ne sont pas des ordures.

— Oh, si, monsieur, tous. Moi, je suis gallois. »

Reilly attendait avec impatience à l'arrière de la voiture et, avant même que j'aie refermé la portière, nous foncions vers l'ouest, traversant l'English Bridge et slalomant entre les limousines des pachas britanniques, les carrioles de glaciers, les corbillards or et argent, les charrettes à bras, les baudets et les gharrys.

« Nous faisons escale à Bassorah ? demandai-je à Reilly.

— À Bassorah, il y a le typhus. Et, d'après ce que je sais, des parachutistes nazis, en plus. En outre, de Bassorah à Téhéran, le voyage en train est infernal. Même dans le train personnel du shah. » Il m'offrit une cigarette et alluma la sienne et la mienne. « Non, nous volons directement vers Téhéran. Enfin, si nous arrivons à nous tailler un chemin dans cette foutue circulation cairote.

— J'aime bien la circulation cairote, commentai-je. C'est franc du collier. »

Reilly me tendit sa flasque.

« Apparemment, vous aviez raison, fit-il, en désignant le brouillard, par la fenêtre.

— J'ai toujours raison. C'est pour cela que je suis devenu philosophe.

— Je viens de comprendre pourquoi ils vous veulent avec eux, professeur, en conclut-il. Vous êtes plus commode à transporter qu'une collection d'encyclopédies. »

J'avalai une gorgée de brandy. Et puis une autre.

« Vous auriez intérêt à le faire durer. D'ici notre arrivée à Téhéran, nous n'aurons pas d'autre petit déjeuner. »

Je commençai de nouveau à l'apprécier, songeant qu'il y avait peut-être un peu plus, sous son panama, qu'une épaisse tignasse de cheveux noirs d'Irlandais.

Plusieurs appareils attendaient sur la piste de l'aéroport du Caire, et Reilly me dirigea vers le C-54 personnel du Président. Je grimpai à bord et m'assis à côté de Harry Hopkins. C'était comme si rien ne s'était passé. Je serrai la main de Hopkins. Je serrai la main de Roosevelt. J'échangeai même quelques blagues avec John Weitz.

« Sympathique de votre part de vous joindre à nous, professeur, fit Hopkins.

— Je suis très content d'être ici, monsieur. J'ai compris, d'après Reilly, que sans vous je ne serais pas là du tout.

— Gardez ça pour vous.

— Je vais essayer, monsieur. »

Hopkins hocha la tête avec gaieté.

« Tout cela est derrière nous, à présent. Tout est oublié. En outre, nous ne pouvions pas nous permettre de vous laisser à la traîne, Willard. Nous aurons besoin de vos talents linguistiques.

— Mais enfin, l'unique langue étrangère que l'on parlera lors de la conférence des Trois Grands, ce sera le russe. »

Hopkins secoua la tête.

« Le shah a fait ses études en Suisse. Et je pense que vous avez connaissance de la haine de son père vis-à-vis des Anglais. De ce fait, Sa Majesté ne parle que le français et l'allemand. En raison de la situation politique délicate qui règne en Iran, il a été décidé de tenir secrètes toutes les rencontres entre Reza Shah et les Trois Grands. Pour la sécurité du shah lui-même. Il n'a que vingt-quatre ans et n'est pas encore très fermement assis sur le trône. Voici encore trente-six heures, nous n'étions même pas sûrs qu'il courrait le risque de nous rencontrer. C'est pourquoi vous n'avez pas été tenu informé de ce qui se déroulait. Nous ne le savions pas nous-mêmes. Après la guerre, le pétrole sera la clef de la puissance mondiale. Le sous-sol de l'Iran renferme un océan de cette matière première. C'est la raison principale pour laquelle le Président a accepté de venir ici, d'ailleurs. »

Je sentais poindre en moi la très nette impression que, sans mes talents de germanophone, je croupirais encore dans une cellule de la prison du Caire, confronté à une inculpation de meurtre. Et pourtant, même à cette minute, quelque chose dans l'histoire de Hopkins ne collait pas tout à fait.

« Alors, avec tout le respect qui vous est dû, n'aurait-il pas mieux valu emmener avec vous quelqu'un qui parle le farsi ? » Quand Hopkins me considéra d'un œil vide, j'ajoutai encore : « C'est le nom de la langue perse moderne, monsieur.

— Plus facile à dire qu'à faire. Même Dreyfus, notre ambassadeur à Téhéran, ne parle pas le sabir local. Le hongrois et un peu de français, mais pas le farsi. Côté linguistes, notre département d'État ne vaut pas tri-pette, j'en ai bien peur. Et pour le reste, ce n'est guère mieux, d'ailleurs. »

Je lançai un rapide regard autour de moi. John Weitz, le spécialiste russophone du département d'État et suppléant de Bohlen, était assis juste derrière moi et, ayant distinctement entendu la remarque de Hopkins, il croisa mon regard et haussa les sourcils avec une patience toute diplomatique. Quelques instants plus tard, il quittait son siège pour se rendre à l'arrière, dans le minuscule cabinet de toilette de l'avion. Entre-temps, le Président, Elliott Roosevelt, Mike Reilly, Averell Harriman, l'agent Pawlikowski et les chefs d'état-major regardaient tous fixement par les hublots de l'appareil, qui survolait le canal de Suez, aux abords d'Ismaïlia.

« Puisque nous nous parlons franchement, monsieur, repris-je, en profitant de l'absence de Weitz, je crois toujours que nous avons un espion allemand qui voyage au sein de notre délégation. Un homme qui a désormais tué deux fois. Et peut-être plus. Je crois fermement qu'un membre de notre groupe a l'intention d'assassiner Joseph Staline. »

Hopkins m'écouta patiemment, puis il hocha la tête.

« Professeur, je sais juste, moi, que vous vous trompez. Et si vous voulez comprendre pourquoi, je crains que vous ne soyez obligé de vous contenter de ma parole. Je ne peux pas vous révéler pourquoi. Pas encore. Mais il se trouve, je le sais, que ce que vous dites est tout simplement impossible. Quand nous aurons touché le sol, nous pourrons en reparler. D'ici là, il ne serait pas mauvais que vous rangiez cette petite théorie de votre cru au placard. Pigé ? »

Nous survolâmes Jérusalem et Bagdad, traversâmes le Tigre, remontâmes le long de la voie ferrée Bassorah-Téhéran, puis de Ramadan à Téhéran, en nous maintenant toujours entre mille cinq cents et deux mille mètres d'altitude, afin que Roosevelt et Hopkins, étant donné leur piètre constitution, ne soient pas trop éprouvés par ce périple. Il n'empêche, je soupçonnai que ce devait être une sacrée tâche, pour le pilote, d'avoir à négocier plusieurs cols montagneux au lieu de simplement les survoler avec son gros C-54.

Quand nous arrivâmes enfin en vue de l'aérodrome militaire russe de Gale Morghe, il était trois heures de l'après-midi. Des dizaines de B-25 américains sur lesquels on avait peint l'emblème de l'Union soviétique, l'étoile rouge, étaient parqués le long du terrain.

« Seigneur, voilà une vision bien terrifiante, plaisanta Roosevelt. Nos propres avions, sous les couleurs russes. Je suppose que c'est à cela que tout ressemblera, si jamais les Commies conquéraient les States un jour, hein, Mike ?

— Les peindre, c'est une chose, ironisa Reilly. Les piloter, c'en est une autre. La dernière fois que je me suis rendu dans ce pays infect, j'ai appris que voler avec un pilote russe et survivre vous libérait de toute peur de la mort.

— Enfin, Mike, je vous croyais au courant, s'esclaffa Roosevelt. Ma sécurité est inversement proportionnelle à votre insécurité. »

L'appareil présidentiel entama son approche, en virant sur l'aile au-dessus d'un damier de rizières et de bancs de boue.

Une escorte militaire commandée par le général Connolly convoya le Président et son entourage immédiat jusqu'à la légation américaine, au nord de la ville. Je me rendis avec les chefs d'état-major, Harriman, Bohlen et quelques membres des services secrets vers nos quartiers, à Camp Amirabad.

Amirabad était un site de l'US Army encore en cours de construction, et il comportait déjà des casernes en dur, un hôpital, une salle de cinéma, quelques boutiques, des bureaux, des entrepôts et des équipements de loisirs. Cela ressemblait à n'importe quelle base du Nouveau-Mexique ou de l'Arizona, et paraissait indiquer que la présence américaine à Téhéran était tout sauf temporaire.

Dès que les chefs d'état-major, Bohlen et moi-même nous fûmes changés, on nous conduisit par les rues de Téhéran en un convoi de jeeps, de voitures et de motocyclettes jusqu'à la légation américaine où, sous la véranda, les agents des services secrets, Qualter et

Rauff, montaient déjà la garde. J'adressai un signe de tête à ces deux personnages et, à ma grande surprise, ils me répondirent de même.

« Vous n'auriez pas une cigarette ? demandai-je à Qualter. J'ai dû laisser les miennes quelque part.

— Ce ne serait pas en prison, par hasard ? me lança-t-il et, avec un sourire plein d'ironie, il sortit un paquet de Kool et tapa sur le fond pour en faire jaillir une, à mon intention. Mentholée, ça vous embête ?

— Non, fis-je, en notant silencieusement la marque de ses cigarettes. Vous ne croyez pas vraiment que j'aurais tué cette femme, non ? »

Je ne me souciais pas franchement de ce qu'il pensait, mais j'avais envie de le faire parler. J'étais davantage intéressé par cette découverte : il fumait des Kool.

Qualter alluma la mienne avec un haussement d'épaules.

« Pas mon rôle de penser à ce qui est sans rapport avec la sécurité du patron. Bon Dieu, j'en sais rien, professeur. Vous n'avez pas l'air d'un meurtrier, c'est sûr, faut au moins vous reconnaître ça. Mais enfin, vous n'avez pas non plus l'air d'un agent secret.

— Je prendrai cela comme un compliment. » Je lançai un coup d'œil à la veste de Qualter, comptant les boutons. Il y en avait trois, comme il se devait. « En tout cas, merci pour la cigarette.

— C'est bon, dit Qualter en me souriant de toutes ses dents. C'est pas les miennes.

— Oh ? À qui sont-elles ? »

Mais Qualter s'était déjà détourné pour ouvrir la porte aux chefs d'état-major. Je les suivis à l'intérieur et montai la rampe en bois qu'avaient construite les charpentiers de l'armée pour faciliter les allées et venues de Roosevelt. À ce qu'il semblait, cette rampe avait aussi présenté un problème à la délégation américaine. Installé au salon, le Président demandait qu'on lui serve un verre et l'ambassadeur Dreyfus dut lui expliquer que la rampe avait été bâtie au-dessus du seul accès à la cave de la légation. Il avait été obligé d'emprunter huit bouteilles de whisky à l'ambassadeur de Grande-Bretagne, sir Reader Bullard. Reilly avait poliment écouté l'ambassadeur, avant de le reconduire à la porte.

« Seigneur, lâcha Roosevelt, après le départ de Dreyfus. Oublions ce whisky, mais qu'en est-il du gin ? Et du vermouth ? Comment vais-je m'y prendre pour préparer mon foutu martini sans gin et sans vermouth ? »

Reilly eut un signe de tête vers Pawlikowski, qui sortit de la pièce, sans doute pour se mettre en quête d'un peu de gin et de vermouth.

« Asseyez-vous, messieurs », proposa Hopkins.

Je pris place à côté de Chip Bohlen, en face du Président, de Hopkins, des amiraux King et Leahy, et de l'ambassadeur Harriman. Je n'avais jamais vraiment vu Harriman de près. Il était grand, la mâchoire proéminente et le genre de rides aux commissures qui évoquaient un clown privé de son maquillage. Il avait le cheveu noir, le sourcil fourni et broussailleux, ancré sur un front aussi vaste que la gare Grand Central de New York. Son père avait été un requin de l'industrie, l'un des grands magnats des chemins de fer, et je l'imaginais encore plus riche que ma mère. Il paraissait à peu près dans le même état que moi, à savoir un peu sur les nerfs.

Voyant que Roosevelt s'entretenait encore avec Harriman et King, je me penchai vers Bohlen.

« Comme vous allez assurer l'essentiel de l'interprétariat, il vaudrait mieux que ce soit aussi vous qui rappeliez au Président selon quel système vous comptez procéder.

— Quel système ? » Bohlen se rembrunit et secoua la tête. « Bon Dieu, nous n'avons même pas de sténographe. Et d'après ce que je vois, personne n'a préparé le moindre document d'orientation sur les questions qui seraient susceptibles d'être abordées. En tout cas, je n'en ai pas vu un seul circuler. Cela ne vous paraît pas tout de même un peu étrange ?

— Maintenant que vous me le dites, si. Mais c'est du FDR tout craché. Il aime improviser. Cela permet de conserver aux choses un ton informel, officieux.

— Est-ce franchement réaliste, quand il s'agit de discuter du sort du monde de l'après-guerre ? Il me semble que si quelque chose méritait d'être traité de manière formelle et officielle, c'est bien cela, vous ne croyez pas ?

— Rien ne peut plus me surprendre, Chip. Pas au cours de ce voyage.

— Qu'y a-t-il dans cette valise ? me demanda Hopkins, en pointant du doigt la mallette que j'avais posée près de moi. Une bombe ? »

Je souris et, avec un sourire pincé, j'ouvris la mallette, j'en sortis le dossier Beketovka, et je le lui remis. J'en étais encore à lui expliquer son contenu quand Roosevelt se racla bruyamment la gorge et nous interrompit.

« Parfait, messieurs, commença-t-il sur un ton posé. Passons aux choses sérieuses. Je vais devoir prier le professeur Mayer et M. Bohlen de tenir leur curiosité en respect encore un petit moment. Pour l'instant, tout ceci risque fort de ne pas présenter grand sens à vos yeux, vous allez devoir encore faire preuve de patience. Tout finira par s'expliquer, pour tous les deux, en temps et en heure. Si je vous ai demandé d'être présents ici, maintenant, c'est que j'ai une sacrée bonne raison. Mais j'y viens à l'instant. Mike… toutes les délégations sont-elles arrivées, saines et sauves ?

— Hier.

— Comment va Churchill, Harry ?

— Il boude.

— Enfin, je dois avouer que je ne peux lui jeter la pierre. Je vais l'appeler moi-même. Voir si je ne pourrais pas le convaincre de prendre part à tout ceci. En l'occurrence, je pense que nous allons rencontrer quelques difficultés avec le général Marshall et le général Arnold, et pour la même raison. »

Hopkins haussa les épaules.

« Il n'empêche, c'est fâcheux. » Le Président alluma une cigarette, qu'il fuma sans fume-cigarette, ce qui semblait témoigner d'une nervosité accrue. Ajustant sa position dans son fauteuil roulant, il consulta Reilly du regard. « Mike ? Quel est votre principal argument pour justifier ce déménagement à l'ambassade russe ?

— Entre ici et l'ambassade soviétique, il y a une sacrée trotte. Ce qui supposerait de vous conduire en voiture en passant par des rues non protégées, alors que nous avons encore quelques parachutistes allemands en vadrouille. Entre trois et six, qu'on n'a pas encore repérés, selon les Popovs. Dans le même ordre d'idées, il se pourrait que nous assistions à une manifestation contre les Britanniques, sous une forme ou une autre, ou contre les Russes, auquel cas nous risquerions de nous y trouver mêlés.

— En effet, c'est tout à fait vrai, admit Roosevelt. Avez-vous vu l'accueil que l'on nous a réservé, sur le chemin depuis l'aéroport ? Je me sentais comme Hitler entrant dans Paris.

— Et il ne fait aucun doute, continua Reilly, que les ambassades russe et britannique sont, par comparaison avec la nôtre, presque imprenables. Saviez-vous que cette ambassade où nous sommes a été cambriolée à plusieurs reprises au cours de ce dernier mois ? En tout cas, les Brits et les Russes sont voisins, donc si quelque chose tournait mal pendant notre séjour là-bas, nous aurions quantité de troupes pour vous protéger, monsieur le Président. Quoi qu'il en soit, ma conclusion sera la suivante : je ne crois pas que quiconque protesterait si nous déclarions que le souci de votre sécurité nous a poussés à vous installer dans l'ambassade russe. »

L'espace d'un instant, je me demandai si je devais vraiment en croire mes oreilles. Si Reilly venait vraiment de répondre qu'il prévoyait d'installer le Président des États-Unis en « sécurité » à l'ambassade russe. Mais là-dessus, Roosevelt secoua la tête.

« C'est ce que vous dites, Mike. Mais cela va susciter des commentaires, n'espérez pas le contraire. Quelle que soit la raison que nous mettrons en avant. Les journalistes accrédités raconteront que toutes mes conversations sont enregistrées par les Russes au moyen de microphones cachés. À moins que nous n'ayons une ligne de défense à ce sujet, je vais être accusé de naïveté. Ou pire. De ne pas être à la hauteur. Un canard boiteux. Un malade.

— Alors, si nous présentions la chose comme ceci, proposa Hopkins. Que pour éviter de donner l'impression d'être venus à Téhéran sans aucune stratégie préconçue, concoctée par les Britanniques et nous... » Hopkins marqua un temps d'arrêt, avant de reprendre. « ... Que dans une volonté d'ouverture d'esprit et de coopération, nous avons séjourné à l'ambassade russe en sachant parfaitement que toutes nos conversations seraient sans doute surveillées par les Soviétiques. Mais que nous n'avons rien à cacher à nos alliés russes.

Et, par conséquent, on se moque de savoir s'ils enregistrent ce qu'on se raconte. Qu'en pensez-vous, monsieur le Président ?

— Ça me paraît pas mal, Harry. Ça me plaît. Évidemment, une fois que nous serons entrés dans l'enceinte russe, nous pourrons tout boucler et personne, du côté de la presse, ne saura rien de ce qui se trame. Hein, Mike ? Personne ne s'y entend mieux que les Soviets pour étouffer les fuites.

— C'est pour cela que nous sommes venus à Téhéran, observa Reilly. Pour étouffer les fuites. Mais avant de se donner tant de mal, si nous racontions tout simplement que nous avons invité Staline à boire un verre et qu'il a refusé ? Qu'il a refusé de venir ici. De la sorte, nous pourrions laisser entendre que c'est lui qui se soucie davantage de sa sécurité personnelle que vous-même. Et que c'est cela, avant tout le reste, qui nous a poussés à emménager dans leur ambassade.

— Bon, approuva Roosevelt. Cela me plaît aussi.

— Et après tout, monsieur le Président, ajouta King, n'oublions pas que c'est vous qui avez traversé la moitié de la planète pour venir ici. Pas Staline. Ce n'est pas vous qui avez peur de voler.

— C'est vrai, Ernie, c'est vrai, admit Roosevelt.

— Alors, quand montons-nous cette petite comédie ? demanda Harriman.

— Ce soir, décida Roosevelt. Comme cela, nous pourrons mettre tout en branle à la première heure demain matin. Si l'autre partie en présence consent à se prêter au jeu.

— Ils sont consentants, affirma Reilly. Mais M. Harriman soulève un point utile quand il parle de comédie. Je veux dire, il vaudrait peut-être mieux organiser une espèce de leurre, que l'on vous voie quitter la légation et vous rendre sur le site de l'ambassade russe.

Comme cette fois où l'agent Holmes s'est fait passer pour vous.

— Vous voulez dire une fausse sortie, avec une doublure ? Oui, bonne idée. Et pendant ce temps-là, nous nous rendrons là-bas en camionnette banalisée, par une porte dérobée, pourquoi pas l'entrée réservée aux domestiques.

— Est-ce que les ambassades soviétiques sont autorisées à avoir une "entrée réservée aux domestiques"? s'esclaffa Hopkins. Cela me paraît très anticommuniste.

— Pour ma part, je ne suis pas certain de beaucoup aimer l'idée du Président des États-Unis allant et venant en catimini comme un vulgaire voleur, maugréa l'amiral King. Cela me semble, enfin, monsieur… manquer de dignité.

— Croyez-moi, Ernie, lui répliqua le Président, quand vous êtes un homme en fauteuil roulant, il ne vous reste déjà pas beaucoup de dignité. Enfin, quoi qu'il arrive, je vais m'amuser davantage que Hull à Moscou. »

Harry Hopkins éclata encore une fois de rire.

« J'adorerais le voir, là, maintenant, ce salopard. Dites-moi, fe font des bombes que ze viens d'entendre à l'inftant ? »

Roosevelt partit d'un rire gras.

« Vous êtes une belle canaille, Harry, sacrément cruel. Enfin, c'est pour ça que je vous aime bien, j'imagine. Et vous avez raison. J'adorerais voir la mine de Cordell, à l'heure qu'il est.

— Et les procès-verbaux ? s'enquit Hopkins. Les sténographes ? »

Roosevelt secoua la tête.

« Non, nous allons nous contenter d'échanger des documents d'orientation que nous avons préparés chacun de notre côté. Sinon, il n'y aura pas de procès-verbal en bonne et due forme. Professeur Mayer et monsieur Bohlen… si cela ne vous ennuie pas, je vais vous appeler par vos prénoms. Willard ? Chip ? Vous prendrez les notes dont vous aurez besoin pour vous aider dans la traduction, mais je ne veux aucun rapport écrit de ce qui se dira ici. En tout cas pas au début. Et ensuite, toutes les notes devront êtes détruites. Chip ? Willard ? Vous avez saisi ? »

Bohlen et moi, plongés dans la plus complète perplexité, hochâmes la tête en signe d'acquiescement. Je commençai à me dire qu'il y avait encore autre chose qu'on ne nous avait pas révélé. Et qui risquait de nous déplaire. Averell Harriman avait l'air de plus en plus mal à l'aise.

« Monsieur, dit-il, l'absence de procès-verbaux pourrait se révéler dangereuse. C'est une chose de n'avoir rien de consigné quand vous vous adressez à M. Churchill. Vous et lui, vous êtes sur la même longueur d'onde, tout au moins la plupart du temps. Mais les Soviets peuvent se montrer très prosaïques. Si vous déclarez une chose, ils s'attendront à ce que vous la respectiez à la lettre.

— Je suis désolé, Averell, mais j'ai pris ma décision. C'est comme cela que ce doit être pour le moment. » Il se tourna vers Reilly. « Mike, servez-nous un peu de ce scotch Machinchose, voulez-vous ? Je suis sûr qu'un verre ne serait pas de refus, pour nous tous. »

Roosevelt examina son verre, l'air pensif.

« J'aimerais pouvoir gagner Churchill à notre point de vue. » Il but une gorgée du whisky de l'ambassadeur. « Averell ? Vous a-t-il dit ce qu'il faisait ce soir ?

— Il a prévenu qu'il avait l'intention de se coucher de bonne heure et de lire un roman de Dickens, monsieur le Président.

— Il faut que l'on travaille encore Churchill, insista Roosevelt.

— Il finira par se ranger à notre position, monsieur le Président. »

FDR hocha la tête et, avisant ma mine renfrognée, il me sourit avec ironie.

« Willard. Chip. Je suppose que vous vous demandez de quoi il peut bien retourner, les gars, hein ?

— Cette question m'a traversé l'esprit, je l'avoue, monsieur », dis-je.

Bohlen se contenta de hocher la tête.

« Demain matin, tout vous apparaîtra clairement, nous assura le Président. D'ici là, je dois vous prier d'être indulgents. S'il y eut jamais un moment où le Président des États-Unis a eu besoin de la confiance pleine et entière et du total soutien de son entourage, c'est bien à l'heure présente, messieurs. Tout cela comporte une grande part de risque, mais aussi la promesse de grandes récompenses.

— Nous sommes de tout cœur avec vous, monsieur le Président, lui assura Bohlen.

— Nous formons une équipe désormais, déclara Roosevelt. Je voulais simplement m'assurer que vous l'ayez compris, les gars.

— Vous avez notre soutien le plus complet, monsieur, ajoutai-je.

— Très bien, messieurs, cela suffira pour le moment. »

Il nous congédiait. Je vidai mon verre de scotch en vitesse et je suivis Reilly dans le couloir, où il me remit un document officiel.

« "Espionage Act, 1917", dis-je, en lisant l'inscription de titre en couverture. Qu'est-ce que c'est, Mike ? Une petite lecture légère pour s'endormir ce soir ?

— Je souhaiterais que vous vous familiarisiez tous deux avec le contenu de ce texte législatif, avant demain matin. Il a trait à la divulgation des informations gouvernementales sans rapport direct avec des questions de sécurité. »

Je ne répondis rien. Le démocrate en moi avait envie de rappeler à l'agent des services secrets que les États-Unis n'avaient officiellement pas de lois secrètes, pour la simple raison que le Premier amendement de la Constitution garantissait la liberté d'expression. Mais sentant que j'avais peut-être déjà créé suffisamment d'embêtements, je préférai m'abstenir.

« Qu'est-ce que c'est que cette histoire, Mike? lui demanda Bohlen.

— Écoutez, fit Reilly, sur la question du secret qui doit entourer cette mission, le Président est assez remonté. Vous êtes à même de le comprendre, n'est-ce pas? C'est pourquoi il tenait à votre présence lors de cette réunion. Afin que vous vous rendiez compte par vous-mêmes. Et de bien vous faire comprendre que vous êtes tous deux des membres importants de cette équipe.

— Évidemment », dis-je, haussant les épaules.

Bohlen opina.

« L'administration a recueilli certains avis juridiques, et tout ce que nous vous demandons, c'est de bien vouloir signer, l'un et l'autre, un document stipulant que vous avez pleine conscience de la nécessité du secret. C'est tout.

— Que voulez-vous dire par avis juridique? s'étonna Bohlen.

— Trois juges de la Cour suprême ont décrété, sous seing privé, que l'Espionage Act ne couvrait pas seulement les faits d'espionnage. Il couvre aussi les fuites d'informations gouvernementales destinées à d'autres bénéficiaires que l'ennemi, par exemple un journal ou un magazine.

— Vous essayez de nous bâillonner ? s'écria Bohlen. Je n'ose y croire.

— Non, pas de vous bâillonner. Pas du tout. Notre but consiste juste à vous faire prendre conscience des conséquences possibles de toute divulgation orale de ce qui risque de se dérouler ici, à Téhéran. Tout ce que nous exigeons de vous, c'est que vous acceptiez de signer un affidavit, après que vous aurez lu ce document, attestant que vous avez pris la pleine mesure de ce texte législatif.

— Et que penseriez-vous de recueillir notre avis juridique, Mike ? lui lançai-je.

— À mon sens, c'est illégal, objecta Bohlen, avec un sourire crispé.

— Je ne suis pas avocat. Plus. Je ne saurais vous certifier ce qui, en l'occurrence, serait légal ou illégal. Tout ce que je sais, c'est que le patron veut que toutes les personnes engagées dans cette entreprise signent ceci. Sinon…

— Sinon quoi, Mike ? » l'interrompit Bohlen, une rougeur bien perceptible autour de ses oreilles décollées.

Reilly réfléchit un instant.

« L'interprète de Staline…, reprit-il, et puis il claqua des doigts, en s'adressant à Bohlen : Comment s'appelle-t-il ?

— Il y en a deux. Pavlov et Berezhkov.

— Et d'après vous, que leur arriverait-il s'ils faisaient la moindre déclaration qui s'écarte de la ligne ? »

Bohlen et Willard gardèrent le silence.

« Ils les fusilleraient, poursuivit Reilly, en répondant lui-même à sa question. Je ne pense pas que Pavlov et Berezhkov nourrissent le moindre doute à ce propos.

— Où voulez-vous en venir, Mike ? lui demanda Bohlen.

— Simplement qu'il serait fâcheux de voir ces deux types finir par assurer toutes les traductions, au motif que le Président aurait été incapable de trouver des interprètes de confiance, voilà tout.

— Le Président peut se fier à nous, c'est une évidence, Mike, protestai-je. Nous sommes juste un peu surpris que vous éprouviez le besoin de nous faire signer un bout de papier à cet effet.

— À vous, je sais que je peux me fier, professeur, me riposta Reilly, et le ton était lourd de sous-entendus. Après Téhéran, nous allons devoir retourner au Caire, et je suis certain que vous n'apprécieriez guère de devoir à nouveau vous entretenir avec la police britannique au sujet de ce malheureux incident, à Garden City. »

Ce fut mon tour de sentir la rougeur me monter aux oreilles. C'était on ne peut plus clair. Il me faisait chanter pour me mettre au pas.

« Professeur, pourquoi n'échangez-vous pas quelques mots avec Chip, reprit Reilly, tout en souplesse, histoire de bien cerner l'opportunité de ce qui vous est proposé ? »

Et il s'éloigna pour s'entretenir avec Pawlikowski, me laissant en tête à tête avec un Bohlen exaspéré.

« Nous venons de nous faire plaquer par nos propres premières lignes », lâchai-je.

Bohlen opina, puis il grommela :

« Qu'est-ce qui se passe ici, bon sang ?

— Je n'en ai pas la moindre idée. Mais quoi qu'il en soit, un autre verre du scotch de sir Lancelot ne serait pas de refus. »

25

7 heures

Après avoir quitté la fabrique de tapis du bazar, Ebtehaj avait conduit l'Équipe Nord dans une maison de la rue Abassi. Là, Oster, ayant affiné davantage encore son nouveau plan, avait laissé tous ses hommes, sauf cinq d'entre eux, en leur donnant l'ordre d'attendre la tombée de la nuit pour tenter ensuite d'effectuer une sortie hors de la ville, et de franchir la frontière avec la Turquie. Oster avait tranché : il lui suffisait désormais d'un petit commando composé d'une demi-douzaine d'hommes, pas plus et, après quelques adieux chargés d'émotion, Schoellhorn, les Untersturmführer Schnabel et Shkvarzev, trois autres Ukrainiens et lui-même se firent conduire dans une exploitation de pistaches au nord-est de la ville.

À la cour de la reine Belghais de Sabbat, les pistaches étaient un mets délicat réservé aux personnages de sang royal et à l'élite des privilégiés. Heureusement pour le capitaine Oster et ses hommes, les pistaches iraniennes avaient cessé d'être la chasse gardée des riches, elles étaient même très répandues dans tout le pays. Jomat Abdoli était l'un des plus importants grossistes en pistaches d'Iran, et les fermiers des principales provinces productrices lui vendaient leurs récoltes. Il les torréfiait et les stockait dans une installation située à Eshtejariyeh, au nord-est de la capitale. Jomat haïssait les Britanniques. Quand Ebtehaj, le lutteur, était venu lui demander de cacher des Allemands, le grossiste lui avait répondu qu'il l'aiderait volontiers.

Ebtehaj, Schoellhorn, Oster, Schnabel et les trois autres avaient dormi dans l'entrepôt principal, et ils venaient d'achever un petit déjeuner iranien traditionnel à base de thé, d'œufs durs, de fromage salé, de yaourt et de pain sans levain quand la nouvelle leur parvint : on avait repéré un camion de troupes russes au pied de la colline menant à l'entrepôt de Jomat Abdoli. Shkvarzev attrapa sa mitraillette PPSh41 de fabrication russe. Ni Jomat ni aucun des six hommes présents dans l'entrepôt aux pistaches ne savaient que tous les autres, dans la maison de la rue Abassi, avaient été abattus en tentant de résister à leur arrestation. Oster ignorait complètement qu'ils avaient été démasqués. S'il l'avait su, il aurait compris que ce serait ensuite leur tour, et il aurait acquiescé à l'envie des officiers ukrainiens d'en découdre.

« Non, ordonna-t-il à Shkvarzev, nous n'aurions pas une chance. Pouvons-nous nous cacher quelque part ? » demanda-t-il à Jomat.

Ce dernier était déjà en train de ramasser une pile de sacs vides.

« Suivez-moi », fit-il, et il leur fit traverser l'entrepôt principal, puis le hangar de torréfaction, pour accéder enfin à un silo vide en brique. « Couchez-vous par terre, et couvrez-vous avec ces sacs », leur conseilla-t-il. Dès qu'ils lui eurent obéi, il tira d'un coup sec sur un toboggan en métal et ouvrit ensuite un tiroir d'alimentation, remplissant ainsi le silo d'une demi-tonne de pistaches encore tendres, violacées, récemment récoltées.

Oster ne s'était jamais beaucoup penché sur la question des pistaches. Un bar à cocktails, à l'hôtel Adlon, en servait dans des petits bols en cuivre, et il lui était arrivé d'en croquer quelques-unes, à l'occasion. Il se dit qu'il mettrait certainement un point d'honneur à en manger plus souvent, si ces pistaches lui sauvaient finalement la vie. En outre, Jomat leur avait signalé qu'elles constituaient un parfait aphrodisiaque pour l'après-dîner. « Si le roi Salomon de votre Bible était un grand amant, lui avait-il raconté, c'était uniquement parce que la reine Belghais lui donnait beaucoup de *peste*. »

Peste, le mot farsi pour désigner la pistache.

De la poussière emplit le nez et la bouche de l'officier allemand, et il lutta contre son envie de tousser. Que n'aurait-il pas donné, à cette minute, pour un simple verre d'eau ? Pas de cette eau du cru qui coulait dans les caniveaux béants et non protégés, que l'on appelait des *qanats*, mais l'eau pure qui coulait du glacier de sa ville natale, dans les Alpes autrichiennes. C'était typique des Britanniques, qu'ils aillent pomper la seule source fiable d'eau pure à Téhéran, pour la revendre ensuite au litre à leurs propres amis. Une nation de boutiquiers, vraiment. Il y avait quantité de voitures-citernes distribuant de l'eau, dans la capitale et aux alentours, mais aucune des ambassades ne s'y fiait. Ce qui n'était pas plus mal, songea-t-il. Le sens britannique de l'hygiène et du commerce allait sceller leur perte.

La quasi-totalité des voitures-citernes à traction chevaline de Téhéran avait été construite par une compagnie australienne, J. Furphy, de Shepperton, dans l'État de Victoria. Elles étaient arrivées de Mésopotamie avec les troupes australiennes, pendant la Première Guerre mondiale, avant d'être vendues aux Iraniens après que les soldats du continent austral avaient quitté le pays. Les conducteurs iraniens de ces voitures-citernes étaient des sources notoires d'informations douteuses et autres ragots, si bien que le terme « furphy » était devenu, dans le petit monde local, synonyme de rumeur infondée. Sur ordre d'Oster, Ebtehaj avait donc acheté un Furphy au propriétaire du Café Ferdosi, et un poney de la Caspienne à un marchand de chevaux locaux. Le Furphy avait été acheminé jusqu'à l'entrepôt aux pistaches d'Eshtejariyeh, où Shkvarzev et Schnabel avaient entrepris de le convertir en véritable bombe sur roues.

La partie réservoir de la voiture-citerne était composée de deux extrémités en fonte, mesurant chacune un peu moins de quatre-vingt-dix centimètres de diamètre, avec un corps moulé dans une feuille d'acier roulée pour former un cylindre d'environ un mètre vingt de longueur. Rempli de cent quatre-vingts gallons d'eau, soit à peu près huit cents litres, le Furphy pesait tout juste un peu plus d'une tonne et, après un équilibrage soigneux, visant à distribuer le poids au mieux, il constituerait une charge acceptable pour un bon cheval. Le châssis de la citerne était construit en bois et doté de roues de soixante-dix centimètres. On versait l'eau du réservoir grâce à un robinet situé à l'arrière, et on le remplissait par un large entonnoir muni d'un couvercle, installé au sommet. C'était une tâche plutôt simple d'utiliser l'orifice de cet entonnoir pour le remplir d'engrais à base de nitrates et de sucre, et confectionner ainsi une machine infernale de taille à peu près égale à la moitié de la plus grosse bombe dont disposait la Luftwaffe sur le front de l'Est – la « Max », qui pesait deux tonnes et demie. Oster avait vu l'un de ces projectiles, largué d'un Henkel, détruire un immeuble de quatre étages, à Kharkov, tuant tous ses occupants. Il avait calculé qu'une bombe bien placée et pesant déjà plus d'une tonne serait aisément capable d'abattre une petite résidence abritant l'ambassade britannique.

Oster se figea, car il venait d'entendre le bruit étouffé des voix russes. Au même instant, il vit, en gros plan, la main de Shkvarzev se refermer sur sa mitraillette. L'Allemand ne pouvait guère lui reprocher de ne pas vouloir être capturé vivant. Un sort particulièrement cruel, disait-on, attendait tous les volontaires Zeppelin du général Vlassov : un traitement spécial, concocté par Beria en personne, sur ordre exprès de Staline. Oster ne se souciait guère de savoir si Churchill et Roosevelt survivraient à l'explosion, mais la perspective de tuer Staline, c'était encore autre chose. Il n'y avait pas un Allemand sur le front de l'Est qui n'aurait risqué sa vie pour avoir une chance de tuer le potentat russe. Beaucoup d'amis d'Oster, et même deux de ses parents, étaient présents à Stalingrad, et maintenant ils étaient morts – ou pire, retenus prisonniers dans des camps soviétiques. Pour n'importe quel officier allemand, l'assassinat de Staline aurait été un motif de fierté.

Ce plan était presque trop simple. Tous les matins, deux Iraniens se mettaient en route avec une citerne d'eau, en partant de l'ambassade américaine, et parcouraient quelque trois kilomètres à travers la capitale, jusqu'à l'ambassade britannique, pour y remplir un Furphy d'eau pure. Moyennant quelques souverains d'or anglais qu'Oster avait apportés de Vinnica, il serait simple d'acheter deux Iraniens. Le mardi matin, Oster et Shkvarzev, déguisés en autochtones, conduiraient les deux Furphy jusqu'à l'enceinte de l'ambassade. Si on les interrogeait sur la raison d'être de ces deux citernes, Oster expliquerait aux Britanniques qu'on lui avait réclamé davantage d'eau, du fait de la visite de la délégation du Président Roosevelt. Selon les deux porteurs d'eau soudoyés par Ebtehaj, le réservoir de stockage de l'ambassade britannique était visible, sous le toit du bâtiment consulaire, en forme de dôme ornemental, avec une structure en nid d'abeilles et un bassin carrelé de bleu – ce qu'anciennement les Français appelaient un *rond-point*, une abside demi-circulaire. Ce rond-point était visible de l'autre côté du mur de la cuisine de l'ambassade. Le harnais du Furphy qui transporterait la bombe serait dételé, nécessitant son abandon temporaire. Ensuite, la bombe serait armée au moyen d'un réveil bon marché, un modèle « Big Ben » – nom qu'Oster jugeait on ne peut plus approprié – de la marque Westclox, d'une batterie radio Eveready 103, d'un détonateur électrique et de trois livres de plastic. Oster et Shkvarzev quitteraient ensuite les lieux avec un Furphy rempli d'eau et, ayant laissé le second sur place, les deux hommes auraient attelé les deux chevaux à leur citerne et fonceraient sur vingt-cinq kilomètres, jusqu'à Kan, où Ebtehaj attendrait avec un camion rempli de pistaches torréfiées. Ils parcourraient ensuite les six cents kilomètres les séparant de la frontière turque. Lorsque la bombe exploserait, Oster espérait se trouver en pays neutre.

Si ce plan comportait un défaut, calcula-t-il, c'était de lui paraître trop simple. Il parlait un peu le persan, et un peu l'anglais, et comme ni Shkvarzev ni lui ne s'étaient lavés ou rasés depuis leur arrivée en Iran, il ne doutait pas que, vêtus de la tenue appropriée, ils pourraient aisément passer pour des locaux. Tout au moins aux yeux des Britanniques. Si tout se déroulait selon leur plan, ils armeraient la bombe vers neuf heures du matin et, douze heures plus tard, alors que les invités de Churchill seraient attablés pour le dîner, elle exploserait. Et si Oster n'estimait pas que cela permette de gagner la guerre, cela suffirait à imposer un armistice. Ce qui devait bien justifier toutes les prises de risque.

Enfin, il entendit Jomat leur crier que les Russes étaient partis et, lâchant un soupir de soulagement, l'officier allemand et les autres s'extirpèrent, non sans mal, de sous le monceau de pistaches. Pour lui, jamais ils ne bénéficieraient d'un autre coup de chance similaire. Avec encore quarante-huit heures d'attente avant que Shkvarzev et lui puissent mettrent leur plan à l'œuvre, leurs nerfs allaient être mis à rude épreuve.

8 heures

La base de l'U.S. Army, à Amirabad, était proche de l'aéroport de Gale Morghe, et pourtant, en dépit du vacarme des C-54 américains qui n'avaient pas cessé d'atterrir, tout au long de la nuit, transportant du matériel destiné à soutenir l'effort de guerre russe, je dormis extrêmement bien. C'était facile. Au lieu d'un grabat en bois à côté d'un seau d'eaux usées sans couvercle, j'avais un lit convenable. Et la porte de ma chambre était munie d'une clef, que j'étais autorisé à garder sur moi. Comme la plupart des camps militaires, les logements et les installations d'Amirabad étaient élémentaires. Même ainsi, cela m'allait très bien. Après trois nuits passées en qualité d'invité de la police du Caire, ce camp me faisait autant d'effet que le Plaza. J'aperçus deux équipes de football de l'armée en plein match d'entraînement, sur un terrain boueux. Mais je n'eus guère le temps de voir ce qu'elles valaient. D'ailleurs, cela m'importait assez peu. Je n'aurais pas su distinguer une bonne équipe de foot du chœur de l'église méthodiste unifiée du Mont Sion. Après un petit déjeuner pris à la hâte, à base de café et d'œufs brouillés, une jeep nous emmena, Bohlen et moi, non pas à la légation américaine, comme précédemment, mais à l'ambassade russe.

Une fois franchis les murs d'enceinte fortement gardés, l'ambassade était composée pour l'essentiel d'un bâtiment carré en pierre brun clair, planté au milieu d'un petit parc. En façade, il était rehaussé d'un portique élégant, avec ses colonnes doriques blanches encadrant six

528

portes-fenêtres en arcade. Plus à distance, j'aperçus des fontaines, un petit étang, et plusieurs autres villas, l'une d'elles étant à présent occupée par Staline et Molotov, son commissaire aux Affaires étrangères, toutes étroitement gardées par d'autres hommes de troupes russes, armés de mitraillettes.

Le Président était déjà installé dans sa résidence officielle de l'édifice principal, après avoir été introduit dans les lieux en catimini, aux petites heures de la matinée. Mais pour les chefs d'état-major et les services secrets, il était encore censé se trouver à la légation américaine. Bohlen et moi retrouvâmes donc Roosevelt assis en compagnie de Hopkins, qui était perché sur le rebord d'un sofa deux places en cuir, dans un petit salon, tout au fond de la résidence.

Le sol était recouvert d'un tapis persan neuf, un motif de paon assorti aux rideaux bleu ciel. Derrière l'épaule du Président, il y avait une lampe très ornementée et, sur le côté, un énorme radiateur à mazout. Clairement, les Russes avaient souhaité installer Roosevelt confortablement, mais au vu du résultat, on eût dit que Joseph Staline en personne s'était occupé de la décoration d'intérieur.

Reilly entra dans la pièce en refermant la porte derrière lui.

« Marshall et Arnold ? s'enquit Roosevelt.

— Non, monsieur, fit Reilly.

— Churchill ? »

Le chef des services de sécurité de la Maison-Blanche secoua la tête.

« Merde, s'écria Roosevelt. Merde !… Alors, qui attendons-nous ?

— L'amiral Leahy, monsieur. »

Le Président s'aperçut de notre présence, à Bohlen et moi, et, d'un geste, nous invita à nous asseoir.

Je vis que Hopkins avait le dossier Beketovka de Reichleitner posé sur les genoux. Il tapota le document de la main.

« Un contenu explosif, me dit-il, tandis que Roosevelt se remettait à pester contre les généraux Marshall et Arnold. Mais vous comprendrez, j'en suis certain, pourquoi nous ne pouvons agir en ce domaine. »

Je hochai la tête. À la vérité, je m'y étais attendu.

« Pas à l'heure actuelle. Et pour la même raison que nous ne pouvions rien faire concernant le massacre de Katyn. »

Et il me rendit le dossier.

La porte se rouvrit et Leahy entra dans la pièce, suivi de près par l'agent Pawlikowski, qui se posta en position de guet, entre moi et la porte. Sur ma gauche, je jouissais d'un assez bon angle de vision sur le Président. Et sur ma droite, l'angle était tout aussi bon sur Pawlikowski, et c'est ainsi que je remarquai l'un des trois boutons de son veston : il était différent des deux autres.

Je détournai le regard, pour n'éveiller aucun soupçon. Quand je regardai de nouveau, je compris qu'il ne pouvait subsister aucun doute. Le bouton était noir, uni, alors que les autres avaient un aspect écaille de tortue. Le bouton d'origine était manquant. Mais était-ce le même que celui que j'avais vu sur le sol de la chambre d'Elena ? Il était difficile d'en être sûr.

« Merci de nous avoir rejoints, Bill, fit le Président à Leahy. Eh bien, apparemment, cette fois, nous y sommes.

— Oui, monsieur, il semblerait, confirma Leahy.

— Des réserves de dernière minute ?

— Non, monsieur, fit l'amiral. Et qu'en est-il de Winston ? »

Roosevelt secoua la tête, avec une expression amère.

« Le vieux sagouin, quel entêté, maugréa Leahy.

— Qu'il aille se faire foutre, lâcha Hopkins en haussant les épaules. Nous n'avons pas besoin de lui. En fait, il vaut sans doute mieux qu'il ne soit pas là. De toute manière, à plus ou moins longue échéance, il changera d'avis. Vous verrez. Il n'aura pas d'autre choix que d'adopter notre position. Toute autre posture s'avérerait intenable.

— J'espère de tout cœur que vous ayez raison », soupira le Président.

Il y eut un silence, et j'en profitai pour lancer encore un regard vers Pawlikowski. À Téhéran, il faisait bien plus frais qu'au Caire, mais je ne pus m'empêcher de remarquer que l'agent des services secrets transpirait abondamment. Il s'épongea plusieurs fois le front avec un mouchoir et, quand il levait le bras, j'entrevoyais son automatique calibre.45 dans son baudrier, sous sa veste. Puis il me surprit en train de l'observer.

« Je ne pourrais pas vous taper une cigarette, par hasard? lui demandai-je. J'ai laissé les miennes à Amirabad. »

L'autre ne répondit rien, il plongea juste la main dans la poche de sa veste et en sortit un paquet de Kool. Il tapota le paquet pour m'en sortir une et me l'allumer.

« Merci. »

J'avais à présent la certitude que Pawlikowski était mon homme. Et qui, mieux qu'un Américano-Polonais, serait apte à assassiner Staline? Mais alors que je me représentais l'agent dans la pièce radio de la maison d'Elena, Roosevelt m'adressa la parole.

« Avec Churchill et deux de mes chefs d'état-major qui boudent dans leurs tentes, je ne puis me permettre de subir d'autres défections au sein de mon équipe de négociateurs. Pas maintenant. Et surtout pas vous, les gars. Vous êtes mes oreilles et ma voix. Sans vous, tout ceci prendrait fin avant même d'avoir commencé. Alors, quoi qu'il arrive, je veux avoir votre promesse, à titre personnel, que vous ne me ferez pas faux-bond. Je veux avoir votre parole que vous irez jusqu'au bout, quelle que soit la répugnance que vous éprouveriez à exercer vos fonctions d'interprètes. Surtout vous, Willard, car la majeure partie de ce qui va se produire ici, aujourd'hui, va vous incomber, à vous. C'est vous qui allez en porter la charge sur vos épaules. Et je dois aussi vous présenter mes excuses pour vous avoir maintenus tous les deux dans l'obscurité. Mais je vais vous livrer l'essentiel. Si nous menons cette matinée à son terme, je crois que le monde nous en saura gré. Mais si nous loupons notre coup, cela restera le secret le plus infâme de toute l'histoire de ce conflit. Et peut-être de tous les temps.

— Je ne vous abandonnerai pas, monsieur le Président, lui répondis-je, non sans me demander encore une fois de quoi il pouvait retourner. Je vous en donne ma parole.

— La mienne aussi, monsieur », renchérit Bohlen.

Roosevelt opina, avant de faire pivoter son fauteuil, pour passer à l'action.

« Très bien. Allons-y. »

Pawlikowski se précipita pour ouvrir la porte à son patron, mais au lieu de tourner en direction de la porte principale de la résidence, le Président se propulsa vers le bout du corridor, où Mike Reilly se colletait déjà avec une lourde porte en acier. Je suivis l'entourage présidentiel, franchis cette porte et empruntai une longue rampe. On avait l'impression de descendre dans un abri antiaérien.

Pawlikowski me rattrapa et nous longeâmes le corridor jusqu'au bout. Je songeai à lui souffler que j'étais sur ses traces, ne serait-ce qu'à titre dissuasif, mais subitement il pressa le pas pour aller ouvrir une autre porte qui donnait sur un second corridor, cette fois tout à fait à l'horizontale, et long de presque cinquante mètres. Il était bien éclairé et semblait de construction récente.

Nous atteignîmes une troisième porte, gardée par deux hommes du NKVD en uniforme qui, voyant le Président, se mirent vivement au garde-à-vous, avec un claquement de talon sec de leurs bottes cavalières. Ensuite, l'un des deux hommes se retourna et frappa trois fois. La porte pivota lentement. Pawlikowski et Reilly précédèrent notre petit groupe dans la vaste salle circulaire qui se déployait au-delà.

Cette pièce privée de fenêtres était aussi vaste qu'un court de tennis, éclairée par un énorme luminaire en cuivre digne de la cour du roi Arthur, en suspension au-dessus d'une table ronde tendue d'un tapis vert.

Autour de la table, on avait disposé deux rangées de sièges : la première, la rangée intérieure, comptait quinze chaises en acajou ouvragé, tapissées de soie à motif persan ; la deuxième, la rangée extérieure, n'en comptait que douze, plus petites, un carnet et un crayon posés sur chacune d'elles. La salle proprement dite était gardée par dix hommes du NKVD postés à intervalles réguliers, devant le mur recouvert d'une tapisserie, dix hommes stoïques, immobiles, comme autant d'armures. Les agents des services de sécurité de Roosevelt prirent position entre les gardes du NKVD, le long de ce même mur circulaire.

Soixante secondes plus tard, je remarquai à peine tout cela. Soixante secondes plus tard, je remarquai à peine Staline, Molotov, Beria ou Vorochilov, son maréchal de l'armée Rouge. Soixante secondes plus tard, j'avais même oublié Pawlikowski. Soixante secondes plus tard, je dévisageai, bouche bée, l'homme qui franchit une porte à l'autre bout de la pièce, puis les autres personnages qui l'accompagnaient, et si Betty Grable m'avait sauté sur les genoux et s'était dénudée en ne conservant que ses souliers à brides et semelles compensées, je n'aurais pas bronché.

En d'autres circonstances, j'aurais pu croire à une plaisanterie. À ceci près que cet homme s'avançait à présent vers Roosevelt, la main tendue, arborant un sourire, comme s'il était vraiment enchanté de voir le Président d'un pays auquel il avait personnellement déclaré la guerre.

Cet homme, c'était Adolf Hitler.

8 h 30

« Nom de Dieu, grommelai-je.

— Ressaisissez-vous », murmura Roosevelt avant de serrer cette main qu'on lui tendait. Presque par automatisme, je traduisis les premiers propos de Hitler au Président. À présent, tout devenait clair : par exemple pourquoi Harry Hopkins et Donovan avaient pu se montrer si catégoriques en affirmant que les Allemands ne projetaient pas d'assassiner les Trois Grands à Téhéran, et pourquoi Churchill et très vraisemblablement aussi Marshall et Arnold « boudaient dans leurs tentes ».

Et surtout, je comprenais enfin très clairement pourquoi Roosevelt avait tenu à s'assurer de ma présence, car à l'évidence, il avait besoin de quelqu'un parlant l'allemand couramment, et d'un individu qui se soit révélé un véritable « tenant de la Realpolitik », disposé à tenir sa langue au nom d'un bien supérieur supposé. Ce « bien supérieur » ne m'apparaissait maintenant qu'avec trop d'évidence : Roosevelt et Staline entendaient discuter de paix avec le Führer.

« Le Premier ministre britannique n'est pas là, remarqua le dictateur nazi, dont la voix était bien plus douce que celle que je connaissais, pour l'avoir entendue lors d'émissions de la radio allemande. Dois-je en conclure qu'il ne se joindra pas à nous ?

— Je le crains, admit Roosevelt. Tout au moins pas pour l'instant.

— Quel dommage, fit Hitler. J'aurais aimé le rencontrer.

— L'occasion peut encore se présenter, Herr Hitler. Du moins, espérons-le, en tout cas. »

Adolf Hitler lança un bref coup d'œil autour de lui, et son propre interprète, s'approchant de son épaule, lui traduisit les propos du Président. Je saisis cette chance pour lancer de nouveau un rapide regard dans la salle, juste à temps pour voir Molotov serrer la main de von Ribbentrop, Staline s'entretenir avec Harry Hopkins par l'intermédiaire de Bohlen, et les divers SS en civil groupés autour de Himmler qui, tout sourires, semblait ravi que les choses s'engagent dans une atmosphère raisonnablement amicale.

« Votre M. Cordell Hull m'a prié de vous assurer qu'il se portait au mieux, reprit Hitler. Et que l'on veillait fort bien sur lui. Tout comme le commissaire russe au Commerce extérieur, M. Mikoyan. »

J'effectuai la traduction, non sans froncer les sourcils avec perplexité, et Roosevelt s'en aperçut. Il jugea alors bon de me fournir une brève explication de ces derniers propos du Führer.

« Cordell Hull est à Berlin, m'apprit-il. Comme otage, afin de garantir le retour du Führer dans son pays sain et sauf. »

À présent, tout semblait clair – même la raison pour laquelle le secrétaire d'État n'avait pas été invité à la conférence des Trois Grands.

Hitler s'approcha de Staline, qui était un peu plus petit que lui, avec son allure d'ours dodu et court sur pattes. Toutes les photos que j'avais vues du potentat soviétique avaient créé l'illusion d'un homme beaucoup plus grand, et j'en déduisis qu'elles avaient dû être prises en contre-plongée. Quand Staline alluma une cigarette, je remarquai aussi qu'il avait le bras gauche handicapé et légèrement difforme, comme jadis celui du Kaiser.

« Est-ce que ça ira, Willard ? s'enquit Roosevelt, et je devinai qu'il faisait surtout allusion à ma judéité.

— Oui, monsieur le Président, ça va. »

Saisissant cette opportunité, Himmler s'avança d'un pas vif et, sans se départir de son grand sourire, il inclina la tête, puis, déjà un peu plus décontracté, il tendit la main au Président. Il portait un costume, une chemise en soie, et d'élégants boutons de manchette en or qui scintillaient, comme s'ils lançaient des signaux d'alarme sous les lumières éclatantes de la salle.

« Je crois savoir que vous êtes le principal architecte de ces négociations, lui dit Roosevelt.

— J'ai simplement essayé de faire en sorte que toutes les parties concernées perçoivent le bien-fondé de ce qui va être tenté ici ce matin. » Le Reichsführer-SS s'exprimait sur un ton pompeux, sans jamais quitter Hitler d'un œil. « Et je crois sincèrement qu'il pourrait être mis un terme à cette guerre avant Noël.

— Espérons-le, acquiesça le Président. Espérons-le. »

Les représentants de la Russie, des États-Unis d'Amérique et de l'Allemagne nazie prirent place avec leurs conseillers autour de la grande table tapissée de vert. En sa qualité de puissance invitante, il revenait à Staline de lancer les débats. Bohlen se chargeant de la traduction, j'eus donc le temps de reprendre mon souffle et de réfléchir à ce qui était à l'œuvre. Que les Russes soient parvenus à tenir secrète l'arrivée de Hitler à Téhéran, voilà qui était en soi presque aussi stupéfiant que le fait même de sa venue. Et, j'en concluais déjà que si, pour une raison ou pour une autre, ces pourparlers devaient échouer, la réputation de Roosevelt demeurerait certainement intacte, car assurément personne ne croirait qu'un tel événement ait jamais pu avoir lieu.

Des deux dictateurs assis autour de la table, Staline semblait le moins engageant, et non parce que je ne comprenais pas le russe. Il avait un visage froid, rusé, presque cadavérique, et lorsque les yeux jaunâtres se braquèrent fugitivement dans ma direction, quand il me sourit, découvrant des dents ébréchées et tachées de nicotine, il n'était pas difficile de l'imaginer tel un Ivan le Terrible des temps modernes, expédiant des hommes et des femmes à la mort sans que cela le décoiffe d'un cheveu. En revanche, il paraissait avoir l'esprit plus vif que Hitler, il s'exprimait clairement, et sans notes.

« Nous sommes réunis pour la première fois autour de cette table avec un seul sujet en tête, commença-t-il. Mettre fin à cette guerre. J'ai la sincère conviction que nous tenterons tout, lors de cette conférence, pour faire bon usage, dans le cadre de cette coopération, du pouvoir et de l'autorité dont nous ont investis nos peuples respectifs. »

Staline adressa un signe de tête à Roosevelt qui, retirant son pince-nez et le manipulant pour souligner ses quelques réflexions liminaires, prit la parole.

« J'aimerais souhaiter la bienvenue à Herr Hitler, l'accueillir au sein de ce cercle, fit le Président. Lors des réunions précédentes, entre la Grande-Bretagne et les États-Unis, nous avons pris l'habitude de ne rien rendre public, mais d'exprimer notre pensée très librement. Et je vous invite instamment, tous, à parler aussi librement que vous le voudrez, sur la base de cette bonne foi que notre présence dans cette pièce suffit elle seule à démontrer. Toutefois, si l'un de nous se refusait à aborder un sujet en particulier, il ne doit pas s'y sentir obligé. »

Roosevelt se redressa contre le dossier de son fauteuil roulant et attendit que von Ribbentrop, qui parlait un anglais parfait, achève de traduire.

Hitler opina et croisa les bras. L'espace d'un instant, il demeura silencieux et seul Staline, bourrant sa pipe de cigarettes Belomor qu'il dépeçait, semblait indifférent à l'effet que ce temps de silence du Führer faisait peser dans la salle. Quand Hitler ouvrit la bouche, je m'aperçus, non sans quelque amusement, qu'il avait voulu se donner le temps de suçoter jusqu'au bout son PEZ à la menthe, avant de dire quoi que ce soit.

« Merci à vous, maréchal Staline, et à vous, monsieur le Président. J'aurais apprécié de pouvoir exprimer aussi mes remerciements à M. Churchill. Cependant, comme j'ai la ferme conviction que les trois pays représentés dans cette pièce réunissent la plus forte concentration de puissance matérielle que l'on ait jamais vue de toute l'histoire de l'humanité, je crois aussi qu'à nous seuls, nous détenons le potentiel nécessaire pour abréger cette guerre, et que la paix réside entre nos mains. La providence réserve ses faveurs aux hommes qui savent mettre à profit les opportunités que leur offre le destin. Nous avons ici une telle opportunité, et à ceux qui seraient tentés de nous critiquer pour l'avoir saisie, je répondrais que la notion du convenable, dans la guerre comme dans la paix, n'a guère de rapport avec la réalité politique. La moralité n'a pas de place à la table des négociations, et les seules vérités auxquelles il nous faut souscrire sont celles du pragmatisme et de l'opportunisme. »

Roosevelt, radieux, tel un oncle bienveillant, hocha la tête, l'air ravi, tandis que Hitler poursuivait.

« Et maintenant, permettez-moi d'en venir au sujet qui requiert toute notre attention : le second front. Je n'écarterai pas cette possibilité d'un second front, car cela reviendrait à nier la raison même de ma venue ici. En revanche, j'affirmerai tout de go que la précision et la minutie militaires allemandes nous permettent d'ores et déjà d'être pleinement préparés à pareille éventualité. Le fait est là : toute tentative de débarquement sur les côtes d'Europe aurait de quoi fournir à n'importe quel stratège militaire sain d'esprit ample matière à réflexion. Les raisons qui ont entravé ma propre tentative d'invasion de l'Angleterre en 1940 sont celles-là mêmes qui, désormais, hantent vos généraux. On ne saurait trop s'exagérer la difficulté de ce débarquement, et un bain de sang me paraît inévitable. Mes généraux estiment qu'un demi-million d'hommes au moins périraient – troupes allemandes et alliées confondues. En 1940, je n'ai pas cru que l'Angleterre valait la vie de tant de soldats allemands, et je me demande aujourd'hui si vous estimerez qu'une tête de pont sur les plages de Hollande, de Belgique et de France vaudrait les vies d'autant de soldats britanniques et américains. Et le maréchal Staline, qui a subi des pertes que l'on qualifiera d'héroïques, sera sans nul doute du même avis. »

Il eut un geste désabusé.

« Oh, je ne soutiendrai pas que nous pourrions encore gagner cette guerre. Après la défaite d'El Alamein, en octobre 1942, et celle, plus décisive, de la VIᵉ armée allemande devant Stalingrad, je sais que la victoire dépasse maintenant nos capacités. Nous ne pouvons gagner cette guerre. Là, je vous le déclare ouvertement… car vous nous avez recommandé à tous d'être francs et ouverts, monsieur le Président. Et je le répéterai encore. L'Allemagne ne peut pas gagner cette guerre. Mais c'est égal, l'Allemagne a encore les moyens de rendre votre victoire difficile et douloureuse. »

Roosevelt alluma la cigarette plantée au bout de son fume-cigarette et, retirant à nouveau son pince-nez, il se pencha en avant pour formuler une remarque.

« J'apprécie votre ton très franc, Herr Hitler. Permettez-moi donc de l'être tout à fait à mon tour. Pour les alliés, l'objectif stratégique primordial n'est pas d'organiser un débarquement en Europe du Nord, mais plutôt d'attirer davantage de divisions allemandes loin du front soviétique. À cette fin, nous disposons de plusieurs autres options. Une remontée de l'Italie, une poussée depuis le nord-est de l'Adriatique, une opération dans la mer Égée, voire même une série d'interventions en Turquie. L'une ou l'autre de ces initiatives vous obligerait à retirer une partie de vos forces du front oriental. Et pourtant, ayant dit cela, je sais que beaucoup de gens, en Grande-Bretagne et en Amérique, jugeraient encore que le sacrifice d'un million d'hommes est un prix qui mérite d'être payé pour une Europe libre et démocratique. »

Hitler recoiffa sa mèche pour se dégager le front et secoua lentement la tête.

« Nous savons que la campagne d'Italie ne présente pas d'autre intérêt que de permettre l'ouverture de la Méditerranée aux convois maritimes alliés, et qu'elle n'a pas grande importance eu égard à la défaite de l'Allemagne. Le maréchal Staline vous en dira autant lui-même dès que j'aurai quitté cette pièce. Au risque de vous paraître pédant, monsieur le Président, il me faut vous remettre en mémoire une certaine période de l'histoire du continent, que le maréchal Staline connaît déjà bien, je n'en doute pas. En 1799, le maréchal Souvorov a découvert que les Alpes représentaient une barrière insurmontable, interdisant toute invasion de l'Allemagne depuis l'Italie. Et la Turquie ? Oui, elle pourrait ouvrir la voie à une invasion alliée des Balkans, mais cela reste encore très loin du cœur de l'Allemagne. Non, messieurs, non, le talon d'Achille de l'Allemagne, c'est la France. Or, soyons clairs, les Britanniques et vous-mêmes avez eu l'année entière pour l'envahir. Qui plus est, je ne crois pas que vous puissiez même envisager une invasion de la France avant l'été 1944 et, d'ici là, j'ai calculé qu'au moins un million de soldats de l'armée Rouge auront perdu la vie. En gage de respect envers le maréchal Staline, je ne vous annonce pas cela d'un cœur léger. Les pertes inhérentes à toute invasion du continent européen sont négligeables au regard de celles qu'il a déjà subies. Et de celles qu'il subira. Un million de soldats de l'armée Rouge tués, c'est quatre fois plus que les deux cent cinquante mille morts britanniques et américains sur lesquels vous hésitez, M. Churchill et vous-même. Au plan militaire, ce n'est qu'après vous être assuré de la mainmise sur la France que l'envoi de nouvelles troupes en Italie revêtirait un sens. Vous seriez ensuite en mesure de prendre le contrôle du sud de la France et, après que ces deux armées alliées auront effectué leur jonction, d'entamer votre grande poussée en Allemagne. » Hitler parlait vite, sur un ton dédaigneux, comme s'il n'accordait que peu d'intérêt aux différents choix qui s'offraient aux alliés. « Mais pas la Turquie. En dispersant vos forces, en envoyant deux ou trois divisions en territoire turc, vous commettriez une erreur. En outre, la Turquie est encore un pays neutre, et j'ai cru comprendre qu'elle rejetait toujours les tentatives déployées par M. Churchill pour la faire entrer dans cette guerre. Comme l'Iran, peut-être, et après ce qui s'est produit à Versailles, la Turquie conserve une piètre opinion du fair-play des Britanniques. »

Staline avait consacré les dernières minutes à griffonner distraitement des têtes de loup sur un bloc, avec un épais crayon rouge. Il s'interrompit et, retirant sa pipe de sa bouche, il prit la parole.

« L'armée Rouge », rappela-t-il d'un ton tranquille, sans guère se donner la peine de regarder Hitler ou Roosevelt, « a remporté un certain nombre de succès, cette année. Mais ils découlent plutôt de la pure et simple supériorité numérique. Nous alignons trois cent trente divisions russes, opposées à deux cent soixante divisions de l'Axe. Quand tout ce qui reste de forces allemandes sur le front de l'Est aura été balayé, il subsistera encore soixante-dix divisions russes. Mais ce serait là un calcul arithmétique digne d'un asile de fous. J'espère ne jamais en être réduit à cela. D'autre part, les Allemands ont enregistré quelques victoires inattendues. Rien n'est certain, si ce n'est que, comme eux, nous croyons nous aussi que les Britanniques et les Américains atteindront leur efficacité maximale en frappant l'ennemi en France et nulle part ailleurs. De notre point de vue, l'évaluation par le Führer de la tâche qui attend les Britanniques et les Américains est tout à fait exacte. Mais il est certain que le Führer n'a pas fait tout ce chemin jusqu'à Téhéran… et, à cet égard, je dois profiter de l'occasion pour applaudir son très grand courage personnel dans cette initiative… pour simplement nous déclarer son intention de rester dans les pays qu'il a envahis. À supposer qu'il soit aussi désireux de mettre un terme à cette guerre que nous le sommes, quelles sont ses propositions concernant les territoires allemands occupés ? Plus précisément, quelles sont ses propositions concernant les parties de la Russie et de l'Ukraine qui demeurent sous son contrôle ? Et ensuite, qu'en est-il de la Hongrie, de la Roumanie, des Balkans, de la Grèce, de la Pologne, de la Tchécoslovaquie, des Pays-Bas, de la Belgique, de la France et de l'Italie ? J'aimerais entendre quelle base il propose pour une paix que l'Allemagne jugerait honorable. »

Hitler hocha la tête et prit une profonde inspiration.

« Ma proposition est la suivante, maréchal Staline. Un retrait des troupes allemandes sur les frontières antérieures à 1939 à l'Ouest, et à l'Est. Cela laisserait la Russie en position de puissance dominante en Europe orientale. Moyennant un retrait négocié… notez que je n'emploie pas le mot "capitulation"… la guerre en Europe serait terminée d'ici Noël, peut-être même plus tôt, autorisant ainsi l'Amérique et ses alliés à se concentrer sur la défaite du Japon, ce que Washington considère toujours, je suppose, comme sa priorité stratégique. En de telles circonstances, monsieur le Président, vous ne manqueriez pas de remporter l'élection de l'an prochain. Car non seulement vous aurez sauvé les vies de deux cent cinquante mille hommes, britanniques et américains, d'une mort certaine sur les plages d'Europe, mais vous aurez aussi délivré les Juifs de Hongrie, d'Italie, de Norvège, du Danemark et de France, en évitant leur liquidation. »

L'espace d'un instant, Roosevelt parut rester sans voix.

Hitler eut un sourire diaphane.

« J'ai cru comprendre que nous devions dialoguer en toute franchise. Naturellement, monsieur le Président, si vous ne souhaitez pas aborder ce sujet-ci en particulier, rien ne vous y oblige. Mais j'ai le sentiment que le destin de trois millions de Juifs d'Europe pèserait d'un poids énorme aux yeux d'une fraction, disons, très expressive de votre électorat.

— Est-il dans vos intentions d'utiliser les Juifs d'Europe comme otages ? »

Roosevelt venait de lui répliquer sèchement et, pour la première fois, en allemand.

« Monsieur le Président, poursuivit le maître de l'Allemagne nazie. Je suis le dos au mur. Le peuple allemand est confronté à rien moins que sa destruction totale. Vous ne nous avez pas proposé d'autre solution qu'une capitulation sans conditions, tout au moins dans vos déclarations publiques. Je me contente de mettre en avant l'existence d'un facteur que vous n'aviez peut-être pas pris en compte.

— Le Führer se souviendra peut-être, reprit Roosevelt, non sans raideur, que la formule "capitulation sans conditions" a toujours été entendue comme un moyen de l'amener à la table de négociation.

— Je suis ici, s'écria Hitler. Je négocie. Et, dans cette partie de cartes, l'un des jetons, outre le destin de deux cent cinquante mille soldats alliés, demeure le sort de la juiverie européenne. Le maréchal Staline a lui aussi des pions tout à fait similaires à jouer, comme le sort des Cosaques d'Europe et de ces Russes blancs qui ont préféré combattre pour l'Allemagne au lieu de défendre l'Union soviétique.

— Nous avons toujours penché en faveur d'une capitulation négociée, confirma Staline, et nous avons toujours considéré que cette notion de capitulation sans conditions, mise en avant par le Président, ne servirait qu'à unir davantage le peuple allemand. Mais très franchement, je me soucie du destin des Juifs d'Europe comme d'une guigne.

— Eh bien, pas moi, figurez-vous, insista Roosevelt. Et, d'ailleurs, j'ai aussi quelques conditions de mon cru à vous soumettre. Je pourrais accepter un retrait de l'Allemagne à l'intérieur de ses frontières de 1939, s'il était également assorti d'un retour à la Constitution allemande antérieure à 1933. Autrement dit, à des élections libres et équitables, et au retrait du Führer de la politique allemande.

— Je pourrais vous concéder cela, fit Hitler, si je conservais le droit de nommer mon successeur à la tête de mon propre parti.

— Je ne vois pas comment cela pourrait marcher », objecta le Président américain.

Staline secoua la tête.

« Pour ma part, je m'intéresse encore moins aux élections allemandes qu'aux Juifs d'Europe. Franchement, je n'ai aucune confiance dans la capacité du peuple allemand à se réformer, et je ne vois vraiment pas en quoi une élection suffirait à réfréner son militarisme. De mon point de vue, j'insisterais sur une seule condition, et une seule. Le paiement par l'Allemagne de réparations de guerre à la Russie. Cela aurait un double effet. D'abord, ce serait un moyen durable d'empêcher le Reich allemand de jamais provoquer une autre guerre. Et, ensuite, cela ne ferait que restaurer ce que la guerre d'agression de l'Allemagne contre la Russie a pu détruire. » Staline eut un geste désinvolte de la main en direction de Roosevelt. « À nos yeux, tout le reste ne compte guère, y compris la question du retrait du Führer. En réalité, nous préférerions conserver un homme fort à la tête du pays, plutôt que de le voir plonger dans l'anarchie qui, à coup sûr, résulterait de son départ. À tout le moins, nous préférerions le voir partir dans une semi-retraite, pourquoi pas à Berchtesgaden, et le maréchal Göring prendrait sa suite pour la gestion du pays. »

Roosevelt eut un sourire gêné.

« Je ne vois pas comment je pourrais convaincre le peuple américain d'accepter pareil accord, déclara-t-il.

— Avec tout le respect dû au Président, reprit Staline, en matière de passation d'accords avec l'Allemagne, la Russie possède une plus grande expérience que les États-Unis. À l'heure où nous parlons, rien ne nous force à supposer qu'un tel accord soit hors d'atteinte. Certes, je comprends vos réticences à cet égard. Puis-je vous suggérer que votre meilleure politique en la matière consisterait, le cas échéant, à exposer au peuple américain qu'il existait entre l'Allemagne et l'Union soviétique une situation de fait accompli, et qu'à part la reconnaissance de ce fait même et vous en accommoder, votre capacité de peser demeurait très limitée. »

Je comprenais déjà dans quelle direction s'orientaient ces négociations, et que Staline était déterminé à conclure une paix, mais au juste prix. Et je me souvenais du propos que m'avait tenu John Weitz, à bord de l'*Iowa* : la crainte majeure de Staline ne provenait pas des Allemands, mais d'une mutinerie de l'armée russe, comme en 1917.

« J'ai deux conditions, précisa Hitler, en levant la main, avec un geste presque impérieux. La première, que les Britanniques laissent l'adjoint du Führer, Rudolf Hess, rentrer en Allemagne.

— Je suis opposé au retour de Hess, intervint Staline. Les Britanniques l'ont détenu, afin de conclure un accord séparé avec l'Allemagne. Mais Hess, lui, s'est rendu aux Britanniques en vue de solliciter leur soutien, pour que l'Allemagne s'allie à la Grande-Bretagne, dans une attaque conjointe contre la Russie, et c'est pour nous l'aspect le plus choquant. Cela, nous ne pouvons le pardonner. Nous disons que Hess doit rester en prison.

— Les Russes n'ont-ils pas eux-mêmes essayé de conclure une paix séparée avec l'Allemagne ? lui lança Roosevelt. Le maréchal Staline a-t-il oublié les négociations entamées à Stockholm entre l'ambassadrice soviétique, madame de Kollontaï, et le ministre allemand des Affaires étrangères, Joachim von Ribbentrop ? Je ne vois pas comment vous vous permettez de critiquer les Britanniques d'avoir tenté ce que vous avez vous-même tenté.

— Je ne critique nullement les Britanniques, se récria Staline. Uniquement Rudolf Hess. Mon objection ne concernait que son rapatriement. Mais puisque nous en sommes à ces négociations de paix séparée, il n'a pas échappé à l'attention de vos services de renseignements que votre propre représentant personnel, le commandant George Earle, et von Papen, l'ambassadeur d'Allemagne en Turquie, ont également engagé une série de pourparlers de paix. »

Il y eut un long silence. Puis Hitler, avec le sourire cette fois, et même non sans une certaine jubilation, me sembla-t-il, comme s'il goûtait cet étalage de tensions entre Staline et Roosevelt, reprit la parole.

« Ma seconde condition, c'est que l'Allemagne ne saurait tolérer de verser le moindre dommage de guerre, de quelque nature qu'il soit. Tous les biens soustraits aux territoires occupés seront restitués, c'est entendu. Mais il nous semblerait équitable que chacun de nous supporte ses propres dépenses. Pour l'Allemagne, verser des réparations à la Russie reviendrait ensuite à s'exposer à d'autres réclamations de la part de la Grande-Bretagne, de la France, de la Pologne et des autres. Où cela s'arrêterait-il ? Et que dirait la Russie si elle devait payer des dommages de guerre à la Pologne ? Et qu'en serait-il de l'Italie ? Devrait-elle dédommager l'Abyssinie, en même temps qu'elle chercherait à faire valoir ses prétentions auprès de l'Allemagne ? Non, messieurs, il faudra effacer l'ardoise, faute de quoi il n'y aura pas de paix véritable. Dois-je vous rappeler que c'est la facture présentée à l'Allemagne par la Société des Nations, et plus particulièrement par la France, après la Grande Guerre de 1914 à 1918, qui n'a pas laissé d'autre choix à l'Allemagne que de repartir en guerre ?

— Pour ma part, souligna Roosevelt, reprenant délibérément à son compte la tournure de phrase de Staline, je me soucie encore moins de ces réparations que du retour de Rudolf Hess. Pour nous, aucune de ces deux questions ne constitue un problème.

— C'est que vos pertes se réduisent à pas grand-chose, réagit Staline, quelque peu irrité. Je ne vois pas comment nous pourrions un jour honorer nos échéances de prêt-bail sans percevoir de réparations de l'Allemagne.

— Je pense que le Führer a eu là une remarque pleine de bon sens, maréchal Staline, insista le Président. S'il doit régler des réparations, alors quels dommages de guerre verserez-vous à la Pologne ? »

Tâchant de contenir son plaisir, Hitler paraissait maintenant résolu à jouer les conciliateurs entre Staline et Roosevelt.

« Mais parviendrons-nous à un quelconque accord négocié sans les Britanniques ? s'enquit-il. Dois-je conclure, du fait de leur absence, qu'ils ne consentiront à rien ? L'Allemagne va-t-elle négocier une paix avec la Russie et l'Amérique pour se retrouver encore en guerre avec la Grande-Bretagne ?

— Ne vous inquiétez pas de la Grande-Bretagne, lui assura Roosevelt. À partir de maintenant, ce sont les États-Unis et l'URSS qui décideront de tout. L'Amérique n'est certainement pas entrée dans cette guerre pour restaurer l'Empire britannique. Ou l'Empire français. Dans ce conflit, ce sont les États-Unis qui règlent la note, et cela nous confère le droit d'imposer nos vues aux autres. Si nous voulons la paix, tous les alliés occidentaux feront taire leurs armes, je puis au moins apporter cette assurance au Führer. »

Là-dessus, Staline afficha un grand sourire. Je craignais désormais que le Président n'ait eu les yeux plus gros que le ventre. Il était déjà assez mal venu, de la part de Roosevelt, de se risquer à traiter seul avec Staline, mais y ajouter Hitler, cela revenait à tenter de repousser les assauts de deux loups affamés, qui l'attaqueraient chacun par un flanc. En l'occurrence, il venait d'admettre devant Staline que la Grande-Bretagne ne pesait quasiment plus dans la décision à laquelle nous étions confrontés – autrement dit, que la Russie et l'Amérique domineraient le monde de l'après-guerre –, et le tyran de Moscou n'en aurait jamais espéré autant.

10 h 30

Himmler se félicitait, pas seulement d'avoir pu monter ces pourparlers secrets, mais aussi de la manière dont son Führer maniait les débats. En vérité, Hitler semblait se plaire à cette conférence. Soudain, sa compréhension des enjeux s'était améliorée, et il s'abstenait même de céder à ses deux tics les plus courants : se tirailler la peau de la nuque et se décortiquer les petites peaux autour des ongles de son pouce et de son index. Himmler n'en était pas sûr, mais il n'était pas impossible qu'il se soit même dispensé de son habituelle injection matinale de cocaïne. C'était comme de revoir l'ancien Hitler, celui qui avait mené la danse à sa guise, avec les Français et les Britanniques, en 1938. Ce que le Reichsführer avait eu peine à croire, mais qui devenait à présent tout à fait évident, c'était le degré de division qui régnait entre les alliés : le refus de Churchill de négocier ou même de rencontrer Hitler était compréhensible, mais aux yeux de Himmler, il semblait extraordinaire que Roosevelt et Staline ne se soient pas entendus sur une position commune avant de venir s'asseoir en face du Führer. Cela allait au-delà de ce qu'il aurait pu raisonnablement espérer quand ils avaient quitté la Prusse orientale pour effectuer ce périple jusqu'à Téhéran, dans le plus grand secret, en laissant un sténographe du nom d'Heinrich Berger se faire passer pour Hitler à la Wolfschanze, et Martin Bormann prendre les rênes du Grand Reich allemand.

Les Russes, il devait l'admettre, s'étaient montrés d'une grande hospitalité. Von Ribbentrop leur avait assuré que Molotov et Staline ne lui semblaient pas moins cordiaux que lors de sa visite à Moscou, en août 1939, quand il était en quête d'un pacte de non-agression. Et, comme il était à prévoir, les Soviétiques avaient fait preuve d'une maîtrise remarquable en matière de sécurité et de confidentialité. Personne ne savait mieux qu'eux préserver les secrets et manipuler l'opinion publique. Le secret, telle était la raison, évidemment, qui avait poussé Staline à insister pour que la conférence des Trois Grands se tienne à Téhéran. Ces négociations de paix n'auraient pu être organisées nulle part ailleurs, si ce n'est, le cas échéant, en Russie même. Il suffisait de voir ce qu'il était advenu du secret des tractations alliées au Caire, songea Himmler. Il n'empêche, c'était son idée à lui, Himmler, d'user de l'Opération Triple Saut comme d'un moyen de protester de la bonne foi allemande vis-à-vis des Soviets. Livrer ces hommes au NKVD avait été regrettable, certes, mais cette décision avait été facilitée par la découverte tardive que la majorité de l'équipe de Schellenberg n'était nullement composée d'Allemands, mais de volontaires ukrainiens. Himmler tenait ces hommes pour quantité négligeable, ce qui l'avait placé en position de les dénoncer au NKVD sans le moindre scrupule. Quant à cette poignée d'officiers et de sous-officiers allemands renégats, ils resteraient sur la conscience de Schellenberg, pas sur la sienne.

Évidemment, la chaleur de l'accueil russe avait beaucoup à voir avec le transfert secret de dix millions de dollars or des comptes détenus par l'Allemagne dans les banques helvétiques vers ceux de l'Union soviétique. Comme le Führer avait vu juste au sujet de la Russie : c'était le summum de l'État capitaliste, dirigé par un homme prêt à tout, qui consentirait n'importe quel sacrifice et accepterait n'importe quel pot-de-vin pour financer la réalisation de son idée fixe. Et, en dépit de ce que Hitler avait déclaré devant Roosevelt, il s'était déjà résigné à payer à Staline une « prime » de cinquante millions de dollars si l'on parvenait à une paix négociée à Téhéran, car c'était une goutte d'eau dans l'océan comparée à l'or que l'Allemagne détenait en réserve sur ses comptes bancaires secrets en Suisse.

« En dernière analyse », avait confié Hitler à Himmler, lors de leurs entretiens préparatoires à la Wolfschanze, « Staline n'est rien d'autre qu'un ploutocrate, une sorte de magnat qui attend de cueillir son prochain gros marché. Pour cette seule raison, on sait toujours à quoi s'en tenir, avec les Russes. Ils sont réalistes. »

Réalistes ? Oui, songea Himmler, avec les Popovs, on savait à quoi s'en tenir. Pour de l'argent, ils feraient n'importe quoi. C'était égal, il excluait de laisser Göring prendre la tête du pays, comme l'avait suggéré Staline, qui le retenait comme la meilleure solution de remplacement de Hitler. Himmler haïssait Göring presque autant qu'il haïssait Bormann, et il n'avait pas risqué sa tête en persuadant Hitler de venir en personne participer à la conférence des Trois Grands juste pour voir le pays confié à ce gros salopard.

À certains égards, les Britanniques étaient identiques aux Popovs, se dit-il encore. Tout à fait prévisibles. Surtout Churchill. Le Premier ministre redoutait très probablement qu'une fois la paix signée avec l'Allemagne, les conditions généreuses offertes par la Grande-Bretagne à Hess en 1940 – une paix sans aucune condition – ne soient rendues publiques, soulevant un tollé dans la presse anglaise. Le Führer aurait-il pu se montrer plus généreux ? Pas étonnant que Churchill refuse de venir à la table des négociations. Assurément, dès que la guerre serait terminée, on le chasserait de son poste.

Personne ne pouvait accuser les Américains de ne pas savoir se montrer réalistes mais, à l'inverse des Russes, l'argument de l'argent n'exerçait aucune influence sur eux. Mais enfin, ainsi que le Führer l'avait toujours soutenu, ils pouvaient toujours subir l'influence de leur propre paranoïa. « Ils craignent le bolchevisme plus qu'ils ne nous craignent, avait-il rappelé à Himmler, à la Wolschanze. Et le plus grand succès de l'armée Rouge n'a pas été de vaincre l'armée allemande, mais d'intimider les Américains, par ce succès même. Il faut tirer parti de cet état de fait. Si, dans ces négociations, on ne peut les soudoyer, il faudra recourir au chantage. Ils sont au courant des armes secrètes que nous avons développées à Pennemünde, c'est évident, sinon pourquoi auraient-ils mobilisé tout le Bomber Command pour viser la zone, au mois d'août ? De notre part, cela réclamera une grande subtilité, vous m'entendez, Himmler ? Car sans exactement révéler aux Américains de quels atouts nous disposons, nous devrons leur laisser entendre que si l'Allemagne était contrainte de négocier une paix séparée avec les Russes, nous nous sentirions obligés de partager nos nouvelles armes avec eux, à titre de réparations de guerre. Naturellement, les Américains redoutent une telle issue, car il est maintenant clair qu'ils sont plus soucieux de la forme que revêtira l'Europe de l'après-guerre qu'ils ne le sont de vaincre l'Allemagne.

« Le film sur les armes de représailles que les gens de l'usine Fieseler ont tourné en mai… il faudrait que les Américains en voient une copie. Et, juste au cas où cela ne suffirait pas à dissiper leur incrédulité, prévoyons de tirer l'une de ces armes sur l'Angleterre, le 28 novembre, le jour de la conférence. Pas depuis le nouveau site, bien sûr, mais à partir de Pennemünde. Cela devrait les aider à se décider, à comprendre si nous sommes sérieux ou non. Mais ne tirez pas sur Londres. Non, choisissez une base aérienne américaine. Celle de Shipham, près de Norwich, pourquoi pas. Cette base est vaste. Une fusée V1 qui s'abattrait là-bas pourrait fort bien les ramener à la raison, Himmler. »

Si un V1 avait bien été placé sur une rampe de lancement, à Pennemünde, plus tôt ce même jour, il n'avait finalement pas été mis à feu. En dernière analyse, on n'avait plus jugé cette attaque nécessaire. Maintenant, en possession du film d'un tir d'essai de V1 et d'une liste de scientifiques allemands, le renseignement militaire américain avait convaincu Roosevelt d'un impératif absolu : qu'après la guerre, les secrets des fusées allemandes parviennent entre les mains des Américains, et entre celles des Russes. Par conséquent, on avait déjà secrètement persuadé le Président de ne pas s'appesantir sur d'importantes réparations de guerre allemandes, et de renoncer aussi à son exigence d'élections libres et équitables.

Comme les Américains et les Russes estimaient, les uns et les autres, avoir déjà conclu un accord secret tout à fait à leur avantage, Himmler ne voyait pas comment ces négociations pouvaient échouer, sauf en cas de désastre – l'une de ces crises de rage inhérentes au caractère de Hitler, pourquoi pas, ou Churchill parvenant finalement à convaincre Roosevelt de rompre ces pourparlers avec le Führer. Si on s'accordait sur un protocole de paix à Téhéran, Himmler estimait que sa part de succès personnel dans ce triomphe diplomatique rendrait son nom plus illustre, dans l'histoire allemande, que celui de Bismarck.

11 heures

J'avalai le fond de mon verre d'eau et j'essayai d'ignorer mon envie pressante d'une petite visite aux toilettes.

Les discussions avaient tourné autour de la France, un sujet que Hitler refusait d'aborder véritablement. Quoi qu'il en soit, soutenait-il, les Français n'auraient aucun droit de récupérer leur empire. Et pourquoi Roosevelt et Staline seraient-ils disposés à traiter la France autrement qu'en ennemie, puisque le gouvernement actuel était nazi sans en avoir le nom, et soutenait activement l'Allemagne ?

« La France n'est pas vraiment un pays occupé, soutint-il. Nous avons moins de cinquante mille soldats allemands stationnés dans tout le pays. C'est moins une armée d'occupation qu'une force de police auxiliaire, qui aide à mettre en œuvre la volonté du gouvernement de Vichy. Ce qui me frappe avant tout, chez les Français, c'est leur souci d'être partout à la fois, et du coup, ils ne sont jamais nulle part. Ils prétendent être notre allié, et pourtant ils conspirent contre nous. Ils combattent pour la liberté d'expression et pourtant, la France est le pays le plus antisémite d'Europe. Elle refuse de renoncer à ses colonies et elle attend de la Russie et de l'Amérique, deux pays qui ont secoué le joug de l'impérialisme, qu'elles les lui restituent. Et en échange de quoi ? De quelques bouteilles de bon vin, d'un peu de fromage et peut-être du sourire d'une jolie fille ? »

Staline sourit à belles dents.

« J'aurais tendance à être d'accord avec Herr Hitler. Je ne vois pas de raison valable justifiant que la France joue le moindre rôle dans des négociations de paix en bonne et due forme avec l'Allemagne. Et je me sens en plein accord avec le propos précédent du Führer. Dans mon esprit, il n'y aurait pas eu de deuxième guerre si la France n'avait pas insisté pour punir l'Allemagne à cause de la première. En outre, la classe dirigeante française tout entière est pourrie jusqu'à l'os. »

J'aurais souhaité que Staline en dise davantage, car c'était pour moi l'occasion de me reposer un moment. Avec Roosevelt, la tâche était aisée, car il décomposait ses déclarations en phrases courtes, ce qui témoignait d'un certain égard envers ses deux interprètes. Mais Hitler se laissait toujours trop emporter par sa propre éloquence et n'accordait pas beaucoup d'attention à von Ribbentrop, qui avait peiné à trouver ses mots pour exprimer la pensée du Führer en anglais, à telle enseigne que je m'étais senti obligé d'intervenir et de l'aider. Et, au bout d'un moment, von Ribbentrop, l'air épuisé, avait complètement renoncé, me laissant traduire toute la conversation entre Hitler et Roosevelt.

Tout au long des négociations, ce dernier n'avait pas cessé de fumer et, subitement pris d'une quinte de toux, il tendit la main pour attraper la carafe d'eau posée sur la table, devant lui. Mais il ne réussit qu'à la renverser. Bohlen et moi étions désormais privés d'eau et, voyant la situation fâcheuse où se trouvait le Président, Hitler lui versa un verre de sa propre carafe, encore intacte. Il se leva promptement et fit le tour de la table pour l'apporter au Président, qui toussait encore. Staline, plus lent à se lever que le dictateur nazi, allait faire de même.

Le Président prit le verre d'eau de la main de Hitler mais, dès qu'il le porta à ses lèvres, l'agent Pawlikowski se précipita et le lui fit sauter des mains. Un peu d'eau se renversa sur moi, mais ce fut surtout le Président qui se retrouva avec le devant de sa chemise trempé.

L'espace d'un instant, tout le monde crut que l'agent des services secrets avait perdu la raison. Ensuite, von Ribbentrop exprima tout haut ce que tous les hommes présents dans la salle pensaient désormais tout bas. Attrapant la carafe d'eau de Hitler, il la renifla d'un air soupçonneux, avant de poser sa question, dans son anglais teinté d'un accent canadien.

« Quelque chose ne va pas avec cette eau ? »

Il regarda autour de lui, d'abord Staline, Molotov, puis les deux gardes du corps du tyran russe, Vlassik et Poskrebychev, qui eurent tous deux un sourire crispé. L'un des deux hommes répondit en russe, quelques mots brefs, aussitôt traduits par Pavlov, l'interprète soviétique, et Bohlen.

« L'eau est bonne. Elle arrive directement de l'ambassade britannique. Ce matin à la première heure.

Entre-temps, Roosevelt avait fait pivoter son fauteuil roulant et considérait Pawlikowski avec une expression proche de l'horreur.

« Qu'est-ce que vous fabriquez, John ?

— John, fit calmement Reilly. Je crois que vous devriez quitter cette pièce. Immédiatement. »

Pawlikowski tremblait comme une feuille et, assis juste en face de lui, je vis que sa chemise, imprégnée de sueur, était déjà presque aussi mouillée que celle du Président. L'homme des services secrets soupira, et il sourit à Roosevelt, presque l'air de s'excuser. Une seconde après, il dégainait son arme et visait Hitler.

« Non », hurlai-je et, me levant d'un bond, je forçai Pawlikowski à lever le bras et son arme en l'air, pour que la balle, quand elle partit, ne perce que le plafond.

Je plaquai l'agent sur la table et j'entrevis le garde du corps de Staline qui attirait le dirigeant soviétique au sol. Aussitôt, Pawlikowski tira un deuxième coup de feu et les autres plongèrent à couvert. Un troisième le suivit de près, le corps de l'agent se relâcha, et glissa par terre. Je m'écartai de la table et je vis Mike Reilly, debout, au-dessus du corps de son subordonné, un revolver encore fumant braqué devant lui. Constatant que son collègue n'était pas mort, d'un coup de pied, Reilly fit sauter l'arme de la main du blessé.

« Appelez une ambulance, quelqu'un », beugla-t-il. À la seconde suivante, voyant que les gardes du corps de Hitler et Staline avaient dégainé leurs armes et le tenaient en joue, lui aussi, pour le cas où il se serait senti obligé de tirer sur l'un des deux dictateurs, il rengaina la sienne avec prudence. « Du calme, leur dit-il. C'est terminé. »

Froidement, il ramassa l'automatique de Pawlikowski, enclencha le cran de sûreté, éjecta le chargeur et posa le tout sur la table de la conférence.

Peu à peu, l'ordre se rétablit dans la salle. Högl, le commissaire de police chargé de protéger Hitler, fut le premier garde du corps à ranger son arme. Ensuite, Vlasik, celui de Staline, l'imita. Pawlikowski, dont la blessure dans le dos saignait abondamment, fut promptement emmené hors de la pièce par les agents Qualter et Rauff.

Je m'assis sur ma chaise et fixai du regard ce sang sur ma manche de chemise. Il s'écoula encore quelques secondes avant que je ne m'aperçoive d'une présence, juste en face de moi. Depuis les chaussures noires cirées, mon regard remonta sur le pantalon de couleur sombre, sur la vareuse militaire ordinaire, la chemise blanche et la cravate, pour croiser enfin les yeux de Hitler, d'un bleu liquide. D'instinct, je me levai.

« Jeune homme, fit le Führer, je vous dois la vie. » Et, avant que j'aie rien pu répondre, il me serrait la main avec un grand sourire. « Sans votre action si prompte, cet homme m'aurait sûrement abattu. » Le dictateur me parlait en se dressant légèrement sur la pointe des pieds, comme un homme pour qui la vie aurait soudain une nouvelle saveur. « Oui, vraiment, vous m'avez sauvé la vie. Et, à en juger par son attitude avec ce verre d'eau, je pense qu'il avait déjà tenté de m'empoisonner, hein, monsieur le Président ? »

Roosevelt opina.

« Je vous présente mes plus profondes excuses, Herr Hitler, dit-il, s'exprimant de nouveau en allemand. Il semblerait que vous ayez raison. Cet homme avait l'intention de vous tuer, en effet. Ce qui m'inspire une honte profonde. »

Staline ajoutait déjà ses propres excuses à celles de son hôte.

« Je vous en prie, messieurs, fit Hitler sans me lâcher la main. Quel est votre nom ? me demanda-t-il.

— Mayer, monsieur. Willard Mayer. »

Alors que Hitler retenait ma main dans la sienne, je comprenais mieux qui nous étions, le Führer et moi : deux hommes pour qui le spectre tout entier des valeurs morales ne possédait pas de réelle signification, qui n'avaient aucun réel besoin des humanités et du monde immatériel. J'avais là le prolongement évident de tout ce en quoi je croyais, en tant que positiviste logique. J'avais devant moi un homme étranger à toute valeur. Et je pris subitement conscience de la faillite de tous mes travaux, de tous mes efforts d'intellectuel. De l'insignifiance de toutes les significations à la découverte desquelles j'avais œuvré. Telle était la vérité de Hitler et de tout matérialisme rigide : ils étaient absolument sans rapport avec l'âme humaine.

« Merci, fit Hitler, en serrant ma main dans la sienne. Merci.

— Ce n'est rien, monsieur », dis-je avec un pâle sourire.

Enfin, le Führer me lâcha. Hopkins en profita pour suggérer que le moment serait peut-être bien choisi pour suspendre les débats et marquer une courte pause.

« Pendant cette suspension, dit-il, nous allons examiner les documents d'orientation que nous avions préparés en guise de support de nos positions respectives dans ces négociations. Willard ? » De la tête, il désigna un dossier posé sur la table. « Voudriez-vous remettre ceci au Führer, je vous prie ? »

J'opinai, un peu hébété, et je confiai le dossier à Hitler.

Les trois délégations se dirigèrent ensuite vers trois des quatre portes de la salle. Ce n'est qu'à cet instant que je m'aperçus que les lieux avaient été conçus de telle manière que quatre délégations puissent y pénétrer par quatre entrées séparées, en venant sans doute de quatre datchas distinctes édifiées dans l'enceinte de l'ambassade russe.

« Attendez une minute, fit encore Hopkins, alors que la délégation américaine s'approchait de la porte conduisant au corridor que nous avions emprunté à l'allée. J'ai toujours ici les documents d'orientation américains. Qu'avez-vous remis au Führer, Willard ?

— Je ne sais pas. Je pense qu'il doit s'agir du dossier Beketovka.

— Alors il n'y a pas de mal. J'imagine que Hitler l'aura déjà eu entre les mains. Enfin, c'est une chance que vous ne l'ayez pas transmis aux Russes. Parce que là, ce serait plus gênant. »

12 h 15

Himmler était sidéré que ces pourparlers de paix paraissent en si bonne voie. Après cette tentative d'assassinat sur la personne du Führer, il s'était attendu à ce qu'il insiste pour tout de suite regagner l'Allemagne. Et d'ailleurs, il n'aurait guère pu lui en tenir rigueur. Mais chaque fois qu'on avait voulu attenter à la vie du Führer, sa réaction n'avait jamais été prévisible. D'une certaine manière, naturellement, il avait vécu toute sa vie politique avec cette idée de l'assassinat. Dès 1921, quelqu'un lui avait tiré dessus, à Munich, lors d'une réunion publique à la Hofbräuhaus – Himmler n'avait jamais pu démasquer l'auteur de ces coups de feu. Depuis lors, il y avait eu au moins trois autres tentatives, sans compter les complots inventés de toutes pièces dont la Gestapo s'était fait une spécialité. Entre 1933 et 1934, sur une seule période de douze mois, on avait dénombré pas moins de dix tentatives de mettre fin à l'existence du Führer. En tout état de cause, cet homme jouissait d'une chance insolente. En général, une fois l'état de choc et la colère dissipés, Hitler parvenait à considérer le fait d'avoir échappé à la mort comme une espèce de miracle, ni plus ni moins. C'était le signe d'une intervention divine et, après une trentaine de tentatives d'assassinat ou davantage, Himmler tendait presque à acquiescer.

Ces moments où il avait survécu à de tels actes étaient les seuls où il l'avait jamais entendu parler de Dieu avec une réelle conviction ou un véritable enthousiasme, et cela affectait toujours son discours et sa foi en lui-même. C'était aussi un cercle vicieux : plus Hitler survivait à ces tentatives d'assassinat, plus se renforçait sa certitude que Dieu l'avait distingué pour façonner la grandeur de l'Allemagne. Et, ayant fini par s'en convaincre, il parvenait d'autant plus aisément à en convaincre les autres.

Au milieu d'une guerre difficile, on percevait moins qu'autrefois cette forme d'adoration hystérique du Führer, ce qui était bien compréhensible. Himmler se souvenait encore de cette sensation de choc teintée d'admiration qu'il avait éprouvée en 1934, lors d'un grand rassemblement à Nuremberg, quand Hitler avait traversé la ville à bord d'une Mercedes décapotée. Les visages de ces milliers de femmes qui avaient crié le nom de Hitler et tendu la main pour essayer de le toucher, comme s'il était le Christ réincarné – aucune autre comparaison n'aurait pu mieux lui rendre justice. Himmler avait visité des maisons où l'on avait dressé des autels dédiés au Führer. Il avait rencontré des écolières qui se vernissaient des svastikas sur les ongles. Il y avait même des petites bourgades et des villages d'Allemagne où l'on encourageait les malades à toucher son portrait, pour y puiser une source de guérison. Chez le principal intéressé, tout cela ne servait qu'à rehausser le sentiment d'être l'élu de Dieu. Pourtant, il fallait une tentative d'assassinat pour lui remonter le moral – mais en général ce n'était qu'au bout de quelques jours, après que l'on avait capturé et châtié le coupable avec une extrême cruauté. Et pourtant, en cette circonstance particulière, Hitler regagna la villa située dans le parc de l'ambassade de Russie soviétique le visage radieux et les yeux brillants, assurant Himmler et les autres membres de la délégation allemande qu'il n'y avait aucun souci à se faire quant à la suite de ces pourparlers.

« Dieu et la Providence ont veillé à ce qu'il ne puisse jamais rien m'arriver, affirma-t-il à Himmler et à von Ribbentrop, jusqu'à ce que ma mission historique soit accomplie. »

Le Führer se retira dans sa chambre « pour se reposer et lire les documents d'orientation alliés ». Le Reichsführer se sentait assez rassuré par la démonstration d'optimisme de son maître, au point de commander une bouteille de champagne, pour von Ribbentrop et lui-même.

« Remarquable, n'est-ce pas ? fit-il, en levant son verre au ministre allemand des Affaires étrangères. Qui, hormis le Führer, pourrait se sortir d'une pareille épreuve ? Rester deux heures assis sans boire une gorgée de cette eau. Et ensuite, après avoir survécu à une tentative d'empoisonnement, échapper à la balle d'un pistolet, et comble de tout, grâce à un Juif. »

Himmler éclata d'un rire sonore.

« Vous êtes sûr ? s'étonna von Ribbentrop. L'interprète est juif ?

— Vous pouvez me croire sur parole, Joachim. Il est peu de choses que j'ignore concernant les Juifs, et je puis vous certifier que Mayer est indéniablement un nom hébraïque. En outre, il y a sa physionomie, plutôt flagrante. Le cheveu noir et les pommettes saillantes. L'homme est juif, c'est clair. Je n'ai pas osé l'annoncer au Führer.

— Peut-être le sait-il déjà.

— En revanche, je crois plutôt que l'assassin est un Polonais. Ou tout au moins d'ascendance polonaise. »

Von Ribbentrop haussa les épaules.

« Peut-être s'agit-il d'un Juif, là encore.

— Oui, pourquoi pas. Joseph Pawlikowski. » Himmler réfléchit un instant. « Molotov est-il juif ?

— Non, lui répliqua le ministre. Simplement marié à une Juive. »

Cela fit rire Himmler.

« Je parierais que cela le gêne un peu aux entournures. Staline est ouvertement antisémite. Je n'en avais pas la moindre idée. Savez-vous que je l'ai entendu souffler au Führer que les Juifs étaient des "intrigants, des profiteurs et des parasites".

— Oui, le Führer et lui se sont plutôt bien entendus, ai-je trouvé. Sur plusieurs sujets, ils partagent le même point de vue. Par exemple, comme le Führer, Staline déteste les gens qui ne savent pas choisir leur camp. C'est pourquoi il juge que Roosevelt est un faible. À cause du puissant lobby juif américain. » Von Ribbentrop avala une gorgée de champagne d'un air satisfait. « Et puis, autre chose. Il possède la même piètre opinion de ses généraux que le Führer.

— Ce n'est guère surprenant, quand vous voyez le général qu'il a amené avec lui. Vous avez senti l'haleine de ce Vorochilov ? Mon Dieu, il a dû se faire servir de la bière au petit déjeuner. Comment a-t-il jamais pu accéder au grade de maréchal ?

— Je pense que c'était le seul qui n'ait pas été exécuté lors de la dernière purge de Staline. Il était trop médiocre pour être fusillé. D'où son poste actuel, aussi haut dans la hiérarchie de l'armée Rouge. Au fait, au sujet de ces coups de feu, je ne sais pas si vous avez remarqué, mais hier soir, au dîner avec Staline, tous les serveurs russes portaient un pistolet.

— Sans doute des membres du NKVD. Beria m'a raconté qu'ils étaient quelques milliers, à l'intérieur de l'ambassade et aux alentours. L'équipe de Schellenberg n'aurait jamais eu la moindre chance. Cela me réjouit encore plus d'avoir informé Beria à leur sujet.

— Ont-ils tous été capturés ?

— Beria l'affirme. Mais je n'en suis pas si sûr. Enfin, même s'ils n'ont pas tous été arrêtés, je ne donne pas cher de leur peau. Pas dans un pays pareil. L'Iran est répugnant. Pas du tout ce que je m'étais imaginé. D'après ce que j'ai pu observer jusqu'à présent, l'eau du robinet est à peine moins infecte que le produit que l'on a versé dans la carafe du Führer.

— Je crois que le Président Roosevelt a bu un peu de cette eau, glissa von Ribbentrop. Avant qu'on ne lui fasse sauter le verre des mains.

— Il m'a l'air de se porter à merveille. » Himmler eut un geste de dédain. « J'ai envoyé Brandt s'enquérir de sa santé… en civil, cela va de soi. Mais il semblerait que Roosevelt soit allé faire quelques emplettes.

— Des emplettes ?

— Oui, les Russes ont installé une boutique dans le parc de l'ambassade. Ils prétendent qu'elle est là pour le confort de tous les délégués, qu'ils n'aient pas à quitter l'enceinte… mais, fichtre, les prix qu'ils pratiquent ! Brandt m'a rapporté que c'était astronomique…

— Mais qu'ont-ils donc à vendre ? s'exclama Ribbentrop en riant.

— Oh, c'est très bien fourni, avec toutes sortes d'articles susceptibles d'attirer le touriste américain. Des narguilés, des tapis, des bols en bois, des poignards persans, de l'argenterie. Brandt m'a indiqué qu'il y avait même une caisse d'oursons en soie.

— Roosevelt va peut-être offrir un de ces oursons à Churchill, pour son anniversaire, s'exclama von Ribbentrop. Ou alors quelques raisins amers… Le fils Churchill est là lui aussi, Randolph. Il m'a l'air d'un ivrogne encore plus redoutable que son père.

— J'ai appris que le fils Roosevelt était tout aussi pitoyable. Apparemment, le père et le fils ont veillé fort tard, hier soir, à s'alcooliser. Il n'est pas de plus grande malédiction que d'être le fils d'un grand homme.

— Pouvez-vous imaginer ce qu'aurait été le fils de Hitler ? poursuivit von Ribbentrop. Je veux dire, s'il avait eu un fils. Être à la hauteur d'un homme tel que le Führer. Impossible. »

Himmler sourit intérieurement : seules trois personnes au monde, sans doute, savaient que Hitler avait bel et bien engendré un fils d'une femme juive, à Vienne en 1913. Dans *Mein Kampf*, il avait prétendu avoir quitté l'ancienne capitale austro-hongroise pour des « raisons politiques ». Il avait même publié une version de son pamphlet dans laquelle il quittait Vienne pour échapper à la conscription de l'armée austro-hongroise, au motif qu'il préférait s'enrôler dans une unité allemande, le 10e régiment d'infanterie de réserve de Bavière. Mais seuls Hitler, Himmler et Julius Streicher connaissaient la vérité – que le futur maître de l'Allemagne nazie avait eu une liaison avec une prostituée juive, Hannah Mendel, dont il avait eu un fils. Hannah Mendel et son enfant avaient disparu de Vienne au cours de l'année 1928, et Hitler lui-même ignorait tout de leur sort. Seul Himmler savait que Hannah Mendel avait abandonné son fils en 1915, qu'elle était morte de la syphilis en 1919, et que le petit Wolfgang Mendel avait été élevé dans un orphelinat catholique, à Linz, avant de renoncer à son nom pour se faire appeler Paul Jetzinger et de devenir serveur à l'hôtel Sacher de Vienne, jusqu'à ce que la guerre éclate. Enrôlé au sein de la 3e division d'infanterie motorisée, le caporal Paul Jetzinger avait été tué ou fait prisonnier à Stalingrad. Ce qui, estimait Himmler, restait sans doute la meilleure issue.

Les grands hommes comme Hitler ne devraient jamais avoir de fils, songea-t-il, surtout des fils à moitié juifs.

Himmler et von Ribbentrop étaient donc d'excellente humeur, mais la porte du salon s'ouvrit subitement et le Führer entra en trombe. Le visage brûlant de colère, il marcha droit sur le Reichsführer en lui brandissant un dossier au visage.

« Étiez-vous au courant de ceci ? » hurla-t-il.

Himmler se leva et claqua des talons en se mettant au garde-à-vous.

« Au courant de quoi, mon Führer ?

— Il s'agit d'un dossier du SD, intitulé "Beketovka".

— Beketovka ? bredouilla Himmler et, en se demandant comment diable Hitler avait pu entrer en possession de ce dossier, il s'empourpra sensiblement.

— Je constate que ce nom ne vous est pas étranger, aboya le Führer. Pourquoi ne me l'a-t-on pas montré plus tôt ? Pourquoi l'ai-je reçu des Américains ?

— Je ne comprends pas. Les Américains vous ont donné ce dossier ?

— Oui. Oui, oui, oui. Mais cela importe peu, si ce n'est que l'on ne m'avait encore jamais montré le contenu de ce document. »

Himmler tressaillit, comprenant tout à coup très clairement ce qui avait dû se produire. Le dossier Beketovka. Il l'avait totalement oublié. Le document était parvenu entre les mains de Roosevelt, ainsi qu'il l'avait lui-même ordonné et, par méprise, les Américains l'avaient tout simplement rendu à Hitler. Tandis que Himmler cherchait une explication, Hitler le frappa à l'épaule avec le dossier, avant de le jeter par terre.

« Croyez-vous vraiment que je serais venu ici, disposé à retirer mes forces de Russie, si j'avais été au courant de ceci ? » s'emporta-t-il.

Himmler garda le silence. Connaissant Hitler comme personne, il estimait que la question n'appelait guère de réponse. C'était la fin de Téhéran, il ne le comprenait que trop. À l'évidence, la colère de Hitler, la pire dont il ait jamais été témoin, interdisait au dictateur de reprendre sa place à la même table de négociation que ces gens qu'il jugeait responsables des atrocités décrites avec un luxe de détails dans le dossier Beketovka.

« Des milliers et des milliers de nos braves mousquetaires et de nos lieutenants ont été assassinés par ces porcs de Russes, dans des circonstances qui défient l'entendement, et pourtant vous m'avez fait asseoir et discuter de paix avec eux. Comment pourrais-je regarder mes soldats dans les yeux si je concluais un accord avec ces animaux ?

— Mon Führer, c'est pour les soldats qui demeurent en vie que j'ai cru bon de poursuivre ces pourparlers, se défendit Himmler. Ces prisonniers allemands qui restent enfermés dans des camps russes pourraient encore être libérés.

— Quel genre d'homme êtes-vous, Himmler ? Deux cent mille prisonniers allemands ont été systématiquement affamés, exposés au froid glacial ou frappés à mort par ces sous-hommes slaves, et vous pourriez encore envisager de les caresser dans le sens du poil. » Hitler secoua la tête. « Eh bien, c'est une question qui relève de votre propre conscience. À supposer que vous en ayez une. Mais pour ma part, je ne conclurai aucune paix avec ces meurtriers de soldats allemands. Vous m'entendez ? Je ne serrerai pas des mains qui dégoulinent de sang germanique. Vous êtes un pourceau dénué de tout principe, Himmler. Vous le saviez ? Vous êtes un homme imperméable à toute valeur. »

Toujours hors de lui, Hitler arpenta la pièce. Il tournait en rond, il se mordillait la cuticule de l'ongle du pouce et il en appelait à la vengeance contre les Russes.

« Mais qu'allons-nous leur dire ? » demanda mollement Himmler. Il savait que la question méritait à peine d'être posée, car il était tout à fait certain que la pièce était truffée de micros cachés : dans ces négociations, une bonne partie de sa stratégie était fondée sur la supposition que les Russes écouteraient leurs conversations, censément privées. Un autre gage de bonne foi, ainsi que Himmler l'avait expliqué au Führer. Mais dans sa colère, le chef de l'Allemagne paraissait l'avoir oublié.

« Dites à Staline qu'après cet attentat contre moi, vous ne croyez plus que ma sécurité puisse être garantie et que nous sommes contraints, certes à contrecœur, de nous retirer de ces entretiens. Dites-leur ce que vous voulez. Mais nous partons. Tout de suite. »

12 h 45

Dès que Sergo Beria eut lu la transcription de la conversation de Hitler avec Himmler et von Ribbentrop, il se précipita dans la villa du NKVD, pour annoncer à son père ce qui se tramait. Sergo adorait son père et il était probablement le seul homme de Russie, Staline compris, à ne pas craindre le chef de la sécurité d'État. Lavrenti Beria avait beau courir les femmes en permanence, Sergo reconnaissait qu'il avait toujours été un bon père, surtout désireux de tenir son fils à l'écart de la politique, et l'encourageant à embrasser une carrière scientifique. Mais Sergo s'était attiré les bonnes grâces de Staline, et le tyran espérait que le beau et jeune garçon de son commissaire à la Sécurité, alors âgé de dix-neuf ans, épouserait un jour sa fille, Svetlana. Sergo et elle avaient fréquenté la même école. À cette fin, Staline avait promu Sergo au rang de capitaine du NKVD, l'avait convié à la conférence de Téhéran, et l'avait personnellement chargé de lui remettre un rapport, tous les matins, sur ce que les deux autres leaders racontaient « en privé », dans leurs villas respectives.

Cette haute estime dans laquelle Staline tenait son fils rendait Lavrenti Beria inquiet, car il savait à quel point le vieil homme était capricieux, et il craignait que Sergo n'épouse Svetlana. Staline avait beau encourager une idylle entre les deux jeunes gens, Beria savait que d'ici un an son maître pourrait avoir diamétralement changé d'avis, au point même, pourquoi pas, d'accuser le commissaire à la Sécurité d'avoir tenté de s'immiscer dans la famille du tyran. On ne pouvait jamais prévoir de quoi une personnalité paranoïaque comme Staline était capable.

Arrivant à la villa du NKVD, Sergo trouva son père en grande conversation avec Himmler. Leur entretien ne dura que quelques minutes, après quoi le Reichsführer sortit par un passage secret menant au sous-sol, laissant le père et le fils seuls. Beria dévisagea Sergo, l'air sombre, abattu.

« Je vois que tu es déjà au courant de ce qui s'est passé, fit le père.

— Oui, mais d'après ce que j'ai entendu, la raison qu'il t'a fournie, à savoir qu'il estimerait la sécurité du Führer compromise… c'est un tas de conneries. » Sergo lui montra la transcription des propos que Hitler avait tenus à Himmler et von Ribbentrop. Lavrenti Beria lut la demi-douzaine de pages, sans commenter. Ensuite, le jeune homme laissa échapper la question qu'il brûlait de poser depuis la première fois qu'il avait entendu parler de Beketovka. « Qui est Beketovka ? Ou qu'est-ce que c'est ? demanda-t-il à son père.

— C'est un camp de prisonniers de guerre, non loin de Stalingrad. Pour les prisonniers allemands. Je n'ai pas besoin de te préciser que Staline se soucie encore moins d'eux qu'il ne se préoccupe du bien-être de ses propres soldats. Je n'ai pas vu ce camp moi-même, mais j'imagine que les conditions de détention y sont sévères. Extrêmement sévères. Si ce dossier Beketovka dont parle Hitler décrit le camp en détail, alors il ne serait guère surprenant qu'il en soit fâché. Les Allemands ont très probablement dû remettre le dossier aux Américains, manière pour eux d'étayer l'idée qu'ils ne seraient pas plus répréhensibles au plan moral que nous ne le sommes. Le plus vraisemblable, c'est que Himmler aura dissimulé ce document à Hitler. Il devait être très conscient de l'effet que cette découverte exercerait sur lui, et sur ces pourparlers de paix. La seule question, par conséquent, c'est de savoir si les Américains en avaient eux-mêmes conscience quand ils le lui ont remis. Car alors, force serait de conclure qu'ils avaient l'intention de faire échouer ces négociations. »

Sergo Beria haussa les épaules.

« Il doit bien y avoir quelques Américains pour partager le point de vue de Churchill… que nous ne devrions pas négocier avec ces fascistes. »

Lavrenti Beria décrocha le téléphone.

« Passez-moi Molotov, demanda-t-il au standard de l'ambassade. Puis il ajouta, à l'intention de Sergo : Je n'ai pas vu moi-même ce qui s'était produit en salle de conférences. Notre ministre des Affaires étrangères pourra éventuellement nous dire lequel de ces Américains a remis le dossier à Hitler. »

Molotov prit la communication et Beria expliqua en détail ce qui s'était passé, après quoi vint la délicate question de savoir qui allait annoncer le départ de Hitler à Staline.

« C'est assurément une question de sécurité, argumenta Molotov. Cela relève de votre responsabilité, Beria.

— Au contraire. C'est une question qui touche aux Affaires étrangères, cela ne présente aucun doute.

— Dans des circonstances normales, je pourrais être d'accord avec vous, dit Molotov. Mais si mon souvenir est exact, c'est Himmler, votre homologue, qui a commencé le premier à tâter le terrain en vue de l'ouverture de ces pourparlers. Et c'est vous qui avez réagi. En outre, si je comprends bien, toutes les questions touchant à la présence du Führer à Téhéran ont été traitées par vous, camarade commissaire.

— C'est vrai. Toutefois, les contacts initiaux ont été pris à l'initiative de Himmler, et par l'intermédiaire de Mme de Kollontaï, à Stockholm. Je crois savoir que le principe de ces conversations a été validé par Staline en personne, et à travers vous, camarade secrétaire.

— Et il a été convenu que toutes les questions relatives à la gestion de la légation allemande seraient administrées conjointement par le NKVD et les SS. Selon moi, Hitler rentre chez lui en raison d'une faille du dispositif de sécurité, quelle qu'en soit la nature. Soit parce qu'un Américain a tenté de le tuer, soit parce qu'un autre Américain lui a transmis un dossier du renseignement, à notre nez et à notre barbe. »

Pour une fois, Beria dut admettre que Molotov avait raison.

« Vous rappelez-vous, par hasard, quel Américain lui a donné ce dossier ? demanda-t-il à Molotov.

— C'est l'homme qui a sauvé la vie de Hitler. L'interprète.

— Pourquoi lui aurait-il sauvé la vie pour ensuite faire foirer les négociations de paix ?

— Je soupçonne qu'il s'est agi d'une banale erreur. Le gaillard était perturbé par ce qui s'était produit. Je crois que si je venais de sauver la vie de Hitler, je me sentirais moi-même un peu perplexe. Et c'est un euphémisme. En tout cas, Hopkins a prié son collègue Mayer de lui remettre le document d'orientation américain, et il lui a tendu autre chose à la place. C'est aussi simple que ça. Ce doit être le dossier que vous évoquez, car Hopkins était presque arrivé à la porte quand il s'est rendu compte qu'il était encore en possession des documents d'orientation destinés au Führer. Il était sans doute un peu secoué, lui aussi. C'est très exactement ce qui s'est passé. Les Américains ont merdé, voilà tout. Ils ont probablement cru que la remise du dossier Beketovka à Hitler n'avait guère d'importance, car ils ne pouvaient guère s'imaginer que le chef de l'Allemagne nazie n'aurait jamais eu connaissance d'un document important, concocté par ses propres services de contre-espionnage.

— Nom de Dieu, grogna Beria. Le patron va être fou de rage.

— Faites porter la responsabilité sur le Yankee, lui conseilla Molotov. C'est ma suggestion. Qu'il sente le vent du boulet. Cela ne sert à rien de sauver la vie de Hitler, en effet, si c'est ensuite pour mieux faire foirer des pourparlers de paix.

— Mais comment ? C'était une erreur. C'est tout. Vous le disiez vous-même, Molotov.

— Écoutez, vous connaissez l'humeur du patron, Beria. Et il a vu la scène, tout comme moi. Peut-être conclura-t-il à un accident. Mais souvenez-vous juste que c'est le traitement que nous réservons aux prisonniers de guerre allemands qui a fait fuir Hitler. En d'autres termes, les Américains découvriront que c'est ce motif qui l'a renvoyé dans ses pénates. Et là, la balle se retrouve dans notre camp, et ça, le patron ne va pas apprécier du tout. Pour le cas où il serait d'humeur grincheuse, il vaudrait mieux lui fournir un prétexte qu'il puisse lancer à la figure des Américains.

— Comme quoi, par exemple ?

— Bon. Mais je me contente de penser tout haut. Et vous resterez mon obligé, Lavrenti. Vous saisissez ? Vous me devrez une faveur.

— Très bien, très bien, comme vous voudrez. C'est quoi, cette salade que le patron va pouvoir balancer aux Américains ?

— Ceci, tout simplement. L'interprète. C'est un Juif.

— Et puis ?

— Et c'est peut-être un copain de Cordell Hull, l'Américain détenu en otage à Berlin. Il souhaitait peut-être l'échec des pourparlers, sans que Hitler ne soit assassiné, ni que son ami Hull, dans la foulée, ne le paie de sa vie. Quelque chose dans ce goût-là.

— Mais vous avez entendu Hitler. Il menace de massacrer le reste des Juifs d'Europe. Pourquoi un Juif voudrait-il voir ces négociations échouer ?

— Le cas échéant, pour le même motif que Churchill. Parce que la défaite complète de l'Allemagne exigerait la présence durable d'une armée américaine en Europe. Churchill veut avoir cette armée, comme un rempart contre nous, Beria. Churchill sait que si on laisse Hitler aux commandes, il y aura une autre guerre européenne, que Staline remportera. Autrement dit, la totalité de l'Europe, y compris la Grande-Bretagne, passera sous contrôle soviétique. Il se pourrait que cet interprète juif haïsse le communisme encore plus qu'il ne hait les nazis. Comme beaucoup d'Américains.

— Ce n'est pas mal, vous savez, admit Beria. Ce n'est pas mal du tout. Vous avez un esprit foutrement retors, Molotov. Et ça, je respecte.

— C'est pourquoi je suis resté en vie si longtemps. Encore un détail… Hopkins m'expliquait que ce Juif était aussi un philosophe tout à fait renommé. Il a obtenu son doctorat en Allemagne. Très probablement un adorateur des Krauts. Rien ne vous empêcherait d'en tirer aussi quelque chose. »

Beria s'esclaffa.

« Vyacheslav Mikhaïlovitch, vous auriez fait un sacré bon policier, vous savez ?

— Si vous merdiez cette affaire, Lavrenti Pavlovich, il risquerait justement d'y avoir un poste vacant. »

14 h 30

C'était un beau dimanche après-midi, l'air était doux et le ciel ensoleillé. Des oiseaux chantaient dans les cerisiers qui parsemaient le parc de l'ambassade soviétique, et on sentait qu'il se préparait des mets délicieux, quelque part dans les lieux. Mais au sein de l'entourage immédiat du Président, le moral était au plus bas, et personne n'avait la moindre envie de s'attabler pour le déjeuner, prévu à une heure tardive. Le brusque départ de Hitler de la table des négociations – il était déjà à bord de son Condor, cap vers la Crimée, puis vers sa tanière – avait cueilli Roosevelt de plein fouet.

« Les choses se déroulaient si bien, fit-il en secouant la tête. Nous allions conclure la paix. Pas une paix parfaite, mais enfin, une paix tout de même. Hitler était disposé à retirer ses forces de presque tous les territoires occupés. Vous l'avez entendu comme moi, professeur. Vous avez compris ses propos, mieux que quiconque dans cette salle. Il vous l'a bien dit, n'est-ce pas ? »

Mon désespoir n'était pas moins profond que celui de Roosevelt, mais pour des raisons différentes.

« Oui, monsieur, je crois qu'il y était prêt.

— Nous tenions la paix entre nos mains, et nous avons tout foutu en l'air.

— Personne n'aurait pu prévoir ce qui s'est produit ce matin, assura Hopkins. Ce cinglé qui pointe son arme sur Hitler, comme ça. Seigneur Dieu. Mais bon sang, qu'est-ce qui a pu le pousser, Mike ? Et l'eau. Elle était empoisonnée, exact ?

— Oui, monsieur, empoisonnée, confirma Reilly. Les Russes ont donné le reste du contenu de la carafe à un chien, et la bête est morte.

— Foutus Russes, s'indigna FDR. Quel intérêt, de faire une chose pareille ? Pauvre chien. Quelle sorte d'individus irait commettre un acte pareil, bordel ?

— Toutefois, il est trop tôt pour déterminer la nature du poison, poursuivit le chef de la sécurité. Ce pays est un peu limité en matière de laboratoires correctement équipés.

— Pourquoi diable a-t-il commis cet acte, Mike ? insista le Président. A-t-il déclaré quelque chose ? »

Après l'épisode des coups de feu, l'agent Pawlikowski avait été transféré à l'hôpital militaire américain de Camp Amirabad.

« Il est encore sur la table d'opération, monsieur. Mais ça ne s'annonce pas favorablement. La balle a traversé le foie. » Il avala sa salive, manifestement mal à l'aise. « Au nom du département du Trésor et des Services secrets, j'aimerais vous présenter mes excuses, monsieur le Président.

— Oh, laissez tomber, Mike. Vous n'êtes pas fautif.

— Et à vous, professeur Mayer. Dans cette affaire, vous aviez raison, depuis le début. Dès la traversée à bord de l'*Iowa*, vous répétiez que nous comptions un assassin parmi nous.

— Je n'avais qu'à moitié raison. Je pensais qu'il en avait après Staline. Et, dans le livre que j'ai écrit, avoir à moitié raison, c'est aussi néfaste que d'avoir tout à fait tort.

— Je pense que nous devons tous des remerciements au professeur Mayer, reprit Hopkins. Sans lui, à l'heure où nous parlons, Cordell Hull serait face à un peloton d'exécution.

— Oui, acquiesça Roosevelt en portant la main à son estomac. Merci, Willard.

— Vous n'avez pas l'air bien, monsieur, remarqua Reilly en s'adressant au Président. Dois-je aller chercher l'amiral McIntire ?

— Non, Mike, tout va bien. Si j'ai l'air malade, c'est parce que je pense à tous ces boys, tous ces jeunes Américains qui vont perdre la vie sur les plages de Normandie, l'an prochain. Sans parler des Juifs d'Europe. » Roosevelt changea de position dans son fauteuil, non sans gêne. « Croyez-vous qu'il le pense, Harry ? Pensez-vous vraiment qu'il ait l'intention de tuer trois millions de Juifs ? »

Hopkins ne répondit rien.

« Professeur ? s'enquit Roosevelt. Le pense-t-il ?

— C'est une pensée qui m'a beaucoup troublé, monsieur. Pas seulement parce que je suis l'homme qui a sauvé la vie de Hitler. Je détesterais devoir consacrer le restant de mes jours à regretter ce qui s'est passé ici ce matin. Mais j'ai le terrible pressentiment que c'est ce qui me pend au nez. » J'acceptai une cigarette que me tendait Chip Bohlen. « En l'occurrence, je préférerais sincèrement que personne ne mentionne la chose devant moi, personne, plus jamais. Je vais essayer de tout oublier à ce sujet, si cela ne vous ennuie pas.

— Nous allons tous sortir d'ici avec notre lot de vils petits secrets, remarqua Roosevelt. Moi, plus que tous les autres. Vous imaginez-vous ce que les gens diront de Franklin Delano Roosevelt si jamais ils découvrent ce que j'ai tenté là? Je vais vous expliquer ce qu'ils vont raconter. Ils jugeront qu'il était déjà en soi assez lamentable d'avoir essayé de conclure la paix avec un salopard comme Hitler, mais qu'avoir tout merdé, c'était encore pire. Bon Dieu. L'Histoire va me conchier de la tête aux pieds.

— Personne ne dira rien de ce genre, monsieur le Président, rectifia Bohlen. Parce qu'aucun d'entre nous ne parlera de ce qui s'est produit ici. Jamais. J'estime que nous devrions tous nous engager, sur l'honneur, à ne jamais parler de ce que je considère, en ce qui me concerne comme une tentative courageuse, et qui a presque abouti. »

Il y eut un murmure d'assentiment de la part de toutes les autres personnes présentes dans la pièce.

« Merci, fit Roosevelt. Merci à tous, messieurs. » Il vissa sa cigarette dans son fume-cigarette et l'alluma à la flamme de mon Dunhill. « Mais je dois avouer que je ne comprends toujours pas pourquoi il est parti. Hitler semblait approuver ce qui se passait, n'est-ce pas? Et il vous a manifesté sa reconnaissance, il vous l'a dit. Il vous a serré la main, professeur.

— Peut-être a-t-il juste perdu son sang-froid, observa Reilly. Une fois de retour dans sa chambre, Hitler s'est assis, il a réfléchi un peu plus à tout cela, et il s'est rendu compte qu'il l'avait échappé belle. C'est ce qui arrive, parfois, quand quelqu'un survit à une fusillade.

— J'imagine, fit Roosevelt. Mais je pensais vraiment pouvoir circonvenir Hitler. Vous comprenez ? Le convaincre.

— Maintenant, vous allez devoir circonvenir Staline, fit Harry Hopkins. Nous avons toujours su que nous courions un grand risque de voir ces pourparlers de paix secrets ne déboucher sur rien. Bon sang, c'est bien pour cela qu'ils sont demeurés secrets, non ? Donc, nous allons maintenant en revenir au plan B. Les Trois Grands. Les bases initiales de cette conférence de Téhéran. Nous devons nous assurer que Staline saura apprécier à sa juste valeur les implications de l'ouverture d'un second front sur les côtes de la Manche, et le rallier à notre projet de Nations unies. »

Hopkins s'efforçait encore de restaurer la confiance en soi du Président, et en sa capacité de séduire Staline quand, accompagné de Vlassik, Pavlov et de plusieurs gardes du corps géorgiens du NKVD, le grand homme en personne fit son apparition sur le seuil du salon du Président.

« Nom de Dieu, c'est l'Oncle Joe. Il est là », marmonna Hopkins.

Laissant les gardes du corps dans le couloir, Staline s'introduisit dans la salle, sans égard aucun. Ce qui rendait sa présence marquante, c'était surtout la forte odeur des cigarettes Belomor, qui collait à sa tunique d'été couleur moutarde de maréchal telle l'humidité au poil d'un chien mouillé. Pavlov et Vlassik le suivaient, comme attachés par une laisse invisible. Chip Bohlen fut le plus prompt à se lever, s'inclinant sèchement devant le tyran soviétique, et répondit à ce que venait de dire Staline par un « *Da vy, da vy* » prononcé sur un ton obséquieux.

Roosevelt manœuvra son fauteuil roulant pour venir face à Staline, et lui tendit la main.

« Bonjour, maréchal Staline, dit-il. Je suis tout à fait désolé de ce qui s'est produit. Tout à fait désolé. Après tous vos courageux efforts pour parvenir à ces accords de paix, en arriver là, c'est très dommage, vraiment. » Le temps que Bohlen traduise, Staline serra la main du Président en silence. « Et j'éprouve une honte profonde à l'idée que l'un des membres de mon entourage ait essayé de tuer Hitler. »

Staline relâcha la main du Président, puis il acquiesça en dodelinant de la tête.

« Mais ce n'est pas cela qui l'a mis en colère, répondit-il d'un ton bourru en prenant le dossier Beketovka des mains de Pavlov, son interprète, avant de le poser d'un geste précautionneux sur les genoux du Président. Voilà ce qui l'a poussé à abandonner les négociations.

— Qu'est-ce que c'est ?

— Un dossier préparé par le renseignement allemand. Pour vous, et pour vous seul, prétendit le tyran soviétique. Il vise à fournir toutes sortes de détails concernant des atrocités commises par l'armée Rouge sur des prisonniers de guerre allemands. Il a été remis au Führer par l'un des membres de votre entourage, ce matin. Ce document est un faux, évidemment et, selon nous, il a été élaboré par des fascistes purs et durs en Allemagne, dans l'intention de créer une pomme de discorde entre les États-Unis et l'Union soviétique. Naturellement, Hitler ignorait tout de sa provenance. Comment l'aurait-il connue ? Un commandant en chef ne peut pas voir défiler tous les éléments de désinformation qui émanent de ses propres services de contre-espionnage. Toutefois, quand il a vu ce dossier, il a supposé, à tort, que les mensonges et les calomnies qu'il contenait sur le traitement atroce infligé à ses soldats prisonniers de guerre étaient vrais, et il a réagi comme tout commandant en chef aurait réagi, en mettant un terme aux pourparlers engagés avec ceux qu'il croit responsables de ces atrocités.

— Vous êtes en train de me dire que l'on a concocté ce dossier pour m'abuser? s'étonna Roosevelt. Et que c'est l'un de mes conseillers qui l'aurait remis à Hitler? »

Staline alluma une cigarette, avec calme.

« C'est exact.

— Mais je ne me souviens pas d'avoir vu un tel document, reprit Roosevelt. Qu'en est-il, Harry?

— Moi, je l'ai vu, monsieur le Président, fit Hopkins. Dans les circonstances présentes, j'avais considéré qu'il aurait été inopportun pour vous d'en prendre connaissance. En tout cas, certainement pas avant que nous n'ayons eu l'occasion d'en évaluer le contenu.

— Alors je persiste à ne pas comprendre, réitéra Roosevelt. Qui a donné ce dossier à Hitler?

— Votre Juif docteur en philosophie. »

Lorsque Staline me dévisagea avec un aplomb glacial de ses yeux jaunes, presque orientaux, je me sentis parcouru d'un frisson.

« Nom de Dieu, professeur. Est-ce vrai? Avez-vous remis ce dossier à Hitler? »

J'hésitai à traiter en face Staline de menteur, mais la manœuvre du dirigeant soviétique me semblait claire. Il aurait eu du mal à expliquer la raison du départ de Hitler sans exhumer le dossier Beketovka. Et c'était risquer de voir Roosevelt imputer aux Soviétiques la responsabilité du départ du Führer.

Je devais lui reconnaître au moins cela : présenter ce fichier comme un faux demeurait le meilleur moyen d'éviter tout embarras éventuel. Et m'en attribuer la faute lui offrait aussi clairement le moyen de relancer la balle dans le camp des Américains.

Croyant que Roosevelt ne me pardonnerait jamais de contester l'affirmation de Staline selon laquelle ce dossier serait un faux, je décidai d'en appeler au sens du fair-play du Président.

« En effet, je le lui ai donné, monsieur le Président. Quand je me suis battu avec l'agent Pawlikowski, sur la table de conférence, les dossiers se sont mélangés. Lorsque M. Hopkins m'a prié de remettre les documents d'orientation au Führer, c'est par erreur que je lui ai tendu le dossier Beketovka.

— C'est juste, monsieur le Président, confirma Hopkins. C'était un accident. Et en partie ma faute. Quand j'ai prié Willard de lui remettre ces documents d'orientation, c'est moi qui les tenais. Je n'avais pas compris que je les avais en main. J'étais moi-même un peu sous le choc, j'imagine. En de telles circonstances, cela aurait pu arriver à n'importe qui.

— Peut-être, lâcha Staline.

— Il ne faut pas oublier, je pense, que sans la présence d'esprit du professeur Mayer, ajouta Hopkins, le Führer serait probablement mort et, à l'heure qu'il est, nos otages à Berlin, M. Hull et M. Mikoyan, auraient certainement été exécutés. »

Staline haussa les épaules.

« Pour ma part, je crois que j'aurais préféré voir Hitler mort sur le sol de cette salle de conférences, plutôt que de le voir abandonner ces pourparlers. Je ne peux pas parler à la place de M. Hull, mais je sais que M. Mikoyan se serait volontiers laissé coller au mur, si cela avait pu signifier que nous étions débarrassés d'un monstre comme Hitler. » Staline renifla de façon déplaisante et s'essuya la moustache du revers de sa main tavelée de taches de vieillesse. Avec un geste dédaigneux dans ma direction, il ajouta : « Il me semble que, grâce à votre interprète, nous nous trouvons désormais confrontés à la pire de toutes les issues possibles.

— Avec tout le respect qui vous est dû, monsieur le Président, dis-je, je crois que le maréchal Staline se montre sans doute un petit peu injuste. »

Je me sentais encore piqué au vif par la formule de Staline – « votre Juif docteur en philosophie ». J'étais déjà affligé par la conscience d'avoir sauvé la vie à l'un des hommes les plus maléfiques de l'histoire de l'humanité, et je trouvais un peu fort de devoir aussi endosser la responsabilité de l'échec de ces négociations de paix.

« Très bien, très bien, professeur, fit Roosevelt en m'invitant, la paume de la main levée, à garder mon calme.

— Devons-nous nous soucier de ce que ces perroquets, nos interprètes, estiment juste ou injuste ? s'écria Staline en s'étranglant de rire. Et si votre homme faisait partie de ces capitalistes américains qui veulent voir les armées de son pays investir l'Europe, uniquement parce qu'il s'imagine que l'Union soviétique souhaite s'y tailler un empire ? Comme l'ont fait les Britanniques en Inde. J'ai appris que sa mère était l'une des femmes les plus riches d'Amérique. Peut-être déteste-t-il le communisme encore plus qu'il ne hait les nazis. Peut-être est-ce le motif qui l'a incité à remettre ce faux à Hitler. »

J'aurais aimé pouvoir mentionner mon adhésion au Parti communiste autrichien, dans une vie antérieure. Mais Roosevelt essayait déjà de changer de sujet.

« À mon avis, maréchal Staline, l'Inde est certainement mûre pour une révolution. Vous ne croyez pas ? Mûre. De fond en comble. »

Reconnaissant qu'il avait pu aller trop loin dans sa dénonciation de ma personne, Staline haussa les épaules.

« Je n'en suis pas si convaincu, répliqua-t-il. Le système indien des castes complique singulièrement les choses. Je doute qu'une révolution respectant strictement la ligne du modèle bolchevique soit une hypothèse réaliste. » Staline eut un vague sourire. « Mais je vois que vous êtes fatigué, monsieur le Président. Je suis simplement venu vous annoncer que, si vous en êtes d'accord, nous nous réunirons de nouveau à quatre heures, dans la salle de conférences principale, avec M. Churchill. Donc, pour le moment, je vais vous laisser vous reposer et reprendre des forces en vue des travaux qui nous attendent. Un second front en Europe. »

Et là-dessus, Staline s'en alla, nous laissant tous sidérés, interdits. Roosevelt fut le premier à reprendre la parole.

« Professeur Mayer ? Je ne crois pas que l'Oncle Joe vous apprécie beaucoup.

— Non, monsieur. Je ne crois pas en effet. Et je m'estime heureux d'être américain et non pas russe. Sans quoi, je devine que je serais bon pour le peloton d'exécution. »

Roosevelt hocha la tête avec lassitude.

« Dans ces circonstances, dit-il, il vaut peut-être mieux que vous retourniez à Camp Amirabad. Après tout, nous ne devrions plus avoir besoin de vos services d'interprète. Plus maintenant que le Führer est parti. Et je ne vois pas l'intérêt d'agacer davantage Staline par votre présence dans l'enceinte de l'ambassade russe.

— Vous avez raison, monsieur, j'en suis convaincu. » Je me dirigeai vers la porte du salon. Là, les doigts déjà refermés sur la poignée, je m'arrêtai et, me retournant vers le Président, j'ajoutai : « Juste pour votre information, monsieur, de la part de quelqu'un qui connaît le renseignement allemand. À mon avis, et je suis formel, le dossier Beketovka est authentique et cent pour cent exact. Vous pouvez en croire un homme qui a été membre du Parti communiste autrichien, quand il était bien plus jeune et bien moins sage qu'il ne l'est aujourd'hui. Et Staline aura beau dire, à cela, au moins, il ne pourra rien changer. »

Je me trouvai à la sortie de l'ambassade. Je respirai profondément l'air de cette chaude après-midi, non sans un certain sentiment d'oppression. Je fermai les yeux et réfléchis aux événements extraordinaires de cette journée, ainsi qu'à mon rôle malencontreux dans l'histoire de cette paix des dupes, cette paix selon Hitler. Cet épisode ne serait sans doute jamais l'objet de la chronique, car c'était un épisode tissé de mensonges, de dissimulation et d'hypocrisie, et qui révélait une vérité historique, la plus cardinale de toutes : que la vérité est en soi une illusion. Et je faisais désormais partie de ce grand mensonge. À jamais.

Je rouvris les yeux et me retrouvai face à un homme d'allure rondouillarde, en uniforme d'Air Commodore de la RAF, qui fumait un Romeo y Julieta long de vingt centimètres.

« Monsieur, fit le petit général de brigade aérienne au visage joufflu, il me semble que vous êtes en travers de mon chemin.

— Monsieur Churchill, il semblerait que je sois en travers du chemin de tout le monde. Surtout du mien. »

Churchill retira son cigare de sa bouche et hocha la tête.

« Je connais ce sentiment. C'est l'antithèse du sentiment d'exister, n'est-ce pas ?

— Je me sens défait, monsieur. Il y a un chien qui a attrapé le bout de ma pelote, il tire sur le fil et très bientôt il ne va plus rien rester de ma personne.

— Mais je le connais, ce chien-là », fit Churchill. Il s'avança d'un pas dans ma direction, les yeux brillants d'intensité. « Je lui ai donné un nom, à ce chien. Je l'appelle mon chien noir, et il faut le chasser, comme un vrai. » Le Premier ministre jeta un coup d'œil à sa montre, puis, de sa canne, il désigna le parc. « Venez donc faire quelques pas en ma compagnie, dans ce jardin persan. Nous n'aurons peut-être pas de quoi parcourir huit kilomètres en méandres labyrinthiques, selon la formule chère à M. Coleridge, mais je pense que cela me suffira amplement.

— J'en serais honoré, monsieur.

— J'ai l'impression de vous connaître. Je sais que nous nous sommes déjà rencontrés quelque part, avant cette minute. Mais en dehors du fait que vous soyez américain et que vous devez être je ne sais quoi ou je ne sais qui dans les services diplomatiques, sinon vous porteriez l'uniforme, je ne parviens pas à me rappeler qui vous êtes. À mon grand dam.

— Willard Mayer, monsieur. Je suis l'interprète germanophone du Président. Enfin, j'étais cet interprète. Et nous nous sommes salués dans le couloir de la Mena House, mardi dernier.

— Alors, vous êtes l'infortuné jeune homme qui a sauvé la vie du dictateur germanique ! » s'écria Churchill. Même en plein air, il avait la voix très timbrée, et un léger défaut d'élocution, plus sensible de vive voix qu'à la radio. J'en conclus que le Premier ministre avait dû connaître jadis un petit souci du côté du palais. « Et dont les actes ont ultérieurement provoqué l'échec des tractations avec Hitler et sa redoutable clique.

— Oui, monsieur.

— Monsieur Mayer, j'ai la faiblesse de croire que vous jugez la faillite de ces négociations de paix tout à fait regrettable, comme se le figurent sans nul doute M. Staline ainsi, j'en suis convaincu, que votre Président. J'éprouve pour M. Roosevelt une admiration et une affection immenses, et d'ailleurs pour tous les Américains. Vous devez savoir que je suis moitié américain moi-même. Mais je vous dirai franchement, monsieur, que cette politique était pauvrement pensée. Hitler est un monstre de cruauté, un véritable Léviathan, un écumeur de caniveaux assoiffé de sang, sans égal dans toute l'histoire du mal et de la tyrannie, et nous n'avons pas combattu quatre longues années pour faire volte-face quand la victoire est en vue, et conclure une paix avec ces fanatiques infects. Aussi, ne vous accusez pas trop du fiasco de ce matin. Aucun gouvernement civilisé n'a jamais pu prétendre entretenir des relations diplomatiques avec ce pouvoir nazi, un pouvoir qui rejette la morale chrétienne, qui attise par un paganisme barbare les forces indispensables à sa fuite en avant, qui fait l'éloge de l'esprit d'agression et de conquête, qui puise sa puissance dans la persécution, qui en tire un plaisir pervers, et qui brandit avec une brutalité impitoyable la menace du massacre des innocents. Ce pouvoir n'a jamais pu être considéré comme un ami digne de confiance de la démocratie, et conclure une paix avec Hitler eût été moralement indécent et désastreux par nature. En l'espace de quelques années, voire de quelques mois, votre pays et le mien auraient fini par regretter de ne pas avoir étouffé ce serpent lorsque nous en avions l'occasion. Je vous le dis, Willard Mayer, ne vous accusez pas trop. La seule honte, dans tout cela, c'est qu'une telle ligne de conduite ait jamais pu être envisagée, à l'instar de l'homme qui caresse un chien enragé et s'enchante de le voir si aimable en apparence, jusqu'à ce que l'animal le morde, sur quoi l'homme tombe malade et meurt. Nous ne voulons pas de la paix selon Hitler, pas plus que nous n'avons voulu de sa guerre, car seul l'imbécile descend de l'arbre pour aller regarder le tigre blessé droit dans les yeux. »

Churchill prit un siège sous un cerisier, et je m'assis à son côté.

« Nous ne sommes qu'à l'orée d'un réveil des consciences, reprit-il. Ce ne sera que l'avant-goût du jugement que le monde portera sur l'Allemagne nazie, et ce sont de rudes lendemains qui nous attendent. La fine fleur de nos jeunes gens a trouvé la mort, c'est une quasi-certitude. Ce n'est pas votre faute, pas plus que celle de votre Président. C'est plutôt la faute de ce boucher autrichien assoiffé de sang qui nous a conduits tout en bas de ces marches de ténèbres, dans le gouffre de la guerre européenne. Et vous ne devriez pas davantage regretter d'avoir sauvé la vie de Herr Hitler, car si nous l'avions invité ici pour le voir assassiné sous nos yeux, à l'instar de je ne sais quel tyran de la Rome antique, le déshonneur de cet acte aurait rejailli sur nous, cela nous aurait fait passer pour aussi vils et détestables que lui, qui a taillé son sillon meurtrier dans toute l'Europe et jusqu'en Russie. La destinée de l'humanité ne devrait jamais dépendre de la trajectoire de la balle d'un assassin. Et maintenant, il me faut vous quitter. »

Là-dessus, Churchill se leva, non sans mal.

« Et si ce chien noir revient vous aboyer aux basques, je vous soumets trois petits conseils. Premièrement, retirez votre chemise et installez-vous en plein soleil, car j'ai pu moi-même constater que cela avait pour effet de vous requinquer et de vous remonter le moral.

Deuxièmement, mettez-vous à la peinture. C'est un passe-temps qui vous distraira de vous-même, quand votre propre personne vous paraîtra peu fréquentable. Et mon troisième conseil sera le suivant : rendez-vous à une soirée et buvez juste un peu trop de champagne, ce qui n'est pas moins efficace que le soleil pour dissiper la grisaille. Après tout, le vin est le plus beau cadeau que nous ait fait le soleil. Par chance pour vous, je donne une soirée pour fêter mon anniversaire, mardi, et je serais ravi que vous puissiez être des nôtres.

— Merci, monsieur, mais je ne suis pas sûr que ma présence réjouisse le maréchal Staline.

— Comme ce n'est pas l'anniversaire du maréchal Staline… à supposer que pareille occasion ait jamais donné matière à une fête… cela ne doit nullement vous inquiéter, monsieur Mayer. Je vous attends à l'ambassade de Grande-Bretagne à huit heures, mardi soir. En smoking. Et sans chien. »

Longtemps après le départ du Premier ministre, ses propos résonnaient encore à mes oreilles. J'étais sur le chemin du retour à Camp Amirabad à bord d'une jeep de l'armée, certain d'avoir rencontré le seul homme au monde susceptible d'incarner la vérité et de faire preuve d'un courage qui soit à la hauteur de cette vérité.

21 heures

Le soir, il n'y a pas de soleil. Il n'y a que l'obscurité. En Iran, l'obscurité vient vite et, avec elle, ses démons si singuliers. J'étais allongé sur mon lit les yeux ouverts, dans un baraquement Quonset, à fumer des cigarettes et à me soûler en silence. Juste après dix heures, on frappa à ma porte. J'ouvris, pour me trouver en face d'un grand type aux épaules arrondies, qui avait l'allure dégingandée et les grands pieds d'un joueur de basket-ball. Il portait une blouse blanche par-dessus son treillis et reluqua le verre et la cigarette que je tenais à la main avec un mélange de désapprobation à la fois militaire et médical.

« Professeur Mayer ?

— Ce doit être le nom inscrit par le médecin-légiste sur l'étiquette qu'il m'a attachée au gros orteil… » Je m'écartai de la porte ouverte et retournai m'asseoir sur mon lit. « Entrez donc. Servez-vous un verre.

— Non, merci, monsieur. Je suis de garde.

— Sympa de savoir que quelqu'un est de garde.

— Monsieur, je suis le lieutenant John Kaplan, fit-il en avançant à peine dans ma chambre. Je suis le médecin-chef adjoint de l'hôpital de campagne, ici, à Camp Amirabad.

— Ça ira, lieutenant Kaplan. Je suis juste un peu soûl. Pas besoin de manier la pompe à lavage d'estomac. Pas pour le moment.

— C'est M. Pawlikowski, monsieur. Le type des services secrets. Il vous demande.

— Moi ? » Je rigolai et bus une gorgée. « À votre avis, quand vous dites qu'il me demande, c'est histoire de causer, ou pour me traiter de fils de pute ? Parce que, bon, en ce moment, je me sens un peu fragile.

— Je ne pense pas qu'il soit en colère.

— Non ? Moi, je le serais, à sa place, si quelqu'un m'avait empêché de… » Je souris et me repris, m'en tenant à la version officielle. « Si quelqu'un m'avait percé un trou dans le foie. Au fait, comment va-t-il ?

— Stable.

— Il va s'en sortir ?

— C'est trop tôt pour le dire. En soi, la plupart des blessures au foie sont simples. Le principal problème post-opératoire, c'est l'état septique. Et les saignements. Et les épanchements de bile. » Kaplan haussa les épaules. « Mais il est entre de bonnes mains. J'étais hépatologue au Cedars Sinai, avant la guerre. Ce serait avec n'importe qui d'autre, je dirais qu'il aurait beaucoup moins de chances.

— C'est bon de rencontrer un homme qui a encore foi en ce qu'il fait. J'aimerais pouvoir en dire autant.

— Vous allez venir ? »

Je me levai et je décrochai ma veste de la patère. En l'enfilant, je vis que j'avais encore du sang sur la manche. C'était le sang de Pawlikowski, mais j'aurais presque souhaité que ce soit le mien.

Je suivis Kaplan à l'extérieur du Quonset. Il alluma une lampe torche coudée Angle Head et ouvrit la marche en empruntant un passage en caillebotis.

« D'ailleurs, que s'est-il passé ? me demanda-t-il. Les informations sont un peu confuses. Quelqu'un nous a dit qu'il avait essayé d'abattre le Président.

— Non. Ce n'est pas vrai. J'étais là. J'ai tout vu. Personne n'a essayé de tirer sur FDR.

— Alors, qu'est-ce qui s'est passé ?

— C'était un accident, voilà tout. Dans l'entourage du Président, je crois que certains de ces gars des services secrets ont la détente un peu facile, voilà, c'est tout. »

Les mensonges commençaient.

Quand je me suis retrouvé devant lui, John Pawlikowski était pâle et endormi. Il avait une perfusion de plasma dans le bras et deux canules dans la partie inférieure du torse. On aurait dit une usine chimique. Kaplan prit le bras de l'agent Pawlikowski et le lui serra doucement.

« Ne le réveillez pas, dis-je. Pour le moment, laissez-le dormir. Je vais m'asseoir un peu à côté de lui. »

Le médecin m'approcha une chaise.

« En plus, d'être ici, cela me fournit un prétexte pour laisser la bouteille un peu tranquille. Je suppose que l'alcool est interdit dans ce lieu.

— Strictement interdit, me confirma Kaplan avec un sourire.

— Bon. »

Kaplan s'en alla contrôler l'état d'un de ses autres patients et, croisant les doigts, je m'accoudai sur le rebord du lit de Pawlikowski. Quiconque ne me connaissait pas aurait pu penser que je priais pour lui. Et, en un sens, je priais en effet. Je priai pour que John Pawlikowski se réveille et me révèle pour qui il avait travaillé. Jusqu'à présent, j'avais l'impression d'être le seul membre de la délégation américaine à se demander quel genre d'espion allemand irait attenter à la vie d'Adolf Hitler. J'avais déjà quelques idées sur le sujet. Mais j'étais fatigué. La journée avait été longue et pénible, chargée de tensions, suivie d'une soirée imbibée d'alcool et, au bout de dix minutes ou un quart d'heure, je m'endormis.

Je me réveillai en sursaut, et avec un début de gueule de bois, au son de la sirène de la police militaire américaine. On s'occupait d'une urgence ou une autre. Quelques instants plus tard, plusieurs véhicules s'immobilisaient fort bruyamment devant l'hôpital de campagne. Ensuite, les portes s'ouvrirent d'un coup et Roosevelt fit son entrée, allongé sur une civière, accompagné de Mike Reilly, des agents Rauff et Qualter, de son médecin personnel, l'amiral McIntire, et de son ordonnance, Arthur Prettyman. Ils étaient suivis de plusieurs membres du personnel médical de l'U.S. Army, qui soulevèrent promptement le Président sur un lit et se mirent à l'examiner.

J'avais l'esprit plus clair, à présent. J'allai voir ce qui se passait.

Le Président n'avait pas l'air bien du tout. Sa chemise était trempée de transpiration, le visage était d'une pâleur mortelle et, par instants, il était tenaillé par des crampes d'estomac. L'un des médecins chargés de l'ausculter lui retira son pince-nez, pour le confier à Reilly. Ce médecin, c'était Kaplan. Il se redressa et survola du regard cette nuée de gens autour de Franklin Roosevelt, avec une désapprobation visible.

« Tous ceux qui ne font pas partie de l'équipe médicale, voulez-vous reculer, je vous prie ? Laissons un peu respirer le Président. »

Reilly recula, et me rentra dedans. Il regarda autour de lui.

« Qu'est-ce qui s'est passé, bon sang ? »

Il secoua la tête avec un geste d'impuissance.

« Le patron recevait Staline et Churchill à dîner. Steak et patates au four, cuisinés par les cuistots philippins qu'il a amenés avec lui pour ce voyage. Il se porte comme un charme, il discute de la question d'un accès à la mer Baltique ou je ne sais trop quoi et, d'une minute à l'autre, le voilà avec une mine de merde. S'il n'avait pas déjà été assis dans son fauteuil, il se serait évanoui, c'est sûr. Quoi qu'il en soit, nous l'avons sorti de la salle à manger, et McIntire a décidé qu'il fallait l'amener ici. Juste au cas où… »

De nouveau, Roosevelt se tordit de douleur dans son lit en se tenant le ventre.

« Juste au cas où il aurait été empoisonné, continua Reilly.

— À mon avis, après cette matinée, tout est possible.

— Le patron a préparé les cocktails lui-même, objecta le chef de la sécurité. Des martinis. À sa manière habituelle, comme toujours. Vous connaissez, trop de gin, trop de glace. C'est tout ce qu'il a bu. Churchill en a pris un ou deux, et il va bien. Quant à Staline, en fait, il n'a pas touché au sien. Il a prétendu que c'était trop glacé, et que ça lui porterait sur l'estomac.

— Très sensé, ça, de sa part. C'est vrai, ils sont trop glacés, ces cocktails.

— Ça m'a fait penser à… je ne sais pas.

— Soit c'est juste que ça n'a pas plu à Staline, soit il craint désormais d'être empoisonné à son tour, dis-je. En conséquence, il répugne à boire tout ce qui n'a pas été préparé par les gens qu'il connaît. »

Reilly hocha la tête.

« D'un autre côté… »

J'hésitai.

« Je vous écoute, professeur.

— Je ne suis pas expert en ces matières, mais cela me semble plausible. Et si le Président, à force de rester constamment assis dans un fauteuil roulant, avait fini par ralentir son métabolisme. De ce fait, Mike, ce matin, il aurait absorbé davantage de poison que nous ne l'avions cru de prime abord. Il s'agirait alors d'une réaction à retardement. » Je jetai un rapide coup d'œil à ma montre. « Chez lui, le poison aurait mis dix heures à exercer son effet. Qu'en pense McIntire ?

— Je ne pense pas que cela lui soit venu à l'esprit. McIntire songe à une indigestion. Ou à une forme d'attaque. Enfin, je veux dire, notre homme est soumis à une telle pression en ce moment. Après coup, une fois que vous-savez-qui a pris la poudre d'escampette, je n'ai jamais vu le patron aussi déprimé. Mais ensuite il s'est ressaisi, dans la perspective de cet après-midi, pour la conférence des Trois Grands. Comme si de rien n'était, vous voyez ? Il secoua la tête. Vous devriez répéter ce que vous venez de m'expliquer à l'un des médecins.

— Pas moi, Mike. Quand je crie au loup, les gens ont la sale manie de me répondre "Mais que tu as de grandes dents". Qui plus est, ce genre d'information ne serait utile que si nous connaissions le poison incriminé, ajoutai-je en haussant les épaules. Il n'y a qu'un homme capable de nous renseigner, et il est inconscient. » D'un mouvement de tête, je désignai Pawlikowski, derrière moi, gisant sur son lit d'hôpital.

« Eh bien, maintenant, il est réveillé », m'annonça Reilly. Le responsable de la sécurité lança de nouveau un regard vers Roosevelt. L'un des médecins de l'U.S. Army achevait de fixer une perfusion dans le bras du Président, pour l'aider à se réhydrater. « Allons-y, fit-il, et il se dirigea vers le lit de Pawlikowski. On ne peut rien de plus de ce côté-ci. Voyons toujours ce que nous pouvons découvrir. »

Pawlikowski avait l'œil rivé au ventilateur du plafond, si bien qu'un instant je le crus presque mort. Mais ensuite il battit des paupières en laissant échapper un long soupir, avant de refermer les yeux. Reilly se pencha sur son oreiller.

« John ? C'est moi, Mike. Vous m'entendez, John ? »

Pawlikowski rouvrit les yeux, avec un sourire ensommeillé.

« Mike ?

— Comment ça va, mon pote ?

— Pas si bien. Un crétin m'a tiré dessus. Le salaud.

— Je suis désolé.

— C'est bon. J'imagine que vous m'aviez visé à la jambe, hein ? Comme tireur, vous avez toujours été minable.

— Pourquoi avez-vous fait ça, John ?

— Sur le moment, ça me paraissait une assez bonne idée, je crois.

— Vous ne voulez pas tout nous raconter ? » Reilly marqua un temps de silence. « J'ai amené le professeur Mayer avec moi.

« — Bien. Je voulais lui dire quelque chose.

— John, avant que vous ne…

— Et Hitler ? s'enquit l'agent. Que lui est-il arrivé ?

— Il est rentré chez lui, John. »

Pawlikowski ferma les yeux un instant.

« Mike ? Donnez-moi une cigarette, voulez-vous ?

— Bien sûr, John, tout ce que vous voudrez. » Reilly la lui alluma, puis la logea délicatement entre les lèvres du blessé. « John, j'ai besoin d'une information. Tout de suite. Vous avez empoisonné l'eau destinée à Hitler, hein ? »

Pawlikowski sourit à nouveau.

« Ça ne vous a pas échappé, je vois.

— Quel type de poison était-ce ?

— De la strychnine. Vous n'auriez pas dû m'empêcher de le tuer, Mike. »

Mais Reilly fonçait déjà rejoindre l'amiral McIntire et le docteur Kaplan. Pawlikowski referma les yeux un moment. Je lui retirai la cigarette de la bouche.

« Professeur ? Vous auriez un verre d'eau, je vous prie ? »

Je lui en versai un verre et je l'aidai à boire. Quand il en eut avalé suffisamment, il secoua la tête et me regarda d'un air étrange. Mais je finissais par m'y habituer. Et quand il s'agissait de me fusiller du regard, Pawlikowski n'arrivait pas à la cheville de Staline.

« Ça vous fait quel effet ?

— De quel effet parlez-vous ? » lui demandai-je. Mais je savais très bien à quoi il songeait. Reilly était de retour et il contourna le lit de Pawlikowski, pour venir se placer face à moi. Je replaçai la cigarette entre les lèvres du blessé.

« Ça fait quel effet d'avoir sauvé la vie de Hitler ?

— Je vais être franc. Il m'est arrivé de commettre d'autres bonnes actions, qui m'ont laissé plus en paix avec moi-même.

— Je l'aurais parié.

— C'est tout ce que vous vouliez me dire ?

— Non.

— Que vouliez-vous dire au professeur Mayer ? fit Reilly.

— Juste qu'il avait raison, depuis le début, Mike. Et lui présenter mes excuses. Pour avoir tué sa cavalière.

— Vous avez tué cette femme au Caire ? La princesse ?

— Il le fallait. Elle aurait pu me dénoncer. Vous comprenez, n'est-ce pas, professeur ? J'étais là-bas, cet autre après-midi, quand vous lui avez rendu visite à l'improviste. J'étais en haut, dans la salle radio, quand vous êtes monté. Je recevais un message de Berlin. Quand vous vous êtes montré, j'ai dû attendre qu'Elena et vous soyez au lit, avant de pouvoir sortir en douce, par la porte de derrière. Et c'est à cause de cela que j'ai oublié de brûler le message de Berlin. Je m'en suis souvenu trop tard. Alors je suis revenu à l'aube pour le détruire. Je pensais que vous seriez de nouveau au lit avec elle, et autrement occupé. Cette nana, elle était superbe. Jamais rien eu entre nous, notez. Évidemment, je n'aurais pas dit non. Mais cela restait strictement professionnel. En tout cas, je venais juste d'arriver quand je vous ai vu là-haut, en salle radio. Et, après votre départ de chez elle, j'y suis retourné, et là, j'ai vu que vous aviez récupéré le code.

— Mais pourquoi ne m'avez-vous pas abattu, tout simplement ? Et pourquoi la tuer, elle ? »

Pawlikowski eut un sourire las. Sous les yeux, les cernes étaient de la couleur de sa cendre de cigarette, et il avait les lèvres bleues, comme si le prêtre était passé juste avant moi, avec le vin de la communion.

« Après tout ce rififi autour d'un espion allemand ? Pas question. Tuer un membre de la délégation du Président, c'était déjà assez risqué. Mais deux ? En plus, elle ne l'aurait jamais supporté. Elle raffolait de vous, professeur. Elle raffolait de vous… Donc, je l'ai tuée, j'ai caché la radio et je me suis arrangé pour vous coller ça sur le dos. Je suis désolé, professeur. Sincèrement. Mais je n'avais pas le choix. Assassiner Hitler m'importait plus que tout le reste.

— Oui, je vois. Mais qui vous a incité à commettre cet acte ? Pouvez-vous nous dire pour qui vous travailliez ?

— L'Abwehr. L'amiral Canaris. Et certaines personnes de la Wehrmacht, qui ne veulent pas que les alliés concluent avec le Reich une paix visant à maintenir Hitler au pouvoir. Ils se figuraient qu'il serait plus facile de le tuer ici qu'en Allemagne. Qu'ici, il serait pris au dépourvu. Voyez-vous, en Allemagne, à chaque tentative, cela se complique un peu plus.

— Mais pourquoi vous ?

— Je suis un Juif germano-polonais de Dantzig, voilà pourquoi. » Pawlikowski tira encore une bouffée de sa cigarette. « Comme motif, il ne m'en fallait pas plus.

— Qui vous a recruté, et où ? »

L'agent de la sécurité sourit encore.

« Je ne peux pas vous le révéler.

— Mais Thornton Cole était sur votre piste, non ? C'est pourquoi on l'a tué.

— Il n'était pas sur ma piste. Mais il était sur les traces de mon contact à Washington. C'est pour cela qu'on l'a supprimé. Mais ce n'était pas moi. Quelqu'un d'autre s'en est chargé.

— Mais vous avez tué Ted Schmidt à bord de l'*USS Iowa*. Exact?

— Il est venu me voir avec des informations qui auraient convaincu la police d'examiner de plus près le meurtre de Cole. Ça m'est venu en une fraction de seconde. Je me suis dit que si les flics de la Métro réussissaient à trouver qui l'avait réellement tué, alors ils risquaient de démasquer mon contact. Et cela les conduirait jusqu'à moi. Et cela m'empêcherait de tuer Hitler. Donc je l'ai assommé et je l'ai balancé par-dessus bord.

— Et, depuis l'*Iowa*, c'est vous qui avez communiqué par radio avec vos amis allemands aux États-Unis. »

L'autre hocha la tête.

« J'adore le patron, chuchota-t-il. Je l'aime comme si c'était mon père. Mais il n'aurait jamais dû tenter de faire la paix avec Hitler. On ne peut conclure aucun accord avec un individu pareil. Je suis désolé d'avoir tué ces gens. Ça ne m'a pas plu. Mais je le referais, dès demain, si cela me fournissait une autre occasion d'assassiner Hitler. Je suis navré de vous avoir déçu, Mike, dit-il en saisissant la main de Reilly. Vous, et le patron. Dites-lui, de ma part, voulez-vous? Mais j'ai fait ce que je croyais juste.

— Comme nous tous, John. Vous, moi, le professeur ici présent, et le Président. Nous avons tous fait ce que nous croyions juste.

— J'imagine », souffla Pawlikowski, et il replongea dans le sommeil.

Reilly lui retira sa cigarette des lèvres et l'écrasa. Il se redressa, lança un regard derrière lui, vers le Président, qui avait l'air déjà en un peu meilleur état. Nous nous rendîmes à son chevet. Le docteur Kaplan nous affirma que, poison ou pas, son état se stabilisait, et que tout irait bien.

« La journée a été foutrement longue, grommela Reilly en se calant les deux poings dans le creux des reins. Alors, professeur ? Qu'en pensez-vous ?

— J'en pense que, tout bien considéré, j'aurais préféré ne jamais quitter Princeton. »

26

MARDI 30 NOVEMBRE 1943
TÉHÉRAN

Quelles consolations la philosophie offrait-elle ? Aucune. Et, durant presque tout ce lundi et ce mardi, les paroles de Staline ne cessèrent de faire écho dans ma tête : « Pour ma part, je crois que j'aurais préféré voir Hitler mort sur le sol de cette salle de conférences, plutôt que de le voir abandonner ces pourparlers. Je ne peux pas parler à la place de M. Hull, mais je sais que M. Mikoyan se serait volontiers laissé coller au mur, si cela avait pu signifier que nous étions débarrassés d'un monstre comme Hitler. »

Je n'avais jamais été trop enclin à partager le scepticisme de Schopenhauer, mais j'étais tombé sur l'un de ses ouvrages dans la bibliothèque de Camp Amirabad, et je relus ce philosophe. Et ce que Schopenhauer avait affirmé, qu'à la fin de sa vie, aucun honnête homme ne souhaiterait revivre sa propre existence, tintait à mes oreilles comme l'on sonne le glas.

Mardi, Roosevelt était complètement rétabli, et la menace du dîner de gala à la légation britannique en l'honneur du soixante-neuvième anniversaire de Churchill devenait imminente. En mon for intérieur, je m'interrogeai, envisageant de ne pas m'y rendre, mais je décidai finalement que les sentiments du Premier ministre Churchill à mon égard l'emportaient sur ceux du maréchal Staline. Ce que je n'avais pas encore pleinement compris, c'était à quel point les gens de mon propre camp, à Téhéran, me considéraient comme un pestiféré. Mais dès mon arrivée à l'ambassade de Grande-Bretagne, Harry Hopkins dissipa tous mes doutes à ce sujet.

« Seigneur, Mayer, siffla-t-il. Qu'est-ce que vous fabriquez ici, nom de nom ? »

Churchill, ayant surpris ce propos, avança sur lui en grondant, comme un bouledogue qui défendrait son os à moelle préféré.

« Il est ici parce que je l'ai convié, Harry. Le professeur Mayer a bien compris que je me serais senti personnellement insulté qu'il ne vienne pas ici ce soir. N'est-ce pas vrai, professeur ?

— Oui, monsieur le Premier ministre.

— Veuillez m'excuser, messieurs. » Randolph, le fils du Premier ministre, à jeun, pour une fois, prenait son père par le coude. « Puis-je vous dire un mot, père ? »

Le Premier ministre fut donc distrait de ma défense et posa sur son fils un regard plein de bienveillance.

« Oui, Randolph, qu'y a-t-il ? »

Hopkins me regarda comme si la gangrène bubonique menaçait de gagner les moignons de mes membres.

« D'accord, soupira-t-il. Mais, au nom du ciel, tâchez de vous tenir à l'écart de Staline. Les choses sont déjà bien assez compliquées. »

Là-dessus, il me planta là, non sans brusquerie, et s'en alla bavarder avec son propre fils, qui figurait aussi parmi les invités.

Il n'en fallut pas plus à Churchill pour revenir s'entretenir avec moi. Nous causâmes donc et bûmes plusieurs coupes de champagne.

« Ma fille n'a pas pensé à me prévenir que l'on nous organiserait quelques jeux de société », me confia le lion britannique avec un enjouement magnanime, tout en surveillant le manège de Reilly et de son équipe des services secrets, occupés à fouiller une moitié des locaux de l'ambassade, pendant que le NKVD fouillait l'autre moitié. « L'ennui, avec les chasses au trésor, c'est que la recherche est toujours plus plaisante que la découverte. Et je crains que ce ne soit aussi une évidence pour quantité d'autres facettes de l'existence. Enfin, voilà un axiome qui, même aujourd'hui, dans ma soixante-dixième année, me donne encore matière à réflexion. En fait, je me pose souvent la question. La victoire finale sera-t-elle aussi savoureuse que la dernière bataille ? »

Quelques minutes plus tard, ce fut l'arrivée de Roosevelt, un châle sur les épaules, pour le protéger de la fraîcheur du soir, poussé par son fils Elliott en haut d'une rampe qui conduisait à la terrasse. Devant les portes d'entrée de l'ambassade, et en présence d'une garde d'honneur, Churchill accueillit le Président, qui lui remit son cadeau d'anniversaire – un saladier persan, acheté dans la boutique du parc de l'ambassade russe, celle où l'on ne traitait qu'en devises fortes.

« Puissions-nous rester unis de nombreuses années », s'écria Roosevelt en s'adressant à un Churchill radieux, avant de se laisser pousser dans la salle à manger. Mais en me voyant, il se tourna dans l'autre sens et engagea la conversation avec Averell Harriman.

« Je puis vous parler comme quelqu'un à qui l'on a battu froid à maintes et maintes reprises, me confia

Churchill. Eh bien, j'ai toujours été convaincu qu'il valait mieux être fui qu'ignoré. »

Me prenant par le bras, il m'emmena sur la terrasse, du côté de l'entrée, où la garde d'honneur composée de Sikhs n'attendait maintenant plus que l'arrivée de Staline. Une longue limousine noire avait surgi dans l'allée de la légation et s'approchait de l'entrée et, ce fut le signal : les Sikhs du lion britannique présentèrent les armes.

Voyant Staline, Molotov et Vorochilov descendre de leur limousine, je fis volte-face pour retourner à l'intérieur, mais je sentis le Premier ministre me rattraper par le coude, avec fermeté.

« Non, non, gronda-t-il. Staline peut sans doute prendre ses aises en Europe orientale, mais ici, c'est ma soirée, foutre Dieu. »

Staline, vêtu de sa vareuse couleur moutarde et d'une cape assortie rehaussée d'un galon écarlate, monta les marches de la légation. Il m'avisa, planté à côté de Churchill, et s'immobilisa. Sur quoi, un domestique de l'ambassade se glissa entre deux gardes du corps du potentat soviétique et voulut le débarrasser de sa cape, incitant l'un des gardes à dégainer son pistolet, qu'il planta dans le ventre du pauvre diable.

« Oh, Seigneur Jésus, marmonna le Premier ministre, il ne manquait plus que ça. » Et, s'efforçant de désamorcer la situation, il s'avança d'un pas et tendit vigoureusement la main au tyran. « Bonsoir, maréchal Staline, s'exclama-t-il. Et bienvenue à ma soirée d'anniversaire. À moi, il m'a semblé que cet homme voulait purement et simplement vous débarrasser de votre cape. »

Horrifié, je vis Staline ignorer le Premier ministre et, sans lui parler ni lui tendre la main, passer devant lui d'un pas lent, pour pénétrer dans la salle à manger.

« Fichtre, il en a perdu son sang-froid. »

Et Churchill de s'esclaffer.

« Serait-ce la raison de ma présence ici, monsieur ?

— Je vous l'ai déjà dit, jeune homme. Vous êtes ici parce que je vous ai prié d'y être. »

Mais je n'étais plus sûr qu'en me conviant à sa fête, le chef du gouvernement de Sa Majesté n'ait pas nourri quelque arrière-pensée. Peut-être pousser Staline à perdre son sang-froid constituait-il un motif en soi.

Gardant prudemment mes distances, je le suivis dans la salle à manger. On eût dit l'intérieur d'un petit night-club cairote : de lourdes tentures de velours rouge pendaient à de robustes tringles en cuivre, et les murs étaient constellés d'une mosaïque de petits miroirs. L'effet de l'ensemble n'était guère celui de la grandeur impériale, mais plutôt d'un décor clinquant bon marché.

Un serveur vêtu de rouge et de bleu, avec des gants blancs trop petits, s'approcha du maréchal, inclina sèchement la tête et lui présenta un plateau de boissons que le dirigeant soviétique considéra d'un œil soupçonneux.

La table était dressée de vaisselle de cristal et d'argent et, à la place d'honneur, un grand gâteau d'anniversaire était planté de soixante-neuf bougies. Je vérifiai les cavaliers marquant les places des convives de leur nom, et je m'aperçus que j'étais placé assez près de Staline, trop pour notre bien-être à l'un et l'autre. Après l'incident de la terrasse, cette soirée d'anniversaire m'inspirait un sombre pressentiment, guère dissipé par la découverte que seuls six sièges me sépareraient du maître du Kremlin. Je me demandais s'il était possible que ce dernier ait snobé Churchill uniquement parce qu'il m'avait invité. Et Roosevelt, m'avait-il snobé, lui aussi ? Vraiment ? Si le Président se retournait aussi contre moi, je ne voyais pas comment éviter que la soirée ne s'achève en désastre. J'attrapai le cavalier portant mon nom et sortis sur la terrasse ouvrant vers l'arrière, le temps de fumer une cigarette et de réfléchir à l'étape suivante.

J'étais au calme, dans ce jardin sur l'arrière de la légation, avec juste le chant d'un filet d'eau dans un large bassin à poissons, et le sifflement des lampes-tempête – une précaution contre une éventuelle coupure de courant. Je descendis les marches pour faire quelques pas dans le jardin, longer le bassin, le regard accroché par la lune blanche et parfaite qui flottait, immobile, au-dessus de la surface de l'eau. Les Britanniques étant les seuls à m'adresser la parole, je ne voyais guère l'intérêt de retourner dans la salle à manger.

Je dépassai les cuisines pour atteindre une sorte de coupole paisible recouverte de glycine et de chèvrefeuille, et je m'assis pour finir ma cigarette. Peu à peu, alors que mes yeux s'accommodaient à l'obscurité, je discernai une grosse voiture-citerne et, sur le mur, un robinet massif en cuivre. Je fermai les yeux avec lassitude, tâchant de me projeter en pensée dans des temps plus heureux – seul, dans ma chambre, à Princeton, avec juste un livre, la cloche qui sonne dans la tour de Nassau Hall, et le tic-tac d'une pendule sur le manteau de la cheminée datant d'avant la guerre de Sécession.

Je rouvris les yeux, car tout à coup il me sembla entendre le tic-tac de cette charmante pendule géorgienne, un cadeau de ma mère, pour mon diplôme. Et, attrapant l'une des lampes-tempête de la terrasse, je tendis mon fanal vers cette petite coupole ornementale et lançai de rapides regards çà et là, à la recherche de l'origine de ce bruit. Je constatai que le tic-tac provenait de l'intérieur de la citerne Furphy. J'avais l'oreille collée contre le cylindre métallique et froid de la citerne, et ce tic-tac résonnait comme un bruit surgi de la géhenne, comme si, telle la pendule du diable, elle était sur le point de sonner, comme si le champ de bataille, en lieu et place du paradis, allait de nouveau être soufflé par les flammes de l'enfer.

Il y avait une bombe dans cette citerne. Et, à en juger d'après la taille du cylindre, elle était de grand format. Elle ne devait pas peser loin d'une tonne. Je consultai rapidement ma montre et je vis que quelques minutes seulement nous séparaient de neuf heures.

Je soulevai les deux hampes en bois de la voiture-citerne et, empoignant le harnais en cuir, je tirai. Au début, l'engin n'eut pas l'air de bouger, mais en fin de compte, au prix d'un effort qui me laissa le visage écarlate et dégoulinant de sueur, il remua, roulant lentement, et se dégagea de la petite coupole en forme de rond-point.

Je me dis que je campais un héros proprement ridicule, avec mon smoking et mes vernis. Mais il suffisait maintenant que je maintienne la citerne sur sa lancée. Juste assez longtemps pour l'éloigner du corps de bâtiment principal. J'atteignis l'allée gravillonnée, mes vernis glissant légèrement sur les petits cailloux, je m'arrêtai un instant et je tombai la veste avant de relever à nouveau le timon et de tirer l'engin jusqu'au portail d'entrée.

Deux des sentinelles sikhs vinrent vers moi, baïonnette au canon, plutôt décontractées, mais l'air décontenancé.

« Que faites-vous, sahib ? me demanda l'un des deux hommes.

— Donnez-moi un coup de main, dis-je. Ce bahut contient une bombe. »

Ils me dévisagèrent, le regard vide.

« Vous ne comprenez pas ? C'est une bombe. »

Et là, sage initiative, l'un des deux Sikhs courut vers le bâtiment principal.

J'atteignis le portail, j'avais réussi à imprimer à cette machine infernale un élan tout à fait appréciable et, à ce stade, le Sikh qui m'avait adressé la parole jeta son fusil et vint m'aider à pousser.

Nous franchîmes enfin le portail de l'ambassade et descendîmes le boulevard large et désert, en direction des quartiers centraux de la ville. Le Sikh cessa de pousser et détala. Ce qui me convenait assez. Je préférais presque m'atteler à la tâche tout seul. Plutôt que de rester dans les mémoires comme l'homme qui avait sauvé la vie de Hitler, ou qui avait fait capoter ces négociations de paix, cela me convenait nettement plus d'être considéré comme le héros de l'heure – de laisser le souvenir de l'homme qui avait sauvé les Trois Grands, en leur évitant d'être réduits en miettes.

Mon geste ne me semblait pas relever d'un héroïsme particulier. J'étais fatigué et, en un sens, j'attendais presque la fin de tout ceci. Et donc, poussant cette voiture-citerne avec sa charge mortelle, j'allai au-devant d'une sorte de paix. Cette sorte de paix qui passe l'entendement. La paix finale. La paix de Hitler. La paix des dupes.

27

Vendredi 10 décembre 1943
Berlin

Parmi les membres de l'Opération Triple Saut, aucun des survivants – à supposer qu'il y en eût – n'ayant encore atteint l'ambassade d'Allemagne à Ankara, Walter Schellenberg ignorait presque tout des événements de Téhéran. Mais grâce à des sources de l'ambassade soviétique en Iran et au sein du SIS britannique, à Londres, il avait été en mesure de reconstituer le tableau, grosso modo, après le départ précipité du Führer de la capitale iranienne. Seul dans son bureau de la Berkaerstrasse, il relisait le rapport confidentiel qu'il avait tapé lui-même à l'intention de Himmler, avant de se rendre en voiture au ministère de l'Intérieur.

C'était un rendez-vous qui ne le réjouissait guère, car le Reichsführer-SS savait maintenant fort bien que le jeune chef du SD avait désobéi à un ordre exprès concernant le recours à des volontaires Zeppelin. En ordonnant son exécution immédiate, Himmler aurait été tout à fait dans son bon droit. En même temps, Schellenberg était déjà parvenu à la conclusion que si Himmler avait eu l'intention de l'arrêter, ce serait sans doute déjà fait. Le pire qu'il puisse craindre, c'était probablement une sévère réprimande assortie, le cas échéant, d'une forme de rétrogradation.

En dépit des récents bombardements, le Ku-damm conservait encore un aspect relativement normal, avec tous ces gens qui se préparaient à fêter Noël comme s'ils n'avaient pas le moindre souci. À les regarder, ces passants chargés de leur sapin de Noël, le regard rivé aux vitrines, on eût dit que la guerre était partout, sauf à Berlin en ce jeudi matin de la mi-décembre. Schellenberg gara sa voiture sur Unter den Linden, où un vent froid harcelait le drapeau nazi piqué en façade du ministère de l'Intérieur. Il salua les deux gardes en faction devant la porte d'entrée et pénétra dans les lieux.

Il trouva Himmler d'humeur sérieuse, professionnelle, et fut surpris de constater que le Reichsführer ne manifeste pas l'envie immédiate de réprimander son subordonné. Au lieu de quoi, il n'avait d'yeux que pour le rapport, posé sur les genoux de Schellenberg et, avec une décontraction qui ne lui ressemblait guère, il invita le général du SD à lui en résumer le contenu.

« La quasi-totalité de la Section Friedenthal a été décimée, ou capturée, c'est l'évidence, commença celui-ci. Ils ont très certainement été trahis par l'un des hommes de la tribu Kashgai, qui les aura livrés aux Soviets moyennant récompense.

— Très probable, acquiesça Himmler, qui ne voyait aucune raison de révéler à son interlocuteur que c'était lui, en personne, qui avait livré l'équipe de l'Opération Triple Saut au NKVD.

— D'emblée, c'était en effet le danger majeur de cette opération... la fiabilité de ces indigènes, poursuivit Schellenberg. Mais nous pensons que certains d'entre eux, ayant échappé à la capture, tout au moins dans un premier temps, sont certainement les artisans d'une autre initiative, une sorte de bombe qui a été introduite dans l'ambassade britannique, à Téhéran. Nos sources nous signalent une forte explosion à environ une centaine de mètres des lieux, à précisément vingt et une heures, le mardi 30 novembre. À cette heure-là, Churchill recevait à l'occasion de sa soirée d'anniversaire, et il semble que, plus tôt dans la journée, la bombe, de dimensions considérables, dissimulée dans une voiture-citerne, ait été positionnée tout près de la salle du banquet. Mais elle a été découverte, très vraisemblablement par l'homme qui a trouvé la mort en la déplaçant en lieu sûr. Un Américain, un nommé Willard Mayer.

— Alors ça, par exemple ! s'écria Himmler, sincèrement surpris de cette nouvelle.

— Willard Mayer était membre de l'OSS américain, et il était l'interprète de langue allemande de Roosevelt, pour la durée de la conférence. C'était aussi un philosophe d'un certain renom et, avant la guerre, il avait étudié à Vienne. Puis à Berlin, je crois. J'ai jeté un œil sur un de ses ouvrages. C'est vraiment très profond.

— Willard Mayer était aussi le Juif qui a sauvé la vie du Führer, ajouta Himmler.

— Alors il semblerait que l'homme ait été un véritable héros, n'est-ce pas ? Sauver le Führer, et ensuite les Trois Grands. Cela va au-delà de ce qu'on serait en droit d'attendre d'un philosophe moyen.

— Pensez-vous vraiment que cette bombe les aurait tués ?

— Au dire de tous, l'explosion a été considérable. On n'a jamais retrouvé le corps de l'Américain.

— Naturellement, une fois cet homme disparu, cela fait un témoin de ce qui s'est réellement passé en moins, souligna le Reichsführer. À cet égard, en tout cas, ils ont de la chance. Presque autant de chance que vous, Schellenberg. »

Le chef du SD réagit à ce reproche par un bref signe de tête. Il attendit un instant.

« Eh bien, continuez. Allons.

— Oui, Herr Reichsführer. J'allais juste ajouter qu'en ce qui concerne les Américains, le processus de réécriture de l'histoire a déjà commencé. À lire les journaux britanniques et américains parus après la clôture de la conférence, il est difficile de croire que le Führer ait pu se trouver là-bas. Remarquable, vraiment. Comme s'il ne s'était rien passé.

— Pas tout à fait », nuança son supérieur.

Schellenberg se raidit. Nous y sommes, se dit-il. En fin de compte, Himmler allait le casser.

« Cet adorateur des Juifs, ce Roosevelt, va devoir maintenant assumer les conséquences de son refus des modalités proposées par le Führer. »

Schellenberg sourit avec un sentiment mélangé, à la fois soulagé et amusé. Apparemment, il conserverait son poste. Les alliés n'étaient pas les seuls à s'occuper de réécrire l'histoire, à ce qu'il semblait. La première fois que Himmler lui avait évoqué le voyage secret du Führer à Téhéran, il avait précisé que le retour précipité de ce dernier avait été hâté par la prise de conscience qu'il ne parviendrait pas, au bout du compte, à traiter avec un ennemi aussi cruel et perfide que Staline.

« Quelles sont ces conséquences, Herr Reichsführer ?

— La victoire contre les alliés risque fort de ne plus être à notre portée, Schellenberg. Nous savons tous deux que telle est la vérité, je pense. Mais il subsiste toujours la guerre contre les Juifs. Le Führer a ordonné qu'au cours de l'année à venir, la solution finale du problème juif se voit accorder la priorité absolue. De nouvelles déportations ont déjà débuté en Hongrie et en Scandinavie, et des camps spéciaux ont reçu pour instructions d'accroître leur rendement. »

Himmler se leva et, croisant les mains dans le dos, il se rendit à la fenêtre et regarda dehors.

« La tâche sera ardue, c'est certain. Désagréable, même. À titre personnel, je trouve cet ordre spécialement odieux. Comme vous le savez, j'ai toujours lutté en vue de parvenir à une paix juste, pour Hitler et pour l'Allemagne. » Il se retourna, lança un regard à Schellenberg, et il haussa les épaules. « Mais il ne devait pas en être ainsi. Nous avons agi pour le meilleur. Et maintenant… » Il regagna son bureau à pas comptés, se saisit de son stylo à plume, à l'encre verte tristement célèbre. « Désormais, nous allons devoir agir pour le pire. »

Schellenberg lâcha un soupir de soulagement. Somme toute, il était hors de danger.

« Oui, Herr Reichsführer. »

APPENDICE
EXTRAITS DE L'ŒUVRE DE WILLARD MAYER

« Le contentement, c'est d'être parvenu aux limites les plus reculées de la raison et de l'expérience humaines ; et il y a davantage de satisfaction à puiser dans l'acceptation de ce qui, logiquement, ne peut être dit, que dans toute la philosophie morale qu'ont jamais pu étudier les hommes. La raison est aussi inerte qu'un gaz noble et, de par sa relation avec l'existence réelle et les faits matériels, elle fonctionne de manière empirique. Et ce qui résiste à la vérification empirique, ce dont il est impossible de démontrer la vérité ou la fausseté, ne peut jamais être l'objet de notre raison. Être empirique, c'est se laisser guider par l'expérience, et non par les sophistes, les charlatans, les prêtres et les démagogues. »

De l'être empirique.

« Tous les objets dont nous avons conscience sont soit des impressions que nous retirons des données de la sensation, soit des idées, qui ne peuvent être recueillies à partir d'une impression que si cette idée vise à être logique. Dans la quête de la signification des choses, nous devons nous montrer empiriques quant aux faits matériels, ou analytiques quant à la relation des idées. Mais les faits matériels sont ce qu'ils sont, et ils n'ont pas à révéler de relation logique entre eux : que les faits soient les faits, c'est toujours vrai, au plan de la logique, sans lien avec l'introspection rationnelle. Toutefois, comme les idées peuvent aussi exister en tant qu'idées, sans lien avec l'introspection rationnelle, on comprendra comment il se fait que ce soit là, au niveau de la pure compréhension, que puisse exister la possibilité de la philosophie, et celle d'établir scientifiquement ce qui peut ou ne peut pas être dit au plan logique. De même, comme l'opposé d'un fait, quel qu'il soit, peut exister en tant qu'idée, si logique soit-elle, on en conclura que l'impossibilité de démontrer un fait philosophique, de quelque nature qu'il soit, relève du paradoxe. »

De l'être empirique.

« Pour se libérer de tous les credos du vulgaire, et quelle que soit la dimension charismatique qu'ils semblent posséder de prime abord, un homme doit être convaincu de deux principes philosophiques, et rien d'autre : premièrement, qu'il n'est rien, dans un objet considéré en soi, qui nous permette de dire quoi que ce soit, au-delà de ce seul objet ; et, deuxièmement, que rien ne nous permet de dire quoi que ce soit d'un objet, au-delà des observations dont nous faisons l'expérience directe. Je le répète, qu'un homme s'accorde le temps de se laisser convaincre par ces deux principes philosophiques, et qu'il vive sa vie en conséquence, une vie que nous pourrions dès lors définir comme empirique, et on percevra de quelle manière toutes les entraves de l'ignorance seront brisées. C'est ainsi que la philosophie moderne brille de la lumière sublime de la science, jusque dans les recoins les plus sombres de la psyché de l'Homme. »

De l'être empirique.

« Nous lisons beaucoup d'informations sur ces bûchers de livres édifiés par les sections d'assaut nazies. Mais en fait, ce sont les chrétiens qui, les premiers, ont eu recours à ces bûchers comme un moyen de promouvoir leur foi [voir Actes des Apôtres 19 :19-20]. Aujourd'hui, l'un de mes étudiants à l'université m'a demandé si je croyais qu'il pourrait être juste, un jour, de brûler un livre, mais jugeant aussitôt, en citant à l'appui de son argumentation l'*Almansor* de Heinrich Heine, que ce serait impossible. Je lui répondis que n'importe quel volume de philosophie mériterait de finir dans les flammes, dès lors qu'il contiendrait un raisonnement expérimental ou abstrait touchant aux faits matériels, à l'existence humaine ou aux mathématiques, car un tel ouvrage ne contiendrait que des mensonges et des raisonnements spécieux. Il ouvrit de grands yeux effrayés, et me chuchota qu'à son avis, je me référais au *Mein Kampf* de Hitler, et que je devrais surveiller mes propos. Je n'eus pas le cœur de lui répondre qu'en réalité, je faisais allusion à la sainte Bible. »

Journal de Vienne, 1936.

NOTE DE L'AUTEUR

Ce livre est une œuvre de fiction fondée sur un événement réel de l'histoire : la conférence des Trois Grands, qui s'est tenue à Téhéran en 1943. Les photographies de Staline, Churchill et Roosevelt – les « Trois Grands » – dans la capitale iranienne et, plus tard, à la conférence de Yalta en février 1945, sont presque devenues des icônes de la Deuxième Guerre mondiale. Roosevelt est mort avant la conférence de la victoire, qui se tint à Potsdam en juillet 1945. Mais, pour l'essentiel, c'est à Téhéran que furent tranchées les questions de fond.

Certains noms, certains personnages, des entreprises et des organisations diverses, plusieurs lieux, plusieurs événements et incidents sont le produit de l'imagination de l'auteur, mais d'autres ne le sont pas. Beaucoup d'épisodes plus obscurs décrits dans ce livre ont réellement eu lieu, et j'ai pensé que cela pourrait amuser le lecteur d'en retrouver quelques-uns repris dans ces dernières pages.

Il s'agit des épisodes suivants, dans le désordre :

• Sumner Welles, secrétaire d'État adjoint, démissionna de son ministère en septembre 1943, suite à la révélation d'un acte d'une grave turpitude morale, commis avec un porteur des chemins de fer noir.

• Une torpille a bien été tirée sur l'USS *Iowa* par l'USS *Willie D. Porter* lors de la traversée de Roosevelt vers l'Afrique du Nord. À la suite de cette bévue de leur escorte de destroyers, ses chefs d'état-major et lui-même ont échappé de peu à la mort.

• En 1943, des négociations de paix secrètes entre les Allemands et les Russes, et entre les Allemands et les Américains, furent menées activement. L'ancien chancelier allemand et ambassadeur en Turquie, Franz von Papen, a réellement rencontré le commandant George Earle, à Ankara, le 4 octobre 1943. Selon les mémoires de von Papen, Earle aurait déclaré que le « Président Roosevelt lui avait confié la mission de discuter personnellement avec moi de la possibilité d'une paix anticipée » et montra à von Papen un document « susceptible de servir de base à une paix avec l'Allemagne ». Von Papen souligne que Earle l'encouragea même à venir au Caire, pour un entretien avec le Président, mais qu'il n'aurait pu s'y rendre « avant de posséder la preuve écrite de la main du Président qu'il entreprendrait de négocier sur la base des conditions dont nous avions débattu ». C'est pourquoi les pourparlers avec von Papen n'ont rien donné. « Force m'est de supposer que le Président devait considérer qu'il eût été trop risqué de se montrer plus explicite. » De la même manière, pendant que Himmler était à Posen, son masseur, Felix Kersten, était réellement à Stockholm, pour entrer en contact avec l'émissaire spécial du Président Roosevelt, Abram S. Hewitt. En Suède, Hewitt a aussi rencontré le général Walter Schellenberg. Auparavant, Himmler avait également délégué son avocat personnel, Carl Langbehn, en Suisse, pour poser des jalons en vue de semblables négociations de paix. Les Russes n'étaient pas moins désireux de négocier avec les Allemands et, après Stalingrad, leur ambassadrice à Stockholm, Mme de Kollontaï, rencontra les représentants de Joachim von Ribbentrop à plusieurs reprises.

• L'Opération Triple Saut correspondait à un véritable plan. Plus d'une centaine de parachutistes allemands furent largués au-dessus de l'Iran, dans le but d'assassiner les Trois Grands. Ils furent tous tués ou capturés.

• Le camp 108, à Beketovka, était un vrai camp de prisonniers de guerre. Les chiffres des morts allemands dans les camps de prisonniers russes, repris dans ce roman, sont attestés par des sources fiables et nombreuses.

• Le meurtre de quatre mille officiers polonais dans la forêt de Katyn fut finalement admis par le Président russe Boris Eltsine en 1992. Mais des centaines de milliers de Polonais déportés dans les camps de travail du système soviétique du Goulag disparurent à jamais.

Pour l'essentiel, le déroulement de la conférence des Trois Grands demeure enveloppé d'une atmosphère de secret. Mais les faits suivants demeurent étranges – et ne sont pas contestés :

• Deux généraux américains – le général George C. Marshall et le général H.H. Arnold – s'absentèrent de Téhéran, sans permission, et partirent en excursion dans les bois, autour de la capitale iranienne. Pourquoi ?

• Dès que Roosevelt eut atterri à Téhéran, Staline annonça que sa police secrète, le NKVD, avait éventé un complot visant à tuer les Trois Grands. Il proposa à Roosevelt – mais pas à Churchill – de venir s'installer en sûreté, dans le périmètre imprenable de l'ambassade soviétique. Roosevelt semble avoir cru à ce complot et, contre tous les avis, il accepta de déménager, exposant ainsi la délégation américaine à toutes les indiscrétions. Cette histoire de complot recèle-t-elle une part de vérité ? Roosevelt n'était-il pas trop circonspect pour ne pas deviner que toutes ses conversations dans l'enceinte diplomatique russe seraient écoutées ? S'il le savait, que mijotait-il ? N'aurait-il pu accepter de se rendre en territoire russe pour une autre raison ?

• À Téhéran, en plus d'une occasion, Churchill se montra irrité et contrarié par Roosevelt. Les deux hommes ne furent plus jamais amis. Pourquoi ?

• À Téhéran, Roosevelt s'est effondré sous le coup de violentes douleurs abdominales. Était-ce un empoisonnement ? Certains le pensent.

• Avant, pendant et après la conférence de Téhéran, von Papen, ambassadeur d'Allemagne à Ankara (Turquie), fut tenu informé de ce qui se tramait par un espion qui travaillait comme valet au service de l'ambassadeur de Grande-Bretagne à Ankara, sir Hughe Knatchbull-Hugessen.

• À Téhéran, Churchill passa l'essentiel de la conférence à l'écart, marginalisé par les deux autres protagonistes. Pourquoi ?

• À Téhéran, Staline suggéra, sérieusement, que le meilleur moyen de s'assurer que l'Allemagne ne constituerait plus jamais une menace pour la sécurité du monde serait de détruire son militarisme à la racine : à cette fin, il proposa donc l'exécution de cent mille officiers et sous-officiers allemands. À contrecœur, il finit par transiger à cinquante mille. Churchill protesta avec véhémence ; Roosevelt, lui, estima que quarante-neuf mille devraient suffire ! Voilà qui ne ressemblait pas du tout au Président américain. Pourquoi une telle déclaration ? Et pourquoi a-t-il vendu la Pologne et la Finlande à Staline ? Staline possédait-il une emprise temporaire sur FDR ?

• À Téhéran, le massacre de la forêt de Katyn, dont les Russes étaient responsables, ne fut jamais mentionné par Roosevelt devant Staline.

• Le général Marshall était unanimement considéré comme le futur commandant en chef du débarquement allié de juin 1944. Mais en fin de compte, Roosevelt confia ce commandement à Eisenhower. Aucune explication ne vint expliquer ce choix qui, à l'époque, suscita une surprise considérable. Cette décision aurait-elle un rapport avec l'absence inexpliquée de Marshall, qui déserta une partie de la conférence de Téhéran ?

• En 1944, c'est un nombre de Juifs sans précédent qui fut décimé dans les « camps spéciaux ».

Philip Kerr
dans Le Livre de Poche

LA TRILOGIE BERLINOISE (n° 31644)

L'Été de cristal

Ancien policier, Bernie Gunther est détective privé, spécialisé dans la recherche des personnes disparues. A Berlin, à la veille des Jeux olympiques de 1936, les SA se chargent de rendre la ville accueillante aux touristes. Un industriel, Hermann Six, propose à Bernie de rechercher les bijoux qui ont disparu du coffre-fort de sa fille assassinée en même temps que son mari.

La Pâle Figure

Septembre 1938. Les Berlinois attendent l'issue de la conférence de Munich. Engagé par une riche veuve pour retrouver l'individu qui la fait chanter, Bernie se trouve plongé dans les méandres de la médecine psychiatrique… avant de se voir chargé par Heydrich de retrouver le tueur qui s'attaque à des adolescentes dans les rues de Berlin.

Un requiem allemand

1947. Bernie Gunther est contacté par un colonel du renseignement soviétique dans le but de sauver de la potence un nommé Becker, accusé du meurtre d'un officier américain. A Berlin puis à Vienne, tandis que la dénazification entraîne la valse des identités et des faux certificats, Bernie va devoir prouver que son passage sur le front de l'Est n'a pas entamé ses capacités.

La Mort, entre autres   n° 32077

1949. Sa femme se meurt, et Bernie Gunther craint que le matricule SS dont il garde la trace sous le bras ne lui joue de sales tours. Une cliente lui demande de retrouver la trace de son époux nazi, et le voici embarqué dans une aventure qui le dépasse.

Une douce flamme   n° 32433

1950. Bernie Gunther débarque à Buenos Aires sous un nom d'emprunt. La ville est infestée d'exilés nazis. Le chef de la police charge Bernie d'une enquête qui lui rappelle une affaire non élucidée, alors qu'il était détective à la Kripo berlinoise : une jeune fille retrouvée mutilée, une autre disparue.

Composition réalisée par DATAGRAFIX

Achevé d'imprimer en janvier 2013 en France par
CPI BRODARD ET TAUPIN
La Flèche (Sarthe)
N° d'impression : 71508
Dépôt légal 1re publication : octobre 2012
Édition 04 – janvier 2013
LIBRAIRIE GÉNÉRALE FRANÇAISE
31, rue de Fleurus – 75278 Paris Cedex 06

31/6241/9